Patrick Illinger

Cortex

Patrick Illinger

CORTEX

Thriller

PIPER

Mehr über unsere Autorinnen, Autoren und Bücher:
www.piper.de

Wenn Ihnen dieser Thriller gefallen hat, schreiben Sie uns unter Nennung des Titels »Cortex« an *empfehlungen@piper.de*, und wir empfehlen Ihnen gerne vergleichbare Bücher.

Unser Versprechen für mehr Nachhaltigkeit
• Klimaneutrales Produkt
• FSC®-zertifiziertes Papier
• Hergestellt in Europa

FSC www.fsc.org
MIX
Papier | Fördert gute Waldnutzung
FSC® C083411

ISBN 978-3-492-06317-3

Satz: Eberl & Koesel Studio, Kempten
Gesetzt aus der Kepler
Druck und Bindung: CPI Books GmbH, Leck
Printed in the EU

»Verdammt sei der Tag, elender Teufel,
da du das erste Mal das Licht sahst.«
Mary Shelley

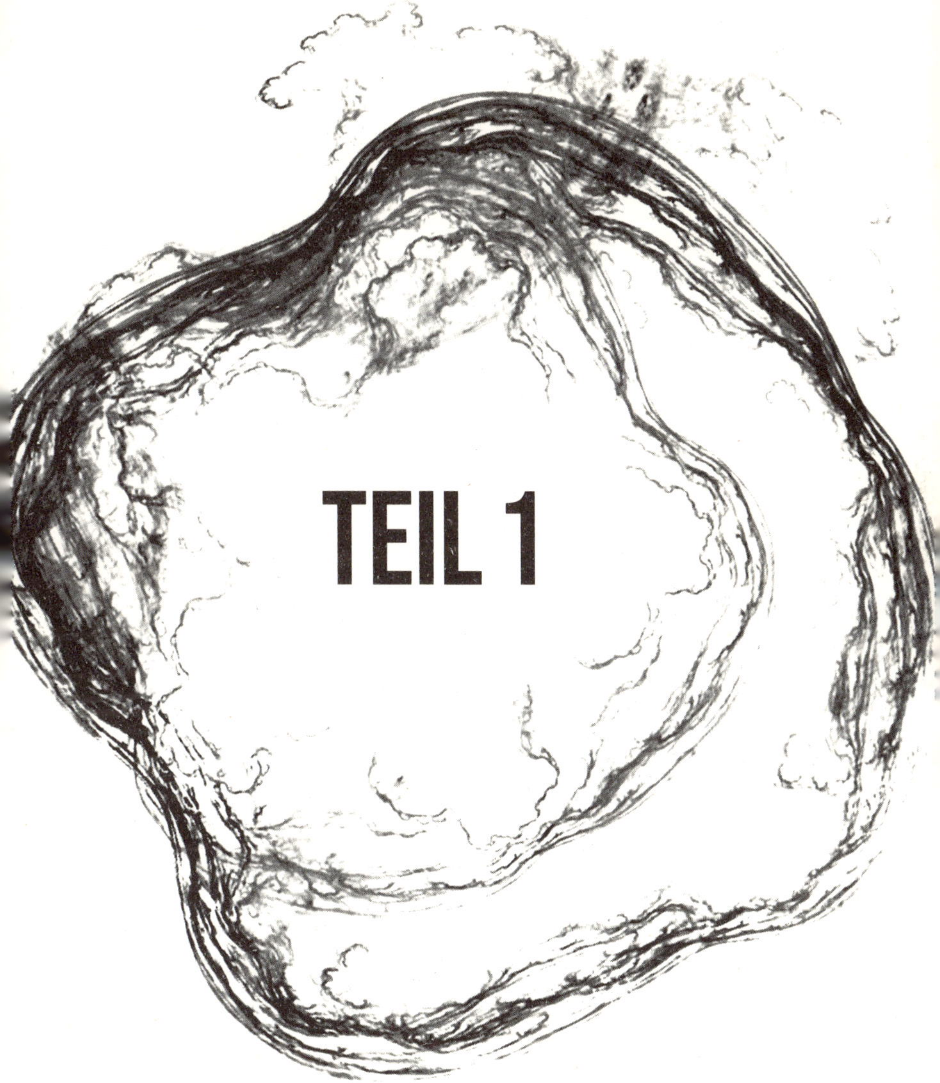
TEIL 1

1

12 Chestnut Road,
Newnan, Georgia, USA

Zwei Minuten, bevor ihre Welt unterging, kniete Maria Jiménez vor einem Bohnenstrauch. Sie stieß einen Fluch aus, zog eine knallgrüne Sprühflasche aus dem Putzeimer und nebelte die Pflanze von oben bis unten ein. Mit einem Lächeln blickte sie auf das Warndreieck auf der Dose. Das Zeug war ein Wunder. Die reinste Biowaffe. Keine Blattlaus würde das überleben.

Schuldbewusst blickte sie sich um. Familie Dawson wäre mit ihrem kleinen Geheimnis ganz und gar nicht einverstanden. Hunderte Male hatten die Arbeitgeber ihr eingeschärft, keine Chemie im Garten zu benutzen, weder im Hochbeet noch sonst wo. »Organic« stand auf jeder Lebensmittelpackung, die Ms. Dawson von ihren Einkäufen nach Hause brachte.

Aber Ms. Dawson musste auch nicht mit ansehen, wie die Blattläuse jeden Tag das Gemüse, die Kräuter, ja sogar die Süßkartoffelstauden zerfraßen, dachte Maria Jiménez. Also hatte sie von ihrem eigenen Geld dieses prächtige Wundermittel gekauft. Ein Zisch, und die Schädlinge fielen wie Brotkrümel von den Gewächsen. Die grüne Spraydose war ungleich wirkungsvoller als das Zwiebelwasser, das Ms. Dawson als Mittel gegen die Läuse zusammenbraute.

Die Dawsons brauchten nichts davon zu erfahren. Appetitliche Bohnen würden auch ihnen besser gefallen als zerfressene Sträucher. Allerdings war Maria Jiménez klar, dass sie ihren Job riskierte, sollten die Dawsons erfahren, dass sie im Biogarten eine chemische Keule einsetzte.

Mit einem Seufzen stand sie auf, stemmte sich auf den Rechen und drückte ihren steif gewordenen Rücken durch. Die Okras waren bald reif. Das Basilikum sah allerdings erbärmlich aus. Sie fragte sich, ob sie das Kräuterbeet woanders hätte platzieren sollen.

Aus dem Augenwinkel blickte sie durch die Kozuhecke auf die Straße. Selten genug kam ein Auto durch die Chestnut Street, aber jedes einzelne versetzte ihr einen kleinen Schrecken. Vor zwei Wochen war ihre siebenundsechzig Jahre alte Freundin Carmen in East Newnan verhaftet worden. Die *pendejos* von der Einwanderungsbehörde wurden immer hartnäckiger. Seit fast vierzig Jahren lebte Maria Jiménez nun im Land der Gringos. Vierzig Jahre als Illegale. Um eine Greencard wollte sie sich nicht bewerben. Dazu müsste sie aus dem Schatten treten und erklären, was sie in den vergangenen Jahrzehnten gemacht hatte. Keine gute Idee. Also führte sie ihr Leben im Verborgenen weiter, so wie Hunderttausende andere Latinas.

Wer würde sich um die Blattläuse in den Vorgärten kümmern, wenn nicht Leute wie sie?

Ein Rauschen ließ die Luft vibrieren. Maria Jiménez drehte den Kopf hin und her, um die Richtung des Geräuschs zu bestimmen. Am Himmel erblickte sie einen leuchtenden Punkt. Sie hielt ihn zuerst für einen Stern. Doch dafür war das Ding zu hell. Und Sterne rauschten nicht. Das Geräusch kam von diesem Licht. Es schwoll zu einem Grollen an. Kein Zweifel, das war ein Flugzeug. Seltsam, dachte Maria Jiménez, Flugzeuge waren in dieser Gegend immer nur weit oben am Himmel zu sehen, klein wie Mücken. Dieses Flugzeug war alles andere als eine Mücke.

Plötzlich verdoppelte sich das Licht. Zwei kräftige Scheinwerfer strahlten nun in ihre Richtung. Und es veranstaltete einen Höllenlärm. Triebwerke heulten in unterschiedlichen Tonlagen auf. Die Flügel standen nicht seitlich, sondern senkrecht nach oben und unten ab. Die Maschine flog hochkant. Der Lärm wurde ohrenbetäubend. Maria Jiménez legte ihre Hände auf die Ohren und blinzelte im Licht der Scheinwerfer. Angst und Adrenalin lähmten ihre Körperfunktionen, als sie zusah, wie sich das Flugzeug dem Erdboden näherte und eine Flügelspitze den Vorgarten der Gulbraiths durchpflügte.

Die Tragfläche brach. Brennendes Kerosin spritzte wie aus einem Flammenwerfer. Der Bug der Maschine krachte mit infernalischem Lärm auf den Asphalt der Chestnut Street. Der übrige Rumpf mit der verbliebenen Tragfläche kreiselte seitwärts über mehrere Einfamilienhäuser hinweg. Maria Jiménez presste ihre Hände noch fester auf die Schläfen, als das abgerissene Seitenleitwerk in die Garage der Vandenbergs einschlug. Das Knirschen brechender Dachstühle mischte sich mit dem Knallen von Aluminiumstreben und dumpfen Einschlägen, die das Erdreich aufspritzen ließen.

Panik lähmte sie. Adrenalin trieb ihren Herzschlag in bedrohliche Höhen. Lehmige Erdbrocken trafen ihren Oberkörper. Sie wich nicht mal aus, als ein glühendes Metallstück so knapp über ihren Kopf schwirrte, dass sie den Luftzug spürte.

Unvermittelt ließ der Lärm nach. Nur noch das Knistern unzähliger Brände erfüllte die Luft, überall dort, wo das Flugzeug sein Kerosin verspritzt hatte. Schwarzer Rauch verdunkelte die Sonne.

Maria Jiménez wollte die Augen schließen und ins Haus rennen. Doch die apokalyptische Szenerie zog sie in ihren

Bann. Sie starrte auf das gigantische Seitenleitwerk mit dem Logo der Fluggesellschaft. Reglos bemerkte sie, dass der Walmart knapp verschont geblieben war. Sie hörte die ersten Sirenen von Rettungsfahrzeugen. Ihr Blick schweifte über den mit Erdbrocken und Metallteilen übersäten Garten ihrer Arbeitgeber. Links neben dem Okrabeet, zwischen Süßkartoffeln und Basilikum, erspähte sie einen seltsamen Gegenstand. Sie ging einige Schritte darauf zu. Als ihr klar wurde, was dort lag, quoll ein schrilles Kreischen aus ihrer Kehle.

Sie fiel auf die Knie und übergab sich.

2

Pete's Tavern,

New York City, USA

Yu Jihai, ein zwei Meter fünfzehn großer Angreifer des chinesischen Kaders, trat an die Freiwurfmarke. Dreimal ließ er den Basketball vom Boden abprallen, bevor er den Korb anvisierte. Er hob den Wurfarm und stabilisierte den Ball mit der linken Hand. Die Bewegung sah perfekt aus, aber der Ball prallte an die Platte, federte am Korb ab und fiel zurück ins Spielfeld, wo ihn ein italienischer Abwehrspieler schnappte und zum Gegenangriff überging.

In der Bar brach Jubel aus. Eine Gruppe italienischer Touristen prostete dem Fernsehschirm zu und ließ die Gläser aneinanderknallen.

»Ihr seid noch gut im Rennen«, rief Livia Chang zu ihnen hinüber, »sechs Punkte Rückstand, das ist zu schaffen!« Ihr Italienisch war makellos.

Die Italiener rissen die Köpfe herum. Sie blickten Livia erstaunt an, hoben ihre Daumen und prosteten ihr zu. Auch sie hob ihr Glas und schenkte ihnen ein Lächeln.

»Was hast du gesagt?«, fragte Rebecca Blumenstein, eine Nachrichtenredakteurin, die neben Livia saß.

»Nur eine kleine Aufmunterung. In Wahrheit fürchte ich,

dass ihre Mannschaft keine Chance gegen die Chinesen hat.«

Es war ein langer Tag gewesen. Der Chefredakteur der *New York Times* hatte die gesamte Redaktion zusammengetrommelt, um diverse Umstrukturierungen zu verkünden. Für das Meeting war Livia zwei Tage zuvor eigens aus Rom angereist, wo sie das Außenbüro der *Times* leitete. Nachdem das Treffen zu Ende gegangen war, hatte sie sich einer Gruppe Kollegen angeschlossen, um den Tag mit einem Feierabendbier abzuschließen. Oder auch zwei.

Bill Kortz, der das berühmte Kreuzworträtsel der *Times* gestaltete, prostete Livia zu. »Dein Italienisch ist verflucht gut«, sagte er. »Ich habe vor Jahren einen Kurs belegt. Kann mich aber nur an *mille grazie* erinnern.«

Dan Fernandez, ein Reporter aus dem Hauptstadtbüro in Washington, mischte sich ein: »Mit meinem Spanisch kann ich immerhin Bruchstücke verstehen.«

Vom Italienertisch kam erneut Jubel.

»Wow, 66:70. Das können die Italiener noch schaffen. Oder bist du für die Chinesen, Livia?«, fragte Jeff Glockner, ein Investigativreporter, der bereits das dritte Bier leerte.

»Sie wartet ab, wer gewinnt«, witzelte Blumenstein.

»Halb Italienerin, halb Chinesin, ein Traum«, sagte Glockner.

Livia lächelte ihre Kollegen an. »Habt ihr vergessen, dass ich Amerikanerin bin?«

»Na klar, so gut, wie du Italienisch sprichst!«, rief Fernandez. Er lachte über seinen albernen Scherz.

»Achtung, Leute ...« Jack Westinghouse, ein Technikredakteur, deutete mit gestrecktem Arm auf den Flachbildschirm über dem Bartresen.

Die *Squadra Azzurra* passte den Ball mit beeindruckender Geschwindigkeit um die Dreipunktelinie. Gilberto Tomba, Italiens Center, lancierte vom rechten Corner einen überraschend hohen Wurf und traf präzise. Der Ball berührte nicht mal das Metall der Netzhalterung, sondern donnerte mit Wucht hindurch. Drei Punkte. Nun stand es 69:70. Noch führten die Chinesen, aber am Italienertisch ging es zu, als wäre die Partie schon gewonnen.

»Na ja, irgendwie bist du keine typische Amerikanerin«, brummte Glockner, der überaus charmant sein konnte, wenn er nicht gerade das vierte Bier bestellte.

»Wie sind denn Amerikanerinnen?«, fragte Livia.

Fernandez kam ihr zu Hilfe. »Na ja, groß, blond, dicke Titten, aufgespritzte Lippen. Glockners Typ eben ...«

»Fick dich«, zischte Glockner.

Livia lachte. »Das mit den Lippen überlege ich mir noch.«

»Bloß nicht!«, rief Blumenstein. »Nur schade, dass du dich an diesen weltfremden Physiker verschenkst.«

»Hey, das ist meine Sache. Nicola ist ein wundervoller Mann.«

»Nur, dass du ihn kaum je zu sehen bekommst, weil er ständig in seinem Teilchenlabor unter der Erde steckt.«

Livia blickte auf ihr Bierglas. »Er ist es wert.«

»Geschmack hat er auf jeden Fall«, sagte Kortz, der Kreuzworträtselmann.

»Danke, Will, aber sprachen wir vorhin nicht über Compliance-Regeln?«

»Man darf keine Komplimente mehr machen?« Glockners Zunge wurde minütlich schwerer.

»Jetzt ist gut, ihr Möchtegernmachos«, ging Blumenstein dazwischen.

Die Männer lachten und prosteten sich zu.

Livia musste schlucken. Sie dachte an Nicola. Vor drei Wochen hatte sie ihn zuletzt gesehen. Es war ein romantisches Wochenende gewesen, in Chioggia, der kleinen Schwester Venedigs. Sie hatte es genossen, aber mit düsterem Gewissen. Sie hätte es Nicola damals schon erzählen müssen. Die

Sache mit Gigi. Mit Giancarlo Idda, einem Redakteur von *La Stampa*. Sie spürte ein ungutes Stechen im Bauch.

Seit dem Ausrutscher hatte sie pausenlos gearbeitet und weder an Nicola noch an Gigi gedacht. Sie war froh gewesen über dieses Meeting in New York. Eine willkommene Ablenkung. Auch wenn sie morgen wieder im Flugzeug nach Rom sitzen würde. Zurück in ihr Leben. Vor Entscheidungen gestellt.

Seit mehr als einem Jahr war sie inzwischen Korrespondentin der *New York Times* in Rom. Den Job hatte sie sich aussuchen können, nachdem sie den Pulitzerpreis gewonnen hatte. Die Auszeichnung hatte sie für eine Reportage im *New York Times Magazine* erhalten. Darin hatte sie den Verbleib des vor achtzig Jahren auf mysteriöse Weise verschwundenen Physikers Ettore Majorana aufgeklärt. Die Recherche und der achtzehn Seiten lange Bericht hatten ihr neben Ruhm und Ehre auch einen Buchvertrag mit vierhunderttausend Dollar Vorschuss eingebracht. Das Buch mit dem Titel *Peacock House* war vor einigen Monaten erschienen und sofort ein Bestseller geworden, auch in Italien. Der verschwundene Physiker, ein gebürtiger Sizilianer, war in seinem Heimatland seit Jahrzehnten eine Legende. Es war der berühmteste Vermisstenfall Italiens. Livia hatte jedoch keine Sekunde lang daran gedacht, sich auf diesem Erfolg auszuruhen, sondern sich in ihre Arbeit als Korrespondentin gestürzt.

Für den Ortswechsel hatte es einen weiteren Grund gegeben. Während der Recherche zu der Majorana-Geschichte hatte sie sich in Nicola Caneddu verliebt, einen Wissenschaftler, der in einem unterirdischen Labor in Mittelitalien Elementarteilchen erforschte. Sein Arbeitsplatz war nur zwei Autostunden von Rom entfernt. Doch die teils wochenlangen Experimente unter dem zweitausend Meter hohen Granitberg nahmen den Physiker voll in Beschlag. Für Livia fühlte es sich zunehmend an, als wäre sie mit einem Astronauten liiert.

Dabei hatte Nicola in den vergangenen Wochen mit seiner liebevollen Art das Thema Kinder ins Gespräch gebracht. Doch wie sollte das gehen, fragte sich Livia. Sie hatten beide mörderisch zeitaufwendige Jobs. Wann und wie wäre da Zeit für eine Familie?

Sie hatte sich mehr denn je in ihre Arbeit vertieft. Die Regierungskoalition Italiens war zum zweiten Mal in zwölf Monaten zerbrochen. Als erste ausländische Journalistin hatte Livia in Erfahrung gebracht, wer neuer Ministerpräsident werden würde, und ein langes Interview mit dem Sozialisten in ihrer Zeitung veröffentlicht. Wenn sie tief in ihrer Arbeit steckte, musste sie sich nicht den Kopf zerbrechen, ob sie mit Nicola eine Familie gründen wollte. Oder mit Gigi ein neues Abenteuer beginnen. Oder nichts davon.

Das Gebrüll der Italiener am Nebentisch holte sie zurück in die Realität. Die Chinesen hatten einen Zweipunktewurf geschafft und führten wieder mit drei Punkten Abstand.

»Basketball kommt für dich eher nicht infrage, oder, Livia? Mit deinen Einswieviel?«, fragte Fernandez.

»Einszweiundsechzig.«

»Eher Bodenturnen. Oder Pferderennen«, sagte Glockner. Seine Witze wurden nicht besser.

»Mugsy Bogues!«, rief Livia.

»Wie bitte?«

»Gutes Beispiel«, sagte Bill Pennington, ein Sportkolumnist. »Mugsy Bogues war von 1987 bis 2003 Stammspieler der amerikanischen NBA. Und nur eins sechzig groß.«

»Zwei Zentimeter kleiner als ich«, betonte Livia.

Ihre Kollegen blickten erstaunt.

»Im Ernst? An den kann ich mich gar nicht erinnern«, sagte Fernandez. »Sein Trick war vermutlich, durch die Beine der Gegner zu schlüpfen.«

»Die Charlotte Hornets und die Dallas Mavericks liebten ihn. Er hat im Laufe seiner Karriere mehr als zwanzig Millionen Dollar Gehalt kassiert. Plus Werbeeinnahmen«, erklärte Livia.

»Irre.«

»Aber du hast schon recht«, sagte sie, »mein Sport ist eher Karate. Wollt ihr eine Lektion?«

Alle lachten.

Was ihre Kollegen nicht wussten: Livias Selbstverteidigungskünste waren tatsächlich ausgezeichnet. Allerdings war nicht Karate ihre Disziplin, sondern der jahrhundertealte vietnamesische Kampfsport Viet Vo Dao. Aber das gehörte zu den Geheimnissen, die sie niemandem erzählte. So wie das noch größere Geheimnis ihrer verstorbenen Mutter.

Die große Lüge.

Livia liebte ihren Job in Rom. Anders als viele dort arbeitende Ausländer mied sie Botschaftspartys und Irish Pubs, wo sich das internationale Publikum traf – die Diplomaten, Lehrer und Journalisten. Livia hielt sich an ihre einheimischen Kollegen. Sie mochte die Italiener, ihre Lebensfreude, ihren Humor. Dank einiger Freundschaften, die sie geschlossen hatte, war sie deutlich besser informiert als andere ausländische Korrespondenten. Die Italiener schätzten Livia ebenso, was nicht nur an ihrem umwerfenden Lächeln, ihren haselnussbraunen Augen und dem kräftigen, dunklen, schulterlangen Haar lag. Livia hatte viel Mühe darauf verwendet, im Rekordtempo Italienisch zu lernen. Und wenn sie zum Abendessen einlud, entzückte sie ihre Gäste mit einem butterzarten Ossobuco.

Noch immer stand es 69:72. Das italienische Basketballteam setzte zu einem Rebound an. Wenn ihnen ein Dreipunktewurf gelang, würden sie gleichziehen. Tomba, der italienische Center, schnappte sich den Ball mit einem rekordverdächtigen Sprung, wirbelte einmal um die eigene

Achse und brachte sich mit leichter Rückenlage in Stellung für einen Weitwurf. Er hob den Ball, der in einer perfekten Parabel auf das Netz zuflog. Die Italiener sprangen von ihren Sitzen und brüllten aus vollem Leib.

Das Fernsehbild wechselte.

Statt des Basketballcourts sah man Rauchschwaden, Feuerwehrmänner, Wrackteile, zerstörte Einfamilienhäuser, aufgerissenes Erdreich und ein alles überragendes blaues Seitenleitwerk mit dem Logo der Delta Airlines.

Am unteren Bildschirmrand informierte eine Laufschrift über die Flugzeugkatastrophe bei Atlanta. Hundertneununddreißig Passagiere und sechs Besatzungsmitglieder waren an Bord der Boeing 737 gewesen und vermutlich tot. Auch unter den Einwohnern eines Ortes namens Newnan, vierzig Kilometer südlich von Atlanta, war mit Opfern zu rechnen.

Es wurde schlagartig still in der Bar. Lediglich die italienischen Touristen stießen ein paar Flüche aus. Drei von Livias Kollegen zogen ihre Smartphones hervor und legten sie in die Mitte des Tischs.

»Sechzig Sekunden«, sagte Blumenstein und zeigte auf ihr Handy.

»Niemals.« Glockner deutete auf Fernandez. »Diesmal trifft es ihn.«

Livia kannte das Ritual. Wer als Erster vom diensthabenden Nachrichtenchef in die Redaktion gerufen wurde, musste die Zeche für alle bezahlen.

Nach dreißig Sekunden klingelte das erste Handy.

Aber es war keins von denen auf dem Tresen. Es steckte in Livias Hosentasche. Mit hochgezogenen Augenbrauen blickte sie ihre Kollegen an, hob die Schultern und zog das Telefon hervor. Es war Thomas Bell, der Chefredakteur der *New York Times*. Sie ging ran.

»Tom, dein Anruf kostet mich jetzt um die zwanzig Biere, acht Cheeseburger und …«

»Ich habe gerade keine Lust auf Scherze, Livia. Es sind vermutlich mehr als hundertfünfzig Menschen tot.«

»Ich hab's gesehen, Tom. Grauenhaft. Aber deshalb rufst du wohl kaum deine Italienkorrespondentin an.«

»Doch, Livia. Genau deshalb rufe ich dich an. Ich möchte, dass du dieses Unglück coverst.«

»Wie bitte? Hast du mitbekommen, dass die Maschine in Atlanta abgestürzt ist und nicht in den Abruzzen?«

»Ich will, dass du das übernimmst. Du fliegst morgen mit der ersten Maschine nach Atlanta. Kurz nach fünf von La Guardia. Das Ticket schickt dir Nancy auf dein Telefon.«

»Wozu betreibt die *New York Times* ein Außenbüro in Atlanta? Fausset ist ein guter Mann. Er könnte heute Abend noch ... «

»Kann er nicht. Er ist im Urlaub auf Hawaii.«

»Was ist mit Gambetta aus Houston oder Rojas aus Miami?«

»Ich bin alles durchgegangen. Gambetta wäre verfügbar, aber er ist politischer Analyst, kein besonders guter Reporter. Rojas ist krank. Ich konnte einen Volontär in Atlanta auftreiben, der uns ein paar nachrichtliche Meldungen schreibt. Aber ich will noch jemanden in Georgia haben. Eine Vollblutreporterin wie dich. Ich halte es für möglich, dass es eine spannende Hintergrundstory gibt. Hast du gehört, woher die Maschine kam?«

»Nein, woher?«

»Aus Honduras. Vielleicht gibt es einen kriminellen Hintergrund. Ein Drogending. Was Politisches. Oder ein Einwandererdrama.«

»Mein Flug zurück nach Rom geht morgen.«

»In *bella Italia* verpasst du gerade nichts, ich brauche dich in Georgia. Morgen früh. Bitte, Livia.«

Sie seufzte und blickte ihre Kollegen mit heruntergezogenen Mundwinkeln an. Sie unternahm einen letzten Versuch, ihren Chef von der Idee abzubringen.

»Das Untersuchungsteam des NTSB ist garantiert schon unterwegs zur Unfallstelle. Lass jemanden in deren Zentrale recherchieren. Das bringt vermutlich mehr, als sich als Zaungast an der Absturzstelle herumzutreiben.«

»Das National Transportation Safety Board ist eine verdammte Bundesbehörde voller Techniknerds. Die tauchen frühestens morgen an der Unfallstelle auf und gehen erst rein, wenn die Leichen weg sind. Und es gibt viele Leichen. Nicht nur Passagiere, auch Bewohner am Boden. Danach werden sie monatelang mit Schrottteilen herumpuzzeln, bis sie zu einem Ergebnis kommen. Also spielt die Musik jetzt in Atlanta. Oder wie das Kaff weiter südlich heißt, wo die Maschine abgestürzt ist. Wir haben dich auf den Direktflug gebucht, Businessclass, und vor Ort einen Fahrer besorgt. Das klingt doch gut, oder?«

»Es gibt auch First Class …«

»Dir ist wohl der Pulitzer zu Kopf gestiegen.«

»War nicht ernst gemeint.«

Mit dem Telefon am Ohr winkte Livia den Barmann herbei und drückte ihm ihre Kreditkarte in die Hand. Er solle die Zeche des gesamten Tisches abbuchen. Und sie bat ihn, ein Taxi zu rufen.

»Okay, Tom, ich schlafe drei, vier Stunden, nehme ein paar Sachen aus der Wohnung mit und fliege morgen früh nach Atlanta.«

»Du bist ein Schatz.«

»Eine Sache nur, Tom.«

»Was?«

»Ich mache das auf meine Weise.«

»Warum habe ich mir das fast schon gedacht?«

»Meine Regeln, Tom. Keine Kompromisse.«

»Okay, Livia. Solange ich nicht in der *Post* zuerst lese, warum dieser Flieger runtergekommen ist.« Er legte auf.

Livia erklärte ihren erstaunten Kollegen, was los war. Dass

sie nach Atlanta aufbrechen musste, wegen des Unglücks. In Fernandez' Gesicht war Enttäuschung zu lesen. Vermutlich hätte er den Job gerne übernommen. Livia blickte ihn an.

»Ich hätte dir das gerne überlassen. Aber du kennst den Chef – wenn er was will, müssen wir nicht diskutieren.«

3

Hafengelände,
La Ceiba, Honduras

Das Dunkel der Nacht verbarg, wie furchterregend die Männer aussahen. Der größere, der aufrecht stand, hatte ein aufgerissenes Haifischmaul quer über die untere Gesichtshälfte tätowiert. Auf der Stirn prangten die Buchstaben »M« und »S« in Frakturschrift. Sie standen für »Mara Salvatrucha«, der Name der brutalsten Bande Zentralamerikas. Unter dem linken Auge waren acht dunkelblaue Tränen verewigt. So viele Menschen hatte Tiburón, wie sie ihn ehrfürchtig nannten, angeblich ermordet. Einem Schläger der verfeindeten Barrio-18-Gang hatte er angeblich die Kehle mit einer Machete aufgeschlitzt. Aber das war nur ein Gerücht.

»Hat sich einer der verhurten Achtzehner blicken lassen?«

»Alles ruhig, *jefe.*«

Der kleinere, dickere Mann hatte weniger Tätowierungen im Gesicht. Dafür war das Wort »MARA« auf seine Finger buchstabiert, und eine riesige »13« zierte seine Brust. Er fläzte auf einem Schemel an einer Hauswand auf der Zugangsstraße zum Hafen der honduranischen Küstenstadt La Ceiba. Im Osten war das Schimmern zweier Laternenmasten zu sehen. Sie beleuchteten die Brachfläche im Hafen. Nach Westen hin lag die Zufahrtsstraße im Dunkel.

»Halt bloß die Augen auf, Pippo. Wenn einer von den *pendejos* seinen Fuß in die Calle setzt, gibt es keine Gnade. Du ballerst sie weg. Wir sind sofort bei dir.«

»Keine Sorge, Tiburón, ich hab alles im Griff.«

»Munition?«

»Null-null-Schrot. Vier Schachteln.«

»Okay, das wird den Ärschen einheizen. Ich bin dann mal mit Gordo und Jesús bei Mama Juanita.«

»Klar, *jefe.* Trink einen *plata* für mich mit. Und steck ihn einmal für mich rein.«

Tiburón zeigte seine Zähne. Ein Dutzend von ihnen war mit Gold überzogen. »Hab Geduld, Pippo. Noch ein, zwei Jahre, und du bist auch ein *jefe.* Die Mara vergisst ihre Treuen nicht.«

»Alles klar, *jefe,* ich regle das hier. Wie letzte Nacht. Und die Nächte davor.«

»Okay. Aber nicht sinnlos herumballern. Das weckt nur die *federales.*«

»*Está bien.*«

Tiburón verschwand in eine Seitengasse. Pippo richtete seine Augen ins Dunkel. Eine geladene Remington 870 stand griffbereit an die Hauswand gelehnt. Mit Dunkelheit kam er gut klar, aber der vor ihm liegende Straßenabschnitt war nicht nur dunkel. Er war schwarz wie ein Kohlebergwerk. Pippo malte sich aus, auf welchem Weg die *hijos de puta* von der Barrio-18-Gang wohl kommen könnten.

Sie würden es vielleicht über die Dächer probieren. Vielleicht aber auch nicht, denn das Blech auf den Häusern machte verdammt viel Lärm. Außerdem würden sie ihn von oben schlecht sehen können. Vielleicht hatten sie aber auch Nachtsichtgeräte und Präzisionsgewehre. Schon oft hatte er Tiburón gebeten, solche Sachen anzuschaffen, das Zeug aus den Kriegsfilmen. Die Barrios würden jedenfalls nicht planlos angreifen, so viel war sicher. Sie wussten, dass die Mara 13 die Zugänge zum Hafen bewachte. Der Hafen, ihre wichtigste Geldquelle. Das Herz des Mara-Territoriums.

Pippo hatte Sehnsucht nach einer Zigarette. Aber die Glut würde ihn verraten. Ein Schluck Rum wäre auch nicht schlecht gewesen. Aber das hatte Tiburón strikt verboten. Und Pippo wollte es nicht versauen. Ohne die Mara war sein Leben wertlos. Seit er vierzehn war, hatte er sich dem *vida loca* verschrieben. Dem hemmungslosen, brutalen Leben als Gangster.

La Mara para siempre.

Nach einer Stunde stand Pippo vorsichtig auf, um sein eingeschlafenes Bein zu schütteln.

Ein leises Knattern ließ ihn herumfahren. Eine Uzi, war sein erster Gedanke. Eine vollautomatische Maschinenpistole. Schoss da jemand im Hafen herum? Doch das Knattern hielt an. Eine Uzi konnte es daher nicht sein. Die hatte ihr 50-Schuss-Magazin nach zwei Sekunden verballert. Dieses Knattern hörte nicht auf. Es wurde langsam lauter. Es war ein gottverdammter Diesel. Ein Schiffsdiesel. Das Geräusch kam vom Wasser her.

Pippo blickte mit zusammengekniffenen Augen in Richtung Mole. Hatte Tiburón nicht gesagt, die Ladung aus Kolumbien komme erst morgen? Was, wenn es doch die Kolumbianer waren? Wenn sie schon heute kamen, und niemand empfing sie im Hafen? Er sollte Tiburón anrufen. Aber sein Smartphone konnte er unmöglich benutzen. Es leuchtete heller als jede Zigarette. Ein Scharfschütze von den Barrios, und er hätte sofort eine Kugel im Kopf.

Vielleicht sollte er den Posten verlassen und im Hafen nachsehen. Nur kurz. Als das Knattern deutlich zu hören war, nahm Pippo die Remington zur Hand und schlich an der Hauswand entlang in Richtung Mole. Was soll's, dachte er, die Barrios hatten sich seit Wochen nicht blicken lassen. Es wäre schon okay, wenn er kurz im Hafen nach dem Rechten sah.

Falls es die Kolumbianer waren, würde man ihn dafür loben, die *cabrones* aus Cartagena mit ihrem *coca* in Empfang genommen zu haben.

Pippo überquerte die Brachfläche vor der Hafenmole und sah das Boot. Tiburón hatte gesagt, die Kolumbianer würden mit einem dieser selbst gebauten U-Boote auftauchen. Aber das hier war kein U-Boot. Es war ein kleiner Fischtrawler mit buntem Holzrumpf.

Ohne Positionslichter tuckerte das Fischerboot quer durch das Hafenbecken und krachte ungebremst auf die Mole. Der Bug knirschte, während der Dieselmotor das Boot unnachgiebig gegen den Beton presste. Das war eine unerwartete Situation. Vielleicht eine Finte der Barrios? Pippo versteckte sich hinter einem rostigen Container und versuchte zu erkennen, wer dieses Boot steuerte.

Nach einigen Minuten nahm seine Neugier überhand. Er rannte an die Kante der Mole und sprang beherzt auf den Bug des Trawlers. Mit der Remington im Anschlag warf er sich hinter ein Bündel zusammengelegter Fischernetze. Dort blieb er einige Sekunden lang in Deckung. Als sich noch immer nichts tat, tastete er sich an der Kajüte vorbei in Richtung Heck, die Waffe im Anschlag.

»¡Colombianos! ¡Bienvenidos compadres!«, rief Pippo, auch, um sich selbst Mut zu machen.

Nichts regte sich. Pippo öffnete die Tür zum Steuerstand und setzte ein Bein in die Kajüte, als er vom Heck ein hölzernes Klappern vernahm. Es war der Deckel eines Stauraums. Doch Pippo kam nicht mehr dazu, sich umzudrehen. Etwas Weiches schlang sich um seinen Hals und drückte mit übermenschlicher Kraft zu. Aus der Remington löste sich ein Schuss. Die Schrotkugeln krachten in die Kajüte und zerfetzten den Steuerstand.

Eine Anakonda, war Pippos letzter Gedanke. Er hörte das Knacken seines Genicks. Und dann nichts mehr.

4

Hartsfield-Jackson International Airport, Atlanta, Georgia, USA

Er hätte sich wenigstens rasieren können, dachte Livia. Der Fahrer hielt ein handgeschriebenes Pappschild mit ihrem Namen in die Luft und stellte sich als Ramón Gonzales vor. Immerhin, der schwarze Anzug sah passabel aus. Und ihr Chefredakteur hatte Wort gehalten, indem er den Fahrdienst organisiert hatte.

Ramón nahm ihr den Rollkoffer ab und führte sie durch eine gläserne Schiebetür aus der Ankunftshalle des internationalen Terminals am Flughafen Atlanta zum Kurzzeitparkplatz. Dort schloss er einen dunkelblauen Lincoln Towncar auf. Das war gut, fand Livia. Mehr nach Regierung konnte ein Auto nicht aussehen.

»Wir müssen nach Newnan, Ramón, ich bin wegen des Flugzeugunglücks hier«, erklärte sie, als der Fahrer den Lincoln durch die Schranke des Parkplatzes steuerte. »Wir müssen uns der Absturzstelle von Süden nähern. Die Highways 29 und 85 werden von Norden aus verstopft sein, nehmen Sie also die 54 runter bis Luthersville, dann erst auf die 85 nach Norden.« Sie hatte im Flugzeug drei Stunden Zeit gehabt, die Gegend auf einer Karten-App zu studieren.

Ramón nickte widerwillig. Wie jeder Chauffeur konnte er es nicht ausstehen, wenn Fahrgäste ihm seinen Job erklärten. Aber er befolgte Livias Anweisung und steuerte den Highway 54 an. Nach einer knappen Stunde erreichten sie die Kreuzung südlich von Newnan und fuhren auf der Interstate 85 einige Meilen zurück nach Norden. Am Horizont stiegen Rauchfäden in den Himmel. Livia sah das Blinken von Rettungsfahrzeugen. Sie nahmen die Ausfahrt am örtlichen Krankenhaus und passierten eine Phalanx von TV-Übertragungswagen mit Satellitenschüsseln auf den Dächern.

»Fahren Sie weiter und machen Sie ein genervtes Gesicht.«

Livia reichte Ramón einen Plastikausweis mit farbigem Halsband nach vorne. Das offiziell aussehende Dokument war an sich wertlos. Es stammte von einem Besuch in Camp David, dem Sommersitz des amerikanischen Präsidenten, bei dem Livia im vergangenen Jahr zugegen gewesen war. Wer genau hinsah, konnte das längst abgelaufene Datum erkennen. Von Weitem jedoch sah man nur zwei Dinge: das Logo des Weißen Hauses und ein Passbild von Livia Chang.

Der Fahrer klemmte den Ausweis unter die Windschutzscheibe. Sie erreichten einen Kontrollpunkt, den nur Rettungsfahrzeuge passieren durften. Ramón spielte seine Rolle gut. Er tippte auf den Ausweis und machte eine ungeduldige Geste mit dem Zeigefinger. Der Feuerwehrmann an der Zufahrt winkte den Lincoln, ohne zu zögern, durch. Ein CNN-Team filmte sie sogar, vermutlich, weil es gerade nichts anderes zu filmen gab.

Ramón steuerte das Auto noch einige Hundert Meter weiter, bis ein zweiter Feuerwehrmann sie anwies, auf einem Stück Wiese zu parken. Livia stieg aus dem Fond, strich den Rock ihres Kostüms glatt und begrüßte den Lockenkopf mit Handschlag. Er hatte eine kräftige Statur und stellte sich als Bill Walsh vor.

Sie sagte nur: »Sehr erfreut. Chang«, und fischte den Ausweis des Weißen Hauses aus dem Lincoln. »Ist das Go-Team des NTSB schon da?«

»Noch nicht, Ma'am, die nördlichen Zufahrten sind ziemlich dicht, wegen der vielen Rettungsfahrzeuge. Die NTSB-Leute müssten aber jede Minute eintreffen.«

Livia hängte sich den Ausweis an dem dunkelblauen Plastikband um und verschränkte ihre Arme, um die Details zu verdecken. Sie lehnte sich an den Kotflügel des Lincoln.

»Grauenhafte Sache, was, Bill?«

»Absolut, Ma'am.«

»Wie viele Opfer werden es am Ende sein?«

»Noch nicht klar, einige werden auf der Intensivstation behandelt. Von den Passagieren und der Crew hat mit Sicherheit niemand überlebt. Aber einige der Menschen, die es am Boden erwischt hat, könnten es schaffen. Zum Glück waren die meisten Anwohner noch bei der Arbeit und die Kinder in der Schule. Sonst hätten wir hier ein echtes Gemetzel.«

»Das örtliche Krankenhaus wird kaum ausreichen, oder?«

»Wir haben insgesamt vier Kliniken beliefert, Ma'am. Und diese hier ...« Walsh deutete auf drei kastenförmige Schwerlaster mit wummernden Kühleinheiten auf dem Dach.

Livia ahnte, worum es sich handelte. Es waren mobile Leichenwagen. Logisch, mindestens hundertfünfzig Tote, viele vermutlich zerstückelt – die konnten nicht alle beim County Coroner, dem örtlichen Leichenbeschauer, abgeliefert werden.

»Gute Arbeit, Bill.«

Sie stieß ein betrübtes Pfeifen aus und ließ ihren Blick über die Szenerie schweifen. Die zerstörten Wohnhäuser, die Flugzeugteile, das Seitenleitwerk, der Walmart. Das Gelände sah aus wie ein gigantischer Schrottplatz. Sie stellte keine weiteren Fragen, um nicht als Laie – oder noch schlimmer, als Pressevertreterin – aufzufallen.

Aus der gleichen Richtung, aus der sie gekommen war,

näherten sich zwei schwarze Kleinbusse und ein Transporter. Die Fahrzeuge parkten neben dem Lincoln, in dem Ramón noch am Steuer saß. Gut zwei Dutzend Menschen, fast alle Männer, stiegen aus den Kleinbussen. Ein Kahlkopf Ende fünfzig mit buschigem Schnurrbart ging auf Bill Walsh zu. Er stellte sich als Leiter des Go-Teams des National Transportation Safety Board vor. Livia wartete, bis der Rest des Trupps seinem Boss folgte, und näherte sich von hinten. Sie erhob ihre Stimme laut und deutlich.

»Guten Morgen allerseits.«

Die NTSB-Leute wandten sich um, zunächst erstaunt, dann genervt, als sie Livias Ausweis wahrnahmen. Sie hielten sie für eine Aufpasserin aus dem Weißen Haus.

»Mein Name ist Chang. Bitte lassen Sie sich durch meine Anwesenheit keinesfalls stören. Wir machen alle nur unseren Job.«

Mit einer lässigen Bewegung schloss sie den Knopf ihres Jacketts über dem falschen Ausweis und hob den rechten Unterarm, um dem Untersuchungsteam den Vortritt zu lassen.

Der Kahlkopf mit dem Schnauzbart kniff die Augen zusammen, wandte sich wieder Bill Walsh zu und folgte mit seinen Leuten dem Feuerwehrmann. Der Pulk stieg über niedrig hängende Absperrbänder auf eine leichte Anhöhe. Von dort oben sah es aus, als wäre ein Tornado durch das Wohnviertel gezogen. Schlimmer noch, weil nicht nur Häuser plattgemacht worden waren, sondern auch das Erdreich wie von einem monströsen Pflug aufgewühlt war. Livia erspähte ein Flugzeugtriebwerk in einem Vorgarten. Einige Hundert Meter dahinter ragte das Seitenleitwerk in die Luft. Der Feuerwehrmann gab einen kurzen Überblick über die bislang bekannten Fakten. Livia schoss einige Fotos mit ihrem Smartphone und nahm ein paar Videos auf.

»Ist der Präsident an Katastrophenbildchen interessiert?«

Der Spott in der Stimme des NTSB-Teamchefs war unüberhörbar.

»Nicht nur er«, sagte Livia mit einem vieldeutigen Lächeln.

Der NTSB-Mann hob die Hand und fing an, seinem Team Anweisungen zu geben. »Okay, Leute, Murph und Nguyen suchen den CVR, Chuck und Lizzie die Blackbox. Die Ortungssignale müssten deutlich messbar sein. Ron leitet das Hardware-Team. Wie immer erst die Triebwerke, dann Steuerflächen, Flügel, Tanks und Rumpf. Ramirez, du kümmerst dich um die Kräne und Schwertransporter. Am Ende kommt der ganze Scheiß in unsere Leichenhalle.«

Livia hätte gerne gefragt, was er mit Leichenhalle meinte. Vermutlich war es der Technikerjargon für den Ort, an dem man die Trümmer eines Flugzeugwracks zusammentrug, sortierte und wie ein gewaltiges Puzzle zusammensetzte, um die Absturzursache zu finden.

Die NTSB-Leute verteilten sich in Kleingruppen auf dem Feld. Einige packten elektronische Geräte aus, andere Fotoapparate, Werkzeuge und Nummerntafeln.

Livia schaute eine Weile zu, machte noch ein paar Bilder und wandte sich wieder dem Feuerwehrmann zu. »Bill, ich müsste mal den Papierkram sehen, die Listen der Opfer und Patienten. Alles, was bisher bekannt ist.«

»Klar, Ma'am.«

Der Feuerwehrmann führte Livia den Hügel hinab in ein provisorisches Zelt des Katastrophenschutzes. Dort drückte er ihr ein Klemmbrett mit mehreren B5-Papieren in die Hand. Das meiste waren Tabellen mit Namen von Opfern, Altersangaben, Fundorten. Viele Details fehlten noch, vor allem Namen, weil man die meisten Toten bislang nicht identifiziert hatte.

Eine weitere Liste führte die Verletzten auf, die in umliegende Kliniken gebracht worden waren. Das waren Ortsansässige, die von Wrackteilen getroffen worden waren oder

Verbrennungen erlitten hatten. Livia las die Namen von drei großen Unfallkrankenhäusern in der weiteren Umgebung. Und eine Spezialklinik: das Henfield Center for Psychiatric Care. Dorthin war nur eine einzige Person gebracht worden. Eine Frau namens Maria Jiménez.

Livia tippte mit dem Finger auf den Namen und blickte Walsh an. »Ist das üblich? Dass man ein Opfer eines Flugzeugabsturzes in die Psychiatrie bringt?«

»Nein, Ma'am, aber in diesem Fall ging es nicht anders.«

Das Funkgerät des Feuerwehrmanns knackte. Der Leiter des Untersuchungsteams meldete sich. Aus einer Tragfläche tropfte noch immer Kerosin. Der NTSB-Mann bat Walsh, die Stelle zu sichern. Walsh entschuldigte sich bei Livia und eilte aus dem Zelt.

Livia blickte noch eine Weile auf die Listen der Opfer. Sie entdeckte, dass es eine Spalte gab, in der die Verletzungen eingetragen wurden, meist mit Kürzeln medizinischer Fachausdrücke. Frakturen, Rupturen, Quetschungen. Im Fall von Maria Jiménez war dieses Feld durchgestrichen. Die Frau war offenbar körperlich unversehrt. Bis auf ein akutes psychisches Problem. Ein massives Trauma, vermutete Livia.

Sie entdeckte einen Post-it-Notizzettel mit der Mobilnummer von Bill Walsh, speicherte die Ziffern in ihrem Telefon und verließ das Zelt. Sie machte es sich auf der Rückbank des Lincoln bequem, wo sie auf ihrem Laptop einen fünfzehnhundert Wörter langen Artikel schrieb, den sie mit mehreren Fotos und einem eilig zusammengeschnittenen 45-Sekunden-Video direkt an das Newsdesk ihrer Zeitung schickte. Namen von Opfern nannte sie keine. Das gehörte sich nicht.

Erschöpft lehnte sie sich zurück. Das war die Pflichtübung gewesen. Den aktuellen Bericht von der Unfallstelle hätte jeder bessere Volontär hinbekommen. Außer vielleicht den Trick mit dem falschen Ausweis. Doch die eigentliche Arbeit stand erst noch bevor. Was war die Ursache des Absturzes?

Menschliches Versagen? Ein Anschlag? Ein technisches Problem? Livia suchte einen Anhaltspunkt, an dem sie ansetzen konnte. Ein Puzzleteil, von dem aus sie weiter recherchieren konnte.

Bei den NTSB-Leuten konnte sie sich nicht mehr blicken lassen. Ihr Bericht mit den Exklusivbildern würde in wenigen Minuten online gehen. In der Zentrale des National Transportation Safety Board dürfte das ein Erdbeben auslösen, gefolgt von einem deftigen Anschiss für das Go-Team, das sich von einer Journalistin auf das abgesperrte Gelände hatte begleiten lassen. Der Schnauzbartträger würde ihr bei nächster Gelegenheit vermutlich eins der Wrackteile an den Kopf schleudern.

Livias Reporterinstinkt begann, um eine offene Frage zu kreisen: Wieso war diese einzelne Patientin – wie hieß sie gleich? Jiménez? – in eine psychiatrische Klinik gebracht worden statt in ein Unfallkrankenhaus? War die Frau nur besonders empfindlich, oder hatte sie etwas Traumatisierendes erlebt?

Zweifellos konnte Maria Jiménez etwas über den Absturz erzählen, dachte Livia.

5

Henfield Psychiatric Hospital, Coweta County, Georgia, USA

Livia stieß die Eingangstür des psychiatrischen Krankenhauses auf und ging auf die Empfangstheke zu. Ihr Auftreten, ihr dunkelgraues Kostüm und ihre feste Stimme strahlten pure Autorität aus. Eine der vielen Erscheinungsformen von Livia Chang.

»Entschuldigen Sie bitte, Schwester, ich brauche dringend Ihre Hilfe. Bei Ihnen ist eine Überlebende des Flugzeugabsturzes eingeliefert worden …«

Die Empfangsschwester blickte erst erstaunt. Dann mimte sie Geschäftigkeit. »Sie meinen vermutlich Ms. Jiménez.«

»Ganz genau. Ich muss sie unverzüglich sehen.« Statt einer Begründung zog Livia ihre Augenbrauen hoch, schürzte ihre Lippen und sah sich im Eingangsbereich um. Sie nannte das ihren *Stiehl-mir-bloß-nicht-meine-Zeit-Bitch*-Blick.

Es zeigte die erwünschte Wirkung. Die Empfangsschwester hob einen Telefonhörer ab und sprach einige Worte hinein. Eine übergewichtige Stationsschwester in hellblauem Kittel und weißen Sandalen kam zur Empfangstheke und bat Livia mitzukommen. Der Weg führte durch eine mit Codeschloss gesicherte Tür ein Stockwerk höher in einen Patiententrakt. Es roch nach Desinfektionsmitteln und frischer Wäsche.

»Bitte seien Sie vorsichtig«, bat die Krankenschwester, »es hat uns viel Mühe gekostet, Ms. Jiménez einigermaßen ruhigzustellen.«

Sie öffnete die Tür zu einem Einzelzimmer und ließ Livia den Vortritt. In einem Bett mit hochgeklappten Seitengittern lag eine ältere Lateinamerikanerin. Sie hatte dunkle, eingefallene Wangen und eine Sauerstoffmaske auf der Nase. Um den Bauch war sie mit einem kräftigen Ledergurt fixiert, mehrere Infusionsschläuche schlängelten sich von ihren Armen an ein Metallgestell voller Flüssigkeitstüten. Das Zischen des Atemgeräts und das Fiepen ihrer Herztöne waren die einzigen Geräusche im Zimmer.

»Ist sie voll mit Medikamenten?«

»Nur gängige Beruhigungsmittel, keine Hämmer. Im Moment schläft sie einfach nur. Zum Glück.«

Livia trat an das Bett. Ihr Blick schweifte über das schweißnasse Haar der Frau und die blutleeren Lippen. Ein Geflecht dunkelblauer Äderchen zog sich über ihre Nasenflügel. Die Augenlider zuckten unregelmäßig. Livia sah zartgliedrige Hände, die jedoch viel gearbeitet hatten. Die Brust der älteren Frau schien sich beim Atmen kaum zu heben. Am rechten Unterarm, in der Nähe des Handgelenks, entdeckte Livia ein Muster grünblau angelaufener Flecken. Vorsichtig streckte sie die Hand aus, um die Stelle zu betasten.

»Bitte nicht ...«, flüsterte die Schwester.

Doch die Patientin öffnete bereits ihre Augen. Ihr Körper bäumte sich auf. Sie griff nach dem Sauerstoffschlauch und riss die Atemmaske herunter. Schreie drangen aus ihrem Mund, schrill wie ein siedender Teekessel. In der gleichen Tonlage begann sie, Worte zu formen.

»¡El braaaaaaaazo! El braaazo ...«

Livia taumelte zurück. Das Kreischen klingelte in ihren

Ohren. Aus dem Italienischen schloss sie darauf, was die Frau schrie. »Klagt sie über ihren Arm?«

»¡El brazo! ¡El braaaazo! ¡Me agarróóóóóó!«

Maria Jiménez warf ihren Kopf hin und her, ballte die Fäuste. Die Schwester drückte auf einen Notfallknopf an der Wand. Als müsste sie sich für den Zwischenfall entschuldigen, versuchte sie, das Schreien der Patientin zu übertönen.

»Bevor wir sie sediert haben, hat sie das ohne Unterlass getan. Wir wissen nicht, warum. Es ist bizarr, sie hat keine Verletzungen an den Armen, nichts. Nur diese Druckstellen am Handgelenk. Die sind aber nicht der Rede wert. Wir haben sie von oben bis unten geröntgt, ihre Arme sind genauso in Ordnung wie der Rest des Körpers.«

Zwei Pfleger kamen ins Zimmer gestürmt und begannen, mit beruhigenden Worten auf Maria Jiménez einzureden. Einer drückte ihren Oberkörper auf das Kissen. Der andere zog eine Spritze auf und pumpte die Flüssigkeit in einen Zugang an der Armvene der schreienden Frau. Ihre Muskeln entspannten sich innerhalb von Sekunden, der Körper wurde schlaff. Die Pfleger setzten ihr die Atemmaske wieder auf.

Livia blickte die Stationsschwester an. »Es tut mir leid, mir war nicht klar, dass Ms. Jiménez in einem derart ... sensiblen Zustand ist. Haben Sie eine Erklärung für diese Symptomatik?«

»Wir vermuten im Moment eine psychische Störung namens Body Identity Integrity Disorder. Das ist ein Leiden, bei dem die Patienten einen Teil des eigenen Körpers nicht mehr akzeptieren. Oft betrifft das ein Bein oder einen Arm. Es kann extreme Formen annehmen. Manche BIID-Patienten entscheiden sich dafür, sich ein Körperteil amputieren zu lassen, obwohl das physiologisch unnötig ist. Aber tatsächlich geht es ihnen ohne den verhassten Körperteil besser. Die Entscheidung für einen solchen Eingriff können wir natürlich nicht eigenmächtig treffen. Das müsste Ms. Jiménez uns mitteilen, wenn sie bei vollem Bewusstsein ist.«

»Und die Male, wo kommen die her?«

»Die Male?«

»Diese Druckstellen am Unterarm. Woher stammen sie?«

»Das kann ich nicht sagen. Sanitäter lieferten Ms. Jiménez in großer Eile hier ab. Es gab weiß Gott noch genug anderes zu tun in Newnan.«

Livia nickte. Sie dankte der Schwester, trat auf den Flur vor dem Patientenzimmer und zog ihr Handy hervor. Sie entschied sich, Bill Walsh anzurufen, den Feuerwehrmann von der Absturzstelle. Seine Stimme wurde eisig, als er sie erkannte.

»Sie haben echt Nerven, Lady. Ich kann froh sein, wenn ich meinen Job behalte. Was glauben Sie, was hier los ist, seit raus ist, dass Sie eine verdammte Reporterin sind?«

»Ich habe nie gesagt, dass ich was anderes bin.«

»Bullshit. Sie hatten einen Ausweis vom Weißen Haus um den Hals.«

»Oh, das Ding. Sorry, das stammte noch von einem anderen Termin. Es stand deutlich drauf, dass ich Journalistin bin.«

»Müssen Sie sich nicht ausdrücklich als Pressevertreterin zu erkennen geben?«

»Mein Name ist Livia Chang, ich bin Reporterin der *New York Times*.«

»Sie gehen mir echt auf die Nerven.«

Livia machte eine kurze Pause. »Bill, sind Sie ein Anhänger der Pressefreiheit?«

»Ich habe jetzt keine Zeit für Grundsatzdebatten. Hier gibt es scheißviel Arbeit.«

»Einen Augenblick noch, Bill. Soll Ihr Name im nächsten Artikel erscheinen?«

»Was, zum Teufel? Nein.«

»Ich bräuchte nämlich noch zwei, drei Informationen von Ihnen.«

»Bei Ihnen hackt's wohl! Erst übertölpeln Sie mich, und jetzt gehen Sie in die Offensive? Dafür habe ich wirklich keine Zeit.«

»Okay. Dann also Zitate mit Namen. Walsh, mit einem l, richtig?«

»Ist das eine Erpressung?«

»Nein, Bill. Ich biete Ihnen die beiden journalistischen Optionen an: das direkte Zitat, wir nennen es O-Ton, oder das Hintergrundgespräch. Im letzteren Fall benutzen wir Informationen, ohne die Quelle namentlich zu nennen.«

Tatsächlich war es ein Bluff. Niemals hätte Livia den Namen von Bill Walsh ihrer Zeitung genannt, selbst wenn er das Gespräch in diesem Augenblick abgebrochen hätte. Aber vor die Wahl gestellt, entschied sich der Feuerwehrmann für die Variante Hintergrundgespräch.

»Fünf Minuten.«

»Also los. Wie gehen Sie vor, wenn Sie so viele Verletzte auf einmal vorfinden?«

»Wir nennen es Triage. Wir ignorieren die Toten und die Hoffnungslosen, wir übergehen die Leichtverletzten und konzentrieren uns auf jene, die eine Chance haben, wenn wir ihnen schnell helfen.«

»In welche Kategorie fiel Ms. Jiménez?«

»Wer?«

»Die Frau, die als Einzige in die Psychiatrie kam statt in eine Unfallklinik.«

»Ach ja. Das war in der Tat bizarr. Normalerweise heben wir uns diejenigen, die schreien, für später auf. Wer schreien kann, ist noch bei Kräften. Also ignorieren wir sie erst mal. Die dringenderen Fälle sind die Halbtoten, die Ohnmächtigen, die Blutenden, bei denen jede Sekunde entscheidend sein kann. Ms. Jiménez gehörte eigentlich in die Kategorie der Schreihälse. Aber sie schrie anders als eine Verletzte. Nicht vor Schmerzen. Ihre Schreie klangen wie die eines gequälten Tiers. Es lief uns kalt den Rücken runter. So was hatte noch keiner von uns gehört.«

»Körperlich war sie okay?«

»So ziemlich. Kein Blut und nichts. Bis auf einen echt gruseligen Umstand.«

»Was war das?«

»Wir mussten etwas von ihrem Arm entfernen.«

»War sie eingeklemmt? Ein Stück Schrott?«

»Nein, nein, anders.«

»Was war mit ihrem Arm los?«

»Ein Arm ...«

»Ja, der Arm ...« Wann kommt er zur Sache, dachte Livia.

»Wenn Sie mich ausreden lassen, sag ich es Ihnen.«

»Sorry.«

»Sie hatte einen Arm am Arm.«

»Was?«

»An ihrem Unterarm war ein Arm festgeklammert. Ein einzelner abgerissener Arm. Männlich. Er hing an ihr, als hätte der Besitzer sie gewaltsam am Handgelenk gepackt. Nur, dass der Mann hinter dem Arm fehlte ...«

Livia rang um Worte. Sie überlegte kurz, ob Ms. Jiménez eine Passagierin des Flugzeugs gewesen sein könnte und der Arm von ihrem Sitznachbarn gestammt hatte. Aber das war ausgeschlossen. Diesen Absturz hatte kein Passagier überlebt.

»Wir haben den Arm zunächst gar nicht abbekommen von der armen Frau. Sie schlug um sich wie eine Irre. Und das Teil war festgeklammert wie ein Schraubstock. Wir mussten sie fixieren und die Finger des Arms mit einer Rettungszange einzeln abkneifen.«

»Gibt es einen Hinweis darauf, von wem der Arm stammte?«

»Wir konnten ihn noch keinem der Opfer zuordnen, das wird dauern. Wir brauchen DNA-Tests und all das. Außerdem sind im Moment immer noch die Hunde unterwegs, die weitere menschliche Überreste suchen.«

»Wo befinden sich die sterblichen Überreste der Opfer?«

»Na, was denken Sie wohl?«

»Beim Leichenbeschauer.«

»Hundert Punkte, Miss Superschlau.«

»In den mobilen Einheiten auf dem Gelände? Ist der Arm dort zu finden?«

»Nein, in die Trucks kommen vollständige Leichen. Einzelteile werden zum County Coroner gebracht. Die brauchen mehr forensische Aufklärungsarbeit.«

»Danke, Bill. Und keine Sorge. Nichts wird auf Sie zurückfallen.«

»Das will ich hoffen, Lady.«

Livia beendete das Gespräch, bedankte sich ein weiteres Mal bei der Stationsschwester und eilte durch die Eingangshalle aus dem Krankenhaus. Vor der Tür sah sie ihren Fahrer, der mit grimmigem Blick und verschränkten Armen am Kotflügel des Lincoln lehnte.

»Alles okay, Ramón? Ich muss zum Office des Coroners von Coweta County. Es ist nicht weit, weniger als zwanzig Meilen.«

»Sorry, Lady, aber Ihre Zeitung hat mich nur für einen halben Tag gebucht.«

»Wir halten bei Starbucks, und Sie bekommen eine Venti Latte mit Karamell und allem Schnickschnack: Donut, Kuchen, was auch immer Sie möchten.«

»Davon kann ich meine Rechnungen nicht bezahlen.«

Livia streckte ihm einen Fünfzig-Dollar-Schein hin. »Zum Leichenbeschauer von Coweta County. Bitte, Ramón. Danach kehren wir zum Flughafen zurück. Und Sie haben frei. Versprochen.«

»Na schön, Ma'am.«

6

Comedor Carmen,

Barrio La Barra, La Ceiba, Honduras

»Dieser kleine Pummelige von den Mara-Wichsern, wie hieß er noch …?«

»Pippo.«

»Genau. Man hat den Scheißkerl im Hafen gefunden. In zwei Teilen. Sein fetter Wanst lag auf einem Fischerboot, sein Kopf auf der Mole. Und wisst ihr, was? Gordo erzählt rum, die Birne sei ihm abgerissen worden. Ab-ge-riss-en! Keine Machete und kein Messer. Auch nicht mit 'ner Knarre weggepustet. Abgerissen. *Puta madre.* Wer schafft so was? Jemandem den Kopf abzureißen?«

Unter dem kalten Licht einer Leuchtstoffröhre kreisten Nachtfalter in allen Größen. Auf den Plastiktischdecken klebten Ketchupreste. Eine halb leere Bierkiste stand auf dem Bretterboden, Cumbia-Rap wummerte durch den Gastraum des Schnellrestaurants.

»Macht die scheiß Mucke aus!«, brüllte Concho.

Die Männer an seinem Tisch zuckten zusammen. Eine verängstigte Frau schoss aus der Küche hervor und schaltete die Musik ab. Als es still war, knurrte der Anführer der Barrio-18 wie ein Kampfhund und blickte zornig in die Runde.

Er und drei seiner Leute waren die einzigen Gäste an diesem Abend. Als sie das Lokal betreten hatten, waren mehrere Familien überstürzt aufgebrochen. Unbescholtene Bewohner der Stadt wollten mit den Banden nichts zu tun haben. Vor der Tür hatte Concho zwei seiner Killer postiert, beide mit einer M16 bewaffnet. Eins der Gewehre war zusätzlich mit einem M203-Granatwerfer ausgerüstet.

Concho schlug mit der flachen Hand auf die Plastiktischdecke. »Also, ihr verdammten Hurensöhne, noch mal für eure Spatzenhirne: Die Wichser von der Mara-13 denken, wir hätten einem ihrer Typen die Birne abgerissen. Wir waren es aber nicht ...«

»Vielleicht wurde er gehenkt. Mit einem Galgen oder so. Da kann schon mal der Kopf abreißen ...«

»Halt die Fresse, du dumme Sau! Hast du schon mal ein Fischerboot mit Galgen gesehen? Und wenn die Mara-13 ihn aufgeknüpft hätte, dann würden die das wohl kaum uns in die Schuhe schieben! Die denken wirklich, dass wir das waren.« Concho, der vom Haaransatz bis zur Oberlippe mit einem bunten Muster tätowiert war, blickte seine Leutnants wütend an. »Die Maras glauben, wir hätten uns mit einem alten Fischerboot genähert. Vom Hafen her. Ein Überraschungscoup. Aber, *puta madre,* wir waren das nicht.«

Der Jüngste von Conchos Entourage war ein Hagerer mit Pickeln und dem Spitznamen *El flaco.* Er traute sich, das Wort zu ergreifen. »Tiburón ist außer sich vor Wut. Er lässt überall in der Stadt erzählen, dass er deinen Kopf will. Zehntausend will er zahlen. *Dollares.* Cash.«

Von der Veranda vor dem Restaurant erklang ein Schrei. Er kam von einem der beiden Aufpasser. Concho und seine Leute rissen gleichzeitig die Köpfe herum. Vor dem Fenster warf sich der *sicario* hinter einen Tisch und feuerte eine 203-Granate ab. Doch der Schuss war schlecht gezielt. Die Granate prallte an einem Holzpfeiler der Veranda ab, flog quer über die Straße und explodierte in einem gleißenden Blitz. Die Männer im Speiseraum warfen sich auf den Boden. Die Frontscheibe barst, und Glassplitter regneten auf die Tische.

Einige Sekunden lang blieb es ruhig. Concho und seine Männer hoben die Köpfe. Ein runder Gegenstand flog durch das zerbrochene Fenster in den Gastraum, schlug dumpf auf den Holzboden und rollte vor den Augen der Männer unter den Tischen vorbei. Es war der Kopf eines der beiden Wachposten. Fleischfetzen hingen an den Halswirbeln, und die Speiseröhre stand zwei Handbreit heraus. Keine Schnittwunden. Der Kopf war abgerissen worden. Ohne Zweifel.

Concho wurde weiß wie die Wand. Seine Beine zitterten. Der Pickelige erbrach einen Schwall halb verdauter Maisfladen auf die Holzdielen.

Puta madre. Concho sprang auf, stürmte durch die Küche, stieß Töpfe, Geschirr und die verängstigte Köchin beiseite und rammte den Hintereingang mit der Schulter auf. Einige Meter weiter sprang er über einen niedrigen Zaun. Hühner flatterten nach allen Seiten davon. Mein *barrio,* dachte er, hier kenne ich mich aus. Das gab ihm ein vages Gefühl der Sicherheit. Concho bog nach links ab, rannte durch den Garten von Tío Jorge, trampelte durch ein Salatbeet und sprang wie ein Hürdenläufer über einen Stapel Holzlatten.

Ein Schatten tauchte auf, zwanzig Meter rechts von ihm.

Jesús, der war schneller als Usain Bolt.

Concho griff im vollen Lauf in sein Schulterholster, zog einen Colt hervor, bremste scharf und feuerte das komplette Magazin auf den Schatten ab. Doch auf ein solches Ziel hatte er noch nie geschossen. Der Schatten schien ein Dutzend Arme und Beine zu haben, so geschickt bewegte er sich. Und er sprang schneller von links nach rechts, als Concho seinen Arm schwenken konnte. Keine der Kugeln traf ihr Ziel.

Concho schleuderte den Colt weg, vollführte eine 180-Grad-

Wende und trat wie ein Taekwondo-Kämpfer mit der Fußsohle gegen die Hintertür des nächsten Hauses. Sie flog krachend auf. An einer schreienden Familie vorbei stürmte er durch das Haus und die Vordertür auf die Straße. Doch der Schatten tauchte bereits an der nächsten Hausecke auf. Er ist schneller, dachte Concho fluchend. Oder sind es mehrere? Sein Atem klang wie das Schnaufen eines brünftigen Walrosses. Von seinem Verfolger hörte man nicht mal ein Hauchen.

Mit brennenden Lungen rannte Concho an der Vorderfront des Comedor vorbei, aus dem er wenige Minuten zuvor geflohen war. Sein linker Fuß prallte auf ein Hindernis. Er stolperte, verlor das Gleichgewicht und klatschte der Länge nach auf den staubigen Asphalt. Das Hindernis kullerte an ihm vorbei. Es war der Kopf von *El flaco,* dem Pickligen.

Von Panik getrieben, aus Handballen und Ellenbogen blutend, versuchte Concho, sich so weit aufzurichten, dass er wenigstens krabbelnd vorankam. Seine Finger krallten sich in den brüchigen Straßenbelag, seine Füße schabten über den Boden. Die Knie blutig. Da griff etwas nach seinem Unterschenkel.

Es fühlte sich an wie eine zuschnappende Wildtierfalle. Concho schaffte es nicht mehr, sich umzudrehen. Ein Schatten schlang sich um seinen Hals und drückte zu wie ein Schraubstock.

7

Coroner's Office,

Coweta County, Georgia, USA

Die roten Backsteine des Flachbaus unterschieden sich weithin sichtbar von den unzähligen grauen Lagerhallen an der nördlichen Ausfallstraße von Newnan. Auf einem meterhohen Pfeiler vor dem Gebäude prangte ein Schild: »Coweta County, Coroner's Office, Steven Sharrett, M.D.«

Livia entschied sich, diesmal ohne Tricks zu arbeiten. Während ihr Fahrer auf einen der Besucherparkplätze vor dem Backsteinhaus einbog, sah sie einen Mann, der einen dunkelgrünen Chevrolet Impala aufsperrte. Er war Ende fünfzig, trug ein Leinensakko, ein offenes Hemd, Jeans und einen beigefarbenen Panamahut. Er war unrasiert und hatte dunkle Ringe unter den Augen. Livia sprang aus dem Lincoln und beeilte sich, den Mann anzusprechen, bevor er sich in das Auto setzte.

»Sir ... Sir! Entschuldigen Sie bitte, eine kurze Frage nur. Ich suche Dr. Sharrett!«

Der Mann blickte sie mit müden Augen an. »Ma'am, können Sie auch nur im Entferntesten ahnen, wie viel ich in den letzten achtzehn Stunden zu tun hatte?«

Sein Atem roch nach Kaffee und Fast Food.

»Sie sind Dr. Sharrett? Sir, ich will Sie gewiss nicht lange aufhalten. Versprochen. Mein Name ist Livia Chang, ich bin Reporterin der *New York Times.*«

Der Gerichtsmediziner zog seine Augenbrauen zusammen und starrte Livia einige Sekunden lang an. Sie konnte seinen Gesichtsausdruck nicht recht deuten. Sie hielt alles für möglich, auch einen Wutausbruch. Vielleicht verständlich, dachte sie, wenn man gerade achtzehn Stunden lang sterbliche Überreste einer Flugzeugkatastrophe zu begutachten hatte.

»Mein Sohn studiert Physik in Stanford …«, sagte Dr. Sharrett.

Livia war verwirrt. Warum erzählte er das?

»Er hat mir im vergangenen Jahr diese Geschichte aus dem *New York Times Magazine* über den verschollenen italienischen Physiker geschickt. Wie hieß er noch?«

Livia wurde klar, worauf der Mann hinauswollte. Er hatte ihre preisgekrönte Reportage gelesen. »Ettore Majorana.«

»Genau. Absolut faszinierend. Nachdem ich die Story in dem Magazin gelesen hatte, habe ich mir Ihr Buch gekauft. *Peacock* irgendwas. Das ist von Ihnen, oder? Tolle Story.«

»Ja. *Peacock House.* Danke, das freut mich sehr.«

»Also, Ms. Chang, worum geht es?«

»Es gibt einen Körperteil von der Absturzstelle. Einen einzelnen Arm. Wenn es irgendwie geht, müsste ich ihn sehen. Nur kurz.«

»Ms. Chang, Sie werden verstehen, dass wir mit sterblichen Überresten respektvoll umgehen. Wir stellen keine Leichenteile zur Schau. Auch nicht vor Journalisten. Abgesehen davon, platzen wir im Moment vor Einzelstücken. Ich habe alles da, Füße, Hände, Arme, auch einzelne Zehen, Haarbüschel …«

Livia schluckte. »Der Arm, den ich suche, weist eine Besonderheit auf.«

»Welche?«

»Die Feuerwehr hat die Finger mit einer Zange abgekniffen.«

Das Gesicht des Coroners hellte sich auf. »Ah, jetzt weiß ich, was Sie meinen. Ich hatte mich nämlich gefragt, warum das gemacht wurde ...«

»Wie wäre es mit einem Deal? Ich sage Ihnen, warum die Finger abgeklemmt wurden, dafür darf ich den Arm kurz sehen ...«

Der Coroner überlegte. »Na gut, aber nur diesen einen Arm. Und wir halten es kurz, Ms. Chang.«

»Einverstanden, Doktor. Danach werde ich nie hier gewesen sein.«

»Folgen Sie mir.«

Der Arzt steckte seinen Autoschlüssel in die Sakkotasche und führte sie in den Eingangsbereich des Backsteingebäudes, wo zwei Schwestern hinter einer Empfangstheke auf Computern herumtippten. Dr. Sharrett griff in einen Blechschrank und warf Livia einen Kittel, einen Mundschutz und Latexhandschuhe zu. Sie zog die Sachen an und folgte ihm durch einen Flur und eine mit Codeschloss gesicherte Schiebetür in einen gekühlten Raum mit hellgrünem Kachelboden. In dessen Mitte waren drei Metalltische festgeschraubt. Fenster gab es keine. Abflüsse am Boden ließen darauf schließen, dass hier jede Menge Flüssigkeiten entsorgt wurden.

An der Stirnwand waren mehrere große Waschbecken angebracht. Die längere Seite des Raums bestand aus edelstahlverkleideten Türen mit dicken Handgriffen. Der Leichenbeschauer öffnete eine davon und zog eine Metallwanne heraus. Darauf lag ein männlicher Arm, blutleer und bleich. Die mit einer Zange abgekniffenen Finger lagen daneben.

Livia unterdrückte einen Anfall von Übelkeit und näherte sich. »Haben Sie irgendeine Ahnung, wer diesen Arm vermisst, Dr. Sharrett?«

»Nein, wir haben dieses Fundstück noch nicht mit anderen

Leichenteilen in Verbindung gebracht. Aber wir gehen nicht davon aus, dass der Besitzer noch lebt.«

Livia stellte sich direkt vor die Wanne und musterte das Körperteil. Die Behaarung des Unterarms war deutlich zu sehen. Der Knorpel des Oberarmknochens stand hervor, ebenso wie das blanke Muskelfleisch des Trizeps und das blutige Ende einer abgerissenen Schlagader. Unvermittelt richtete sie sich auf und deutete in eine entfernte Ecke des Raums.

»Und was ist dort?«

Der Leichenbeschauer blickte reflexartig in die angedeutete Richtung. In diesem Moment rammte Livia ihren Daumennagel in das abgerissene Ende des toten Arms und zupfte einen Hautfetzen ab. Als der Coroner sich wieder zu ihr umdrehte, ratlos, weil er nicht wusste, worauf Livia gezeigt hatte, wandte sie sich bereits von der Wanne ab und ging einige Schritte in Richtung Ausgang.

»Ich glaube, mir ist übel.«

»Verstehe. Ich begleite Sie nach draußen.«

Das mit der Übelkeit war nicht mal gelogen. Sie kämpfte gegen den Geschmack von Magensäure in ihrem Rachen. Das abgerissene Stück Haut hielt sie zwischen Daumen und Zeigefinger fest, krempelte den Handschuh um und zog ihn von ihrer Hand. Das Latexbündel mit dem Hautfetzen schob sie unauffällig in die Tasche ihres Blazers. Die Maske und den anderen Handschuh warf sie in einen Mülleimer.

»Tausend Dank, Dr. Sharrett, ich brauche nur etwas frische Luft und werde nicht weiter Ihre wertvolle Zeit stehlen. Ich wünsche viel Erfolg bei den Untersuchungen. Meinen Verlag werde ich bitten, Ihnen eine signierte Ausgabe meines Buches zuzusenden.«

»Das wäre sehr nett. Vielen Dank, Ms. Chang. Aber Sie wollten noch das Rätsel der abgekniffenen Finger lüften.«

Livia berichtete dem Arzt von Maria Jiménez und dem festgeklammerten Arm. Dr. Sharrett zog ein zutiefst erstauntes Gesicht und schüttelte mehrmals den Kopf. Sie hängte den geliehenen Kittel wieder in einen Blechschrank, verabschiedete sich freundlich und verließ das Backsteingebäude. Vor der Tür winkte sie ihrem Fahrer zu.

»Feierabend, Ramón! Wir fahren zurück nach Atlanta.«

8

Calle 5, Barrio La Barra, La Ceiba, Honduras

Der Schatten hauchte seine Worte in Conchos Ohr. Er sprach Englisch mit starkem Akzent. »Wo hebt ihr euer Geld auf?«

Concho musste seine Worte aus dem Rachen würgen. »Was für Geld?«

»Noch so eine Antwort, und dir passiert das Gleiche wie den anderen.«

»Bitte …«

»Das Geld. Wo ist euer Geld?«

»Wir haben etwas in der Casita Marmita.«

»Bring mich hin.« Der Schatten riss Concho vom Asphalt hoch auf die Beine. »Wo ist deine Karre?«

Concho deutete auf einen Plymouth GTX mit Breitreifen und orangegelber Flammenmuster-Lackierung. Eine Ikone der Siebziger.

»Du fährst, ich sitze hinter dir.«

Concho nickte. Gemeinsam gingen sie zum Wagen. Als der Schatten Concho losließ, damit sie einsteigen konnten, traute der Gangster sich nicht, seinen Blick zu wenden.

Bedächtig fuhr Concho durch die nächtlichen Straßen von

La Ceiba. Der Schatten auf dem Rücksitz schwieg. Der Achtzylinder des Plymouth wummerte vor sich hin. In einer unbeleuchteten Seitengasse hielt Concho am Straßenrand und deutete mit dem Finger auf eine rote Neonreklame einige Häuser vor ihnen.

»Aussteigen!«, befahl der Schatten.

Sie liefen die Calle entlang zum Neonlicht. Der Schatten blieb zwei Schritte hinter Concho.

»Wo?«

»Hier«, sagte Concho und klopfte an die Stahltür unter dem Rotlicht. Sie öffnete sich. Ein mindestens drei Zentner schwerer Kreole öffnete. Sein nackter Oberkörper war mit einer Goldkette geschmückt, unten trug er Bermudashorts und an den Füßen Plastiklatschen. Er erkannte Concho und trat zur Seite.

»Ich muss nur kurz ins Büro«, knurrte Concho. Der Dicke nickte stumm, blickte aber argwöhnisch auf Conchos aufgeschürfte, blutende Arme und den unbekannten Begleiter. Concho erwog kurz, Alarm zu schlagen und es auf einen Kampf mit dem Schatten anzulegen, jetzt, da es zwei gegen einen stünde. Aber dann sah er wieder den Kopf von *El flaco* vor sich.

»Alles okay, mach dir keine Sorgen«, sagte er zu dem Dicken und ging durch einen Korridor nach hinten. Er spürte, dass der Schatten hinter ihm blieb. Noch immer vermied er es, seinen Peiniger anzublicken. Concho zog einen Schlüsselbund hervor, öffnete eine Tür und betrat das Zimmer, das er Büro genannt hatte. Zwei abgewetzte Kunstledersessel standen darin, ein billiger Schreibtisch, an der Wand ein Pornokalender und ein riesiger TV-Bildschirm, in der Ecke ein Boxsack, eine Sporttasche und ein Tresor.

»Öffnen!«

Concho kniete vor dem Tresor nieder. Seine Finger fühlten sich taub an, und seine Hände zitterten. Er brauchte drei

Anläufe, um die richtige Kombination einzugeben. Dann zog er die Stahltür auf.

»Tasche. Geld rein!«, befahl der Schatten.

Concho nahm die Sporttasche, leerte ein Paar Boxhandschuhe sowie ein Handtuch aus und packte Dutzende von Geldbündeln aus dem Tresor hinein. Als er fertig war, schlang sich von hinten etwas um seinen Hals und raubte ihm die Luft.

9

Broad Institute, Cambridge, Massachusetts, USA

DNAtrium? Ernsthaft? Livia Chang musste lachen. So etwas konnte nur Wissenschaftlern einfallen, echten Nerds – eine Eingangslounge DNAtrium zu nennen. Andererseits passte es zu diesem Ort, der Empfangshalle des Broad Institute, eines der weltweit renommiertesten Forschungszentren für Molekularbiologie. Da durfte das Atrium natürlich DNAtrium heißen.

Sie meldete sich bei der Rezeption an und nahm auf einer Sesselgruppe hinter der lichtdurchfluteten Glasfront Platz. Das Geländer der Treppe zu den oberen Stockwerken war ebenso aus Glas wie die geschwungene Front eines Auditoriums. Dr. Baleisubramanian werde in wenigen Minuten da sein, hatte die Frau am Empfang gesagt. Den Genetikexperten hatte Livia am Tag zuvor ein Kollege aus der Wissenschaftsredaktion ihrer Zeitung empfohlen. Der Inder sei ein netter Mann, Journalisten gegenüber stets aufgeschlossen.

Vom Flughafen in Atlanta aus hatte es Livia geschafft, mit dem Wissenschaftler einen Termin für den nächsten Morgen zu vereinbaren. Und sie hatte den Abendflug nach Boston erwischt. Nach einer kurzen Nacht im *Marriott* der Universitätsstadt Cambridge, die von Boston nur durch den Charles River getrennt war, saß sie nun im DNAtrium des Broad Institute.

Dr. Baleisubramanian sah jünger aus, als sie erwartet hatte. Er trug ein türkisfarbenes Poloshirt und Birkenstock-Sandalen. Mit freundlichen Augen und einem liebenswürdigen Lächeln näherte er sich Livia. Sie erhob sich aus ihrem Sessel und winkte ihm zu. In diesem Augenblick klingelte ihr Telefon. Es war Thomas Bell, ihr Chef. Sie entschloss sich, das Gespräch anzunehmen, und entschuldigte sich mit einer Geste bei dem indischen Wissenschaftler.

»Hi, Tom …«

»Livia, ich habe nichts mehr von dir gehört seit deinem Bericht gestern von der Unfallstelle. Gute Arbeit übrigens. Wie machen wir weiter?«

Wir, dachte Livia. Was für ein Euphemismus.

»Gut, dass du nachfragst, Tom. Ich habe eine interessante Spur, die ich in Boston verfolge, genauer gesagt, in Cambridge, beim Broad Institute. Du weißt schon, das sind diese Genetikfreaks.« Sie lächelte Dr. Baleisubramanian zu und hob einen Zeigefinger, um zu signalisieren, dass das Telefonat nicht lange dauern würde.

»Boston? Was soll das? Du bist in Boston? Warum bist du nicht in Atlanta?« Ihr Chef klang wenig erfreut.

»Frag bitte nicht, wie, aber ich habe eine Gewebeprobe von einem der Absturzopfer bei mir. Ich möchte sie untersuchen lassen.«

»Ach, du liebe Zeit. Warum das denn?«

»Bauchgefühl. Tom, ich treffe hier gerade einen Informanten. Ich erzähle später mehr.«

Sie lächelte den Wissenschaftler erneut an. Er blieb diskret einige Meter entfernt stehen und setzte eine neutrale Miene auf.

»Livia, was soll das mit der Gewebeprobe? Am Ende wissen wir, dass einer der Passagiere blaue Augen oder Navajovorfahren hatte. Was haben wir davon? Du sollst keine Reportage für die Wissenschaftsseiten machen, sondern die Absturzursache recherchieren.«

»Tom, du hast mich auf den Fall angesetzt. Du wolltest Livia Chang. Jetzt bekommst du Livia Chang.«

»Ich ahne es. Wahrscheinlich kosten der Ausflug und die Genanalyse auch noch eine Menge Geld.«

»Tom, wie viele digitale Abonnenten hat mein Online-Exklusivbericht von der Unfallstelle eingebracht?«

»Mehr als achttausend bis jetzt. Es wird immer noch gut geklickt.«

»Ein schöner Erfolg, was?«

Dr. Baleisubramanian hob die Augenbrauen. Livia merkte, dass sie die Grenze der Unhöflichkeit überschritten hatte.

»Okay. Lass deinen verdammten Fleischfetzen auf DNA-Spuren oder was auch immer testen. Ich bezweifle, dass du auf diesem Weg die Erkenntnisse des NTSB recherchieren kannst. Und wehe, ich erfahre die Absturzursache von CNN.«

Tom legte auf. Livia steckte das Handy eilig weg und begrüßte ihren Gesprächspartner mit einem entwaffnenden Lächeln. Der Forscher kam sofort zur Sache.

»Ms. Chang, Ihre Kollegen von der Wissenschaftsredaktion sagten mir, dass Sie eine seriöse Reporterin sind und eine eilige DNA-Analyse benötigen. Ich kann das für Sie erledigen, muss aber zweitausend Dollar in Rechnung stellen. Sonst kriege ich Ärger mit der Institutsverwaltung.«

Livia stimmte zu, bedankte sich überschwänglich und druckte Dr. Baleisubramanian den zusammengeknüllten Latexhandschuh in die Hand. »Die Hautprobe befindet sich in einem der Finger des Handschuhs.«

Der Wissenschaftler blickte misstrauisch auf das Gummibündel. Aber schließlich nickte er. Livia hatte vor, das Genom des abgerissenen Arms mit einschlägigen, öffentlich zugänglichen Datenbanken abzugleichen. Millionen Menschen hatten in den vergangenen Jahren ihr Genom ins Internet gestellt und viele auf diese Weise unverhofft Verwandte gefunden.

»Ich rufe Sie gegen Mittag an«, sagte der Inder. Livia nannte ihm ihre Handynummer. Er verschwand durch eine Zugangsschranke über die verglaste Treppe in ein oberes Stockwerk des Instituts.

Livia verließ das DNAtrium und blinzelte in die gleißende Sonne Neuenglands. Sie atmete durch und ging die Straße hinunter, wo eine Reihe von Gastronomiebetrieben auf Kundschaft warteten. Sie entschied sich für einen Veggieburger.

Der Anruf von Dr. Baleisubramanian kam erst nach drei Uhr nachmittags. Der Wissenschaftler war kurz angebunden. Er bat sie, ins Institut zu kommen.

Als Livia zum zweiten Mal an diesem Tag das DNAtrium betrat, erhob sich Dr. Baleisubramanian aus einem der Loungesessel und lud sie ein, neben ihm Platz zu nehmen. Sein Blick war deutlich ernster als am Vormittag.

»Ms. Chang, darf ich fragen, wie Sie an diese Gewebeprobe gekommen sind?«

»Das tut mir leid, Doktor, aber nein. Quellenschutz. Bitte haben Sie Verständnis. Ich werde auch Ihren Namen gegenüber anderen Gesprächspartnern nicht nennen.«

Der Wissenschaftler blickte einen Moment lang zu Boden. Dann legte er die Handflächen aneinander und sah Livia in die Augen. »Verstehe. Ich will Ihnen reinen Wein einschenken. Wir haben das Genom entziffert und tatsächlich einen Treffer erhalten. Der Mann …« Er zögerte. »Ich darf wohl annehmen, dass er nicht mehr lebt?«

Livia nickte.

»Haben Sie je von dieser Geschichte aus Deutschland gehört, Ms. Chang? Der Skandal um das sogenannte Phantom?«

»Nein, wovon sprechen Sie?«

»Die deutsche Polizei war jahrelang auf der Spur eines Serienmörders, jemand, der Dutzende von Menschen umgebracht haben soll. Man nannte ihn das Phantom. Der Fall wurde immer bizarrer, weil die Umstände der Morde so unterschiedlich waren und doch jedes Mal der gleiche Täter am Werk zu sein schien.«

»Und?«

»Irgendwann fand man heraus, dass das Phantom eine Mitarbeiterin des Polizeilabors war. Sie hatte die DNA-Proben der Tatorte bei der Genanalyse mit ihrer eigenen DNA verunreinigt. Sie war das Phantom. Eine schlampige, aber unschuldige Laborantin.«

»Warum erzählen Sie mir das?«

»Weil wir am Broad Institute vorsorglich eine Genomdatenbank aller Mitarbeiterinnen und Mitarbeiter angelegt haben. Dadurch können wir sofort feststellen, wenn DNA-Proben mit dem Erbgut unseres Personals in Kontakt gekommen sind und verunreinigt wurden.«

»Doktor, das ist alles schön und gut, aber ich wollte keine Reportage über Ihr Institut schreiben, sondern nur das Erbgut dieses Hautstücks …«

»Deshalb erzähle ich Ihnen das, Ms. Chang. Die Person, deren Gewebeprobe Sie mir heute Morgen gebracht haben, war ein Mitarbeiter dieses Instituts.«

Livia sah ihn verblüfft an. »Wie bitte?«

»Die Analyse Ihrer Gewebeprobe hat ein eindeutiges Ergebnis geliefert. Sie stammt von einem Mann namens Dr. Robert Keever. Er war Biochemiker und Postdoktorand einer Neurobiologie-Arbeitsgruppe unseres Instituts. Ich habe das Gewebestück seinem Vorgesetzten übergeben.«

»Robert Keever …«, sagte Livia. »Kannten Sie ihn persönlich?«

»Nein, ich arbeite mit einer anderen Gruppe. Es gibt achthundert Wissenschaftler in diesem Gebäude.«

»Wer ist der Vorgesetzte, von dem Sie sprachen?«

»Van Keuken. Professor van Keuken.«

»Kann ich mit Professor van Keuken sprechen?«

»Tja, Sie können es sicherlich versuchen.«

»Gibt es ein Problem?«

Dr. Baleisubramanian blickte kurz an die Decke. Er wirkte ein wenig verlegen. »Na ja, mit Professor van Keuken ist es ...«

»Was?«

»... nicht so einfach. Sozial betrachtet.«

»Verstehe. Ich muss es wenigstens versuchen.«

»Das Labor ist im dritten Stock, Nordwestecke. Sagen Sie bitte nicht, dass ich Ihnen diese Information gegeben habe.«

»In Ordnung. Brauche ich eine Zugangskarte?«

»Ich lasse Sie durch die Schranke in den Laborbereich. Danach müssen Sie alleine weitermachen.«

»Das ist sehr freundlich von Ihnen, vielen Dank.«

Dr. Baleisubramanian öffnete mit seiner Chipkarte die Personenschranke zum Laborbereich. Livia bedankte sich und stieg über die Treppe hinauf in den dritten Stock. »Abteilung für Neurobiologie« stand auf der Glasscheibe einer Flügeltür, darunter in Großbuchstaben der Name des Gruppenleiters: »PROF. G. VAN KEUKEN«. Livia öffnete die Tür und betrat einen langen Flur mit blauem Kunststoffboden und wasserabweisendem Lack an den Wänden. Mehrere Türen gingen links und rechts davon ab. Sie horchte an einigen, und als sie Stimmen vernahm, betätigte sie die Klinke.

Das Labor war ein riesiger Saal. Weiße Tische voller Gerätschaften reihten sich an den Wänden entlang. Darauf standen Pipetten, Petrischalen, Messzylinder, Stativstangen, Mikroskope, Kühlschränke, Styroporschachteln und mehrere Eimer mit dem gelben Symbol für biologischen Sondermüll. An einer Ecke dampfte es aus einem runden Metallbehälter. Flüssiger Stickstoff, vermutete Livia. In der Mitte des Labors schwenkte ein vollautomatischer Roboter seinen Arm und träufelte mit schnellen Bewegungen Flüssigkeiten in Schalen, die wie überdimensionale Eiswürfelbehälter aussahen.

Auf einem Drehhocker saß ein gut aussehender Mann in Livias Alter. Seine Haut war mokkafarben, seine Augen leuchteten smaragdgrün. Das gewellte Haar trug er etwas länger und nach hinten gekämmt. Er lächelte sofort, als er Livia erblickte. Neben ihm stand eine Frau mit dem Rücken an einen Labortisch gelehnt. Sie war deutlich älter und füllig wie ein Mehlsack. Ihr rötlich-graues Haar fiel wie Schnittlauch an allen Seiten des Kopfes herab. Ihre Lippen waren wulstig, die Stirn gefurcht. Die Wangen erinnerten an die Lefzen eines Boxerhundes.

Livia sprach den Mann an. »Professor van Keuken?«

Die Augen des Mannes schwenkten zu der Frau neben ihm. Livia wurde klar: Professor van Keuken war Frau Professor van Keuken.

Die Wissenschaftlerin blickte Livia an. Ihre Wulstlippen verzogen sich zu einem breiten, aber keineswegs freundlichen Lächeln. Gelbe Zähne mit Lücken kamen zum Vorschein.

»Wer sind Sie?« Van Keukens Stimme klang nach schwarzem Tabak.

»Livia Chang. Ich arbeite für die *New York Times.*«

Die Augen der Wissenschaftlerin weiteten sich. Ihre Wulstlippen formten ein O. Schnell fasste sie sich wieder. »Wie schade. Ich hatte schon gehofft, Sie würden etwas Exotik in unser Labor bringen.«

»Exotik?«

»Bevorzugen Sie ein anderes Wort? Vielleicht mit einem *r* statt dem *x?*«

Der jüngere Wissenschaftler rollte hinter dem Rücken van Keukens die Augen. Livia blieb äußerlich gelassen.

»Ich habe keine Ahnung, worauf Sie anspielen, Professor van Keuken. Sie haben jedenfalls etwas, das mir gehört.«

»Was könnte das wohl sein, Ms. Asia?«

»Chang. Es geht um eine Gewebeprobe.«

Van Keukens Augen weiteten sich erneut. Jetzt war Schluss mit Lächeln. Sie ging zum Angriff über. »Sollten Sie von dem sterblichen Überrest sprechen, dessen DNA mein indischer Kollege mit diesem unaussprechlichen Namen analysiert hat, so würde ich vorschlagen, Sie erwähnen das Thema mit keinem Wort mehr.«

»Wie bitte?«

»Welchen Teil haben Sie nicht verstanden, *my little china girl?*« Sie streckte den Zeigefinger aus. »Raus aus meinem Labor.«

Livia starrte in van Keukens Augen. »Legen Sie Wert darauf, in einem Zeitungsartikel zu erscheinen als jemand, der Beweismaterial einer wichtigen Recherche verschwinden ließ?«

Van Keuken kam zwei Schritte auf Livia zu, den Zeigefinger noch immer ausgestreckt.

»Solche Spielchen sollten Sie gar nicht erst anfangen, Schätzchen. Noch ein Wort, und wir ziehen die Polizei zurate. Herzlich gerne. Dann können Sie genau erklären, woher Sie dieses Stück Haut haben. Ist Ihnen der Begriff Leichenfledderei geläufig?«

Livia wurde klar, dass die Frau, so widerlich sie sich auch benahm, nicht unrecht hatte. Man zupfte Toten in der Tat keine Hautfetzen ab. Sie entschied, ihre letzte Karte auszuspielen.

»Dr. Robert Keever war Ihr Mitarbeiter. Was hatte er in Honduras zu tun?«

»Honduras? Hmmm?« Professor van Keuken entfernte sich zwei Schritte von der Laborbank und fuhr mit ihrem fleischigen Zeigefinger durch den Kragen ihres Kittels. »Ich wüsste nicht, was Sie das angehen könnte …«

Der jüngere Wissenschaftler lächelte Livia weiter an. Sie

meinte sogar, ein aufmunterndes Nicken auszumachen. Van Keuken blieb feindselig.

»Ms. Chingchong, Sie haben uns lange genug von wichtigen Forschungsfragen abgehalten. Sie machen sich jetzt schnellstens aus dem Staub und verbreiten Ihre Fake News, oder was auch immer Sie sonst zu tun haben.«

Livia starrte Professor van Keuken an, bis diese ihrem Blick auswich. Den kleinen Sieg hatte sie dringend nötig. Dann machte sie kehrt und verließ das Labor.

10

Marriott Hotel,
Cambridge, Massachusetts, USA

Nach einem üppigen Teller Muscheln in einem Fischrestaurant an der Main Street und einem Abstecher in eine Jazzbar im Bostoner Back-Bay-Viertel zog sich Livia Chang in ihr Hotelzimmer zurück. Sie war reichlich enttäuscht und leicht angetrunken. Die Gewebeprobe hatte sie kaum weitergebracht. Sie wusste zwar nun, wer der Mann mit dem abgerissenen Arm gewesen war, aber das hatte in eine Sackgasse geführt. Womöglich hatte Dr. Keever, als er in Atlanta abgestürzt war, nur einen Abenteuerurlaub in Mittelamerika hinter sich gehabt. Mit dem Ausflug nach Boston hatte sie praktisch nichts erreicht und außerdem ihren Chef verärgert.

Sie hatte sich verrannt.

Andererseits wurde sie das Gefühl nicht los, dass Keever ein wichtiges Puzzleteil darstellte. Womöglich hatte er mit dem Absturz zu tun.

Sie wollte gerade einen Blick in die Minibar werfen, als eine Textnachricht auf ihrem Handy aufblinkte. Sie stammte von der Nachtsekretärin ihrer Redaktion in New York.

Livia, ein gewisser Nuri Zamiro möchte zurückgerufen wer-

den. Er sagt, du hast ihn heute in seinem Labor besucht. Gruß, Silvia.

Hinzugefügt war eine Mobiltelefonnummer. Zamiro? Der Name sagte ihr nichts. Instinktiv griff Livia zu ihrem Laptop und googelte »Nuri Zamiro« und »Broad Institute«. Nach Sekundenbruchteilen tauchte das Bild des gut aussehenden Assistenten von Professor van Keuken auf. Seine Smaragdaugen leuchteten auf der Institutswebsite fast wie in Wirklichkeit.

Livia blickte auf die Uhr. Es war kurz vor Mitternacht. Sie zögerte. Konnte man um diese Zeit zurückrufen? Sie schob ihre Zweifel beiseite und wählte die Nummer aus der Textnachricht.

Der junge Wissenschaftler brüllte ins Telefon, um Musik und Kneipengeräusche im Hintergrund zu übertönen. Livia musste lächeln, weil ihre Skrupel wegen der späten Stunde unnötig gewesen waren.

»Ms. Chang, gut, dass Sie anrufen. Hier ist es leider gerade etwas laut. Ich wollte mich noch mal kurz bei Ihnen melden, nach dem unerfreulichen Auftritt meiner Chefin.«

»Nennen Sie mich Livia. Wir sind beide nicht im Rentenalter.«

»Okay, gerne. Ich kann allerdings nicht gut sprechen im Moment.« Livia hörte ein heruntergefallenes Glas zersplittern. »Wir feiern gerade die Doktorprüfung einer Kollegin. Sind Sie noch in Boston? Könnten Sie vielleicht morgen Vormittag gegen elf Uhr noch mal ins Labor kommen?«

»Das ist nicht nötig, wenn es nur um eine Entschuldigung für Ihre unverschämte Chefin geht ...«

»Nein, nein. Es gibt da etwas, das Sie wissen sollten.«

»Auf eine weitere Begegnung mit Professor van Keuken habe ich nicht die geringste Lust.«

»Keine Sorge. Sie fliegt morgen früh überraschend ins Ausland. Sehr spontaner Entschluss. Ich werde alleine sein, mit ein paar Studenten und Laboranten, die uns nicht stören.«

»Okay, dann gerne. Mögen Sie andeuten, worum es geht?«

»Sage ich Ihnen morgen, hier tanzt gerade der Bär. Elf Uhr, okay?«

Livia bedankte sich, legte auf und öffnete die Minibar. Dann kam ihr ein Gedanke. Sie öffnete erneut den Laptop und gab den Namen »Robert Keever« ein. Er tauchte in der Mitarbeiterliste des Instituts auf, allerdings ohne Foto. Egal, dachte Livia, ein Bild von Keever würde das Rätsel seines abgerissenen Arms nicht lösen. Sie mixte sich einen Gin Tonic, ließ zwei Eiswürfel in ihr Glas fallen und lehnte sich zurück. Verdient hatte sie sich den Drink nicht, fand sie. Aber vielleicht tat sich ja noch eine Spur auf. Was könnte der gut aussehende Assistent van Keukens ihr wohl sagen wollen?

Sie sah auf ihre Uhr. Auf das massive Edelstahlgehäuse. Das Lamellenarmband. Das azurblaue Ziffernblatt, auf dem in diesem Augenblick die Datumsanzeige wechselte. Eine Elf. Es war der 11. September. In ihrem Kopf flammte die Erinnerung auf. Die Erinnerung an den Herbst 2001. Ihre Schicksalstage. Sie war sechzehn gewesen und ihr Leben ein Scherbenhaufen. An einem sonnigen Septembertag war ihre Mutter nicht mehr nach Hause gekommen. Livia hatte bereits ein schlechtes Gefühl verspürt, als die Stadt im Schockzustand erstarrte und die Zwillingstürme des World Trade Center einstürzten. Der Anruf kam zwei Tage später. Ihre Mutter war einer der zweihundert Menschen gewesen, die von den Türmen gesprungen waren, statt sich dem Rauch und dem Feuer der brennenden Hochhäuser zu ergeben. Daher wurde ihre Leiche vergleichsweise schnell identifiziert.

In einer kleinen, anrührenden Zeremonie bekam Livia von einem Stadtrat eine amerikanische Flagge überreicht und das letzte Relikt ihrer Mutter, die Armbanduhr. Es war eine Vostok Komandirskie mit blauem Ziffernblatt und Aufziehmechanismus. Das Edelstahlgehäuse hatte den Fall aus dreihundert Metern Höhe auf wundersame Weise überstanden. Sowjetische Wertarbeit.

Livia war dankbar für die Hinterlassenschaft. Ihre Ma hatte diese Uhr immer getragen, auch nachts. Die Uhr verkörperte Livias Mutter mehr als jedes Kleidungsstück. Als Livia sie schließlich zum ersten Mal in ihren Händen hielt, fiel ihr Blick auf den Metallverschluss auf der Rückseite. Neben der kyrillisch buchstabierten Herstellerangabe war dort ein Satz in einer unverständlichen Sprache eingraviert: *Đối vói dịch vụ trung thành.*

Livia ahnte, dass es Vietnamesisch war. Am Nachmittag desselben Tages suchte sie ein vietnamesisches Restaurant auf. Nachdem sie eine würzige Pho Bo genossen hatte, fragte sie den Besitzer nach der Gravur. Der Mann blickte kurz auf die Uhr, erbleichte und starrte Livia mit aufgerissenem Mund an. Sein Arm begann, in der Luft zu kreisen. Er schimpfte in abgehackten Silben und deutete energisch zum Ausgang. Eine Bedienung eilte herbei und zog Livia am Arm auf die Straße.

Livias Knie zitterten. Sie suchte Halt an der Stange eines Verkehrsschilds. Eine alte Asiatin mit Zahnlücken, die an einem Treppenaufgang saß, winkte sie schließlich herbei und ließ sich die Uhr zeigen. Die Frau kniff beschämt die Lippen zusammen. In gebrochenem Englisch erklärte sie Livia, was der Grund der Aufregung war: Uhren wie diese waren die Belohnung für Agenten des nordvietnamesischen Geheimdienstes TC2 gewesen. Für Spione der Sozialistischen Republik Vietnam.

»Für treue Dienste«, lautete die Gravur.

Ihre Mutter war also keine Chinesin gewesen. Sondern Vietnamesin. Und Spionin. Livias bisheriges Leben war eine ungeheuerliche Lüge. Diese Erkenntnis traf sie schmerzhafter als der Tod ihrer Mutter und das Verschwinden ihres

Vaters, eines italienischen Dandys, an den sie fast keine Erinnerung hatte.

Mit einer Bohrmaschine knackte sie eine Stahlkassette, die sie einige Tage nach dem Tod ihrer Mutter im Kleiderschrank gefunden hatte. Darin fand sie etliche Tausend Dollar in bar sowie Einreisedokumente der US-Behörden aus dem Jahr 1975, die ihre Mutter als Chinesin namens Chang Feifei identifizierten. Auf einem anderen Dokument, einem Ausweis mit vietnamesischer Schrift, hieß sie allerdings nicht Chang, sondern Trang. Livia wusste, dass man beide Namen gleich aussprach.

Warum hatte sie ihre eigene Tochter ein Leben lang belogen? Livia gestand sich die Wahrheit ein: weil es das ist, was Spione tun.

Nächtelang lief Livia wie betäubt durch die Hochhausschluchten Manhattans, von Soho nach Hells Kitchen, von Chelsea nach Chinatown. In Pubs, in denen man ihr Alter nicht kontrollierte, betrank sie sich bis zur Besinnungslosigkeit. Nachdem sie eines Nachts die Reste einer halben Flasche Jack Daniel's in den Rinnstein der 45. Straße erbrochen hatte, beschloss sie, ihre Schulfreundin anzurufen.

Mit Karen war sie im Jahr zuvor beim Schüleraustausch in Frankreich gewesen. Auch jetzt war Karen in Europa, diesmal mit ihrem Freund, einem zwanzigjährigen Bassisten, der mit einer Elektropop-Band auf Tournee war. Karens Eltern waren wenig begeistert gewesen, hatten ihrer Tochter aber ein Handy für das europäische Mobilfunknetz mitgegeben.

An diesem Tag trat die Band von Karens Bassisten als Vorband von Depeche Mode in Nürnberg auf. Das nächste Konzert fand zwei Tage später in Zürich statt, und Karen ermunterte Livia, sie dort zu treffen. Am nächsten Vormittag bezahlte Livia im Swissair-Büro in der 5th Avenue ein One-Way-Ticket mit den Dollars ihrer Mutter. Am übernächsten Abend stand sie in Zürich mit Karen und Dutzenden von

Backstage-Gästen neben der Bühne und verfolgte fasziniert das Konzert. Fad Gadget, der Sänger der Vorband, trug einen weißen Umhang, wie ein Arztkittel aus dem 19. Jahrhundert. Beim Singen begleitete er sich selbst mit einer Bohrmaschine. Für Livia war es genau das Richtige, um New York hinter sich zu lassen.

Sie genoss das Konzert wie auch die drei folgenden in Deutschland und Belgien. Sie lernte die Texte, verstand, warum Tausende von Menschen Depeche Mode zujubelten, und grölte mit Karen hinter der Bühne mit. Als Sänger Dave Gahan im Sportpalast von Paris zwanzigtausend Menschen mit *Personal Jesus* in Ekstase versetzte, hatte sie drei Joints, eine Acid-Pille und eine halbe Flasche Wodka intus. Karen versuchte, ihre Freundin zu mäßigen, aber Livia hatte beschlossen, sich endgültig aus ihrem bisherigen Leben zu katapultieren.

Am nächsten Morgen wachte sie im Bett von Khalid auf. Er war Syrer und hatte als Sicherheitsmann auf dem Konzert gearbeitet. Mit drei Landsleuten lebte Khalid in einer Wohnung im 16. Arrondissement. Als Livias Freundin Karen zwei Tage später mit dem Bassisten zu den nächsten Auftritten nach Spanien aufbrach, blieb sie bei Khalid. Die USA hatten soeben die ersten Bomben auf Afghanistan geworfen.

In den folgenden Wochen zeigte sich Khalid zunehmend besorgt über die Entwicklungen in der arabischen Welt und beschloss, seine Familie in Syrien aufzusuchen. Livia entschied sich, ihn zu begleiten. In einem alten Citroën 2CV fuhren sie sechs Tage lang mehr als viertausend Kilometer durch Europa, über den Balkan und durch die Türkei. Das Visum für Syrien bekam sie in der Grenzstadt Adana für zweihundert Dollar.

Mit Khalid und seinen Eltern wohnte sie in dessen Heimatort Deir Azzor am Euphrat, unweit der irakischen Grenze. Khalids Familie war nur mäßig religiös und hieß sie willkommen. Man riet ihr allerdings, ihren Kleiderstil anzupassen. Mit Khalid besuchte Livia viele Sehenswürdigkeiten Syriens, die antiken Ruinen der Wüstenstadt Palmyra, die stolze Altstadt von Aleppo, die riesigen hölzernen Mühlräder in Hama, die Omayaden-Moschee in Damaskus. Jeden Tag lernte sie von Khalid ein bisschen Arabisch.

Von seinen Freunden und Verwandten erfuhr sie mehr und mehr über die Janusköpfigkeit des jungen neuen Machthabers Baschar al-Assad. Er hatte im Jahr zuvor, nach dem Tod seines Vaters Hafez al-Assad, die Macht in Syrien übernommen. Der ursprünglich als Nachfolger vorgesehene ältere Bruder Baschars, Basil, war bei einem Autounfall ums Leben gekommen. Baschar hatte in England Augenmedizin studiert und eine Britin geheiratet. Als er im Juni 2000 mit vierunddreißig Jahren Regierungschef wurde, waren die Hoffnungen auf demokratische Reformen groß.

Doch bereits ein Jahr später verschwanden Regimekritiker auf ungeklärte Weise. Man munkelte über Militärgefängnisse in der Wüste. Auf der Straße und in den Teehäusern wurde kaum mehr über Politik gesprochen. Livia schrieb vieles von dem auf, was sie erfuhr, und schickte aus einem Internetcafé in Deir Azzor lebhafte, blumig formulierte Berichte an amerikanische Zeitungen und Nachrichtenagenturen. Irgendwann landete eine Mail in ihrem Hotmail-Postfach. Ein Mann namens Peter Philby, Korrespondent einer bekannten Nachrichtenagentur, lud sie zu einem Treffen in Aleppo ein. Livia nahm den Zug, dessen Waggons aus DDR-Beständen stammten, und traf Philby im *Hotel Baron.* Er war ein äußerst britischer Endfünfziger und saß mit marineblauem Zweireiher in einem dunklen Ledersessel. Es war drei Uhr nachmittags, und Philby saugte ebenso intensiv an einer Zigarre, wie er sich Scotch nachschenkte. »Sie haben wirklich Mumm, Mädchen«, brummte er mehrmals.

Mit Mühe entschlüsselte Livia aus Philbys alkoholisiertem

Geraune sein eigentliches Anliegen. Er ermunterte sie, mit Baschar al-Assad ein Interview zu führen. Livia war verblüfft. Warum er das nicht selbst übernehme? Philby murmelte eine unverständliche Ausrede. Sie sagte zu, es zu versuchen.

Livia war es egal, ob Philby zu faul oder zu ängstlich war, Baschar selbst zu konfrontieren. Er drückte ihr zweitausend Dollar in bar sowie ein Aufnahmegerät in die Hand. Zurück in Deir Azzor, überredete sie Khalid, mit nach Damaskus zu kommen und sich als Fotograf auszugeben. Gemeinsam verbrachten sie mehrere Tage in einem billigen Hotel nahe der Omayaden-Moschee. Zweimal täglich rief Livia im Regierungspalast Baschars an, redete auf Englisch drauflos und wartete, was passierte. Nach einem Dutzend Fehlschlägen wurde sie endlich an eine Frau weiterverbunden, die ihr Anliegen verstand. Weitere zwei Tage später erreichte sie ein Rückruf im Hotel. Livia solle sich am folgenden Tag im Palast für das gewünschte Interview einfinden.

Die Mitarbeiter des Präsidenten empfingen sie und Khalid mit Respekt. Eine Stunde lang warteten beide in einem Empfangszimmer auf schildpattverzierten Sesseln. Dann erschien tatsächlich Assad mit zwei Übersetzern, die eigentlich überflüssig waren, da er ja in England studiert hatte. Aber das Übersetzen gab dem Interviewten Zeit, sich nach jeder Frage die Antwort zurechtzulegen.

Livia schaltete das Aufnahmegerät ein und hielt sich nicht lange mit Höflichkeiten auf. Sie fragte Assad direkt, wo die verschollenen Bürgerrechtler verblieben seien, von denen sie einige Namen aufzählte. Und sie wollte wissen, wie viele politische Gefangene im Komplex Saidnaya nördlich von Damaskus eingekerkert seien.

Nach acht Minuten war das Interview beendet und das Aufnahmegerät beschlagnahmt. Am nächsten Morgen saß Livia mit einem Ausreisebescheid in einer Maschine der Austrian Airlines nach Wien mit Anschlussticket nach New York.

Immerhin Businessclass, die syrische Regierung wollte sich nicht kleinlich zeigen.

Sie konnte zwar kein Interview vorweisen, aber noch von Wien aus schickte sie eine Reportage über die Begegnung mit Assad an Peter Philby. Ihr Bericht wurde nie veröffentlicht, aber drei Tage später meldete sich eine Frau namens Glenda Bogdanich bei Livia und stellte sich als Journalismusprofessorin der Universität Columbia vor. Sie habe von Livias Aktivitäten in Syrien erfahren. Sofern sie ihren Abschluss an der Highschool noch hinbekomme, sei ein Studienplatz für sie reserviert. Livia sagte zu.

Die Erinnerung an ihre Zeit in Syrien belebte sie. Sie spürte noch immer die Unverfrorenheit in sich, mit der sie dem Diktator ihre Fragen an den Kopf geworfen hatte. In diesem Augenblick erwog sie, ihrem Chef eine freche Textnachricht zu senden. Doch sie riss sich zusammen und machte sich bettfertig.

11

Verlassenes Werftgelände, La Ceiba, Honduras

Die Abordnungen der Mara-13 und der Barrio-18 trafen pünktlich ein. Die Barrios kamen mit Conchos Plymouth GTX, die Maras in einem RAM-1500-Pick-up mit extragroßen Reifen. In jedem Auto saßen vier Leute. Keine Tricks. Keine Waffen. So war es verabredet.

Man hatte sich auf neutrales Gelände geeinigt – einen verlassenen Werfthangar in unmittelbarer Nachbarschaft der Marinebasis von La Ceiba. Mehrere mit Holzstämmen aufgebockte Schiffswracks standen herum. Ehemalige Fischerboote, ein verrostendes Militärboot. Dazwischen vertrocknende Farbeimer und im Wind wehende Reste von Abdeckfolien. Ein beißender Duft von Dieselöl mischte sich in den fischigen Geruch, der vom Wasser herüberwehte. Dieser Treffpunkt gab beiden Parteien ein Gefühl von Sicherheit, auch wenn es alles andere als gewiss war, dass die Soldaten der in der Nähe stationierten honduranischen Marinebasis etwas unternehmen würden, sollten sich die örtlichen Verbrecherbanden gegenseitig abschlachten. Im Gegenteil. Vermutlich wäre das dem Militär höchst willkommen.

Als die Gangmitglieder aus ihren Fahrzeugen stiegen, begann ein Machtritual, das jeden Verhaltenspsychologen in Ekstase versetzt hätte. Cowboystiefel wurden breitbeinig in den Boden gerammt, Arme und Zeigefinger ausgestreckt. »Ihr Wichser«, »ihr Lutscher« waren die freundlicheren Komplimente, die man austauschte. Schließlich hob Tiburón, der Mara-Anführer, die Hand und beendete das Geschrei.

»Klappe jetzt! Alle!« Das Haifischgesicht wandte sich den Barrios zu: »Warum ist Concho nicht dabei? Wo steckt er?«

Die Gangster der Barrio-Gang blickten sich kurz gegenseitig an. Ein schmächtiger, eher unscheinbarer Typ mit schwarzer Wollmütze und Weißgoldkette trat vor.

»Ich bin Carlito. Ich vertrete Concho. Er ist am Leben und weiterhin unser *jefe*, aber im Moment verhindert.«

Tiburón wollte protestieren. Doch er überlegte es sich anders. Vielleicht ließ sich ein Vorteil daraus schlagen, dass die Barrios mit diesem Hänfling statt ihrem Anführer hier auftauchten.

Auf ein Fingerschnippen Tiburóns hin holte der Jüngste der Maras einen Campingtisch und zwei Stühle aus dem RAM. Er baute die Sitzgarnitur zwischen beiden Gruppen auf und stellte eine Literflasche Plata-Rum mit mehreren Gläsern dazu. Tiburón und Carlito nahmen auf den Stühlen Platz, ihre Männer versammelten sich hinter ihnen.

»Okay, Leute«, begann Tiburón und goss die Gläser voll, »wir haben ein Scheißproblem. Die *federales* verfolgen eine neue Taktik. Sie schlachten uns hemmungslos ab. Euch genauso wie uns. Gordo vermutet, dass sie Unterstützung von den Gringos bekommen. Irgendwelche Elitesoldaten. Superkiller. Vielleicht haben die sogar Hightechanzüge. Wie heißen diese Robo-Dinger noch mal …?«

»Exoskelett«, sagte Carlito.

Tiburón nickte. »Wenn wir nicht alle draufgehen wollen, müssen wir den *federales* ein Abkommen anbieten. Sie sollen uns die Kioske lassen, die Nutten, die Hahnenkämpfe, die

Fußballwetten, Poker, den ganzen Scheiß. Dafür lassen wir die Finger von Drogen und machen Frieden zwischen unseren Territorien. Aber sie müssen aufhören, unsere Leute abzuschlachten. Wenigstens so lange, bis wir eine andere Lösung finden.«

»Du meinst, bis wir eine wirksame Gegenmaßnahme ergreifen können …?« Carlito grinste breit. Ein Diamant in seinem linken Schneidezahn kam zum Vorschein. »Glaubst du, die *cabrones* von der FNAP machen so einen *trato?*«, fragte er.

»Wir müssen es versuchen, oder wollt ihr eure Köpfe auch noch loswerden?«

»In diesem Fall brauchen wir Padre José als Vermittler.«

»Das sehe ich genauso. Lasst uns mit ihm sprechen.«

12

Broad Institute, Cambridge, Massachusetts, USA

Als Livia zum zweiten Mal innerhalb von vierundzwanzig Stunden das Broad Institute betrat, war sie zutiefst erleichtert, nicht auf Professor van Keuken zu treffen. Stattdessen begrüßte Nuri Zamiro sie im DNAtrium mit seinen strahlenden grünen Augen und einem kräftigen Handschlag. Livia erkundigte sich, ob er die Feier am vergangenen Abend gut überstanden habe. Nuri biss auf seine Unterlippe und wedelte mit einer Hand in der Luft. Es war offenbar eine lange Nacht geworden.

Er lud sie ein, ins Labor im dritten Stock mitzukommen. Als sie hinter ihm die Schranke passierte, fiel ihr auf, dass der junge Wissenschaftler an einem winzigen Gehfehler zu leiden schien. Es war mehr ein unsymmetrischer Gang als ein Hinken.

In dem Labor, das Livia am Tag zuvor besucht hatte, hantierten mehrere junge Wissenschaftlerinnen und Doktoranden mit Pipetten und Petrischalen. Sie räumten Behälter in dampfende Eisfächer und fütterten den Roboter mit Flüssigkeiten. Livia folgte Nuri Zamiro in den hinteren Bereich des Labors, wo er auf ein weißes, kastenförmiges Gerät zeigte.

Es war groß wie ein Kühlschrank. Oben ragten zwei Okulare heraus.

»Deswegen hatte ich Sie noch mal angerufen. Das ist ein Multiphotonenmikroskop. Werfen Sie mal einen Blick hinein.«

Livia beugte sich über das Instrument.

»Sie können es seitlich an den beiden Rädchen scharf stellen.«

Sie presste ihre Augen auf die Okulare, justierte die Schärfe und erblickte ein psychedelisch anmutendes Geflecht aus Linien und bohnenförmigen bunten Klecksen. Es sah aus, als hätte ein Kind versucht, Regen zu malen. Mit allen Farben des Malkastens.

»Interessant. Sehr ästhetisch. Wie ein Plattencover von Jefferson Airplane. Hat das mit Ihrer Forschung zu tun?«

»Indirekt. Was Sie da sehen, ist eine starke Vergrößerung der Gewebeprobe, die Sie gestern in unser Haus gebracht haben.«

»Im Ernst? So sieht ein Hautfetzen unter einem Dingsbums-Mikroskop aus?«

»Multiphotonenmikroskop. Und nein, normalerweise sieht Haut nicht so aus, Ms. Chang …«

»Livia. Bitte.«

»Okay, klar. Ich bin Nuri.«

»Alles klar, Nuri. Was ist das also?«

»Das ist das Verblüffende. Es ist sowohl Haut als auch neuronales Gewebe. Die langen Dinger sind Nervenzellen, die dicken Enden sind Synapsen. Wie du siehst, ist jede Nervenzelle mit vielen anderen verknüpft. Es ist ein dichtes Geflecht aus Neuronen.«

»Dass Haut Nerven enthält, hatte ich mir so vorgestellt, Nuri, deswegen tut es weh, wenn wir uns schneiden, vermute ich.«

»Schon richtig. Aber in diesem Fall ist die Zahl der Neuronen und die Dichte ihrer Verknüpfungen völlig untypisch für somatisches Oberflächengewebe.«

»Also für Haut?«

»Ja.«

»Vielleicht war Dr. Keever ein besonders sensibler Typ …«

Livias Scherz ging ins Leere. Nuris Gesicht blieb ernst. »Okay, sorry. Wie deutest du diesen Fund, Nuri?«

»Wenn ich nicht wüsste, woher diese Gewebeprobe stammt, hätte ich statt Haut auf ein anderes Körperteil getippt.«

»Fuß? Nase?«

»Nein.«

»Was dann?«

»Gehirnmasse.«

Livia taumelte einen Schritt rückwärts.

»Oder Rückenmark.«

»Wie bitte? Das hier soll ein Stück von Dr. Keevers Gehirn sein?«

»Nein. Es handelt sich, wie gesagt, um die Gewebeprobe, die du Dr. Baleisubramanian für eine Genanalyse übergeben hast.«

»Das ist völlig ausgeschlossen. Ich habe ein Stück vom Arm …« Sie stockte, weil ihr das richtige Verb nicht einfiel. Abgerissen? Gestohlen?

»Genau deswegen habe ich dich angerufen. Es passt alles nicht zusammen. Die Gewebeprobe weist viele Merkmale menschlicher Haut auf. Aber es findet sich auch jede Menge neuronales Gewebe darin.«

»Was, um Himmels willen, bedeutet das?«

»Das weiß ich leider auch nicht. Außerdem stoßen wir auf Zellen, die an Sinnesorgane erinnern. Und sieh mal hier.«

Nuri drehte ein Rädchen am Mikroskop, und Livia starrte erneut in die Okulare.

»Uff, sieht aus wie ein Schlauch.«

»Ein Riesenaxon, eine besonders schnelle Erregungsleitung. Man könnte sagen: eine Art Glasfaserkabel unter den Nervenzellen.«

»Haben Menschen so etwas in ihrer Haut?«

»Nein. Und im Kopf auch nicht.«

Livia ließ ihren Blick über die Labortische schweifen. »Wofür war dein Kollege in diesem Labor zuständig? Dr. Keever, meine ich.«

»Der Mann, von dem die Hautprobe stammt? Er war ein bisschen Mädchen für alles. Er selbst hielt sich, glaube ich, für einen Experten für Xenotransplantationen.«

Livia sah Nuri ratlos an.

»Er hat erforscht, wie man den menschlichen Körper dazu bringen kann, transplantierte Organe oder Gewebe von Tieren zu akzeptieren.«

»Verstehe. Davon habe ich schon gehört. Das könnte ein Weg sein, den Mangel an Organspenden auszugleichen und mehr Patienten mit Transplantaten zu versorgen, richtig?«

»Am Ende ja. Noch ist die Forschung weit davon entfernt. Wir untersuchen in dieser Arbeitsgruppe nur die Grundlagen dafür. Die molekularen Prozesse. Wir arbeiten nicht mit ausgewachsenen Transplantaten oder Tieren, sondern mit ... ich zeige es dir.«

Nuri ging einige Schritte an Livia vorbei und öffnete einen Kühlschrank. Er holte eine untertellergroße Petrischale heraus und legte sie Livia auf die Hand. Sie kniff die Augen zusammen und konzentrierte sich auf das, was sie unter dem durchsichtigen Glasdeckel sah. Es waren kleine fleischfarbene Knödel auf einem farblosen Gelee. Wenige Millimeter groß.

»Was ist das?«

»Zerebrale Organoide. Man könnte sagen: winzige künstliche Gehirne. Wir erzeugen sie aus neuronalen menschlichen Stammzellen.«

Livia hatte Mühe, ihr Entsetzen zu verbergen. »Ihr macht Minigehirne?«

»Das Forschungsgebiet ist noch sehr jung. Wie auch andere Forschergruppen weltweit haben wir Tausende von Stunden damit verbracht, die richtigen Nährstoffe zu finden, damit menschliche Neuronen in einer künstlichen Umgebung wachsen. Man muss Proteine, Zucker, Vitamine und einiges mehr kombinieren. Vor nicht allzu langer Zeit gab es den entscheidenden Durchbruch. Wir fanden ein spezielles Protein-Gel, in das wir die Stammzellen legten. Dann kam das Ganze in einen Rührapparat, und plötzlich wuchsen die Miniaturgehirne darauf wie Embryos im Mutterleib. Das Tolle ist, dass die kleinen Organoide auf ihrem Nährboden nicht nur auf der Oberfläche wachsen, so wie Bakterien, sondern zu dreidimensionalen Strukturen heranreifen.«

»Und wenn diese kleinen Dinger weiterwachsen, werden komplette Gehirne daraus? Das ist unvorstellbar.«

»So weit sind wir noch nicht. Derzeit erreichen zerebrale Organoide maximal diese Größe. Wenige Millimeter. Die Größe einer Linse. Das liegt vor allem daran, dass sie keine Blutversorgung haben. Und selbst wenn das gelänge, bräuchte es außerdem Stützgewebe. Aber grundsätzlich gibt es keinen Grund, warum zerebrale Organoide nicht irgendwann weiterwachsen und heranreifen sollten. Bereits in diesem Stadium bilden die Neuronen eine Hierarchie. Sie spezialisieren sich und teilen sich Aufgaben, ähnlich wie ein echtes Gehirn.«

Livia starrte die Petrischale mit einer Mischung aus Abscheu und Faszination an. Dann gab sie das Gefäß mit einem Kopfschütteln an Nuri zurück. »Warum macht ihr das?«

»Die Hoffnung ist, an solchen Organoiden neuronale Erkrankungen zu erforschen. Schizophrenie, Mikrozephalie, Alzheimer und solche Sachen. Vor Kurzem ist es britischen Kollegen mithilfe solcher Minihirne gelungen, Muskeln zum

Zucken zu bringen. Die Dinger können also im Prinzip die Herrschaft über einen Organismus übernehmen.«

»Wow.«

»Und auf lange Sicht geht es um etwas viel Grundlegenderes.«

»Was meinst du damit?«

»Na ja, wie lautet die wichtigste Frage, die wir Menschen uns stellen können?«

»Hmm … wann gibt's Essen?«

»Sei nicht albern.«

»Okay: Wie können wir Frieden in die Welt bringen?«

»Nicht schlecht. Aber ich meine noch grundlegender. Die Mutter aller Fragen.«

Livia machte einen spitzen Mund.

»Ich sag's dir. Sie lautet schlicht: Warum?«

»Warum?«

»Ja. Warum. Warum gibt es uns? Warum können wir denken? Was unterscheidet uns von all den anderen Wesen auf diesem Planeten?«

»Das sind schon mal drei Fragen.«

»Stimmt, lass es mich anders formulieren: Warum können wir darüber nachdenken, warum wir nachdenken, dass wir nachdenken, worüber wir nachdenken …«

»Okay, okay. Ich glaube, ich hab's verstanden. Es geht um die Existenzfrage. Die Sinnfrage. Die Frage, von der an es spirituell wird.«

Nuri hob beide Hände. »Nicht unbedingt. Wir Naturwissenschaftler sehen durchaus die Chance, das Geheimnis unserer Existenz mit unseren Methoden zu lüften. Das Denken zu entschlüsseln. Das Gehirn. Leider können wir es nicht einfach fragen, wie es funktioniert. Und an den Gehirnen lebender Menschen können wir nicht herumschneiden. Also versuchen wir, dieses faszinierende Organ nachzubauen.«

»Ist das künstliche Intelligenz?«

»Nein, die KI-Forschung versucht, die menschliche Intelligenz in Form von Maschinen nachzuahmen. Das wird immer eine Simulation des menschlichen Denkens bleiben, wie ein Roboter, der einen Körper aus Fleisch und Blut imitiert. Wir kümmern uns um die Intelligenz an sich. In echten Neuronen. Menschliches Denken in der Originalversion.«

»Und dafür müsst ihr die Hardware eins zu eins nachbauen? Das sind eure zerebralen Organoide?«

»Ganz genau.«

»Könnte man nicht die Gehirne Verstorbener untersuchen?«

»Das wird gemacht. Aber ein totes Gehirn ist ein stummes Gehirn.«

»Oder die Gehirne von Tieren? Ist das menschliche Gehirn nicht einfach die vergrößerte Version eines Tiergehirns?«

»Keinesfalls. Das Gehirn eines Elefanten ist zum Beispiel fünf Kilogramm schwer, dreimal so groß wie das des Menschen. Aber hat ein Elefant je ein Buch geschrieben? Auch das Neandertalergehirn war größer als unseres, aber von Neandertalern gibt es weder Höhlengemälde noch Musikinstrumente. Es muss also strukturelle Unterschiede im Aufbau der Gehirne geben. Wir wissen beispielsweise, dass im neuronalen Cortex des Menschenhirns viel, viel mehr Neuronen vorhanden sind als bei allen anderen Lebewesen. Und dass diese Neuronen viel stärker vernetzt sind. Wir haben insgesamt hundertmal so viele neuronale Verknüpfungen im Kopf, wie es Sterne in der Milchstraße gibt. Stell dir diese Zahl mal vor!«

»Nicht alle Menschen, fürchte ich«, platzte es aus Livia heraus.

Nuri musste lachen. »Leider haben auch Dummköpfe viele Synapsen, sie stellen nur das Falsche damit an.«

»Gibt es keine Möglichkeit, ein lebendes menschliches

Gehirn einfach zu durchleuchten, mit Kernspintomografie oder so etwas?«

»Im Prinzip ja, aber mit Tomografen, EEG, implantierten Elektroden oder Infrarotlicht können wir das menschliche Gehirn nur sehr grob abhorchen. Es ist, als würde man sein Ohr von außen an ein Fußballstadion halten. Man kann generelle Dinge erahnen, zum Beispiel, dass ein Tor gefallen ist. Aber was genau auf dem Spielfeld passiert, bleibt ungewiss. Und erst recht das, was jeder einzelne Zuschauer gerade zu seinem Nachbarn sagt. Man muss Dinge anfassen, mit Substanzen übergießen und zerstückeln, um sie in allen Details erforschen zu können.«

»Um zu verstehen, wie der Mensch denkt ...«

»Letztendlich. Auf dem Weg dahin wollen wir aber ganz praktische Fragen beantworten. Zum Beispiel die Ursachen von neuronalen Erkrankungen. Schizophrenie oder so. Solche Leiden können nicht mit Tierversuchen erforscht werden. Man kann eine Maus schlecht fragen, ob sie Stimmen hört.«

»Wie könnt ihr erkennen, was eure Organoide denken?«

»Der erste Schritt besteht darin, die physischen Übereinstimmungen mit menschlichen Gehirnen zu prüfen. Formen sich ähnliche Zelltypen? Ähnliche Neuronen? Vernetzen sie sich auf ähnliche Weise? Später werden wir dann Aktivität messen, zum Beispiel elektrische Signale einzelner Nerven.«

»Könnte es sein, dass eure kleinen Organoide zu denken beginnen, bevor ihr das mitbekommt?«

»Im Prinzip ja. Schon nach fünfzig Tagen Wachstum in der Petrischale registrieren wir spontane Nervensignale. Einen Monat später werden diese nicht nur stärker, die Neuronen beginnen auch, ihre Impulse zu synchronisieren, als würden sie sich zu einem Orchester zusammenfinden. Das deutet darauf hin, dass aktive Nervennetzwerke entstehen. Aber für echte Denkleistung braucht es noch größere Organoide. Und, wie gesagt, eine Blutversorgung. Und noch etwas fehlt: das, was man in der Computerwelt Input-Output-Devices nennt. Unsere Organoide haben keinen Körper, keine Sinnesorgane. Sie bekommen also keine Informationen, über die sie nachdenken können.«

»So wie ein Computer, der nicht programmiert wird.«

»Ungefähr.«

»Das erinnert ein bisschen an Kaspar Hauser ...«

»An was?«

»Kaspar Hauser. Das war ein junger Mann, der im 19. Jahrhundert in Deutschland auftauchte und behauptete, sein gesamtes Leben ohne Kontakt zu Mitmenschen verbracht zu haben.«

»Interessant. Wie ging das aus?«

»Er wurde eine ziemliche Berühmtheit. Man hielt ihn zeitweise für das verstoßene Kind einer Adelsfamilie. Vielleicht war er aber auch nur ein Angeber.« Livia deutete auf die Organoide in der Petrischale. »Was sind das für schwarze Flecken auf einigen der Knödelchen?«

»Das ist in der Tat einer der bizarren Aspekte unserer Forschung. Diese Flecken sind primitive Retinazellen. Sie entstehen von selbst.«

»Wie bitte? Die künstlichen Gehirne erschaffen ihre eigenen Augen? Ganz von selbst?«

»Es sind keine Augen, wie wir sie haben, aber ja, in der Tat, sie formen eine Vorstufe von Sehzellen. Ganz von selbst.«

»Wow. Sie fangen womöglich an, ihre Umgebung zu beobachten. Vielleicht schauen sie uns in diesem Augenblick zu.«

»Tja, man darf die Organoide vermutlich nicht unterschätzen, selbst wenn sie klein sind. Eine Biene zum Beispiel besitzt rund eine Million Neuronen, viel weniger als jedes der Organoide in dieser Schale. Trotzdem leistet sie Erstaunliches. Sie kann sich die Pflanzen ihrer Umgebung wie auf einer Landkarte merken. Sie bildet im Kopf ein eigenes Navigationssystem. Und teilt diese Information anderen Bienen mit.«

»Gibt es ein eindeutiges Kriterium dafür, wann ein Organoid zu denken beginnt?«

»Nein.«

»Du hast gesagt, Dr. Keevers Fachgebiet waren Abstoßungsreaktionen zwischen menschlichem und tierischem Gewebe. Was hat das hiermit zu tun?«

»Wir arbeiten nicht nur an Hirnorganoiden, sondern auch mit anderen künstlichen Organen. Und es gibt Experimente, bei denen menschliche Organoide in Tiere verpflanzt werden.«

»Sagtest du nicht, deine Forschungsgruppe beschränke sich auf diese Wunderzellen ...«

»... Stammzellen. Ja, aber eine andere Gruppe im Haus arbeitet mit Tieren. Sie experimentieren mit Xenotransplantationen. Die Idee ist, zum Beispiel eine Leber aus menschlichen Stammzellen in einem Schwein heranreifen zu lassen und später einem Menschen einzusetzen.«

»Puh. Habt ihr auch schon versucht, ein menschliches Hirnorganoid in ein Tier einzupflanzen?«

»Ja, Kollegen vom Salk Institute in Kalifornien haben menschliche Hirnorganoide in die Hirnrinde von Nagetieren eingepflanzt. Es haben sich tatsächlich Fortsätze gebildet, und die Blutgefäße der Tiere haben angefangen, die menschlichen Neuronen mit Energie und Sauerstoff zu versorgen. Es ließ sich angeblich sogar elektrische Aktivität beobachten, also Kommunikation unter den Nervenzellen. Aber das ist noch umstritten, und es heißt auch nicht, dass es echte Denkleistung gab. Tendenziell überwiegen Abstoßungsreaktionen.«

»Wäre es andersherum auch möglich, Organe aus tierischen Stammzellen in Menschen einzupflanzen?«

»Im Prinzip ja.«

»Auch solche Hirnorganoide?«

»Um Gottes willen, hör bloß auf. Was soll der Mensch mit einem Rattengehirn?«

»Keine Ahnung, vielleicht verbünden sich beide.«

»Und dann fangen wir an, mit unserer Gesichtsbehaarung die Umgebung zu erschnüffeln? Das ist Bullshit.«

»Vermutlich gibt es Wissenschaftler, die solche Dinge gerne erforschen würden. So Naziarzt-Typen.«

»Gruselige Vorstellung. Das ist in allen zivilisierten Staaten der Erde strikt verboten. Man bekommt absolut keine Forschungsmittel, um dergleichen zu probieren.«

Livia schürzte ihre Lippen. »Wenn nur Geld das Hindernis ist …«

»Livia, darf ich auch mal was fragen?«

»Oh. Na klar. Schieß los.«

»Woher hattest du Dr. Keevers Gewebe? Und wie bist du darauf gekommen, es analysieren zu lassen?«

Sie erzählte ihm von dem Flugzeugabsturz, von Maria Jiménez und dem festgeklammerten Arm. Nuri Zamiro wurde bleich wie ein Bettlaken.

13

Chatgruppe »Nextlevelhumans«, Nachrichtendienst Telegram

Biohackerdeluxe: Absoluter Hammer, Megafortschritte. Ich habe euch gesagt, ich kriege das hin

TheBase0106: Wir hatten keine Zweifel

Biohackerdeluxe: Haha, was musste ich euch vor ein paar Wochen belabern

TheBase0106: Wir konnten nicht wissen, ob du echt bist

Biohackerdeluxe: Das haben wir ja nun geklärt. Noch ein paar Tage, und die Katze kann aus dem Sack

Tricolorelibera: Katze ist ein seltsames Wort für unser Vorhaben …

TheBase0106: Funkstille! Keine Details

Runenzauber: @TheBase0106, viele von uns wissen immer noch nicht genau, um was es geht

TheBase0106: Das ist auch gut so. Weniger ist mehr

Runenzauber: Wieso ist @Tricolorelibera eingeweiht? Er ist viel kürzer in unserer Chatgruppe als viele von uns

Deepstateisshit: Stimmt!

TheBase0106: Wir brauchen seine Kontakte. Und ich habe ihn überprüft. Alles okay

Deepstateisshit: Und @Biohackerdeluxe? Dem traue ich immer noch nicht ...

Biohackerdeluxe: Loser. Nur ich kann euch geben, was ihr sucht

Deepstateisshit: Was für ein Angeber. Kotz

Biohackerdeluxe: Noch ein Wort, und ich schmeiß den ganzen Mist hin

TheBase0106: Dafür sind wir zu weit, @Biohackerdeluxe, das weißt du genau. Ich will gar nicht von dem Geld reden, dass wir für dich locker gemacht haben

Biohackerdeluxe: Viel zu wenig für das, was ihr bekommt

TheBase0106: So war's abgemacht. Und du musst liefern

Runenzauber: Gierig auch noch

Biohackerdeluxe: Ich schicke gleich ein Video

TheBase0106: Nein, nicht hier. Nur DM

Runenzauber: Blöööööd

TheBase0106: Ihr kriegt noch früh genug mit, was läuft

Runenzauber: Hauptsache, wir treffen diese Scheiß-UN-NATO-US-EU-WHO-Diktatur ins Mark

Deepstateisshit: Great Reset! Yeaaah

TheBase0106: Funkstille. Es wird großartig. Versprochen. Wir schlagen sie mit ihren eigenen Mitteln. Es wird der Freiheit ihren gerechten Weg bahnen

Biohackerdeluxe: Ich habe euch gesagt, ich habs so was von drauf!!!

Tricolorelibera: Ist ja gut, @Biohackerdeluxe, wir wissen, wie genial du bist

Biohackerdeluxe: Das hoffe ich

TheBase0106: Also noch mal an alle: Kein Wort zu niemandem. Keine Angebereien. Keine Andeutungen

Runenzauber: Wie auch. Die meisten von uns sind gar nicht eingeweiht. Ihr könntet uns wenigstens sagen, wann wir die Fernseher einschalten sollen

TheBase0106: Ihr kriegt das früh genug mit

14

Marriott Hotel, Cambridge, Massachusetts, USA

Nichtssagende Pianoklänge hallten durch die Hotellobby. Gäste mit Gepäck nahmen ihre Zimmerkarten entgegen, andere hasteten durch die Glasfront zur Auffahrt, um ein Taxi zu ergattern. Zwei Tassen mit angetrockneten Kaffeeresten standen neben Livia und Nuri. Seit zwei Stunden saßen sie zusammen in der Eingangshalle des Cambridge *Marriott* und versuchten, sich einen Reim auf das Flugzeugunglück, Dr. Keevers abgerissenen Arm und seinen Aufenthalt in Honduras zu machen. Nuri tippte auf seinem Laptop herum. Livia schob auf ihrem Smartphone Google-Trefferlisten auf und ab.

»Schau dir das hier an«, sagte sie. »Hier ist eine Website mit Nachrichten aus Honduras. Dort zerstückeln sich Verbrecherbanden auf offener Straße. Man hat mehrere Mitglieder zweier verfeindeter Banden gefunden. Mit abgerissenen Köpfen. Das scheint in Zentralamerika zu den gängigen Umgangsformen zu gehören.«

Nuri blickte rüber auf Livias Handydisplay.

»Grauenhaft. Aber das war in La Ceiba. Nicht Tegucigalpa, wo die verunglückte Maschine startete«, ergänzte Livia.

»Du meinst doch nicht im Ernst, dass es in der Hauptstadt beschaulicher zugeht?«

»Vermutlich nicht. Irgendwo dort ist das Geheimnis von Robert Keever zu finden. Was für ein Mensch war er eigentlich?«

»Schwierig mitunter, ein ziemlicher Nerd. Er hat sich intensiv um das ganze Computerzeug gekümmert, Analysesoftware, Datenbanken, auch Verwaltungskram, Bestellwesen. Aber er war auch der Typ, an den sich die Studenten wandten, wenn sie mit der Kröte nicht klarkamen.«

»Mit wem?«

»Oh, sorry, das war … ich meinte Professor … also …«

Livia lächelte. »Ist das ihr Spitzname? Die Kröte?«

Nuri räusperte sich.

»Sehr passend, finde ich«, sagte Livia.

Nuri konnte sich das Lachen nicht länger verkneifen. Livia stimmte ein.

»Jedenfalls war Keever vor einigen Monaten plötzlich weg. Komplett verschwunden. Niemand von uns wusste, wo er hin ist. Van Keuken erzählte irgendwas von einem Forschungssemester im Ausland.«

»Ich spiele mit dem Gedanken, mir das aus der Nähe anzusehen«, murmelte Livia und tippte auf ihrem Smartphone herum. »Die nächste Verbindung von Boston wäre ein Flug mit Delta, morgen früh um Viertel vor sechs. Ankunft in Tegucigalpa kurz nach Mittag«, sagte sie schließlich.

Nuri blickte sie mit aufgerissenen Augen an. »Hast du sie noch alle?«

»Hältst du es für bescheuert? Ganz wohl ist mir auch nicht. Aber ich bin Reporterin, ich kann Geschichten nicht von einer Hotellobby aus recherchieren.«

»Du bist verrückt …« Er klappte seinen Laptop zu und stand auf. Livia wollte gerade zu einer beschwichtigenden Bemerkung ansetzen, als eine Nachricht auf ihrem Telefon aufblinkte. Diesmal war es kein Text, sondern eine Datei. Absender unbekannt.

Die Datei hieß *CVR_DL552.wav.*

Livia wusste, dass die Endung *wav* eine Audiodatei bezeichnete. *DL552* war die Flugnummer der Unglücksmaschine von Atlanta. Und die Abkürzung *CVR* hatte sie auch schon mal gehört, konnte sich aber nicht erinnern, wo. War es eine Firma? Oder Initialen eines Namens? Sie bat Nuri, es sich mit ihr zusammen anzuhören. Bevor ihr in den Sinn kam, dass Dateien unbekannten Ursprungs der beste Weg waren, ihr Smartphone mit einem Computervirus zu infizieren, stellte sie den Ton laut und tippte auf das Dateisymbol.

Ein atmosphärisches Rauschen drang aus dem Lautsprecher. Dann eine Stimme, kühl und sachlich.

»Good morning, Atlanta. This is Delta 552, maintaining 8000 feet, ready for approach.«

»Delta 552. Atlanta. Radar contact. Descend altitude 5000 feet. QNH 1008. Turn left heading 240. Radar vectors for ILS approach runway 27 left.«

Die zweite Stimme sprach durch das atmosphärische Rauschen. Eine Funkverbindung. Livia wurde klar, was sie hörte. Es war die Kommunikation eines Piloten mit einem Fluglotsen.

»Roger, descending 5000 feet. QNH 1008. Heading two four zero. ILS 27 left. Delta 552.«

Ein Geräusch war zu hören. Ein Hämmern.

»Was war das?«, hörte man den Piloten sagen.

Eine weitere Stimme aus dem Cockpit kam hinzu. Weiblich, vermutlich die Kapitänin oder Co-Pilotin.

»Keine Ahnung. Jemand donnert gegen die Cockpittür.«

»Delta 552 continue descent, altitude 4000 feet. Cleared ILS approach runway 27 left. Do you read me?«, meldete sich der Fluglotse.

Drei weitere Schläge.

»Was, zum Teufel …?«

»Ich frage in der Kabine nach …« Ein Klappern. »Gwen, hallo, Gwen, alles okay bei euch?«

Vier Pieptöne waren zu hören. Dann das metallische Klicken eines Türschlosses. Panische Schreie einer Frau. So laut, dass Livias Smartphone in ihrer Hand zitterte. Die anderen Hotelgäste in der Lobby drehten ihre Köpfe und warfen Livia und Nuri missbilligende Blicke zu.

Der Pilot brüllte: »Gwen, was, zum Teufel, machst du hier drin? Das ist gegen die Vorschriften, nehmt eure Plätze ein. Wir sind im Landeanflug!«

»Er hat sie getötet!«

»Wer hat wen getötet?«

Ihre Stimme steigerte sich zu einem hysterischen Kreischen. »Er hat Kathie und Jeb getötet. Alle beide. Er hat sie beide erwürgt, vor allen Passagieren. Und er hat ihnen …«

»Was, Gwen? Was, zum Teufel?«

»Er hat ihnen …«

»Waaas?«

»… ins Genick gebissen. Er hat ihnen den Nacken zerfleischt.« Ihre Stimme erstarb.

»Wer?«

»Der Typ … der Mechanikertyp.«

»Mach die gottverdammte Tür zu. Du kennst die Vorschriften.«

Ein Schlag. Diesmal weicher. Wie ein Fußtritt gegen ein Brett. Dann ein kehliges Keuchen. Und die Stimme der Pilotin.

»Sir! Sir! Was, zum Teufel, machen Sie hier …?«

Ein weiterer Schlag.

»Sir, Sie haben kein Recht …«

Würglaute mischten sich mit der Stimme der Pilotin. Sie übertönten die Schläge und Kampfgeräusche. Die Stimme des männlichen Piloten drang aus dem Getöse.

»Mayday. Mayday. Mayday. Atlanta. Delta 552, declaring emergency!«

»Delta 552. Copy that. What kind of emergency?«, kam es aus dem Funkgerät.

Das Röcheln wurde lauter. Erneut meldete sich die Anflugkontrolle.

»Delta 552. Delta 552. Wind three-ten degrees, seven knots, runway 27 left. Cleared to land. Please confirm.«

Ein schriller Schrei, lauter als alle bisherigen Geräusche, übertönte den Funkverkehr und brach abrupt ab. Es war die Pilotin.

Ein Angestellter des *Marriott* näherte sich. Livia stellte ihr Handy leiser, und er machte wieder kehrt. Einige Momente lang war nur das Aufheulen von Triebwerken und das Fiepen von Warntönen zu vernehmen.

Dann brach die Aufnahme ab.

Stille.

Livia presste beide Hände auf ihr Gesicht. Nuri blickte sie entsetzt an. Livia fiel wieder ein, was CVR bedeutete: *cockpit voice recorder*. Sie hatte keine Zweifel, was sie soeben gehört hatten. Die Cockpitgeräusche während der letzten Minuten des Unglücksflugs von Atlanta.

Sie fragte sich, wer ihr diese Aufnahme geschickt hatte. Ihr erster Verdacht fiel auf Bill Walsh. Aber dann verwarf sie den Gedanken. Ein Feuerwehrmann würde kaum in Besitz eines solchen Dokuments kommen. Der Absender musste einer der NTSB-Leute sein. Das erlebte sie oft – Wichtigtuer, die ihrem Chef oder ihrer Behörde eins auswischen wollten und der Presse Informationen durchsteckten. Davon lebten Journalisten.

Sie blickte zu Nuri. Wie benommen stand er mit offenem Mund neben Livia und starrte auf ihr Telefon.

»War das …?«

»Ich fürchte, ja. Der Delta-Flug. Oder was denkst du, was es sonst gewesen sein könnte?«

Nuri zuckte mit den Schultern.

Livia dachte nach. Dann öffnete sie die Flugbuchungs-App auf ihrem Smartphone. »Jetzt erst recht. Ich fliege hin«, sagte sie.

»Im Ernst?«

»Klar doch. Irgendein Irrer ist in das Cockpit eingedrungen und hat die Piloten getötet. Kein Wunder, dass die Maschine runterging wie ein Stück Altmetall. Außerdem war ein Kollege von dir an Bord, dessen Arm später an einer armen lateinamerikanischen Gärtnerin festgekrallt war. Ich werde seine Spur in Honduras aufnehmen und sehen, ob er etwas mit dem Absturz zu tun hatte …«

Nuri dachte nach. »Aber wo willst du die Suche beginnen?«

»Hier in Boston jedenfalls nicht. Ich werde recherchieren. Vor Ort. Dort, wo dein Kollege Dr. Keever herkam. Aus Teguci…«

»…galpa. Puh, Livia. Ich bin kein Detektiv.« Nuri stand auf und fuhr mit der Hand durch seine Locken. Dann griff er in seine Tasche und reichte Livia seine Kreditkarte. »Okay, buche bitte auch einen Platz für mich.«

Livia lächelte. »Du kannst einfach so weg aus dem Labor?«

»Meine Chefin ist auf Dienstreise. Die Doktoranden kommen ein paar Tage allein zurecht.«

Livia gefiel die Vorstellung, mit Nuri auf Rechercheeise zu gehen.

15

Örtliches Hauptquartier der FNAMP, La Ceiba, Honduras

Pater José hatte seine Festtagssoutane angelegt und machte ein ernstes Gesicht, als er am Tor des Hauptquartiers der *Fuerza Nacional Anti Maras y Pandillas* von La Ceiba auftauchte. Mehrere Wachhabende der Spezialeinheit gegen Organisiertes Verbrechen umringten den Geistlichen. Zwei Polizisten mit Helmen und Schutzwesten umklammerten ihre Pumpguns. Pater José trat durch die angelehnte Stahlgittertür, hob die Hände, durchquerte den mit Stacheldraht umzäunten Vorhof und stieg die Stufen zum Eingang hinauf.

Coronel Miguel Ángel Sotomayor, der das Treiben aus dem Fenster seines Dienstzimmers im Obergeschoss beobachtet hatte, legte seine Zigarre in einen Aschenbecher. Er zog seine Uniformjacke an und erwartete das Eintreffen von Pater José. Als der Priester sein Zimmer betrat, begrüßte er den Geistlichen mit einem Handschlag. Coronel Sotomayor schätzte die Sozialarbeit, die Pater José in den Armenvierteln von La Ceiba leistete. Doch als der Pfarrer sein Anliegen vortrug, zog der Polizeichef die Augenbrauen zusammen.

»Im Ernst? Die Anführer der Mara-13 und der Barrio-18

wollen mich sprechen? Alle beide? Und es geht um eine Art Abkommen?«

Der Pfarrer nickte. »Beide *jefes* gemeinsam. Keine Waffen. Keine *sicarios.* Nur die Anführer. Ich weiß, es klingt ungewöhnlich, aber sie haben mich von der Aufrichtigkeit ihres Anliegens überzeugt. Hören Sie an, was sie zu sagen haben. Womöglich führt es zu etwas Gutem. Sie warten unten gegenüber dem Eingangstor und erbitten die Genehmigung, eintreten zu dürfen. Selbstverständlich unbewaffnet.«

Der Polizeikommandant schüttelte ungläubig den Kopf, fuhr mit der Hand über seinen Schnauzbart und dachte nach. »Tja, dann mal los«, sagte er schließlich und schickte seinen Adjutanten mit einer herrischen Handbewegung in den Hof.

Dort brachte sich ein Dutzend Uniformierter in Stellung. Am Eingangstor tauchten Tiburón und Concho auf. Beide wedelten mit einem weißen Taschentuch. Coronel Sotomayor musste ein Lachen unterdrücken.

»¿Que pasa aquí?«, fragte ein Lieutenant. Sotomayor herrschte ihn an, die Klappe zu halten.

Mit vorsichtigen Schritten traten die beiden Bandenchefs durch das Tor, wurden auf Waffen abgetastet und durch den Vorhof zum Gebäude geschickt. Auf den Stufen flankierten die Uniformierten mit entsicherten Pumpguns ihren Weg. Sotomayor fiel auf, dass einer der beiden, der Barrio-Anführer Concho, zu zittern schien. Er stützte sich auf die Schulter des anderen. Der Tross stieg hinauf in den ersten Stock zum Amtszimmer des Polizeichefs. Coronel Sotomayor stand mit verschränkten Armen aufrecht hinter seinem Schreibtisch.

Die Gangster traten in sein Dienstzimmer, hielten einige Meter Abstand und blickten unterwürfig auf den Fußboden. Coronel Sotomayor konnte nun deutlich erkennen, dass Conchos rechtes Bein zitterte. Die Stimme des Polizeichefs klang wie eine Motorsäge, die sich durch Buchenholz frisst.

»Meine Herren, was ist der Grund dieses wundersamen Auftritts?«

»Wir wollen einen *trato* anbieten ...«, stammelte Tiburón. Ein kaum hörbares Flüstern.

»Einen *trato?* Ich soll ein Abkommen eingehen? Mit Kakerlaken wie euch? Wie stellt ihr euch das vor?«

»Wir geben wichtige Teile unseres ... unseres Geschäfts auf. Keine *narcos* mehr. Dafür hören Sie mit dieser ... mit dieser perversen Schlachterei auf«, antwortete Concho, dessen Stimme nun lauter und sein Zittern immer auffälliger wurde.

»Perverse Schlachterei?«

»Ja, mit dieser Schweinerei. Ihr hört auf, uns zu schlachten wie Vieh!«, schrie Concho und schien fast das Gleichgewicht zu verlieren.

Coronel Sotomayor setzte eine steinerne Miene auf und kratzte sich mit einem Ringfinger an der Wange. Er begann zu ahnen, worum es ging. Die Maras glaubten offenbar, seine Leute hätten sie in den vergangenen Tagen angegriffen und verstümmelt. Das war interessant, denn es bedeutete, dass kein Bandenkrieg im Gange war, sondern etwas anderes. Etwas Rätselhaftes. Die beiden Anführer schienen regelrecht die Hosen voll zu haben. Concho hatte seine Beinmuskeln nicht mehr im Griff. Gut, dachte Sotomayor, dann belassen wir sie in dem Glauben.

»Mit dem Thema Abschlachten habt ihr ja Erfahrung, ihr *pendejos.*« Sotomayor streckte den Zeigefinger aus. »Wie viele Tränen hast du da unter dem Auge, Tiburón?«

»Das waren interne Zwistigkeiten, Coronel. Reine Notwehr. Ich habe noch nie einem Polizisten etwas anget...«

Sotomayor brüllte plötzlich aus vollem Leib los. Eine Kreissäge auf Metall. »Wollt ihr mich verarschen?«

Vor den Augen aller brach Concho auf dem Fußboden zusammen. Ein nasser Fleck breitete sich zwischen seinen Beinen aus. Er wimmerte.

Tiburón erschrak und schüttelte unterwürfig den Kopf. »Wir meinen es ernst, Coronel, nichts Braunes mehr, kein Schnee, kein Meth. Nicht mal Fentanyl. Nur noch *juegos* und *putanas.*«

Der Polizeichef blickte Tiburón und den inzwischen apathisch wirkenden Concho schweigend an. »Unter einer Bedingung«, begann Sotomayor. »Ihr übergebt eure vorhandenen *Narcos*-Bestände an Pater José, der sie vernichten wird. Alles. Und ihr verratet, wann die nächste Ladung aus Kolumbien eintreffen wird. Die Gringos von der DEA wollen die *cabrónes* aus Cali liebend gern in flagranti erwischen.«

»Einverstanden, Coronel.«

»Dann machen wir das so.« Sotomayor blickte den Pfarrer an. »Sie sorgen dafür, dass der *trato* eingehalten wird.«

Pater José nickte.

»Keine *narcos* mehr und keine Enthauptungen?«, fragte Tiburón.

»Keine Enthauptungen ...« Sotomayor fiel ein, dass er diesen Teil der Abmachung nicht garantieren konnte. Er war schließlich nicht an den Enthauptungen beteiligt gewesen. Egal, dachte er sich, Hauptsache, die Maras sind ruhiggestellt.

»Schafft mir diesen bepissten Jammerlappen aus dem Zimmer!«, herrschte er seinen Adjutanten an. Er blickte auf den Barrio-Gangster am Boden und konnte sich ein Lächeln nicht verkneifen.

Was war plötzlich los mit diesen Irren?

16

Aeropuerto Internacional Toncontín, Tegucigalpa, Honduras

Kurz vor der Landung flog die Boeing eine scharfe Linkskurve und schwebte in Schräglage über eine Blechhüttensiedlung, die einen Berghang hinaufwuchs. Spielende Kinder waren in den Gassen zu sehen, dazwischen Wäsche auf Leinen und Rauchfahnen zahlloser Kochstellen. Erst kurz vor dem Aufsetzen schwenkte die Maschine wieder in die Horizontale.

Nachdem sie ans Terminal gerollt waren und während die Passagiere die Gepäckfächer öffneten, blickte Livia durch das Kabinenfenster. Sie sah Tankfahrzeuge, Gepäckwagen und Männer mit Leuchtwesten. Der gleiche Anblick wie an jedem anderen Airport der Welt. Sie fragte sich, was sie erwartet hatte. Dass hier finstere Drogendealer mit Schrotflinten lauerten? Ja, vielleicht hatte sie das erwartet. Oder für möglich gehalten. Vorurteile. Sie schämte sich ein wenig. Und musste grinsen.

Als Livia sich zu Nuri umdrehte, lächelte auch er, als hätte er ihre Gedanken gelesen. Gemeinsam passierten sie die Einreisekontrolle – da beide nur mit Handkoffer unterwegs waren, mussten sie nicht warten –, durchquerten eine kahle, neonbeleuchtete Halle mit Steinboden und stillstehenden Gepäckbändern und betraten dann das Ankunftsterminal. Nuri deutete auf eine Tür mit einem gelben Sheriffstern. Livia nickte.

»Und was erzählen wir denen?«, fragte sie.

Nuri ging bereits mit großen Schritten auf die Tür zu, klopfte und öffnete, ohne abzuwarten. Livia schloss zu ihm auf und trat hinter ihm in den Raum. Ein fülliger Mann mit Schnauzbart und dunklem Haarkranz erhob sich von einem Schreibtisch. Er trug ein beigefarbenes Hemd mit goldenen Streifen auf den Schultern und einer Plakette auf der Brust. An der Wand hinter ihm hing das Porträt eines Mannes mit Cowboyhut und dem gleichen Schnauzbart. Der Präsident von Honduras, vermutete Livia, kam aber nicht auf den Namen.

»Señor Zamiro?«, sagte der Polizist.

Nuri nickte und begrüßte den Beamten mit einem Handschlag. Livia blickte die Männer erstaunt an.

»Die Herren kennen sich bereits?«

»Nicht persönlich. Aber ich habe schon mal Kontakt aufgenommen«, sagte Nuri mit einem Augenzwinkern, »ein Onkel von mir arbeitet im Außenministerium. Er war so nett und hat mein ... also ... unser ... Eintreffen angekündigt.«

Livias Erstaunen legte sich nicht, aber in diesem Moment wollte sie lieber den Polizisten befragen, als Nuri zur Rede zu stellen. Der Beamte zog seine Dienstjacke an und bat sie, mitzukommen. Er führte sie durch eine Gruppe wartender Fluggäste über eine Treppe ins obere Stockwerk. Auf dem Weg deutete er mehrmals auf Stellen an der Decke, wo Überwachungskameras wie Insektenaugen installiert waren. Im Obergeschoss betraten sie einen kahlen, abgedunkelten Raum, in dem ein junger Mann mit kurz geschorenem Haar auf einem Drehsessel vor zwei Flachbildschirmen saß. Im Splitscreen-Modus waren alle möglichen Bereiche des Flughafens zu sehen, live und in Schwarz-Weiß. Der Polizist schob zwei Stühle herbei. Livia und Nuri begrüßten den jungen Mann und nahmen Platz.

»Wir haben achtzehn Kameras im Flughafengebäude«, erklärte der Techniker und deutete auf seine Bildschirme, »weitere gibt es auf dem Rollfeld und dem Vorplatz.«

Nuri drehte sich zu Livia um. »Wie sollen wir denn nun nach Keever suchen?«

Livia war immer noch verwirrt von Nuris Vorgehen. Doch sie konzentrierte sich auf ihr Ziel. »Wir haben das Abflugdatum und die Abflugzeit des Unglücksflugs. Ich würde versuchen, mit dem Einsteigen am Gate zu beginnen.«

»Mittwoch, kurz nach Mittag also.«

Nuri bat den jungen Techniker, die entsprechende Datei zu suchen. Der Mann tippte auf seiner Tastatur herum. Schließlich drehte er ihnen einen der Bildschirme zu. Aus verschiedenen Perspektiven sah man Menschen, die an einem Abfluggate standen. Das Einsteigen hatte begonnen. Die Fluggäste zeigten ihre Bordkarten vor und passierten eine Glastür.

Livia wurde übel bei dem Gedanken, dass all diese Menschen im Begriff waren, in den Tod zu fliegen.

Sie ließen das Video laufen, bis sich die Menschenschlange fast vollständig aufgelöst hatte. Ein Geschäftsmann eilte noch sichtlich gehetzt herbei.

Plötzlich sprang Nuri von seinem Stuhl auf und deutete mit ausgestrecktem Zeigefinger auf den Bildschirm. »Da, da …«, entfuhr es ihm.

Livia sah einen einzelnen Menschen auf einem der Plastiksessel im Wartebereich. Ihr fiel auf, dass er einen merkwürdigen Overall trug, fast wie ein Soldat. Oder ein Mechaniker. »Ist das Keever?«

Statt zu antworten, starrte Nuri gebannt auf die Bilder. Er biss sich auf die Lippe und setzte sich wieder, ohne seinen Blick vom Bildschirm abzuwenden.

Sie sahen, wie der Mann mit dem Overall sich erhob und

mit schweren Schritten als Letzter die Bordkartenkontrolle aufsuchte. Er wirkte abgekämpft. Fast apathisch. Das Video hatte keinen Ton, aber es war zu erahnen, dass eine der Flughafenangestellten nach seiner Bordkarte fragte. Livia traute ihren Augen nicht, als sie sah, wie Keever reagierte: Statt seine Bordkarte vorzuweisen, stieß er die Frau mit der flachen Hand von sich. Eine Kollegin eilte ihr zu Hilfe. Es kam zu einem Gerangel, in dessen Verlauf Keever doch noch seine Bordkarte zeigte und in den Einstiegstunnel vorgelassen wurde. Die beiden Kontrolleurinnen blieben am Gate zurück und gestikulierten aufgeregt.

»Irre«, sagte Livia, »warum tut er das?«

»Keine Ahnung«, antwortete Nuri. »In den USA wäre er eingebuchtet worden. Immerhin wissen wir jetzt, welche Kleidung er trug und wonach wir bei anderen Kameraaufzeichnungen Ausschau halten müssen.«

»Am besten, wir lassen das Video rückwärts laufen, um zu sehen, wo er herkam«, sagte Livia.

Der junge Techniker spulte das Video zunächst mit vierfacher, dann mit sechzehnfacher Geschwindigkeit zurück. Auf dem Bildschirm war zu sehen, wie die Zeit rückwärts lief. Die Wartereihe der Passagiere wurde wieder länger. Die Menschen trippelten rückwärts in den Wartebereich und setzten sich. Dort wurden sie nach und nach weniger. Die Bilder zeigten das Abfluggate nun rund anderthalb Stunden vor dem Boarding.

Keever saß die gesamte Zeit über in demselben Sessel. Aber er bewegte sich unablässig. Er schlug häufig die Beine übereinander, fuhr mit den Händen über sein Gesicht. Seine Stirn glänzte. Er schwitzt, dachte Livia. Die Aufnahme raste weiter rückwärts. Keever war nun allein.

»Wow, er saß bereits drei Stunden vor dem Abflug am Gate.«

»Stopp, er steht auf!«

Sie ließen das Video nur noch mit vierfacher Geschwindigkeit rückwärtslaufen. Keever nahm eine Tasche auf. Eine Plastiktüte. Er tippelte rückwärts an einigen Duty-free-Läden vorbei zur Passkontrolle.

Der junge Techniker schaltete auf eine andere Kamera um. Sie sahen Keever nun vor der Passkontrolle anstehen. Eine weitere Kamera zeigte ihn, als er durch den Eingangsbereich des Flughafens lief.

»Können wir sehen, ob er mit einem Auto ankam? Vielleicht ein Taxi?«

Der Techniker schaltete auf die Bilder der Kameras um, die außen am Flughafengebäude angebracht waren. Man sah die Auffahrt und die Haltezone. Ein Bus traf ein, mehrere Taxis stauten sich, Menschen hantierten mit Gepäckstücken. Doch in den dreißig Minuten vor Keevers Erscheinen in der Eingangshalle war außerhalb des Flughafengebäudes nichts von ihm zu sehen.

»Zurück in die Eingangshalle«, wies Nuri an.

Sie spulten die Bilder von vier Kameras ab. Schließlich entdeckten sie Keever anhand seines Overalls. Er stand am Ticketschalter von Delta Airlines und blätterte Bargeld auf den Tresen. Sie ließen erneut die Zeit rückwärtslaufen und verfolgten seinen Weg durch den Flughafen.

»Er kam aus der Ankunftshalle«, sagte der junge Techniker.

Der dicke Polizist nickte. »Lahnsa«, sagte er.

Auf Nuris fragenden Blick hin erklärte er, das sei die Inlandsfluglinie. Keever hatte also seine Reise nicht in Tegucigalpa begonnen, sondern irgendwo anders in Honduras.

»Welche Inlandsflüge kommen am frühen Morgen in Tegucigalpa an?«, fragte Livia.

»Die Morgenmaschinen aus San Pedro Sula und La Ceiba … Aber dies ist, warten Sie, ja, es ist die Maschine aus La Ceiba. San Pedro Sula kommt erst eine halbe Stunde später rein.«

»La Ceiba? Um Gottes willen!«, entfuhr es Livia. »Dort gab

es dieses Gemetzel in den Straßen. Keever hat doch wohl nichts mit den geköpften Gangstern zu tun?«

»Ihr Freund könnte auch von den Inseln gekommen sein«, sagte der Polizist.

»Welche Inseln?«, fragten Livia und Nuri gleichzeitig.

»Die Islas de la Bahía. Utila, Roatan und Guanaja. Unberührte Karibik. Der schönste Teil von Honduras«, erklärte der junge Techniker. »Die Flüge von dort machen Zwischenstopp in La Ceiba.«

»Wir werden es herausfinden«, sagte der dicke Polizist, hob den Hörer des Telefons ab, wählte eine dreistellige Nummer und erteilte in schneidigem Ton einige Anweisungen.

Livia wurde klar, dass er mit einem Vertreter der Lahnsa sprach. Mehrmals hörte sie Wörter wie *lista, pasajeros* und den Namen Keever. Schließlich schüttelte der Polizist den Kopf.

»Die Lahnsa hat keinen Passagier mit dem Namen Keever auf den Fluggastlisten vom vergangenen Mittwoch. Er muss einen falschen Namen benutzt haben. Wir wissen also nur, dass er mit dem Flug aus La Ceiba hier in der Hauptstadt ankam.«

Nach weniger als zwei Minuten trafen mehrere Screenshots in einer Mail ein. Der Techniker öffnete die Dokumente. Es waren die Passagierlisten der Lahnsa. Livia und Nuri suchten die Namen durch, was schnell ging, denn die kleinen Propellermaschinen der honduranischen Inlandsfluglinie fassten nur zwei Dutzend Passagiere. Der Name Keever stand in der Tat auf keiner der Listen.

Livias Handy brummte. Eine unbekannte Nummer rief an. Livia war kurz davor, den Anruf wegzudrücken, nahm ihn dann aber doch an. Sie sagte nichts. Eine Männerstimme meldete sich.

»Hallo? Spreche ich mit Livia Chang? Hier ist Dr. Sharrett.«

Livia brauchte einen Moment. Dann fiel es ihr ein. Es war der Leichenbeschauer von Newnan County. Ihr rutschte das Herz in die Hose. Hatte er bemerkt, dass sie das Stück Haut von Dr. Keevers Arm entwendet hatte? Hatte Professor van Keuken sie verraten?

»Dr. Sharrett, ich ...«

»Entschuldigen Sie, dass ich Sie überfalle. Aber Ihre Redaktionsassistentin war so freundlich, mir Ihre Nummer zu geben, nachdem ich glaubhaft versichern konnte, wertvolle Informationen für Sie zu haben.«

Livia war erleichtert. Dr. Sharrett klang nicht feindselig. »Sehr gut, Doktor. Ich freue mich, dass Sie an mich denken.«

»Ich habe zwei Entdeckungen gemacht, die Sie vermutlich interessieren werden. Ich möchte allerdings nicht als Quelle genannt werden. Unter keinen Umständen.«

»Kein Problem, Dr. Sharrett.«

»Also, erstens habe ich in dem Arm, an dem Sie interessiert waren, noch etwas gefunden.«

»Was ist es?«

»Ein Fremdkörper.«

»Was für ein Fremdkörper?«

»Ein Chip.«

»Wie bitte?«

»Ein Mikrochip. Unter dem *Musculus coracobrachialis*, ganz oben an der Schulter. Ich habe das Ding unters Mikroskop gelegt, allerdings bin ich kein Cyberfreak aus dem Silicon Valley. Daher kann ich nicht mehr sagen, als dass es ein elektronisches Bauteil ist. Kleiner als ein Reiskorn.«

Livia war erschüttert. »Wow. Danke, Dr. Sharrett. Und das andere?«

»Ich habe zwei Leichen von Flugbegleitern hereinbekommen, eine weiblich, eine männlich.«

»Hatten die auch Chips implantiert?«, fragte Livia und ärgerte sich im gleichen Moment, so vorschnell zu sein.

»Nein, nein. Beide hatten ein übel verstümmeltes Genick. Und im Körper der Frau habe ich tatsächlich einen fremden Gegenstand gefunden. Zwischen dem ersten und zweiten Nackenwirbel.«

»Gott im Himmel! Was ist es diesmal?«

»Kein Chip.«

»Was dann?«

»Ein Zahn.«

»Wie bitte?«

»Ein Zahn. Ein menschlicher Eckzahn, um genau zu sein. Sehr wahrscheinlich männlich.«

»Der Zahn eines Menschen?«

»Ja. Wie ich sagte. Vermutlich der eines Mannes.«

»Definitiv kein Tier? Vielleicht war ein Hund an der Absturzstelle …«

»Auf keinen Fall. Ein männlicher Eckzahn.« Dr. Sharrett klang nahezu beleidigt. Livia hatte seine Expertise angezweifelt.

»Das ist … Haben Sie eine Erklärung dafür, Dr. Sharrett?«

»Keine, die mir sinnvoll erscheint. Allerdings hat es mich an eine Obduktion von vor ein paar Jahren erinnert.«

»Was war das damals?«

»Ein Wolfsbiss.«

»Doch ein Tier?«

»Ich war damals in Wyoming tätig. Ein Farmer war in der Wildnis von einem Wolfsrudel angefallen worden. In einem seiner Knie fand ich damals auch einen Zahn. Er stammte von einem Wolf.«

»Aber diesmal ist es ein menschlicher?«

»Wie ich schon sagte.«

Livias Gedanken rasten. »Puh, jedenfalls vielen Dank für die Information, Dr. Sharrett.«

»Gern geschehen. Ich bin gespannt, was Sie herausfinden. Ich verfolge Ihre Zeitung intensiv.«

»Vielen Dank. Ich lasse von mir hören, Dr. Sharrett.«

Livia legte auf und berichtete Nuri von dem Gespräch. Allerdings nur von dem Zahn im Genick der Flugbegleiterin. Nicht von dem Mikrochip in Keevers Arm. Ungläubig schüttelte Nuri den Kopf.

»Gab es nicht in den Cockpitaufzeichnungen die Stelle, an der die Stewardess Genickbisse erwähnt?«, fragte Livia.

Nuri presste die Lippen zusammen und nickte.

»Ich denke, wir sollten die nächste Maschine nach La Ceiba nehmen«, sagte sie. »Keever kam von dort, bevor er den Delta-Flug in die Staaten nahm. Vielleicht finden wir dort seine Spur.«

17

Chatgruppe »Nextlevelhumans«, Nachrichtendienst Telegram

Biohackerdeluxe: Geil, geil, geil. Geronimo geht voll ab ...

TheBase0106: Du solltest doch die Klappe halten. Ich mach gleich die Chatgruppe dicht. Dann gibt es nur noch DMs

Biohackerdeluxe: Okidoki, bin schon still

Runenzauber: Wann ist noch mal Stichtag?

TheBase0106: In 6

Biohackerdeluxe: Sollte klappen

TheBase0106: Das will ich hoffen

Runenzauber: Mannomann, ihr macht einem hier den Mund wässrig, aber nix Genaues wird gesagt

Tricolorelibera: Vielleicht sollten wir einen neuen Channel aufmachen, zu viele Leute hier ...

Deepstateisshit: Lasst mal. Ist schon okay mit der Geheimnistuerei. Hauptsache, es knallt fett am Tag X

Biohackerdeluxe: Knallen? Haha, Naivling ...

Runenzauber: Blöder Nerd

Biohackerdeluxe: Noch ein Wort, und ich bin raus

TheBase0106: Still jetzt alle. Ich mach sonst echt dicht hier

Tricolorelibera: Hört auf, ihr Kids. Lächerlich

Biohackerdeluxe: Was ist lächerlich?

TheBase0106: Nicht du. Ich meine das ganze Gezänk hier

18

Örtliches Hauptquartier der FNAMP, La Ceiba, Honduras

Coronel Sotomayor lehnte sich zurück und grinste überheblich. Sein überdimensionaler Schreibtisch aus lackiertem Akazienholz und eine altmodische Schreibunterlage mit Füllfederhalter bildeten einen seltsamen Kontrast zu seinem Kippstuhl aus Kunstleder. Das Gleiche galt für den hölzernen Ventilator an der Decke und die Resopalschränke, in denen sich Akten stapelten. An der Wand hing eine Fotografie, auf der Sotomayor mit drei Männern posierte, die gefesselt vor ihm auf dem Boden knieten.

»*New York Times,* sagten Sie?«

Der Coronel zog eine Schublade auf und nahm eine Zigarre daraus hervor. Das Ding war dick wie ein Besenstiel.

»Korrekt«, antwortete Livia. »Wir sind auf der Suche nach einem verschollenen Landsmann. Die Sache ist von großem Interesse für die amerikanische Öffentlichkeit.« Sie beschloss, dem Chef der örtlichen Anti-Mara-Polizei zu schmeicheln. »Wir vermuten, dass Sie am besten wissen, wo wir die Suche beginnen könnten.«

»Wie kommen Sie auf unsere schöne Stadt?«

»Wir konnten die Spur des Vermissten bis hierher verfolgen. Dr. Keever hat am vergangenen Mittwoch die Morgenmaschine von La Ceiba nach Tegucigalpa bestiegen. Wir vermuten, unter falschem Namen.«

Hundertprozentig sicher war das nicht, wusste Livia. Aber nachdem sie Keever am Flughafen von Tegucigalpa aufgespürt hatten, war es zumindest wahrscheinlich, dass er mit der Morgenmaschine aus La Ceiba gekommen war.

Sotomayor zündete die Zigarre mit einem überlangen Streichholz an und sog mehrmals, bis die Glut entfacht war. Eine Rauchwolke zog über den Schreibtisch. Er schien den Augenblick zu genießen. Livia hatte Nuri gebeten, ihr das Reden zu überlassen. Sie entschied sich für einen alten Reportertrick. Sie sagte nichts. Sie spürte, dass Sotomayor gewillt war zu sprechen. Sie musste ihm das Gefühl geben, die Fäden in der Hand zu halten. Der arrogante Polizeichef wirkte, als wolle er das Folgende möglichst theatralisch gestalten.

»Nun, es gibt in der Tat Neuigkeiten, die von hohem Interesse für die amerikanische Öffentlichkeit sein dürften.«

Livia beugte sich vor. Nuri starrte den Polizeichef an.

»Wir haben einen gewaltigen Durchbruch im Kampf gegen die Organisierte Kriminalität erlangt. Wir sind neuerdings der sauberste Fleck auf dem lateinamerikanischen Kontinent. Das sollte der großen *New York Times* wohl einen Bericht wert sein.« Sotomayor pustete auf die Glut seiner Zigarre, dann blickte er seine beiden Besucher an.

»Das klingt hochinteressant«, sagte Livia, um den Coronel zum Weiterreden zu animieren. Es klappte.

»Die jüngste Welle der Gewalt ist beendet. Vollständig. Keine Toten mehr. Noch besser: Der Drogenhandel in der gesamten Provinz von La Ceiba ist beendet.«

Sotomayor grinste, als hätte er einen Riesenstapel Chips beim Poker gewonnen. Livia hatte Mühe, ihre Enttäuschung zu verbergen. Statt auf ihr Anliegen einzugehen, prahlte der Mann mit seinen Erfolgen als Polizeichef.

»Was hat das mit Keever …«

Nuri berührte Livia am Arm. Sie verstummte.

»Sie sprachen von der jüngsten Welle der Gewalt«, sagte Nuri zum Polizeichef, »was genau ging da vor sich?«

Sotomayor machte eine abwehrende Handbewegung. »Das ist nun Geschichte«, sagte er.

Livia verstand, worauf Nuri hinauswollte. Sie hakte nach. »Coronel, der Erfolg im Kampf gegen die Organisierte Kriminalität ist für unsere Leserschaft nur interessant, wenn wir auch berichten, wie die Zustände davor waren. Umso deutlicher wird Ihre Leistung. Also, was meinten Sie mit der jüngsten Welle der Gewalt?«

Sotomayor räusperte sich und gab seinem Adjutanten ein Zeichen. Dieser griff in eins der Regale an der Seitenwand, zog eine Kladde hervor und übergab sie seinem Chef. Sotomayor blätterte darin und schlug zwei Seiten auf, die er vor Livia und Nuri hinlegte. Es waren Tatortfotos. Sie zeigten eine Straße, mit Tüchern abgedeckte Leichen, mit Kreide markierte Patronenhülsen, im Staub getrocknetes Blut sowie Nummerntafeln der Spurensicherung.

»Das war vor wenigen Tagen noch Realität in unserer Stadt. Und nun ist es vorbei«, prahlte der Coronel. Er steckte seine Zigarre ein weiteres Mal mit einem Streichholz an.

Livia streckte ihre Hand aus, und bevor der Polizeichef einschreiten konnte, hatte sie die Seiten in dem Ordner umgeblättert. Wenige Sekundenbruchteile lang sahen Nuri und sie weitere Bilder. Eins davon war die Nahaufnahme eines männlichen Torsos mit Tätowierungen und einer gewaltigen Wunde im Nacken. Das Genick unterhalb des Schädelansatzes war zerfleischt.

Livia unterdrückte ein Würgen. Sotomayor entriss ihr den Ordner. Sie flüsterte Nuri zwei schnelle Sätze zu. »Genickverletzungen, die Cockpitaufnahme. Die Stewardess sprach von Genickbissen …«

Nuri nickte und entschloss sich zu einer Provokation. »Mit Verlaub, Coronel, woher können Sie wissen, ob der Friede in Ihrer Stadt von Dauer ist? Was, wenn morgen wieder Leichen in den Straßen liegen?«

Sotomayor stand auf, stellte sich ans Fenster und blickte in den Vorhof seines Hauptquartiers hinab. Abrupt drehte er sich um und gab seinem Adjutanten einige Anweisungen auf Spanisch.

An Livia und Nuri gewandt, sagte er: »Leutnant Gustavo wird Sie zu Padre José bringen. Der Pfarrer ist über jeden Zweifel erhaben. Vor zwei Jahren hat Ihre geschätzte Zeitung einen Bericht über seine Arbeit in den Armenvierteln veröffentlicht. Er wird bestätigen, dass Friede eingekehrt ist in La Ceiba. Ihm werden Sie vermutlich glauben.«

Der Leutnant salutierte.

Livia und Nuri blickten einander an. Sie nickte Sotomayor zu. Padre José war zweifellos ein ehrlicher Mann und kannte die Stadt. Vielleicht wusste er etwas über Robert Keever.

Der Leutnant führte sie zu einem gepanzerten Toyota-SUV im Hinterhof des Polizeigebäudes. Gemeinsam fuhren sie durch das Gewirr aus ebenerdigen Blechdachbauten von La Ceiba. Asphaltstraßen wechselten sich mit staubigen Gassen ab. An einer Kirche aus weißem Lattenholz machten sie halt. Der Adjutant bat Livia und Nuri auszusteigen und führte die beiden zu einer Hütte neben der Kirche. Dort trafen sie auf einen Mann in Zivilkleidung, der soeben Tee zubereitete. Er war hochgewachsen und hatte dichtes schwarzes Haar, das an den Schläfen ergraute. Ein weißer Kollar um seinen Hals ließ erkennen, dass es sich um einen Geistlichen handelte. Livia und Nuri stellten sich vor.

Nach einigen Erklärungen des Polizisten nickte Padre José und lud Livia und Nuri ein, auf einer Bank vor der Hütte Platz zu nehmen. Für sich selbst klappte der Priester einen Faltstuhl auf. Der Polizist salutierte und fuhr davon.

»Sie können englisch sprechen. Ich habe vor einigen Jahren ein Priesterseminar in Los Angeles besucht«, erklärte Padre José.

Livia nickte anerkennend. »Vielen Dank, dass Sie uns empfangen, Pater. Wir sind aus Amerika gekommen, um einen verschollenen Freund zu finden. Wir halten es für möglich, dass er mit den grausamen Vorfällen der vergangenen Tage zu tun hatte. Coronel Sotomayor hat uns einige Bilder gezeigt …«

»Ich verstehe. Vermutlich hat Coronel Sotomayor Ihnen auch gesagt, dass es neuerdings einen Frieden gibt. Einen *trato* zwischen der Polizei und gewissen Gruppen, die in dieser Stadt … Geschäfte betreiben. Geschäfte, die leider manchmal …«

»Die Gangsterbanden«, entfuhr es Nuri.

Pater José hob die Hände. »Ich versuche, nicht zu urteilen, Señor. Als Mann Gottes sehe ich nur Menschen.«

»Verstehe«, sagte Livia, um den Pfarrer nicht zu verärgern.

»Meine Neutralität ist der Grund, warum Bürger unterschiedlicher Schichten und Professionen meinen Rat schätzen.«

»Ich habe davon gehört. Die Zeitung, für die ich arbeite, hat Ihre Arbeit vor zwei Jahren in einem Artikel gewürdigt.«

»Ich kenne den Artikel natürlich. Er hat mir große Schwierigkeiten bereitet.«

Livia erschrak. »Inwiefern?«

»Viele Bürger dieser Stadt glauben seither, ich sei ein Unterstützer gewisser Kreise …«

Livia nickte. Für den Pater war es vermutlich schwer, seine Unabhängigkeit zu wahren. Die Mitte zu finden, zwischen Verbrechern, unbescholtenen Bürgern und der auch nicht immer legal agierenden Polizei. Livia unterbreitete einen klassischen journalistischen Vorschlag.

»Ich kann Ihnen Anonymität anbieten. Es geht mir in diesem Fall nicht um Ihre Arbeit und auch nicht um die sozialen Themen Ihrer Gemeinde. Ich will lediglich wissen, was in den vergangenen Tagen geschehen ist. Dieser Freund von uns könnte, wie gesagt, davon betroffen sein.«

»Es ist vorbei. Das hat Ihnen Coronel Sotomayor bereits gesagt. Keine Gewalt mehr.«

»Hat er. Aber noch mal: Mr. Zamiro und ich würden gerne verstehen, was genau vorgefallen ist.«

»Ich war kein Augenzeuge.«

»Gibt es denn Augenzeugen?«

»Gewisse Bürger dieser Stadt waren das Ziel heftiger Attacken. Sie haben mich gebeten, eine Abmachung mit der Polizei zu treffen. Eine Art Friedensvereinbarung.«

»Es wäre sehr wichtig, mit diesen Bürgern zu sprechen. Könnten Sie das vermitteln?«

»Wir würden die Vergangenheit gern Vergangenheit sein lassen, Señora.«

»Livia Chang ist mein Name.«

»Señora Chang.«

»Bitte, *padre,* es ist uns sehr wichtig. Wir müssen wissen, was unserem ...«, Livia zögerte kurz, »... was unserem Bekannten zugestoßen ist. Ob er beteiligt war an diesen Gräueln. Ich werde keine Namen verwenden. Wir sind nicht an einem Bericht über die Maras oder über Sie interessiert. Wir suchen die Spur eines amerikanischen Staatsbürgers. Er ist in dem abgestürzten Flugzeug umgekommen. Vermutlich haben Sie von dem Unglück bei Atlanta gehört.«

Der Geistliche nickte. »Was hat das mit uns zu tun?«

»Wir wissen, dass dieser Bekannte, dessen Name Robert Keever lautet, aus La Ceiba kam, bevor er die Unglücksmaschine bestieg.«

Der Pater dachte nach. »Etwas Konkreteres haben Sie nicht? Das klingt wie reiner Zufall.«

Livia musste ihm zustimmen. Sie beschloss zu pokern. »Er

war krank. Sehr krank.« Dabei tippte sie mit dem Zeigefinger an ihre Stirn. »Und vielleicht gewalttätig.«

Der Pater zog die Augenbrauen zusammen. Er dachte erneut nach. Dann fasste er einen Entschluss und stand auf. »Na gut. Fünf Minuten. Mehr nicht. Kommen Sie mit.«

Livia und Nuri folgten dem Pater durch eine Holzpforte in die Kirche. Auf schweren Dielenbrettern passierten sie den Altar sowie eine Statue des mit Pfeilen durchlöcherten heiligen Sebastian. Neben einem Glasschrank, in dem das Tabernakel aufbewahrt wurde, öffnete Pater José eine schmale Tür. Dahinter führte eine Treppe abwärts zu einer weiteren Tür. Der Pater stieg hinab, klopfte, wartete einige Sekunden lang und betätigte behutsam die Klinke. Livia und Nuri folgten ihm. Gemeinsam betraten sie einen Kellerraum, der von einer nackten Glühbirne an der Decke erhellt wurde. Die Wände waren aus Lehm, es roch nach feuchter Erde. Über einer Metallpritsche hingen zwei Heiligenbilder, in einer Ecke stand ein Eimer. Die Lehmwände dämpften die Geräusche.

Auf der Pritsche kauerte ein Mann. Er lag seitwärts, die Knie hochgezogen, die Arme vor dem Gesicht verschränkt. Der Oberkörper war nackt und großflächig tätowiert. Pater José sprach den Mann mit ruhiger Stimme an. Livia konnte den Inhalt des Gesprächs entschlüsseln.

»Concho, es ist Besuch gekommen. Zwei Gringos. Sie führen nichts Böses im Schilde. Sie suchen einen Freund. Und sie fürchten, dieser Freund könnte in Kontakt gewesen sein mit …«

Der Mann auf der Pritsche drückte seinen Rücken durch. Ein Keuchen drang aus seiner Kehle. Er stierte an die Decke.

Der Pater fuhr fort. *»¿Sabes algo de un gringo, Concho? Un gringo loco …«*

Livia sah, wie Tränen über die Wangen des Gangsters strömten. Es war ein seltsamer Kontrast zu den Tätowierungen und den goldenen Schneidezähnen, die zum Vorschein kamen, als er sein Gesicht verzog.

»Sein Name war Keever ...«, sagte Nuri.

Concho blinzelte die Besucher mit vorgehaltener Hand an, als müsste er die Sonne abschirmen. *»No sé. No sé nada ...«* Seine Stimme klang wie trockener Kalk.

»Es importante, señor Concho«, sagte Livia. »Es ist wichtig. Wer hat diese schrecklichen Dinge getan? War ein Amerikaner beteiligt?«

Pater José übersetzte.

Concho schloss wieder die Augen und verfiel in einen fast melodischen Singsang. Er schien Worte zu formen, aber selbst Pater José hatte Schwierigkeiten, ihn zu verstehen. Plötzlich schoss sein Oberkörper in die Höhe. Von seinen Augen war nur noch das Weiße zu sehen. Er hob beide Fäuste in die Luft. Und er schrie so laut, dass sogar die Lehmwände ein Echo erzeugten.

»¡Camazotz! ¡Caaaaamazotz! ¡Fue Camazotz!«

Livia und Nuri blickten Pater José ratlos an.

Der Geistliche setzte sich zu Concho auf die Pritsche, strich ihm mit der Hand über den Rücken und sprach beruhigend auf ihn ein.

»Was sagt er?«, wollte Nuri wissen.

»Er hat diese fixe Vision einer Maya-Gottheit. In der Mythologie heißt sie Camazotz, manchmal auch Zotzilaha Chamalcan. Es ist ein Dämon der Unterwelt. In Gestalt einer Fledermaus.«

»Eine Art mittelamerikanischer Dracula?«, fragte Livia.

»Mehr als das. Ein Dämon mit göttlicher Macht. Er verschlingt das Hirn seiner Opfer. Er labt sich an deren Blut.«

Livia verzog die Mundwinkel. Nuri schaute ungläubig.

»Nur Mythen«, sagte Pater José. »Die Überlieferungen der Mayas sind voller blutrünstiger Schilderungen. Auch ihre Opferrituale waren nicht zimperlich. Man riss jungen Mädchen die Herzen aus dem Körper, um die Götter zu besänftigen. Die oft glorifizierte Hochkultur stand in Sachen Grausamkeit den westlichen Gewaltexzessen in nichts nach.«

»Was hat all das mit den Toten in den Straßen von La Ceiba zu tun?«

»Nichts, denke ich. Concho leidet an Hirngespinsten. Anzeichen einer posttraumatischen Belastungsstörung ...«

Ein Poltern ließ Livia herumfahren. Jemand stürmte die Treppe herab. Die Tür krachte auf. Herein kamen zwei düstere Gestalten. Die untere Gesichtshälfte des einen war komplett tätowiert. Mit dem gefletschten Gebiss eines Hais.

»Tiburón ...«, stammelte Pater José.

»¿Que puto pasa aquí, padre?«

Der Neuankömmling raste vor Wut. Ein Schreigefecht mit Pater José setzte ein. Livia verstand Begriffe wie *gringos* und DEA, die Abkürzung der US-Drogenbehörde. Das Haifischmaul verdächtigte Pater José offenbar des Verrats.

»Sie müssen gehen«, zischte der Priester den Amerikanern zu.

Tiburón zog eine Pistole aus dem Hosenbund und zielte auf Nuris Gesicht, den Griff seitwärts gehalten. Gangsterstyle. Idiotisch. Livia wusste, dass er sich das Handgelenk brach, wenn er die Waffe so abfeuerte. Dennoch bekam sie Panik. Auch Idioten konnten gefährlich sein.

Sie hörte weitere Wörter wie *puto* und *rato* aus Tiburóns Mund. Aus dem Augenwinkel nahm sie eine blitzartige Bewegung Nuris wahr. Sein linker Arm schnellte hoch und drückte den Lauf der Waffe zur Seite. Die Rechte schoss unter Tiburóns Arm hindurch nach oben und ergriff das Metall der Pistole. Es dauerte nur Millisekunden. Das Ergebnis war beeindruckend. Nuri hielt nun die Waffe in der Hand. Er zielte auf die Schneidezähne des Haifischmauls.

»Calmate. No soy ni DEA ni policía. Estoy buscando un amigo. Se llama Doctor Keever.«

Livia staunte. Nuri sprach fließend Spanisch.

Tiburón und sein Kumpan ließen ein paar Machosprüche vom Stapel. Livia und Nuri würden ihre Stadt nicht lebend verlassen. Blabla. Das Gehabe gekränkter Gangster. Nuri hatte den *jefe* vor den Augen eines seiner Männer gedemütigt.

Nuri übergab Padre José die Pistole und ließ ihn das Weitere übersetzen. Livia vermutete, das sollte Vertrauen schaffen.

»Alles, was wir wissen wollen, ist, ob euch ein Amerikaner namens Keever begegnet ist. Sonst nichts. War er vielleicht sogar der Mann, der eure Freunde angegriffen hat?«

Ein heiseres Röcheln kam von der Pritsche. »Das war kein Mensch«, fistelte Concho.

»Unsinn!«, brüllte Tiburón.

»Ich habe es gesehen«, beharrte Concho.

»Was gesehen?«, fragte Nuri.

»Er hat am Schädel von *El flaco* gelutscht. Er hat sein Hirn gegessen.«

Nuri zog sein Smartphone hervor. Er tippte auf seine Fotosammlung und zeigte Concho ein Bild. »War er das?«

Concho blickte angstvoll auf das Handy. Aber er schüttelte den Kopf. *»No, no.«*

»¿Seguro?«

»Ojos de un chino ...«

»Was sagt er?«, fragte Livia.

»Still!«

Concho hauchte nur noch. *»... con fuego en la cara.«*

»Er spricht von den Augen eines Chinesen und Feuer im Gesicht«, erklärte Nuri.

Concho fiel zurück in Trance. Sein Oberkörper wippte. Er schüttelte sich, kippte seitwärts auf die Pritsche, begann zu würgen. Speichelfäden tropften aus seinem Mund.

»Sie müssen wirklich gehen«, sagte Pater José. »Es war ein

Fehler, Sie hierhergeführt zu haben. Niemand weiß etwas über Ihren Bekannten.«

»Letzte Frage«, sagte Livia, an Tiburón gerichtet. »Haben Sie dieses Wesen gesehen, von dem ...«

»Nein, habe ich nicht«, fauchte der Gangster. »Einer meiner besten Männer verlor sein Leben. Im Hafen. Dieses Ungeheuer kam nachts mit einem Fischerboot.«

»Woher?«

»Bonacca. Das Boot war in Bonacca registriert.«

»Bonacca?« Livia blickte Pater José fragend an.

»Das ist die Hauptstadt von Guanaja. Eine der drei Islas ...«

»... de la Bahía. Ich erinnere mich«, sagte Livia.

19

Bar El Container,
La Ceiba, Honduras

Die Männer unterhielten sich in radebrechendem Englisch. Sechs von ihnen mit slawischem Akzent, die drei anderen mit spanischer Färbung. Auf dem Tisch standen teils leere, teils volle Bierflaschen der lokalen Marke Salvavida, zu Dutzenden. Dazwischen abgegessene Reste frittierter Fische, Reis, schwarze Bohnen sowie zwei Flaschen eines selbst gebrannten Agavenschnapses. Der letzte Schimmer der untergehenden Sonne zeichnete orangefarbene Schlieren auf die anthrazitgrauen Wellen der Karibischen See.

Die Männer hoben ihre Gläser.

»Na Zdorovya!«, brüllten die Ukrainer und lachten sich schlapp, als die Einheimischen die Worte zu wiederholen versuchten. Sie kippten den hochprozentigen Schnaps hinunter. Einer der Ukrainer, ein bulliger Mann mit Knopfaugen und kahl rasiertem Kopf namens Yegor, herrschte seinen Nebenmann in seiner Landessprache an.

»Bohdan, du hast jetzt genug. Wir müssen unseren Vogel morgen sicher über den Großen Teich bringen.«

»Keine Sorge, Komandyr, ich fliege unsere *Ruslan* mit der linken Arschbacke und eingeschlafenen Beinen ... Hast du vergessen, wo ich damit schon überall unterwegs war? Afghanistan, Angola, Guinea-Bissau …«

»Mach trotzdem langsamer.« Yegor, der Anführer der Ukrainer, wandte sich wieder den Einheimischen zu. »Das hat ja alles perfekt geklappt, Mayor Camarena, ihr seid echte Profis!« Der Ukrainer schlug dem Honduraner, einem schmächtigen, sehnigen Mann mit militärischem Haarschnitt, freundschaftlich auf die Schulter.

Der Soldat hob die Hand. »Wir haben gerne mit Ihnen Geschäfte gemacht, Señor Yegor. Wer gut bezahlt, wird bei uns gut bedient. Und wie gesagt: Wir können noch mehr Ware liefern, alles gut versteckt an der Mesquiteküste im Osten unseres schönen Landes.«

»Unglaublich, wie viel Zeug euch die Amerikaner damals hergebracht haben.«

»Tja, die Revolution in Nicaragua. Das war den Gringos ein Gräuel. Presidente Reagan hat die Contra-Milizen auf unserer Seite der Grenze bis an die Zähne ausgerüstet.«

»Ja, die Gringos. Auf die ist leider kein Verlass mehr. Gegen die verdammten Russen lassen sie uns im Regen stehen. Jetzt müssen wir uns selbst helfen. Und dabei wird uns Ihr hübsches Arsenal helfen.« Yegor grinste breit und hob erneut das Glas.

Mayor Camarena erwiderte den Toast. »Wie gesagt, wir können noch mehr anbieten. M-16, jede Menge M2, wir haben sogar noch mehr TOWs.«

Yegor schüttelte verwundert den Kopf. Die Honduraner hatten ihnen bereits achtundfünfzig Tonnen Waffen verkauft, darunter sogar ein Dutzend TOW-Raketenwerfer. Originalware. Alles gut verpackt und im Bauch ihrer Antonow An-124 auf dem Flughafen von La Ceiba verstaut. Mehr konnten Yegor und seine Crew nicht in die Frachtmaschine packen. Sonst schaffte es der Flieger nicht über den Atlantik.

Vielleicht würden sie später noch eine Ladung holen. Das

musste der Generalstab in Kiew entscheiden. Das Zeug aus Honduras stammte zwar aus den Achtzigern, amerikanische Unterstützung für den Kampf gegen die Sandinisten in Nicaragua. Aber Waffen verderben nicht. Das Zeug war originalverpackt. Ohne Verfallsdatum. Morgen früh würden sie aufbrechen – ein Tankstopp auf den Azoren und dann nach Lwiw. Mit dem Arsenal würden sie den russischen Separatisten im Donbass und dem Dreckskerl Putin kräftig in den Arsch treten. Yegors Laune wurde immer besser. Er hob sein Glas und brachte einen weiteren Trinkspruch aus.

»Tod den Russen!«

Die Honduraner stimmten ein. Yegor merkte, dass er pinkeln musste. Er stand auf, ermahnte Bohdan, den Piloten, ein weiteres Mal, nichts mehr zu trinken, und verließ die Strandbar, um eine Toilette zu suchen. Doch er fand keine und entschied sich, im Schatten eines Holzverschlags in den Sand zu pinkeln. Der Urin prasselte dumpf in den Sand, als ihn jemand von hinten ansprach. Yegor schreckte zusammen und drehte den Kopf. Hinter ihm stand ein Asiate. Nicht besonders groß, aber mit Armen wie Bruce Lee. In seinem Gesicht leuchtete eine scharlachrote Narbe, die sich seitlich von der Stirn bis zum Hals zog. Sein Russisch war passabel.

»Was willst du?«

Yegors aggressiver Ton und seine kräftige Gestalt flößten normalerweise Respekt ein. Doch sein Gegenüber wirkte unbeeindruckt. Er warf eine abgewetzte Sporttasche neben Yegor in den Sand. Der Reißverschluss war halb geöffnet. Yegor sah Geldbündel. US-Dollar.

»Zehntausend«, sagte der Asiate.

»Und wofür?«

Yegor packte seinen Schwanz zurück in die Hose. Sein Ton war nun etwas weniger feindselig. Der Mann wollte vermutlich ein paar der Waffen kaufen, die sie von den Honduranern bekommen hatten. Machten die Schlitzaugen jetzt auch schon Geschäfte in diesem Land? Yegor hielt es für möglich. Vielleicht war der Typ ja Nordkoreaner oder so was. Wie auch immer. Wenn der Asiate an Waffen interessiert war, müsste er sich an Mayor Camarena wenden. Die achtundfünfzig Tonnen Material für den Freiheitskampf im Donbass waren bereits abgepackt und reisefertig in der Antonow.

»Ich kann dir nichts anbieten für dein Geld.«

»Ich will keine Ware. Nur ein Ticket.«

»Ein Ticket?«

»Ich muss das Land verlassen. Am liebsten an Bord deiner schönen Antonow.«

Yegor verstand. Der Mann hatte vermutlich mächtig Dreck am Stecken und musste abtauchen. Yegor wog das Risiko ab und kam zu dem Schluss, dass es überschaubar war. Was sollte ein einzelner Mann schon gegen sechs kriegserfahrene Ukrainer ausrichten? Nein, selbst wenn der Typ in einem Shaolin-Kloster aufgewachsen war: Die Gefahr war gering und das Geld verlockend.

»Zwanzigtausend«, sagte Yegor.

Der Unbekannte nickte und deutete auf die Sporttasche. »Zehntausend jetzt. Und noch mal so viel, wenn wir ankommen.«

Der Ukrainer nickte, nahm die Tasche und wandte sich zum Gehen. Zuvor gab er dem Asiaten mit der Narbe noch eine Anweisung. »Wie du an Bord gelangst, ist deine Sache. Es muss heute Nacht passieren. Wir starten morgen früh um acht. Aber such dir keinen Platz im Frachtraum, dort gibt es keine Druckluft. Du musst im Crewbereich hinter dem Cockpit Platz nehmen. Dort gibt es ein paar Sitzreihen und ein Ruheabteil.«

Der Unbekannte nickte und verschwand im Dunkel.

20

Guanaja,

Islas de la Bahía, Honduras

»Meine Güte, das ist also das böse Honduras? Das Land mit der zweithöchsten Mordrate der Welt?«

Nuri beugte sich zu Livias Fensterplatz hinüber. Unter ihnen leuchtete ein Meer aus Türkis, aus dem sich eine mit dichtem Grün bewachsene Insel erhob. Das Eiland war hügelig und gesäumt von einem Riff, aus dem Dutzende von winzigen Inseln wie eine Perlenkette aus dem Wasser lugten. Vor einer Bucht im Nordwesten lag eine moderne Megajacht vor Anker. Livia erspähte auf dem Bug ein großes gelbes »H«. Die Jacht verfügte über einen Helikopterlandeplatz.

Eine Senke teilte die Insel in zwei Teile, dort befand sich die Landebahn. Nach einer Linkskurve setzte das Propellerflugzeug auf. Am Ende der kurzen Rollbahn machte die Maschine eine Kehrtwende und rollte zu einer Holzhütte, die als Terminal diente. Über eine Klapptreppe stiegen die Passagiere in die feuchte Tropenluft hinaus. Cumbia-Rap wummerte aus der Ankunftshütte. Ausweiskontrollen gab es keine. Die wahre Karibik, dachte Livia. Ohne den Protz der Prominenteninseln wie St. Barth oder Antigua.

Livia und Nuri gingen mit weiteren Fluggästen zu einem

wenige Meter entfernten Steg, an dem ein flaches, offenes Motorboot festgemacht hatte. Am Heck brummte ein Zweihundert-PS-Außenborder im Leerlauf. Die Einheimischen begrüßten den Skipper, einen wortkargen Mann mit Schirmmütze, den sie Captain Elon nannten. Er kassierte zweihundert Lempira oder wahlweise zehn Dollar von jedem Fahrgast. Livia und Nuri fiel auf, dass englisch gesprochen wurde. Sie nannten dem Skipper ihr Ziel, eine Ökolodge an der Nordwestküste der Insel. Livia hatte die Unterkunft von La Ceiba aus mit einer App reserviert. Captain Elon nickte nur knapp.

Ein Dutzend Menschen nahm im Boot Platz. Nachdem das Gepäck verstaut war, löste der Skipper die Leinen und gab Gas. Der Außenborder wühlte eine beachtliche Heckwelle auf, und das Wassertaxi röhrte mit rund vierzig Knoten über die Lagune. Der Seegang war gering, aber das flache Boot schlug hart wie ein Brett auf jede kleine Welle. Livias Haare flatterten im Fahrtwind, sie kniff die Augen zusammen. Nuri entdeckte unter einem Fach am Steuerstand ein Fernglas. Er griff danach, hängte sich den Tragegurt um den Hals und richtete die Linsen auf die Megajacht.

»Ein Wahnsinnsschiff. Siebzig, achtzig Meter, schätze ich. Zwei Beiboote sind im Wasser. Ach, du Scheiße … die sind schwer bewaffnet, Kaliber-50-MGs!«, rief er Livia zu.

»Wie erkennst du so was?«, schrie Livia gegen den Fahrtwind an.

»Wofür sich Jungs halt so interessieren.«

»Gib mal her.« Livia griff nach dem Fernglas und musterte ebenfalls die Jacht und die beiden Beiboote. »Stimmt, 12,7-Millimeter-Geschütze. Aber keine Browning M2. Auch keine Gatling. Irgendwas Asiatisches. Vermutlich Typ 85. Chinesisch.«

»*Holy shit.* Woher weißt du so was?«

»Wofür sich Mädchen halt so interessieren.«

Livia zwinkerte ihm zu. Nuri blickte verlegen.

»Westen, König, Mutter!«, rief sie

»Wie bitte?«

»Der Name des Schiffs.«

»Ich sehe nur drei chinesische Schriftzeichen.«

»Genau. Sie bedeuten Westen, König und Mutter.«

»Du kannst Chinesisch?«

»Hast du meine Schlitzaugen nicht bemerkt?«

»Erstens sind sie nur dezent geschwungen, zweitens bist du Amerikanerin.«

»Meine Mutter hat mir als Kind zum Spaß eine Menge chinesischer Schriftzeichen beigebracht. Aber leider nur das. Ich habe keine Ahnung, was die drei Symbole zusammengesetzt bedeuten. Es könnte ein Eigenname sein.«

Ein Holzsteg kam in Sicht. Der Skipper des Wassertaxis drosselte den Außenborder und steuerte sein Boot behutsam an die Stelzen des Anlegers. Oben auf den Planken stand eine korpulente Frau mit einer knolligen Nase und wilden graublonden Locken. Sie war um die fünfzig, trug ein orangefarbenes Sommerkleid und einen breitkrempigen Sonnenhut. Um ihren Hals hing eine Zedernholzkette. »Willkommen in Bayerisch-Honduras«, rief sie mit fröhlich-quakender Stimme und süddeutschem Akzent. »Ich bin Miranda!« Livia bezweifelte, dass das ihr Geburtsname war.

Nachdem Livia und Nuri auf den Steg geklettert waren und Captain Elon ihr Gepäck hinaufgewuchtet hatte, tippte Miranda ihren Gästen mit einer Federquaste dreimal an die Stirn. Eine alte Maya-Tradition, wie sie behauptete.

Sie führte die Gäste zu ihrer Lodge am Ende des Stegs, eine schlichte, aber geschmackvolle Holzkonstruktion mit terrassenförmig angeordneten Holzhütten, die sich in die tropische Vegetation einfügten. Der Gemeinschaftsbereich war mit Klangschalen und Windorgeln dekoriert. Gläserne Wasserkaraffen mit Kristallsteinen standen auf den Tischen. Die

Gästehütten waren schlicht, aber behaglich. Je ein Moskitonetz über dem Bett, davor ein kleiner Holzbalkon mit Hängematte und Meerblick. Livia bedauerte, nicht als Feriengast hier zu sein.

Miranda servierte ihren Neuankömmlingen einen Begrüßungscocktail in einer ausgehöhlten Ananas.

»Ein ganz schönes Monstrum, diese Jacht da draußen …«, begann Nuri den Small Talk.

»Ja, die Chinesen. Sie machen sich hier breit. Das geht schon seit fast einem Jahr so«, seufzte Miranda. »Man hört, sie hätten den Regionalgouverneur bestochen. Von wertvollen Bodenschätzen ist die Rede. Die Leute aus Savannah Bight erzählen, es wären vor einigen Monaten mehrere Frachtschiffe gekommen und hätten unglaubliche Mengen Material gebracht. Bagger, Zement, Geräte, unvorstellbar viel Zeug. Grauenhaft. Kein gutes Karma.«

Livia packte ihren Laptop aus dem Rucksack, loggte sich in das WiFi der Lodge ein und öffnete die Website *marinetraffic.com.* Sie zoomte von der Weltkarte auf ihren Standort. Vor dem Riff von Guanaja war allerdings keine Motorjacht verzeichnet.

Ihr Handy vibrierte. Es war Tom, ihr Chef. Sie ließ es dreimal klingeln und drückte den Anruf weg. Livia hatte keine Lust, ihm zu erklären, warum sie nach ihrem eigenmächtigen Trip nach Boston nun in der Karibik weilte. Außerdem wollte sie heute Abend den Kopf ein wenig frei bekommen, das Ambiente genießen, den Blick auf die See, die feuchtwarme Tropenluft. Und Mirandas selbst gemachte Drinks.

Nach einem leichten Abendessen – Miranda hatte ein veganes Curry serviert – legte sich Livia mit einem Glas Mai Thai in die bunte Hängematte auf ihrem Balkon. Sie blickte auf die letzten Schimmer der untergegangenen Sonne und den strahlenden Lichtpunkt der aufgehenden Venus. Die Milchstraße kam über ihr zum Vorschein, und sie schloss die

Augen. Frösche, Kröten, Paradiesvögel und vereinzelte brummende Käfer waren zu hören. Aus dem Dschungel ertönte ein vielstimmiges Orchester, das mit zunehmender Dunkelheit nachließ.

Livia dachte an Nicola, an Gigi, die in diesem Augenblick unendlich weit entfernt zu sein schienen. Wie auf einem anderen Planeten. Und nicht nur das. Wie in einer anderen Epoche. Ein Erdzeitalter, das sie irgendwann durchlebt hatte. Vor langer Zeit. Ein Zeitalter, in dem sie Tom, ihren Chef, gefürchtet hatte. Wie weit war all das entfernt. Hier auf diesem exotischen Planeten war sie allein. Fast zumindest. Einen Menschen gab es, der sie auf diese Zeitreise begleitet hatte. Nuri.

Der Einzige, mit dem sie Kontakt hatte. Mit dem sie gerne Kontakt hatte. Ihre Lider schlossen sich, und sie schlief ein.

Livia erwachte von einem Zucken ihres Körpers. Sie erschrak und brauchte einen Moment, um sich zu erinnern, wo sie war. Der Tropenhimmel war nun schwarz wie der Weltraum. Die Geräusche des Dschungels waren andere als tagsüber. Eine Meeresbrise rauschte durch die Wipfel der Palmen rund um sie herum. Sie erschauderte kurz, weil sie sich in der Hängematte auf ihrem Balkon verletzlich fühlte. Dann lachte sie darüber. Ihr Verhältnis zur Natur brauchte dringend ein Upgrade.

Sie hörte eine Stimme.

Die Worte waren nicht zu verstehen, aber die Stimme war erregt. Jemand stritt sich. Sie schwang sich aus der Hängematte und beugte sich an beiden Seiten ihres Balkons über das Geländer. Auf der linken Seite war die Stimme deutlicher zu hören. Es war Nuris Bariton.

»... gar kein Zweifel, dass das eine Riesensache ist. Was glaubt ihr denn, woher die neuronale Signatur in der Gewebeprobe kam. Nein, Herrgott noch mal, das ist keine natürliche Anomalie ...«

Livia stieß an ein Tischchen neben ihrer Hängematte. Das Glas mit dem halb getrunkenen Mai Thai fiel zu Boden und zersplitterte. Die Stimme erstarb.

Livia wartete einige Sekunden. Dann fragte sie in die Dunkelheit: »Nuri, bist du das?«

»Livia? Du bist ja noch ganz schön spät wach«, hörte sie von einem der anderen Balkone. »Ich komme kurz rüber. Lass uns die anderen Gäste nicht wecken.«

Sie kehrte die Glassplitter mit dem Fuß zur Seite und zündete eine orangefarbene Duftkerze auf dem Tischchen an. Sie schob einen Stuhl daneben und setzte sich selbst zurück in die Hängematte. Nuri kam mit einer kleinen Taschenlampe um die Ecke.

»Hi, setz dich.«

»Danke. Du bist noch wach?«

»Nicht ganz, ich war in der Hängematte eingeschlafen.«

»Sieht gemütlich aus.«

»Oh, absolut. Sie ist übrigens breit genug für zwei. Wenn du magst.« Livia erschrak über ihre eigene Spontaneität.

»Gern.«

Nuri kletterte etwas umständlich zu ihr in die Hängematte. Seinen Kopf platzierte er an ihrem Fußende. Das linke Bein ließ er seitlich heraushängen. Sie spürte die Wärme seines Körpers. Und sie genoss es.

»Mit wem telefonierst du so spät noch?«

»Kollegen«, sagte Nuri.

»Mitten in der Nacht?«

»Tja, einige sind sehr aufgeregt, wegen Keever und der seltsamen Hautprobe. Wissenschaftler eben. Die geben keine Ruhe, bis sich eine Erklärung gefunden hat.«

Livia dachte an den Gesprächsfetzen, den sie zuvor belauscht hatte. Es hatte anders geklungen. Eher so, als hätte Nuri versucht, jemanden von der Brisanz der Entdeckungen zu überzeugen. Aber sie wollte nicht verraten, dass sie gelauscht hatte. Sie wollte keine Diskussion. Nicht jetzt. Nicht mit Nuri.

»Was denkst du, wie alles zusammenhängt?«, fragte sie.

»Ich kann mir noch immer keinen Reim darauf machen. Sicher ist, dass Keever eine seltsame körperliche Veränderung durchgemacht hat …«

»Du meinst diese Gehirnzellen in seiner Haut?«

»Eine derartige Veränderung von Körpergewebe ist mehr als ungewöhnlich. Es ist auf gar keinen Fall eine natürliche Mutation.«

»Du meinst, jemand hat Keevers Hautgewebe komplett umgekrempelt? Ein Medikament? Könnte es nicht eine seltene Krankheit gewesen sein?«

»Eine Krankheit, die ein derartiges Neuronengeflecht in den Extremitäten erzeugt? Wäre mir nicht bekannt. Hinzu kommt …«

»Was?«

»Wir haben in der Hautprobe weitere ungewöhnliche Zellen entdeckt. Chemosensorische Zellen. Solche Zellen können durch die Luft fliegende Moleküle wahrnehmen.«

»So etwas wie geruchsempfindliche Zellen?«

»Ja, so ähnlich. Nur empfindlicher, vermuten wir. Das ist alles sehr rätselhaft.«

»Welchen Schluss ziehst du daraus?«

»Keinen bisher. Ich weiß nur, dass etwas sehr Seltsames geschehen ist.«

»Meinst du, es könnte sich um eine ansteckende Krankheit handeln?« Livia dachte zurück an die Corona-Pandemie.

»Eher nicht. Wenn, dann ist es eher eine neuartige Form von Krebs. Ein seltsam unkontrolliertes Wachstum von Neuronen und anderen Zelltypen in der Haut.«

»Kann man so viel aus einem kleinen Hautfetzen herauslesen?«

»Genug, um sich Gedanken zu machen.«

»Um Keever? Der ist tot. Und wenn es keine ansteckende Sache ist …«

»Denkst du nicht, Keever könnte das Flugzeug zum Absturz gebracht haben?«

Livia überlegte einen kurzen Moment. »Ja. Doch. Klar vermute ich, dass Keever der Eindringling im Cockpit war, weil er sich schon beim Boarding aggressiv verhalten hat. Aber wir haben dafür keine Beweise.«

»Und vielleicht war er der Schlächter von La Ceiba …« Nuri machte eine Armbewegung zum Himmel. »Was, wenn noch mehr Menschen mit dieser pathologischen Veränderung herumlaufen? Menschen voller Aggression und Mordgier.«

Nuri ließ seinen Arm sinken. Er kam auf Livias Bein zu liegen. Sie erschrak. Aber sie ließ es zu. Sie folgte dem Gespräch nur noch mit einer Gehirnhälfte. Die andere war mit der Frage beschäftigt, ob er den Arm nur zufällig auf ihrem Bein platziert hatte.

Nuri richtete sich auf. »Lass uns morgen die Insel erkunden. Ich habe so eine Ahnung, dass diese geheimnisvollen Aktivitäten der Chinesen mit der ganzen Sache zu tun haben. Vielleicht hat Keever hier auf der Insel gearbeitet. Womöglich kam er mit dem gestohlenen Fischerboot nach La Ceiba und flog von dort aus nach Tegucigalpa weiter.«

Livia streckte sich. Sie merkte, dass sie gerne mit Nuri in der Matte geblieben wäre. »Okay, wir sehen uns zum Frühstück. Gute Nacht, Nuri.«

»See you.« Nuri verschwand in der Dunkelheit.

Livia legte sich in ihrer Hütte ins Bett. Es dauerte lange, bis sie in Schlaf fiel.

21

Aerodromo de Lajes, Insel Terceira, Azoren, Portugal

Die Sonne war noch nicht aufgegangen, als die vierundzwanzig Räder des mächtigen Hauptfahrwerks der Antonow An-124 auf der Rollbahn der Azoreninsel Terceira aufsetzten. Das Bugrad senkte sich. Bohdan, der Pilot, aktivierte die Schubumkehr, die vier Lotarjow-D–18T-Mantelstromtriebwerke brüllten, und nach weniger als tausend Metern bog die Frachtmaschine auf das Rollfeld des Flughafens von Lajes ab. Im Licht fahlgelber Scheinwerfer standen mehrere Tankwagen bereit, um zweihundertzwanzig Tonnen Kerosin in das unverwüstliche Meisterwerk sowjetischer Luftfahrttechnik zu pumpen.

Noch bevor die Triebwerke abgeschaltet waren, rollten Männer mit Gelbwesten Schläuche von den Tankwagen und zogen sie in Richtung der Füllstutzen am Rumpf. Zwei Männer mit Klemmbrettern näherten sich der Ausstiegstür, die sich fast zehn Meter unterhalb des Cockpits zu öffnen begann.

Eine hydraulische Treppe klappte aus. Yegor wies seine Leute an, die Maschine gemeinsam zu verlassen und den örtlichen Behörden mit maximaler Höflichkeit zu begegnen.

Dem blinden Passagier hatte er eingeschärft, sich in dem fensterlosen Ruheabteil hinter der Crewkabine zu verstecken.

Als Yegor und seine Leute ihre Füße auf den Asphalt des Azorenflughafens setzten, traten die beiden Männer des Bodenpersonals auf sie zu. Die Gelbwesten brachten ein unerwartetes Anliegen vor. Sie hätten noch nie eine Antonow 124 von innen gesehen und baten um die Erlaubnis, die Maschine besichtigen zu dürfen. Rein aus Neugier. Nicht, um zu kontrollieren.

Yegor stammelte etwas von Sicherheitsbedenken und Vorschriften seines Arbeitgebers. Die portugiesischen Beamten blickten auf ihre Klemmbretter und runzelten die Stirn.

»Ersatzteile für Baumaschinen steht hier«, sagte der Kleinere der Portugiesen. »Das hat alles seine Richtigkeit, oder, Capitão? Wir würden uns gerne die Arbeit sparen, Ihren Frachtraum zu inspizieren.«

Yegor wurde gleichzeitig heiß und kalt. Seine Vorgesetzten in Kiew hatten geschworen, dass es auf den Azoren keine Probleme geben werde. Auftanken und weiter. Was faselte dieser Portugiese da von Frachtraum inspizieren? Es war eine verhaltene Drohung. Diese Wichtigtuer wollten unbedingt die Antonow von innen besichtigen. Vermutlich war es tatsächlich reine Neugier. Aber da gab es ein Riesenproblem. Dieses Problem hatte Schlitzaugen, Muskeln, Tattoos und eine hellrote Narbe im Gesicht.

»Sie wollen einen Blick ins Cockpit werfen? Ich kann nur abraten. Meine Männer haben dort zehn Stunden gearbeitet, es riecht schlimmer als in einer kasachischen Männersauna. Alte Sowjettechnik, Konservendosen …«

»Und Wodka?« Der Portugiese grinste.

»Gott bewahre. Wir trinken nicht bei der Arbeit!«

Der Kleinere der beiden Portugiesen deutete auf Bohdan, den Piloten. »Ich kann seine Fahne bis hierher riechen. Hören Sie, Capitão, wir sind einfach nur neugierig und von Flugzeugen begeistert. Das Tanken dauert zwanzig Minuten. Es bleibt genug Zeit, um einen Blick in diese legendäre Maschine zu werfen, über die wir schon so viel gelesen haben …«

Yegor gab auf. »Sehr wohl. Folgen Sie mir.«

Der Ukrainer wies die beiden Flughafenbeamten an, über die ausgeklappte Treppe in den Rumpf des Flugzeugs zu steigen. Im Inneren führte er sie über einen Treppenschacht aus steilen Metallstufen hinauf in den Crewbereich, der fast drei Stockwerke hoch über dem Boden lag. Mit einem Anflug von Panik malte Yegor sich aus, was passieren würde, wenn die Beamten auf den Unbekannten stießen, der sich im Schlafabteil versteckt hielt. Die Papiere verzeichneten achtundfünfzig Tonnen Fracht und eine sechsköpfige Crew. Aber keinen chinesischen Muskelmann mit einer Tasche voller Bargeld.

Yegor entschied sich, die Portugiesen direkt ins Cockpit zu führen und so lange mit technischen Details zu behelligen, bis sie hoffentlich das Interesse verloren. Doch die fast kindliche Neugier der Beamten kannte keine Grenzen. Staunend musterten sie das Interieur des Crewbereichs, die vergilbte Kunstlederverkleidung der Kabine, die abgewetzten Sitze, die Instrumente mit kyrillischen Beschriftungen. Der Geruch von Achselschweiß und ausgekratzten Thunfischdosen lag in der Luft. Doch das schien die Männer nicht zu stören. Ohne zu fragen, spazierten sie zum Cockpit, an den Konsolen der Bordtechniker vorbei und wieder zurück durch einige Sitzreihen mit abgewetzten Flugzeugstühlen. Sie erreichten rechter Hand die Kombüse, witzelten über die verbeulten Metallschränke und deuteten schließlich linker Hand auf eine geschlossene Tür.

»Das ist vermutlich das Schlafzimmer«, sagte einer der Portugiesen. »Das habe ich mal auf Youtube gesehen, auf dem Channel eines Luftfahrt-Bloggers. Darf ich?«

Yegor wollte ihm Einhalt gebieten, aber ihm fielen keine Argumente ein. Es gab keinen Grund, die Schlafkabine nicht zu besichtigen. Außer der Überraschung, die im nächsten Augenblick zum Vorschein kommen würde. Yegor verfluchte die zwanzigtausend Dollar. Die Generäle in Charkow würden ihn in Stücke reißen. Die kleinere der beiden Gelbwesten öffnete die Tür und verschwand in dem Kabuff.

Einen Sekundenbruchteil lang erwog Yegor, die Männer zu überwältigen und zu fesseln, um seine Crew an Bord zu holen und mit der Frachtmaschine durchzustarten. Keine gute Idee. Das war ihm klar. Lajes war ein Militärflughafen. Selbst wenn ihm der Start gelingen sollte, würde seine Maschine noch vor der Küste des europäischen Festlands von Kampfjets eingeholt werden. Und das wär's dann.

Aus dem Inneren der Schlafkabine kam ein lauter Pfiff. Der Portugiese rief seinen Partner herbei. Yegor ballte die Fäuste. Er beschloss, den Ahnungslosen zu spielen. So zu tun, als wäre er genauso überrascht wie sie über den blinden Passagier. Er spähte durch den Türrahmen in die Schlafkabine. Dort sah er die beiden Flughafenbeamten auf einer Liege sitzen und ein Heft durchblättern. Yegor fluchte. Einer von Bohdans verdammten Pornos. Vom blinden Passagier keine Spur.

Die Portugiesen lachten. »Ein bisschen Entspannung für lange Flüge, was?«

Yegor verspürte das starke Bedürfnis, den beiden die Fresse zu polieren. Da hatte er einen Einfall. »Kommen Sie mit. Ich habe etwas viel Besseres für Sie.«

Er führte die Männer durch den Mittelgang zur Kombüse. Dort öffnete er die verbeulte Metalltür eines Kühlschranks, nahm zwei handtellergroße Konserven heraus und drückte sie den Beamten in die Hand.

»Beluga. Vom Dnepr. Erste Wahl. Betrachten Sie es als kleines Gastgeschenk.«

Die Gelbwesten nickten erfreut.

»Und schön kühl halten!«

Die Männer lächelten. Yegor geleitete sie über den Treppenschacht zurück durch die Eingeweide seines riesigen Flugzeugs. Kurz, bevor sie die Ausstiegsluke erreichten, hielt der Kleinere der Portugiesen inne. Yegor verkrampfte.

»Was ist das?«

Der Beamte deutete auf eine runde Luke, die neben dem Treppenabsatz im Boden eingelassen war. Sie war mit einem massiven roten Hebel versehen.

»Ein Notausstieg«, erklärte Yegor, »theoretisch kann man durch diese Öffnung mit einem Fallschirm abspringen. Ein Überbleibsel aus der Sowjetzeit. Die *Ruslan* wurde einst als Militärtransporter konzipiert. Wir sollten diese Luke aber auf keinen Fall öffnen. Den Schacht wieder druckdicht zu bekommen, könnte ein Problem werden. Wir würden Ihren Flughafen tagelang blockieren.«

Die Portugiesen nickten. Sie bedankten sich und verließen die Antonow mit ihren Klemmbrettern und Kaviardosen. Dass der rote Hebel der Notluke auf *»открыто«* stand, war ihnen nicht aufgefallen.

Auf »offen«.

Kyrillisch sei Dank, dachte Yegor.

22

Insel Guanaja, Honduras

Nach einer Nacht voller fremdartiger Geräusche und tiefer Träume trafen sich Livia und Nuri zum Frühstück auf Mirandas Terrasse. Die Gastgeberin servierte ein halbes Dutzend verschiedene Früchte, Kokosmilch und selbst gemachtes Bananenbrot. In einem günstigen Augenblick äußerte Livia den Wunsch, die Insel kennenzulernen. Miranda erklärte, sie müsse sowieso einige Einkäufe in der Hauptstadt erledigen, Livia und ihr Begleiter könnten gerne mitkommen.

Beide nickten.

»Okay, Abfahrt in einer halben Stunde.«

Miranda deutete auf ein kleines Schlauchboot mit Außenborder, das an ihrem Steg festgemacht war. Livia cremte sich in der Hütte rasch mit Sonnenlotion ein, bevor sie zum Wasser runterging. Zu dritt fanden sie gerade mal so Platz in dem Schlauchboot. Miranda ließ den Zweitakter an und tuckerte an der dicht bewachsenen Küste von Guanaja entlang durch eine schmale Wasserstraße in die Hauptlagune. An einem der kleinen unbewohnten Atolle machte sie halt und vertäute das Boot an einem Karstfelsen.

»Kurzer Badestopp!«, rief sie ihren Gästen zu. Ohne Scham

zog sie ihr orangenes Leinenkleid über den Kopf. Ihr nackter, von oben bis unten gebräunter Körper kam zum Vorschein. Das rötliche, buschige Schamhaar war sonnengebleicht.

»Gibt es keine Haie?«, fragte Nuri.

»Nicht innerhalb des Riffs. Glaubt mir, es wird euch gefallen.«

Nur mit ihrer Zedernholzkette bekleidet, sprang Miranda ins Wasser. Als ihr Kopf wieder auftauchte, ermunterte sie ihre Gäste, ihr zu folgen.

»Ihr müsst das gesehen haben!«

Livia und Nuri blickten sich an. Nuri schüttelte den Kopf. Livia zog ihre Shorts aus, ließ jedoch das T-Shirt an. Sie fischte eine Taucherbrille mit Schnorchel zwischen Leinen und Krempel in Mirandas Boot hervor und sprang ebenfalls ins Wasser.

Sie spülte die Taucherbrille aus und prüfte, ob sie unter Wasser etwas sehen konnte. Aus nur drei Metern Entfernung blickte ein speerförmiger Fisch sie an. Sein Körper glänzte silbrig, rasiermesserscharfe Zähne ragten zwischen den Kiefern hervor. Das Tier blieb reglos, aber seine Augen fixierten Livia. Sie hob ihren Kopf aus dem Wasser und kraulte hektisch zum Schlauchboot. Miranda lachte.

»Die tun dir nichts, glaub mir. Barracudas sind nur neugierig. Sie haben innerhalb des Riffs keine Feinde. Als Beherrscher ihres kleinen Reichs begutachten sie nur ihre Besucher.«

Livia hielt sich am Bootsrand fest und atmete durch. Sie blickte Miranda an, die sorglos umherschwamm, und fasste sich ein Herz. Sie klemmte sich die Taucherbrille erneut vor die Augen und beobachtete den Barracuda eine Weile. Der Fisch mit den Säbelzähnen blieb tatsächlich friedlich. Livia rief Nuri zu, auch ins Wasser zu kommen. Wieder schüttelte er mürrisch den Kopf und blickte zum Horizont. Schließlich tauchte Livia Miranda hinterher.

Die Welt, die sie erblickte, war einzigartig. Kein Vergleich mit dem Mittelmeer, das sie von Schnorchelausflügen in Italien kannte. Alles war leuchtend bunt, lebendig und exotisch. Sie sah rote Seesterne, veilchenblaue Anemonen, orangefarbene Clownfische. Der Barracuda begleitete sie weiterhin in konstantem Abstand, immer ein Auge auf sie gerichtet, aber ohne jedes Anzeichen von Aggression. Dann machte er sich davon. In der Nähe eines Abschnitts mit dichten Anemonen nahm Miranda Livias Arm, deutete auf einen Flecken Seegras einige Meter vor ihnen und legte den Zeigefinger an die Lippen. Livia ließ sich reglos treiben und starrte sich die Augen aus dem Kopf. Sie sah aber nur das Wogen der Anemonen. Miranda bedeutete ihr, Geduld zu haben.

Plötzlich hatte Livia das merkwürdige Gefühl, beobachtet zu werden. Als wäre da noch jemand. Ein fremdes Wesen. Dann sah sie es. Einen kleinen Flecken zwischen dem Seegras. Ein Auge. Dunkel und groß wie das Auge eines Schafs. Dann noch eins. Miranda bedeutete Livia, sich langsam zu nähern. Aus dem Seegras schlängelte anmutig ein Tentakel hervor. Livia fasste sich ein Herz und streckte behutsam ihren Arm aus. Die Spitze des Tentakels kam näher, zögerte, tippte Livias Finger an, umschlang ihn und zog sanft daran. Komm mit mir, schien das fremde Wesen zu sagen. Als wollte es seine menschliche Besucherin beeindrucken, wechselte es die Farbe.

Mit dem Fuß stieß Livia versehentlich gegen eine Anemone. Sie erschrak und machte eine ungeschickte Bewegung. Ruckartig zog der Oktopus seine Gliedmaßen zurück, wechselte in eine neutrale Farbe und nahm die Form einer Rakete an. Das Tier presste Meerwasser aus einer Körperöffnung wie aus einem Düsentriebwerk und schoss davon. Einige Meter entfernt versteckte es sich unter einer ausgeblichenen Kokosnussschale.

Livia war beeindruckt von der Anmut dieses Wesens, das

seine Gestalt auf jede erdenkliche Weise ändern konnte. Miranda lächelte und reckte den Daumen. Sie schnorchelten noch einige Minuten am Riff entlang, bis Miranda das Signal zum Aufbruch gab. Die Tropensonne sei tückisch, erklärte sie, auch unter Wasser.

Miranda steuerte das Schlauchboot zu einem Stelzendorf, das auf einem der Atolle in der Lagune erbaut war – Bonacca, die Hauptstadt der Insel. Als sie näher kamen, sahen sie auf den unzähligen Stegen und Anlegern Fischer, die ihre Netze sortierten, und Kinder, die ins Wasser sprangen. Die meisten Häuser und Hütten von Bonacca waren aus Holz und bunt gestrichen.

Sie legten an, vertäuten das Boot und spazierten durch ein Gewirr aus Gassen, Stegen und Wasserwegen. Livia fühlte sich wie in einer karibischen Version von Venedig. Miranda lotste sie zu einer Imbissstube, wo sie im Schatten eines Sonnenschirms Reis, schwarze Bohnen und frittierten Fisch serviert bekamen.

Livia war noch immer fasziniert von der Begegnung mit dem Oktopus. Es stellte sich heraus, dass Miranda früher Meeresbiologin gewesen und nach einer mehrmonatigen Karibikexpedition in Honduras sesshaft geworden war.

»Für mich sind Oktopusse die wunderbarsten Tiere der Welt«, schwärmte Miranda. »Wusstet ihr, dass die Ureinwohner von Hawaii sie für die letzten Überlebenden einer früheren Welt halten? Wenn sie sprechen könnten, hätten sie so viel zu erzählen!«

Mirandas Schwärmerei wurde von einem gellenden Schrei unterbrochen. Er schallte von der Mole herüber. Mehrere Gäste des Restaurants rissen ihre Köpfe herum, einige sprangen auf und rannten in die Richtung des Geräuschs. Als auch der Wirt losstürmte, folgten Miranda, Livia und Nuri der Menge.

An einem Bootsanleger hatte sich eine Menschentraube

versammelt. Ein Uniformierter hatte das Kommando übernommen, bellte Befehle und scheuchte die Gaffer zurück. Livia erblickte einen leblosen menschlichen Körper, der mit Bootshaken und Leinen aus dem Wasser gehievt wurde.

Der Mann war tot. Als man ihn auf den Holzplanken des Stegs ablegte, erkannten Livia und Nuri, dass er asiatische Gesichtszüge aufwies. Am Leib trug er die Reste eines zerrissenen Overalls. Sein Hals und seine Gliedmaßen waren mit kreisrunden Blutergüssen übersät. In seinem aufgerissenen Mund steckte der Körper eines Tintenfisches. Zwei Arme des Tieres verstopften die Nasenlöcher.

Miranda war sichtlich verstört. »Das habe ich noch nie gesehen. Der Tintenfisch hat sich in seinen Atemwegen festgesogen. Das ist völlig untypisch.«

Livia wurde schwummrig bei dem Gedanken, erst kurz zuvor mit einem dieser Tiere Freundschaft geschlossen zu haben. Waren Tintenfische in der Lage, Menschen anzufallen? Zu ersticken?

Neuerliche Schreie ließen Livia zusammenzucken. Sie wirbelte herum. Eine Greisin wedelte mit dem Zeigefinger in der Luft. Ihre Stimme hatte den Klang einer Kreissäge. Ihre Zunge spitzte aus dem Mund wie das Tastorgan eines Reptils. In ihrem Unterkiefer steckte ein einziger Zahn, der sich auf und ab bewegte, während sie eine hasserfüllte Schimpftirade auf Livia abfeuerte.

»*¡Es todo culpa suya! ¡Ustedes y su tecnología maldita! ¡Destruyen el equilibrio de la naturaleza! ¡Ustedes y su dinero sucio. ¡Regresen en su país! ¡Putos chinos! ¡Puuutos chiiinos!*«

Die schmalen Lippen der Alten zitterten, Hass sprühte aus ihren Knopfaugen.

»Was sagt sie?«, fragte Livia.

»Sie ist wütend auf die *chinos*«, sagte Miranda, »auf die Chinesen, die auf dieser Insel seit Monaten aktiv sind. Sie hält dich für eine von ihnen.«

Das kann man ihr nicht verdenken, dachte Livia. Auch wenn ihre asiatischen Gesichtszüge dezent ausfielen, wie eine indigene Honduranerin sah sie jedenfalls nicht aus. Die Alte setzte zu einer weiteren Tirade an. Livia merkte, dass auch die Blicke der anderen Umstehenden feindselig wurden. Sie packte Nuri am Arm und blickte Miranda an.

»Wir sind hier nicht erwünscht. Lasst uns gehen.«

Miranda führte sie zurück zu ihrem Schlauchboot, und sie überquerten die Lagune, um die Lodge zu erreichen.

23

Chatgruppe »Nextlevelhumans«, Nachrichtendienst Telegram

Biohackerdeluxe: Seid ihr ansprechbar?

TheBase0106: Yep. Was gibt's?

Biohackerdeluxe: Problem

TheBase0106: Shit. Wie schlimm?

Biohackerdeluxe: Noch beherrschbar. Aber ich brauche Hilfe

TheBase0106: Von uns? Wir haben keine Ahnung von diesem Zeug. Deshalb haben wir dich angeheuert

Biohackerdeluxe: Ich brauche Material

TheBase0106: Was für Material?

Biohackerdeluxe: Matrixgel. Nährlösung für Zellwachstum. Kapierst du eh nicht

TheBase0106: Du Arsch. Wieso lässt du es dir nicht einfach schicken? FedEx

Biohackerdeluxe: Bekommt man nur direkt vom Hersteller

TheBase0106: Und der verschickt es nicht? Brauchst du Geld?

Biohackerdeluxe: Nein. Dieses Zeug wird unter Lizenz produziert. Nur für Lizenzinhaber. Ich habe keine Lizenz

TheBase0106: Mannomann

Biohackerdeluxe: Ich dachte nicht, dass ich so viel davon brauche. Meine Vorräte sind aus

TheBase0106: Wie sollen wir das machen?

Biohackerdeluxe: Ich habe einen Plan

TheBase0106: Okay. Aber Direktnachrichten ab jetzt

Runenzauber: Scheiß Geheimnistuerei

24

Antonow An124,

28 000 Fuß über Süddeutschland

»Hey, hey, hey, wo willst du hin?« Yegors Stimme dröhnte durch die Kabine.

Der blinde Passagier ließ sich nicht beirren. Wenige Sekunden zuvor war er von seinem Sitz aufgesprungen. In diesem Moment öffnete er die Metallschränke im hinteren Bereich der Kabine. Einen nach dem anderen.

»Setz dich sofort wieder hin, du gottverdammter *Kytays'ka!*«

Der Unbekannte zog einen Sack aus Kunstleinen aus einem der Schränke.

»Steck das sofort wieder rein!«

Yegor sprang auf und herrschte seinen zweiten Bordingenieur an, einzuschreiten. Der Mann, ein bulliger Typ mit Stoppelfrisur und Schraubstockarmen, verließ seinen Platz an der Instrumentenkonsole und stürmte durch den Mittelgang. Seine mächtigen Pranken griffen wie die Backen einer Zange nach dem blinden Passagier, erwischten aber nichts als Luft. Der Unbekannte wich mühelos aus, duckte sich, schlang seinen rechten Arm um das linke Knie des Ukrainers und riss es nach oben. Der Bulle geriet aus dem Gleichgewicht, ruderte mit den Armen in der Luft und kippte rückwärts. Der Asiate griff unter seine linke Schulter, hob ihn an und wuchtete den massigen Körper so schwungvoll im Halbkreis, dass der Schädel mit einem orchestertauglichen Donnern gegen das Metall des Schranks rammte. Der Ukrainer röchelte. Der Asiate ließ ihn fallen wie einen Sack Abfall.

Yegor lief rot an und stürmte seinerseits auf den blinden Passagier zu. Adrenalin hatte die Herrschaft über seine Synapsen übernommen. Er hämmerte seine Faust in die Richtung, wo er den Gegner vermutete, traf aber ins Leere. Er setzte zweimal nach. Ebenfalls wirkungslos. Der Arm des Unbekannten schoss vorwärts. Seine Finger umklammerten Yegors Kehlkopf.

»Runter auf zwölftausend Fuß. Ich steige hier aus.«

Als Yegor nicht reagierte, wiederholte der Unbekannte den Befehl. Diesmal rief er ihn den Piloten vorne im Cockpit zu.

»Lass den Scheiß!«, keuchte Yegor.

»Runter auf zwölftausend, dann bin ich weg, und ihr fliegt weiter, als wäre nichts gewesen. Ich wünsche euch Glück gegen die Russen.«

»Unmöglich. Unsere Generäle haben befohlen, im europäischen Luftraum keinesfalls Aufmerksamkeit zu erregen. Wir befinden uns über Deutschland. Die merken sofort, dass was nicht stimmt«, rief Bohdan aus dem Cockpit.

»Euch fällt schon was ein. Ein kurzzeitiger Druckverlust. Irgend so was. Je schneller ihr macht, desto eher bin ich raus, und die Sache ist vorbei.«

»Das war nicht abgemacht.« Yegors Stimme war kaum wahrnehmbar.

»Fünftausend Dollar extra für das Manöver. Fairer Preis.«

Yegor bäumte sich auf. »Bohdan, Pjotr, gottverflucht, tut etwas, ich bekomme keine Luft mehr!«

»Sollen wir auf zwölftausend Fuß runtergehen, Boss?«

»Bloß nicht, das gefährdet die ganze Mission.«

»Also was?«

»Ihr habt fünf Sekunden«, sagte der Asiate im Tonfall eines Auktionators.

»Und dann was?«, brüllte Bohdan aus dem Cockpit.

»Dann übernehme ich das Steuer.«

»Hast du sie noch alle? Du verfluchter Scheißkerl. Lass Yegor los und setz dich wieder hin!«

»Fünf, vier …«

»Der Typ ist komplett irre!«, röchelte Yegor. »Pjotr, hol die Makarow aus meiner Jacke und mach ihn alle!«

»Drei, zwei …«

Der erste Bordingenieur sprang auf. Er griff nach der Jacke seines Chefs.

»Eins, null …«

Pjotr riss die Pistole aus der Jacke, richtete sie auf den Unbekannten und drückte ab. Was er sah, schien nur eine winzige Bewegung des Asiaten zu sein. Aber die Wirkung war frappierend. Yegor schrie auf. Die Kugel hatte seine Schulter getroffen. Er blutete.

»Waffe auf den Boden«, befahl der Asiate.

Pjotr, der Bordingenieur, ließ die Makarow fallen und taumelte einige Schritte rückwärts. Der Asiate ließ den verwundeten Ukrainer auf den Boden gleiten, ging mit schnellen Schritten durch den Mittelgang, hob die Pistole auf, schubste den Bordingenieur zur Seite und trat zwischen den beiden Piloten ins Cockpit.

»Zwölftausend Fuß«, befahl der Unbekannte ohne jegliche Anspannung in der Stimme. Mit ausgestreckten Fingern suchte er zwischen den unzähligen Knöpfen und Anzeigen auf dem Armaturenbrett herum. Er fand den Drehregler, den er suchte, und stellte ihn so ein, dass eine Digitalanzeige »12 000« meldete. Sofort neigte sich der Bug der Antonow. Der Autopilot gehorchte. Die Maschine ging in den Sinkflug über.

»Die Sinkrate beträgt viertausend Fuß pro Minute. In vier Minuten steige ich aus. Danach könnt ihr machen, was ihr wollt.«

»Wo ... woher ... kennst du ...?«, stammelte Bohdan, als würde das eine Rolle spielen.

Der Unbekannte antwortete dennoch. »Ich war früher viel unterwegs. Auch mit einer *Ruslan* wie dieser. Aber das ist eine andere Geschichte.«

Der Unbekannte ging zurück in den Crewbereich, schnappte sich den Leinensack und zog daraus einen Fallschirm hervor. Mit geübten Bewegungen schnallte er sich das Paket auf den Rücken und befestigte die Gurte an Schultern und Beinen. Der Sporttasche der Maras entnahm er ein Zehntausend-Dollar-Bündel und warf es auf einen der Sitze im Cockpit. »Deal ist Deal«, erklärte er der verblüfften Crew. Die Tasche mit dem übrigen Geld zog er eng um seinen Bauch. Mit dem Geschick eines Klammeraffen hangelte er sich über die Metalltreppe hinunter in den Rumpf der Frachtmaschine.

25

Chatprotokoll,
Nachrichtendienst Telegram

TheBase0106: Also, was ist der Plan? Wie kommen wir an das Zeug, das du brauchst?

Biohackerdeluxe: Flug United 447 aus Boston nach München. Ankunft morgen früh. Ich schicke das Bild eines Passagiers mit Lizenz für das Zeug, das wir brauchen. Codename Agent Orange. Ihr schnappt Agent Orange und fahrt zum Hersteller. Persönliche Abholung der Ware. Mindestens zehn Kilogramm, CerebXTI. Danach beides zu mir, Material und Agent Orange

TheBase0106: Bist du irre? Was für ein Aufwand!

Biohackerdeluxe: Geht nicht anders. Unerwartete Schwierigkeiten. Geronimo zeigt seltsame Blutwerte

TheBase0106: Mein Gott

Biohackerdeluxe: Wir kriegen das hin. Brauche aber Material und Agent Orange. Beides. In 48 Stunden max

TheBase0106: Was für ein Wahnsinn. Reicht das Material allein nicht? Wir werden Agent Orange nach der Beschaffung los

Biohackerdeluxe: Auf keinen Fall. Ich brauche die Expertise

TheBase0106: Dachte, du bist der Oberguru mit diesem Bioscheiß

Biohackerdeluxe: Ich bin dran. Aber Agent Orange kann mir behilflich sein. Wir spielen kein Lego

TheBase0106: Verdammter Angeber

Biohackerdeluxe: Nimm das zurück, oder ich packe meine Sachen

TheBase0106: Schon gut. Wir kümmern uns

Biohackerdeluxe: 48 Stunden Maximum. Dann muss alles bei mir sein. Sonst kann ich für nichts garantieren ...

TheBase0106: Hallo @AktionKesselring, wir könnten Hilfe brauchen bei einer Aktion in Deutschland

AktionKesselring: Hi, worum geht's?

TheBase0106: Beschaffung einer Spezialsubstanz bei einer Münchner Biotech-Firma

AktionKesselring: Wow, okay, Einbruch?

TheBase0106: Nein, ist ein Hochsicherheitslabor. Leider komplizierter. Ihr müsst jemanden am Flughafen abpassen. Ich schicke ein Foto, Codename Agent Orange, Ankunft morgen früh mit Flug United 447. Nur Agent Orange hat eine Lizenz für das

Zeug. Name der Substanz: CerebXTI. Also geht gemeinsam zum Hersteller. Einkauf. Später Übergabe an uns. Zeit und Ort folgen

AktionKesselring: Okay

TheBase0106: Wunderbar. Das rettet uns den Arsch

AktionKesselring: Kostet euch hundert Riesen

The Base0106: Wie bitte?

AktionKesselring: Entführung. Diebstahl. Viel Aufwand. Viel Risiko. Entscheidet euch

TheBase0106: Was sagst du @Tricolorelibera?

Tricolorelibera: Ärgerlich. Aber ich denke, wir sollten es machen. So kurz vor dem Ziel

TheBase0106: Okay, verdammter Mist. Das Budget gerät völlig außer Kontrolle. Ich haue unsere Geldgeber noch mal an. Einen Privatjet werden wir wohl auch brauchen

AktionKesselring: Ich übernehme die Beschaffung und Übergabe an euch. Ihr bringt das Geld mit. Cash

Biohackerdeluxe: Hier das Foto von Agent Orange

The Base0106: Ist das dein Ernst?

Biohackerdeluxe: Absolut. Bitte lebend bei mir abliefern. Und hier die Adresse des Herstellers. Martinsried bei München

TheBase0106: Okay. Ort und Zeit für die Übergabe schicke ich in den nächsten zwölf Stunden als Direktnachricht

AktionKesselring: Alles klar. Verlasst euch auf uns!

26

Insel Guanaja,
Honduras

Nach wenigen Metern fühlte sich Livia, als hätte sie die Zivilisation meilenweit hinter sich gelassen. Über ihr wölbte sich der Weltraum wie eine Kuppel, zum Greifen nah. In den Baumwipfeln kreischten exotische Vögel. Zumindest hoffte sie, dass es Vögel waren. Dichtes Buschwerk schlang sich um ihre Beine. Wenige Schritte vor ihr schlug Nuri mit einer Machete eine Schneise durch die Vegetation.

Der Halbmond erhellte die Umgebung, sodass Livia sich mit bloßen Augen orientieren konnte. Aber das half nicht viel. Sie sah nichts als Gestrüpp, Blätter, Strünke, Lianen. Zudem war es steil. Sie kamen viel zu langsam voran.

Immerhin mussten sie nicht mit den Händen klettern. Doch ihr Ziel, der höchste Punkt der Insel, schien mit jedem Schritt weiter in die Ferne zu rücken. Livia bekam zunehmend Zweifel an ihrem Vorhaben, das Inselinnere zu erkunden. Auch Miranda hatte davon abgeraten, als sie beim Abendessen den Plan geschmiedet hatten. Aber schließlich hatte sie Livia und Nuri ihre Machete mit auf den Weg gegeben.

Livia tauschte mit Nuri und übernahm die Aufgabe, einen Pfad freizuschlagen. Nach weiteren fünfzig Höhenmetern pfiff Nuri hinter ihr durch die Zähne. Sie blickte sich um. Er sah plötzlich aus wie ein Android aus einem schlechten Science-Fiction-Film. Sein Gesicht war von einem Binokular bedeckt. Livia kannte diese Dinger aus ihrer Zeit als Kriegsreporterin. Es war ein Nachtsichtgerät.

»Wo hast du das her?«, fragte sie.

Nuri reagierte nicht. Er schien eine Stelle links oberhalb von ihnen abzusuchen. Schließlich streckte er den Arm aus. »Dort. Es sieht nach einem Erdrutsch aus. Freies Gelände. Dort kommen wir schneller voran.«

Sie wandten sich nach links, kämpften sich einige Meter weiter bergauf durch das Gebüsch und erreichten tatsächlich einen unbewachsenen Abschnitt. Allerdings war der Boden dort locker und feucht. In der frischen Erde steckten Steine jeder Größe, manche scharfkantig, manche rund und glitschig. Mit jedem Schritt drohte ein Fuß umzuknicken. Ihre Turnschuhe waren denkbar ungeeignet. Immerhin ging es hier schneller bergauf als durch den Dschungel.

Sie erreichten einen flachen Absatz zwischen zwei steilen Abschnitten und blickten nach oben, in der Hoffnung, den Gipfel endlich zu erblicken. Aber sie sahen nichts als die schwarze Kante eines Steilhangs vor dem blauschwarzen Nachthimmel. Nuri murrte. Er zog das Nachtsichtgerät von seiner Stirn und reichte es Livia. Sie blickte durch das Okular und sah sich um. Die Welt war plötzlich grün-schwarz, aber dafür konturiert und klar.

Ihr Blick glitt über das mit Geröll gespickte Erdreich. Bisher hatte sie es für die Reste einer Hangrutschung gehalten. Doch ihr fiel auf, dass die Erdmassen keine Narbe im Gelände oberhalb hinterlassen hatten, keine Bruchkanten, keine Lücke im Hang. Der Hügel sah unversehrt aus. All die feuchte, duftende Erde und das Gestein lagen wie Schutt auf der Vegetation. Der vermeintliche Erdrutsch war der Aushub einer Baustelle.

Livia hörte ein leises Plätschern. Es kam von links, jenseits der Schuttmuräne. Sie zog Nuri am Arm und überquerte mit ihm das Geröllfeld. Auf der anderen Seite stießen sie wieder auf die unberührte Vegetation und bahnten sich mit der Machete den Weg in Richtung des Rauschens. Es wurde lauter, und sie erreichten ein Bachgeriesel, das in Kaskaden den Hang hinunterfloss. Dort, wo das Wasser sich den Weg bahnte, hatte es das Buschwerk mitgerissen.

Livia hielt es zunächst für den Ablauf einer natürlichen Quelle. Oder die Reste eines tropischen Regengusses. Doch in ihre Nase stieg ein Geruch, der dazu nicht passte. Sie blickte Nuri an. Er tippte sich an die Nase. Sie nickte, näherte sich dem Bach, tauchte eine Hand hinein und nahm einen Schluck des Wassers in den Mund. Sie spuckte es sofort aus.

»Eindeutig Meerwasser.«

»Hier oben? Wie ist das möglich?«

»Keine Ahnung.«

»Hat sich jemand auf dem Gipfel der Insel einen Meerwasserpool gebaut? Errichten die Chinesen dort ein Hotel?«

»Könnte sein. Aber aus welchem Pool fließt derart viel Wasser ab?«

»Was denkst du also, woher es kommt?«

»Ich tippe eher auf Kühlwasser.«

»Eine Fabrik?«

Livia zuckte mit den Schultern.

Sie beschlossen, den Aufstieg entlang des Bachs fortzusetzen, indem sie mit einem Bein ins Wasser stapften und sich rechts mit den Händen am Gebüsch entlanghangelten. So kamen sie schneller voran.

Nach einer guten halben Stunde schrie Livia auf. Um ihr Bein hatte sich etwas Weiches geschlungen. Es fühlte sich an wie kaltes Leder. Doch dieses Leder hatte Krallen, die sich in ihren Schenkel bohrten, und Glupschaugen, die sie anstarrten. Instinktiv schlug sie danach. Das Ledertier starrte sie nur an, scheinbar unbeeindruckt, und klammerte sich noch fester an ihren Oberschenkel. Das Maul war weit geöffnet, der Kamm im Nacken stand wie ein Fächer in die Luft. Livia brauchte einige Sekunden, um ihre Panik zu unterdrücken. Es war ein Leguan. Nur ein Leguan. Vermutlich ungiftig. Und mindestens so verängstigt wie sie selbst. Behutsam stieg Livia mit beiden Beinen in das rauschende Wasser des Bachs. Das Reptil verlor das Interesse und krabbelte mit erstaunlicher Geschwindigkeit zurück ins Gebüsch.

Nach weiteren zwanzig Minuten erreichten sie das untere Ende der Steilkante, die über ihnen aufragte. Sie war kleiner als befürchtet, nur wenige Meter hoch, aber nahezu senkrecht. Der Bach stürzte wie ein Wasserfall von oben herab. Mit Handzeichen verabredeten sie, das Hindernis zu umgehen, auch wenn sie sich dafür erneut durch den Dschungel schlagen mussten. Als sie endlich die Oberseite der Kante erklommen hatten, war ihr Ziel erreicht. Sie blickten auf eine mehrere Hektar große Hochebene. Das Areal war gerodet worden. Gebäude zeichneten sich wie Scherenschnitte vor der Kulisse des Nachthimmels ab.

Nuri griff in seinen Rucksack und wechselte das Objektiv des Nachtsichtgeräts.

»Woher hast du all diese Ausrüstung?«

Er lächelte sie an. »Ich bin ein echter Tekkie.«

Diese Antwort fand Livia alles andere als zufriedenstellend. Aber sie wusste auch, dass dies nicht der Moment für Diskussionen war. »Wofür dient der neue Aufsatz?«

»Infrarot. Damit lassen sich Wärmequellen erkennen. Lebewesen. Auch Menschen.« Mit dem neuen Objektiv musterte Nuri einige Minuten lang die Anlage. »Aus dem kleinen Gebäude ganz rechts kommt etwas Restwärme. Vielleicht ein Generatorhaus. Sonst sehe ich nichts. Keine Anzeichen von Leben. Alles sieht verlassen aus.«

Nuri gab ihr ein Handzeichen, ihm zu folgen. Doch als er

den ersten Schritt machte, packte Livia seinen Rucksack und riss ihn zurück. Nuri stieß einen Fluch aus und blickte sie an. Sie deutete auf den Boden vor ihnen. Nuri schob das Nachtsichtgerät über die Stirn hoch und versuchte zu verstehen, was Livia ihm zeigen wollte. Da sah auch er es.

Ein haarfeines Glänzen. Eine strichförmige Reflexion des Mondlichts. Ein straff gespannter Draht. In Kniehöhe.

Ihr Blick folgte dem Draht nach beiden Seiten, wo er jeweils an einem Baumstamm endete. An einem der Bäume war ein schwarzer Kasten befestigt.

»Mein Gott«, flüsterte Nuri.

»Eine Sprengfalle«, sagte Livia.

»Danke, dass du das gesehen hast.«

»Gern geschehen. War auch im eigenen Interesse. Das Ding hätte uns beide erledigt.«

»Was ist hier bloß los?«

»Jedenfalls handelt es sich vermutlich nicht um ein Hotelprojekt.«

»Ich denke, wir sollten zur Lodge zurückkehren und Miranda bitten, die Polizei zu informieren.«

»Die einheimische Polizei? Nach all den Gerüchten über bestochene Regionalpolitiker? Die würden uns einbuchten und mundtot machen. Oder schlimmer.«

»Wahrscheinlich hast du recht. Und wir würden nie erfahren, was hier vorgeht.« Nuri blickte erneut durch seinen Infrarotscanner. »Der tote Chinese in der Lagune. Hier das viele Meerwasser, das den Berg hinunterfließt, und kein Wärmesignal weit und breit. Ich vermute, irgendetwas ist gehörig schiefgegangen, und das Areal wurde aufgegeben. Vielleicht haben die Chinesen einen Rohstoff gesucht, aber nicht gefunden. Und jetzt sind sie abgezogen.«

»Was nicht heißt, dass ihre Sprengfallen inaktiv sind«, mahnte Livia.

»Ja. Wir müssen höllisch aufpassen.«

Behutsam hoben sie ihre Beine über den gespannten Draht und schlichen in geduckter Haltung auf die Anlage zu. An der fensterlosen Wand des ersten Gebäudes hob Nuri die Hand, bedeutete Livia, hinter ihm zu bleiben, und spähte vorsichtig um die Ecke. Doch ihre Neugier war nicht zu bremsen. Auch sie schob ihren Kopf nach vorne. Sie erblickten einen gut drei Meter hohen Zaun aus Stahllamellen, dessen Oberkante mit scharfkantigem Stacheldraht gesichert war. An einer Stelle hatte sich etwas Dunkles in den Dornen des Drahts verfangen.

Ein lebloser menschlicher Körper. Der Kopf und ein Arm hingen außen über den Zaun. Der Rest baumelte auf der Innenseite.

»Keine Restwärme«, stellte Nuri fest und tippte auf das Objektiv seines Infrarot-Sichtgeräts.

Eine respektlose Methode, den Tod eines Menschen festzustellen, fand Livia. Einige Meter von dem Toten entfernt war der Zaun schwer beschädigt. Ein offener Jeep hatte mehrere Gitterstangen verbogen, einige durchbrochen und war im Gestänge hängen geblieben. Livia und Nuri näherten sich dem Fahrzeug und spähten durch die zersplitterte Windschutzscheibe. Ein Nebel aus getrocknetem Blut klebte an den Scherben. Auf dem Fahrersitz saß ein Mann. Sein Arm hatte sich zwischen den Speichen des Lenkrads verheddert, der Oberkörper lehnte seitwärts auf dem Beifahrersitz. Am Hinterkopf war ein Einschussloch erkennbar, so groß, dass es sich im Mondlicht deutlich abzeichnete. Der Mann trug den gleichen Overall wie der Tote aus der Lagune. Auf dem Rücken war eine große dreistellige Nummer aufgedruckt.

Nuri öffnete die Fahrertür. Livia erschrak.

»Was hast du vor?«

»Es ist der einzige Weg ins Innere der Anlage. Über den Zaun kommen wir nicht drüber. Wir müssen hier durch.«

Nuri deutete auf die geöffnete Tür des Jeeps. Er zog die Leiche heraus und legte sie auf den Boden. Gebückt krabbelte er über die blutverschmierten Sitze des Autos, öffnete die Beifahrertür und stieg auf der anderen Seite aus. Livia überwand ihren Ekel und nahm den gleichen Weg, um in das Innere des Areals zu gelangen.

Sie schlichen an dem länglichen, fensterlosen Gebäude entlang, bis sie eine Tür erreichten. Sie stand offen. Livia spähte ins Innere, doch in der Dunkelheit war nichts zu sehen. Lediglich der Duft von Meerwasser, gemischt mit intensivem Fischgeruch, stieg ihr in die Nase. Sie bat Nuri um das Nachtsichtgerät. Als sie es umgeschnallt hatte, konnte sie das Gebäudeinnere erspähen. Ein mit Kacheln gefliester Mittelgang trennte zwei lange Reihen hüfthoher Wasserbecken. Die Halle sah aus wie ein überdimensionaler Eiswürfelbehälter. Aus einem weitläufigen Rohrsystem plätscherte Wasser in jedes der Becken. Meerwasser. Und von den Becken lief das Wasser in den Mittelgang über. Von dort floss es kubikmeterweise in den hinteren Bereich des Gebäudes. Livia schloss daraus, dass der Mittelgang leicht abschüssig war.

Sie betraten den Gang zwischen den Wasserbecken und machten einige Schritte. Der Boden wurde zunehmend feucht, dann nass und glitschig. Livia sah, wie Nuris rechtes Bein nach vorne rutschte, er die Arme hochriss und rückwärts auf dem Boden aufschlug.

Sie wollte ihm zu Hilfe eilen. Doch sie machte einen unvorsichtigen Schritt und verlor ihrerseits den Halt. Sie fiel auf die Knie, ihre Hände rutschten über den Fliesenboden. Zwischen ihren Fingern verfing sich etwas Glitschiges. Sie schleuderte es von sich. Es war ein Tintenfisch.

Das Tier schlitterte über den nassen Boden und wedelte mit allen acht Armen. Einige Meter weiter sah sie weitere Tintenfische. Manche waren reglos, andere schlängelten ihre Arme kraftlos durch das knöcheltiefe Wasser. Livia griff nach dem Rand eines Wasserbeckens, richtete sich auf und half Nuri auf die Beine. Indem sie sich mit beiden Händen an den Rändern der Wasserbecken vorwärtshangelten, gelangten sie tiefer in die Halle. Livia musste zunehmend gegen ihre Abscheu und Angst kämpfen. Mit den Füßen kickte sie Dutzende von Tintenfischen zur Seite. Das pausenlos aus dem Rohrsystem fließende Meerwasser quoll unablässig über die Ränder der Wasserbecken in den Mittelgang und zur Rückseite der Halle, wo es vermutlich ins Freie austrat und den Hang hinabfloss. Als Livia in eins der Becken blickte, verstand sie, warum das Wasser überlief: Tintenfische hatten sich in den Abflüssen festgesogen und die Rohrleitungen mit ihren Körpern verstopft.

»Unten an der Küste muss es eine Pumpe geben, die das Wasser hier heraufbefördert«, sagte Nuri.

»Jemand hat offenbar vergessen, das Wasser abzudrehen«, erwiderte Livia grimmig.

Als sie im Mittelgang bis zu den Knien im Wasser standen, stieß Livia mit ihrer Wade gegen etwas Weiches. Es war schwerer als ein Tintenfisch. Sie zuckte zurück, riss den Kopf herum und erblickte eine auf dem Bauch treibende Leiche. Der Tote war bis zur Unkenntlichkeit aufgedunsen. Er trug einen Overall mit dreistelliger Rückennummer. Sein Hals war umschlungen von zahllosen Tentakeln und Saugnäpfen.

Nuri legte seine Hand auf Livias Schulter. Er deutete auf eine Lücke zwischen zwei Wasserbecken, wo einige Stufen zu einer höher gelegenen Tür führten. Livia nickte. Als sie die Stufen hinaufstiegen, bekam Livia einen kräftigen Wasserstrahl ins Gesicht gespritzt. Es war der Abschiedsgruß eines Tintenfisches, dessen Farbe gerade von Grau zu Rot wechselte.

Die Metalltür am oberen Ende der Stufen stand eine Handbreit offen. Nuri packte eine Stabtaschenlampe aus seinem Rucksack und stieß die Tür auf.

»Ich denke, wir können Licht machen«, sagte er, »hier ist niemand mehr. Zumindest niemand, der noch lebt.«

Das grelle Licht der Lampe erhellte einen großen quadratischen Raum. Auch hier war der Boden weiß gefliest. Statt Wasserbecken standen hier Tische, weiße Schränke, Instrumente und jede Menge Glasbehälter.

Direkt hinter dem Eingang lag noch eine Leiche. Weiter hinten fanden sich zwei weitere. Zwei waren Männer mit asiatischen Gesichtszügen und grauen Overalls, die dritte eine Frau, umhüllt von Oktopussen, die sich auf ihrem Gesicht festgesogen hatten. Eine der männlichen Leichen hatte aufgeschlagene Gelenke, vermutlich vom Todeskampf des Opfers gegen die Weichtiere. Sie alle waren schon länger tot, vermutete Livia aufgrund der dunklen Flecken auf ihrer wachsbleichen Haut.

Nuri starrte Livia an. »Was ist hier bloß geschehen?«

Sie schüttelte sich. »Die Oktopusse haben diese Menschen angegriffen und getötet. Eine andere Erklärung sehe ich nicht.«

»Wie kann das sein? Das kommt in der Natur nicht vor.«

»Die Halle mit den Wasserbecken war vermutlich eine Art Aufzuchtstation. Wie eine Fischfarm.«

»Aber weshalb? Oktopusse gibt es zuhauf in der freien Natur. Es ergibt keinen Sinn, sie auf einer abgelegenen Karibikinsel zu züchten. Schon gar nicht auf einer Anhöhe wie dieser, mitten im Dschungel. Außerdem sind die Tiere Einzelgänger, jedes braucht ein eigenes Becken. Ein Riesenaufwand.«

Hinter einer Milchglasscheibe, die in die Rückwand des quadratischen Raums eingelassen war, entdeckten sie zwei medizinische Liegen. Auf einer war ein auf dem Bauch liegender Mensch festgeschnallt. Nackt. In seinem Genick steckte eine Kanüle. Am Boden waren mehrere Ampullen verstreut.

Livia und Nuri begaben sich durch eine weitere Stahltür in

den nächsten Raum. Er glich eher einer Kammer, war aber voll mit Geräten. Nuris Stablampe beleuchtete eine riesige Apparatur mit Knöpfen, Flachbildschirm und einer aufklappbaren Glasscheibe. Er gab einen Laut des Erstaunens von sich.

»Ein PCR-Sequenzer. Neuestes Modell. Hier wurde nicht gekleckert.«

Daneben stand ein wandhoher Kühlschrank. Livia öffnete ihn, woraufhin sich ein bestialischer Fäulnisgeruch ausbreitete. Bevor sie die Kühlschranktür wieder zuschlug, erhaschte sie einen Blick auf Dutzende von Petrischalen mit Nährlösung und kleinen fleischfarbenen Objekten darin.

»Sieht ähnlich wie eure Organoide in Boston aus«, sagte sie. »Nur scheinen diese das Haltbarkeitsdatum überschritten zu haben. Ein PCR-Scanner. Ein Kühlschrank voller Organoide. Wozu braucht man so etwas im Dschungel von Honduras?«

Nuri zuckte mit den Achseln.

Sie verließen das Gebäude durch eine weitere Tür, die in einen weiträumigen Hof führte. Es wirkte eher wie ein rudimentärer Marktplatz mit angrenzenden Gebäuden. Auch hier streifte das Licht der Stablampe über zahlreiche Leichen. Einige waren Männer und Frauen mit nummerierten Overalls, andere trugen olivgrüne Uniformen. Manche hatten Schusswunden erlitten, andere waren grotesk entstellt. Livia wandte den Blick ab und musterte die Gebäude.

Auch sie war nun überzeugt, dass der Komplex verlassen war. Linker Hand standen zwei Jeeps, das gleiche Modell wie jenes, das im Zaun steckte. An einem Ende des Platzes klaffte eine Betonöffnung, in der eine Rampe verschwand. Es erinnerte an eine Tiefgaragenzufahrt. Oder einen Bunker.

»Ich sehe mir das an«, sagte Livia, trat in die Öffnung und folgte dem abschüssigen Beton. Einige Meter unter der Erde stieß sie auf ein Stahltor. Es war verschlossen, aber die Glastür eines Wachhauses nebenan war zersplittert. Sie konnte durch die Öffnung greifen und die Tür öffnen.

Vom Wachhaus führte eine Treppe weiter in die Tiefe. Der metallische Dunst von Blut, gepaart mit dem Geruch beginnender Verwesung, stieg in Livias Nase. Die Treppe führte in einen unterirdischen Raum mit Holzbänken, einem Arbeitstisch und einem Waffenschrank, der aufgebrochen war. Auch hier lagen zwei Leichen. Statt Overalls trugen sie olivgrünes Drillichzeug. Ihre Körper waren verkrümmt wie hingeworfene Marionetten. Der Kopf des einen fehlte.

Eine verbogene Stahlgittertür hing nur noch an einer Angel. Sie gab den Weg in einen Korridor frei, von dem rechts und links weitere vergitterte Türen abgingen. Gefängniszellen, dachte Livia. Alle Zellentüren waren zerstört, manche aufgebrochen, andere verbogen. Am Boden des Korridors und in einigen Zellen lagen Menschen in Overalls. Ihre Leiber waren blutüberströmt. Von Schrotflinten zerfetzt. Löcher in den Wänden zeugten von einer ausgiebigen Schießerei.

Livia krümmte sich vor Ekel. Der Leichengeruch ließ sie würgen. Sie beschloss, wieder nach oben ins Freie zu gehen. In dem Vorraum mit den Holzbänken warf sie noch einen Blick in den Waffenschrank, als sie plötzlich etwas hörte.

Ein Rascheln. Ein sanftes Reiben. Wie Stoff auf Stoff. Nur wenige Sekunden lang. Sie blickte im Raum umher. Sah nach unten. Neben ihrem linken Bein lag einer der Toten mit Overall und Rückennummer. Der eine Arm war angewinkelt, die Handfläche nach oben gewandt. Wie die Hand eines Bettlers. Livia glaubte bereits, sich verhört zu haben, als sie es sah.

Der Ringfinger zuckte.

Ihr Herz klopfte bis zum Hals. Der Mann lebte. Reflexartig ging sie in die Hocke, um ihren Zeige- und Mittelfinger an die Halsschlagader zu legen. So hatte sie es als Kriegsreporterin bei den Marines gelernt.

Ihre Finger suchten den Puls, ihr Blick streifte über den

Körper des Toten. Sie registrierte seine asiatischen Gesichtszüge. Zwei Dinge kamen ihr gleichzeitig in den Sinn. Der Mann war kalt und fleckig wie die Betonwände dieses Kellers. Und sein Bauch war von zwei Schrotkugeln durchlöchert. Er konnte auf gar keinen Fall mehr am Leben sein. Seinen Puls zu ertasten, kam ihr plötzlich bescheuert vor.

Da zuckte der Ringfinger erneut.

Und sie hörte das Geräusch.

Das Rascheln.

Es war der Overall des Mannes.

Livia zog ihre Hand zurück. Doch der Arm des Mannes schoss schneller vorwärts, als sie sich bewegen konnte. Blitzartig packte seine Hand Livias Handgelenk. Sie schrie aus voller Lunge und warf sich nach hinten. Sie schüttelte ihren Arm und versuchte, dem Klammergriff zu entkommen.

Wie wahnsinnig trat sie mit den Füßen gegen den Oberkörper des Toten und zerrte an dem Arm. Sie schrie noch immer, als sie von der Betontreppe den Hall von Schritten hörte.

Keuchend riss sie ihren Arm hin und her, versuchte, ihr Handgelenk zu befreien. Ihre Hand lief blau an. Jemand betrat hinter ihr den Keller.

»Was, zum Teufel …«

Nuri. Sie schrie ihn an, ihr zu helfen. Sah das Blitzen einer Messerklinge. Er kam auf sie zu.

»Halt still«, zischte er.

Sie wandte den Kopf ab, als Nuri das Messer unter ihrem Handgelenk ansetzte. Ein Ruck. Dann noch einer. Vier Mal. Der Arm des toten Asiaten fiel zu Boden. Livia schüttelte ihren Unterarm. Die Finger des Mannes purzelten einzeln herab. Nuri hatte sie mit dem Messer abgetrennt.

Erschöpft und angewidert kam Livia auf die Beine. Zitternd lehnte sie sich an den Arbeitstisch. Sie rieb ihr Handgelenk und atmete schwer.

»Was war das?«, fragte Nuri.

»Das Gleiche wie bei Maria Jiménez«, keuchte Livia.

»Bei wem?«

»Der Frau an der Absturzstelle. Die Frau, die in die Psychiatrie kam, weil ein Arm sie angefallen hatte.«

»Mein Gott.« Nuri blickte sie entsetzt an. Fast schien es, als suchte er auch in ihrem Gesicht Anzeichen des Wahnsinns, der Maria Jiménez befallen hatte.

»Glotz mich nicht so an. Es geht schon.«

Livia stützte sich auf Nuris Schulter, und sie stiegen über die Betontreppe und die Rampe zurück zu der Freifläche zwischen den Gebäuden. Livia vermied es, die vielen Leichen anzusehen. Sie hatte es komplett satt.

Am anderen Ende des Hofs stand ein gut acht Meter hohes Stahlgestell im Stil eines kleinen Eiffelturms. Oben war eine waagrechte Rolle angebracht. Es war eine Seilbahn. Livia vermutete, dass sie für Lasten gebaut war und unten an einer Mole endete. So hatten die Chinesen ihr Material von den Frachtschiffen auf die Anhöhe gebracht. Sie hatten vermutlich zuallererst die Seilbahn mit Hubschraubern installiert. So konnten sie beim Bau der Anlage auf eine Zufahrtsstraße verzichten. Die Jeeps waren nur dazu da gewesen, auf dem Areal herumzukurven. Vermutlich ein Privileg der höheren Dienstgrade unter den Aufsehern.

Am äußersten Ende des Komplexes stand ein Wohnhaus mit zwei Stockwerken und ungefähr fünfzehn Fenstern auf jeder Etage. Livia vermutete, dass dort Personal untergebracht gewesen war, Wissenschaftler vermutlich, vielleicht auch die Wachleute. Daneben stand ein einzelnes, herrschaftliches Haus, die schlichte Version einer Villa. Livia und Nuri näherten sich ihm. Einige Stufen führten hinauf zu einer hölzernen Flügeltür. Sie war unverschlossen. Sie betraten eine Eingangshalle mit viel Glas und Holz und einem Aufgang zum Obergeschoss. Linker Hand führte ein Flur zu einer geöffneten Flügeltür. Dahinter befand sich ein Büro.

Auf dem Parkett lag ein toter Mann. Er war schmächtig, älter als die anderen Toten auf dem Gelände und mit einem Maßanzug bekleidet. Ein spitzer, grauweißer Kinnbart, gepflegtes graues Haar und eine hohe Stirn verliehen ihm eine aristokratische Aura. Sein gepflegtes Aussehen stand in krassem Kontrast zu seiner Körperhaltung. Seine Arme waren gebrochen, sein Kopf knickte in unnatürlichem Winkel ab.

Hinter ihm stand ein Schreibtisch aus dunklem Holz. Die linke Wand war mit Stahlschränken gesäumt. Zwei von ihnen waren geöffnet. Davor lagen zerrissene Kartonagen. Livia hob ein Stück davon auf und hielt es Nuri hin. Auf dem Verpackungsrest waren die Buchstaben »CerebX« zu lesen. Der Rest war abgerissen.

Nuri hob die Hand und signalisierte Livia, zu lauschen. Ein leises Surren war zu hören. Es war der Computer. Die Laptop-Batterie war noch geladen. Nuri tippte auf eine Taste. Der Bildschirm ging an.

Plötzlich waren Geräusche aus der Eingangshalle des Gebäudes zu hören. Stimmen. Leise gebellte Befehle. Militärisch.

Nuri eilte zur Flügeltür und verschloss sie. Sie stellten sich rechts und links neben die Türstöcke und pressten sich an die Wand.

Nichts passierte. Die Stimmen waren verstummt. Irgendwann glaubte Livia, ein leises Schaben zu hören, und machte Nuri ein fragendes Zeichen. Aber er zuckte nur mit den Schultern. Nach einer vollen Minute schlich er zur Tür und legte sein Ohr an das schwere hölzerne Türblatt.

Livia wollte ihn ermahnen, vorsichtig zu sein, als eine metallische Explosion ihre Ohren betäubte und beide Türflügel aufflogen. Eine Granate kullerte über den Boden. Kurz, bevor sie in einem gleißenden Blitz detonierte, sah Livia für den schrecklichen Bruchteil einer Sekunde Nuris abgetrennten Unterschenkel, noch immer vom Hosenbein umhüllt.

Betäubt und erblindet, klammerte Livia ihren Kopf zwischen die Arme. Ein ungewohnter Geruch stieg in ihre Nase. Eine Mischung aus Plastik und Gummibärchen. Von heftigem Schwindel gepeinigt, verlor sie das Bewusstsein.

TEIL 2

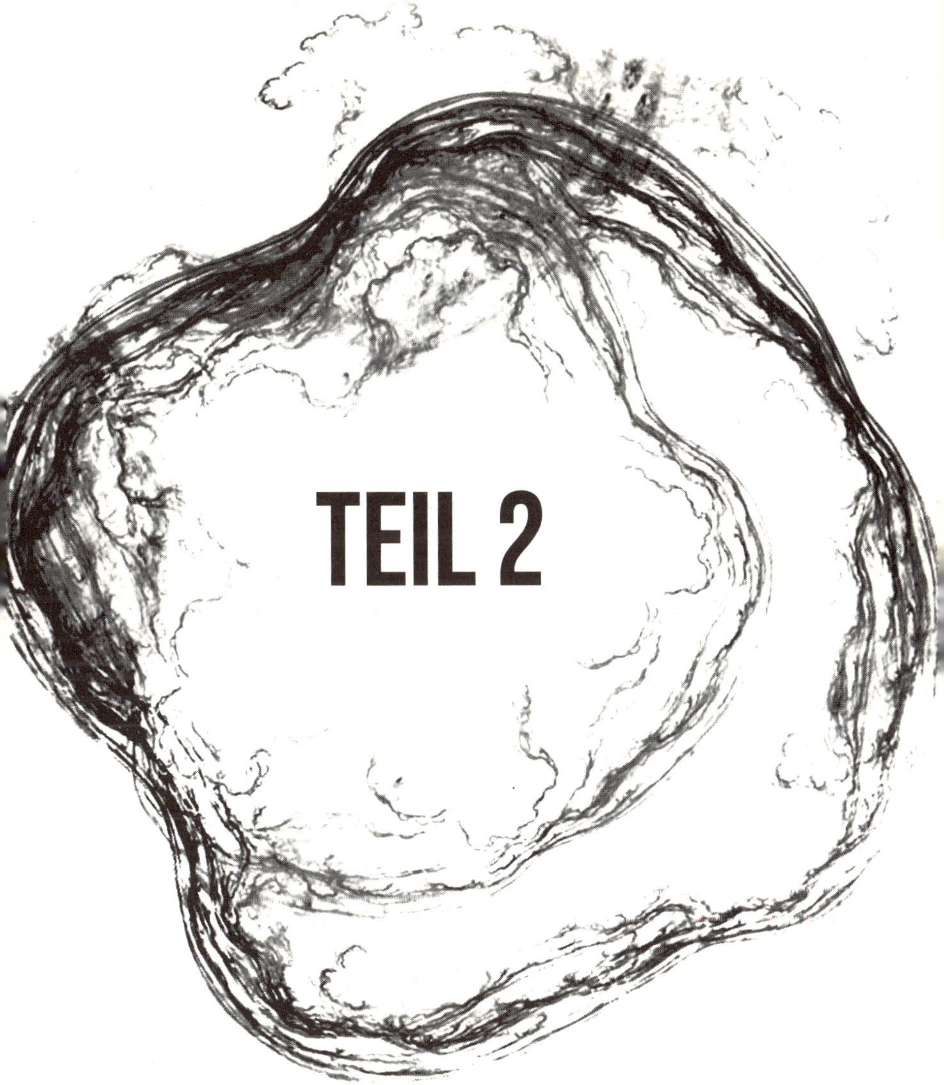

27

Motorjacht Xiwangmu, Karibische See

Das Erste, was Livia spürte, war das Schmeicheln feinsten Satins unter ihren Fingerkuppen. Das Erste, was sie hörte, war ein gleichmäßiges Rauschen. Und als sie die Augen öffnete, blickte sie auf azurblaue Wellen hinter einem ovalen Bullauge.

Sie richtete sich auf. Ihr Kopf war angenehm klar. Ihr Blick glitt über die Satinlaken, das Bett und eine Schranktruhe aus Krokodilhaut. Hinter dem Bullauge war weit und breit kein Land zu sehen. Das tiefe Blau des Wassers ließ darauf schließen, dass sie sich auf hoher See befand. Livia setzte einen Fuß auf das Edelparkett ihrer Kabine und stellte fest, dass sie einen Schlafanzug aus Satin trug. So einen hatte sie sich noch nie geleistet. Sie öffnete die Tür zu einem Bad, das größer war als das in ihrem Apartment in Rom. Dort fand sie einen Bademantel und ein Paar Schlappen. Sie verließ die Kabine und ging durch einen Korridor, dessen Wände mit modernen Kunstwerken geschmückt waren. Eine Bedienstete mit Schürze und Handstaubsauger trat beiseite und grüßte unterwürfig.

Am Ende des Gangs führten einige Stufen nach oben und

mündeten in einen geräumigen Salon. Sanfter Jazz erfüllte den Raum. Eine ausladende Sitzecke war mit Satinkissen belegt, daneben stand ein Konzertflügel. In der Mitte lag ein fein gewobener Teppich, eingerahmt von kantigen Loungesesseln. Der Teppich war wie ein Gobelin bestickt. Eine anmutige Frau mit einem Leoparden und einem Obstbaum bildete das Motiv. Die Rückwand des Salons bestand aus einer rahmenlosen Glasfront, hinter der sich der Ozean bis zum Horizont erstreckte. Dort wachte ein baumlanger Mann mit einem Knopf im Ohr. Der Hüne nickte Livia zu und lud sie mit einer Handbewegung ein, durch eine Öffnung in der Verglasung ins Freie zu treten. Livia zögerte. Sie erwog kurz, in die Kabine zurückzukehren, um sich anzukleiden. Andererseits war die Situation derart bizarr, dass es eigentlich egal war, was sie am Leib trug.

Sie zog den Gürtel des Bademantels enger, schritt über den Märchenteppich am Leibwächter vorbei und trat hinaus auf ein Teakdeck. Es war so groß wie ein Tennisplatz und ragte wie eine Terrasse über dem Heck der Megajacht auf. Westen, König, Mutter, erinnerte sich Livia. Das war der Name dieses Monstrums. Warme, salzige Karibikluft füllte ihre Lungen. In keiner Himmelsrichtung war Land in Sicht. Es kam ihr in den Sinn, auf Google Maps nachzusehen, wo in aller Welt sie sich befand. Sie hatte jedoch keine Ahnung, wo ihr Smartphone war.

Zwei Stewardessen mit hochgestecktem Haar und knielangen Seidenhemden traten zur Seite. Aus einem Deckstuhl erhob sich ein drahtiger Mann mit grauen Schläfen, Nickelbrille und einem spitzen, fast weißen Kinnbart. Er war kaum größer als Livia. Die Form seiner Augen sowie die hohe Stirn ließen mongolische Vorfahren vermuten.

Außerdem hatte sie ihn schon einmal gesehen. Erst kürzlich. Er war der Tote aus dem zerstörten Insellabor.

Sie taumelte zwei Schritte rückwärts, schloss die Augen

und verspürte den Impuls, zurück in die Kabine zu rennen. Den Wunsch, die Zeit rückwärts laufen zu lassen. Sie versuchte, sich zu erinnern, ob sie die Ereignisse in dem Insellabor womöglich nur geträumt hatte. Doch dann beschloss sie, sich der Realität zu stellen. Es musste eine logische Erklärung für die Wiederauferstehung dieses Mannes geben.

»Herzlich willkommen, Ms. Chang. Es ist mir eine Ehre, Sie auf der *Xiwangmu* begrüßen zu dürfen. Ich hoffe sehr, dass Sie sich an Bord ein wenig erholen konnten.« Er deutete eine Achtelverbeugung an.

Livia blickte ihm in die Augen. »Nachdem Sie meinen Namen kennen, darf ich meinerseits fragen, wer Sie sind? Immerhin waren Sie gestern noch tot.«

»Entschuldigen Sie bitte. Wie unhöflich. Erlauben Sie, dass ich mich vorstelle. Mein Name ist Fu Wang.« Er machte eine Viertelverbeugung.

»Und wie sind Sie von den Toten auferstanden, Mr. Fu?«

»Der Mann, den Sie auf Guanaja gesehen haben, war mein Zwillingsbruder. Fu Luan. Er hat in der Tat sein Leben verloren.«

»Das tut mir leid.«

»Ich danke Ihnen.«

»Sind Sie der Besitzer dieses protzigen Schiffes?«

»Es ist sozusagen Familienbesitz.«

»Was bedeutet *Xiwangmu?*«

»Xiwangmu ist eine der wichtigsten Gottheiten des Daoismus. Die Göttin des Westens. Die Unsterbliche. Sie ist Vermittlerin zwischen den himmlischen und den irdischen Reichen. In ihrem paradiesischen Garten reifen alle paar Tausend Jahre Pfirsichbäume. Dann gibt es ein Festmahl, und wer von den Pfirsichen isst, erlangt wahrhaft ungeheuerliche Fähigkeiten. Bis hin zur Unsterblichkeit.«

»Sehr romantisch. Sagen Sie, Mr. Fu, ich kann mich nicht erinnern, eine Kreuzfahrt gebucht zu haben. Bin ich also freiwillig hier? Oder ist das die Luxusvariante einer Entführung?«

»Ich bitte um Verständnis, Ms. Chang. Es waren äußerst prekäre Umstände, unter denen wir Sie gestern Abend vorgefunden haben. Sie schwebten in ernster Gefahr. Wir mussten die schöne Insel Guanaja übereilt verlassen. Dabei haben wir Sie und Ihren Begleiter an Bord aufgenommen.«

»Weil Ihre geheime Anlage zerstört wurde?«

»All das ist äußerst bedauerlich. Mein Bruder und ich waren kurz davor, sehr bedeutende Dinge zu erreichen.«

»Sie wissen, dass ich keinerlei Schuld am Tod Ihres Bruders trage?«

»Ja, das ist mir klar.«

»Wo ist Nuri?«

»Ihrem gut aussehenden Begleiter geht es weitgehend gut. Er befindet sich im Moment noch auf der Krankenstation. Dr. Shenfei kümmert sich persönlich um sein Wohl.«

»Ich will ihn sehen. Falls er noch lebt, muss es schlimm um ihn stehen. Er hat bei einer Explosion ein Bein verloren. Es war das Letzte, was ich sah, als ...«

Livias Stimme versagte. Sie blickte sich um. Der Bodyguard hatte diskret hinter ihr Stellung bezogen und nickte höflich.

»Ich muss Sie um etwas Geduld bitten, Ms. Chang. Wir werden Dr. Zamiro ...«

Livia fuhr herum. »Sie kennen auch Nuris Namen?«

»Glauben Sie mir. Er ist in besten Händen. Und das mit seinem Bein ist weniger schlimm, als Sie vermuten.«

Fu schwang seinen Arm und wies mit der Hand auf eine Sofaecke. Unter einem Stück Stoff ragte ein Fuß hervor. Livia erkannte Nuris Turnschuh. Der Anblick schnürte ihr die Kehle zu. Ihr Atem stockte, ihr Herz begann zu rasen. Hatte dieser Wahnsinnige Nuris abgerissenes Bein in eine Stranddecke gewickelt?

Fu gab einer der Stewardessen einen kurzen Befehl. Die Frau ging zum Sofa und zog die Decke weg.

Nuris Unterschenkel kam zum Vorschein. Ein Gestänge aus mattem Titan. Eine supermoderne Prothese mit einem Aufsatz aus dunklem Leder. Livia verfluchte sich innerlich. Warum war ihr das nicht zuvor aufgefallen? Es machte zwar keinen großen Unterschied, aber sie war immer stolz auf ihre Beobachtungsgabe gewesen.

»Ms. Chang, bitte vertrauen Sie mir. Mr. Zamiro ist in besten Händen. Dr. Shenfei war Professor für Chirurgie an der Tsinghua-Universität, bevor er in meine Dienste trat. Wir werden auch die Prothese wieder reparieren. Ich habe genügend Techniker unter Vertrag, die sich mit solchen Dingen auskennen. Für den Moment möchte ich Sie einladen, die karibische Sonne und den Blick aufs Meer zu genießen. Darf ich Ihnen ein Frühstück anbieten?«

Die andere Stewardess brachte ein Tablett mit zwei Tassen Cappuccino, geschnittenen Früchten und aufgebackenen Teigwaren.

»Der Kaffee ist fast so gut wie in Ihrer Wahlheimat, Ms. Chang.«

»Sie wissen, dass ich in Italien lebe? Was wissen Sie noch alles über mich, *Fu xiānsheng?*«

Fus Augen weiteten sich. Ein Lächeln deutete sich an. »Wie ich sehe, sind Sie mit den Formen höflicher Anrede in meiner Landessprache vertraut. Vermutlich hat Ihre Mutter Ihnen Mandarin beigebracht.«

»Leider nur rudimentär.« Livia nahm einen Cappuccino und ein Croissant vom Tablett.

»Jedenfalls sind Sie eine preisgekrönte Journalistin. Unverheiratet, aber in einer Beziehung mit einem italienischen Physiker. Derzeit arbeiten Sie als Korrespondentin …«

»Danke. Genug, Mr. Fu. Sie haben zweifellos Ihre Hausaufgaben gemacht. Inklusive einer Rückwärtssuche auf Google, vermute ich. Oder schlimmer: irgendwelcher Datenbanken Ihrer Regierung. Nun bin ich dran, wenn Sie erlauben. Was war der Zweck dieses Labors auf Guanaja? Ich vermute, dass Sie und Ihr Bruder die Betreiber waren.«

»Wir haben versucht, eine neue Ära der Biologie einzuleiten. Ein neues Kapitel der Evolution. Genetik war gestern. Heute geht es um Stammzellen. Und einen Quantensprung der Evolution. Wir Menschen sollten uns lösen von der Vergänglichkeit unserer Organe.«

»Und das lief nicht ganz nach Plan. Oder wie kommt es, dass Ihr Labor zerstört ist?«

»Die Sache ist in der Tat außer Kontrolle geraten. Wir mussten die Experimente übereilt abbrechen.«

»Was ist passiert?«

»Ich bitte um Geduld, Ms. Chang, mir ist klar, dass Sie als Journalistin einen enormen Wissensdrang verspüren. Ich möchte Ihnen diesbezüglich gerne ein Angebot unterbreiten. Eine Art Gegengeschäft.«

Livia tunkte das Croissant in den Milchschaum. »Was für ein Geschäft?«

»Begleiten Sie mich auf einem Kurzbesuch meiner Heimat. Sie werden staunen, was Sie dort über die Möglichkeiten der modernen Biotechnologie erfahren werden. Sehr viel Neues. Sie werden es nicht bedauern. Es wird für Sie ein – wie sagt man doch gleich in Ihrer Branche? Ein *Scoop.*«

Livia blickte sich um. Der Zweimetermann mit dem Knopf im Ohr nickte erneut.

»Und was erwarten Sie im Gegenzug von mir?«

»Das besprechen wir, nachdem ich Ihnen mein kleines Geheimnis in den Bergen von Sichuan vorgeführt habe.«

»Habe ich eine Wahl?«

Fu Wang lächelte, doch seine Augen blieben kalt. Livia biss in das Croissant und blickte aufs Meer.

28

Punta Nizuc, Cancun, Mexiko

Wenige Minuten, nachdem die *Xiwangmu* vor der Küste von Yucatan ihren Anker geworfen hatte, näherte sich ein Hubschrauber. Der Helikopter drehte über dem Bug der Jacht einen Dreiviertelkreis und landete auf dem Vorschiff.

Livia legte ihre Hand auf Nuri Zamiros Schulter. Er stemmte sich auf zwei Krücken, sein Kopf war mit einer Halskrause fixiert. Ein ernst dreinblickender Mann stützte ihn. Fus Leibarzt, dachte Livia. Als Nuri wenige Minuten zuvor auf Deck aufgetaucht war, hatte sie feuchte Augen bekommen und den jungen Wissenschaftler behutsam umarmt. Er schien den Unfall überstanden zu haben, sein Lächeln war so einnehmend wie zuvor. Seine grünen Augen leuchteten.

Fu gab Livia und Nuri ein Zeichen, mit ihm und seinem Leibwächter in den Helikopter zu steigen. Sobald die Anschnallgurte geschlossen waren, hoben sie ab. Der Pilot nahm Kurs auf die Küste Mexikos, überflog einen Sandstrand und setzte wenige Minuten später auf dem Rollfeld des internationalen Flughafens von Cancun auf. Neben ihnen parkte ein Airbus A350, dessen Seitenleitwerk mit der gleichen Pfirsich-Göttin verziert war wie der Teppich im Salon von Fus Jacht.

Nuri blickte Livia an. »Privatflugzeuge dieser Größe gibt es nicht viele auf der Welt.«

Livia knurrte. »Das Ding sieht aus wie die Regierungsmaschine eines Schwellenlanddiktators.«

Die Triebwerke liefen bereits und erzeugten ein ohrenbetäubendes Pfeifen. Livia und Nuri folgten Fu und seinem Leibwächter die Gangway hinauf. An der Kabinentür wurden sie von zwei Stewardessen in Seidenkleidern empfangen und in das Innere geleitet. Das Ambiente ähnelte dem der Jacht. Lamellen aus hellem Holz säumten die Kabinendecke, indirekt beleuchtete Kunstwerke an den Trennwänden schufen den Eindruck eines Luxusapartments. Livia und Nuri passierten eine Bar mit raumhohem Flachbildschirm, mehrere cremefarbene Sofas und Sessel sowie einen Wohnbereich, der sich über die gesamte Kabinenbreite erstreckte. Um einen ovalen Esstisch aus Teakholz waren ein Dutzend moderne Lederstühle gruppiert. Im hinteren Teil der Maschine bekamen sie je eine eigene Kabine mit Waschraum zugewiesen.

»Sie haben Zeit, den Aufenthalt an Bord zu genießen«, sagte Fu Wang. »Wir werden gut sechzehn Stunden in der Luft sein.«

»Ohne Zwischenlandung?«, fragte Nuri.

Fu nickte. Nuri pfiff durch die Zähne.

Livia überschlug die Distanz zwischen Mexiko und Sichuan und kam auf gut vierzehntausend Kilometer. Der Airbus hatte offenbar eine Reichweite, die jene herkömmlicher Langstreckenflugzeuge übertraf.

Nachdem sie sich angeschnallt hatten, hob die Maschine ab und stieg in den Himmel.

29

Chat,
Nachrichtendienst Telegram

AktionKesselring: Wir haben Agent Orange. Beschaffung des Materials morgen früh

TheBase0106: Sehr gut. Übergabe wann? Wo?

AktionKesselring: Ort und Zeit folgen. Geld gegen Autoschlüssel

30

Xichang,
Provinz Sichuan, China

Livia fühlte sich ausgeschlafen. Sie hatte wenig gegessen, auf Alkohol verzichtet und fast zehn Stunden lang tief geschlafen. Sanfte Musik hatte sie in ihrer privaten Einzelkabine geweckt. Nachdem sie geduscht und sich angekleidet hatte, spazierte sie durch das Privatflugzeug und entdeckte Nuri auf einem Sofa im Barbereich, wo er gemeinsam mit Fu vor einer dampfenden Nudelsuppe saß, dem traditionellen chinesischen Frühstück. Livia ließ sich ebenfalls eine Schale servieren.

Der chinesische Magnat schlürfte seine Nudeln mit beeindruckender Geschwindigkeit und verzog sich mit einer angedeuteten Entschuldigung in eine Bürokabine. Livia blickte Nuri an und entschied sich, ein paar Antworten von ihm einzufordern.

»Du siehst zum Glück erholter aus als gestern auf der Jacht …«

Er lächelte. »Ja, ich fühle mich besser. Dr. Shenfei versteht sein Handwerk. Die Halskrause soll ich noch zwei bis drei Tage anbehalten, sagt er. Und die Prothese muss repariert werden.«

Livia bemerkte, dass eins von Nuris Hosenbeinen schlaff herabhing und die Krücken neben dem Sofa lagen. Sie entschied sich für eine nicht allzu direkte Frage. »Willst du mir erzählen, wie das kam mit dem Bein?«

Nuri dachte kurz nach. »Ja, warum nicht? Es war ein Unfall.«

»Dass du kein Kettenraucher mit Thrombosen bist, hatte ich schon vermutet.«

»Ich bin auf eine Landmine getreten.«

»Im Ernst? Als Zivilist? Oder warst du beim Militär?«

»Militär. In einem früheren Leben.«

»Daher auch das Nachtsichtgerät? Und die Art und Weise, wie du dem Gangster in La Ceiba die Waffe abgenommen hast?«

»Nun ja. Ich hatte Glück, der Typ war kein großer Experte. Eher ein Großmaul. Passend zu seinem Tattoo.«

»Ich hatte die Hosen ziemlich voll.«

»Und ich habe nicht viel nachgedacht. Ich wollte nur die Pistole aus meinem Gesicht bekommen.«

»Wo ist das mit der Mine passiert?«

»Livia, das ist lange her, ich würde …«

Ein Ping ertönte. Der Co-Pilot verkündete über Lautsprecher die baldige Landung und wies die Passagiere an, sich anzuschnallen. Fus Leibwächter erschien und bat Livia und Nuri, auf Ledersesseln Platz zu nehmen.

Dreißig Minuten später landete Fus Privatjet in Xichang, einer Kleinstadt in der Provinz Sichuan. Auf dem Rollfeld warteten drei ungewöhnliche Fluggeräte. Sie waren wie Eier geformt und hatten Stummelflügel, hinten etwas breiter als vorne. Livia hatte gelegentlich über die Entwicklung solcher Vehikel gelesen. Es waren Lufttaxis. Die Passagierversion einer Drohne mit Elektroantrieb. Mit leichtem Unbehagen stieg Livia hinter Fu, Nuri und Fus Leibwächter in eins der Vehikel. Fus Gefolge teilte sich auf die beiden anderen auf.

Mit der Präzision von Libellen hoben die Lufttaxis ab und schwebten im Formationsflug über Xichang hinweg.

Die Stadt lag in einer Ebene, umgeben von Bergen, die nach Osten hin immer höher wurden. Jeder Flecken Erde schien für den Anbau von Grünzeug verwendet zu werden. Vereinzelte schwarze Rauchfahnen zeugten von filterlosen Kohlekraftwerken, die in China noch immer ein Standbein der Energieversorgung bildeten. Am Ende eines breiten Tals, das sich nach Norden zog, entdeckte Livia ein Metallgestell, das einer Ölplattform ähnelte. Abgesehen davon, dass es sich bei einem der Pfeiler um eine Rakete handelte.

»Einer der beiden Weltraumbahnhöfe Chinas«, sagte Fu.

Kurz vor der Startrampe bogen die Lufttaxis nach Osten ab, auf die Berge Tibets zu. Die Landschaft erinnerte Livia an die Gebirge im italienischen Trentino. Unter ihnen schlängelte sich ein stattlicher Gebirgsfluss, dessen Wasser graublau zu leuchten schien.

»Der Yalong hat seinen Ursprung im tibetischen Hochland«, erklärte Fu in der Kabine des nahezu geräuschlosen Lufttaxis. »Er windet sich hier an der Grenze zwischen Tibet und Sichuan durch eine hundertfünfzig Kilometer lange, u-förmige Schleife und mündet weiter südlich in den Yangtse.«

Nach wenigen Minuten tauchte vor ihnen ein riesiger Staudamm auf, der wie ein Keil zwischen den steilen Hängen rechts und links des Flusses eingezwängt war.

»Der Jinping-1-Staudamm ist der höchste der Welt«, führte Fu weiter aus. »Dreihundertfünf Meter hoch. Mehr als vier Millionen Kubikmeter Beton wurden verbaut. Er staut das Wasser des Yalong. Durch mehrere Röhren wird das Flusswasser mit hundert Kilometern pro Stunde quer durch den Gebirgszug geleitet. Auf der anderen Seite geht es ein Zweihundert-Meter-Gefälle hinab, an dessen Ende sechs Turbinen angetrieben werden. Das Wasser liefert ungeheuer viel

Energie. Jede Turbine produziert so viel Strom wie ein Kernkraftwerksblock.«

Die Lufttaxis landeten vollautomatisch auf einer Betonfläche am Rand des Damms. Mehrere Männer in grauen Overalls erwarteten ihre Ankunft. Livia, Nuri, Fu und seine Männer stiegen in zwei elektrisch angetriebene Jeeps um und fuhren in einen Tunnel auf der Nordseite des Staudamms, der schnurgerade mehrere Kilometer tief in den Berg hineinführte.

»Beim Bau des Staudamms wurden jede Menge Löcher in dieses Gebirge gebohrt«, erklärte Fu, »Wasserleitungen, Servicestollen, Zufahrtswege und all das. Weil das schwere Bohrgerät schon mal vor Ort war, hat man überlegt, was sich mit dem Berg noch anstellen lässt. Eine Zeit lang wurde versucht, ein internationales Labor für Elementarteilchen-Physik einzurichten. Die Bedingungen unter dreitausend Metern Granit wären perfekt für hochempfindliche Experimente mit kosmischer Strahlung. Aber westliche Wissenschaftler konnten ihre Regierungen nicht dazu bewegen, Forschungsmittel in China zu investieren. Als mir schließlich ein Kollege von der Tsinghua-Universität von dem Berg erzählte, bin ich hellhörig geworden. Der Ort war nämlich nicht nur für Physiker ideal, sondern auch für das Geschäft der Gebrüder Fu.«

Fu Wang grinste schelmisch.

»Mein Bruder und ich erklärten uns bereit, eine beträchtliche Miete für die exklusive Nutzung der Stollen zu bezahlen. Das war der Provinzregierung wie auch dem Zentralkomitee in Peking höchst willkommen.«

»Um was zu tun? Was, in aller Welt, wollen Sie mit einem durchlöcherten Berg an einem entlegenen Staudamm anfangen? Ein bisschen Dr. No spielen?«, fragte Livia.

»Haben Sie bitte noch ein wenig Geduld, Ms. Chang.«

Mehrere Mitarbeiterinnen und Mitarbeiter Fus, einige in Laborkitteln, andere in Overalls, die einer Uniform ähnelten, erwarteten die Ankunft der Jeeps an einem Bordstein. Es sah aus wie die unterirdische Version eines Flughafenterminals, nur, dass sich dreitausend Meter Granit über ihnen türmten. Sie traten durch ein breites Portal in eine hochmoderne Empfangslobby aus Glas, Metall und mit einer langen Theke. Wie von selbst öffneten sich sämtliche Zugangstüren und ließen Fu und seine Gäste passieren.

Von der Lobby gingen sie, begleitet von einem Tross von Angestellten, durch einen breiten, mehrere Stockwerke hohen Flur aus Beton. Auf beiden Seiten waren stählerne Schiebetüren eingelassen. Farbige Wegweiser mit Pfeilen in sämtliche Richtungen ließen Livia ahnen, dass dies ein mehrstöckiger Komplex war, auch wenn sie die chinesischen Zeichen kaum verstand.

Fu hielt seine Pupille in einen Irisscanner und öffnete eine der Stahltüren. Dahinter befand sich ein Laborraum, der Livia an van Keukens Labor in Boston erinnerte. Allerdings war dieses Labor um ein Vielfaches größer. Laborantinnen und Laboranten mit weißen Schutzanzügen und blauen Handschuhen arbeiteten an langen Laborbänken. Orangefarbene Roboterarme schwenkten Kanülen, Pipetten und Ampullen. Aus Stahlfässern stieg der Dampf von flüssigem Stickstoff auf.

»Mit alldem begonnen haben mein Bruder und ich vor rund zwanzig Jahren in einem Hinterhof im Pekinger Stadtteil Sichachai«, sagte Fu, wobei er das Surren der Roboter übertönen musste. »Wir stellten anfangs Generika her. Das sind medizinische Wirkstoffe, die in anderen Ländern unter Patentschutz stehen. Vom Antibiotikum bis hin zu komplexen Antikörpern. Wir produzierten diese Medikamente für einen Bruchteil des Preises und vermarkteten sie innerhalb Chinas und im geopolitischen Einflussbereich Chinas. Große Teile Afrikas. Karibik. Ich muss Ihnen dieses Geschäftsmodell vermutlich nicht erläutern.«

Livia und Nuri nickten.

»Als sich vor einigen Jahren die Chance ergab, den Komplex in diesem Berg anzumieten, begannen mein Bruder und ich, neue Geschäftsfelder zu erschließen.«

Sie verließen das Labor, gingen zurück in den Betonkorridor und stiegen an dessen Ende in einen Lastenfahrstuhl aus Edelstahl. Fu setzte auch diesen mit einem Irisscanner in Gang. Nachdem sich die Türen geschlossen hatten, war Livia nicht sicher, ob es aufwärts oder abwärts ging.

Als sich die Fahrstuhlkabine wieder öffnete, schlug Livia ein vertrauter Geruch entgegen. Eine Mischung aus Heu, Fell und Kot. Es roch wie in jedem Tierstall der Welt.

Doch was vor ihnen lag, war kein Tierstall, sondern ein unterirdischer Zoo von ungeheuerlichen Ausmaßen. Mehrere Stockwerke hohe Kavernen wurden von LED-Paneelen erhellt, die täuschend echt den Eindruck von Tageslicht erzeugten. Fu führte Livia und Nuri an Gehegen und Ställen vorbei. Sie sahen Hunde, Hyänen, Rinder, Zebras, Nashörner und Elefanten. Mehrere bogenförmige Durchgänge führten in weitere Abschnitte des Zoos. Ein Bereich war als Regenwald angelegt, mit einer Vegetation, die direkt aus Peru importiert worden zu sein schien.

»Wir haben unseren gesamten Tierpark nach Klimazonen gegliedert. Anfangs hatten wir geplant, Tiere nach ihrer Gattung und Klasse zu sortieren, Wirbellose, Wirbeltiere, Säuger, Amphibien, Reptilien und all das. Aber wir haben festgestellt, dass die Tiere sich wohler fühlen, wenn sie in einem klimatisch passenden Habitat mit der natürlichen Artenvielfalt leben. Daher lassen wir auch Arten zu, die wir eigentlich nicht benötigen.«

Fu deutete auf einen Schwarm Schmeißfliegen, die um einen Misthaufen kreisten.

Nachdem sie acht Klimazonen durchschritten hatten, bogen sie links ab und traten durch eine stählerne Schiebetür in eine weitere, von künstlichem Tageslicht erhellte Kaverne. Hinter ausladenden Glasfronten fläzten Gorillas in einer künstlichen Savanne. In anderen Gehegen turnten Gibbons, Makaken, Schimpansen und Bonobos an lebensechten Palmen und Lianen. Zwei Frauen in Overalls trugen Eimer mit Früchten in eins der Gehege.

»All unsere Mitarbeiter, vom Tierpfleger bis zur wissenschaftlichen Leiterin, arbeiten sechs Monate im Jahr und bekommen in den anderen sechs Monaten Urlaub. Wahlweise in Mosambik, auf Dominica oder Chinas schöner Urlaubsinsel Hainan. Alles bezahlt. Die einzige Bedingung ist absolutes Stillschweigen. Glauben Sie mir, es gibt niemanden unter meinen Angestellten, der mit diesem Modell unzufrieden ist.«

Fu hatte Mühe, seinen Stolz zu verbergen. Livia war erschüttert.

»Was, um Himmels willen, machen Sie mit diesen Tieren?«

»Sie alle sind Lebensretter. Die letzte Hoffnung für viele Menschen.«

Livia und Nuri starrten Fu ratlos an. Der Chinese lachte.

»Nein, nicht, was Sie vielleicht denken. Die Tiere dienen nicht als Delikatessen für ausgefallene Speisen. Sie helfen uns bei der Herstellung äußerst wertvoller Produkte.«

»Was für Produkte?«, fragte Livia.

»Organe.«

Nuris Kinnlade fiel herunter. »Sprechen Sie von Xenotransplantaten?«, fragte er.

Fu nickte. »Fast. Eine ganze Stufe besser. Wir versuchen gar nicht erst, tierische Organe in Menschen zu verpflanzen. Wir lassen menschliche Organe in diesen Tieren heranreifen, um sie dann zu transplantieren.«

Nuri zögerte. Dann schüttelte er skeptisch den Kopf. »Wollen Sie ernsthaft behaupten, Sie hätten all die Probleme gelöst, vor denen westliche Labore bei dieser Technik stehen?«

Fu schwang seinen Arm im Halbkreis. Seine Stimme wurde fester. »Denken Sie, das hier machen wir zum Spaß? Dass wir einen etliche Milliarden Dollar teuren, unterirdischen Bauernhof betreiben?« Er schüttelte verständnislos den Kopf. »Kommen Sie«, befahl er.

Durch eine Schleuse mit zwei Doppeltüren erreichten sie einen weiteren Raum. Dieser war kleiner und wirkte eher wie eine medizinische Einrichtung als ein Zoo. Hinter einer Glasscheibe war ein Schimpanse zu sehen, betäubt, auf einem Operationstisch festgeschnallt.

»Unserem Freund hier wurde vor fünfzehn Minuten eine Niere entnommen.« Fu nahm ein Klemmbrett in die Hand. »Schimpanse CS9846 wird mit einer Niere problemfrei weiterleben und ...«, sein Finger fuhr über das Klemmbrett, »... und im Zoo von Toronto erwartet. Eine entsprechende Vereinbarung mit dem städtischen Tierpark von Chengdu ist bereits unterschrieben. CS9846 wird in Kanada ein gutes Leben haben.«

Livia rümpfte die Nase. »Für viele andere Tiere gilt das vermutlich nicht«, wandte sie ein. »Mit einer Niere lässt es sich leben, aber wohl kaum ohne Leber oder Lunge.«

»Ja, ein gewisser – wie sagen Sie in Ihrem Land? – Kollateralschaden ist unvermeidlich. Aber nichts geschieht ohne Sinn, Ms. Chang. Die Tiere, die nach ihrer Organentnahme eingeschläfert werden müssen, verkaufen wir als Delikatessen auf dem Markt von Chengdu. Das rettet wiederum Tieren in der Wildnis das Leben, indem sie weniger gejagt werden.«

Livia wandte ihren Blick von Fu ab. Sie versuchte, die Eindrücke zu sortieren. Dabei blickte sie zwei Rhesusaffen in die Augen, die für eine Operation vorbereitet wurden. Sie unterdrückte den Impuls, Fu zu fragen, ob auch er gerne mal ein Affensteak verspeise. Oder eine Schnabeltierroulade.

Er fuhr unberührt fort. »Neben den klassischen Organen, Lebern, Nieren, Lungenflügeln, Herzklappen, stellen wir auch

Augenhornhäute, Speiseröhren, ja sogar Zungen her. Eigentlich alles, was ein Mensch je an Ersatzteilen brauchen könnte. Selbstverständlich auch Bauchspeicheldrüsen. Vielleicht wissen Sie, dass Pankreas-Krebs praktisch unheilbar ist. Mit einem genetisch passenden Ersatzorgan hingegen ...«

Nuri hob die Hand. Fu unterbrach seine Erklärung und nickte ihm zu.

»Die Hürden dafür sind gewaltig«, wandte Nuri ein. »Wissenschaftler in den USA haben es kürzlich unter allergrößten Mühen geschafft, das genetisch veränderte Herz eines Schweins einem todkranken Patienten einzupflanzen. Selbst dafür waren riesige Hürden zu nehmen. Und das war immer noch das Organ eines Tiers – mit allen Nachteilen, von Abstoßungsreaktionen bis zu möglichen Nebenwirkungen der genetischen Mutationen. Und der Patient verstarb nach acht Wochen. Noch einen Schritt weiterzugehen und menschliche Organe in Tieren heranzuzüchten, gilt in der Fachwelt als praktisch ausgeschlossen.«

Fu blickte Nuri mit einem Funkeln in den Augen an. »Etwas für unmöglich zu halten, Mr. Zamiro, ist der Tod jeder Wissenschaft.«

Nuri hob die Schultern, um zu signalisieren, dass dies nun mal sein Wissensstand war.

Fu wedelte mit dem Zeigefinger und fuhr mit seinen Erläuterungen fort. »Ich werde Ihnen den Unterschied zu unserem Forschungsstand erklären, Dr. Zamiro. Wir beschreiten zunächst einen ähnlichen Weg wie unsere Kollegen im Westen. Wir züchten Tierembryos, in deren Erbgut wir die Anlagen für das gewünschte Organ abschalten.«

»Knock-out-Tiere«, murmelte Nuri.

»Genau. Mit den modernen biochemischen Genscheren Crispr/Cas9 lassen sich Erbanlagen präzise aus dem Genom beseitigen. Diese Embryos würden ohne das fragliche Organ heranwachsen. Aber wir ersetzen die fehlenden Organanlagen durch menschliche Stammzellen. Stammzellen, die wir dem Körper des künftigen Empfängers entnehmen.«

»Blastozysten-Komplementation«, sagte Nuri.

»Korrekt. So wächst der Tierembryo mit einem Organ desjenigen Menschen heran, der es später eingepflanzt bekommt. Empfänger und Organ haben exakt die gleichen Gene. Das verhindert Abstoßungsreaktionen nach der Transplantation. Der Körper des Empfängers hält das Organ für sein eigenes. Er heißt es geradezu willkommen.«

Nuri schüttelte ungläubig den Kopf. »Was ist mit der Größe der Organe?«, fragte er. »Sie muss exakt stimmen. Ein Herz aus menschlichen Zellen, das in einem Rhesusaffen gezüchtet wird, hat die Größe des Herzens des Rhesusaffen. Die Pumpleistung wäre für Menschen zu gering.«

»Alles lösbar«, sagte Fu. »Wir können die Größe des fertigen Organs mit Molekulartransmittern exakt programmieren.«

»Und was ist mit der Reinheit der Organe? Leber, Niere oder Herz entwickeln sich im Tierkörper nicht in hermetischer Abgeschiedenheit. Jedes Organ braucht Nervenimpulse und eine Blutversorgung.« Nuri klang jetzt wie ein Rechtsanwalt vor Gericht. »Nach allem, was bekannt ist, neigt der Tierkörper dazu, das menschliche Gewebe mit seinen eigenen Nervenzellen und Blutgefäßen zu durchdringen. Umso mehr, wenn die Wirtstiere mit dem Menschen nahe verwandt sind. Am Ende ist das Organ nur teilweise menschlich. Das ist ein Riesenproblem für die spätere Transplantation.«

Fu blickte Nuri in die Augen und sagte nur ein Wort. »Lösbar.«

»Wie?«

»Mit induzierten pluripotenten Stammzellen und viralen mRNA-Vektoren, mit denen wir die Zellen reprogrammieren. Wir können nicht nur das Organ menschlich machen, sondern auch das damit in Kontakt kommende Gewebe. Nerven, Blutgefäße, Lymphe, all das.«

Nuri blies Luft durch die Lippen und zog ein erstauntes, fast erschrockenes Gesicht. »So weit ist die westliche Forschung nicht«, flüsterte er Livia zu.

»Aber Sie sprechen einen wichtigen Punkt an«, fuhr Fu fort, »und hier kommt der wesentliche Unterschied zwischen der westlichen Forschung und uns ins Spiel: Im Westen wird ständig versucht, die Durchmischung von tierischen und menschlichen Zellen zu vermeiden. Dort muss das Organ möglichst rein sein. Man fürchtet das Unberechenbare eines Mischorgans. Das Unwägbare. Das Neuartige.«

Nuri nickte.

Fu wedelte mit dem Zeigefinger in der Luft. »Aber die Furcht vor dem Neuen ist der zweite Tod der Wissenschaft! Wir tun daher genau das Gegenteil.«

»Sie produzieren absichtlich Mischorgane? Das führt zu entsetzlichen Fehlbildungen«, mahnte Nuri.

»Absolut richtig. Oft ist das so. Aber es ist wie in einer Lotterie. Tausende Male zieht man Nieten. Und manchmal einen Hauptgewinn. Dann verbindet sich das beste beider Welten, und es entsteht etwas ganz Neues. Etwas Innovatives. So wie das Lufttaxi, in dem Sie heute geflogen sind. Eine Mischung aus Drohne, Flugzeug und Hubschrauber. Solche Kombinationen gelingen auch in der Biologie. Kombinationen zwischen Tier und Mensch.«

In Nuris Gesicht spiegelte sich blankes Erstaunen. »Chimären ...«, sagte er.

»Wir konnten mit einem Experiment zeigen, dass bereits eine einzige Kopie eines Menschengens Affengehirne verändert. Das menschliche MCPH1-Gen zum Beispiel lässt die Hirne von Rhesusaffen zwar langsamer reifen. Dafür macht es sie leistungsfähiger. Diese Affen besitzen ein besseres Kurzzeitgedächtnis als ihre Artgenossen ohne die menschliche Genkopie. Vermutlich kennen Sie, Dr. Zamiro, den Versuchsaffen XO47. Ihm wurden in einem Labor der Karibikinsel St. Kitts neuronale Stammzellen in die *Substantia nigra* injiziert, eine Region im Mittelhirn, in der der Botenstoff Dopamin produziert wird. Der Affe, eine Grüne Meerkatze, lebt ganz munter damit. Solche Leistungssteigerungen gelingen auch in Mäusen, wenn menschliche Gliazellen einprogrammiert werden. Viele dieser Zellen verbinden sich mit ...«

»Sie basteln an Gehirnen herum? Kennen Sie keine Skrupel?«, platzte es aus Livia heraus. »Was, zum Teufel, wollen Sie erschaffen? Einen Schachweltmeister?«

Fu lächelte. »In meinem Land spielen wir eher Go. Aber nein, für uns ist das kein Spiel. Ich will Ihnen sagen, worum es geht. Das Gehirn der Gattung Mensch hat mit Homo sapiens seine maximale Dimension erreicht. Wussten Sie, dass wir Menschen eigentlich zu früh auf die Welt kommen? Neun Monate im Mutterleib sind viel zu wenig. Bei der Geburt sind wir Menschen noch gar nicht fertig. Säuglinge sind verletzlich. Der Schädel ist formbar, denken Sie an die Fontanelle, eine Öffnung im Schädel, die sich erst im zweiten Lebensjahr schließt. Nein, es gibt nur einen Grund, warum der Mensch nach neun Monaten zur Welt kommt. Weil der Kopf zu einem späteren Zeitpunkt nicht mehr durch das weibliche Becken passen würde. Die Evolution hat hier eine Grenze erreicht.«

»Eine Grenze, die Sie überwinden wollen?«, fragte Livia.

»Wir haben sie bereits überwunden«, prahlte Fu. »Aber lassen Sie uns beim Essen weitersprechen.«

Er führte seine Gäste aus dem Bereich der Tiergehege in ein höher gelegenes Stockwerk und durch einen mit Tuffsteinen gemauerten Korridor. Dahinter erreichten sie einen kreisförmigen Raum unter einer schneeweißen Kuppel. Die perfekt gerundete Halbkugel wirkte wie ein Dom und schien fast zu leuchten. Livia merkte, dass auch der Fußboden aus einem gläsern schimmernden Material bestand. In der Mitte des Raums stand ein antiker chinesischer Holztisch mit Stühlen. Er war üppig gedeckt, eine Flamme brannte in der Mitte unter einem Kupfertopf. Die Düfte asiatischer Gewürze stiegen in Livias Nase. Sie bekam sofort Appetit.

Doch Fu Wang bat sie noch nicht, Platz zu nehmen, sondern zog einen kleinen schwarzen Stab aus der Tasche und schwenkte ihn durch die Luft. Dabei setzte er sein kindliches Grinsen auf.

»Wo möchten Sie speisen?«

Livia blickte Nuri ratlos an. Fu schwenkte den Stab erneut, und der Raum verwandelte sich in einen mittelalterlichen Saal mit steinernen Wänden und einem Fußboden aus Eichendielen. An einem Ende brannte ein Kamin, an der Decke hing ein Leuchter aus Eichenholz mit Dutzenden von Wachskerzen. Livia taumelte einen Schritt rückwärts, fasste sich aber schnell und ließ sich von der ultrarealistischen Multimediasimulation in ihren Bann ziehen. Sie näherte sich dem Kamin. Nicht nur, dass der Steinsims und das Feuer dreidimensional aussahen. Auch das Holz knisterte authentisch. Sogar der Geruch brennender Scheite lag in der Luft. Sie spürte die Wärme der Flammen auf ihrer Haut.

»Oder lieber im Freien?«, jubelte Fu, schwenkte den Stab, und alles verwandelte sich in eine Wüstenoase. Sanddünen wellten sich bis zum Horizont, Dattelpalmen spendeten Schatten, zwei Kamele lümmelten im Sand. Die Luft war plötzlich heiß und trocken.

»Erstaunlich«, sagte Nuri. »Die Technik arbeitet nicht nur mit hochaufgelöster 3-D-Videoprojektion und perfekter Geräuschkulisse, sondern auch mit Wärme- und Geruchsgeneratoren. Es muss ungeheuer aufwendig sein, die Gerüche zu generieren. Ich kann sogar das Muffeln der Kamele riechen.«

»In der Tat.« Fu lächelte wie ein kleiner Junge, der seine

Carrerabahn vorführte. Nichts deutete mehr darauf hin, dass sie sich unter dreitausend Metern Granit in den Bergen Sichuans befanden.

Fu schaltete eine dritte Variante ein, die perfekte Simulation eines chinesischen Palastes aus der Kaiserzeit. Er bat seine Gäste, sich an den Tisch zu setzen. Ein Kellner mit weißem Hemd und schwarzer Weste brachte Platten mit Gemüse, Fleisch und Meeresfrüchten. Livia blickte Nuri an und spürte, wie sehr er darauf brannte, die weiteren Geheimnisse von Fus Labor zu erfahren.

»Was meinten Sie also mit dem nächsten Schritt der Evolution?«, fragte Nuri, als sie ihre ersten Fleischstücke mit Stäbchen in den Kupfertopf tauchten.

Fu nahm das Bein einer Riesenkrabbe in den Mund und knackte die Schale mit seinen Backenzähnen. Während er weitersprach, saugte er das Krabbenfleisch aus der Karkasse. »Wir fanden eine Möglichkeit, die menschliche Leistungsfähigkeit zu verbessern. Kognitiv wie physisch.«

»Wie das?«

»Wir sprachen vorhin über Mischorgane.«

Livia verstand und erschrak. »Mein Gott, Sie haben allen Ernstes mit den Gehirnen von Menschen …«

Fu fuchtelte mit dem Krabbenbein in der Hand herum. »… herumgespielt? Wollten Sie das sagen? Ich habe Ihnen bereits erklärt, dass wir das Ganze keineswegs als Spiel betrachten.«

Der Milliardär setzte eine beleidigte Miene auf. Livia entschied sich, das Gespräch in andere Bahnen zu lenken.

»Erklären Sie uns den Zweck des Labors in Guanaja, Mr. Fu. Wollten Sie dort etwas realisieren, das hier in Ihrem Zauberberg nicht machbar gewesen wäre?«

»Schlechte Metapher, Ms. Chang – ich bin gewiss weder ein unbedarfter Hans Castorp noch ein größenwahnsinniger Hofrat Behrens.«

Livia war beeindruckt, aber nicht erstaunt, dass Fu die Protagonisten aus Thomas Manns *Zauberberg* kannte. Sie beschloss, ihn zu foppen.

»Vielleicht Mynheer Peeperkorn?«

Fu musste grinsen. Livia fürchtete schon, er werde mit einer Anspielung auf Clawdia Chauchat kontern. Aber Fu setzte seine wissenschaftlichen Erläuterungen fort.

»Wir brauchten neben Anonymität und Abgeschiedenheit tatsächlich etwas, das wir hier in den Bergen nicht haben, nämlich einen direkten Zugang zum Meer.«

»Es gibt Tausende Kilometer Küstenlinie in Ihrem Land.«

»Diese Versuche konnte ich nicht auf chinesischem Staatsgebiet unternehmen. Das werden Sie bald verstehen.«

Fu nahm seinen kleinen schwarzen Stab und schwang ihn erneut durch die Luft. Der gesamte Raum war plötzlich eine Unterwasser-Glaskuppel. Fische aller Größen und Farben schwammen um sie herum. Gefühlte zehn Meter über ihnen war das Tosen einer aufgewühlten Meeresoberfläche zu sehen. Wellen brachen und erzeugten Wirbel und Blasen. Links von ihnen verlief ein Riff mit exotischen Korallen. Auf der anderen Seite fiel der Meeresgrund in die schwarzblaue Tiefsee ab. Vom Riff her schwamm ein Oktopus auf sie zu. Livia fühlte sich an ihr Erlebnis in Honduras erinnert. Fu deutete auf das achtarmige Tier.

»Das hier ist die vielleicht erstaunlichste Spezies auf unserem Planeten. Die Vorfahren dieser wunderbaren Tiere lebten bereits vor sechshundert Millionen Jahren. Das ist hundertmal so lange her wie die Abspaltung zwischen Affen und Menschen. Jedenfalls gleicht es einem Wunder, dass heutige Tintenfische diese unvorstellbar lange Zeit der Evolution überdauert haben. Schließlich haben sie keinen Schutz. Keine harte Schale wie Muscheln, keine Stacheln wie Drachenfische und keine Nesseln wie Quallen. Tintenfische haben nur eines: Intelligenz. Darauf müssen sie vertrauen. In vieler Weise ähnelt das Konzept dem von uns Menschen. Man überlebt nur durch Nachdenken. An sich zählen Tintenfische zum Riesenreich der Wirbellosen, zu denen Krabben, Insekten, Würmer, Muscheln, Austern und Schnecken wie auch Spinnen, Tausendfüßler und alle Insekten gehören. Die meisten der Wirbellosen besitzen ein sehr überschaubares Nervensystem. Die große Ausnahme sind Oktopusse.«

Fu vollführte eine theatralische Bewegung mit dem Arm.

»Fünfhundert Millionen Neuronen, das mag wenig klingen; Menschen haben zweitausendmal so viele Nervenzellen im Kopf. Aber immerhin: Oktopusse fallen in die Größenordnung von Hunden. Und bedenken Sie, was Bienen mit nur einer Million Neuronen anfangen. Sie können die Blumen ihrer Umgebung wie in einem Navigationssystem abspeichern und die Standorte anderen Bienen mitteilen. Die Größe eines Gehirns ist nicht allein entscheidend. Das Oktopus-Nervengeflecht ist schlauer strukturiert als das von Wirbeltieren. Neuronen stecken fast im gesamten Körper, vor allem in den Armen. Die Arme haben sogar ein eigenes Kurzzeitgedächtnis. Man muss sich die Gehirnarchitektur eines Tintenfischs so vorstellen: Zum Teil befiehlst du deinen Armen, was sie tun sollen. Zum Teil siehst du ihnen bei ihren eigenen Entscheidungen zu.«

Livia blickte auf ihre Arme. Sie malte sich aus, wie es wäre, wenn ihre Extremitäten ein Eigenleben führen könnten.

»In unseren Fingerspitzen gibt es es nur ein paar Hundert Tastrezeptoren. In jedem Saugnapf eines Tintenfischarms stecken Zehntausende mechanischer, aber auch chemischer Rezeptoren. Die Informationsflut dieser Rezeptoren wird an jedem Saugnapf in einem eigenen Nervenzellenbündel verarbeitet, sozusagen ein lokaler Mikrochip, der die Muskulatur um den Saugnapf steuert und Reize an die benachbarten Neuronenbündel weitergibt. Weiter oben, am Ansatz der Arme, verläuft ein ringförmiger Nervenstrang, der dafür sorgt, dass die Extremitäten ohne den Umweg über das Gehirn kommunizieren. Während alle acht Arme immer übereinander Bescheid wissen, hat das Gehirn nur eine vage Vorstellung davon. Ein Arm kann über den neuronalen Ring einen weiteren Arm zu Hilfe holen. Das Gehirn übernimmt erst die Kontrolle, wenn die Summe der Signale eine bestimmte Schwelle übersteigt. Das passiert zum Beispiel beim Jagen. Die Vorteile eines Körpers, der selbstständig denken kann und nicht auf die Anweisungen eines zentralen Denkorgans angewiesen ist, sind gewaltig. Die Reaktionszeit sinkt praktisch auf null. Bewegungsabläufe sind ungleich schneller. Ebenso das taktile Empfinden und andere Sinne.

Dass Oktopusse zu den wenigen Lebewesen mit individuellem Charakter zählen, zeigte schon eine Studie im Jahr 1959. Drei Tintenfische sollten lernen, einen Hebel zu bedienen, um an Futter zu gelangen. Zwei von ihnen, Albert und Bertram, lernten dies vergleichbar gut. Ein dritter, Charles, machte allen einen Strich durch die Rechnung. Er klammerte sich an den Hebel und zerrte daran, bis er verbog. Am elften Tag war die Apparatur zerstört. Außerdem spritzte er Wasser auf jeden Menschen, der sich dem Tank näherte. Nach wissenschaftlichen Kriterien könnte man das Experiment für gescheitert erklären. Oder einen anderen Schluss ziehen: Oktopusse sind zu schlau, um sich einem albernen Hebel-Futter-Experiment zu unterwerfen.

Manche Oktopoden wanderten nachts unbemerkt in benachbarte Aquarien, um dort Shrimps zu vertilgen. Andere schalteten Lampen mit Wasserspritzern aus und erzeugten Kurzschlüsse. Es gab mindestens einen Fall, bei dem ein Tintenfisch den Abfluss seines Aquariums blockierte, damit das Becken überlief und das Tier über den Rand entkommen konnte.

Ihr Sozialleben ist allerdings einsam. Sie sind als Einzelgänger und als Räuber unterwegs. Lediglich zwei Dinge tun sie mit Ausdauer: Revierkämpfe und Sex. Beides kann sich über Stunden hinziehen.«

»Das mag ja alles sein«, wandte Nuri ein, »aber was hat das mit Ihren Experimenten zu tun?«

»Wir haben lange Zeit versucht, das menschliche Gehirn mit zerebralen Organoiden höherer Wirbeltiere zu verknüpfen, in der Hoffnung, es zu verbessern. Wir nutzten Organoide von Schimpansen, Delfinen, Makaken. Später haben wir auch mit Krähen experimentiert, sie besitzen bekanntlich ein extremes Gedächtnis. Aber die menschlichen Neuronen haben das fremde Gewebe stets abgelehnt. Der menschliche Körper betrachtet tierische Neuronen als minderwertige Fremdkörper.«

»Na also. Es klappt nicht«, sagte Nuri.

»Warten Sie. Eher durch Zufall haben wir am Ende doch eine Spezies gefunden, deren Neuronen das Menschengehirn geradezu begeistert willkommen heißt. Unser Hauptgewinn. Im Nachhinein betrachtet, ist es logisch: Es sind Neuronen eines Wesens, das aufgrund seiner frühen Abspaltung von der menschlichen Evolutionslinie dem menschlichen Gewebe vollkommen fremd ist. Derart fremd, dass dessen Neuronen auf den Körper wie etwas völlig Neues wirken. Eine willkommene Verbesserung. Ein Upgrade.«

Nuri starrte den alten Chinesen verblüfft an. »Unfassbar …«

»Ja, es funktioniert, Dr. Zamiro. Neuronen aus Tintenfischen erwiesen sich als geeignet. Wir konnten sie mit dem menschlichen neuronalen System verknüpfen. Ein paar biochemische Tricks genügten, und die neuen Neuronen bauten sich wie Legosteine an das menschliche Gehirngewebe, sie bevölkerten den gesamten Cortex wie Moosflechten, sogar im Kleinhirn. Riesenaxone schlängelten sich hinunter bis ins vegetative System. Ins Rückenmark und immer weiter. Das haben wir zuerst in Petrischalen getestet. Dann an Makaken. Und schließlich an Menschen.«

Livia versenkte ein Stück Fisch im Feuertopf und rührte mit den Stäbchen. Ihr Ton wurde sarkastisch. »An welchen Menschen?«, fragte sie.

»An geeigneten Probanden«, antwortete Fu.

Livia blickte ihn mit eisigen Augen an. »Wie meinen Sie das? Genetisch geeignet? Oder charakterlich geeignet? Wer würde sich freiwillig für so etwas zur Verfügung stellen?«

In diesem Augenblick kam der Kellner in den Raum und flüsterte Fu Wang etwas ins Ohr. Der Milliardär nickte und sprach Nuri an.

»Dr. Zamiro, gute Neuigkeiten. Ihre Prothese ist repariert. Besser als neu. Unser Chefingenieur hat ganze Arbeit geleistet.«

»Vielen Dank, sehr freundlich …«, stammelte Nuri. Er wirkte abwesend, als wäre er noch von Fus wissenschaftlichen Ausführungen gefesselt.

Fu stoppte die Unterwasserprojektion und verwandelte den Raum wieder in einen chinesischen Palast. Er gab Nuri ein freundliches Zeichen, dem Kellner zu folgen.

»Sie meinen, ich soll jetzt …?« Nuri stammelte noch immer.

»Das wäre zweifellos das Beste, Dr. Zamiro. Probieren Sie das gute Stück gleich an. Falls noch etwas klemmt, kann es unverzüglich angepasst werden.«

Etwas unwillig stand Nuri auf, klemmte seine Krücken unter die Achseln und folgte dem Kellner aus dem kuppelförmigen Esszimmer. Livia war sicher, dass er ebenso neugierig wie sie auf die weiteren Enthüllungen des Chinesen war. Sie nutzte den Moment, fischte eine Jakobsmuschel aus der Brühe, tunkte sie in eine aromatische dunkle Soße und schob den Happen in den Mund. Nachdem Nuri den

Raum verlassen hatte, setzte Fu sich wieder zu ihr an den Tisch. Seine Stimme war nun leiser. Fast raunend. Pathetisch.

»Von jetzt an, Ms. Chang – und ich verlasse mich darauf –, ist alles nur für Ihre Ohren bestimmt. *Off the record.* So sagen Journalisten doch, wenn es um vertrauliche Informationen geht, richtig?«

»Und das Bisherige war alles *on the record?*«, fragte Livia.

»Ja, das ist ein Teil der Abmachung, die ich Ihnen vorschlagen will. Sie dürfen weltexklusiv über unsere Labore hier in Sichuan berichten. Über die Forschung. Die Organherstellung. Die Vermarktung. Es dürfte ein echter Scoop für Sie werden, Ms. Chang. Vielleicht der nächste Pulitzerpreis.«

Da hatte Fu nicht unrecht, dachte Livia. Was sie hier am Jinping-Staudamm zu sehen bekommen hatte, war, gelinde gesagt, ein Hammer. Doch sie hatte kein gutes Gefühl bei der Sache. Sie wollte den Preis dieser Abmachung kennen, das, was Fu zweifellos als Gegenleistung fordern würde.

»Mr. Fu ...«

»Nennen Sie mich Wang.«

»Danke, ich bleibe vorerst bei Mr. Fu. Also: Warum weihen Sie mich ein in Ihre ... speziellen Aktivitäten?«

»Wir möchten expandieren, Ms. Chang«, sagte Fu, »weltweit.«

»Wie bitte?«

»Wir haben den heimischen Markt ausgereizt. Wir können in unserer Anlage unter diesem Berg weit mehr Organe herstellen, als in China nachgefragt werden.«

»Es gibt 1,3 Milliarden Menschen in Ihrem Land.«

»Ich spreche vom zahlungskräftigen Teil der Gesellschaft.«

Das war klar, dachte Livia. Fus Geschäft war natürlich keine Pro-bono-Veranstaltung, Volksrepublik hin oder her. Nun wollte er neue Märkte in anderen Erdteilen erschließen.

»Ein Bericht in der *New York Times* würde Ihnen und Ihrem Geschäft zu beträchtlicher Bekanntheit verhelfen. Und die Nachfrage ankurbeln.«

»Zweifellos. Wir hätten beide viel davon.«

»Eine Frage, Mr. Fu. Ich gehe davon aus, dass all das hier mit dem Einverständnis Ihrer Staatsführung, des Zentralkomitees in Peking, Ihres Staatspräsidenten persönlich geschieht.«

»Absolut.«

»Auch die Expansion ins Ausland?«

»Absolut.«

»Ich könnte also nächstes Jahr eine Niere bei Ihnen bestellen?«

»Vereinfacht gesagt: Ja.«

Livia lehnte sich auf ihrem Stuhl zurück und dachte nach. In den westlichen Gesellschaften gäbe es einen beträchtlichen Aufschrei, wenn Fus Geschäftsmodell bekannt würde. Doch sie musste auch zugeben, dass es ethisch weniger verwerflich war, Organe in Tieren heranreifen zu lassen, als Patienten auf Wartelisten entweder sterben zu lassen oder Spender in ärmeren Ländern mit Geld oder gar Gewalt zur Organspende zu zwingen. Womöglich sogar Lagerhäftlinge. Dann fielen ihr wieder die Experimente mit Neuronen ein. Die Versuche an menschlichen Gehirnen.

»Mr. Fu, ich komme auf das Thema von vorhin zurück. Die Experimente mit den zerebralen Organoiden dienen vermutlich kaum der Transplantationsmedizin.«

»Richtig, das war zunächst reine Grundlagenforschung. Und, wie ich andeutete, der Versuch, der menschlichen Evolution auf die Sprünge zu helfen. Buchstäblich.«

»Und noch mal: Welche Menschen würden sich als Probanden für so etwas zur Verfügung stellen?«

»In meinem Land haben wir besondere Möglichkeiten.«

»Sie haben Menschen gezwungen? Häftlinge? Angehörige

unliebsamer Minderheiten? Uiguren? Anhänger der Falun-Gong-Sekte?«

»Nein, das war nicht nötig. Tatsächlich haben wir jeden einzelnen Probanden vor eine freie Wahl gestellt. Eine Wahl zwischen zwei Alternativen. Fast alle entschieden sich für die Experimente.«

»Was war die Alternative zu den Experimenten?«

»Der Tod.«

Livia wurde schwindelig. Sie warf ihre Essstäbchen vor sich hin. Fu hob die Hand.

»Die Probanden waren zum Tode verurteilte Strafgefangene, Ms. Chang. Ohne Chance auf Revision. In unserem Land werden Urteile zügig vollstreckt, anders als bei Ihnen, wo Todgeweihte jahrzehntelang auf der – wie heißt es gleich? – *death row* auf ihre Hinrichtung warten. Wir boten diesen Menschen eine Alternative an. Sie konnten sich zwischen der Vollstreckung des Urteils und unseren Experimenten frei entscheiden. Keine Frage, die Experimente waren nicht ohne Risiko. Aber es bestand auch eine realistische Chance auf Erfolg und, daraus resultierend, womöglich eine neue Karriere, zum Beispiel in den Sicherheitsorganen unseres Landes ...«

»Das war also Ihr Ziel?«, wetterte Livia. »Sie wollten Supersoldaten herstellen, Krieger mit übermenschlichen Fähigkeiten?«

»Ich bin Geschäftsmann, Ms. Chang. Da bleibt es nicht aus, dass ich mögliche Anwendungsgebiete unserer Forschung im Blick habe. Aber jeder Aspekt wurde den Probanden in einem offenen und ehrlichen Verfahren erklärt. Mit beiden Optionen konfrontiert, haben sich alle Kandidatinnen und Kandidaten, bis auf zwei suizidal veranlagte, für die Experimente entschieden.«

Livia beschlich ein ungutes Gefühl. Nicht nur wegen der ethisch zweifelhaften Menschenversuche. Sie fragte sich, warum Fu sie derart freimütig in all dies einweihte. Er würde dafür einen Preis fordern, daran bestand kein Zweifel.

»Und mit Oktopusneuronen waren Ihre Menschenversuche schließlich erfolgreich?«

»Allerdings. Die Probanden entwickelten höchst interessante Fähigkeiten. Ganz und gar erstaunlich. Ein Quantensprung der Evo...«

»Aber dann ist etwas schiefgegangen.«

»Wir haben festgestellt, dass die Probanden stetig Nachschub eines speziellen Wachstumsproteins benötigen. Bleibt dieser Nachschub aus, kommt es zu ...« Fu brach ab und blickte zu Boden.

»Zu was?«

»Zu Problemen.«

»Probleme welcher Art?«

»Psychische. Schwere Störungen. Die Vernunft setzt aus. Der Körper der Probanden übernimmt die Steuerung. Die Betroffenen versuchen, mit allen Mitteln an Nachschub zu gelangen. Wie Ertrinkende, die nach Luft schnappen. Sie verlieren jede Hemmung. Sie sind keine Menschen mehr ...«

Camazotz, dachte Livia.

»Die Not ist sofort gelindert, sobald die Nährlösung eingenommen wird.«

»Und falls nicht?«

»Das Proteingel ist in geringer Konzentration natürlicherweise im menschlichen Körper vorhanden. Auch in manchen Wirbeltieren. Im oberen Teil des Rückenmarks sowie in der Umgebung des Kleinhirns.«

Livia wurde übel. »Daher also die Bisse ins Genick? Die Probanden versuchten, ihren Bedarf an anderen Menschen zu stillen?«

»Ich fürchte, so war es.«

31

Chatgruppe »Nextlevelhumans«
Nachrichtendienst Telegram

AktionKesselring: Agent Orange und das Material bereit zur Übergabe. Wir sehen uns morgen 14 Uhr. Treffpunkt hier: 47.611333, 13.041997

TheBase0106: Perfekt

AktionKesselring: Kaminzimmer. Oberes Stockwerk. Leicht zu finden. Pünktlich bitte. Im Trubel fallen wir nicht auf

TheBase0106: Alles klar

32

Unterirdisches Labor, Jinping-Staudamm, Provinz Sichuan, China

»Das also ist in Guanaja geschehen? Ihre Probanden sind durchgedreht, weil die wundersame Nährstofflösung ausblieb? Weil sie auf Entzug waren?« Livia vergrub ihr Gesicht in den Händen. Sie hatte Mühe zu verarbeiten, was Fu ihr soeben in seinem unterirdischen Multimediaesszimmer über die grauenhaften Ereignisse auf der Karibikinsel berichtet hatte.

»Ja und nein«, fuhr der Chinese fort. »Die Symptome ähneln anfangs schweren Entzugserscheinungen. Es geht aber noch weiter. Das Gel ist für sie kein Genussmittel. Und kein Medikament. Es ist überlebenswichtig. Bleibt der Nachschub aus, sterben sie.«

»Bei all Ihren Möglichkeiten, Ihrem Geld, Ihren Laboren – wie konnte es ausgerechnet zu einem Mangel des Matrixgels kommen?«

»Für diesen Aspekt brauchten wir externe Unterstützung. Wie Sie wissen, hat Dr. Zamiros Vorgesetzte eine Nährlösung für das Wachstum neuronaler Organoide entdeckt und lizenziert. Wir haben trotz aller Mühe nicht herausgefunden, wie sich dieser spezielle Mix herstellen lässt. Außerdem benötigten wir Expertise beim Thema Immunreaktionen.«

»Deshalb haben Sie Dr. Keever angeworben? Damit er Ihnen hilft?«

»Ja.«

»Haben Sie ihn bestochen?«

»Auch. Aber das schien gar nicht seine wichtigste Motivation zu sein. Dr. Keever ist ein äußerst begeisterungsfähiger Forscher. Er war mit großem Eifer dabei. Ich glaube, er ist von einer gewissen Geltungssucht getrieben. Wir haben lediglich zwei PCR-Scanner für Professor van Keukens Arbeitsgruppe gespendet, dafür, dass sie meinem Bruder und mir für einige Monate Dr. Keever überlässt sowie einen Laboranten, wie war noch gleich sein Name … richtig, Adrien Leclerc.«

»Und die beiden kannten die Formel des Matrixgels? Oder wie konnten sie Ihnen behilflich sein?«

»Nein, beide konnten die Substanz nicht herstellen. Aber Keever brachte genügend von dem Zeug nach Honduras mit.«

»Woher hatte er es?«, fragte Livia zweifelnd.

»Das kann ich nur vermuten. Jedenfalls hatten wir dank Keever genug von der Substanz, um die Experimente zu starten«, erklärte Fu.

Livia überlegte, ob sie Fu von Keevers Tod erzählen sollte. Sie entschied sich dagegen. Sie wollte mit ihrem Wissen haushalten. Jede Information war vermutlich Gold wert, wenn Fu zum eigentlichen Punkt kam und seine Forderungen an sie stellen würde.

»Die Probanden entwickelten sich anfangs prächtig. Ein interessanter Nebeneffekt war, dass Tintenfische aus unseren Zuchtbecken aggressiv auf die Probanden reagierten. Sie erkennen in ihnen Konkurrenten. Vermutlich riechen sie ein Pheromon mit den chemischen Rezeptoren auf ihrer Haut. Tintenfische können enormen Kampfgeist entwickeln.

In der freien Natur dauern ihre Revierkämpfe über Stunden an.«

Livia dachte an den Toten in der Lagune. Zweifellos ein mit Tintenfischneuronen ausgestatteter Mensch, den die Oktopusse als Feind betrachtet hatten.

»Der Antrieb, das eigene Revier zu verteidigen, hat vermutlich auch Probanden erfasst, wenn sie anderen Probanden begegnet sind.«

Was für ein Euphemismus, dachte sie. *Revierkämpfe.* Es ging um das brutale Abschlachten von Mitmenschen. Aber gut, vielleicht sollte sie die Sache nüchterner sehen. Es ging um einen in Jahrmillionen der Evolution ausgeklügelten Konkurrenzkampf. Töten oder getötet werden. Ein abstoßender, aber langfristig für den Planeten fruchtbarer Mechanismus. Dies war vermutlich auch der Grund, warum die Tintenfische aus den Vorratsbecken ausgebrochen waren. Sie sahen die transplantierten Probanden als Feinde an, glitten zu Hunderten über den glitschigen Boden und fielen über die Gefangenen in ihren Zellen her. Die Wächter versuchten wahrscheinlich, sie aufzuhalten. Aber Schusswaffen sind nutzlos gegen eine Flut aggressiver Weichtiere.

Was für ein Gemetzel.

»Wir haben beide das traurige Ergebnis gesehen. Es ist das Ende dieser Forschung. Ich fürchte, Dr. Keever hat schließlich unsere Experimente sabotiert und die letzten Vorräte des Proteins entwendet. Daraufhin kam es unter den Probanden zu einer Revolte. Sie töteten unser Wachpersonal, während sie ihrerseits von den Tintenfischen aus den Zuchtbecken angegriffen wurden.«

»Warum sollte Keever ein solches Gemetzel auslösen? Er muss gewusst haben, was passiert, wenn er die Nährlösung beiseiteschafft.«

»Ich bin mir nicht sicher. Vielleicht hatte er Gewissensbisse. Vielleicht wollte er die Technologie stehlen. Er hat in

Guanaja tiefe Einblicke in unseren Forschungsstand bekommen.«

Livia war überzeugt, dass Fu die Situation falsch einschätzte. Keever war, aus welchem Grund auch immer, wahrscheinlich selbst mit den Oktopusneuronen geimpft worden. Freiwillig oder nicht. Als es zur Revolte kam, tötete vermutlich er oder ein anderer Strafgefangener Fus Bruder. Irgendwie musste es Keever nach La Ceiba geschafft haben. Vielleicht an Bord des Fischkutters, der an die Mole krachte. War Keever – dieser Labor-Nerd – am Ende der Killer, der die Gangsterbanden terrorisiert hatte?

»Bezüglich der letzten Tage meines Bruders gibt es nur unzusammenhängende Informationen. Das Satellitenlink fiel vor etwa einer Woche aus. Mein Bruder schrieb vereinzelte Textnachrichten, stark verklausuliert, denn die Nachrichten werden von meiner Regierung mitgelesen. Niemand sollte Wind von unseren Experimenten bekommen. Daher bin ich angereist, um mir selbst ein Bild der Lage zu verschaffen. Gefunden habe ich das Gleiche wie Sie. Ein völlig zerstörtes Labor. Unzählige Leichen.«

»Was ist Ihrer Ansicht nach dort geschehen?«

»Mein Bruder versuchte mir zuletzt zu sagen, dass etwas mit Dr. Keever nicht stimme …«

Livia musste an Keever denken. Wie er nervös und schwitzend im Wartebereich saß. Wie er mit den Flughafenmitarbeiterinnen rangelte. Wäre Keever nicht an Bord dieser Maschine gelangt, wäre sie womöglich nie abgestürzt. Sie beschloss, Fu weiterhin im Unklaren zu lassen.

»Sie verfügen doch zweifellos über die Mittel, Dr. Keever aufzuspüren, Mr. Fu.«

»Prinzipiell schon. Aber ich will ehrlich zu Ihnen sein, Ms. Chang. Die Sache ist kompliziert. Ich stecke in einer tiefen Klemme.«

»Wie das?«

Fu schloss die Augen.

Livia platzte der Kragen. »Jetzt legen Sie Ihre Karten endlich auf den Tisch, Fu! Was habe ich mit diesem heillosen Gemetzel in Guanaja zu tun? Ich war dort, weil ich das Schicksal von Dr. Keever erkunden wollte. Das hat mich nun zu Ihnen geführt. Aber von mir aus ist unser Geschäft hiermit beendet. Ich schreibe einen Artikel über Ihre hübschen Affennieren, und Sie verkaufen Ihre Produkte künftig nicht nur an Ihre wohlhabenden Landsleute, sondern auch an US-Milliardäre, Scheichs und russische Oligarchen.«

»Leider ist die Sache an dieser Stelle keineswegs beendet, Ms. Chang. Für mich nicht. Und für Sie nicht.«

Livia spürte, wie Hitze in ihr Gesicht stieg. Sie blickte Fu an, in der Erwartung, dass ihr Schicksal in den nächsten Augenblicken eine entscheidende Wendung nehmen würde. Fu stand auf und ging vor dem Esstisch einige Schritte auf und ab.

»Sie wissen, was in La Ceiba los war. Die getöteten Gangster. Die Bisse ins Genick. Ich werde Ihnen sagen, wessen Handschrift das war. Die Morde von La Ceiba gehen auf das Konto eines unserer Probanden aus Guanaja. Eines sehr speziellen Probanden. Sein Name ist Shen Bao, und sein Schicksal ist mit meinem unauflöslich verknüpft.«

Livia schluckte schwer. Sie verstand noch immer nicht, was all das mit ihr zu tun hatte.

»Wie können Sie sich dessen so sicher sein? Vielleicht steckt Keever hinter den Morden von La Ceiba? Ich werde Ihnen auch etwas sagen, das Sie nicht wissen. Vielleicht sind wir dann quitt.«

Fu machte ein erwartungsvolles Gesicht.

»Keever lebt nicht mehr. Er ist bei dem Flugzeugabsturz von Atlanta ums Leben gekommen. Noch schlimmer, es gibt Evidenz dafür, dass er die Maschine zum Absturz brachte. Wie auch immer es genau abgelaufen ist, er stand höchstwahrscheinlich unter dem Einfluss Ihrer Oktopusneuronen.«

Fu blickte sie erstaunt an, schüttelte jedoch den Kopf. »Das wusste ich in der Tat nicht. Sie sind eine gute Rechercheurin, Respekt. Aber mit dem Grauen in La Ceiba hat Keever nichts zu tun. Dazu wäre er nicht in der Lage gewesen, mit oder ohne Oktopodenneuronen.«

»Weil?«

»Weil er ein Nerd ist. Oder war. Ein kopfgesteuerter Labor- und Schreibtischmensch ohne jede Kampferfahrung. Gewiss kein Profikiller.«

Livia dachte nach. »Na gut. Nehmen wir an, dieses Monster, das Sie erschaffen haben, hat es von Guanaja bis nach La Ceiba geschafft und dort dieses Gemetzel angerichtet ...«

»Ja?«

»Wo steckt es jetzt?«

33

Acker bei Ingolstadt

Oberbayern, Deutschland

Die Landung war geglückt. Ein paar Kratzer, mehr hatte der Mann nicht abbekommen. Aber der verdammte Fallschirm hatte sich in den Zweigen eines Brombeerstrauchs verfangen. Die Kunstseide blähte sich im Wind wie die Fock eines Rahseglers.

Mit schnellen Bewegungen löste der Mann die Gurte des Fallschirms, nahm den Rucksack ab und durchsuchte dessen Seitentaschen. Er wusste, dass zur Standardausrüstung der Fallschirmjäger der Roten Armee ein Messer gehörte. Die Streitkräfte seines Landes hatten das Prinzip übernommen. Er fand es. Mit der angerosteten Klinge zerschnitt er die Leinen des Fallschirms.

Der Mann blickte sich um. Im Süden waren die Ausläufer eines Gebirges zu sehen. Um ihn herum war die Landschaft eben, geprägt von Mais- und Rapsfeldern sowie einer riesigen Fläche voller Solarpaneele. Dahinter erspähte er ein Gehöft. Obwohl der Wind nicht von dort kam, verspürte sein Körper ein Wohlgefühl, das dieser Ort auszustrahlen schien. Als würde ein belebender Balsam seine Haut streicheln.

Der aufgeblähte Fallschirm stellte eine Gefahr dar. Er

drohte, Bauern, Spaziergänger, Polizisten oder weiß Gott wen auf den Plan zu rufen. Also machte sich der Mann ans Werk, um das Tuch aus dem Gebüsch zu schneiden und zu verbergen.

Er wusste, dass ihn das wertvolle Zeit kostete. Das Jucken machte sich bereits bemerkbar. Dieses elende Jucken an seinen Beinen und Armen, das von nun an immer stärker werden würde, bis es wie tausend Nadeln in seine Extremitäten stach. Zugleich würde dieses unbändige Verlangen in ihm aufsteigen. Ein Durst, den man nicht mit Wasser stillen konnte. Ein Hunger, den er mit keiner Speise bändigen konnte. Und schon gar nicht durch Willenskraft.

Je stärker dieses Verlangen wurde, desto mehr nahm es Besitz von ihm. Seine Sinne wurden schärfer, die Gerüche stärker, aber gleichzeitig schwand sein Verstand wie ein in Treibsand versinkender Körper. Wenn er in diesen Zustand geriet, übernahm sein Körper die Kontrolle. Über jede seiner Bewegungen. Seine Entscheidungen. Seine Aggression.

Noch war es nicht so weit. Das Jucken war nur das erste Anzeichen. Noch blieb ihm Zeit, die Dinge mit Bedacht anzugehen. Mit langen Schnitten zerkleinerte er den restlichen Fallschirm, wickelte die Fetzen zu einem Knäuel zusammen, band die Leinen darum und stopfte alles unter den Brombeerbusch.

Er blickte sich erneut um. Kein Mensch war zu sehen. Er konzentrierte sich auf diesen neuen Sinn. Ohne mit den Augen hinzusehen, spürte er die Anwesenheit eines Mannes in einem Waldstück einige Hundert Meter östlich. Vielleicht ein Jäger. Und dann waren da noch die Anzeichen mehrerer Menschen in dem Bauernhof. Von dort erspürte er noch etwas. Tiere. Schweine.

Es verblüffte ihn immer wieder, wie sein Körper in der Lage war, andere Lebewesen wahrzunehmen, ohne dass er sie mit den Augen sah. Das war eine der Fähigkeiten, die er seit diesen Experimenten besaß. Eine der Fähigkeiten, die ihn faszinierten. Er machte sich auf den Weg zum Bauernhof.

Schon von Weitem hörte er das Johlen von Kindern.

Er presste seine Fäuste an die Schläfen. Nein, den Kindern würde er nichts antun. Nichts von dem, was er in diesem verfluchten Kaff in Südamerika angestellt hatte. Doch er wusste auch, dass sein Verstand bald keine Rolle mehr spielte. Wenn das Jucken unerträglich wurde. Wenn dieses Verlangen überhandnahm. Wenn sein rationales Denken versagte. Was dann geschah, war wie hinter einem Schleier verborgen. Er hatte kein Bewusstsein dafür. Keine Erinnerung daran. Dieser Zustand war für ihn reinste Finsternis. Wenn er daraus erwachte, war überall Blut, an seinen Händen, auf den Armen, im Gesicht. Das Schlimmste war das Blut, das er im Mund schmeckte.

Er verfluchte sich selbst dafür. Aber noch mehr verfluchte er die Menschen, die diese Experimente mit ihm angestellt hatten. Die Experimente, die ihn zu dem gemacht hatten, was er nun war. Experimente, denen er zugestimmt hatte. Um nicht zu sterben.

Er griff in die Tasche der Sportjacke, die er dem Gangster in La Ceiba abgenommen hatte. Zusammen mit dem vielen Geld. Er zog ein Stück Papier hervor. Es war der Rest einer Verpackung, die er in dem Labor auf der Insel gefunden hatte. Nach der Revolte. Es war eine Art Arznei. CerebXTI hieß das Präparat. In seiner Zelle auf der Tropeninsel hatte er es täglich bekommen. Anfangs sogar mit einer Kanüle ins Genick. Bis zu jenem Tag. Es war das Einzige, was ihn am Leben halten konnte. Ein halbwegs normales Leben. Auf der Packung stand die Adresse des Herstellers. ProtoPure GmbH, Martinsried. Das war sein Ziel. Seine Hoffnung. Die einzige.

Bis dahin musste er sein Verlangen stillen.

Das Gehöft bestand aus einer Handvoll Gebäuden, die quadratisch um einen Hof angeordnet waren. Er näherte sich und ließ sich im Schatten einer Mauer nieder. An seinen Händen und Füßen hatte sich das Jucken zu einem schmerzhaften Stechen gesteigert. Sein Wille wurde schwächer. Nur mit Mühe konnte der Verstand seine Bewegungen noch steuern. Er spürte, dass er kurz davor war, die Kontrolle zu verlieren.

Er spähte um die Ecke. In der Einfahrt zu einer Scheune hing eine Schaukel. Drei Kinder tobten im Hof um einen Traktor. Der Mann zwang sich, sitzen zu bleiben. Er konzentrierte sich. Doch das Verlangen nahm überhand. Sein Körper kapitulierte. Er stand auf und ging in den Hof.

Ein Ruf ertönte. Die Kinder drehten ihre Köpfe und blickten zum Haus hinüber. Eine Frau, vermutlich die Mutter, lehnte sich aus dem Fenster und rief nach ihnen. Die Kinder nölten, aber sie gehorchten und liefen zum Haupthaus. Der Mann verstand ihre Sprache nicht. Aber es war Mittag. Vermutlich Essenszeit.

Der Mann ging über den Hof. Ein neuer Geruch belebte seine Sinne. Er achtete darauf, den Traktor zwischen sich und den abziehenden Kindern zu lassen, und bog zum Stall ab. Der Geruch der Tiere lockte ihn an. Die Schweine. Es mussten Dutzende sein. Er hörte ihr Grunzen. Er betrat den Stall. Die Tiere fläzten rechts und links zwischen Metallgestänge in ihrem eigenen Mist. An hinteren Ende des Stalls war eine Eisentür. Von dort kam ein attraktiver Reiz. Es war kein Duft, den die Nase aufnahm. Es war wie eine wohlige Wärme, die er mit jeder Pore seines Körpers spürte.

Er durchschritt den Stall, öffnete die Tür und betrat einen weiß gekachelten Raum. In der Mitte standen eine Metallwanne und zwei stählerne Tische. An den Wänden war ein Rohr befestigt, an dem Fleischerhaken hingen. An vier Haken waren Schweinehälften befestigt. In Bottichen darunter waren die Innereien der geschlachteten Tiere sortiert. Leber, Gedärm, Nieren, Herz, Hirn.

Unbändiges Verlangen stieg in dem Mann auf. Sein Verstand war zu einem schwachen Glimmen verkümmert. Er griff in den Bottich mit den Gehirnen und verschlang sie wie ein Alkoholiker auf Entzug, der einen Cognac in den Rachen kippt.

Er wollte mehr davon. Viel mehr. Er blickte sich um, packte eine der Schweinehälften und riss sie vom Haken.

Er saugte das Rückenmark aus der Wirbelsäule. Es wirkte belebend. Doch auch das konnte sein Verlangen nicht befriedigen. Er sah sich um und erblickte einen Holzblock mit mehreren Messern. Daneben stand eine Pressluftflasche mit einem Schlauchstück. Ein Bolzenschussgerät. Er ergriff ein Messer, nahm die Pressluftflasche und ging in den Stall. Die Schweine wurden unruhig, als er ihr Gatter betrat. Ohne zu zögern, jagte er der am nächsten stehenden Sau einen Bolzen ins Gehirn. Die anderen Tiere begannen, in Panik zu brüllen. Doch der Mann achtete nicht darauf. Mit dem Messer schnitt er dem toten Schwein ins Genick, riss die Wunde auf und saugte am Rückenmark.

Hinter ihm erscholl ein Ruf.

Der Mann wusste, dass ein Mensch in der Eingangstür stand. Er konnte ihn sehen, ohne die Augen zu öffnen. Das Gebrüll der Schweine musste ihn alarmiert haben. Vermutlich der Bauer. Der Mann tauchte seine Hände in das Schweineblut und schmierte es sich über das Gesicht und die Haare. Sein Verstand, inzwischen wieder zu einer milden Glut angefacht, riet ihm, sich unkenntlich zu machen. Triefend von Blut, wandte er sich dem Bauern zu.

Als der Bauer das blutverschmierte Antlitz sah, stieß er einen Entsetzensschrei aus. Ein ersticktes, kehliges Röcheln. Er rannte in den Hof und schrie nach seiner Familie. Seine Stimme war von Panik erfüllt. Der Mann folgte ihm aus dem Stall. Er war schneller als der Bauer. Viel schneller.

Der Arm des Mannes schnellte vorwärts. Seine Hand packte

den Bauern im Genick. Dieser fiel auf die Knie und faltete die Hände. Doch wie eine Flamme, die aus einer erkalteten Glut auflodert, meldete sich der Verstand des Mannes zurück. Er ließ von dem Bauern ab.

Er blickte sich um. Die Frau und die Kinder blickten mit bleichen Gesichtern aus einem Fenster des Hauptgebäudes. Im Hof stand ein alter Geländewagen. Der Schlüssel steckte. Der Mann schwang sich auf den Fahrersitz, ließ den Wagen an, drehte einen Halbkreis und raste durch die Einfahrt des Hofs hinaus auf einen Feldweg. Nach einigen Hundert Metern erreichte er eine Landstraße.

Links oder rechts? Am Horizont sah er die Silhouette einer Stadt. Spitzdächer und die Türme von Gotteshäusern. Kirchen, wie es sie in Europa überall gab. Er bog ab und hielt auf die Stadt zu.

34

Unterirdisches Labor, Jinping-Staudamm, Provinz Sichuan, China

Fu Wang sah plötzlich sehr müde aus. Lieblos hob er seinen schwarzen Stab und schwenkte ihn in der Luft. Die hochauflösende Multimediashow brach ab. Der Dom über dem Esszimmer verwandelte sich in eine schlichte 360-Grad-Leinwand. Die Bilder waren nun weniger scharf als die Simulationen zuvor. Eine Art Diashow begann, die digitale Version einer Akteneinsicht. Sie zeigte das Leben eines Mannes. Als Kind vor einem Holzhaus. Als Jugendlicher in Schuluniform. Und schließlich als Soldat mit Schirmmütze und Uniform.

»Das ist Leutnant Shen Bao«, erklärte Fu. »Einst war er Offizier einer militärischen Eliteeinheit meines Landes, die den Namen Schneeleopard trägt. Sie müssen sich das vorstellen wie das Team Six der Navy Seals. Die Schneeleoparden sind die absolute Elite der Elite. Und Shen Bao war einer ihrer besten Soldaten. Für seine Einsätze erhielt er unter anderem die Medaille des Himmlischen Friedens und wurde als Leutnant in die Offizierslaufbahn aufgenommen. Damit setzte er eine Familientradition fort, sein Vater war Militärattaché an der chinesischen Botschaft in London und am Konsulat in San Francisco gewesen. Doch dann versagte Shen bei einem

Routineeinsatz und wurde in einem Straflager interniert. Dort wurde er zum Mörder und schließlich zum Tode verurteilt. Für das, was mein Bruder und ich vorhatten, war er somit perfekt geeignet. Er war der Star unserer Probanden in Guanaja. Er hatte sich prächtig entwickelt, wir wollten ihn in den kommenden Wochen dem Generalstab in Peking präsentieren.«

Fu machte eine Pause. Livia starrte die Bilder des Soldaten freudlos an.

»In dem verwüsteten Labor von Guanaja konnten wir seine Leiche nicht finden. Ich bin sicher, dass er nicht in der Lagune ertrunken ist oder von Tintenfischen erdrosselt wurde. Dafür ist er zu gut ausgebildet. Die Sache mit dem gestohlenen Fischerboot sieht ganz nach ihm aus. Und leider auch das Vorgehen in La Ceiba. Der Mangel an Nährstofflösung hat ihn zum Handeln gezwungen. Ich vermute, dass er dort getan hat, was er tun musste: Er hat sich Geld verschafft. Vielleicht einen Ausweis.«

»Stop, ich will das nicht mehr hören!«, rief Livia.

»Jedenfalls hat sich seine Spur verloren.«

»Sie könnten eine Armee von Privatdetektiven aussenden. Noch besser: Bitten Sie Ihre Freunde im Zentralkomitee um Hilfe. Oder gleich die Schnüffler vom Geheimdienst, dem Guongbu.«

»Genau das kann ich nicht tun.«

»Warum nicht?«

»Man würde mich hängen.«

»Wie bitte? Sie? Fu Wang, den Vorzeigeindustriellen des modernen China? Den Mann, dem man sogar eine Jacht und einen Privatjet zugesteht?«

»Je steiler der Aufstieg, desto höher der Fall. Das können Sie bei Aristoteles und Euripides nachlesen.«

Livia presste die Hände aufs Gesicht.

»Vielleicht haben Sie von He Jianqui gehört«, fuhr Fu fort.

»Sein Fall stand auch in Ihrer Zeitung. He war Biophysiker der Universität von Shenzen. Vor einigen Jahren hatte er menschliche Embryos geklont und ihnen mit einer Genschere HIV-Immunität einprogrammiert. Ein schlauer Gedanke. Leider hat er übersehen, dass die Regierung meines Landes solche Alleingänge nicht toleriert.«

»Ich verstehe. Lassen Sie mich raten: In Peking weiß niemand, was Sie und Ihr Bruder auf Guanaja getrieben haben ...«

Fu Wang nickte bedächtig. »Dass wir dort ein Labor bauen, war selbstverständlich abgesprochen. Aber nicht, was genau wir dort vorhatten.«

»Wenn also bekannt würde, was in Guanaja tatsächlich geschah ... wären Sie ...«

»Erledigt. Tot. Zweifellos. Mein Leben ist von zwei Seiten bedroht. Meine Regierung ist das eine Problem. Auf der anderen Seite hat Leutnant Shen Bao vermutlich ein starkes Bedürfnis, sich an mir zu rächen. Vielleicht auch an anderen. Mit seinen Fähigkeiten wäre ich nirgendwo mehr sicher. Auch nicht hier, unter dreitausend Metern Granit. Die kognitiven und physischen Fähigkeiten unserer Probanden sind zutiefst erstaunlich. Vielleicht nimmt er sogar unseren verehrten Präsidenten ins Visier.«

»Was ist mit Ihren eigenen Leuten? Sie könnten eine Armee von gut ausgebildeten Sicherheitskräften losschicken. Unter der Führung Ihres ergebenen Leibwächters. Er macht einen kompetenten Eindruck.«

»Kompetent sind er und seine Leute zweifellos. Leider kann ich niemandem vertrauen. Absolut niemandem. Der Patriotismus meiner Landsleute ist übermächtig. Und wenn es nicht Patriotismus ist, dann die Ehrfurcht vor den Machthabern in Peking. Man würde eher mich verraten, als das Risiko einer Geheimaktion in Kauf zu nehmen. Egal, wie viel ich bezahle. Das Land geht über Geld. Nein, die Sache darf auf keine Weise mit mir in Verbindung gebracht werden. Also kann ich keinen meiner Leute einweihen.«

»Ihre Leute haben bereits das zerstörte Labor und die Leichen in Guanaja gesehen.«

»Das ist richtig. Ich werde auch nicht leugnen, dass es dort eine Katastrophe gab. Aber welche Art Forschung mein Bruder und ich dort betrieben haben, weiß niemand. Keiner meiner Leute. Offiziell haben mein Bruder und ich auf Guanaja ähnliche Versuche durchgeführt wie hier am Jinping-Staudamm. Nein, es gibt nur einen Weg, das Problem zu lösen.«

»Leutnant Shen muss sterben?«

»Leider ja. Er ist eine lebende Zeitbombe. Sie muss entschärft und beseitigt werden.«

»Wer soll das für Sie erledigen?«

»Jetzt kommen wir zum zweiten Teil unserer Abmachung, Ms. Chang.«

Livia fuhr von ihrem Stuhl hoch. »Nein, Sie denken nicht wirklich, dass ich ... nein, Sie sind ja wahnsinnig. Händigen Sie mir sofort meinen Reisepass aus. Ich bin amerikanische Staatsbürgerin. Ich werde gegen meinen Willen hier festgehalten!«

»Setzen Sie sich, Ms. Chang. Wir sind nicht fertig.«

»Oh, doch. Ich bin fertig. Kaufen Sie sich so viele Killer, wie Sie wollen. Genügend Geld haben Sie ja. Aber lassen Sie mich aus dem Spiel!«

»Ms. Chang, wie buchstabiert man eigentlich Ihren Namen? C-H-A-N-G? Oder war es T-R-A-N-G?«

Livia wurde übel. Dieser Mistkerl. Er wusste von ihrer Mutter. Von ihrem Geheimnis. Er würde nicht davor zurückschrecken, sie damit zu erpressen. Livia ballte die Fäuste.

»Sie Scheißkerl.«

»Mit Beleidigungen kommen wir nicht weiter, Ms. Chang. Lassen Sie uns die Sache professionell betrachten: Sie bekommen Ihre Superstory, ich werde mein Problem los. Ein Quidproquo.«

Livias Gedanken rasten. Sie sah den Skandal vor sich. Berühmte *New-York-Times*-Reporterin führte ein Doppelleben. Das Kind einer Spionin. Womöglich selbst eine Agentin des vietnamesischen Geheimdienstes. Ein Leben aus Lügen. Kündigung. Schmach. Keine Redaktion und kein Verlag würden sie mehr veröffentlichen, geschweige denn anstellen. Aber welchen Preis würde sie bezahlen, um das Geheimnis zu wahren? Würde sie dafür einen Menschen töten?

So ging das eine gute Minute lang. Dann traf sie eine Entscheidung.

»Ficken Sie sich ins Knie, Mr. Fu. Mr. Organhändler. Mr. Big Business. Machen Sie aus dem Geheimnis meiner Mutter, was Sie wollen. Ich hoffe, diese Kreatur, die Sie erschaffen haben, jagt Sie bis zum Nordpol und verspeist Ihr Gehirn mit einem Glas Sauvignon Blanc.«

»Ms. Chang, ich bitte Sie nochmals um angemessene Umgangsformen.«

»Angemessen? Sie erpressen mich! Wie haben Sie sich das vorgestellt, Mr. Fu? Erstens müsste ich Ihr Monster finden. Und dann töten. Im Finden bin ich vielleicht gut, im Töten gewiss nicht.«

»Ich werde Sie bei beidem unterstützen, Ms. Chang.«

Fu griff an die Unterkante des Esstischs und zog eine Schublade auf. Daraus zog er ein kleines schwarzes Gerät hervor. Es ähnelte einem altmodischen Handy. Einer TV-Fernbedienung. Ein Gerät mit kleinem Display und großen Tasten.

»Das ist ein RFID-Scanner. Die Technik kennen Sie unter anderem von kontaktlosen Kreditkarten. Dieser Scanner meldet sich mit einem Piepton, wenn ein bestimmter RFID-Chip in seine Nähe kommt. Während das bei Kreditkarten oder Firmenzugangskarten nur über einige Zentimeter hinweg funktioniert, reicht die Empfindlichkeit dieses Geräts um die fünfzig Meter weit. In dieser Entfernung setzt ein sachtes Piepsen ein, das umso schneller wird, je näher der RFID-Chip ist. Bis es sich in einen Dauerton verwandelt.«

Fu entfernte sich einige Schritte vom Esstisch und forderte Livia auf, die Tischschublade auf ihrer Seite zu öffnen. Sie fand einen durchsichtigen Behälter mit einem winzigen Objekt darin. Es war klein wie ein Reiskorn und glänzte metallisch.

»Das ist ein solcher RFID-Chip«, erklärte Fu. Er schaltete den Scanner ein. Ein regelmäßiges Piepsen ertönte. Fu ging auf den Tisch zu, die Abfolge der Töne wurde schneller. Es klang wie eine Einparkhilfe. Als er mit dem Scanner nur noch zwei Meter vom Chip entfernt war, steigerte sich das Piepsen zu einem nervtötenden Dauerton. Nun klang es, als müsste jemand auf der Intensivstation reanimiert werden.

Fu schaltete den Scanner ab. »Sie sehen, damit können Sie grob die Entfernung zum Chip abschätzen.«

»Was hat diese Technik mit Ihrem Monster zu ...« In diesem Augenblick wurde es Livia klar. Der Anruf von Dr. Sharrett. Der seltsame Chip in Keevers Arm. »Sie haben Ihren Probanden solche Chips eingepflanzt?«

»Richtig. Und nicht nur das.« Fu hielt den Scanner hoch und zeigte auf die Tasten. »Sehen Sie den roten Knopf unten rechts? Wenn Sie dem RFID-Chip nahe genug sind, sobald der Dauerton erklingt, senden Sie damit ein Transpondersignal. Es öffnet das Ventil einer winzigen Kapsel in dem Chip. Sie enthält 0,1 Milliliter Conotoxin, das Gift einer Kegelschnecke. Eine der tödlichsten Substanzen der Welt. Dagegen existiert kein Serum. Kein Gegenmittel. Absolut tödlich. Und vergleichsweise schmerzfrei. Außerdem wird kaum jemand eine Obduktion vornehmen. Alle Symptome deuten auf Herzstillstand hin.«

Livia erschauderte. »Ich soll also Ihren entkommenen Probanden aufspüren, ihm nahe kommen und dann den Knopf drücken. Zack, bumm, aus?«

»So könnte man es zusammenfassen.«

»Warum machen Sie es nicht selbst?«

»Ich wiederhole mich: Nichts darf auf mich zurückfallen. Nicht der leiseste Verdacht.«

Livia ließ sich auf einen der Essstühle fallen und vergrub ihren Kopf unter den Armen auf der Tischplatte. Sie dachte minutenlang nach. Fu sah schweigend zu.

»Okay, Mr. Fu. Ich sage Ihnen, was ich tue: nämlich gar nichts. Ich werde keinen Menschen töten, um das Geheimnis meiner Mutter zu wahren. Ich werde die Konsequenzen tragen und ein anderes Leben führen müssen. Auch wenn ich mit dem Doppelleben meiner Mutter absolut nichts zu tun hatte und dies meine Tätigkeit als Journalistin niemals korrumpiert hat. Damit werde ich leben müssen. Aber nicht mit dem Gedanken, einen Menschen getötet zu haben.«

»Man kann guten Gewissens sagen, dass Shen Bao kein Mensch mehr ist, mit all diesen neuronalen Veränderungen.«

»Genau so haben die Nazis ihre Verbrechen gerechtfertigt, Mr. Fu: Ihre Opfer wurden entmenschlicht.«

Fus Gesichtszüge entglitten einen Augenblick lang. Livia genoss es.

»Nun, Ms. Chang, wenn Ihnen die Enthüllung Ihrer spionierenden Mutter nicht genügt, gibt es noch etwas. Ein weiteres Geheimnis Ihrer so verschwiegenen Mutter.«

Livia erstarrte. Fu hob den schwarzen Stab und startete eine weitere Videoprojektion. Sie befanden sich plötzlich an einer Straßenkreuzung inmitten einer italienischen Altstadt. Mofas fuhren um sie herum. Die Sirene eines Polizeiautos war zu hören. Der Bürgersteig bestand aus kleinteiligen Platten, und an der Straßenecke ragte ein mehrstöckiges Barockgebäude in die Höhe. Livia kramte in ihrem Gedächtnis nach dem Ort.

»Modena. Via Emilia, Ecke Via XX Settembre«, kam Fu ihr zuvor.

Aus einem Café im Erdgeschoss des Barockgebäudes trat ein grauhaariger, gut aussehender Mann auf den Bürgersteig. Sein Haar war auffallend gepflegt. Er trug einen beigefarbenen Sommeranzug und eine Sonnenbrille mit Silberfassung.

»Wer ist das?«, fragte Livia.

»Emilio Corbucci.«

»Sagt mir nichts.«

»Ihr Vater, Ms. Chang.«

Livia sprang auf. Sie taumelte einige Schritte auf die Wand der Videokuppel zu. Adrenalin schoss in ihre Arterien. Ihr Herz raste.

»Sie lügen. Sie mieser Schuft.«

Gleichzeitig wurde ihr klar, dass es wahr sein konnte. Dass es der Mann war, den sie als Kleinkind angebetet hatte. Ihr *babbo.* Ein Mann voller Lebenslust. Voller Humor. Und voller Liebe zu seinem Kind. Zu ihr. Sie ballte ihre Fäuste. Warum hast du mir das angetan, brüllte sie innerlich. Wenn du das bist, warum bist du abgehauen, *maledetto?*

»Es ist anders, als Sie denken, Ms. Chang. Ihr Vater hat Sie nicht aus eigenem Antrieb verlassen. Im Gegenteil. Es hat ihm das Herz gebrochen.«

»Wie bitte? Woher wissen Sie das?«

»Wie Sie bereits vermutet haben: Um solche Dinge in Erfahrung zu bringen, habe ich genügend Mittel. Es gibt Akten aus der aktiven Zeit Ihrer Mutter. Akten, die dem chinesischen Geheimdienst zugänglich sind.«

»Und Ihnen.«

Fu widersprach nicht.

»Die Wahrheit lautet, dass Ihre Mutter ein zweites Kind erwartete, als Sie drei Jahre alt waren. Ein zweites Kind war aber nicht vereinbar mit dem Status einer Angestellten im Staatsdienst der Sozialistischen Republik Vietnam. Man drohte Ihrer Mutter. Die Situation eskalierte. Dies war die Lösung, die sie fand: Ihr Vater sollte mit dem zweiten Kind ein neues Leben beginnen. Woanders. Es war für beide schwer. Für Ihren Vater noch mehr als für Ihre Mutter. Sie zog den Dienst vor. Und er zog ins Ausland.«

»Mit …?«

»Ja, mit Ihrer Schwester.«

Livia wurde abwechselnd heiß und kalt. Sie starrte das Bild ihres Vaters an. Seit sie drei Jahre alt war, hatte sie ihn nicht gesehen. Seit sie sechzehn Jahre alt war, hatte sie sich für eine Vollwaise gehalten. Die Mutter tot, der Vater verschollen. Und nun sah sie diesen Mann vor sich, ihren Vater, in 4K und lebensgroß. Sie konnte die Wendung des Schicksals kaum verkraften. Ihre Beine wurden weich. Sie stützte sich mit den Armen auf den Esstisch.

Fu schwang erneut seinen Stab. »Stellt sich die Frage …«, hob er an.

»… wo meine Schwester ist«, keuchte Livia.

»Ganz genau.«

Livia verschwieg, dass das Bild ihres Vaters eine weitere Erinnerung aufblitzen ließ. An ein Baby, das kurze Zeit in ihrer Wohnung gewesen war, damals, als sie drei Jahre alt gewesen war. Ein winziges Wesen. Livia war sogar eifersüchtig gewesen. Das Baby sei nur zu Besuch, hatte ihre Mutter damals erklärt. Ein Nachbarskind, auf das sie eine Weile aufpassen müssten. Hatte Livia geahnt, dass das Nachbarskind in Wahrheit ihre Schwester war? Sie versuchte, sich zu erinnern. War ihre Mutter in den Monaten davor schwanger gewesen?

Livias Erinnerung versagte. Sie kämpfte gegen Tränen.

Fu zuckte mit den Schultern und startete ein neues Video. Es zeigte eine Gruppe Frauen vor einem Pub. Sie hielten Gläser mit einer schwarzen Flüssigkeit in den Händen und unterhielten sich lebhaft. Livia erkannte die Stadt. Es war

Dublin. Eine der Frauen hatte sanfte asiatische Züge. Sie war unvorstellbar hübsch.

»Darf ich vorstellen: Flavia Corbucci. Kreativdirektorin der Werbeagentur Malone & Pratt in Dublin. Tochter von Emilio Corbucci. Ihre Schwester.«

»Ich kann nicht mehr«, hauchte Livia. Nun brach es aus ihr heraus. Sie fiel auf die Knie und schüttelte sich vor Schmerz. Und Glück. Ihre Tränen liefen die Wangen herab und tropften auf ihre Kleider.

»Nehmen Sie sich ein Glas grünen Tee«, sagte Fu.

»Ich habe so viele Jahre unter dem Eindruck gelebt ...« Doch Livia unterbrach sich selbst. Ihre Gefühle gingen Fu nichts an. »Warum zeigen Sie mir das alles?«, schrie sie ihn an.

»Weil ich hoffe, dass es gut ausgeht und Sie mit Ihrer Familie in genau drei Tagen eine herzerweichende Vereinigung feiern können.«

»Wieso in drei Tagen?«

»Weil bis dahin mein Problem beseitigt sein muss. Ich muss in drei Tagen meinen verehrten Staatspräsidenten zu einem internationalen Wirtschaftsgipfel begleiten. In Italien. Der Gipfel ist äußerst wichtig, weil er die Handelsbeziehungen zwischen China und den USA in neue Bahnen lenken soll. Ich halte es für wahrscheinlich, dass Leutnant Shen Bao dieses Treffen als perfekte Gelegenheit für seine Rache ansehen wird. Präsident Li Huasheng und ich werden am selben Ort sein. Zu einem Termin, von dem die gesamte Welt weiß.«

»Sagen Sie ab.«

»Vollkommen ausgeschlossen.«

»Was passiert, wenn ich Ihr Monster bis dahin nicht aufgespürt habe?«

Fu zog ein betrübtes Gesicht.

Livia ballte die Fäuste. »Sie würden meiner Familie etwas antun?«

»Sie müssen mich verstehen, Ms. Chang. Ich bin ein Ertrinkender. Ich greife nach jedem Strohhalm.«

Die Metapher löste ein Würgen in Livias Hals aus. Unbändige Wut stieg in ihr auf. Sie wirbelte herum, sprang zwei Schritte auf Fu zu und setzte zu einem Handkantenschlag an. Ein ansatzloser, brutaler Hieb in Richtung seines Kehlkopfs. Doch Fu parierte. Er war verdammt schnell. Livia versuchte weitere Male, sein Gesicht und seinen Hals zu treffen, doch die Reflexe des alten Mannes funktionierten prächtig. Sie ließ von ihm ab. Erschöpft sackte sie zusammen und lehnte ihren Rücken an die Projektionswand, die das Bild ihrer Schwester zeigte. Fu rieb seine Unterarme und atmete schwer.

»Beeindruckend. Was war das? Wing Chu? Krav Maga?«

»Viet Vo Dao«, flüsterte Livia.

»Ah, ich habe davon gehört. Natürlich, das passt. Eine alte vietnamesische Kampfkunst. Ist nicht die Beinschere eine Spezialität dieser Disziplin? Da habe ich wohl noch Glück gehabt. Wie auch immer, Ms. Chang, es läuft so: Sie bekommen eine Platin-Kreditkarte, ohne Limit ...«

»Und wo bitte soll ich mit der Suche beginnen?«

»Denken Sie nach. Was für Indizien haben Sie?« Fu lächelte.

»Shen kann ohne das Matrixgel nicht überleben. Keine drei Tage.«

»Richtig.«

»Also muss er es sich beschaffen.«

»Richtig.«

Livia erinnerte sich an die Villa auf Guanaja. Das Büro mit Fus totem Bruder, die Verpackungsreste mit der Aufschrift. Ein Wort mit C ...

»Cereb ... irgendwas«, sagte sie.

»Kein Wunder, dass Sie so eine gute Reporterin sind«, sagte Fu. »CerebXTI heißt das Zeug. Es gibt dafür nur einen einzigen Hersteller.«

»Wo?«

»In einem Vorort von München. Deutschland. Martinsried heißt das Kaff. Es gibt dort einen Campus voller Biotech-Unternehmen. Ein First-Class-Flug von Chengdu nach München ist bereits gebucht. Für Sie und Nuri Zamiro. Ihre Pässe und Kleidung habe ich bei Ihrer Gastgeberin auf Guanaja abholen lassen. Dr. Zamiro weiß übrigens nichts von dem Arrangement zwischen uns. Aber vielleicht kann er Ihnen behilflich sein. Ihm ist schließlich daran gelegen, das Geheimnis seines Kollegen Keever aufzuspüren. Ich selbst muss nun zu dringenden Geschäften nach Beijing aufbrechen.«

Livia biss die Zähne zusammen. Fu schaltete ein weiteres Foto auf die Projektionswand. Es zeigte Livia am Heck der *Xiwangmu.* Sie blinzelte in die Sonne. Das Blau der Karibischen See leuchtete hinter ihr.

»Dieses Bild habe ich heute anonym an Ihren Chefredakteur geschickt«, erklärte Fu. »Das wird ihm nicht gefallen. Aber wenn alles nach Plan läuft, werden Sie ihm in vier Tagen eine plausible Erklärung dafür geben können. Sie führten ein Exklusivinterview mit Chinas drittreichstem Magnaten über die Zukunft des weltweiten Organhandels. An Bord seiner Jacht. Bevor Sie, ebenfalls exklusiv, sein unterirdisches Labor in Sichuan besichtigen durften. Und falls nicht, tja, dann müssen Sie Ihrem Chef vermutlich gar nichts mehr erklären, sondern sich einen neuen Job suchen und der Beerdigung Ihrer Familie beiwohnen.«

»Sie Schwein.«

»Lassen Sie uns positiv in die Zukunft blicken. Ich habe keine Zweifel, dass Sie erfolgreich sein werden. Zwei Dinge sollten Sie noch wissen. Der Scanner weist zusätzlich eine Telefonfunktion auf. Weltweit. Per Satellit. Allerdings sind nur Gespräche mit einer einzigen Person möglich. Diese Person bin ich. Drücken Sie den grünen Knopf, bin ich jederzeit für Sie erreichbar. Und andersrum. Ach, und drücken Sie den roten Knopf erst, wenn der Scanner im Dauerton piept. Wir wollen sichergehen, dass die Kegelschnecke ihre volle Wirkung entfaltet.«

Fu drückte eine Klingel. Sein Leibwächter erschien.

»Und nun wünsche ich Ihnen eine gute Reise, Ms. Chang.«

35

Ingolstadt, Oberbayern, Deutschland

Das Blut hatte der Mann an der Böschung eines Flusses von seinem Kopf gewaschen und den Geländewagen auf einem öffentlichen Parkplatz im Osten der Stadt abgestellt. Den Namen der Stadt hatte er an einem Messingschild eines barocken Gebäudes abgelesen. »Medizinhistorisches Museum Ingolstadt« stand dort.

Doch ein Museum war das Gegenteil dessen, was er suchte. Er brauchte Bargeld. Euros. Und ein Smartphone. Der Mann warf sich die Sporttasche mit dem Geld über die Schulter und machte sich auf den Weg. Das Gewirr der Altstadt mit weinroten Spitzdächern und prachtvollen Giebeln mied er. Er lief an einer mehrspurigen Ringstraße entlang, auf der Suche nach einem Viertel mit obskureren Läden. Einer Gegend, in der man für Geld alles bekam. Zum Beispiel ein Mobiltelefon.

Er kam an einigen Geschäften mit orientalischen Lebensmitteln vorbei. Ein Reisebüro bot Flüge nach Osteuropa an. Ein Erotikshop warb in Dutzenden Sprachen für Waren und Dienstleistungen aller Art. Dann sah er, was er suchte. »EDI'S PHONE SHOP« stand in Großbuchstaben über einem Ladenfenster. Die Auslage war mit Dutzenden von Smartphones gefüllt. Eine laminierte Tafel listete die Minutenpreise für Telefongespräche ins Ausland auf. Der Mann trat ein.

Hinter einer Theke mit Plexiglasscheibe saß ein Angestellter. Er wirkte gelangweilt. Mit einem Seitenblick musterte er den Asiaten und sortierte ihn unter der Kategorie Kleinkunde ein. Vermutlich eine Telefonkarte. Oder eine Handyschutzhülle.

»Do you speak English?«, fragte der Mann.

»Yes«, sagte der Angestellte, noch immer wenig motiviert.

»Ich brauche ein Telefon«, sagte der Mann, »mit GPS.«

»Alle Telefone haben GPS.«

»Und prepaid.«

Der Angestellte deutete auf die Wand hinter dem Mann. An Metallständern hingen zahlreiche Geräte in allen Preisen und Größen. Der Mann ging sie durch und wählte ein Modell der mittleren Kategorie, wobei er sorgfältig darauf achtete, chinesische Produkte zu meiden. Er nahm das Telefon, zeigte es dem Angestellten und sagte: »SIM-Karte. Ordentlich Gigabytes.«

Der Angestellte nickte und hielt eine Art Scheckkarte, aus der man einen Telefonchip knipsen konnte, in die Höhe. »Zwanzig Gigabyte. Das macht vierhundertneunundneunzig für das Telefon und neunundvierzig für die Chipkarte. Das sind ...«

»In Dollar, bitte.«

Der Angestellte wirkte überrascht. Er griff unter seine Theke und zog ein laminiertes Stück Karton hervor. Es sah aus wie eine Speisekarte mit Dönervariationen, listete aber Wechselkurse. Dollar, Britische Pfund, Türkische Lira.

Der Mann ignorierte die Liste. Er blätterte zwanzig Einhundert-Dollar-Scheine auf den Tresen und schob sie durch einen Schlitz unter dem Plexiglas. Er wartete schweigend, während der Angestellte die Scheine unter ein UV-Licht hielt, um ihre Echtheit zu prüfen, und Euroscheine zu einem vermutlich verbrecherisch schlechten Wechselkurs abzählte. Das war dem Mann egal. Geld hatte keinerlei Bedeutung. Es war nur das Mittel zu seinem Ziel. Das Ziel hieß CerebXTI. Das Gel der Firma ProtoPure in Martinsried bei München.

Er nahm das gewechselte Geld sowie Chipkarte und Handy an sich, schob sechshundert Euro zurück durch den Schlitz, stopfte die Sachen zu dem Geld der Mara-Gangster in die Sporttasche und wandte sich zum Gehen.

In diesem Augenblick ging die Ladentür auf. Ein Hüne trat in das Geschäft, dunkler Teint, Undercut-Frisur, Goldkette, schwarzes Muskelshirt, schwarze Cargohose und schwarzer Bart. Er wechselte ein paar schnelle Worte in einer fremden Sprache mit dem Angestellten hinter dem Plexiglas. Der Angestellte hatte vermutlich einen Knopf unter dem Tresen gedrückt und dadurch den Hünen herbeigerufen. Wahrscheinlich Edi. Der Namensgeber des Ladens.

»Schöne Tasche hast du«, sagte das Muskelpaket. Dass er den Mann auf Englisch ansprach, bestätigte die Vermutung, dass der Angestellte seinen Boss irgendwie über den ausländischen Besucher informiert hatte.

»Lassen Sie mich gehen«, sagte der Mann mit der Sporttasche. Er versuchte, eine Eskalation zu vermeiden.

»Ich will nur einen Blick hineinwerfen.«

Beide Männer starrten sich in die Augen. Der Asiate machte jedoch keine Anstalten, die Tasche zu öffnen. Der Bärtige griff in seine Hosentasche und zog ein Klappmesser hervor. Er brachte die Klinge mit einer schwungvollen Bewegung des Handgelenks zum Vorschein.

»The bag.« Er deutete auf die Tasche.

»Let me go.«

Der Arm des Bärtigen schoss vor. Doch es war nur eine Ablenkbewegung. Eine Millisekunde später setzte er einen brutalen Kopfstoß nach.

Ein Profi, dieser Edi, dachte der Mann. Er wollte den Messerstich vermeiden, damit sein Laden nicht mit Blut besudelt wurde.

Doch beide Attacken gingen ins Leere. Der Messerstich ebenso wie der Kopfstoß. Der bärtige Muskelmann brauchte eine Sekunde, um zu verstehen, wohin der Typ mit der Geldtasche verschwunden war. Als er es begriff, war es zu spät. Im nächsten Augenblick hob er ab.

Mit dem Schwung eines olympischen Hochspringers beschrieb der Bärtige eine perfekte Parabel, krachte mit rudernden Armen auf die Theke des Ladens, durchbrach die Plexiglasscheibe, riss die Registrierkasse mit sich und landete hinter der Theke. Sein Stöhnen glich dem Heulen eines heiseren Wolfs.

Der Angestellte war rechtzeitig ausgewichen. Er blickte den Mann, dem er soeben das Smartphone verkauft hatte, mit aufgerissenen Augen an und hob beide Hände, die internationale Geste der Kapitulation.

Bevor der Mann mit der Sporttasche den Laden verließ, stellte er noch eine Frage.

»Taxi?«

Der verängstigte Angestellte deutete aus dem Schaufenster seines Ladens und schwenkte einen Daumen nach rechts. Der Mann nickte und begab sich auf die Straße.

An der nächsten Ecke standen tatsächlich mehrere gelbbeigefarbene Taxis und warteten auf Kundschaft. Der Wagen an der Spitze war ein Mercedes der neuesten Modellreihe. Der Mann öffnete die Hintertür und ließ sich auf die Rückbank fallen. Die Sporttasche stellte er neben sich.

Der Fahrer blickte ihn durch den Rückspiegel an. Sein Fahrgast sagte nur: »Martinsried.«

Im Gesicht des Fahrers spiegelte sich zunächst Ratlosigkeit. Dann schien er zu begreifen.

»Martinsried near Munich?«

»Yes.«
»It is far. About one hundred kilometers.«
»Yes.«
Das Gesicht des Fahrers hellte sich merklich auf.

36

Franz-Josef-Strauß-Flughafen, München, Deutschland

Der deutsche Grenzschutzbeamte gab Livia und Nuri ihre Pässe zurück und wünschte einen angenehmen Aufenthalt. Mit zwei Trolleys, die Fus Leibwächter ihnen mitgegeben hatte, passierten sie die Halle mit den Gepäckbändern und erreichten durch eine gläserne Schiebetür den Ankunftsbereich. Livia hastete scheinbar zielstrebig durch die Masse der Menschen, die auf Ankömmlinge warteten. Nuri holte sie ein und hielt sie am Arm fest.

»Livia, was ist los? Wo willst du plötzlich hin? Du hast den ganzen Flug nicht mit mir gesprochen …«

Sie blieb stehen und sah ihn mit müden Augen an. »Ich habe zu schlafen versucht. Die letzten achtundvierzig Stunden waren anstrengend.«

»Und jetzt willst du ohne ein Wort abhauen?«

Livia blickte zu Boden.

»Wie machen wir weiter, Livia? Du bist völlig verändert, seit Fu allein mit dir gesprochen hat. Jetzt sieht es aus, als würdest du mich am liebsten loswerden. Willst du mir nicht lieber sagen, was er von dir wollte? Wir stehen das gemeinsam durch.«

»Ich wollte etwas von ihm. Ich wollte die Story. Die ganze Story. Inklusive Keever und der Absturzursache.«

»Und konnte Fu dir weiterhelfen?«

»Leider nein. Er weiß zu wenig. Das Labor in Guanaja hat sein Bruder geleitet. Und der ist tot.«

»Den Teil der Geschichte kenne ich, Livia. Wir beide haben seinen Bruder gemeinsam aufgefunden, wie du dich hoffentlich erinnerst. Wollen wir jetzt nicht gemeinsam weitermachen und Keevers Schicksal aufklären?«

»Ich weiß nicht, Nuri. Ich habe es, ehrlich gesagt, satt, wie du Geheimnisse vor mir verbirgst und mir zugleich Verschwiegenheit vorwirfst.«

»Okay, was willst du wissen, Livia?«

»Du hat den Gangster in der Kirche von La Ceiba wie ein Karatemeister entwaffnet ...«

»Das war Krav Maga.«

»Und all das technische Zeug, das du im Dschungel dabeihattest. Und dein ...«

»Mein Bein?«

»Ja.«

»Soll ich dir auch erzählen, wie meine Mutter hieß und wie viele Freundinnen ich im Leben hatte?«

»Das ist nicht fair, Nuri.«

»Ist es fair, dass du mir auch alles Mögliche verschweigst? Irgendwas muss Fu mit dir besprochen haben, während Dr. Shenfei mir meine Prothese angepasst hat.«

»Okay. Es gibt Dinge, die nur mich betreffen. Mich und meine Familie. Mehr möchte ich nicht sagen.«

»Deine Familie? Okay ...«

Nuri blickte sich um. Um sie herum fielen ankommende Fluggäste ihren Familien in die Arme. Chauffeure warteten auf ihre Fahrgäste, zu Hunderten hasteten Menschen mit Gepäck zur S-Bahn oder zum Taxistand.

»Dann einigen wir uns darauf, dass wir zusammenarbeiten und Geheimnisse voreinander haben. Von mir aus ist das okay.«

Livia starrte auf den Boden und wirkte unschlüssig.

Nuri biss sich auf die Lippen. »Livia, bitte, ich kannte Keever. Er war kein Freund, aber ein Kollege. Ich denke, ich habe ein Anrecht darauf, zu erfahren, warum er sterben musste. Warum er vermutlich das Flugzeug zum Absturz gebracht hat. Und ich kann dir mit meinen Biochemiekenntnissen nützlich sein.«

Livia wurde klar, dass sie Nuri nicht so einfach abschütteln konnte. Es war eher eine Trotzreaktion ihrerseits. Sie wollte ihren Schmerz verbergen. Und ihr Geheimnis. Vielleicht konnte er sich tatsächlich als nützlich erweisen – immerhin hatte sie einiges vor sich.

»Na gut. Lass uns diese Firma in Martinsried aufsuchen und sehen, was wir dort herausfinden. Den Hersteller von …«

»… CerebXTI. Der Nährsubstanz. Ich weiß. Meine Chefin hat das Zeug erfunden.«

»Vorher müssen wir uns ein paar Dinge zulegen. Telefone, zum Beispiel.«

Nuri nickte. »Lass mich das machen. Du findest heraus, wie wir nach Martinsried gelangen. Wir treffen uns hier in zehn Minuten wieder.«

»Dann los.«

Nuri steuerte die Ladenmeile des Münchner Flughafens an. Livia blickte ihm hinterher und stellte fest, dass seine Prothese praktisch nicht bemerkbar war. Sie musste hervorragend repariert worden sein.

Sie ging zu einem Informationsschalter für Touristen. Dahinter saß ein rundlicher Mann mit Bart und kurzer Krawatte.

»Verzeihung, wie komme ich bitte nach Martinsried?«

Der Angestellte tippte in seinem Computer. Mit starkem Akzent erklärte er die Optionen.

»Am besten nehmen Sie die S-Bahn zum Ostbahnhof …«

»S-Bahn?«

»Den Zug in die Stadt.«

»Okay. Und dann?«

»In der Innenstadt gibt es derzeit leider eine Stammstreckensperrung, aber es fährt Schienenersatzverkehr vom Ostbahnhof aus.«

Livia blickte den Mann entgeistert an. »Busse vom Ostbahnhof? Nach Martinsried?«

»Nein, zum Goetheplatz. Von dort können Sie die U-Bahn …«

»Danke. Vergessen Sie's.« Livia wandte sich um und entdeckte Nuri, der zwei kleine Schachteln hochhielt. »Was hast du da?«, fragte sie.

»Zwei Handys. Und SIM-Karten. Unbelastete Nummern, die nur wir zwei kennen.« Nuri zog einen schwarzen Filzstift aus der Tasche. »Schieb deinen Ärmel hoch«, bat er Livia.

»Wie bitte? Warum das?«

»Willst du dir die Ziffern meiner Handynummer merken?« Sie verstand und machte den Unterarm frei. Nuri schrieb die Anrufkennung der neuen Handys auf beide Unterarme.

»Falls wir getrennt werden oder beschließen, uns aufzuteilen.«

»Wir könnten die Nummern auch in den Handys speichern.«

»So ist es besser. Keine Spuren im Handy. Außerdem können wir uns gegenseitig noch anrufen, wenn eins der Geräte verloren geht. Und jetzt? Gibt es einen Zug in die Stadt?«

»Vergiss es«, sagte Livia und hielt die Black-Platinum-Kreditkarte hoch, die Fu ihr mitgegeben hatte. Sie deutete auf einen Schalter in der Ankunftshalle des Flughafens. Dort wurden Limousinen mit Fahrer angeboten.

37

Kempinski Hotel,

Berchtesgaden, Oberbayern, Deutschland

Der Amerikaner häufte sich eine Ladung Speck auf seine Spiegeleier. Der Italiener beließ es bei einem Vanillehörnchen. Sie setzten sich an einen Ecktisch im verglasten Speisesaal des Hotels *Kempinski.* Hinter Panoramascheiben leuchtete das Massiv des Obersalzbergs in der Morgensonne.

Der Italiener rührte den drittel Löffel Zucker in seinen Kaffee. »Also, nun erzählen Sie schon. Wird die Übergabe hier im Hotel stattfinden?«

Der Amerikaner schüttelte den Kopf. »Nein. Die Deutschen wollten einen spezielleren Ort.«

Der Italiener blickte ihn fragend an. Der Amerikaner deutete durch die Glasfenster auf das Bergpanorama.

»Dort oben?«

»Sie werden sehen. Es ist ein ... wirklich sehr spezieller Ort«, murmelte der Amerikaner.

»Doch nicht etwa ...?«

Der Amerikaner nickte. »Doch. Der Adlerhorst.«

»Ach, du liebe Zeit. Was für eine Symbolik.«

»Ja, vielleicht ist es Symbolik. Vielleicht traut er uns aber auch nicht und hat einen Fluchtweg eingeplant.«

»Dieser Kesselring-Typ, das ist ein waschechter Nazi, fürchte ich«, sagte der Italiener.

»Vermutlich. Aber das kann uns egal sein. Solange sie beschaffen, was wir brauchen. Betrachten Sie ihn als nützlichen Idioten.«

»... der unsere Idee einer freien Welt nicht verstanden hat?«

»Allerdings. Faschisten sind genauso bescheuert wie die verfluchte Weltregierung. Die UN. Die Liberalen. Die WHO, die beknackte NATO. Insofern sind alle Mittel recht.«

»Ich stimme zu. Wir werden den Menschen zurückgeben, was ihnen gehört.«

»Bei uns die Waffen, bei Ihnen die Pasta.« Der Amerikaner schlug dem Italiener belustigt auf die Schulter.

»Sehr witzig. Sie unterschätzen mein Land.«

»Alles gut, mein lieber Tony. War nur ein Scherz.«

»Nein, im Ernst, Sie unterschätzen die beispielgebende Wirkung, wenn wir dem Rest Europas zeigen, wie Freiheit geht. Wie ein Volk aufsteht gegen all den Konformismus, gegen Umvolkung, die Diktatur der UN, der WHO, des woken Faschismus, gegen das gleichgeschaltete globale Wirtschaftssystem. Es wird der Startschuss für den Great Reset.«

Ein Kellner wandte sich ihrem Tisch zu.

»Nicht so laut«, zischte der Amerikaner.

»*Scusami.* Jedenfalls zu unserem Plan: Es dürfte umständlich sein, das Material und einen Menschen auf den Berg zu schaffen. Wie soll das ablaufen?«

»Ich vermute, dieser Kesselring und seine Leute werden erst das Geld sehen wollen und uns dann mitteilen, wo wir Agent Orange und diese verdammte Chemikalie finden.«

»Wenn das mal gut geht.«

»Das wird schon klappen. Ich habe für den Nachmittag einen Jet in Salzburg gebucht.«

»Dann sollten wir es bis heute Abend zurück in die Basis geschafft haben. Zu unserem hübschen kleinen Labor.«

»Davon gehe ich aus. Dann kann Mister Superschlau endlich Nägel mit Köpfen machen. Dann kann der Spaß losgehen.« Der Amerikaner spülte den letzten Bissen seines Rühreis mit einem Schluck Kaffee hinunter und tupfte sich den Mund mit einer Serviette ab. »Lassen Sie uns auschecken und aufbrechen. Wir sehen uns in fünfzehn Minuten auf dem Hotelparkplatz.«

»Va bene«, sagte der Italiener und griff nach seinem Zimmerschlüssel.

38

Forschungscampus Martinsried, München, Deutschland

Der Chauffeur bremste, ließ den BMW ausrollen und deutete auf einen Flachbau mit geschwungenen Kanten. Über die weiße Fassade zog sich ein Querstreifen aus Glas. Verkappter Bauhausstil, dachte Livia. »ProtoPure« stand in lindgrünen Lettern über dem Eingang. Das Logo der Firma war ein stilisierter Tropfen.

Rechts und links war das Gebäude von Grasflächen gesäumt. Rundherum schlossen sich Dutzende weitere Zweckbauten und Parkplätze an. Es waren die Forschungszentren und Biotech-Unternehmen des Campus Martinsried. Die bayerische Antwort auf das kalifornische Silicon Valley.

»Sehr gut, warten Sie bitte hier bei den Besucherparkplätzen«, wies Livia den Fahrer an. Mit Fus Kreditkarte hatten sie die Limousine, einen schwarzen BMW M760e, für den gesamten Tag gemietet.

Sie stieg mit Nuri aus dem Wagen. Gemeinsam marschierten sie auf den Eingang zu. Eine Glastür rauschte lautlos zur Seite und öffnete den Zugang zur Firmenlobby, modern, teuer, gesichtslos. Hinter einer Theke aus weißem Resopal saß eine Empfangsdame.

»Guten Tag, was kann ich für Sie tun?«

»Wir interessieren uns für eines Ihrer Produkte«, sagte Livia.

»Das ist Dr. Chang vom Broad Institute in Boston. Ich bin ihr Kollege Dr. Zamiro«, platzte Nuri dazwischen.

Livia zögerte. War die Hochstapelei notwendig?

Die Rezeptionistin blieb geduldig. »Um welches Produkt geht es, Dr. Chang?«

»Cereb…« Livia schluckte, weil ihr der Name des Matrixgels nicht einfiel. »Ich schreibe es besser auf«, stammelte sie, »es ist einer dieser Kunstbegriffe …«

»Selbstverständlich«, sagte die Rezeptionistin und schob ihr einen Schreibblock hin, »ich komme da auch oft durcheinander. Wir haben mehr als dreihundert Präparate im Portfolio. Viele davon haben einen sehr begrenzten Anwendungsbereich.«

Livia schob Nuri den Schreibblock hin. Mit großen Buchstaben schrieb er »CerebXTI« auf den Zettel und zeigte ihn der Empfangsdame.

»Mal sehen, ob ich den zuständigen Produktmanager ausfindig machen kann«, sagte sie und tippte auf ihrem Computer herum. »Oha, das ist etwas sehr Spezielles.«

»Zweifellos«, sagte Nuri und setzte sein bezauberndes Lächeln auf.

»Ich meine nicht das Gel, sondern die Lizenzvereinbarung«, erklärte die Empfangsdame. »Dieses Produkt ist strikt lizenziert. Es gibt auch kein öffentliches Patent dafür. Es wird mit Geheimhaltungsstufe vier produziert. Das entspricht etwa der Herstellung von Geldscheinen in der Bundesdruckerei, wenn Sie verstehen, was ich meine.«

Die Frau lächelte wie eine Bankangestellte, die soeben einen Kredit verweigert hat.

»Also benötigt man für den Kauf des Produkts eine Lizenz? Wer hat so eine Lizenz?«, fragte Livia.

»Das müssten Sie aus der biochemischen Forschung kennen, Dr. Chang. Labore entdecken Substanzen und lassen diese bei uns produzieren. Unter höchster Geheimhaltung der Formeln und Inhaltsstoffe. Die Auftraggeber legen zugleich fest, wer berechtigt ist, das Produkt zu erwerben, wie viel davon produziert wird und all das. Ein Lizenzverfahren. Und in diesem Fall ist es extrem. Nur ein einziger Mensch ist befugt, über die Produktion und den Vertrieb von CerebXTI zu entscheiden. Niemand, wirklich niemand außer dieser Person kann über die Substanz verfügen.«

Livia sah Nuri an. Er zögerte einen kurzen Moment. Dann fragte sie.

»Wieso werden solche Substanzen nicht einfach patentiert? Wofür gibt es denn Patente?«

»Wie Sie wissen, gelten Patente nur, wo es Patentämter gibt. Und dann nur im Geltungsbereich der Patentämter, in den Vereinigten Staaten zum Beispiel oder in Europa. In anderen Ländern könnten Pharmafirmen und Labore Substanzen nach Belieben kopieren. Wer also als westlicher Forscher den Nobelpreis im Blick hat, möchte vermeiden, dass Dutzende von Laboren weltweit auf die gleiche Spur kommen. Daher wird vieles nicht patentiert.«

»Wer ist Lizenzinhaber für CerebXTI?«

»Selbst das darf ich nicht verraten, Dr. Zamiro. Aber in diesem Fall ist es noch komplizierter. Sie hat …«

»Also eine Frau?«, platzte es aus Livia heraus.

Die Rezeptionistin räusperte sich. Sie fuhr mit dem Zeigefinger über ihren Bildschirm. »Die Lizenz wurde gekündigt. Damit ist das Produkt komplett gesperrt. Wir stellen es nicht mehr her. Und niemand bekommt es geliefert oder ausgehändigt.«

»Aber auch eine solche Sperre kann doch nur …«, stammelte Nuri.

»Ja, das kann nur die Lizenzinhaberin persönlich veranlassen.«

Livia beschloss zu pokern. »Sehen Sie, wir sind die Assistenten von Professor Gritje van Keuken vom Broad Institute. Wir sind in ihrem Auftrag hier.«

»Ich verstehe. Wenn Sie für die Lizenzinhaberin arbeiten, müsste Ihnen doch klar sein, dass nur sie Bestellungen, Abholungen und Änderungen des Lizenzvertrags veranlassen kann. Das ist wie mit einem Schweizer Nummernkonto.«

»Ich verstehe ...«, sagte Nuri.

»Aber wissen Sie, was mich wundert?«, fragte die Empfangsdame.

Livia und Nuri blickten sie an.

»Wenn Sie die Mitarbeiter von Frau Professor van Keuken sind, dann müssten Sie doch wissen, dass sie gestern hier war.«

»Wie bi...«, setzte Nuri an.

Livia reagierte geistesgegenwärtig. »Natürlich wissen wir das«, bluffte sie, »das ist genau der Grund, warum wir hier sind.«

»Dann hatte ich eben wohl etwas falsch verstanden«, sagte die Rezeptionistin. Die Skepsis in ihrer Stimme war unüberhörbar.

»Noch mal von vorne«, schlug Livia vor. Sie merkte, dass Nuri die Nachricht von Gritje van Keukens Anwesenheit in München noch verarbeiten musste. »Selbstverständlich wissen wir um die strikte Lizenzierung des Produkts. Wir sollen im Auftrag von Professor van Keuken auch gar nichts daran ändern, sondern lediglich in Erfahrung bringen, ob sich jemand in jüngster Zeit für das Produkt interessiert hat. Außer van Keuken selbst. Für Cereb...«

Livia fiel wieder nicht ein, wie das Teufelszeug hieß.

»CerebXTI«, half Nuri aus.

»Verstehe«, sagte die Empfangsdame. »Aber auch diese Information ist ...«

Der Satz ging in einem ohrenbetäubenden Schrillen unter. Der Lärm durchdrang das gesamte Gebäude. Die Rezeptionistin blickte mit hektischen Kopfbewegungen auf ihre Überwachungsbildschirme.

39

Regierungskomplex Zhongnanhai, Peking, China

Der *Zuigao Lingdaoren,* was so viel wie »überragender Führer« bedeutete, ließ seinen Besucher mal wieder warten. Fu Wang überraschte das nicht. Die Frage war nur, ob es auch diesmal zwei Stunden dauern würde, bis er vorsprechen durfte, wie bei seinem letzten Besuch.

Immerhin hatte ihn der Privatsekretär von Li Huasheng, Chinas unangefochtenem Machthaber, etwas weniger abschätzig behandelt als beim letzten Mal.

Wie bei vergangenen Audienzen im Regierungskomplex am Zhonghai-See in Peking hatte Fu auch diesmal eine ganze Abfolge von Sicherheitschecks über sich ergehen lassen müssen. Am Südtor des sechshundert Hektar großen, schwer bewachten Geländes wurde jeder Quadratzentimeter des Fahrzeugs mit Spiegeln abgesucht. Nachdem sein Fahrer den südlichen See umrundet und Fu an der Pforte des Qinzhengdian, der »Halle der Ordentlichen Regierung«, abgesetzt hatte, musste er sich ein weiteres Mal ausweisen und in einem Terahertz-Scanner nach Waffen und Sprengstoffen durchsuchen lassen. Ein Offizier der Präsidentengarde hatte ihn schließlich in Empfang genommen und durch das Gebäude begleitet.

Erst dann durfte Fu bei einer Sekretärin des persönlichen Sekretärs vorsprechen. Die Frau, eine Mittfünfzigerin mit hochnäsigem Schanghai-Dialekt, hatte sein Einladungsschreiben, das eher ein Marschbefehl war, sorgfältiger als nötig durchgelesen. Li Huasheng, Staatspräsident der Volksrepublik China, erwarte Fu Wangs Besuch am Soundsovielten um soundsoviel Uhr. Kein »Sehr geehrter ...«, kein »mit freundlichen Grüßen«. Schließlich avisierte die Frau Fus Ankunft bei Lis Privatsekretär. Dort saß er nun in einem pompös dekorierten Vorzimmer mit vergoldeten Möbeln und schweren, samtroten Vorhängen.

All das war Fu egal. Er wusste, dass man nicht alles haben konnte: unternehmerische Freiheit, enormen Reichtum und die persönliche Wertschätzung des Staatschefs.

Präsident Li war ihm, dem Industriellen Fu Wang, nichts schuldig. Es gab keine Verwandten Lis, denen Fu mit einem gesunden Organ das Leben gerettet hätte. Bei zwei von Lis Ministern war das anders. Der Bauminister, der ehemalige Bürgermeister von Wuhan, konnte nur dank der Augenhornhaut eines Krokodils, die Fu ihm verschafft hatte, noch sehen. Und der Verteidigungsminister verdaute sein Essen mit einem Dickdarm, der in einem Tapir herangewachsen war.

Aber von der Dankbarkeit der Minister profitierte Fu kaum. Ohne Li wurde in diesem Land nichts entschieden. Und dieser Li behandelte ihn kühl. Immerhin würde er ihn in einigen Tagen zu einem wichtigen Gipfeltreffen mitnehmen. Und das war vermutlich auch der Grund, warum Fu heute im Zentrum der Macht vorsprechen sollte. Bis dahin würde er allerdings auf dem brokatbespannten Plüschsessel im Vorzimmer ausharren müssen. Womöglich noch mehrere Stunden.

Zu Fus Überraschung schwang die riesige Tür aus geräuchtem Teakholz in der nächsten Sekunde auf, und der Privatsekretär bedeutete ihm mit einer arrogant knapp gehaltenen Verbeugung hereinzutreten.

Fu sprang auf. Sein Herz begann zu klopfen. Er fühlte sich jedes Mal wie ein kleiner Schuljunge, der zum Direktor gerufen wurde, wenn Li Huasheng ihn empfing. Er durchquerte das Arbeitszimmer des Privatsekretärs und steuerte den halb geöffneten Türflügel zum Gemach des Staatspräsidenten an.

Er schob seinen schmächtigen Körper durch die Öffnung und trat mit unterwürfig gesenktem Blick in den Raum. Li saß seitlich in einem karminroten Sessel. Auf einem schwarzen Tablett waren zwei mit Eisvögeln bemalte Teeschalen aus Porzellan angerichtet. Daneben standen eine Kanne sowie lange Zangen, die zum Anheben der Schalen dienten. Mit einer Handbewegung gab Li Fu zu verstehen, dieser möge sich auf das Sofa gegenüber setzen.

Fu folgte der Aufforderung, jedoch nicht, ohne sich zuvor tief zu verbeugen und eine Abfolge von Begrüßungen und Gesundheitswünschen herunterzuleiern. Nachdem er schließlich gegenüber dem höchsten Machthaber seines Landes Platz genommen hatte, ergriff dieser das Wort.

»Nun, Fu, es ist alles vorbereitet, nehme ich an?«

»Selbstverständlich, Herr Präsident.«

»Ich werde bei dem Treffen übermorgen nur Sie und Guo als Repräsentanten der Großindustrie dabeihaben.«

»Das ist mir bewusst«, sagte Fu, eifrig bemüht, nicht hochnäsig zu klingen. Guo Haoran war ein weiterer Milliardär von Lis Gnaden, so wie Fu. Guo war ein begnadeter Luftfahrtingenieur und hatte mit der Entwicklung eines hocheffizienten Regionaljets ein Vermögen gemacht. Fu wusste, dass Guo dem amerikanischen Präsidenten und seiner Delegation eine Neuentwicklung präsentieren würde. Aber was genau, wusste Fu nicht.

»Unter uns …«, murmelte Li.

Fu spitzte die Ohren.

»… der gute Guo wird einen leisen und vergleichsweise

sparsamen Überschalljet auf den Tisch bringen. Ein Geschäftsreiseflugzeug.«

Fu staunte.

»Mach 1,6. Transatlantik in gut vier Stunden. Sehr beeindruckend. Die Amerikaner werden sich die Lippen danach lecken. Präsident McIntyre wird nicht anders können, als die FAA-Zulassung durchzusetzen und den Jet für den amerikanischen Markt freizugeben. Ein Riesengeschäft für uns. Sie sehen, Fu, die Latte für Sie liegt hoch. Ihre Aufgabe wird sein, die Amerikaner für ein umfassendes Portfolio biochemischer und medizinischer Produkte zu begeistern. McIntyre muss klar werden, dass sein Land solche Produkte dringend braucht, aber nur wir sie liefern können.«

»Sehr wohl, Herr Präsident.«

Li nahm eine Liste in die Hand, die Fu ihm wenige Wochen zuvor hatte zukommen lassen. »Generika, elektronische Wundpflaster, strahlungsarme Tomografen, pflanzliche Opioide, Gelenkprothesen aus Keramik, KI-basierte virtuelle Koloskopie ... Mir scheint, da ist so ziemlich alles dabei, was Fu Industries im Portfolio haben.«

»Darf ich eine Frage stellen, Herr Präsident?«

»Bitte.«

»Das Attraktivste auf dieser Liste sind meiner Ansicht nach die Transplantate, die wir am Jinping-Staudamm herstellen. Es wäre sehr verlockend, damit auf den amerikanischen Markt zu expandieren.«

Li setzte sein berühmtes Mona-Lisa-Lächeln auf, vor dem sich sämtliche Mitglieder seines Politbüros fürchteten. »Verlockend oder lukrativ, mein lieber Fu?«

Der Milliardär senkte den Blick. Li setzte zu einer weiteren Spitze an.

»Wie immer ungeduldig, Dr. Neunmalklug?«

»Keineswegs, Herr Prä...«

»Hören Sie zu, Fu. Mir ist die Bedeutung Ihrer Organe sehr

wohl bewusst. Halten Sie mich nicht für dumm. Ja, sie sind unser wertvollster Trumpf. Und genau aus diesem Grund legen wir sie bei den Verhandlungen erst auf den Tisch, wenn der richtige Zeitpunkt gekommen ist. Als Druckmittel. McIntyre und seine bornierten CEOs aus dem Silicon Valley werden einsehen, dass sie die Organe nicht ausschlagen können, wenn sie Tausenden ihrer Landsleute das Leben retten wollen. Insofern werden sie zugreifen. Aber wir bieten Ihre Xeno-Dinger …«

»Humane Xenotransplantate«, sagte Fu und biss sich auf die Lippe, weil er seinen Präsidenten unterbrochen hatte.

»Jedenfalls bieten wir Ihre Organe nur als Paketlösung an – nur dann, wenn die Amerikaner auch die Generika, den Jet und anderes akzeptieren. Und wenn sie eine politische Vereinbarung unterschreiben, die Sie nicht weiter interessieren muss.«

»Selbstverständlich, Herr Präsident.«

Fu blickte erneut zu Boden. Er hoffte sehr, dass Li bei dem Treffen mit McIntyre nicht zu hoch pokern würde. Er wollte den Markt für die Transplantate unbedingt weltweit öffnen, ohne Bedingungen. Es würde Milliarden Dollar Umsatz bedeuten. Aber sein Präsident machte die Regeln. So war das in seinem Land.

Li nahm erneut die Liste mit Fus Produkten in die Hand und räusperte sich. »Ich sagte vorhin: alles, was Fu Industries im Portfolio haben.«

»Richtig, inklusive der Organe, die Sie als Joker ins Spiel bringen wollen, verehrter Herr …«

»Ansonsten ist hier vollständig gelistet, was Sie anzubieten haben?«

Lis Mona-Lisa-Lächeln verwandelte sich in ein Graf-Dracula-Grinsen. Fu merkte, wie ihm die Röte ins Gesicht schoss. Er hatte Mühe, seine Hände ruhig zu halten. Er presste sie auf seine Knie. Worauf wollte Li hinaus? Er konnte unmöglich von den Experimenten auf Guanaja wissen. Von den Versuchen mit Tintenfischneuronen. Von dem entlaufenen Ex-Soldaten.

»Was ist auf dieser Insel passiert, Fu? In diesem …« Li machte eine Pause und nahm einen Schluck von seinem grünen Tee. »… in diesem Palmenscheißhaus?«

Der derbe Ausdruck jagte Fu Adrenalin in die Blutbahn. Wusste Li Bescheid? War das der Auftakt für seine Schlachtung? Für seine Vernichtung? Fu fragte sich, ob er mit radikaler Offenheit kontern und das Geheimnis von Guanaja von sich aus offenbaren sollte. Konnte er seinen Kopf damit retten? Li starrte ihn an. Fu krallte seine Hände auf die Knie und beschloss zu lügen. Wenn Li die Wahrheit über Guanaja bereits kannte, war sein Schicksal so oder so besiegelt, völlig egal, ob er in diesem Augenblick eine Beichte ablegte. Er würde dieses Zimmer als Gefangener der Präsidentengarde verlassen. Womöglich standen Lis Prätorianer bereits vor der Teakholztür. Oder sogar hier in diesem Zimmer, hinter den bodenlangen Vorhängen. Fus Augen streiften durch das weitläufige Büro seines Präsidenten.

»Nun?«, fragte Li.

»Ein Unglück, überragender Führer. Äußerst tragisch. Experimente, die wir planten, wurden von einer verheerenden Explosion vereitelt. Vermutlich Sabotage. Oder ein Gasleck. Ich musste das Projekt abbrechen.«

»Ich habe gehört …«

Fu wollte sich in Luft auflösen.

»… Ihr Bruder ist dabei ums Leben gekommen.«

Fu atmete aus. »Ja, tatsächlich.«

»Das tut mir leid.«

»Ich danke Ihnen von Herzen, Herr Präsident.«

Fus Gedanken wirbelten im Kreis. War das eine letzte Freundlichkeit, um das nun Folgende noch schwerwiegender wirken zu lassen? Sein Todesurteil? Oder zeigte Li tatsächlich eine menschliche Regung?

»Die Probanden, die Sie aus unserer Justiz rekrutiert haben …«, begann Li von Neuem.

Fu nickte und machte ein betrübtes Gesicht.

»Sie sind alle …?«

»Ja, Herr Präsident, leider. Die Explosion …« Fus Magensäure stieg in seinen Rachen, als er realisierte, dass er seinen Staatschef zum wiederholten Male belog.

»Was war es noch gleich, was Sie und Ihr Bruder in Guanaja an diesen Probanden testen wollten?«, fragte Li.

»Organe, Herr Präsident, ähnlich wie jene aus unserem Labor am Jinping-Staudamm. Wir brauchten jedoch einen direkten Zugang zum Meer. Wir wollten herausfinden, ob sich Meerestiere als Wirte für Transplantate eignen. Tümmler, Seekühe, Mondfische. Vielleicht auch Haie. Einige dieser Tiere bekommen niemals Krebs. So etwas wäre natürlich auch für uns Menschen interessant …«

Li winkte gelangweilt ab und griff nach einer Zigarettenschachtel, die neben seinen Grünteeschalen lag. Eine Billigmarke, stellte Fu fest, sogar für chinesische Verhältnisse. Er vermutete, dass die Glimmstängel den Staatschef an seine einfache Herkunft erinnerten. Mit einer routinierten Handbewegung steckte Li den Tabak in Brand und blies Fu eine Rauchwolke entgegen. Reflexhaft kam Fu der Gedanke, ob er seinem Präsidenten eine neue Lunge verschaffen konnte.

»Sie und Guo begleiten mich in der Regierungsmaschine nach Italien«, sagte Li. Es war weniger eine Einladung als ein Befehl. »Meine Leibwache bereitet auf Sardinien alles vor, den Transfer auf das Schiff und so weiter. Die Besatzung ist informiert. Wie heißt Ihre obszöne Jacht noch gleich?«

»*Xiwangmu,* großer Anführer.«

»Ach ja. Den Namen fand ich schon immer beknackt.«

Li nahm einen Zug von seiner Billigzigarette. Fu presste

seine Kiefer aufeinander. Am liebsten hätte er sich selbst geohrfeigt für seinen Fehler. Ein saudummer Fehler. Die *Xiwangmu* war das Schiff seines Bruders. Der Name war ihm rausgerutscht, weil er auf der *Xiwangmu* kürzlich in der Karibik unterwegs gewesen war. Seine eigene Jacht hieß *Kunlun,* wie das Gebirge, in dem laut Mythologie die Göttin Xiwangmu lebte. Die *Kunlun* war ein baugleiches Schwesterschiff der *Xiwangmu* und lag im Mittelmeer bereit, um den Präsidenten aufzunehmen. Hoffentlich würde sich Li nicht an den Namen *Xiwangmu* erinnern, wenn er in drei Tagen an Bord der *Kunlun* ging.

»Wie auch immer. Vier meiner wichtigsten Leibwächter werden mich an Bord begleiten, dazu ausgewähltes Dienstpersonal. Sie und Guo nächtigen ebenfalls auf dem Schiff. So können wir unsere Strategie für die Verhandlungen mit Präsident McIntyre effektiv und abhörsicher abstimmen. Eine Fregatte der dritten Flotte wird uns am Ankerplatz bewachen. Dafür haben die Italiener ihr Einverständnis gegeben. Der Rest der Flotte wird außerhalb der Zwölfmeilenzone warten und ist im Notfall zum Eingreifen bereit.«

»Sehr wohl, Herr Präsident.«

»Start morgen früh sechs Uhr vom Militärflugplatz.«

»Sehr wohl, Herr Präsident.«

»Seien Sie bloß pünktlich. Mein Sekretär händigt Ihnen die Zugangskarten aus.«

»Sehr wohl, Herr Präsident.«

Fu hatte bereits von Lis Wunsch gewusst, während des Wirtschaftsgipfels auf seiner Jacht zu residieren. Die Anwesenheit einer Armada von Kriegsschiffen war ihm allerdings neu. Andererseits hatte Fu bereits die Erfahrung gemacht, dass Li nichts dem Zufall überließ. Sein Sicherheitsbedürfnis war legendär. Die Jacht bot tatsächlich viel Schutz, auch vor exotischen Bedrohungen wie einem Giftanschlag. Fu wusste, dass Li nicht nur Leibwächter, sondern eine ganze Kompanie von Bediensteten mitbringen würde. Es war ein Kraftakt. Aber Lis Wunsch, die Jacht während des Gipfeltreffens mit dem US-Präsidenten zu nutzen, wollte Fu keinesfalls enttäuschen. Es würde ihm ein paar Pluspunkte gegenüber dem Großmaul Guo einbringen.

40

Forschungscampus Martinsried, München, Deutschland

In das Läuten des Feueralarms mischte sich der Knall einer Explosion. Die Rezeptionistin an der Empfangstheke der ProtoPure GmbH riss einen Telefonhörer hoch. Sichtlich überfordert, überlegte sie es sich anders, legte wieder auf, schaltete den Monitor ihres Computers aus und schaute entsetzt zu, wie erste Mitarbeiter des Unternehmens, viele mit weißen Laborkitteln, durch die Eingangshalle ins Freie hasteten. Dünner Rauch und Brandgeruch breiteten sich aus.

»Bitte verlassen Sie das Gebäude! Feueralarm!«, rief die Empfangsdame Livia und Nuri zu, verließ die Empfangstheke und machte sich hastig auf den Weg ins Freie. Durch die Eingangstür kam ihr ein Feuerwehrmann entgegen. Er war mit einer blauen Schutzjacke bekleidet. Auf dem Kopf trug er einen gelben Helm und in der Hand eine Axt. Er verschwand im Gebäudeinneren.

Livia und Nuri folgten der Empfangsdame bis zur Tür, dann packte sie ihn am Arm. Weil ihre Stimme gegen das Läuten kaum ankam, gab sie Nuri ein Zeichen, zur Empfangstheke zurückzugehen. Niemand achtete in dem Chaos aus Flüchtenden, Rauch und dem schrillen Klingeln der

Alarmglocken auf sie. Nuri nickte und signalisierte ihr seinerseits, sich im Gebäude umsehen zu wollen, Alarm hin oder her. Er zog sein T-Shirt über die Nase, ergriff eine der Wasserflaschen, die für Besucher bereitstanden, und spritzte sich Gesicht und Haare nass.

Livia stieg über die Empfangstheke in den Pförtnerbereich. Es schien niemanden der aus dem Gebäude strömenden Mitarbeiterinnen und Mitarbeiter zu stören. Nuri kämpfte sich durch die Menge, sprang über die Zugangsschranke und verschwand im Gebäudeinneren.

Hinter der Theke stellte Livia fest, dass die Rezeptionistin ihren Bildschirm ausgeschaltet hatte, nicht aber den Computer. Ein Druck auf die Leertaste, und die Intranetseite von ProtoPure leuchtete auf. Livia tippte »Keuken« in eine Suchmaske. Eine Liste mit Treffern erschien. Mehrere der Einträge waren als vertraulich markiert und von diesem Computer aus nicht zugänglich. Eine Tabelle ließ sich jedoch öffnen. Es war eine Art Chronologie. Sie zeigte sämtliche Bestellungen und Aufträge, die Professor Gritje van Keuken in den vergangenen Monaten bei ProtoPure getätigt hatte. Livia stellte fest, dass van Keuken nicht nur CerebXTI von ProtoPure herstellen und nach Boston liefern ließ, sondern auch eine Reihe weiterer Substanzen. Vermutlich war das Laboralltag.

Livia tippte »CerebXTI« in die Suchmaske des Intranets. Sie war erleichtert, sich endlich an den Namen der Substanz zu erinnern.

Eine Liste aller Bestellungen und Lieferungen dieses Matrixgels erschien auf dem Bildschirm. Auf allen Einträgen stand der Name van Keuken. Der letzte Eintrag stammte vom Vortag. Die Professorin war tatsächlich hier gewesen. Zwei Dinge hatte van Keuken demnach vor weniger als vierundzwanzig Stunden erledigt. Sie hatte die Lizenz für CerebXTI gekündigt, wie es die Rezeptionistin gesagt hatte. Interessanter war jedoch der zweite Eintrag. Gritje van Keuken hatte sich kurz zuvor zwölf Liter CerebXTI in Einhundert-Milliliter-Ampullen aushändigen lassen. Persönlich.

Livia war keine Biochemikerin. Aber dass eine weltweit renommierte Professorin aus Boston eigens nach München reiste, um sich eine derart große Menge einer Nährsubstanz für die Organoidforschung aushändigen zu lassen, erschien ihr mehr als fragwürdig.

Sie schoss mit ihrem Handy ein Foto der Trefferliste auf dem Bildschirm und blickte sich um. Die Alarmglocken schrillten noch, aber der Rauch in der Lobby hatte sich fast verzogen. Durch die Glasfront sah sie, wie die Mitarbeiterinnen und Mitarbeiter des Unternehmens in Grüppchen auf den Rasenflächen zusammenstanden und beobachteten, wie ein Löschzug der Feuerwehr mit Sirene und Blaulicht eintraf.

In Livias Kurzzeitgedächtnis blitzten die Bilder der Evakuierung von vor einigen Minuten auf. Der Moment, als die Empfangsdame ins Freie geflüchtet war und dieser einzelne Feuerwehrmann das Gebäude betreten hatte. Zu Fuß. Seine Kollegen tauchten erst jetzt auf. Mit einem halben Dutzend Fahrzeugen, Leitern, Schläuchen.

Wie war es möglich, dass der erste Feuerwehrmann so schnell eingetroffen war? Gab es eine Betriebsfeuerwehr auf dem Gelände? Aber selbst dann: Wieso war er zu Fuß gekommen? Und wieso allein? Mit einer Axt?

Zwischen all diese Fragen drängte sich allmählich eine weitere: Wo blieb Nuri? Vor der Eingangstür lud der Feuerwehrtrupp allerhand schweres Gerät aus einem der roten Lastwagen. Von einem weiteren Wagen wurde ein armdicker Wasserschlauch mit einer Metallspritze abgerollt.

Livia blickte erneut auf den Bildschirm der Rezeptionistin, und ihr kam ein Gedanke. Mit einer Computermaus klickte sie im Menü des Intranets herum, bis sie tatsächlich Dateien der Überwachungskameras fand. Sie klickte eine MP4-Datei auf, deren Titel darauf schließen ließ, dass sie am Vortag aufgezeichnet worden war und den Eingangsbereich zeigte.

Doch die Datei ließ sich nicht öffnen. Vermutlich besaß die Empfangsdame keine entsprechende Berechtigung.

In diesem Moment verstummte der Feueralarm. Eine seltsame Stille legte sich über die Lobby. Livia stand allein hinter der Eingangstheke und nickte den Feuerwehrleuten zu, die an ihr vorbei ins Gebäudeinnere hasteten. Sie schenkten ihr keine Beachtung.

Während das Schrillen der Alarmglocken noch in ihren Ohren nachhallte, fielen Livia zwei Dinge auf. Die Feuerwehrleute, die mit dem Löschzug gekommen waren, trugen andere Helme als der einzelne Mann mit der Axt vorhin. Ihre Helme waren größer und schwerer, wie Soldatenhelme, mit schwarzem Nackenschutz aus Gummi.

Noch heftiger traf sie eine zweite Erkenntnis. Es war nicht völlig still in der Lobby. Ein nervtötendes Piepen war zu hören. Wie ein billiger Weckton. Livia brauchte einen Moment, bis ihr klar wurde, dass der Ton aus ihrer Tasche kam. Und was es war.

Es war der Scanner, den Fu ihr ausgehändigt hatte.

Das Geräusch, das das Ding machte, war im Feueralarm untergegangen. Vermutlich piepte es schon seit einer ganzen Weile. Die Abfolge der Töne beschleunigte sich.

Livia ahnte, was das bedeutete. Ihr Arm begann zu zittern. Sie griff nach dem Gerät und zog es aus der Tasche. Das Piepsen hallte nun durch die Lobby. Und die Abfolge wurde noch schneller.

Sie hörte seine Schritte, bevor sie ihn sah. Aus dem Gebäudeinneren trat der Mann an die Zugangsschranke. Er trug noch immer die blaue Jacke und den gelben Helm auf dem Kopf. Zweifelsfrei war es ein anderer Helm, als die Feuerwehrleute ihn trugen. Dieser Helm war ein billiges Plastikteil. Statt der Axt hielt er nun einen Kunststoffbehälter unter dem Arm. Ein Teil der Aufschrift war sichtbar – »CerebX«.

Livia sah seine asiatischen Gesichtszüge und eine leuchtend rote Narbe, die von der Stirn hinab bis zum Hals verlief.

Sie stand auf. Blut schoss ihr ins Gesicht. Sie musste sich mit beiden Händen an der Theke festhalten. Es war der Mann aus Fus Video. Der Ex-Soldat. Leutnant Shen. Das Monster. *Camazotz.*

Er durchquerte die Zugangsschranke und passierte die Empfangstheke, ohne Livia zu beachten. Der Scanner schaltete auf Dauerton.

Der Mann ging unbeirrt zur Glastür. Der Dauerton wich wieder einem unterbrochenen Piepsen. Der Rhythmus wurde langsamer.

Jetzt blieb der Mann stehen. Von hinten sah Livia, dass er seinen Rücken durchstreckte und den Kopf hob. Er hatte die Veränderung des Piepstons bemerkt, kein Zweifel. Ihm war klar geworden, dass das Geräusch mit ihm zu tun hatte.

Er drehte sich um.

Mit schweißnasser Hand umklammerte Livia den Scanner. Ihr Daumen suchte die Knöpfe ab.

Der Mann kam auf sie zu. Er starrte Livia in die Augen. Das Piepsen wurde erneut schneller und verschmolz zum Dauerton. Der Mann blickte Livia an. Er sagte nichts. Sein Blick strahlte Erstaunen aus. Aber auch Macht. Unerschrockenheit. Seine Lippen waren leicht geschürzt. Seine Augenbrauen schienen zu fragen: Was geht hier vor?

Livia wusste, dass unbeholfene Erklärungen sinnlos waren. Sie riss ihren Arm hoch und richtete den Scanner auf den Mann. Wie eine Waffe.

Das war idiotisch. Das Ding sah nicht annähernd wie eine Waffe aus. Eher wie eine Fernbedienung. Dem Mann war nicht bewusst, dass das Ding ihn töten konnte. Also war es keine Bedrohung. Livia spürte kalten Schweiß auf der Stirn.

Ihr Daumen rutschte von den Tasten ab. Ihre einzige Chance war, den Mann zu töten.

Ihr Daumen suchte den roten Knopf.

Sie musste ihn drücken.

Jetzt.

Sie bekam den Knopf zu fassen. Spürte den Widerstand der Taste. Sie blickte dem Mann in die Augen. Und sah die Augen eines Menschen. Eines Gezeichneten. Braune, melancholische Augen. Ihr Daumen krümmte sich wie gelähmt auf der roten Taste. Sie schaffte es nicht. Ihr Zittern wurde stärker. Eine Träne lief über ihre linke Wange.

Schneller, als Livia ihre Finger hätte bewegen können, schnellte die Hand des Mannes vorwärts, über die Theke hinweg, und schnappte zu wie eine Froschzunge, die ein Insekt fängt. Jetzt hielt der Mann den Scanner in der Hand.

Er nahm seinen Helm ab, legte ihn auf die Theke und blickte ratlos auf das penetrant piepsende Gerät. Er drehte es hin und her, schüttelte ungläubig den Kopf, blickte Livia abermals in die Augen, machte kehrt und ging zum Ausgang.

In diesem Moment kam Nuri aus dem Gebäudeinneren zurück und passierte die Zugangsschranke. Er blickte Livia an. »Es war ein primitiver Sprengsatz. Jemand hat …«

Sie versuchte, Nuri mit einer Geste zu alarmieren.

Als hätte er es gesehen, wirbelte der falsche Feuerwehrmann herum. Er starrte Livia von der Glastür aus an, die Augen nun kalt und bedrohlich. Seine Narbe leuchtete. Er hielt einen Zeigefinger vor seine Lippen. Livia erstarrte und sah tatenlos zu, wie der Mann das Gebäude verließ.

Nuri blickte sie an. Verständnislos. »Was ist los, Livia? Was hast du?«

41

Changbai-Gebirge, Südchina, vier Jahre zuvor

Die Schneeflocken waren winzig und trocken wie Metallspäne. Es knisterte, wenn sie auf das Eis des Gletschers fielen.

Leutnant Shen Bao setzte das Fernglas ab, damit es nicht an seinen Augenlidern festfror. Seine Zunge fühlte sich an wie Wildleder. Die Luft war unerträglich trocken. Mit der Handfläche rieb er am Okular. Dann spähte er wieder zur Hütte.

Ein Holzverschlag, etwa achtzig Höhenmeter unter ihnen, am Rand des Kratersees. Aus einem Blechrohr stieg ein Rauchfaden.

Ihr Befehl war unmissverständlich gewesen. Der Koreaner musste beseitigt werden. Spurlos. Offiziell waren Shen und sein dreiköpfiges Team nicht informiert worden, wer der Mann war, den sie hier aufspüren und liquidieren sollten. Das brauchten Shen und seine Leute nicht zu wissen, um den Auftrag auszuführen.

Aber Shen war nicht nur wegen seiner körperlichen Fähigkeiten, seiner Kampfkunst und seines Geschicks mit Waffen Leutnant der 3. Gruppe der 13. Abteilung der Division der bewaffneten chinesischen Polizei geworden, einer legendären Spezialeinheit, bekannt unter dem Namen Schneeleopard, sondern auch, weil er Verstand hatte.

Aus mehreren Quellen und Andeutungen hatte er sich zusammengereimt, wen er hier, unter den schneebedeckten Gipfeln des Changbai-Gebirges, töten sollte. Der Mann war ein nordkoreanischer General. Und ein Maulwurf. Jahrelang hatte er dem chinesischen Geheimdienst wertvolle Informationen verschafft. Nun wollte er überlaufen.

Shen bewunderte den Mann dafür, dass er den Weg über das Gebirge geschafft hatte. Die meisten Flüchtlinge aus Nordkorea versuchten, über den Fluss Yaluin in die chinesische Grenzstadt Yanji zu gelangen. Aber der Fluss wurde mehr und mehr überwacht. Im Gebirge waren kaum Grenztruppen zu überwinden. Dafür aber die Natur. Schnee. Felsen. Gletscher. Minus 25 Grad Celsius. Doch General Park Chung-hee, so lautete sein Name, hatte es geschafft.

Der Rauch aus der Hütte verriet ihn.

Die Hütte war der Treffpunkt, den General Park mit seinem Führungsoffizier vom Guongbu, dem chinesischen Geheimdienst, verabredet hatte.

Es gab nur ein Problem. Für China war der General wertlos, sobald er übergelaufen und nicht länger militärischer Leiter des nordkoreanischen Atomtestgeländes am Berg Punggye-ri war. Noch schlimmer: Ein Überläufer seines Kalibers konnte ein diplomatisches Debakel auslösen. Es würde Chinas Verhältnis zu Nordkoreas Diktator aufs Schwerste belasten.

Mit dem Wunsch, die Seite zu wechseln, hatte General Park sein Todesurteil unterschrieben. Er war für Chinas Geheimdienst zum Ballast geworden. Ein Ballast, den Leutnant Shen mit seinen Leuten beseitigen sollte. So lautete der Auftrag.

Aus dem Tod des Generals würde sich sogar Kapital schlagen lassen: Wenn China die Flucht dieses Mannes vereitelte, würde Nordkorea ihn lediglich für einen Dissidenten halten, aber niemals für einen chinesischen Informanten. Nordkoreas Diktator würde sich sogar dankbar zeigen, dass China den Fahnenflüchtigen entdeckt und beseitigt hatte.

Neben Shen klickte es leise. Feldwebel Tao Yawen hatte das Zielfernrohr ihres Scharfschützengewehrs, ein Norenco JS, um eine Winkelsekunde verstellt. Vermutlich hatte sie den Seitenwind in ihre Kalkulation einbezogen. Sie war verdammt gut. Die beste Scharfschützin, die die Schneeleoparden hatten. Vor zwei Jahren im Sudan hatte sie Shen das Leben gerettet, als er einen Dschihadisten im Heck eines Pick-ups übersehen hatte. Den Kopf zur Igelfrisur geschnitten, den Blick stets starr nach vorne gerichtet, wirkte Tao unnahbar. Wie ein Roboter. Eine Kampfmaschine. Von ihr ging keinerlei Ausstrahlung aus. Shen vermutete, dass sie lesbisch war, es aber nicht auslebte. Wenn seine Leute nach getaner Arbeit mit einem Yanjing-Bier anstießen und Witze rissen, ölte Tao ihre Waffe. Und meist schwieg sie. Egal. Sie war verdammt gut. Darum ging es.

Shen fragte sich, ob sie weiterhin auf eine Schussgelegenheit warten oder die Hütte stürmen sollten. Er entschied sich zu warten. Hundertprozentig war nicht auszuschließen, dass die Sache eine Falle war und die Hütte bis zum Rand mit Sprengstoff und Selbstzündern gefüllt war. Eine Rache des kleinen Diktators. Womöglich war General Park längst enttarnt und wurde in einem nordkoreanischen Lager gefoltert, während auf Shens Trupp ein mörderischer Empfang wartete.

Vor Anbruch der Dunkelheit würden sie den Angriff allerdings wagen müssen. Für eine weitere Nacht bei diesen Temperaturen waren sie nicht gerüstet.

Feldwebel Tao gab ein fast unhörbares Zischen von sich. Shen riss das Fernglas hoch und sah, was sie gesehen hatte. Die hölzerne Tür der Hütte stand einige Handbreit offen. Dahinter ein Schatten.

»Auf Freigabe warten«, flüsterte Shen.

»Bereit«, antwortete Tao.

Shen starrte auf den Schatten hinter der Tür. Jemand schien zurückzustarren. Konnte das sein? Hatte General Park sie entdeckt? Hier oben, zwischen scharfkantigen Felsen und dem gleißenden Schnee? Unmöglich, dachte Shen. Er, Tao und die beiden Gefreiten waren in weiße Tarnanzüge gehüllt. Sogar ihre Waffen waren weiß lackiert. Das Schwarz der Mündungen und ihre Ferngläser waren unmöglich von den dunklen Felsen zu unterscheiden.

Die Tür ging einige Zentimeter weiter auf.

»Bereit«, drängte Tao.

»Feuer«, sagte Shen.

Eine Viertelsekunde später zerriss das Mündungsfeuer aus Taos Norinco-Gewehr die Stille des Gebirges. Doch der Lärm war kein Problem. Das 7,62-Millimeter-Projektil war schneller als der Schall. General Park würde sterben, bevor der trockene Knall des Schusses seine Ohren erreichte.

So kam es.

Fast.

Die Gestalt hinter der Holztür sackte in sich zusammen und fiel vorwärts auf den Schnee vor der Hütte. Shen sah einen blauen Daunenoverall, unter dem sich eine Blutlache ausbreitete. Darunter Winterstiefel. Und oben ein langer Haarschopf. Es war eine Frau.

Shen fluchte. Tao schwieg. Sekunden später stürmte ein Mann aus der Hütte. General Park. Er hob seine Arme und stieß Entsetzensschreie aus. Er beugte sich über die Leiche der Frau. Seine Bewegungen verrieten völlige Verzweiflung.

Ein weiterer Schuss hallte über den Kratersee hinweg. General Park sackte über dem Körper der Frau zusammen.

Wieder fluchte Shen. Den zweiten Schuss hatte er nicht freigegeben. Andererseits konnte sich Tao auf den ersten Feuerbefehl berufen. Eine unklare Situation. Mit einer zweiten Person hatte niemand gerechnet. Shen wurde klar, was geschehen war. General Park hatte seine Frau auf die Flucht mitgenommen. Vielleicht auch seine Geliebte. Er hatte mit einem neuen Leben in China gerechnet. Shen verfluchte die Verantwortlichen beim Guongbu, die das nicht kommen gesehen hatten.

Feldwebel Tao sagte mit beängstigend ruhiger Stimme: »Auftrag erledigt. Wir sollten aufräumen, Leutnant Shen.«

Shen nickte, packte das Fernglas in seinen Rucksack und wies Tao und die beiden Gefreiten an, mit ihm zur Hütte zu marschieren. Mit den Sturmgewehren im Anschlag machten sie sich auf den Weg. An der Hütte angekommen, fühlten sie kurz den Puls der Toten und stießen die Holztür auf. Shen schickte die beiden Gefreiten hinein und wies sie an, auf Sprengfallen zu achten, auch wenn er sicher war, dass es keine unliebsamen Überraschungen mehr geben würde. Um die Leichen würden sie sich danach kümmern.

Nach kurzer Zeit kam jedoch einer der Gefreiten aus der Hütte. »Es gibt ein Problem, Leutnant Shen.«

»Welches Problem?«

Da hörte er es selbst. Ein Wimmern. Das Wimmern eines Kindes. Und er begriff, dass General Park nicht nur seine Frau, sondern auch sein Kind mitgenommen hatte. Nun hatte er tatsächlich ein Riesenproblem. Shen blickte Feldwebel Tao an. Zum ersten Mal wünschte er sich von ihr eine menschliche Regung. Irgendein Zeichen von Empathie. Doch nichts dergleichen kam.

Tao sagte nur: »Keine Spuren, Leutnant Shen. Unser Befehl ist eindeutig.«

Shen blickte sie an. Er hatte keine Zweifel, was sie meinte. Das Kind musste sterben. So wie seine Eltern.

Er sah Tao in die Augen und schüttelte langsam den Kopf. »Nein. Wir sind nicht hier, um Kinder zu töten, Feldwebel Tao. Wir beseitigen die Leichen und nehmen das Kind mit.«

Shen konnte nicht fassen, was er nun sah. Seine Untergebene griff an ihren Gürtel, zog ihre Pistole und richtete sie auf ihn. Ihren vorgesetzten Offizier. Ihre Stimme verriet keinerlei Regung.

»Leutnant Shen, wir haben eindeutige Befehle vom Oberkommando erhalten. Die Liquidierung von General Park ist spurlos zu erledigen. Das lässt keinen Ermessensspielraum.«

»Nehmen Sie sofort Ihre Waffe runter, Feldwebel Tao.«

Sie machte keinerlei Anstalten, seinen Befehl zu befolgen. Shen wurde klar, dass sie sich in diesem Augenblick als verlängerten Arm des Oberkommandos in Peking sah und die Pflicht verspürte, einen Leutnant zu sanktionieren, der im Begriff war, einen Befehl zu ignorieren. Shen versuchte es mit einem letzten Appell an ihre Menschlichkeit.

»Es ist ein Kind, Feldwebel Tao. Ist das für Sie nur eine zu beseitigende Spur?«

Shen kam in den Sinn, dass man das, rein logisch betrachtet, so sehen konnte. Doch es bestürzte ihn zutiefst. Feldwebel Tao, die Kampfmaschine, würde die Sache durchziehen, kein Zweifel. Sie würde das Kind töten. Vielleicht auch ihn. Und sogar die beiden Gefreiten, die das Geschehen in diesem Augenblick in Schockstarre verfolgten. Je nachdem, wie sie sich entscheiden würden.

Shen schloss die Augen. Dann startete er einen letzten Versuch, das Unvermeidliche zu verhindern. Er duckte sich und stürmte auf Feldwebel Tao zu. Die Soldatin senkte ihre Waffe leicht nach unten und schoss Shen in den Oberschenkel.

Brüllender Schmerz raste durch seinen Körper. Er fiel in den Schnee. Bewegungsunfähig. »Verbinden Sie ihn!«, herrschte Tao die beiden Gefreiten an. Als diese ihren Befehl befolgten, ging sie in die Hütte. Wenige Sekunden später knallte im Inneren ein Schuss.

Tao trat wieder ins Freie und gab den Befehl, Parks Leiche und die seiner Frau in die Hütte zu schaffen. Dann zog sie eine Brandgranate aus ihrer Brusttasche.

42

Forschungscampus Martinsried, München, Deutschland

Zwei leere Ampullen lagen auf dem Beifahrersitz des alten VW. Den Inhalt hatte Shen Bao hinuntergeschluckt wie ein Verdurstender.

Das Zeug war viel besser als diese gottverdammten Schweinehirne. Es war das reinste Lebenselixier. Er merkte, wie seine Kräfte zurückkehrten. Und seine Sinne. Er fühlte sich gut. Stark.

Shen blickte auf den Scanner in seiner Hand und musterte das Gerät von allen Seiten. Der Piepton war penetrant und lästig. Er wollte verstehen, was es damit auf sich hatte. Warum es auf ihn reagierte. Warum es seine Anwesenheit registrierte. Seine Finger wanderten über die Tasten. Das Ding piepste ohne Unterlass. Er erwog, den roten Knopf zu drücken, um es auszuschalten. Doch seine Neugier behielt die Oberhand.

Shen stieg aus dem Wagen, den er am Vormittag auf dem Parkplatz eines Baumarkts in der Nähe des Forschungscampus gestohlen hatte. Der Baumarkt, in dem er die blaue Arbeitsjacke, den gelben Helm und die Axt besorgt hatte. Ein alter VW Passat, Neunzigerjahre, einfach zu knacken und kurzzuschließen. Er legte den piependen Scanner auf das Autodach und entfernte sich mehrere Schritte. Das Piepsen wurde langsamer. Wie eine Einparkhilfe.

Er ging mehrere Schritte vor und zurück, bis er den Abstand ermittelt hatte, an dem der Dauerton anfing. Er verharrte eine Handbreit von diesem Punkt entfernt und begann, seine Extremitäten in Richtung des Scanners auszustrecken. Erst die Beine. Dann die Arme. Nichts davon löste den Dauerton aus. Er beugte den Oberkörper vor. Der Dauerton setzte ein.

Ihm wurde klar, dass er einen Chip im Körper trug. Vielleicht im Kopf, vielleicht in der Brust. Er schloss die Augen und konzentrierte sich auf jede Stelle seines Oberkörpers. Hals, Schultern, Brustmuskeln. Dabei massierte er jede dieser Stellen mit den Händen. Er spürte seine Haut unter den Fingerkuppen. Die Haut, die so anders war seit diesen Experimenten. Weicher. Sensibler. Zugleich robuster. Die Haut, mit der er neuerdings auf ungewohnte Weise sehen und riechen, sogar schmecken konnte.

Vermutlich war es nur ein winziges Teil, das er suchte. Und doch ein Fremdkörper. Als seine linke Hand den Brustmuskelansatz unter dem rechten Schlüsselbein abtastete, wurde er fündig. Er spürte einen zarten Widerstand. Eine winzige Unebenheit. Hätte er nicht danach gesucht, wäre es ihm niemals aufgefallen. Aber nun war es eindeutig. Zugleich kam es ihm vor, als würde sein Körper von dieser Stelle etwas signalisieren. Eine Art Geschmack. Metallisch. Sehr dezent.

Er öffnete den Kofferraum des VW. Unter einer Abdeckung lag ein zusammengerolltes Etui, in dem mehrere Werkzeuge steckten. Daneben fand er einen Verbandskasten, dessen Ablaufdatum mehr als dreizehn Jahre zurücklag. Egal. Er nahm ein Fläschchen Jod aus dem Kasten und einen der Schraubenzieher aus dem Werkzeugset. Er zog sein Hemd aus, legte es neben den Scanner auf das Autodach und setzte sich in den Fond des VW. Er ertastete erneut die Stelle unter dem

Schlüsselbein, setzte den Schraubenzieher an und rammte das Metall ins Muskelfleisch.

Der Schmerz war infernalisch. Blut sickerte aus der Wunde. Aber es spritzte nicht. Er hatte keine Schlagader verletzt. Shen bewegte den Schraubenzieher hin und her, die Schmerzen wurden noch heftiger. Doch er hatte gelernt, mit Schmerzen umzugehen. Er lenkte seine Konzentration auf ein anderes Körperteil. So schob er den Schmerz in den Hintergrund. Wie im unscharfen Teil einer Fotografie.

Das Blut lief in langen Streifen über seine Brust und die Rippen auf den Rücksitz des Autos. Mit dem Schraubenzieher spürte er einen winzigen Widerstand im Fleisch. Etwas Hartes. Wie der Kern einer Frucht. Und wie man einen Kern aus dem Fruchtfleisch pulen würde, bewegte er den Schraubenzieher. Schließlich kam das Ding zum Vorschein. Klein wie ein Reiskorn, silbern und metallisch. Es blieb an dem gerinnenden Blut auf seiner Brust kleben.

Er nahm den Chip zwischen Daumen und Zeigefinger, betrachtete ihn kurz und schnippte ihn aus dem Autofenster auf die andere Straßenseite. Sofort änderte sich der Piepston des Scanners.

43

Straflager Masanija, China, acht Monate zuvor

Sie nannten ihn Gou. Den Hund. Weil es wie heiseres Gebell klang, wenn er schrie. Und er schrie dauernd. Er weckte die Lagerinsassen mit seinem Gebell, schickte sie mit Gebell in den Hof, zum Nähen, zum Bügeln, zum Essen. Er löschte abends mit Gebell das Licht.

Nicht selten pickte er Insassen heraus, die er, aus welchem Grund auch immer, besonders laut anbellte. Gou bellte sogar, während er ihnen die Beinspreize anlegte, einen Balken, der zwischen die Füße geschnallt wurde, sodass man nur noch gehen konnte, indem man die Beine in Halbkreisen vorwärtsschwang.

Shen Bao bellte er täglich an, mehrmals, grundlos und umso erregter, je weniger der Gefangene reagierte. Shen hatte schon vor langer Zeit verstanden, warum der Hund ihn dermaßen auf dem Kieker hatte. Gou hatte einst eine Karriere beim Militär angestrebt und sich bei den Schneeleoparden beworben. Doch er hatte die Aufnahmeprüfung nicht bestanden und es nur zum Aufseher im Straflager von Masanija gebracht.

In Shen sah er die Chance, seinem Schicksal Gerechtigkeit

zu verschaffen. Einem ehemaligen Leutnant der Schneeleoparden zu zeigen, wo der Hammer hing, das war ganz nach Gous Geschmack. Es schien ihm fast erotische Befriedigung zu verschaffen.

Es war ein Donnerstagmorgen. Der Hund schob seinen Fuß unter den Spreizbalken zwischen Shens Fußknöcheln und hob ihn an. Shen hatte keine Chance. Seine Füße waren an den Balken gekettet, seine Hände vor dem Bauch zusammengebunden. Er verlor das Gleichgewicht und fiel ungebremst auf das Steißbein. Zum dritten Mal in dieser Woche. Shen war sicher, dass das untere Ende seiner Wirbelsäule angebrochen war. Anders konnte er das Kribbeln in seinen Füßen nicht erklären, das sich seit zwei Tagen bemerkbar machte.

Während er auf dem Rücken lag und auf Gous übliche Stockhiebe wartete, wurde ihm wieder einmal klar, dass er keine zehn Jahre in diesem Lager durchhalten würde.

Zehn Jahre. Das war die Strafe, die das Militärgericht verhängt hatte. Zehn Jahre wegen Befehlsverweigerung. Zehn Jahre, weil er ein Kind nicht hatte töten wollen. Der Prozess war eine Farce gewesen. Die Geschichte von General Park und seiner Familie hatte er nicht vortragen dürfen.

Militärgeheimnis.

Angeblich stand die Sache in den Akten, die dem Gericht vorlagen. Aber Shen hatte Zweifel, ob das stimmte. Letztlich war es nur um die Frage gegangen: Feldwebel Tao oder er. Sie war die Belastungszeugin.

Hätte man ihn freigesprochen, hätte Tao im Gegenzug verurteilt werden müssen. Weil sie ihrem direkten Vorgesetzten den Gehorsam verweigert hatte. Weil sie ihn mit der Waffe bedroht hatte. Ihm sogar ins Bein geschossen hatte. Aber auch das Militärgericht wusste, wie wertvoll Tao als Scharfschützin war. Und noch sensibler war das Geheimnis von General Parks Tod. Nicht auszudenken, wenn Nordkorea erfahren hätte, dass Park jahrelang hochbrisante Information an China weitergegeben hatte.

Ein wenig hatte Shen gehofft, die beiden Gefreiten, die bei dem Einsatz im Changbai-Gebirge dabei gewesen waren, würden ihm beispringen. Seine Sichtweise unterstützen. Shen wusste, dass einer der beiden ein Kind hatte. Doch die Gefreiten hielten den Mund. Der Grund war einfach: Shen war ein Angeklagter. Und ein Angeklagter hatte ein ähnliches Ansehen wie ein Pestkranker im Mittelalter. Mit einem Angeklagten machte man sich nicht gemein.

Die beiden Gefreiten hatten ihm nicht in die Augen sehen können, als sie ihre Zeugenaussage machten und Feldwebel Taos Vorgehen rechtfertigten. Nach den drei Vernehmungen wurde Shen zu zehn Jahren Lagerhaft verurteilt.

Nun lag er vor dem Hund auf dem Boden. Sein Steißbein brannte, als hätte jemand ein Stilett zwischen die beiden untersten Lendenwirbel gerammt.

»Heute ist ein besonderer Tag«, sagte der Hund.

Shen ahnte nichts Gutes.

Der Wärter zog ein Stück Metall aus der Brusttasche. Eine Rasierklinge. »Heute wollen wir den Herrn Leutnant von den Schneeleoparden mal ein bisschen in Form bringen …«

»Danke, ich finde, mir steht ein Bart«, sagte Shen.

Doch Humor war nicht die Sache des Hundes. Der Wärter klemmte die Rasierklinge zwischen Daumen und Zeigefinger, hockte sich auf Shens Brust und begann, über dessen Wange zu schaben.

»Ich bin leider als Barbier nicht besonders geübt, Leutnant.«

Seine Art von Humor. Er verpasste Shen einen Schnitt in die Wange und setzte eine betrübte Miene auf. Seine Art von Ironie.

»Hoppla, das ging ein bisschen daneben«, sagte der Hund.

Shen hielt still. Jede Bewegung konnte die Sache verschlimmern.

»Ich werde am besten noch mal von vorne anfangen.«

Der Wärter setzte die Klinge unter dem Haaransatz an Shens rechter Stirnseite an und zog sie durch das Fleisch des Schädels über die Wange und den Hals hinunter zum Schlüsselbein. Shen spürte die Wärme des Blutes, das ihm über die Wange ins Genick lief. Er wartete auf den Schmerz. Der Wärter besah zufrieden sein Werk und versuchte, die Klinge von der rechten in die linke Hand zu nehmen.

Dabei fiel sie ihm aus der Hand. Genau auf Shens Mund.

Shen reagierte in einem Sekundenbruchteil. Ein Reflex. Keine bewusste Entscheidung. Er schnappte die Klinge mit den Lippen, presste sie zwischen die Zähne und wuchtete seinen Oberkörper in die Höhe. Wie ein Kind, das sich bei seinen Eltern anschmiegt, presste er sein Gesicht an den Hals des Hundes. Nur, dass er kein Kind war, sondern ehemaliger Leutnant einer Spezialeinheit mit einer Rasierklinge zwischen den Kiefern. Und erfüllt von rasendem Zorn. Shen riss seinen Kopf hin und her. Wieder floss Blut. Diesmal das des Hundes.

Es spritzte aus seinem Hals wie Wasser aus einer geplatzten Sprudelflasche. Aufseher Guo wurde schlaff und bleich. Er verdrehte die Augen und kippte zur Seite. Sein Blut ergoss sich über den Beton des Flurs. Shens Mithäftlinge sahen weg, manche liefen an dem Geschehen vorbei, als wäre Donnerstag der Tag, an dem Wärter aufgeschlitzt werden. Tatsächlich dauerte es mehrere Minuten, bis ein weiterer Aufseher das Gemetzel erblickte und Alarm schlug.

Das Gericht erhob sich nicht für die Urteilsverkündung. Shen Baos Verdikt wurde in neunzig Sekunden verlesen. Ein Richter mit schütterem Haar nuschelte es in ein Mikrofon auf der Richterbank aus Plastiklaminat. Tod durch die Giftspritze. Zu vollstrecken binnen achtundvierzig Stunden.

Shen blickte zu der Frau neben ihm. Ihre Haare waren zu einem strengen Zopf gebunden. Seine Anwältin, vermutete er, obgleich er sie noch nie zuvor gesehen hatte. Er beugte sich zu ihr, sprach sie an, doch sie starrte nur auf ein Blatt Papier und biss auf ihren Lippen herum. *Sei still, du armer Teufel, oder willst du mich mit ins Unglück reißen?*

Shen fiel auf, dass zwei ältere Herren auf einer Bank im Gerichtssaal saßen. Zwillingsbrüder. Sie hatten den Prozess schweigend verfolgt. Beide hatten eine hohe Stirn und einen spitzen, grauweißen Kinnbart. Ihre teuren Anzüge passten nicht zur Kleidung der Staatsbediensteten, die sonst noch im Raum waren. Als Shen die Zwillinge anstarrte, blickten sie unverhohlen zurück. Shen glaubte sogar, ein aufmunterndes Nicken zu sehen.

Nachdem der Richter den Raum verlassen hatte, beugte sich die Anwältin plötzlich doch zu Shen herüber. Zum ersten und letzten Mal sprach sie ihn an. »Die beiden Herren dort drüben ersuchen Sie um ein Gespräch. Ich würde dazu raten, anzuhören, was sie zu sagen haben.«

Shen nickte. Als hätte er eine Wahl.

44

Forschungscampus Martinsried, München, Deutschland

Mit einer Wolldecke, die in dem alten VW Passat lag, wischte sich Shen Bao das Blut vom Oberkörper. Er spritzte eine halbe Flasche Desinfektionsmittel aus dem Verbandskasten auf die Wunde und presste eine gerollte Mullbinde darauf. Zwei weitere Mullbinden nutzte er für einen notdürftigen Verband. Der Stoff sog sich mit Blut voll. Shen ignorierte es. Er stieg aus und zog sein Hemd an.

Den noch immer piepsenden Scanner nahm er in die Hand und versuchte, die Funktion der Knöpfe zu verstehen. Er drückte den roten Knopf. Der Scanner verstummte. Aber sonst geschah nichts.

Er drückte den grünen.

Ein Summen ertönte. Dann meldete sich eine Stimme. Männlich. Offenbar konnte man mit diesem Scanner auch kommunizieren. Shen hielt das Gerät ans Ohr und lauschte.

»Sind Sie das, Ms. Chang? Haben Sie Ihren Job erledigt?«, fragte die Stimme auf Englisch.

Shen erkannte den Akzent. Der Sprecher war Chinese. Wie er. »Sprechen Sie Mandarin«, fauchte er in das Gerät.

»Um Himmels willen, wer ist da?«

Die Stimme klang bestürzt. Aber sie sprach seine Sprache. Und Shen erkannte die Stimme. Er kannte sie gut. Er hatte sie damals nach seinem Todesurteil gehört. Im Gefängnis von Sichachai. In der Todeszelle. Es war die Stimme eines der Zwillingsbrüder. Offenbar desjenigen, der noch lebte. Der zweite der Fu-Brüder. Den anderen hatte er auf Guanaja getötet. Diese Schweine hatten ihm einen Mikrochip implantiert. So wie vermutlich allen Probanden. Unbändige Wut stieg in ihm auf.

»Ich erkenne Ihre Stimme, Fu Wang.«

»Wer, zur Hölle, sind Sie?«

»Ich bin Ihr Schicksal.«

Der Sprecher am anderen Ende atmete aus. Er schien nachzudenken. Und zu begreifen.

»Sind Sie das, Leutnant Shen? Hören Sie, ich kann Ihnen helfen. Ich kann das Experiment rückgängig machen. Sie werden wieder ein normaler Mensch sein. Wenn Sie mir vertrauen.«

»Wir beide wissen, dass das nicht stimmt. Sie haben die Konsequenzen des Experiments unmissverständlich erklärt. Damals in der Todeszelle. Als Sie mich und andere Häftlinge vor die Wahl stellten. Thiopental oder Ihre Experimente. Jetzt lügen Sie, weil Sie Angst haben, Fu.«

»Ich habe neue …«

»Halten Sie den Mund, Sie elender Teufel, und hören Sie mir zu. Diese Frau. Sie hatte dieses Gerät, durch das ich in diesem Moment mit Ihnen spreche. Sie konnte mich damit aufspüren. Wer ist sie?«

»Sie … sie ist eine Fanatikerin. Eine Agentin. Vom Geheimdienst. Vom Guongbu. Ich konnte mich nicht durchsetzen. Ich wollte Sie schonen. Sie hat den Auftrag, Sie zu töten.«

Shen dachte nach. Er schüttelte den Kopf. Nein. Diese Frau war keine Auftragsmörderin gewesen. Sie hatte Angst gehabt. Große Angst.

»Sie lügen.«

»Haben Sie sie ...?«, fragte Fu zögerlich.

»Nein, ich bin nicht an ihr interessiert. Sie hat mir nichts getan. Eine unschuldige Frau in den Abgrund zu reißen, das passt zu Ihnen, Fu. Nein, von jetzt an geht es nur um uns beide.«

Er hörte Fu atmen.

»Was denken Sie, *Fu xiānsheng* – reichen die Fähigkeiten, mit denen Sie mich ausgestattet haben, aus, um all Ihr Geld, Ihre Macht, Ihre Sicherheitskräfte zu überwinden? Um Sie zu finden und zu töten? Denn ich habe kein anderes Ziel mehr im Leben.«

»Leutnant Shen, bleiben Sie vernünftig. Die Sache in Guanaja ...«

»Der rote Knopf!«, brüllte Shen.

»Welcher rote Knopf?«

»Stellen Sie sich nicht dumm. Der Knopf an diesem Scanner. Oder wie immer Sie dieses Ortungsgerät nennen ...«

»Was ist damit?«

»Er sollte mich töten, richtig? Wie funktioniert das? Befindet sich Gift in dem Chip?«

Fu zögerte einen Sekundenbruchteil zu lange.

»Also stimmt es.« Shen machte eine Pause. »Na gut. An Ihrer Stelle hätte ich vermutlich eine ähnliche Vorsichtsmaßnahme getroffen. Damit liegen die Dinge klar. Einer von uns beiden wird sterben. Sehr bald. Und weitere Verantwortliche werden Vergeltungsmaßnahmen zu spüren bekommen. Jene Menschen, die eine Kreatur wie Sie gewähren ließen.«

»Die Kreatur sind Sie, Leutnant Shen. Akzeptieren Sie das. Sie töten Unschuldige. Sie sind kein Mensch mehr. Wenn Sie einen Funken Anstand im Leib haben, dann töten Sie sich selbst.«

»Diesen roten Knopf auf dem Scanner, den können Sie

auch aus der Ferne auslösen. Per Satellit. Oder wie auch immer. Stimmt's?«

»Nur, wenn eine Sprechverbindung besteht.«

»So wie jetzt? Lassen Sie mich raten. Sie haben es eben versucht. Während wir sprachen. Habe ich recht?«

Wieder zögerte Fu zu lange.

Shen drückte den grünen Knopf. Das Gespräch war beendet.

45

Forschungscampus Martinsried, München, Deutschland

Die Feuerwehrleute rollten ihre Schläuche auf. Der Alarm war vorüber und das Gebäude freigegeben. Nur ein kleiner Bereich des Firmengeländes war noch mit Flatterbändern abgesperrt. Das Gerücht machte die Runde, ein Unbekannter habe einen Brandsatz durch ein Seitenfenster geworfen. Einen besseren Feuerwerkskörper. Selbst gebastelt. Das Ding hatte einen gehörigen Knall und eine Menge Rauch verursacht. Mehr aber auch nicht.

Während eine Polizeistreife eintraf, um wegen Brandstiftung zu ermitteln, begaben sich die Mitarbeiter der ProtoPure GmbH wieder an ihre Arbeitsplätze. Nuri Zamiro und Livia Chang nahmen die andere Richtung und gingen zur schwarzen BMW-Limousine, deren Fahrer auf sie gewartet hatte. Nuri tippte auf seinem Smartphone herum. Livia konnte noch immer keinen klaren Gedanken fassen, seit ihrer Begegnung mit dem entflohenen Probanden. Fus Kreatur. *Camazotz.*

Am Rand der Grasfläche begegneten sie der Empfangsdame, die sich an einen Zementpoller lehnte. Sie wirkte verwirrt, noch immer benommen von den Ereignissen der letzten zwanzig Minuten. Livia folgte einer Eingebung und sprach die Frau unvermittelt an.

»War Professor van Keuken gestern allein hier?«

»Wie bitte?«

»Van Keuken. Glattes Haar, wulstige Lippen. Sie war gestern hier. Wegen CerebXTI. War sie allein?«

Die Rezeptionistin starrte vor sich auf den Rasen. »Nein, zwei Männer haben sie begleitet.«

»Welche Sprache sprachen sie? Wie sahen sie aus?«

»Einer war sehr groß. Blond ...« Plötzlich schien die Empfangsdame wie aus einer Trance zu erwachen. »Was geht Sie das überhaupt an? Wie kommen Sie dazu, mich auszufragen?« Sie richtete sich auf und marschierte mit klappernden Absätzen zum Eingang ihrer Firma.

Nuri lächelte Livia an. »Nicht schlecht. Immerhin haben wir eine weitere Information bekommen. Du hattest doch auch den Bildschirm der Rezeptionistin fotografiert, auf dem verzeichnet war, zu welcher Uhrzeit van Keuken gestern hier war, richtig?«

»Ja.« Livia öffnete das Foto und hielt ihm ihr Smartphone hin.

»Schickst du mir das Bild?«

»Klar.«

Livia drückte auf Senden. Nuris Phone gab ein Empfangssignal von sich. Er tippte noch einige Sekunden lang auf seinem Gerät herum, dann wandte er sich wieder ihr zu.

»Lass uns einsteigen.« Er deutete auf den BMW.

»Wohin sollen wir fahren?«

»Sag ich dir gleich.«

Livia zuckte mit den Schultern.

Sie setzten sich in den Fond des Wagens. Nuris Smartphone gab einen weiteren Ton von sich. Er blickte auf den Bildschirm. Dann nannte er dem Fahrer das Ziel: »Berchtesgaden.«

Livia blickte zu Nuri hinüber. Sie verbarg ihr Erstaunen nicht. »Warum das? Was sollen wir in einem bayerischen Bergdorf?«

»Van Keuken ist vermutlich dort.«

»Woher willst du das wissen?«

»Ich habe es eben erfahren.«

»Zum Teufel. Wie kannst du solche Dinge herausfinden, Nuri? Erklär es mir endlich. Ist das wieder dein Onkel im Außenministerium?«

Er blickte sie mit ausdruckslosem Gesicht an. »Wir haben alle unsere Leichen im Keller, oder, Livia?«

Sie wurde rot. Innerlich musste sie ihm zustimmen. Sie fragte sich, ob sie Nuri einweihen sollte. Ob sie ihm von dem entlaufenen Monster erzählen sollte. Dem Produkt von Fus grauenhaften Experimenten auf Guanaja. Dem falschen Feuerwehrmann. Von dem Scanner, ohne den sie nun keine Chance mehr hatte, Fus Auftrag zu erfüllen, um ihre Familie zu retten. Einen Auftrag, den sie ehrlicherweise nie erfüllen wollte. Eine gnadenlose Erpressung. Sie hatte den Mann nicht getötet. Er hatte ihr mehr Respekt eingeflößt als Angst. Sie fragte sich, welche Gründe Fu noch hatte, diesen Mann umzubringen.

Sie dachte an ihre Schwester, ihren Vater und daran, was Fu ihnen antun würde. Sie dachte an ihren Job in New York, den sie vermutlich bald los war. Sie schüttelte sich. Es kostete sie einiges an Kraft, nicht in Tränen auszubrechen. Ihr Entschluss stand fest. Sie würde schweigen.

Der Fahrer lenkte das Auto auf die Ringstraße, die um München herumführte, um die Autobahn nach Salzburg anzusteuern.

46

Forschungscampus Martinsried, München, Deutschland

Vom Fahrersitz des alten VW Passat aus beobachtete Shen Bao, wie die Feuerwehr abrückte und Polizisten eintrafen. Die Beamten waren vermutlich auf der Suche nach ihm. Dann sah er die Frau, der er den Scanner abgenommen hatte. Sie kam zusammen mit einem dunkelhäutigen Mann aus dem Gebäude. Die beiden schienen sich zu beraten, während er auf seinem Mobiltelefon herumtippte. Sie sprachen eine Frau an, die an einem Betonpoller lehnte. Nach einigem Hin und Her setzten sie sich in eine schwarze Limousine, die von einem Chauffeur gesteuert wurde.

Die kleine dunkelhaarige Frau war seine Spur zu Fu. Seine einzige Spur. Die Chance, seinen Schöpfer zu finden. Sie hatte diesen Scanner besessen. Sie hatte von Fu die Anweisung erhalten, ihn zu töten. Sie konnte ihn zu Fu führen.

Er musste dem schweren BMW folgen. Aber der gestohlene VW war chancenlos gegen diesen Luxuswagen. Sein Gehirn arbeitete die Optionen in rasender Geschwindigkeit durch. Wie von selbst startete seine rechte Hand den Passat. Sein Fuß gab Gas, und das Auto raste auf die Zufahrtsstraße des Forschungscampus. Seine Augen suchten die Parkbuchten rechts und links ab. Nach der zweiten Kreuzung wurde er fündig. Ein gelber Ferrari wartete mit eingeschaltetem Blinker am Straßenrand.

Er bremste und musterte den Wagen. Zu auffällig, entschied Shen. Sein Gasfuß jagte die Drehzahl des Passat wieder hoch.

Kurz, bevor die Zufahrtsstraße des Campus auf die dreispurige Ringstraße mündete, erspähte Shen eine weitere Chance. Ein silbergrauer Porsche wartete am Stoppzeichen auf die nächste Lücke, um sich in die Ringstraße einzufädeln.

Shen ließ den Passat ausrollen und in das Heck des Porsche krachen. Die Zierleisten des Kühlergrills splitterten in alle Richtungen, die Motorabdeckung sprang auf. Ohne abzuwarten, setzte Shen den Passat im Rückwärtsgang auf den Seitenstreifen, stieg aus und lief zu dem Porsche. Eine Frau mit weißblond gefärbtem Haar und rosafarbenem Sommerkleid öffnete die Fahrertür und gab allerlei Flüche von sich.

Shen ging auf sie zu, ergriff ihren Arm, riss sie herum und versetzte ihr einen Handkantenschlag. Das würde ihr ein paar Minuten lang das Bewusstsein rauben. Mehr nicht. In seinem früheren Leben hatte er das häufig gemacht. Er knallte die verbogene Heckklappe des Porsche zu, hob die Frau über seine Schulter, trug sie zum VW und setzte sie auf den Fahrersitz. Seine Sinne suchten die Umgebung nach den Anzeichen weiterer Menschen ab. Niemand war in der Nähe. Er ging zum Porsche und setzte sich hinter das Steuer. Der Motor sprang trotz der zerstörten Heckklappe problemlos an. Er manövrierte den Sportwagen rückwärts zu dem Passat am Straßenrand.

Er wartete.

Nach weniger als einer Minute kam der schwarze BMW vorbei und fädelte sich in den Verkehr der Ringstraße ein. Shen Bao schob den Schalthebel auf Drive und gab Vollgas. Der Sechszylinder röhrte auf, und der Wagen schoss vorwärts.

47

Obersalzberg,
Berchtesgaden, Deutschland

Der Fahrer der BMW-Limousine nahm die letzten Kurven der Landstraße zwischen Berchtesgaden und dem Obersalzberg. Zu Zeiten des Nationalsozialismus war das Gelände zum »Führersperrgebiet« erklärt worden und für die Öffentlichkeit nicht zugänglich gewesen. Heute waren die Hänge und Ebenen rund um den Obersalzberg und Adolf Hitlers einstigen Landsitz eine Touristenattraktion. Auf einem weiträumigen Parkplatz stellten die Besucher ihre Autos ab. Ein separater Bereich war für Reisebusse reserviert, die Besuchergruppen aus aller Herren Länder auf das Gelände brachten.

Die Menschen besuchten eine Gedenkstätte, die in den einstigen unterirdischen Bunkeranlagen untergebracht war. Einige Wirrköpfe suchten die Reste von Hitlers Residenz, dem Berghof, der nach dem Kriegsende dem Erdboden gleichgemacht worden war. Nebenan existierte nur noch das Hotel *Zum Türken*, in dem einst die SS-Leibstandarte Hitlers residierte. Am meisten jedoch interessierte die Touristen das einzige noch komplett erhaltene Nazibauwerk: das Kehlsteinhaus, hoch oben auf einem Berggipfel, von amerikanischen

GIs nach dem Krieg pathetisch zum »Eagle's Nest« erkoren, obwohl der vermeintliche Adler, Adolf Hitler, das von seinem Faktotum Martin Bormann erbaute Kehlsteinhaus kaum je besucht hatte. Der Führer litt an Höhenangst.

Trotz vieler Luftangriffe hatte das Kehlsteinhaus die Bomben der Alliierten überstanden, ebenso wie die Überlegungen der Bayerischen Staatsregierung, auch dieses Gebäude zu zerstören. Heute fuhren Zubringerbusse und ein mit Messing und venezianischen Spiegeln ausgekleideter Aufzug hinauf – ein anschauliches Zeugnis des nationalsozialistischen Größenwahns.

Während der schwarze BMW mit mehr als zweihundert Stundenkilometern über die Salzburger Autobahn gerast war, hatte Nuri Livia erklärt, warum sie hierherfuhren und er zu ahnen glaubte, wo sich Gritje van Keuken befand.

»Eine amerikanische Handynummer hat sich gestern in die Mobilfunkmasten von Martinsried eingewählt«, berichtete Nuri, »genau zu der Zeit, als van Keuken die zwölf Kilo Matrixgel abgeholt hat. Ich halte es für möglich, dass es sich um van Keukens Nummer handelt.«

»Wo auch immer du solche Informationen herhast, Nuri ...«

»Seither ist diese Nummer in keinem deutschen Mobilfunknetz mehr aufgetaucht.«

»Woher willst du dann wissen, dass van Keuken jetzt hier ist?«

»Zeitgleich mit der amerikanischen Telefonnummer sind gestern zwei weitere Nummern in Martinsried aufgetaucht und wieder verschwunden. Deutsche SIM-Karten. Vielleicht ist das nur Zufall. Aber es könnten auch die zwei Typen gewesen sein, die van Keuken begleitet haben. Aus welchem Grund auch immer sie das taten. Das Telefon von einem der beiden ist im Moment hier in der Gegend aktiv.«

Livia war baff. Wie konnte ein Biochemiker aus Boston an die Verbindungsdaten deutscher Mobilfunknetze gelangen?

Doch sie entschied sich, Nuri in diesem Augenblick nicht nach der Quelle der Informationen zu fragen. Auch wenn es sie brennend interessierte.

Der Fahrer lenkte den BMW auf den Besucherparkplatz und hielt neben einem Opel, aus dem gerade eine fünfköpfige Familie stieg. Livia und Nuri baten den Fahrer wieder zu warten. Der Mann nickte stoisch.

Sie sahen sich auf dem Parkplatz um. Eine Menschenschlange wartete vor den Kassenhäuschen, um Tickets zu erwerben. Mehrere rote Busse standen zum Einsteigen bereit. Livia sah, wie bereits ein Buss voller Touristen eine Serpentinenstraße hinauffuhr. Einer der wartenden Busse öffnete soeben seine Türen für eine Besuchergruppe.

»Die Faszination des Bösen«, sagte Nuri.

Livia nickte.

»Ich schlage vor, wir trennen uns für die Suche«, sagte Nuri. »Ist es okay, wenn du den Parkplatz unter die Lupe nimmst? Ich fahre derweil zum Kehlsteinhaus hoch und sehe mich dort um.«

Wieder nickte Livia. »Alles klar. Was tun wir, wenn wir van Keuken entdecken? Sollen wir sie direkt konfrontieren?«

»Wir sollten es spontan entscheiden. Es hängt auch davon ab, wer bei ihr ist. Ich würde sagen, wer sie zuerst erspäht, ruft den anderen an.«

»Okay, geht klar.«

Nuri ging mit schnellen Schritten auf eine Gruppe Menschen zu, die soeben Bustickets zum Kehlsteinhaus erworben hatten. Scheinbar in sein Handy vertieft, rempelte er einen fettleibigen Amerikaner an, entschuldigte sich für seine Ungeschicktheit, machte kehrt und mischte sich unter die Touristen, die im Begriff waren, in den Bus zu steigen. Er zeigte dem Fahrer ein Ticket und nahm Platz. Als auch die amerikanische Touristengruppe den Bus besteigen wollte, tastete der dicke Mann kopfschüttelnd seine Taschen ab. Der

Busfahrer wedelte mit dem Zeigefinger. Livia hörte den Satz: *»No ticket, no bus!«*

Der dicke Amerikaner blieb fassungslos auf dem Parkplatz stehen, während der Bus mit Nuri an Bord die Serpentinen zum Kehlsteinhaus in Angriff nahm.

Livia ließ ihren Blick über die Menschen am Kassenhäuschen schweifen. Konnte es sein, dass Gritje van Keuken hier war? Dass sie einen Tag, nachdem sie zwölf Liter eines Spezialelixiers besorgt hatte, eine Touristenattraktion besuchte? Ja, vielleicht war das in der Tat plausibel. Vielleicht waren ihre zwei Begleiter deutsche Wissenschaftler, die eine Kollegin aus Amerika mit ein bisschen Landeskunde beeindrucken wollten.

Während Livia darüber nachdachte, begann sie, auf dem Parkplatz kreuz und quer zwischen den abgestellten Fahrzeugen umherzustreifen. Der schwarze BMW, mit dem sie gekommen war, stach aus den Reihen deutscher Mittelklassewagen heraus. Auch ein silbergrauer Porsche fiel ihr ins Auge. Allerdings waren weder ein BMW noch ein Porsche Seltenheiten auf deutschen Straßen. Sie erreichte das Ende des Parkplatzes. Zwischen einem Audi und einem japanischen Kombi stand ein ungewöhnliches Fahrzeug. Ein älterer VW-Bus mit dunklen Scheiben. Die Scheiben waren nicht getönt, sondern mit Folie abgeklebt.

Sie blieb vor dem Bus stehen und versuchte, ins Innere zu spähen.

48

Besucherparkplatz, Obersalzberg, Deutschland

Die Fahrt war eine interessante Erfahrung gewesen. Mit mehr als zweihundert Kilometern pro Stunde musste Shen Bao dem schwarzen BMW auf den Fersen bleiben. Ein Fahrzeug mit dieser Geschwindigkeit zu steuern, war ungewohnt gewesen. Andererseits fiel es ihm erstaunlich leicht. Es fühlte sich an wie ein Videospiel, das er schon Tausende Male gespielt hatte. Auf unerklärliche Weise hatte Shen sämtliche Fahrzeuge seiner Umgebung gleichzeitig im Blick. Als würde sein Geist über dem Geschehen schweben. Er konnte vorausahnen, wann ein Auto von der rechten Spur plötzlich nach links ausscheren würde. Er wusste, wenn jemand vor ihm die Überholspur blockieren würde und der BMW zu viel Vorsprung zu bekommen drohte. Zweimal war er zwischen zwei Lastwagen hindurch nach rechts gezogen, um auf der Standspur zu überholen. Den Porsche zu beherrschen fiel ihm genauso leicht, wie die Lücken im Verkehr zu finden. Sein Körper erledigte das wie von selbst.

Nun stand er auf diesem Parkplatz, im Schatten eines Reisebusses, umgeben von Bergen und Touristen. Die Frau, der er den Scanner abgenommen hatte, und der dunkelhäutige

Mann waren soeben aus dem schwarzen BMW gestiegen. Der Dunkelhäutige war in einen der roten Busse verschwunden, die auf einer Serpentinenstraße bergauf fuhren. Die Frau war auf dem Parkplatz geblieben und schlich zwischen den parkenden Autos herum.

Shen folgte ihr in einigem Abstand.

49

Kehlsteinhaus,
Obersalzberg, Deutschland

Das Messing leuchtete wie Gold. Hundertfach spiegelten sich die Gesichter der Touristen im Metall der Fahrstuhlkabine. Nuri erschauderte bei dem Gedanken, dass Hitler und seine Speichellecker mit diesem Aufzug unterwegs gewesen waren. Der mit poliertem Messing ausgekleidete und verspiegelte Lift hatte den Naziführer und seine Gäste auf prunkvolle Weise die letzten hundert Meter zum Kehlsteinhaus hinaufbringen sollen, durch einen senkrechten Schacht mitten im Berg. Beim Bau des Fahrstuhls war genauso wenig gespart worden wie bei dem steinernen Gebäude auf dem Gipfel. Angetrieben wurde der Lift einst von einem deutschen U-Boot-Motor. In gegenwärtiger Kaufkraft gemessen, hatte der Bau des Gipfelhauses hundertfünfzig Millionen Dollar gekostet. Ein Irrwitz, vor allem, weil Hitler kaum Geschmack an dem spektakulär gelegenen Refugium gefunden hatte.

Seine Geliebte Eva Braun war öfter hier oben gewesen. Das hatte Nuri in einer Biografie gelesen. Er stellte sich vor, wie Braun auf dem Kehlstein ihre Freundinnen mit Kaffee, Kuchen und Riesling-Sekt bewirtete, während ihr Liebster

Millionen unschuldige Menschen in KZs und an der Ostfront abschlachten ließ.

Am Gipfel angekommen, trat Nuri aus dem Fahrstuhl und nahm die Besuchermassen in den Blick. Die Szenerie glich einem Wimmelbild aus einem Kinderbuch. Zu Dutzenden saßen Menschen im Biergarten vor den massiven Mauern des Kehlsteinhauses. Grüppchenweise schritten sie durch die weitläufigen Flure und Zimmer des Gebäudes. Nuri suchte nach der Gestalt van Keukens, klein, dick, Schnittlauchhaare. Gleichzeitig war er nicht sicher, dass sie persönlich anwesend war. Also hielt er auch nach den Männern Ausschau, die seine Chefin in Martinsried begleitet hatten, einer davon groß und blond.

Wie ein Mustererkennungsprogramm scannte er seine Umgebung. Auf diese Weise hatte er in seiner Jugend nach Fahrkartenkontrolleuren Ausschau gehalten: indem er in Millisekunden alle Menschen ausblendete, die nicht ins Schema passten. Familien mit Kindern, Ältere, Touristen aus Fernost, Amerikaner mit beigefarbenen Hosen und weißen Turnschuhen, angetrunkene Männergruppen.

Ein einzelner hellblonder Mann fiel ihm ins Auge, muskulös, fast einen Meter neunzig groß. Doch Nuri strich ihn von der Liste. Der Mann trug Sportkleidung und hielt einen Helm in der Hand. Vermutlich ein Bergsteiger oder Mountainbiker.

Nuri beschloss, eine Runde um das Haus zu drehen. Er musste jedoch feststellen, dass die Außenwände an zwei Seiten in einen mehrere Hundert Meter tiefen Abhang übergingen. Hier war kein Durchkommen. An der Ostseite blickte er am Haus nach oben und stellte fest, dass an dieser Seite ein achteckiger Erker angebaut war. Nuri machte kehrt und betrat das Gebäude. Er durchquerte einen Saal mit Steinboden, Wirtshaustischen und weiteren Touristen, die sich über Schweinebraten und Würste hermachten. Über einige Stufen erreichte er das höher gelegene Erkerzimmer. An einer

Seite prangte ein wuchtiger offener Kamin aus rötlichem Carrara-Marmor. Eine Familie mit drei Kindern bestaunte ihn. Zwei Männer standen an einem der Fenster und schienen das Bergpanorama zu genießen. Nuri blickte aus einem der anderen Fenster auf den Königssee hinunter. Aus dem Augenwinkel beobachtete er die beiden Männer. Sie sprachen leise miteinander. Auf Englisch. Nuri glaubte, einen amerikanischen und einen italienischen Akzent zu hören. Sein Instinkt meldete Alarmstufe Rot. Diese Männer waren keine Touristen. Einer der beiden, der Amerikaner, hielt einen Koffer in der Hand. Einen Aktenkoffer.

Ehe Nuri den Inhalt des Gesprächs zwischen den beiden entschlüsseln konnte, betrat ein weiterer Mann den Raum.

Es war der hellblonde Bergsteiger. Er ging auf die beiden Männer zu. Man schüttelte sich kurz die Hände. Nuri war nun sicher, dass die drei nicht aus touristischen Gründen hier waren. Er fragte sich, warum sie diesen exponierten Treffpunkt gewählt hatten. Aber vermutlich hatten sie eine alte Spionageweisheit befolgt, wonach Menschen am wenigsten sichtbar sind, wenn sie sich unter viele andere Menschen mischen.

Nuri wurde klar, dass er sich von der Bergsteigerkluft des Hünen hatte täuschen lassen. Der Mann war zweifellos einer der beiden Begleiter van Keukens gewesen. Einer der Männer, die die Rezeptionistin der ProtoPure GmbH beschrieben hatte. Welchem Zweck auch immer die Funktionskleidung und der Helm dienen mochten.

Der mutmaßliche Amerikaner legte den Aktenkoffer auf den Fenstersims und blickte sich im Raum um. Nuri schaffte es gerade noch rechtzeitig, seinen Blick abzuwenden und aus dem Fenster zu starren, als hätte ihn das Bergpanorama in den Bann gezogen. Drei schnatternde Frauen traten in das Erkerzimmer und lenkten kurzzeitig die Aufmerksamkeit der drei Männer auf sich.

Nuri hörte, wie die Verschlüsse des Aktenkoffers aufklappten. Er schielte zu den Männern, die sich nun auf den Inhalt des Koffers konzentrierten. Der große Blonde nickte, der Koffer wurde wieder verschlossen. Der Blonde zog einen Autoschlüssel aus der Tasche, übergab ihn dem Amerikaner und bekam im Gegenzug den Aktenkoffer ausgehändigt. Grußlos machte er kehrt und hastete aus dem Raum.

Das stellte Nuri vor ein Dilemma. Er konnte sich entweder auf die beiden Männer konzentrieren oder den Blonden verfolgen. Er entschied sich für den Blonden. Von diesem war er sicher, dass er zuletzt mit van Keuken zusammen gewesen war.

Um keinen Verdacht zu erregen, schlenderte er wie ein Besucher aus dem Erkerzimmer. Dabei zog er sein Handy hervor und machte über seine Schulter hinweg ein Selfie, auf dem die beiden Männer zu sehen waren. Als er sich außerhalb des Blickfelds der beiden befand, begann er zu rennen und drückte gleichzeitig die Anruftaste. Er wollte Livia alarmieren, dass zwei Männer vermutlich mit dem nächsten Bus ins Tal kommen würden. Vielleicht konnte sie sich an die beiden heften, während er den Blonden verfolgte. Das Freizeichen des Handys ertönte, während Nuri durch den Biergarten vor dem Kehlsteinhaus hastete. Mit zuckenden Augen blickte er über die Besuchermassen vor sich hinweg. Zum Eingang des Messingaufzugs. Zum Gipfelkreuz. Dann sah er ihn.

Der Blonde stürmte im Laufschritt über den felsigen Grat, der zum Gipfelkreuz des Kehlsteins führte. Das war der Grund für die Bergsteigerkluft, vermutete Nuri: Der Mann war nicht mit den Bussen, sondern zu Fuß hergekommen.

Nuri drückte erneut die Anruftaste. Wieder nahm Livia das Gespräch nicht an. Er steckte das Handy ein und rannte dem Blonden hinterher. Doch der Abstand wurde nur größer. Nuri hatte keine Chance, den Blonden einzuholen. Er schien das

Gelände zu kennen. Auch machte er am Gipfelkreuz nicht halt, sondern rannte mit unverminderter Geschwindigkeit weiter, hinaus auf einen schwindelerregenden Grat. Nuri verlor ihn aus dem Blick. Zweifel kamen in ihm auf. Hatte er den falschen Mann verfolgt? Und hatte dieser ihn auch noch abgehängt?

Doch als Nuri das Gipfelkreuz erreichte, sah er den Mann. Er hatte wenige Hundert Meter weiter auf dem Grat angehalten. Der Aktenkoffer stand geöffnet neben ihm. Offenbar hatte er den Inhalt in einen kleinen Sportrucksack gestopft, den er seltsamerweise auf der Brust trug. Der Grund dafür wurde Nuri schnell klar: Der Blonde zog zwischen einigen Felsbrocken einen weiteren, großen Sack hervor. Es war ein Gleitschirm.

Nuri hielt auf ihn zu, während er versuchte, mit seiner Prothese nicht zu stolpern und in die Tiefe zu stürzen. Der Mann zog bereits die Gurte des Schirms über seine Schultern und Beine. Wenn er davonflog, würde Nuri ihn nie mehr aufspüren. Mit der richtigen Thermik konnte man von hier aus in ganz Bayern landen.

Der Blonde ging zwei Schritte rückwärts, um Anlauf zu nehmen. Nuri stolperte über einen kantigen Stein. Er fing sich wieder und beschleunigte. Er sah, wie der Mann einen Ausfallschritt vorwärts tat. Nuri legte noch mal Tempo zu, stemmte den Fuß seiner Prothese auf den Boden und hob ab wie ein Weitspringer. Er traf den Mann mit voller Wucht von der Seite. Der war gerade im Begriff gewesen, seinen letzten Schritt vor dem Absprung zu machen. Nuris Körpergewicht, multipliziert mit seiner beträchtlichen Geschwindigkeit, riss den Mann um. Dabei stieß er einen Schrei aus, der in ein Stöhnen überging, als der Aufprall auf dem Felsboden seine Lungen zusammenpresste. Nuri rollte über ihn hinweg und prallte ebenfalls auf einen Felsbrocken.

Der Hüne war stark und schnell. Er rollte sich auf den

Bauch und sprang auf. Doch er hatte ein Handicap. Der verpackte Gleitschirm auf seinem Rücken wog gut und gern zwanzig Kilogramm. Das schränkte seine Bewegungsfreiheit ein.

Als er Nuri ins Gesicht blickte, stieß er rassistische Flüche aus. Nuri ignorierte es. Beide belauerten sich, wie Sumoringer vor dem Zusammenprall. Nuri war klar, dass er dem Blonden keine Chance geben durfte, Anlauf zu nehmen. Ohne Anlauf würde er mit dem Gleitschirm nicht von der Felswand freikommen, die Hunderte von Metern in die Tiefe führte. Gleichzeitig musste Nuri vermeiden, dass der Mann ihn über die Kante des Grats warf. Ohne Gleitschirm.

Der Blonde hatte eine lange Karriere im Fitnessstudio hinter sich, vermutete Nuri. Ein mächtiger Bizeps zeichnete sich unter seinem Gore-Tex-Hemd ab. Doch Nuri entdeckte außerdem eine Schwachstelle. Der Mann hatte sich offenbar den Brustkorb geprellt. Seine linke Hand presste er auf die Rippen, während er die rechte, zur Kralle gekrümmt, auf Nuri richtete. Nuri entschied sich für eine Taktik, die unter Schachspielern Gambit heißt. Ein Opfer. Er stürmte auf den Blonden zu. Die Rechte des Hünen raste vorwärts und verpasste ihm einen mächtigen Hieb. Nuri nahm ihn mit seiner linken Schulter, in der sich stechender Schmerz ausbreitete. Doch sein Plan ging auf. Er setzte einen Sekundenbruchteil danach einen präzisen Schwinger auf die geprellte Brustkorbseite des Blonden. Die Schwachstelle. Der Hüne ging zu Boden wie George Foreman gegen Muhammad Ali beim großen Kampf von Kinshasa. Doch anders als im Boxring entschied sich Nuri, die Regeln fairer Kampfkunst zu ignorieren. Mit der Fußspitze seiner Prothese brach er seinem am Boden liegenden Gegner das Nasenbein. Titan traf auf Knochen.

Grunzend rollte der Mann auf den Rücken und ruderte mit den Armen wie ein halb totes Insekt. Blut sprudelte aus seiner Nase. Nuri schlag ein Bein um seinen Hals und fixierte es mit dem anderen Bein. Im Nacken des Mannes entdeckte Nuri eine Tätowierung. Ein liegendes Z, gekreuzt von einem kurzen Balken. Nuri kannte das Symbol. Die Wolfsangel. Die Abwandlung einer germanischen Rune. Einst war sie von der Hitlerjugend verwendet worden. Für moderne Neonazis war es ein Symbol für Kampfeswillen.

»Ein echter Nazi, was? Hast du Möchtegern-Heydrich gewusst, dass Hitler das Kehlsteinhaus scheiße fand?«

»Das geht dich nichts an, du verdammter N...«

Nuri presste die Beine zusammen. Dem Blonden versagte die Stimme. Mit schnellen Bewegungen tastete Nuri die Taschen und den Sportrucksack des Mannes ab. Er fand dessen Smartphone, nahm es und hielt es vor das Gesicht des Deutschen. Es brauchte mehrere Versuche, bis die Gesichtserkennung des Handys seinen Besitzer hinter der blutigen Nase erkannte und das Telefon entsperrte. Nuri suchte in den Einstellungen des Geräts herum, um die Bildschirmsperre abzustellen. Mit dem Handy wollte er sich später noch befassen.

Der Blonde nutzte den Moment der Ablenkung und schüttelte sich Nuri mit einer kraftvollen Seitwärtsdrehung vom Hals. Blut tropfte noch immer aus seiner Nase, aber er war schneller auf den Beinen als Nuri. Er ging rückwärts, bis er vier Schritte von der Kante des Grats entfernt war, und nahm Anlauf. Die ersten beiden Schritte brachten ihn bereits auf Startgeschwindigkeit. Bis zum Absprung waren es noch zwei weitere.

Beim dritten Schritt passierte es. Seine Fußspitze traf das Titan von Nuris Prothese. Reflexhaft hob der Blonde das andere Bein. Zu hoch. Der vierte und letzte Schritt war nur noch eine verzweifelte Ausgleichsbewegung. Er verlor die Balance und riss die Arme nach vorne, um den Fall abzufedern. Doch seine Hände griffen ins Leere, sein Oberkörper war bereits über dem Abhang. So begann der Blonde seinen

Gleitschirmsprung weder mit ausreichender Startgeschwindigkeit noch in fachgerechter, aufrechter Körperhaltung, sondern mit einem unfreiwilligen Hechtsprung. Wie ein Schwimmer, der vom Startbrett ins Becken sprang. Nur, dass dieses Becken sechshundert Meter tief war und kein Wasser enthielt.

Nuri blickte dem Mann hinterher. Bereits zehn Meter unterhalb des Grats schrammte er an die Felswand. Sein Fallschirmsack riss auf, das Tuch kam zum Vorschein, zerriss jedoch in lange Streifen. Zugleich platzte der Sportrucksack auf seiner Brust und gab den Inhalt frei. Geldscheine flatterten in der Thermik wie eine riesige Konfettiwolke.

Vom Gipfelkreuz näherte sich eine Gruppe Wanderer. Nuri rannte auf sie zu, wedelte mit den Armen und rief, jemand solle die Bergwacht alarmieren. Die Wanderer zogen ihre Handys hervor. Jedoch nicht, um zu telefonieren. Sie filmten das Spektakel der fliegenden Geldscheine.

50

Besucherparkplatz, Obersalzberg, Deutschland

Der Schlag traf Livia im Genick. Er raubte ihr zwar nicht das Bewusstsein, aber das Gleichgewicht. Sie taumelte seitwärts. Ein Arm schlang sich um ihre Taille. Die Hecktür des VW-Transporters ging auf, und jemand schleuderte sie in das Innere des Wagens. Sie bekam einen Streifen Panzertape über den Mund geklebt. Ihre Arme wurden auf den Rücken gebogen und an den Handgelenken mit Kabelbindern gefesselt. Das Gleiche geschah mit den Füßen.

Die Hecktür knallte zu. Livia versuchte, sich aufzubäumen. Ihr Kopf schlug gegen eine Kunststoffabdeckung. Benommen ließ sie sich in das Dunkel des Transporters fallen. Ein fauliger Duft stieg in ihre Nase. Sie versuchte, sich zu erinnern, woher sie den Geruch kannte. Eine würzige Mischung aus Achselschweiß und Zigaretten.

Neben ihr bewegte sich etwas.

Oder jemand.

Livias Herz fing an zu rasen, als etwas Weiches sie berührte. Erst ein Finger, dann mehrere. Sie tasteten sich von ihrer Schulter zu ihrer Wange und seitwärts bis zu ihrer Nase. Eine menschliche Hand. Livia zuckte zurück.

Ihre Augen gewöhnten sich an das Dunkel, sodass sie neben sich etwas erahnen konnte. Fasern. Sie glaubte, einen Wischmopp zu sehen. Nein, das waren Haare. Der Hinterkopf eines Menschen. Der Hinterkopf von Gritje van Keuken. Van Keukens Schnittlauchhaare waren unverkennbar. Ebenso wie ihr Körpergeruch. Die Wissenschaftlerin war mit den gleichen Kabelbindern gefesselt und lag mit dem Rücken zu ihr.

Ein Brummen kam aus van Keukens Kehlkopf. »Hm-hmmm.«

War es eine Aufforderung? Die Finger von van Keukens gefesselter Hand zupften an Livias Bluse herum.

Livia reagierte empört. Dann glaubte sie zu verstehen. Sie schob ihr Gesicht wieder nach vorne und ließ zu, dass van Keukens Hände es abtasteten. Die fleischigen Finger suchten, bis sie das Klebeband auf Livias Mund fanden. Sie bekamen ein Ende zu fassen und zupften daran. Livia schloss die Augen in der Erwartung, dass van Keuken an dem Band ziehen würde. Aber nichts geschah. Livia wurde klar, dass die Professorin ebenso wenig Bewegungsfreiheit genoss wie sie selbst.

Also wartete sie, bis van Keukens Finger erneut das Klebeband zu fassen bekamen, und riss ihren Kopf zurück. Es funktionierte. Das Band löste sich einen Fingerbreit von ihrem Mund. Nach drei weiteren Anläufen war es abgerissen.

»Vielen Dank, Professor van Keuken«, flüsterte Livia.

Die Wissenschaftlerin erstarrte. Zweifellos hatte sie keine Ahnung, wen sie soeben von einem Knebel befreit hatte. Nur, dass diese Unbekannte sie kannte.

»Hm-mmmh.« Diesmal klang ihr Brummen erstaunt.

»Ich komme mit meinen Händen nicht an das Klebeband auf Ihrem Mund heran«, flüsterte Livia. »Drehen Sie Ihren Kopf so weit wie möglich zu mir.«

Sie schluckte schwer und versuchte, durch den Mund zu atmen. Van Keuken stöhnte und verdrehte ihren Hals, so weit es ging. Ihre Schnittlauchhaare fiel in Strähnen über die

Ohren. Schließlich zeigte ihre Nase senkrecht nach oben. Livia sog Luft durch die Zähne, streckte ihren Oberkörper vor und näherte sich van Keukens Gesicht mit ihrem Mund. Ihre Lippen wanderten über die weichen, nach Zigarettenrauch riechenden Wangen van Keukens und suchten behutsam das Klebeband über dem Mund der Wissenschaftlerin, als wäre es der Auftakt einer sexuellen Begegnung. Als würde sie van Keuken mit Küssen bedecken.

Livia musste Luft holen und sog einen Schwall schweißhaltigen Dunst ein. Sie stöhnte nun auch, erspürte dann aber ein Ende des Klebebands mit ihren Lippen und nagte mit den Schneidezähnen daran, bis es sich löste. Sie biss auf das lose Ende und riss den Kopf nach hinten. Das Band löste sich einen Fingerbreit, bedeckte aber immer noch van Keukens Mund. Livia sah, wie van Keuken ihre Lider zusammenpresste und eine Träne aus dem Augenwinkel floss.

»Halten Sie still, sonst bekomme ich das Band nie ab«, zischte Livia. Sie brauchte ein halbes Dutzend Versuche, um das Band zu entfernen. Wütend spuckte sie es aus.

»Wer, zum Teufel, sind Sie?«, fauchte van Keuken, als ihr Mund frei war. »Woher kennen Sie mich?«

»Ich bin die Reporterin, die Sie vor einigen Tagen in Ihrem Labor erniedrigt haben. Die erotische Ms. Chingchong …«

»Ach, du Scheiße«, entfuhr es der Wissenschaftlerin.

»Vergessen Sie's. Wir sind gemeinsam gefangen. Also verzichten Sie einfach auf Ihre sexistischen Sprüche, und wir suchen nach einem Weg, uns zu befreien.«

Van Keuken brummte noch einmal. Es klang wie Zustimmung. »Die Kabelbinder bekommen wir wohl kaum ab …«, sagte sie. Eine treffende wissenschaftliche Analyse.

Ein Geräusch hallte durch das Auto. Jemand hatte mit der Hand auf die geschlossene Heckklappe geschlagen. Livia hörte Stimmen. Ein Mann sprach englisch, fehlerhaft, mit deutschem Akzent.

51

Zubringerbus,
Kehlsteinhaus, Obersalzberg, Deutschland

Zusammen mit einem Dutzend Touristen klemmte Nuri in einem der Shuttlebusse, die Besucher vom Kehlsteinhaus wieder ins Tal beförderten. Die Menschen schnatterten in mindestens vier Sprachen über die Gefährlichkeit des Gleitschirmfliegens. Viele wirkten geschockt von der Nachricht, dass oben am Gipfel ein Mensch in ihrer Nähe verunglückt war.

Nuri schirmte das Display des Handys, das er dem Deutschen abgenommen hatte, mit einer Hand ab und besah sich die Apps. Er öffnete den Chatdienst Telegram und scrollte durch diverse Chatverläufe. Eine Gruppe mit dem Titel »Nextlevelhumans« fiel ihm auf. Ihm wurde schnell klar, dass sich hier verirrte Weltverschwörer trafen und eine Art Attentat planten. Normalerweise hätte Nuri auf eine Bombe getippt. Aber der Chatname »Biohackerdeluxe« und die Hinweise auf die Firma in Martinsried ließen eher auf eine biologische Bedrohung schließen. Vielleicht ein Krankheitserreger? Ein Pilz? Milzbrand? Der Blonde war offenbar nicht in die Details eingeweiht gewesen, das wurde aus dem Chat klar. Er hatte lediglich angeboten, Material zu beschaffen und eine Person mit dem Tarnnamen Agent Orange zu entführen. Und das Ganze musste schnell gehen.

Nuri ging die Chatprotokolle ein weiteres Mal durch. Und fand einen Austausch von Direktnachrichten zwischen @AktionKesselring und einem gewissen @TheBase0601. Die Bedeutung des Zahlencodes entschlüsselte Nuri so schnell wie zuvor die Rune am Hals des blonden Gleitschirmfliegers. Es war das Datum der Erstürmung des Kapitols in Washington. Der 6. Januar 2021. Als er den Nachrichtenaustausch zwischen den beiden las, sah er das Bild des Menschen, den die Verschwörer Agent Orange nannten. Ihm wurde klar, was hier lief.

Er fasste einen Entschluss und tippte eine Direktnachricht an @TheBase0106.

AktionKesselring: Hallo @TheBase0106, perfekte Übergabe.
Ware gut angekommen?

Er wartete einige Minuten und wollte das Telefon bereits wieder abschalten, als ein Ping ertönte.

TheBase0106: Alles gut. Ware plus Bonusmaterial verpackt und
zum Zielort unterwegs

Nuri dachte nach. Welches Bonusmaterial? Er wollte schon danach fragen. Aber dumme Fragen würden ihn entlarven. Um keine zu große Pause entstehen zu lassen, tippte er weiter.

AktionKesselring: CerebXTI ausreichend?

TheBase0106: Keine konkreten Begriffe, du Idiot!

AktionKesselring: Okay, okay. Übermorgen geht es los?

TheBase0106: Yes

AktionKesselring: Wollt ihr mir immer noch nicht sagen, worum es geht?

TheBase0106: Du wirst schon sehen

Nuri steckte das Telefon ein. Er dachte über das Datum nach. Übermorgen. Der 18. September. War das ein besonderer Tag? Irgendein symbolträchtiges Datum? Der Jahrestag einer Revolution? Der Geburtstag eines Diktators? Das Datum eines historischen Anschlags? Der 18. September. Nichts fiel ihm dazu ein. Er musste dringend ein weiteres Telefonat führen.

52

Besucherparkplatz, Obersalzberg, Deutschland

»Alles klar. Mein Kumpel hat mir vorhin getextet, dass die Geldübergabe geklappt hat. Den Schlüssel habt ihr ja schon. Also los, ihr könnt abzischen. Im Handschuhfach ist eine Tasche mit Klebeband, Kabelbindern und ein paar Spritzen mit Benzo. Viel Spaß mit der Ware. Lasst die Karre einfach in Salzburg stehen. Wir holen sie später ab. Ach, übrigens, es gibt einen Bonus. Vorhin ist eine weitere Frau hier aufgetaucht, klein, dunkelhaarig, eine echte Granate, zäh wie Leder. Sie hat sich ein bisschen zu sehr für das Auto interessiert. Ich habe sie unschädlich gemacht und zur Lieferung gepackt. Fein säuberlich. Ihr müsst selbst sehen, was ihr mit den beiden Ladys anstellt. Mit dem Benzo könnt ihr sie ruhigstellen. Ich bin raus.«

Eine Stimme mit amerikanischem Akzent antwortete. Ein Mann. Ein Texaner. »Wie bitte? Da sind zwei Frauen in der Karre? Das war nicht abgesprochen.«

»Ich musste improvisieren.«

»*What the fuck* ....«

Die Tür des Transporters öffnete sich. Grelles Licht fiel auf Livia und van Keuken. Beide wendeten geistesgegenwärtig ihre Gesichter ab, damit die Entführer die entfernten Knebel nicht sahen. Der Texaner fluchte ein weiteres Mal. Die Heckklappe knallte zu.

»Was für ein Shit«, sagte der Texaner und machte eine Pause. »Okay, egal jetzt, keine Zeit für so einen Mist. Wir zischen los. Der Jet wartet.«

»*Alright, andiamo*«, sagte eine dritte Stimme. Livia bemerkte den italienischen Akzent.

Die Vordertüren wurden geöffnet. Zwei Männer setzten sich in den Wagen. Der Texaner und der Italiener, vermutete Livia. Sie ließen den Motor an und fuhren los.

»Das war eine Übergabe«, flüsterte Livia van Keuken ins Ohr.

Die Professorin nickte.

»Wer hat Sie entführt?«, wollte Livia wissen.

»Zwei Deutsche. Ein großer Blonder und ein kleinerer, der eine Wollmütze trug.«

»Der mit der Wollmütze hat mich eben ins Auto geworfen. Wo hat man Sie geschnappt?«

»Am Flughafen München.«

»Wie bitte? Das fällt doch auf.«

»Die haben sich als Abholer ausgegeben. Ich sollte ein paar Kollegen in der Stadt zu einem Symposium treffen.«

»Und stattdessen sind Sie in diesem Auto gelandet?«

»Ja. Eine Nacht lang wurde ich in einem Billighotel festgehalten. Man hat mir einen Tranquilizer gespritzt. Benzodiazepin, vermute ich. Am nächsten Tag sind wir nach Martinsried gefahren. Ich war ziemlich benommen. Man hat mich gezwungen, zwölf Kilogramm CerebXTI bei ProtoPure abzuholen. Die waren bewaffnet. Ein Irrsinn.«

»Was denken Sie – wozu brauchen die Typen das Zeug?«

»Es ist ein Matrixgel. Eine spezielle Proteinmischung für …«

»Ich weiß, was das ist. Überlegen Sie lieber, was Ihre Entführer mit dem verfluchten Zeug vorhaben könnten.«

Die Fahrzeuggeräusche wurden lauter. Der VW fuhr nun mit hoher Geschwindigkeit. Vermutlich auf einer Schnellstraße oder Autobahn.

»Keine Ahnung. Wirklich.« Van Keuken klang aufrichtig. »Ich habe x-mal gefragt, was das alles soll. Wozu sie das Zeug brauchen. Bis sie mir den Mund zugeklebt haben.«

»Verflucht. Denken Sie bitte nach. Was kann man mit CerebXTI anstellen? Ein Gift produzieren? Eine Biowaffe bauen? Eine Pandemie auslösen?«

»Alles Unsinn.«

»Was wissen Sie über ein geheimes Labor auf Guanaja, Professor?«

»Wo?«

»Guanaja, eine Karibikinsel vor Honduras.«

»Oh, Honduras, ich verstehe. Einer meiner Mitarbeiter legt dort ein Forschungssemester ein.«

»Verarschen Sie mich bitte nicht. Was soll das für ein Forschungssemester sein, auf einer tropischen Insel?«

»Doch, doch. Ein bedeutender chinesischer Unternehmer ist vor einigen Monaten an mich herangetreten und hat um Unterstützung gebeten. Er führt in China einen Pharma- und Medizinproduktekonzern.«

»Fu Wang.«

»Ja, richtig, woher wissen Sie das?«

»Lange Geschichte. Was haben Sie mit Fu vereinbart?«

»Der Deal war einfach. Ich habe einen meiner Wissenschaftler und einen Laboranten für Fus Forschungsprojekt ausgeliehen.«

»Robert Keever und Adrien Leclerc?«

»Mein Gott, Sie wissen anscheinend alles.«

»Das ist mein Job, Frau Professor. Nicht nur Fake News.«

Van Keuken schwieg.

»Was wollten die Chinesen mit Ihren Mitarbeitern anfangen?«

»Es ging um Experimente in einem Labor in Südamerika …«

»In Honduras. Auf Guanaja. Eine Insel. Reden Sie weiter. Was haben Sie im Gegenzug bekommen, dafür, dass Sie Keever und den Techniker verliehen haben?«

»Fu hat meinem Labor zwei nagelneue PCR-Scanner gestiftet.«

»Für Geld machen Sie alles?«

»Ach, halten Sie den Mund. Es klang nach einem sauberen Deal. In der Wissenschaft ist das nicht unüblich. Woher sollte ich wissen, dass es mich in solche Schwierigkeiten bringt?«

»Wissen Sie, woran Keever und der Techniker dort unten forschen sollten?«

»Nein. Ich hatte aber vermutet, es ginge um Xenotransplantation. Nachdem sie Keever wollten.«

»Weil das sein Spezialgebiet ist?«

»Ja.«

»Und Sie haben sich nie gefragt, warum so etwas in Honduras stattfinden sollte?«

»Na ja, Fu versicherte glaubhaft, dass er ein Labor am Meer benötigte. Es ging um Meeressäuger, Knochenfische und so. Das klang nicht uninteressant. Dazu gibt es wenige Studien. Aber sagen Sie: Warum hat man Sie entführt?«

»Ich war zu neugierig. Mein Fehler.«

Der VW wurde langsamer. Livia hörte, wie der Texaner zu sprechen begann. Er telefonierte. Das Gespräch war deutlich zu verstehen. Offenbar war er überzeugt, dass Livia und van Keuken fest in seiner Hand waren.

»Hallo? Sind Sie das, Mr. Biohacker? Meine Güte, ja, das war nur ein Scherz … Ja, selbstverständlich haben wir alles … Ja, alles. Die Ware und Agent Orange. Wie bestellt. Wir haben sogar noch einen hübschen Bonus, sehr hübsch sogar. Kleine Belohnung für Sie, wenn wir Erfolg haben … Ja, Sie vermuten richtig. Wir sind in zwei bis drei Stunden bei Ihnen. Dann sollte alles in Butter sein … Okay, bis dann, wir sehen uns.«

Livia fürchtete schon, noch Stunden mit van Keuken in dem Laderaum verbringen zu müssen. Doch der Transporter wurde langsamer, bog einige Male ab und hielt schließlich an. Sie waren ungefähr dreißig Minuten unterwegs gewesen. Die beiden Entführer stiegen aus und öffneten die Hecktür.

TEIL 3

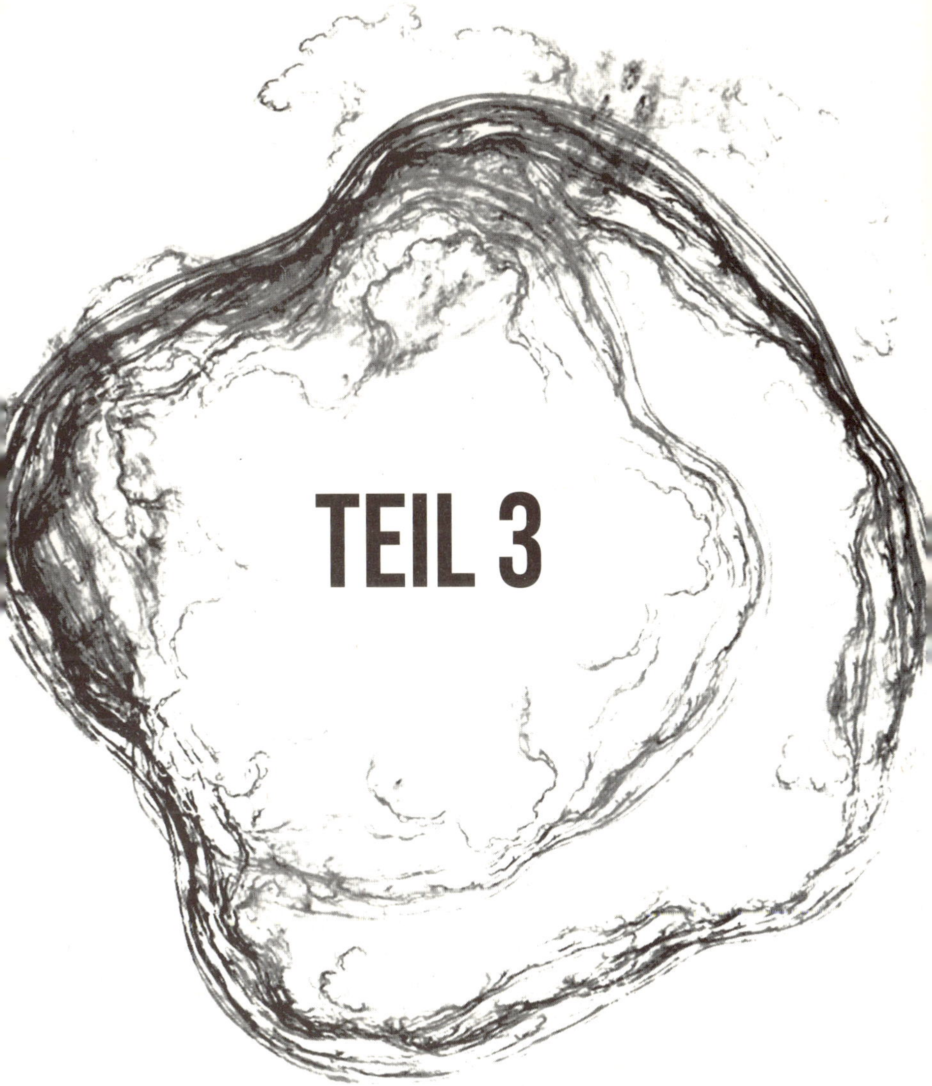

53

Flughafen Salzburg, Österreich

Durch die Windschutzscheibe des Porsche beobachtete Shen Bao, wie die beiden Männer aus dem Transporter stiegen. Der Große mit Bart und Kappe öffnete die Hecktür und machte sich im Innenraum zu schaffen. Der Kleinere mit dem azurblauen Sakko wartete hinter ihm. Die Luft roch nach Kerosin. Von dem nahe gelegenen Rollfeld dröhnte das Brüllen eines startenden Jets herüber. »Executive Charter« stand an der Fassade des Gebäudes neben dem Parkplatz.

Der Mann mit der Baseballkappe zerrte die kleine dunkelhaarige Frau aus dem Transporter. Sie konnte kaum aufrecht stehen. Ihre Augen waren mit Klebstreifen verschlossen. Sie schrie. So laut, dass Shen ihre Worte verstand.

»Ich bin Touristin. Was geht hier vor? Man hat mich auf dem Parkplatz geschlagen und überwältigt. Sie verwechseln mich! Lassen Sie mich gehen, ich habe mit dieser Sache nichts zu tun! Gar nichts!«

»Ganz ruhig, Schätzchen«, sagte der große Mann mit dem amerikanischen Akzent. »Jetzt haben Sie sehr wohl mit unserer Sache zu tun. Der Point of no Return. Leider haben wir keine Zeit, uns zu überlegen, was mit Ihnen geschehen soll, deshalb nehmen wir Sie mit. Wir machen einen Ausflug. Und wenn Sie sich benehmen, passiert Ihnen auch nichts. Betrachten Sie es als weitere Etappe Ihrer Touristenaktivität. Sofern Sie tatsächlich Touristin sind. Das werden wir noch herausfinden.«

Der kleinere Mann mit dem blauen Sakko zog eine weitere Frau aus dem Transporter. Sie war älter, mollig und hatte glattes, strähniges Haar.

Der große Bärtige hielt beide Frauen fest, während der Mann mit dem Sakko ihnen ein Medikament in die Nasenlöcher spritzte. Die junge Frau schüttelte sich. Sie war sichtlich wütend. Aber nach einigen Sekunden wirkte sie instabil und hielt sich mit der Hand an der Schulter des Bärtigen fest. Shen beobachtete, wie die Männer den Frauen Sonnenbrillen aufsetzten. Zu viert betraten sie das Gebäude.

Shen folgte ihnen in einigem Abstand. Er betrat die Lobby des Charterunternehmens eine Minute später. Der Raum war mit einem roten Teppich ausgekleidet. Links befand sich eine Theke, an der der Amerikaner mit der Baseballmütze stand. Rechts saßen die beiden Frauen auf Loungesesseln, die Köpfe zur Seite hängend, als schliefen sie vor Übermüdung. Der Italiener mit dem azurblauen Sakko saß zwischen ihnen. Er blickte Shen skeptisch an.

Shen nickte ihm zu, schnappte sich eine Zeitschrift und setzte sich auf eine Sofagruppe in der Nähe, als würde er warten, bis er an der Reihe war.

Der Amerikaner kam von der Theke zurück. Eine Frau in Uniform fragte die Gruppe, ob sie Gepäck abnehmen könne. Der Amerikaner verneinte es und mahnte zur Eile. Die uniformierte Frau führte die Gruppe durch zwei Glastüren auf das Rollfeld hinaus, wo ein zweistrahliger Privatjet mit heruntergeklappter Treppe wartete.

Shen trat an die Empfangstheke. »Ich möchte einen Flug buchen. Start sofort. Ist das möglich?«

»Haben Sie reserviert? Wie ist Ihr Name?«

»Nein, leider habe ich nicht reserviert. Ich muss aber einen dringenden Termin im Ausland wahrnehmen.«

»Das ist nicht so einfach«, erklärte der Mann am Schalter.

»Kann ich den Geschäftsführer sprechen?«, fragte Shen.

»Ich kann prüfen, ob Frau Engelhard verfügbar ist.«

»Sagen Sie ihr, es ist in ihrem Interesse.«

Der Mann stutzte, nahm den Telefonhörer ab und sprach einige Worte auf Deutsch. Er legte auf. »Frau Engelhard wird in einer Minute hier sein.«

Shen nahm seine Tasche von der Schulter, stellte sie auf den Boden und nahm ein Bündel mit zehntausend Dollar heraus.

Hinter der Theke öffnete sich eine Tür. Eine Frau mit blauem Kostüm, rotem Halstuch und einer helmartigen Frisur erschien. »Sir, mein Name ist Engelhard. Wie kann ich Ihnen helfen?«

»Ich heiße Tsingtao und muss dringend zu einem Termin im Ausland. Hätten Sie spontan ein Flugzeug zur Verfügung?« Shen hob die Hand und lächelte. »Ich weiß, es ist … ungewöhnlich.«

Die Dame wechselte einen Blick mit ihrem Mitarbeiter hinter der Empfangstheke. Der schüttelte nahezu unmerklich den Kopf. Shen nahm es dennoch wahr. Außerdem verrieten seine Sinne ihm – ohne in die entsprechende Richtung schauen zu müssen –, dass die Vierergruppe mit den zwei betäubten Frauen auf dem Rollfeld in den Privatjet gestiegen war.

Er legte das Bargeld auf den Tresen.

»Oha, Mr. Tsingtao – so lautet Ihr Name, richtig? Dergleichen ist äußerst unüblich«, sagte Frau Engelhard.

»Unüblich oder unmöglich?«

Die Frau blickte auf das Geld und schüttelte den Kopf.

Shen zog ein weiteres Geldbündel aus der Tasche und legte es dazu.

Die Frau starrte erneut auf das Geld. Diesmal schüttelte sie nicht den Kopf. »Wo soll es denn überhaupt hingehen?«, fragte sie.

Shen merkte, dass Bewegung in die Sache kam. Er deutete mit dem Finger auf die Maschine vor der Tür. »Dasselbe Ziel.«

»Ich verstehe. Wir könnten versuchen, Sie noch mit an Bord der Cessna zu bekommen, Mr. Tsingtao. Soll ich mit dem Piloten sprechen?«

»Vielen Dank. Aber die Herrschaften an Bord und ich sind sozusagen Konkurrenten.«

»Aha«, sagte die Frau. Sie wechselte einige Worte mit ihrem Kollegen, die Shen nicht verstand. Der Angestellte nahm den Telefonhörer ab und wählte eine längere Nummer. Ein Handy, vermutete Shen. Er verstand wieder nicht, was gesprochen wurde, ahnte aber, dass es um seine Anfrage ging. Der Mitarbeiter reichte den Hörer an seine Chefin weiter. Sie äußerte ein paar deutsche Sätze, wobei ihre Haubenfrisur mit jeder Silbe wackelte, und presste schließlich die Hand auf den Hörer.

»Flugkapitän Adler ist vor zwanzig Minuten aus Paris gekommen. Eigentlich hat er jetzt frei …«

Shen nahm ein weiteres Geldbündel aus der Sporttasche. Es war das letzte. »Das ist für Herrn Adler, wenn er in fünf Minuten abflugbereit ist.«

Die Frau blies Atem durch die geblähten Lippen und sprach erneut ins Telefon. Offenbar erläuterte sie Kapitän Adler die Situation.

Sie nickte zweimal, legte auf und sah Shen an. »Herr Adler wird in Kürze hier sein. Er kann Sie fliegen. Sie sind allein unterwegs, nehme ich an?«

»Richtig. Ich reise solo und mit kleinem Gepäck.«

»Es steht im Augenblick nur eine der größeren Maschinen zur Verfügung. Eine Phenom 300. An sich bietet sie sieben Passagieren Platz.«

»Umso angenehmer«, sagte Shen und präsentierte erneut ein joviales Lächeln.

»Außerdem sind Sie offiziell kein Passagier, sondern ein Freund von Kapitän Adler. Ein privater Ausflug. Ohne Papiere. Im Moment haben wir nämlich keinen Co-Piloten zur Verfügung, den es für einen offiziellen Charterflug bräuchte.«

Shen lächelte und schob die drei Geldbündel etwas weiter über die Theke. »Herr Adler war mir immer schon der liebste unter meinen guten Freunden. Und er ist zweifellos ein hervorragender Pilot.«

Wenige Minuten später kam ein Mann mit Ziegenbart und grauen Schläfen durch den Kundeneingang in die Lobby. Er ging auf die Empfangstheke zu und zog dabei ein dunkelblaues Sakko mit vier goldenen Streifen über sein weißes Hemd. Er schaute Shen mit hochgezogenen Augenbrauen neugierig an, bevor sein Blick zu Frau Engelhard und dem Geld wanderte. Er nickte und deutete auf die Glastüren, die zum Rollfeld führten. Dahinter war die Cessna zu sehen. Sie hatte ihre Triebwerke angelassen und setzte sich in Bewegung.

Shen folgte dem Piloten ins Freie. Linker Hand stand ein prächtiger, rot-weiß lackierter Jet. Adler hob eine Fernbedienung, und die Vordertür klappte aus. Drei Stufen führten in die Kabine mit sieben komfortablen Ledersitzen. Adler ließ Shen die Wahl. Shen deutete auf den Platz des Co-Piloten.

»Geht auch hier?«

Adler zögerte kurz. Dann nickte er. »Ja, wieso nicht? Fliegen Sie auch, Herr Tsingtao?« Der Kapitän zog sein Sakko aus, hängte es an einen Haken und setzte sich auf den linken Platz im Cockpit.

»Lange her«, sagte Shen. »Und mit diesem Modell gewiss nicht. Vermutlich funktioniert hier alles vollautomatisch, *fly by wire*, Garmin-3000-Avionik, all der Schnickschnack.«

»Na ja, ein bisschen was gibt es für mich schon noch zu

tun«, sagte Adler, während er die Triebwerke anließ und auf einem Display herumtippte. »Sie haben Glück, dass ich vorhin in Paris vollgetankt habe. So ist für unseren Flug noch genügend Sprit an Bord.«

Durch das Cockpitfenster sah Shen, wie die Cessna Citation mit den Entführern und den zwei betäubten Frauen die Startbahn hinunterraste und abhob. Kapitän Adler klärte ihre Startfreigabe mit dem Tower. »Dann mal hinterher«, sagte er und schob die Gashebel vorwärts. Shen war beeindruckt, wie leise die Maschine war. Sogar bei Vollgas auf der Startbahn war Adlers Stimme deutlich zu verstehen, als er mit dem Tower sprach.

»Na, hoffentlich können Sie auf Sardinien ein wenig entspannen«, sagte Adler, nachdem sie einige Tausend Fuß hoch in den Himmel gestiegen waren. Der Pilot war offenbar in Plauderstimmung.

Sardinien also. Das war ein wertvoller Hinweis, dachte Shen. Schließlich hatte er das Ziel seiner Reise gar nicht gekannt. Adler wiederum wusste nichts von seiner Unkenntnis. Daher kam es Shen gelegen, dass der Pilot so redselig war. Abgesehen von den nützlichen Informationen, würde ihm das die Gelegenheit verschaffen, den Piloten um einen weiteren Gefallen zu bitten.

»Ja, perfekte Jahreszeit«, sagte Shen, um nichts zu sagen.

»Auf jeden Fall«, erwiderte Adler, »allerdings könnte es in den kommenden Tagen einen ziemlichen Auftrieb geben. Jede Menge Sicherheitsmaßnahmen und all das. Der amerikanische Präsident ist bestimmt nicht oft zu Besuch.«

Shen spürte, wie Adrenalin einen elektrochemischen Stromstoß durch seinen Hirnstamm schickte. Seine Hände begannen zu zittern. Sprach Adler von US-Präsident John McIntyre?

»Ja, große Sache«, nuschelte Shen und bemühte sich, beiläufig zu klingen.

»Und wie. Die Anführer der beiden mächtigsten Länder der Erde. Das ist von großer Bedeutung. Angeblich geht es um ein umfassendes Wirtschaftsabkommen. Haben Sie auch damit zu tun, Herr Tsingtao? Sie sind doch Chinese, vermute ich. Heißt nicht die berühmte Biermarke wie Sie?«

Shen sagte nichts. Er nickte kaum merklich.

»Nicht böse gemeint«, fuhr Adler fort, »ich dachte, vielleicht gehören Sie zur Delegation des chinesischen Präsidenten. Jedenfalls werden Russland und Europa ganz schön in die Röhre gucken, wenn die beiden Großmächte ein Abkommen schließen.«

Shen zählte eins und eins zusammen. Das Adrenalin ließ ihn fast ohnmächtig werden vor Aufregung. Zweifellos ging es um ein Gipfeltreffen zwischen John McIntyre und Li Huasheng, dem Präsidenten seines Landes. Ein Wirtschaftsabkommen. Vermutlich mit einer Delegation von Industrieführern. Fu Wang gehörte höchstwahrscheinlich dazu. Eine riesige Chance tat sich auf.

Als die Phenom ihre Reiseflughöhe erreicht hatte, erkundigte sich Shen: »Wie schnell ist die Cessna vor uns?«

»An die vierhundert Knoten, schätze ich. Sie schafft mehr, aber dann rauscht das Kerosin nur so durch.«

»Was schaffen wir?«

»Oh, die Phenom ist schnell. Mehr als fünfhundert Knoten, wenn wir wollen, aber das würde ...«

»... das würde ich mit weiteren fünftausend Dollar ausgleichen.«

Kapitän Adler blickte zu Shen. Er lächelte. »Sie wollen unbedingt vor der Cessna in Alghero sein?«

Alghero, dachte Shen. Interessant. Wo auch immer das lag.

»Allerdings. Das wäre ein, wie sagt man so schön ...«, Shen suchte das Wort, »... ein Wettbewerbsvorteil.«

Adler dachte nach. Dann tippte er auf seinen Flachbildschirm. Die Triebwerksgeräusche wurden lauter. Shen hörte, wie Adler mit der Flugsicherung eine größere Flughöhe vereinbarte. Sie stiegen auf einundvierzigtausend Fuß. Nach einer guten Viertelstunde kam die Cessna in Sicht, hundert Meter unter ihnen. Nach einer weiteren Viertelstunde war der Vorsprung aufgebraucht. Die Phenom lag nun vorn.

Shen nickte Kapitän Adler anerkennend zu.

54

Cessna Citation CJ2, ligurische Küste, Italien

Für Livia fühlte es sich an, als hätte jemand ein Messer in ihr Ohr gerammt. Ein Stechen bahnte sich von einer Schläfe zur anderen. Zugleich war sie benommen von der Wirkung des Medikaments. Immerhin ordneten sich in ihrem Gehirn wieder ein paar Gedanken in sinnvoller Reihenfolge.

Sie blickte auf den Sitz schräg gegenüber. Gritje van Keuken lag wie ein Mehlsack in einem zurückgeklappten Ledersitz und schlief. Bei jedem Atemzug blähte sich ihr Brustkorb, und ihre Wulstlippen flatterten.

Unter anderen Umständen hätte Livia einen Flug mit einem Privatjet genossen. Aber eine Entführung, so exklusiv sie auch ausfiel, blieb eine Entführung. Sie fragte sich, wer die Leute waren, die sie in dieses Flugzeug verfrachtet hatten. Sie wusste nur, dass es mit dem Matrixgel zu tun haben musste, diesem Teufelszeug aus Martinsried. Aber sogar die Professorin, deren Erfindung es war, besaß keinerlei Vorstellung davon, was die Entführer damit vorhatten.

Sie fragte sich, wie es Nuri ging. War er auf dem Naziberg in eine ähnliche Falle gestolpert wie sie? War er auch überwältigt und entführt worden? Oder suchte er nach ihr?

Livia sah, wie die beiden Entführer, der größere voran, die Kabine durchquerten und sich Professor van Keuken näherten. Der Amerikaner hatte sich mehrere Streifen Panzertape an die Finger geklebt. Zwei davon pappte er auf van Keukens Augenlider, die davon aufwachte und protestierte. Der Texaner hielt ihr den Mund zu, während der Italiener eine Spritze in van Keukens Oberarm stach. Vermutlich ein weiteres Sedativum. Livia wehrte sich nicht, als der Texaner ihr befahl, die Augen zu schließen. Er fixierte auch ihre Augenlider mit Klebeband und verabreichte ihr eine Spritze. Während sie auf die betäubende Wirkung wartete, spürte Livia, dass sie eine Brille aufgesetzt bekam und die Maschine in den Sinkflug überging.

55

Embraer Phenom 300, 41 000 Fuß über dem Ligurischen Meer

Aus dem Cockpitfenster blickte Shen Bao auf die Küstenlinie Norditaliens und das Azurblau des Ligurischen Meeres. Einige Minuten später kam die Nordspitze Korsikas in Sicht. Der Pilot leitete den Sinkflug ein und kündigte ihre Ankunft beim Tower des Flughafens von Alghero an. Ohne Verzögerung landeten sie auf der Piste des kleinen Airports im Nordwesten Sardiniens.

Shen fiel auf, wie vertrocknet die Vegetation war. Braune Stoppeln säumten die Landebahn auf beiden Seiten. Am Ende der Piste bog Kapitän Adler auf den Taxiway ab, um das Terminal anzusteuern. Doch bis dorthin wollte Shen nicht warten. Er hasste, was er nun tun musste. Aber er sah keinen anderen Weg.

Sein Arm schnellte zu Adler hinüber. Seine Hand packte den Piloten am Hals. Der Mann erschrak zu Tode, die Maschine stoppte.

»Keine Sorge«, sagte Shen, »ich will nur hier raus. Tür auf, Tür zu, dann rollen Sie weiter zum Terminal. Und ich war nie da.«

»Mein Gott«, keuchte der Pilot. Er schaltete die Triebwerke

auf Leerlauf und ließ die Tür mit den Stufen ausklappen. »Sie schulden mir fünftausend Dollar«, fauchte Adler.

»Leider bin ich pleite. Ich schicke Ihnen das Geld per PayPal, wenn ich wieder flüssig bin. Leider muss ich mir auch das hier ausleihen.« Shen schnappte sich das Pilotensakko mit den vier goldenen Streifen, das Adler vor dem Start abgelegt hatte.

Der Pilot blickte ihn wütend an. »Raus hier!«

Die Backbordseite des Flugzeugs war vom Flughafengebäude aus nicht zu sehen. Niemand bemerkte, wie Shen die Maschine verließ und zur nahe gelegenen Umzäunung spurtete. Er klemmte das Pilotensakko zwischen die Zähne und kletterte wie eine Spinne über das Maschendrahtgeflecht. Noch bevor Adler am Terminal die Triebwerke abschaltete, befand sich Shen außerhalb des Airportgeländes.

Er vertraute darauf, dass der Pilot keinen Alarm schlug. Kapitän Adler und seine Charterfirma müssten sonst erklären, warum sie einen Mann ohne Papiere transportiert hatten. Einen Chinesen, der sich nun illegal auf italienischem Staatsgebiet herumtrieb. Dreißigtausend Dollar in bar musste der Firma das kleine Geheimnis schon wert sein, sagte sich Shen. Womit er recht behalten sollte.

Er umrundete das Flughafengelände zwischen Ginster- und Mastixbüschen und erreichte an der Vorderseite eine Asphaltfläche mit Parkplätzen, von denen viele für Mietwagenanbieter reserviert waren. Shen zog das Pilotensakko an, stellte sich an die Zufahrt und wartete. Hinter ihm dröhnte die Schubumkehr eines gelandeten Jets. Die Cessna mit den beiden entführten Frauen war eingetroffen.

Es dauerte keine Minute, bis ein Fiat-Minivan mit einer Touristenfamilie auf die Schranke vor den Mietwagenparkplätzen zufuhr. Shen zog sein blaues Sakko zurecht, setzte ein breites Lächeln auf und begrüßte die Fahrerin auf Englisch.

»Einen wunderschönen Tag, Madam. Sie möchten Ihr Mietfahrzeug zur Rückgabe bringen?«

»O ja, wir sind knapp dran!« Die Mutter der Familie nannte den Namen der Leihwagenfirma.

»Kein Problem. Laden Sie einfach das Gepäck aus und begeben Sie sich direkt zum Terminal. Ich erledige alles Weitere für Sie. Vollgetankt haben Sie, nehme ich an?«

»Ja, gerade eben. Wie nett! Toller Service!«

Die Familie stieg aus, packte ihre Siebensachen, übergab Shen den Autoschlüssel und marschierte in Richtung Flughafengebäude.

Shen setzte sich ans Steuer des Fiat, stieß mit dem Wagen einige Meter zurück und lenkte ihn zur Kurzparkzone vor der Ankunftshalle. Ein Polizist blickte ihn misstrauisch an, nickte jedoch, als er die goldenen Streifen an Shens Sakko sah.

Am Bordstein lag der zertrampelte Rest einer Zeitung. Das Titelbild zeigte den chinesischen Staatschef Li Huasheng. Daneben war das Foto eines Gebäudes zu sehen. Es sah aus wie die Playmobilversion eines Märchenschlosses mit gelborangefarbenen Mauern und weißen Burgzinnen. Shen stieg aus und betrachtete das Blatt aus der Nähe. Er vermutete, dass es um das Gipfeltreffen ging. Um den Tagungsort. Das Hotel trug den Namen *Villa Las Tronas.*

56

Flughafen Alghero, Sardinien, Italien

Anfangs waren es rhythmische Verdichtungen von Luftmolekülen, die sich nach den Gesetzen der Physik als Longitudinalwellen durch Raum und Zeit bewegten. Die Verdichtungen, auch Schall genannt, drangen durch Livias Ohrmuscheln über die Gehörgänge ins Mittelohr, wo sie drei winzige Knochen mit den Namen Amboss, Hammer und Steigbügel erzittern ließen. Von dort setzten sie sich im *Labyrinthus osseus* fort, einem Hohlraum im Schläfenbein, in dem sich ein verschlungenes Gebilde aus Membranen befindet, von dem die Hörschnecke oder auch Cochlea einen Teil bildet. Winzige Haare auf den Membranen bogen sich dort im Rhythmus der Luftschwingungen hin und her. Eine Flüssigkeit im Inneren der Härchen erzeugte elektrochemische Impulse im Nervengeflecht des Membrangewebes. Dadurch wurde die mechanische Bewegung der Luft in elektrische Impulse verwandelt. Der *Nervus vestibulocochlearis* leitete sie an Livias Gehirn weiter. Dort begann unter Beteiligung von Hirnstammarealen, dem Zwischenhirn sowie der auditiven Hirnrinde die Decodierung der Nervensignale. In einem unvorstellbar komplexen neurokognitiven Prozess wurde aus den Luftschwingungen ein semantischer Sinn ermittelt. Der Schall wurde zu Buchstaben, Buchstaben zu Worten, Worte zu Information.

Ein alltäglicher Vorgang. Man nennt ihn Hören. Allerdings war der Vorgang in Livia Changs Gehirn bis zur Unerträglichkeit verlangsamt. Sie nahm die Umgebungsgeräusche wie eine Schallplatte wahr, die im Millimetertempo gedreht wurde.

»... vaaaaaaaaaaaaaaaaaa beeeeeeeeeeeeeeneeeeeee ...«

Mit lähmender Trägheit entschlüsselte Livias Gehirn die Laute der Umgebung und die Tatsache, dass die Menschen um sie herum eine vertraute Sprache sprachen. Dass sie sich höchstwahrscheinlich in Italien befand. Bestärkt wurde diese Erkenntnis von ihrem olfaktorischen System, das besser funktionierte als ihr Gehör. Ihre Nase signalisierte den Duft von Rosmarin und Zypressen.

»... zwei Passagiere mit Behinderung ... Bekannte des amerikanischen Präsidenten ...«

»Selbstverständlich ... VIP-Terminal ... rechte Seite ...«

»... mille grazie ...«

Livia wollte um Hilfe schreien. Aber ihre Zunge lag wie Blei auf ihrem Unterkiefer. Die Arme hingen leblos in ihren Schoß, ihr Kopf war zur Seite gekippt, während sie mit zugeklebten Augen in einem Rollstuhl saß. Sie hörte Automotoren, eine Trillerpfeife, das Klappern von Gepäckwagen.

Mit einem Ruck wurde sie aus dem Rollstuhl gehoben und auf einen Sitz bugsiert. Das Tape auf ihrem einen Auge verrutschte, ein gleißender Lichtblitz fiel auf die Netzhaut und traf sie wie ein Faustschlag. Dann herrschte wieder Dunkelheit. Sie wurde angeschnallt, eine Schiebetür schlug zu. Das Türenschlagen hörte sich für sie an wie das Grollen einer brechenden Meereswelle.

Sie ballte die Fäuste. Das verdammte Benzodiazepin!

57

Flughafen Alghero, Sardinien, Italien

Shen Bao beobachtete von dem geparkten Fiat aus, wie die Entführer Rollstühle mit den beiden Frauen darin aus dem Flughafengebäude schoben. Die Frauen hatten Sonnenbrillen auf, und ihre Köpfe waren zur Seite gekippt. Sie schienen zu schlafen. Die Männer steuerten einen Kleinbus an, der drei Fahrzeuge von Shen entfernt am gleichen Bordstein wartete. Zwei Männer in grünem Drillichzeug erwarteten die Gruppe. Man begrüßte sich mit einem Nicken, sonst nichts.

Die seitliche Schiebetür des Kleinbusses wurde geöffnet, und die Männer hievten die Frauen in den Wagen. Sie waren zweifellos sediert, die Arme hingen ebenso schlaff herab wie ihre Köpfe. Der große Bärtige und der Kleinere mit dem azurblauen Sakko setzten sich zu den Frauen in den Fond. Die Männer mit dem Drillichzeug nahmen vorne Platz und starteten den Motor.

Shen ließ den Fiat ebenfalls an und folgte ihnen.

58

Flughafen München, Deutschland

Das im Wind flatternde Geld aus der Tasche des blonden Nazis hatte für einen Riesenrummel rund um das Kehlsteinhaus gesorgt. Sämtliche Besucher verbreiteten die Szene auf ihren bevorzugten sozialen Netzen. Niemand hatte zur Kenntnis genommen, wie Nuri mit dem Messingaufzug und einem Zubringerbus wieder ins Tal gefahren war. Der Chauffeur des gemieteten BMW hatte pflichtbewusst auf ihn gewartet und Nuri zurück zum Flughafen München gebracht. Nun ging der Tag zu Ende, und Nuri saß an einem Imbissstand auf einem Freigelände zwischen zwei Terminals. Er kaute auf einer fettigen Bratwurst herum und dachte über seine nächsten Schritte nach.

Nachdem er den letzten Bissen verschlungen hatte, suchte er eine ruhige Ecke und wählte eine Telefonnummer. Sie hatte vierzehn Stellen. Er kannte sie auswendig.

Als die Leitung stand, nannte Nuri einen sechsstelligen Code aus Zahlen und Buchstaben. Wenige Sekunden später war eine Frau in der Leitung. Nuri kannte ihren Namen, aber er würde ihn niemals am Telefon aussprechen, genauso wenig wie seinen eigenen. Er war nichts als ein Code.

So waren die Regeln.

Über alles andere konnte Nuri frei sprechen. Das Gespräch war 1024-Bit-verschlüsselt.

»Ich höre«, sagte die Frau.

»Die Sache hat eine üble Wendung genommen. Die Journalistin ist verschwunden. Vermutlich ist sie entführt worden. Vielleicht schlimmer. Das erhöht aus meiner Sicht die Brisanz. Ich bin überzeugt, es geht um etwas höchst Wichtiges. Ich möchte nochmals um personelle und materielle Unterstützung bitten.«

»Liegt eine akute Gefährdungslage vor?«

Nuri hasste diese bürokratischen Ausdrücke. »Mein Leben ist nicht unmittelbar gefährdet, nein. Und die freie Welt vermutlich auch nicht. Zumindest nicht akut.«

»Gibt es weitere Fakten? Wir können ohne Evidenz keine größeren Maßnahmen ergreifen. Wir brauchen mehr, Nu…«

Die Stimme verstummte. Um ein Haar hätte sie seinen Namen genannt. Das hätte ihn nicht gestört, dachte Nuri. Hörte eh keiner zu. Scheißregeln. Wenigstens hatte seine Gesprächspartnerin eine menschliche Regung gezeigt.

»Hör zu. Wir kennen uns seit einer ganzen Weile. Ich bin absolut sicher, dass hier eine große Sache läuft. Es geht um eine für uns überaus interessante Angelegenheit. Ich *weiß* es einfach.«

»Du kennst die Regeln. Ohne handfeste Begründung kann ich nicht das große Besteck auspacken.«

»Das ist mir klar.«

»Bring uns was Belastbares.«

»Mein Gott. Müssen erst Leute sterben, bis ihr mir glaubt? So wie damals in Wuhan?«

»Das war etwas anderes. Was, denkst du, ist das Ziel der Leute, denen du auf der Spur bist?«

»Das weiß ich nicht genau. Es gibt diesen Chinesen, ein Pharmamagnat, der ein Labor auf Guanaja betrieben hat.

Dort wurden Menschenversuche unternommen. Ich habe den Mann persönlich kennengelernt, er ist ein Fanatiker, aber gewiss kein Dummkopf. Und es gibt diese Chatprotokolle der Verschwörungsideologen.«

»Die Chinesen praktizieren alles Mögliche, vor allem in ihren Gefangenenlagern. Das könnten politische Maßnahmen sein. Oder normale klinische Phase-1-Studien.«

»Es geht hier weder um Dissidenten noch um Medikamententests.«

»Wie kannst du so sicher sein?«

»Weil man weder für politische Gefangene noch für ein Mittel gegen Blasenkrebs PCR-Sequenzer neben dem Patientenbett braucht. Weil man Menschen für normale pharmakologische Studien keine Schläuche in den Schädelansatz schiebt.«

»Ich habe keine Ausbildung in Biochemie.«

»Genau deswegen solltet ihr mir vertrauen. Man muss kein Labor in Honduras bauen, schwer bewacht, mit riesigen Meerwasserbecken voller Tintenfische. Dazu Dutzende von verstümmelten Leichen ...«

»Ein Team von uns war dort, auf dieser Insel, und hat alles in Augenschein genommen. Es ist ein bizarrer Ort, an dem zweifelsfrei schreckliche Dinge passiert sind. Aber es gibt keine Hinweise, dass die Sache für uns Relevanz hat. Es kann alles Mögliche dort geschehen sein. Meeresbiologische Forschung. Eine Revolte. Ein Krawall.«

Nuri verlor die Geduld. »Ein Flugzeug ist abgestürzt. Auf US-Boden. Ein Irrer ist ins Cockpit eingedrungen. Ein fanatischer Chinese macht Menschenversuche in Honduras. Und es gibt eine Verbindung zwischen diesen Ereignissen. Reicht euch das nicht, damit die Glocken klingeln?«

»Wir sind keine Strafverfolgungsbehörde. Dafür ist das FBI da. Oder die DEA. Oder das ATF. Je nachdem, um was es geht.«

Nuri legte auf.

59

Strada Provinciale 105, Sardinien, Italien

Shen Bao folgte dem Kleinbus mit den beiden entführten Frauen über eine kurvenreiche Küstenstraße, die von Alghero nach Süden führte und spektakuläre Blicke auf das Meer bot. Nach einigen Kilometern führte die Straße weg von der Küste. Der Van bog nach rechts ab, passierte ein Wachhaus mit Schranke und verschwand aus dem Blickfeld.

Shen parkte den gestohlenen Fiat einige Hundert Meter weiter zwischen Mastixbüschen. Zu Fuß bestieg er eine Anhöhe, die zum Meer hin steil abfiel. Rechts von ihm war ein Teil des Geländes zu sehen, auf das die Entführer abgebogen waren. Von dem Wachhäuschen mit der Schranke führte ein schmaler asphaltierter Weg zu einem flachen Gebäude mit einer Reihe quadratischer Fenster. Davor standen mehrere Fahrzeuge, unter ihnen zwei olivgrüne Kleinlaster mit Planen sowie der Bus, den Shen seit dem Flughafen verfolgt hatte. Ein Zaun mit Klingendrahtrollen sicherte das Gelände weiträumig gegen ungebetene Besucher. Shen hatte in seinem Leben viele militärische Einrichtungen gesehen. Das hier war zweifellos auch eine.

Hinter dem Flachbau war der Absatz einer Stahltreppe zu

erahnen, die hinter einer Steilkante verschwand. Vermutlich führte sie hinunter ans Meer. Vielleicht in eine versteckte Bucht. Shen beugte sich so weit wie möglich über die Klippe. Aber er konnte die Bucht nicht sehen. Zwischen zwei felsigen Abhängen war lediglich die Spitze einer Mole auszumachen.

Er blickte sich um. Die Bucht südlich von seinem Standort war ganz anders, weitläufig, mit einem Sandstrand. Shen entschied, die Nacht abzuwarten, um die Militäranlage in Augenschein zu nehmen. Die Frau, der er in München den Scanner abgenommen hatte, war dort. Er musste ihr auf den Fersen bleiben. Sie war seine Spur zu Fu.

Er beschloss, in die Stadt zurückzufahren, um ein paar Dinge zu besorgen. Einen Happen zu essen, zum Beispiel.

60

Geheime Grotte, Sardinien, Italien

Ein einziges Mal in ihrem Leben hatte Livia eine solche Finsternis erlebt. Das war vor einem Jahr gewesen. Sie hatte eine stillgelegte Quecksilbermine am Monte Amiata in der Toskana besichtigt und ein Feature über die Geschichte des italienischen Bergbaus geschrieben. Eine Geschichte, die eng mit der politischen Historie des Landes verknüpft war. Die verstörende, absolute Schwärze in den stillgelegten Schächten am Monte Amiata hatte sie nachhaltig beeindruckt.

Und jetzt war es genauso dunkel. Es gab nicht den geringsten Lichtschimmer. Kein Türspalt. Kein Mondschein. Keine Armbanduhr mit Leuchtziffern. Nichts. Absolute Finsternis.

Eines war allerdings anders als damals im Bergwerk. Es war nicht genauso still. Es gab ein schwaches Geräusch. Eine periodische Abfolge von Grollen, Rauschen und Gluckern. Es wiederholte sich alle paar Sekunden.

Livia lag auf dem Rücken und rieb ihre Schläfen. Sie bekam eine kratzige Wolldecke zu fassen und tastete mit den Händen über ihren Körper. Sie hatte die gleichen Sachen an, die sie bei ihrer Entführung getragen hatte. Ein T-Shirt, darüber ein langärmliges Top, an den Beinen eine bequeme Cargohose. Sogar ihre Turnschuhe hatte man ihr nicht ausgezogen. Sie fühlte groben Leinenstoff unter ihrem Rücken. Am Rand war ein Metallrohr in das Leinen eingenäht. Sie lag auf einem Feldbett. Sie schob die Wolldecke beiseite und richtete ihren Oberkörper vorsichtig auf. Mit einer Hand wedelte sie vor ihrem Kopf in der Dunkelheit. Sie sah nichts. Absolut nichts. Um sie herum konnte alles sein. Totale Leere oder ein Hindernis, gegen das sie im nächsten Moment stoßen würde.

Die Wirkung des Betäubungsmittels hatte sich gelegt. Sie spürte nur noch einen leichten Druck auf ihren Schläfen. Ihre Sinne und Gedanken waren klar. Dafür machte sich nun Verzweiflung breit. Wie war sie in diese Situation geraten? Warum hatte sie sich derart in Gefahr begeben?

Wieder mal. Wie damals in Beirut. Oder Südindien.

War das ein unauslöschlicher Teil ihrer Persönlichkeit? Eine verborgene Todessehnsucht? Etwas, das sie sich selbst beweisen musste? Vielleicht auch ihrer verstorbenen Mutter? Eine Spätfolge des plötzlichen Todes ihrer Mutter und der erschütternden Wahrheit, mit der sie sich danach konfrontiert sah? Der Wahrheit, dass ihre Kindheit eine riesige Lüge gewesen war. Eine Lüge der eigenen Mutter.

Vielleicht war das der Grund, warum sie immer wieder die Gefahr suchte. Warum sie mit sechzehn Jahren Baschar al-Assad mit Fragen traktiert hatte. Warum sie mit Mitte zwanzig als *embedded journalist* in Waziristan unterwegs gewesen, in Beirut nur knapp einem Anschlag der Hisbollah entkommen und vor einem Jahr bei Recherchen in Indien fast von Verschwörern erschossen worden war.

Und warum sie vor zwei Tagen eine zerstörte Forschungsanlage mit Dutzenden Toten auf einer Karibikinsel durchsucht hatte. Und entführt wurde. Und erpresst wurde.

Sie fragte sich, wann sie diesmal die Reißleine hätte ziehen sollen, an welchem Punkt sie hätte umkehren sollen, und gestand sich ein, dass sie die Weichen gestellt hatte, als sie sich mit dem NTSB-Team auf die Absturzstelle gemogelt hatte.

Dafür bekam sie nun die Quittung. Eine stockfinstere Betonzelle. Als Gefangene von irgendwelchen Irren, die irgendeine Biowaffe bauen wollten. Oder wer weiß was vorhatten. Ihre Gedanken wurden so finster wie die Zelle, in der sie saß.

Diesmal war es womöglich eine Reise ohne Wiederkehr.

Sie hätte einfach das tun sollen, was Reporter tun – Quellen anzapfen, mit Leuten sprechen, die Karten offen spielen und aufschreiben, was man erfährt. Stattdessen hatte sie die Bremse nicht gefunden und sich wieder einmal in Lebensgefahr begeben. Nun war sie in diesem Loch gefangen. Offenbar als Belohnung für einen dieser Irren. Was würde sie nach Ausführung des Plans erwarten? Am Ende würde sie zweifellos nur Ballast sein. Fu würde ihre Familie töten. Ihren Vater und ihre Schwester, die sie nie kennenlernen durfte. Und die Verschwörer in diesem Betonbunker würden wer weiß was mit ihr anstellen und sie dann beseitigen. Unwahrscheinlich, dass sie diese Sache überleben würde. Und selbst wenn, würde sie wohl kaum eine Story abliefern können und ihren Job verlieren, Pulitzerpreis hin oder her. Wie groß war die Chance, hier herauszukommen? Fünf Prozent? Zwei?

Sie schwang einen Fuß von der Liege und begann, mit beiden Händen durch die Luft zu fuchteln, um irgendetwas zu ertasten. Ihre linke Hand klatschte an eine Wand. Auf blanken Beton.

Ihre Augen schmerzten in dem Bemühen, einen Lichtschimmer zu erspähen. Wenigstens ein winziges Leuchten. Ein einziges Photon. Erstaunlich, dachte Livia, wie süchtig die Rezeptorzellen der Netzhaut nach Reizen waren. Sie hatte einmal gehört, dass blinde Menschen nicht das Gleiche erleben wie Menschen mit Sehsinn in totaler Dunkelheit. Blinde sehen einfach nichts. Man kann es sich wie den Blick zum Hinterkopf vorstellen. Keine Dunkelheit, sondern einfach nur nichts. Das Gehirn von Sehenden versucht in der Dunkelheit ständig, irgendwelche Lichtreize zu finden, bis die Rezeptorzellen verrücktspielen und Sinneseindrücke vorgaukeln.

Livia fühlte sich in diesem Moment verletzlich. Sie verspürte riesigen Respekt vor Menschen, die ohne Augenlicht leben. Vor einigen Monaten hatte sie auf den Wissenschaftsseiten ihrer Zeitung einen Bericht über Techniken gelesen, mit denen sich Blinde orientieren. Manche lernen, ihre Umgebung mit Schall zu erkunden, anhand von kleinen Echos, die sie erzeugen. Ein Fingerschnippen. Oder ein Schnalzen mit der Zunge.

Sie presste ein kurzes, spitzes Kieksen aus der Kehle. Es erzeugte kein Echo, aber einen schwachen Hall. Das vermittelte ihr den Eindruck, in einem kleinen, hohen Raum zu sein. Ein Raum mit nackten, harten Wänden. Keine Möbel. Kein Teppich.

Vermutlich war ihr Verließ rechteckig, wie die meisten Räume dieser Welt. Und die meisten Gefängniszellen. Sie beschloss, systematisch vorzugehen.

Sie stieg von der Pritsche, setzte ihre Füße auf den Boden und ging am Feldbett entlang. Mit einer Hand hielt sie Kontakt zum Leinen der Liege, mit der anderen fuhr sie an der Wand entlang. Vorsichtig tastend. Die Wand war aus Beton, grobkörnig, unverputzt und vermutlich ohne Farbe. Sie spürte Rillen, die von der Verschalung stammten, in die der Beton einst gegossen worden war. Ein Zweckbau. Massiv. Eilig errichtet.

Sie tastete sich abwechselnd mit Händen und Füßen vorwärts. Sie ließ von dem Feldbett ab, beließ aber eine Hand an der Wand. Sie machte drei vorsichtige, kurze Schritte. Der rechte Fuß stieß gegen einen Gegenstand. Er knirschte, als er verrutschte. Sie presste die rechte Hand an die Betonwand und beugte sich hinunter, um mit der anderen den Gegenstand zu ertasten. Er war aus Metall. Eine Wanne. Mit Sand darin.

Sie griff in den Sand und hielt eine Handvoll davon an ihre Nase. Ein scharfer, beißender Geruch stieg auf. Angewidert warf sie den Sand zurück in die Wanne. Sie kannte den Geruch. Ein Katzenklo.

Nur, dass es hier vermutlich nicht für Katzen gedacht war, sondern für sie. Livia unterdrückte ihren Abscheu, öffnete ihre Hose, hockte sich über die Wanne und urinierte auf die Streu. Immer noch besser, als auf den Boden zu pinkeln, dachte sie.

Sie knöpfte ihre Hose wieder zu und bewegte sich um die Metallwanne herum, mit den Füßen weiter tastend, eine Hand an die Wand gepresst. Wieder stieß sie gegen ein Hindernis. Diesmal war es eine Wand. Sie war aus Beton und bildete einen rechten Winkel mit der Wand, an der sie sich bisher entlanggetastet hatte. Livia bog ab und bewegte sich an der zweiten Wand entlang. Wieder vorsichtig tastend. Es dauerte keine vier Schritte, bis sie die nächste Ecke erreicht hatte. Von dort ging sie an einer weiteren Wand entlang und bog ein drittes Mal ab, die rechte Hand immer an die Wand gepresst. An der vierten Wand spürte sie eine Rille. Plötzlich war Metall unter ihren Fingern. Sie tastete mit beiden Händen nach oben und unten und spürte zwei übergroße Scharniere. Eine Tür, allerdings ohne Schloss und ohne Schlüsselloch. Sie war vermutlich nur von außen zu öffnen. Livia passierte die Tür, ertastete abermals Beton, erreichte die nächste Ecke und bog zum vierten Mal links ab.

Sie ahnte bereits, was ihr Fuß als Nächstes berühren würde: das Feldbett. Sie hatte ihr Verließ, ein Rechteck mit hohen Betonwänden, einmal komplett abgeschritten. Und zwei Entdeckungen gemacht.

Ein Klo. Und eine Tür.

Sonst nichts.

Nichts?

Livia dachte nach. Da war noch etwas. Nichts, was ihre Hände oder Füße ertastet hatten. Nichts, was sie hätte sehen können. Etwas, das einige Minuten Zeit brauchte, um in ihr Bewusstsein zu gelangen.

Es war etwas, das ihre Ohren wahrgenommen hatten.

Das Grollen, Rauschen und Gluckern. Es hatte in den verschiedenen Ecken des Raums unterschiedlich laut geklungen.

Livia ging ihr Verließ zwei weitere Male ab. Immer an der Wand entlang, in totaler Dunkelheit. Als sie mit der Geometrie des Raums vertraut war, wagte sie es, quer über den steinernen Boden zu kriechen. Von einer Ecke zur anderen. Von der Metalltür zum Feldbett. Sie fand nichts weiter.

Aber sie war nun sicher, an welcher Stelle des Raums die Geräusche am lautesten waren: in der ersten Ecke, direkt hinter dem Katzenklo. Und sie glaubte zu wissen, was die Geräusche erzeugte. Es war die Meeresbrandung. Brecher, die rhythmisch auf eine karstige Küste trafen, das Gestein mit schäumendem Wasser überspülten und wieder ins Meer zurückflossen.

Minutenlang stand sie in der Ecke hinter dem Chemieklo und lauschte. Sie bückte sich und richtete sich wieder auf. Mehrmals. Es bestand kein Zweifel, die Geräusche waren deutlicher, wenn sie stand. Sie kamen von oben. Sie wünschte sich eine Lampe. Wenigstens ein Streichholz. Oder auch nur die Glut einer Zigarette. Vielleicht gab es dort oben eine Öffnung. Womöglich einen Fluchtweg.

Plötzlich erscholl ein anderes Geräusch. Es war viel lauter als die Brandung und kam aus der entgegengesetzten Richtung. Es dröhnte durch die Metalltür.

Eine menschliche Stimme. Jemand schrie. Auf Englisch.

»Sie gottverdammtes Schwein! Ich hätte Ihnen niemals vertrauen dürfen. Niemals. Ich hatte in Boston schon eine Ahnung …«

Dann eine andere Stimme. Nicht verstehbar. Zu leise. Dann wieder das Schreien.

»Lassen Sie mich sofort los! Sofort!«

Das Geräusch erstarb. Es waren nicht viele Worte gewesen. Aber Livia wusste, um wessen Stimme es sich gehandelt hatte.

Die von Gritje van Keuken.

61

Flughafen München, Deutschland

Nuri Zamiro war noch immer verärgert über das Telefonat und die Abfuhr, die er erhalten hatte.

Sein Blick schweifte über das Flughafengelände, die vor sich hin hetzenden Menschen, die Wurststände, die Werbetafeln. Er betrat das größere der beiden Terminals. Auf einem riesigen Flachbildschirm studierte er die Orte, zu denen an diesem Abend noch Flüge abgingen. Alles war dabei, von Hamburg bis Hyderabad. Keine der Destinationen brachte ihn auf eine Idee.

Er passierte einen ausgestellten Luxus-Audi, schlenderte an mehreren Modeläden vorbei, kaufte sich einen überteuerten Kaffee an einem der Food-Stände. Bildschirme über der Theke zeigten eine Nachrichtensendung. Das Gesicht des amerikanischen Präsidenten kam ins Bild, dazu das von Li Huasheng, dem mächtigsten Mann Chinas. Und dann ein Datum. Der 18. September.

Nuri angelte sein Telefon aus der Tasche, öffnete Google Maps und studierte die Umgebung von Berchtesgaden. Dann rief er ein weiteres Mal die vierzehnstellige Telefonnummer an.

62

Geheime Grotte,

Sardinien, Italien

Einige Sekunden lang war Licht durch den geöffneten Türspalt gefallen. Es war nur ein Schimmer gewesen. Aber nach Stunden in absoluter Dunkelheit hatte es sie wie ein Faustschlag getroffen.

Livia war noch immer geblendet. Ihre Netzhaut spielte ihr wilde Streiche.

Die Stahltür ihrer Zelle hatte sich plötzlich geöffnet, und eine Hand hatte einen Blechnapf und einen Löffel in ihre Zelle geschoben. Livia hatte die Hände hochgerissen und vor die Augen gepresst. Für einige Sekundenbruchteile hatte sie den Beton der Wände erblickt. Der Beton, der ihr in den vergangenen Stunden so vertraut geworden war.

Seither war es wieder dunkel. Sie kroch auf allen vieren über den Steinboden, stieß an die Metallschüssel und verschüttete einen Teil des Inhalts. Was noch darin war, roch gut. Sie fingerte am Boden herum, fand den Löffel und aß. Es war eine deftige Brühe mit Gemüse, Speck und Perlen aus Hartweizengries. Livia erinnerte sich, wie diese Art von Pasta genannt wurde. Fregola. Eine Spezialität Sardiniens. So wie der Duft von Rosmarin und Zypressen. War das der Ort, an den man sie gebracht hatte? Sardinien? Es war nur eine Vermutung. Aber eine begründete.

Das Essen wärmte ihren Magen. Sie kratzte die Reste der Fregola vom Boden auf und schob sie sich in den Mund. Wie sauber der Boden war, konnte sie sowieso nicht sehen. In ihrer Lage war jede Kalorie wertvoll.

Sie leckte den Löffel ab, bis sie Metall schmeckte. Das brachte sie auf eine Idee. Auf die Lösung eines Problems, an dem sie eine halbe Stunde zuvor gescheitert war.

Sie hatte das Feldbett in die Ecke hinter das Katzenklo geschoben und hochkant an die Wand gelehnt. Das Bett war nicht sonderlich schwer, und es wirkte stabil. Aber als sie versucht hatte, an den hervorstehenden Metallfüßen in die Höhe zu klettern, war das Bett umgekippt. Sie hatte mehrere Versuche gebraucht, bis sie auf die Idee gekommen war, das Katzenklo wie einen Keil unter das aufgestellte Bett zu klemmen. Vorsichtig hatte sie sich ein weiteres Mal hinaufgehangelt, von einem Bein des Bettgestells zum nächsten. Die Konstruktion war bedrohlich ins Schwanken geraten, aber sie hatte gute zwei Meter Höhe gewonnen. Und dort oben hatte sie etwas gespürt. Einen Luftstrom. Sie hatte die Hand ausgestreckt und an der Wand ein Metallgitter ertastet. Es war so groß wie ein Computerbildschirm und mit vier Schrauben im Beton befestigt. Schlitzschrauben mit Rundkopf. An den Schrauben war sie gescheitert, ohne Werkzeug.

Sie leckte ein weiteres Mal am Suppenlöffel. Und sie entschied, es zu versuchen. Sie türmte das Feldbett wie zuvor auf und stabilisierte es mit dem Katzenklo. Die Sache war nach wie vor wackelig, aber sie hatte inzwischen mehr Übung. Mit vorsichtigen Bewegungen arbeitete sie sich in die Höhe, bis ihre Hand das Gitter mit den Schrauben fand. Gierig sog sie die salzige Luft ein, die durch die Maschen des Gitters in ihre Zelle strömte. Sie zog den Löffel aus ihrer Hosentasche und setzte ihn an die erste Schraube. Oben links. Mehrmals musste sie mit dem Zeigefinger die Stellung der Schraube ertasten, bis der Löffelstiel die Rille des Schraubenkopfes fand.

Sie presste die Kelle des Löffels zwischen Finger und Handfläche, wobei sie gleichzeitig auf die Schraube drückte, und drehte ihre Hand. Jetzt war die Frage, was stabiler war – der Löffel oder die Schraube.

Das Feldbett kippte und krachte mit höllischem Lärm auf den Steinboden. Livia schaffte es, sich im Fallen vom Gestell abzustoßen und nicht unter das Gestänge zu geraten. Aber sie schlug sich beim Aufprall beide Ellenbogen blutig. Schwer atmend, wartete sie einige Sekunden in der bangen Gewissheit, dass nun Wachleute nach ihr sehen würden.

Aber nichts geschah. Sie rieb ihre Ellenbogen, die Wunden waren oberflächlich, und machte sich dann daran, das Feldbett ein weiteres Mal in die Zimmerecke zu lehnen und es durch die Metallwanne mit der Katzenstreu zu fixieren. Sie kletterte erneut nach oben und suchte die Schrauben am Lüftungsgitter.

Statt den Löffel wieder als Schraubenzieher zu verwenden, entschied sie sich für eine andere Methode. Sie prüfte mit dem Fingernagel, wie dicht das Blechgitter auf dem Beton saß, und stellte zu ihrer Freude fest, dass es ein bisschen Spiel hatte. Vielleicht einen halben Millimeter.

Sie schob die Kelle des Löffels an der rechten unteren Ecke des Gitters zwischen den Beton und das Blech. Die Rundung des Löffels nutzte sie wie eine kleine Brechstange, um das Blech von der Wand zu lösen. Die Abdeckplatte gab nicht mal einen Millimeter nach. Aber einen halben. Immerhin. Sie wiederholte die Prozedur reihum an allen vier Ecken des Blechs.

Weiter konnte sie das Metall nicht von der Wand lösen. Aber sie hatte etwas anderes erreicht. Die Schrauben waren nun gelockert. Man hatte sie ohne Dübel in den Beton getrieben. Livia setzte den Löffelstiel in eine der Schrauben und drehte sie einmal um dreihundertsechzig Grad. Sie achtete auf ihre Balance, drehte die Schraube ganz heraus und warf sie ins Dunkel ihrer Zelle. Zwei weitere Schrauben unterzog sie der gleichen Prozedur.

Als das Blech nur noch an einer Schraube befestigt war, folgte es der Schwerkraft und rotierte mit einem Kratzgeräusch an der Wand nach unten. Es pendelte an der letzten Schraube hin und her und blieb hängen. Der Lüftungsschacht lag frei. Livia massierte ihre Schultern. Sie schmerzten, weil sie so lange mit ausgestreckten Armen gearbeitet hatte. Dann tastete sie mit einer Hand in den geöffneten Lüftungsschacht. Sie spürte das Innere einer rechteckigen Blechverschalung. Solide und stabil, etwas breiter als hoch, aber verdammt eng.

Es war ihre einzige Chance. Sie musste es versuchen. Sie schob beide Arme bis zu den Ellenbogen in den Schacht und stieß sich mit beiden Beinen vom Feldbett ab.

Das Bett kippte und krachte unter ihr auf den Boden der Zelle. Aber sie hatte ihren Oberkörper bis zum Rippenansatz in den Lüftungsschacht gewuchtet. Nicht weit genug. Zwei Drittel ihres Gewichts hingen nun an der Betonwand herab, und die Schwerkraft zerrte an ihr. Sie presste ihren Hinterkopf im Schacht an die Oberseite der Verschalung und klatschte ihre Hände vor sich auf das Blech, während ihre Füße an der Betonwand der Zelle schabten und ein bisschen Halt suchten. Während sie so dahing, bis zu den Rippen im Schacht, schnitt die Kante der Öffnung in ihren Bauch.

Sogar aus ihrer Kopfhaut spürte sie das Prickeln von Schweiß. Keuchend ließ sie eine Hand vor die andere auf das Metall im Lüftungsschacht klatschen, die Reibung zwischen Haut und Metall nutzend. Sie schaffte es, mehr als die Hälfte ihres Körpergewichts in den Schacht zu ziehen, und zwang sich, sich voranzuarbeiten. Sie zog die Beine langsam in die Öffnung. Und steckte schließlich im Schacht.

Jetzt spürte sie, wie eng es dort drin war. So eng, dass sie weder Arme noch Beine abwinkeln konnte. Sie musste abwechselnd eine Hand nach vorne schieben, dann die andere, und sich vorwärtsziehen, indem sie die Haftreibung der Hände auf dem Blech des Lüftungsschachts nutzte. Ihre Beine waren keine Hilfe. Sie konnte die Knie nicht anwinkeln, und die Gummisohlen ihrer Turnschuhe rutschten an dem glatten Metall ab.

Aber sie kam voran. Zentimeterweise. Nach jedem halben Meter hielt sie inne, um sich vorzustellen, wie sie sich wieder rückwärtsarbeiten würde, zurück in ihre Zelle. Nicht, um es tatsächlich zu tun. Sie brauchte nur das Gefühl, dass es möglich wäre. Dass ihr der Rückweg offenstünde, sollte ihre Angst überhandnehmen. Sollte sie an ein Hindernis stoßen. Solange sie die Chance sah, sich aus eigener Kraft aus diesem engen, stockfinsteren Tunnel zu befreien, konnte sie ihre Panik beherrschen.

Bis sie zu einer Abzweigung kam. Eine Abzweigung, die weder nach rechts oder links führte, sondern senkrecht nach unten. Der Schacht machte einen Knick.

Sie streckte ihre Arme ins Dunkel des vertikalen Schachts unter ihr. Und erstarrte. Ihre Panik war unbeherrschbar geworden. Zwei Minuten lang lag sie reglos da, kämpfte gegen den Impuls an, durch den Schacht zurück in ihre Zelle zu kriechen. Der Weg in die Freiheit führte durch den senkrechten Schacht in die Tiefe. In totaler Finsternis. Wenn es einen Weg in die Freiheit gab. Sicher war nur: Einen Rückweg gäbe es von dort unten nicht mehr.

Es war der Geruch des Meeres, der sie Mut fassen ließ. Der Duft von Salz und Algen, der aus dem senkrechten Schacht zu ihr heraufdrang. Sie spürte die Freiheit, auch wenn sie nichts davon sah. Absolut nichts.

Sie kippte ihren Oberkörper nach vorne, hinunter in den senkrechten Schacht, beließ aber die Beine noch oben in der

Waagrechten. Nun zog erneut die Schwerkraft an ihr. Tränen schossen ihr in die Augen. Tränen des Zweifels. Angst vor einer fatalen Fehlentscheidung. Wenn sie hier stecken bliebe, könnten nicht einmal die Wachleute sie befreien. Selbst wenn sie ihre Zelle durchsuchten und herausfanden, dass die Gefangene im Lüftungsschacht festhing, würden sie vermutlich nichts unternehmen. Sie würde in diesem Labyrinth verdursten oder bei lebendigem Leib von Ratten gefressen werden. Niemand würde Notiz davon nehmen.

Da hörte sie es.

Wie Fingernägel, die auf das Metall des Lüftungsschachts trommelten.

Nun spürte sie es.

Auf ihrer Wade, in der Kniekehle, auf ihrem Oberschenkel.

Acht Beine.

Acht.

Keine Ratte.

Eine Spinne? Nein, die Beine waren spitz wie Nadeln.

Es war eine Krabbe.

Livia schloss Mund und Augen, um ihren Ekel zu beherrschen. Das Krustentier war seitlich über ihren Hintern geklettert und hangelte sich nun mit seinen spitzen Beinen und Tausenden Widerhaken an ihrem T-Shirt den Rücken hinunter.

Dann war das Viech in den Haaren. Die Krabbe merkte, dass Livia ein lebendes Wesen war, und verfiel in Panik. Die gleiche Panik, die Livia verspürte. Mensch und Tier im Entsetzen vereint. Livia schüttelte ihren Kopf, was die Krabbe in Raserei versetzte. Das Tier zappelte wie irre und verhedderte sich mit den Dornen und Haken seines Panzers zwischen Livias ungewaschenen Haarsträhnen.

Livia unterdrückte ein Schreien und schlug den Kopf gegen die Schachtwand, um das grässliche Tier loszuwerden. Oder zu zerquetschen.

Vielleicht war es eine plötzliche Starre. Ein Adrenalinschock. Oder wie auch immer das Angsthormon von Krustentieren hieß. Jedenfalls hörte die Krabbe auf, sich zu bewegen. Das Tier purzelte aus Livias Haaren, fiel hinab in das Dunkel des Lüftungsschachts und schlug auf. Blechern. Der Fall dauerte nur einen Sekundenbruchteil. Livia hörte, wie die Krabbe unter ihr wieder zum Leben erwachte und mit dem metallischen Trommeln ihrer Beine davonlief.

Livia sog die Meeresluft in ihre Lungen. Sie gab ihrem Körper Zeit, das Adrenalin aus der Blutbahn zu spülen, und dachte nach.

Wie lang hatte der Fall der Krabbe gedauert? Kaum eine Sekunde. Maximal eine halbe. Sehr tief konnte dieser senkrechte Schacht also nicht sein. Sie ließ sich tiefer hinabgleiten. Nur mit dem Spann ihrer Füße hielt sie sich oben noch an der Knickstelle fest. Sie streckte die Arme nach unten in den Schacht aus, in der Hoffnung, das Ende zu ertasten. Vielleicht eine Abzweigung, die zurück in die Waagrechte führte. Aber sie fand nichts.

Sie rechnete. Ein guter Meter sechzig, ihre Körpergröße, plus ihre Armlänge, insgesamt knapp zwei Meter. Sie hatte eine Vermutung. Die Vermutung, dass dieser senkrechte Schacht auf das Niveau ihres Zellenbodens abfiel, um von dort wieder waagrecht abzuknicken. Also müsste er zweieinhalb Meter tief sein. Das Ende einen halben Meter von ihren Fingerspitzen entfernt. Nur eine Vermutung. Aber mehr hatte sie nicht.

Sie ließ sich fallen.

63

Geheime Grotte, Sardinien, Italien

Um einen halben Meter tief zu fallen, braucht der menschliche Körper weniger als eine Drittelsekunde. Bereits nach dieser kurzen Zeit beträgt die Fallgeschwindigkeit mehr als zehn Kilometer pro Stunde. Mit diesem Tempo krachte Livia aus dem senkrechten Schacht des Lüftungssystems auf eine Knickstelle, die in die Waagrechte führte. Ihre ausgestreckten Arme bremsten den Sturz nur zum Teil. Mit dem Kopf prallte sie unsanft auf die abknickende Schachtwand. Zum Glück gab die blecherne Verschalung nach. So hinterließ ihr Aufprall nicht nur eine Beule auf ihrem Schädel, sondern auch eine Delle im Blech.

Der Aufschlag erzeugte ein Donnern, dessen Echos durch das Lüftungssystem hallten. Doch auch das rief keine Wachleute auf den Plan. Livia rubbelte mit der Handfläche über die Beule und versuchte, sich zu orientieren. Sie befand sich nun am unteren Ende des senkrechten Schachts. Ihre Beine ragten noch in die Höhe. Bis zu den Schultern steckte sie in einer Fortsetzung des Lüftungsschachts, die wieder in die Waagrechte führte. Allerdings lag sie nun auf dem Rücken. Nicht gut. In dieser Stellung würde sie kaum vorankommen.

Außerdem spürte sie mit den Unterarmen, dass es nicht nur einen Schacht gab, der von hier aus waagrecht abging. Sie war an einer Art Kreuzung gelandet. Von dieser Stelle gingen drei weitere Lüftungsschächte ab, alle in der Waagrechten und im rechten Winkel zueinander. Vermutlich führten zwei davon in andere Gebäudeteile. Und einer in die Freiheit. Livia hätte raten müssen, welcher das war. Wieder nicht gut. Eine Trefferquote von eins zu drei. Aber sie musste nicht raten. Sie klemmte ihre Arme an die Kanten der verzweigenden Schächte, zog ihren Oberkörper aus dem Schacht, in dem sie nach dem Fall gelandet war, und richtete den Blick in alle drei waagrechten Schächte. Das lohnte sich. Es gab einen eindeutigen Hinweis, welcher der richtige Schacht war. Sie sah Licht.

Es war nur ein fahlgelber Schimmer. Aber es war Licht. Es kam aus dem mittleren der drei Schächte, zwischen denen sie entscheiden musste. Wie beim Einstieg in dieses blecherne Höhlensystem schob sie wieder ihren Oberkörper in den Schacht, die Arme voraus. Sie presste ihre Hände auf das Metall und zog sich vorwärts, als würde sie wie ein Hund im Trockenen schwimmen. Es war mühsamer als zuvor, denn ihre Muskeln schmerzten, und ihre schweißnassen Hände glitten immer wieder vom Metall ab.

Doch das Licht wurde mit jedem Zentimeter, den sie vorankam, heller. Es wurde zu einem Raster aus Lichtpunkten. Licht, das durch ein Gitter fiel. Ein Gitter wie jenes, das sie vor einer guten halben Stunde in ihrer Zelle abgeschraubt hatte. Der Ausweg. Das gab ihr Energie.

Sie roch das Meer. Salz. Algen. Fisch.

Sie hörte die Brandung.

Sie erreichte das Gitter am Ende des Tunnels und berührte es mit den Fingern. Es war genauso angebracht wie das in ihrer Zelle. Vier Schrauben im Beton. Diesmal gab es allerdings ein Problem. Die Schrauben waren außen, sie war innen. Selbst wenn sie den Löffel zu fassen bekäme, der in ihrer Hose steckte, wären die Schrauben unerreichbar.

Zornig schlug sie mit dem Handballen gegen das Gitter. Und noch mal. Und noch mal. Es schepperte, aber bewegte sich nicht. Sie verharrte eine Minute lang ruhig, starrte durch das Gitter, sah eine Betonfläche, direkt vor ihr, natriumgelb beleuchtet. Auf der Höhe ihrer Augen. Wie sie vermutet hatte: Die Öffnung des Schachts lag ebenerdig. Dahinter erkannte sie Fässer, einen Laternenpfahl und eine Mole. Sie dachte nach, überlegte, nach Hilfe zu rufen. Aber was würde passieren? Im besten Fall würde jemand sie hören, aus diesem Tunnel befreien und zurück in eine Zelle sperren. Diesmal wahrscheinlich eine Zelle ohne Lüftungsgitter. Vielleicht sogar ohne Feldbett.

Ihre Finger tasteten über das Metall des Gitters. Es war rau. Korrodiert von Jahren an der salzigen Meeresluft. Sie sah nur eine Chance. Sie musste das Gitter mit Gewalt öffnen. Aber mit ihren blanken Händen würde sie das nicht schaffen. Sie musste es mit den Füßen versuchen. Mit der Sohle ihres Turnschuhs.

Sie dachte nach, fasste einen Entschluss, atmete durch und machte sich auf den Weg zurück zu der Stelle, wo die drei Schächte abzweigten.

Ihre Handflächen presste sie wie zuvor auf das Metall des Lüftungsschachts und schob ihren Körper stückweise rückwärts, die Beine voran. Sie bewegte sich langsamer als zuvor, um weniger zu schwitzen. Ihre Hände hatten nun etwas mehr Griff, dafür schmerzten die Schwielen umso mehr. Hautfetzen rollten sich von ihren Handflächen ab. Aber der Gedanke an Freiheit trieb sie an. Sie schob sich Zentimeter um Zentimeter rückwärts und erreichte die Gabelung, an der sie zuvor den ersten Lichtschein gesehen hatte.

Drei Lüftungsschächte gingen von hier ab, einer rechts, einer links und über ihr der senkrechte, durch den sie herabgefallen war. Sie begann ein Manöver, das sie in den vergangenen Minuten mehrmals im Kopf durchgegangen war. Sie schob ihre Beine in einen der Schächte, die im 90-Grad-Winkel von ihrem abgingen, dann den Oberkörper nach und bewegte sich vorwärts in den gegenüberliegenden Schacht. Schließlich war der Schacht mit dem Lüftungsgitter unter ihren Füßen, und sie fädelte sich mit den Beinen voraus hinein. Handbreit für Handbreit schob sie sich voran. Es wurde wieder heller. Mit den Schuhen stieß sie schließlich an das Gitter.

Nun hatte sie genau zwei Chancen: Entweder waren die Schrauben verrostet und brachen unter Belastung. Oder das Blechgitter selbst gab nach. Zwei Möglichkeiten. Viel besser als keine.

Sie zog ein Bein einige Zentimeter an, bis das Knie an die Schachtwand stieß, und trat mit der Ferse zu. Und noch mal. Und noch mal. Es schepperte wie zuvor, aber das Gitter gab nicht nach. Sie biss die Zähne zusammen und presste die Hände auf die Wand des Schachts, um beim Zutreten nicht wegzurutschen. Und ließ die Ferse erneut auf das Lüftungsgitter krachen.

Es gab nach. Vielleicht zwei Millimeter. Sie zog das Bein erneut an, so weit es ging, und trat wieder zu. Die Schrauben hielten. Aber das Blech brach. Ihr Fuß krachte durch die Öffnung. Die geborstene Abdeckung federte zurück, und die Maschen des Gitters schnitten nun wie die Zacken einer Säge durch ihre Hose und Wade. Ihr Fuß war gefangen wie ein Hummer in der Reuse. Es schmerzte höllisch. Stöhnend trat sie mit dem anderen Bein zu. Das Gitter schnitt lange Wunden in ihre Fesseln und riss ein Stück ihrer Hose ab. Aber es war nun aufgebogen wie der Deckel einer Thunfischdose.

Livia presste ihre Hände ein letztes Mal gegen das Blech der Innenwände des Schachts und schob sich behutsam durch die Öffnung ins Freie. Als sie schließlich ihren Kopf aus dem Schacht zog, verfingen sich ihre Haare in den Zacken des geborstenen Gitters. Sie nahm es kaum wahr. Mit blutender Wade, zerzausten Haaren und restlos erschöpft, robbte sie zur Wand, aus der der Lüftungsschacht austrat, und lehnte sich mit dem Rücken daran.

Sie blickte sich um. Blinzelte in das Licht einer Natriumdampflampe auf dem Laternenmast. Die Mole, fahlgelb erhellt. Dahinter Mauern, auf denen sich silbrige Spiralen von Klingendraht spiegelten. Ein Motorboot war vertäut, ein Schlauchboot mit Festrumpf und zwei riesigen Außenbordern. Tarnfarbe. Militärversion.

Sie besah die Wand hinter sich, blickte an ihr hinauf und stellte fest, dass sie am Fuß eines karstigen Hangs saß. Eine schmale Metalltreppe führte im Zickzack nach oben. Die Felswand bildete das seitliche Ende einer schmalen Bucht. Auch die gegenüberliegende Seite war von Karstgestein eingegrenzt. Die Mole vor ihr ging linker Hand in eine Betonfläche über, die unter dem Gewölbe einer natürlichen Felsöffnung verschwand. Der Eingang einer Grotte.

Sie hörte Schritte. Schwere Stiefel auf Stahl. Jemand kam über die Treppe. Ein Fuß nach dem anderen. Zwei Männer. Betrunken. Sie sprachen italienisch.

Erst als sie unmittelbar über ihr waren, verstand sie ihre Worte.

»Das Warten geht mir auf die Nerven. Hoffentlich steigt die Sache bald.«

»Das wird schon, Gianni. Lass uns lieber hoffen, dass alles nach Plan läuft.«

»Kein Zweifel. Hast du Geronimo heute gesehen? Da wummert's gewaltig.«

»*Bellissimo.* Wir werden es ihnen zeigen. Diesen ganzen liberalen Schwachmaten. Diesen linken Weicheiern. Wir werden auf Rom marschieren wie 1922. Es wird eine Riesensache.

Der Amerikaner sagt, in seinem Land stehen mehr als sechzig Milizen bereit ...«

»Psst, nicht so laut.«

»Was soll denn sein? Hier ist niemand.«

»Wir sollen nicht untereinander reden. Feind hört mit.«

»Spinnst du?«

»Wir sollen nicht über das Projekt sprechen. Kein Wort.«

»*Stronzo*, es geht übermorgen los, wer soll uns jetzt noch aufhalten? Geronimo wird über sie kommen wie ...«

»Halt die Fresse.«

»Blödmann.«

»Gib mir lieber eine Chick.«

Ein weiterer Mann polterte über die Stahltreppe herab. Livia schob sich noch tiefer in den Schatten. Der dritte Mann gesellte sich zu den beiden Wachleuten. Er war groß und bärtig. Sogar jetzt, mitten in der Nacht, trug er seine Baseballkappe. Es war der Texaner. Ihr Entführer. Die beiden Italiener grüßten unterwürfig, zogen noch zweimal an ihren Zigaretten und verschwanden in Richtung Grotte.

Der Texaner war im Licht der Hafenlaterne deutlich zu erkennen. Der Mann, der sie betäubt und im Betonverließ eingesperrt hatte. Er schlenderte zur Mole, wirkte unschlüssig. Jeden Moment konnte er sich umsehen und Livia unter der Stahltreppe entdecken.

Sie wünschte sich, mit dem Dunkel zu verschmelzen. Drückte ihren Rücken an die Mauer, der Beton kalt an den Händen.

Der Texaner machte zwei Schritte. Kam direkt auf ihr Versteck zu.

Er würde sie entdecken.

Jeden Moment.

Ruhig. Bleib ruhig. Sie schrie es sich innerlich zu.

Neben dem Laternenmast hielt er inne und griff in seine Brusttasche. Zog eine knisternde Packung hervor. Steckte etwas in den Mund. Holte einen zweiten Gegenstand aus der Brusttasche und faltete die Hände darum. Sie hörte das Ratschen der Zündwalze. Sah eine gelbe Flamme. Das Gesicht des Texaners schien plötzlich zu leuchten.

Keine vier Meter vor ihr.

Livia atmete mit weit geöffnetem Mund. Die Angst stockte wie ranzige Milch auf ihrer Zunge.

Das Feuerzeug erlosch. Er zog an der Zigarette.

Bronzene Glut.

Er musste sie sehen.

Dann verstand sie. Das Leuchten der Flamme hatte seine Pupillen verengt. Aber für wie lange?

Der Texaner nahm einen weiteren Zug.

Die Zigarette glühte auf. Die salzige Meeresbrise wehte den Rauch zu ihr. Cannabis. Livia mochte den Duft.

Sie zählte die Sekunden, bis sich die Augen des Texaners an das Dunkel gewöhnt hätten. Und er sie sehen würde.

Den Joint mit der hohlen Hand vor der Brise abschirmend, wandte der Mann sich um. Er ging an die Kante der Mole. Blickte ins Wasser. Nahm zwei weitere Züge.

Jeden Moment konnte jemand in ihre verlassene Zelle blicken. Wachleute rufen. Womöglich Alarmsirenen. Zweifellos waren die Wachen bewaffnet.

Die Zeit schien zu erstarren und gleichzeitig zu rasen.

Ihre wertvolle Zeit.

Eine winzige Explosion auf dem Beton der Mole. Funken flogen.

Der Joint. Der Texaner hatte ihn auf den Boden geworfen. Er stampfte mit seinem Caterpillar-Stiefel auf die Kippe und kickte sie ins Meer.

Als Nächstes würde er sich umdrehen.

Unweigerlich.

Doch er beugte sich vor. Starrte auf die nachtschwarze Dünung, die an die Mole klatschte. Er räusperte sich und spuckte ins Wasser. Fummelte an seiner Hose herum, wandte den Kopf zum Himmel. Es plätscherte. Ein schwacher Geruch von Säure mischte sich in die salzige Brise.

Er pinkelte.

Stehend, eine Hand am Schwanz, die andere in die Hüfte gestemmt, der Kopf im Nacken, das Gesicht zu den Sternen gehoben.

Livia spürte das Verlangen, loszurennen und den Mann ins Meer zu befördern. Acht Schritte und ein Kick. Die ersten vier Schritte würde er nicht hören wegen des Schwells an der Mole. Die zweiten vier brächte sie schneller hinter sich, als er sich umdrehen würde. Mit seinem Pimmel zwischen den Fingern. Männer, die urinieren, drehen sich ungern um.

Acht Schritte und dann ein gesprungener Seitwärtskick. Mit der Fußaußenseite auf die Lendenwirbel. Ein perfekter Da Canh. Tausende Male hatte sie diesen Tritt mit ihrer Mutter geübt. Livia hatte es für ein Spiel gehalten, aber ihrer Mutter war es ernst gewesen. Livia sollte fit sein für die Widrigkeiten des Lebens. Das Spiel hieß Viet Vo Dao.

Sie war kurz davor, es zu tun. Er hätte keine Chance. Aber Livia saß wie gelähmt im Schatten unter der Stahltreppe. Sie kauerte sich zusammen, reglos, mit zusammengekniffenen Lidern, damit das Weiß ihrer Augen sie nicht verraten würde.

Der Texaner zog seinen Reißverschluss hoch, wandte sich ab und schlurfte an der Mole entlang zur Grotte. Seine Stiefel schabten wie Panzerketten über den Beton.

64

Flughafen München, Deutschland

Als die Verbindung hergestellt war, tippte Nuri den sechsstelligen Code, um sich zu identifizieren. Die Frau, mit der er vor einer halben Stunde gesprochen hatte, meldete sich erneut.

»Schon wieder du?«

Ihre Stimme klang genervt. Aber sie blieb professionell. Das war ihr Job. Auch Nuri bemühte sich, sachlich zu bleiben.

»Ja, sorry, ich habe etwas vergessen.«

»Was?«

»Nur eine Auskunft: Gab es heute Flüge von Salzburg nach Sardinien?«

»Gib mir eine Minute.«

Nuri hörte das Klappern einer Tastatur.

»Nein, keine Linien- oder Chartermaschinen von Salzburg, weder nach Cagliari noch Olbia oder Alghero.«

»Was ist mit Privatjets?«

»Moment.«

Wieder Klappern. Dann ein leiser Pfiff.

»Okay, das ist seltsam«, sagte die Frau.

»Was?«

»Es gab zwei Flüge einer Privatcharterfirma in Salzburg namens Executive Charter. Eine Cessna Citation und eine Embraer Phenom, beide in Österreich zugelassen. Sie sind im Abstand von wenigen Minuten gestartet. Beide mit dem Ziel LIEA.«

»LIEA?«

»Das ist das Kürzel des Flughafens von Alghero.«

»Ach, du Scheiße«, stieß Nuri hervor.

»Was ist? Noch eine Weltverschwörung? Diesmal nicht Honduras, sondern Sardinien?«

»Bullshit. Denk mal nach. *Alghero.*«

»Du meinst ...«

»Ja. Das Gipfeltreffen.«

»Na ja, kein Wunder, dass ein paar VIPs mit Privatjets dorthin fliegen, oder?«

Nuri stieß einen Fluch aus und beendete das Gespräch. Er warf einen Kaffeebecher in den Müll und steuerte den nächsten Lufthansa-Stand an. Flüge nach Sardinien gab es an diesem Abend keine mehr, aber man bot ihm für den kommenden Morgen einen Platz in einer Maschine nach Olbia an. Olbia sei anderthalb Autostunden von Alghero entfernt, erklärte die Frau am Ticketschalter.

Nuri bezahlte das Ticket, schnappte sich zwei Sandwiches an einem Imbissstand und mietete ein Zimmer im Airport Hotel, um ein paar Stunden zu schlafen.

65

Geheime Grotte,

Alghero, Sardinien

Livia wartete einige Minuten, bevor sie sich aus ihrem Versteck wagte. Sie kroch unter der Stahltreppe hervor, schlich zu der Stelle, wo das Schlauchboot festgemacht war, und von dort weiter bis ans Ende der Mole. Die Brise war dort stärker, das Meerwasser klatschte an den Beton und spritzte bis in ihr Gesicht. Sie sog die salzige Luft in ihre Lungen und blickte auf das Meer, das von den beiden karstigen Abhängen rechts und links von ihr eingerahmt wurde. Am Horizont zeichnete sich vor dem Anthrazit des Nachthimmels die Silhouette einer Landzunge ab.

Ein Blitz traf in ihr Auge. Er kam vom äußersten Ende der Landzunge. Ein Leuchtturm. Livia starrte auf die Landzunge und zählte die Sekunden bis zum nächsten Blitz. Dann noch mal. Sie verharrte eine weitere Minute und rätselte, wo in aller Welt sie sich befand.

Sie drehte sich um und betrachtete die Bucht hinter der Mole. Kurz erwog sie, das Motorboot zu stehlen. Aber es war fest vertäut, und der Schlüssel steckte nicht. Sie ging an der Mole entlang zurück und machte auf der Betonfläche halt. Sie blickte sich um. Linker Hand war die Stahltreppe, unter der sie aus dem Lüftungsschacht geklettert war und sich versteckt hatte. Sie führte über mehrere Kehren und Absätze am Karstfelsen hoch. Wahrscheinlich war es der landseitige Zugang zu dieser versteckten Bucht. Die Wachleute und der Texaner waren von dort oben gekommen. Vielleicht gab es oben weitere Gebäude. Vielleicht einen Militärstützpunkt. Ein Restaurant. Eine Bar. Einen Parkplatz. Und noch mehr Wachleute.

Sie entschied sich gegen die Stahltreppe und steuerte das Innere der Bucht an, das, von ihr aus gesehen, im Dunkel lag. Dorthin war der Texaner verschwunden. Ihre Turnschuhe waren leiser als seine Stiefel, aber im Licht der Hafenlaterne warf ihr Schatten riesenhafte Schemen. Sie zwang sich, ruhig und aufrecht zu gehen, in der Hoffnung, dass Wachleute sie für eine Mitarbeiterin hielten. Obwohl sie Zweifel hatte, dass Mitarbeiterinnen, sofern es sie überhaupt gab, mit zerschlissener Kleidung, zerzaustem Haar und einer blutenden Wade herumliefen.

Niemand begegnete ihr. An ihrem Scheitelpunkt mündete die Bucht in die bogenförmige Öffnung im Karstfelsen, so groß wie die Einfahrt eines Autobahntunnels, vielleicht zehn Meter hoch. Es war der Schlund der Grotte. Mit leisen Schritten tauchte sie in das Dunkel ein. Im Schatten der Felsöffnung zeichnete sich eine zweistöckige Fassade aus Sichtbeton ab. Ein Gebäude, das in die Grotte hineinzementiert war, lieblos, massiv, militärisch. Das Meersalz hatte dunkle Flecken auf dem nackten Beton hinterlassen. An manchen Stellen hatte es Kerben hineingefressen, die das Stahlgerippe zum Vorschein brachten. Vom Meer aus war der Komplex nicht zu sehen. Zweifellos war es das Gebäude, durch dessen Lüftungssystem sie entkommen war. Vor der Fassade standen einige Kisten herum. Ein schwacher Geruch von Öl und Fisch lag in der Luft.

Zwei identische, übereinanderliegende Fensterreihen markierten die beiden Etagen des Gebäudes. Am rechten Ende der Fassade erblickte Livia einen hüfthohen Anbau. Sie näherte sich und nahm bereits aus mehreren Schritten Entfernung den intensiven Fischgeruch wahr. Der Anbau bestand aus mehreren Wasserbecken, überspannt von einem engmaschigen Hasendraht. Über eine verrostete Rohrleitung strömte Wasser in die Becken und lief über Kerben von einem Becken zum nächsten. In jedem der Becken schwamm ein stattlicher Oktopus.

In der Mitte des Erdgeschosses befand sich eine Stahltür. Aus dem Fenster links von der Tür drang ein schwacher Lichtschein. Livia spähte durch die Scheibe. Sie war aus Panzerglas. Dahinter ein billiger Schreibtisch, Monitore, Telefone und zwei Männer in Drillichzeug. Es waren nicht die beiden von vorhin. Sie starrten auf einen Laptop und gestikulierten. Livia hatte in ihrem Leben viele Männer in diesem Zustand erlebt. Gebannt. Erregt. Sie schauten Fußball.

Livia trat zurück und musterte die Betonfassade. Die Fenster im Erdgeschoss waren allesamt verschlossen, einige sogar vergittert. Im Stockwerk darüber entdeckte sie einen geöffneten Fensterflügel, aus dem ebenfalls Licht schimmerte. Aber an der blanken Fassade hinaufzuklettern, war aussichtslos.

Einige Meter neben ihr klapperte etwas. Die Stahltür des Haupteingangs. Sie schlüpfte hinter zwei Holzkisten, die in der Nähe der Tintenfischbecken standen. Die Eingangstür öffnete sich. Zwei Wachleute traten ins Freie. Einer steckte sich zwei Zigaretten in den Mund, zündete beide an und reichte eine an seinen Kumpan weiter. Es waren die Männer, die eben noch vor dem Laptop gesessen hatten.

»Zaniolo hält, was er verspricht.«

»Ja, ein Wahnsinnstor. Muss man zugeben.«

»Cagliari hätte ihn kaufen sollen, als er noch zu haben war.«

»Die Chance ist verpasst.«

»Ich hoffe, Matruzzi setzt Baldé in der zweiten Halbzeit auf die Bank.«

»Eine Riesenenttäuschung, der Arsch. Wie er den Elfer direkt auf den Torwart geschossen hat. *Un imbecile.*«

»Pedro wär's gewesen. Der hätte den Elfer verwandelt.«

»Locker.«

Sie nahmen einen letzten Zug, warfen ihre Kippen achtlos auf den Betonboden und gingen zurück ins Gebäude. Livia folgte einer Eingebung. Sie rannte los, hob die zwei Zigaretten auf und schirmte sie mit den Händen gegen den Wind ab. Aus dem Schatten der Grotte sprintete sie zurück zur Mole. Dort legte sie die Zigaretten auf den Boden, sprang auf das Schlauchboot und kletterte über die Sitze ans Heck zu den beiden Dreihundert-PS-Außenbordern.

Sie fand, was sie suchte. Einen Benzinschlauch, der in einem der Außenborder steckte. Sie riss das Stück Plastik aus dem Motor und warf es in den Rumpf des Bootes. Treibstoff begann zu rinnen. Sie sprang zurück auf die Mole, nahm beide Zigaretten in den Mund und zog kräftig.

Die eine war erloschen. Nichts mehr zu machen.

Die andere glühte auf. Ihre Lunge rebellierte. Sie hustete, warf die Kippe in das Boot und rannte los. Entlang der Mole, zurück zur Grotte.

Einige Sekunden lang dachte sie, die Zigarette sei ohne Wirkung erloschen. Dann sah sie orangefarbene Schlieren auf der Betonfassade in der Grotte. Der Lichtschein von Flammen. Als sie das Fenster des Wachraums fast erreicht hatte, schleuderte eine Druckwelle sie zu Boden.

Der Effekt war enorm. Ein Feuerball stieg von der Mole in die Höhe, eine Sirene ertönte, die beiden Männer aus dem Wachraum stürmten ins Freie. Keine halbe Minute später folgten weitere Männer. Einige hatten Feuerlöscher unter dem Arm. Andere bellten sinnlose Befehle. Und alle rannten zur Mole.

Livia spazierte unbeobachtet durch die Stahltür in den Betonkomplex und betrat einen von Neonröhren erhellten Flur. Er führte geradeaus in das Innere des Gebäudes und war auf beiden Seiten von je vier Türen gesäumt. Die Türen im hinteren Bereich waren aus Metall, wie die Tür der Zelle, aus der sie geflohen war. Sie durchschritt den Flur und stieg am hinteren Ende über eine zweiläufige Treppe in das obere Stockwerk. Auch dort fand sie einen neonhellen Flur vor, der demjenigen im Erdgeschoss glich, mit einer identischen Anordnung von Türen. Allerdings war in einer der Stahltüren ein Sichtfenster aus Panzerglas eingelassen.

Hinter der Scheibe war es dunkel. Neben der Tür befand sich ein Lichtschalter. Livia betätigte ihn. Grelles Licht flammte hinter dem Guckfenster auf. Livia kämpfte gegen die Blendwirkung und versuchte mit blinzelnden Lidern, einen Blick in das Innere der Zelle zu werfen.

Der Raum war behaglicher eingerichtet als die Betonzelle, aus der sie entkommen war. Wie das Einzelzimmer eines Mittelklassehotels, links ein Tisch, rechts ein Bett. Hinzu kamen allerdings diverse medizinische Apparate, Schläuche, Kabel, Kanülen und Flüssigkeiten in Beuteln, die an Metallgestängen hingen.

Ein Mann lag in dem Bett. Er war nicht besonders groß, aber schien aus nichts als Muskeln zu bestehen. Nicht die Art Muskeln, die man im Fitnessstudio antrainiert, keine reine Masse, sondern Sehnen und Fasern, die Ausdauer und Schnelligkeit verrieten. Sein Kopf war kahl bis auf einen schmalen blonden Haarflaum, der sich von der Stirn in den Nacken zog. In einem Arm steckten zwei Kanülen. Mit dem anderen rieb er sich die Augen. Livia hatte den Eindruck, dass ihn das plötzliche Licht aufgeweckt hatte.

Ohne hinzusehen, schien der Mann zu merken, dass Livia ins Zimmer spähte. Ruckartig wuchtete er seinen Oberkörper auf und riss die Kanülen aus seinem Arm. Zwei stahlgraue

Augen starrten Livia an. Sie erschrak. Ihr Körper schaltete auf Alarm. Sie taumelte einen Schritt zurück. Einen Sekundenbruchteil später tauchte das Gesicht des Mannes am Panzerglas auf. Sein Kinn war kantig, sein Kopf ein Klotz. Sein Unterkiefer mahlte, die Augen versprühten pure Aggression.

Livia betätigte den Schalter und löschte das Licht in der Zelle.

Ein ohrenbetäubendes metallisches Donnern, als hätte ein Auto die Zellentür gerammt, war die Reaktion. Das Muskelpaket hatte mit Urgewalt gegen den Stahl der Zellentür geschlagen. Livia riss die Arme vors Gesicht und stolperte mehrere Schritte rückwärts. Sie fragte sich, ob das Türblatt diesem Mann standhalten würde.

Doch nichts weiter geschah. Sie sah sich um und musterte die anderen Türen des Obergeschosses. Die des Raums, der an die Fassade grenzte, war mit einem gelben Schild und einem roten Warnlicht versehen. Davor hingen einige Kittel an Wandhaken, am Boden stand eine Kiste mit Schuhüberzügen aus blauem Plastik. Solche hatte Livia in Boston gesehen, im Broad Institute. Sie öffnete die Tür und erblickte, was sie fast erwartet hatte: eine verkleinerte Version des Labors von Boston.

Gritje van Keukens Labor.

Sie ging an Laborbänken vorbei, erkannte diverse Instrumente wieder, darunter ein Gerät, das sie nun schon zum dritten Mal sah. Das Ding, mit dem man Genanalysen durchführen konnte. PCR-Analysen. In zwei verglasten Schränken rüttelten Maschinen Flüssigkeiten durch. Livia öffnete einen der wandhohen Kühlschränke und blickte auf einen Stapel Petrischalen. Sie nahm eine in die Hand und hielt sie ans Licht. Sie sah kleine fleischfarbene Knödel auf einem farblosen Gel. Sie brauchte nicht lange, um auf einer der Laborbänke mehrere Hundert-Milliliter-Flaschen CerebXTI zu entdecken.

Am hinteren Ende des Labors war ein Fenster geöffnet. Davor stand ein Schreibtisch und darauf ein aufgeklappter Laptop. Sie tippte auf die Leertaste. Der Bildschirm wurde hell und verlangte nach einem Passwort. Aussichtslos. Seitlich in dem Computer steckte allerdings ein USB-Stick. Er war mit drei chinesischen Schriftzeichen versehen: der Ziffer Acht sowie den Symbolen für Kralle und Fisch.

Livia zog den Stick heraus und steckte ihn ein. In der Schublade des Schreibtischs fand sie diverse Unterlagen. Listen biochemischer Substanzen, Mengenangaben, Uhrzeiten, Bestellformulare. Lauter unverständliches Zeug. Eine Schublade darunter fiel ihr Blick auf ein Telefon. Ein klobiges Ding mit fingerdicker Antenne. Ein Satellitentelefon. Sie kannte solche Geräte aus ihrer Zeit in Wasiristan. Sie klappte es auf. Es funktionierte ohne PIN-Code, zeigte aber keine Verbindung zu einem Satelliten an. Klar. Die Grotte. Sie schob das Telefon in die Tasche ihrer Cargohose und wollte sich auf den Weg zurück zur Mole machen, wo es Satellitenempfang geben müsste, als eine Stimme ertönte.

»Wer, zum Teufel, sind Sie?«

Sie wirbelte herum und blickte einem Mann in die Augen. Er war bleich und hager, kaum größer als sie, mit dunklen Augenringen und stechendem Blick. Sein dünnes Haar war zu einem Zopf gebunden. Das Gewebe der linken Gesichtshälfte erinnerte an die Haut einer Galapagos-Echse. Rosafarbene Schlieren wechselten sich mit braunen Flecken ab. Livia fragte sich, was für ein Unfall eine solche Entstellung hinterließ.

Anders als die Wachleute trug der Mann kein Drillichzeug, sondern einen weißen Kittel. In der Hand hielt er eine Pistole. Livia kannte die Waffe. Eine Glock 17, Kaliber neun Millimeter. Er richtete sie auf sie.

»Noch mal, wer sind Sie?«

»Das könnte ich Sie auch fragen.«

»Es ist mein Labor. Sie sind eingedrungen. Ich habe jedes Recht, Sie zu erschießen. Vorher dürfen Sie mir verraten, wer Sie sind und was Sie hier zu suchen haben.«

Er sprach amerikanisches Englisch ohne Akzent. Livia blickte ihm in die Augen und bemühte sich, ihre Angst zu verbergen.

»Wenn Sie mich erschießen, werden Sie nie erfahren, wer ich bin.«

»Vielleicht will ich das nicht wissen. Vielleicht ist mir das egal.«

»Warum haben Sie mich dann gefragt?«

Diese logische Schleife schien den Mann einige Augenblicke lang zu verwirren. Livia zog daraus den Schluss, dass er ein Nerd war. Dazu passte, dass er aussah, wie man eben aussieht, wenn man seine Ernährung auf Lieferpizza und Dosencola beschränkt.

»Okay. Es ist mir egal.«

Er hob die Waffe. Zeit für einen Bluff.

»Professor van Keuken wird es nicht egal sein.«

Die Gesichtszüge des Mannes entglitten. »Was haben Sie mit van Keuken zu tun?«

»Das sollten Sie besser herausfinden.«

Die Gedanken des Mannes schienen zu rasen, seine Augen zuckten. Livia fragte sich, wie lange sie Nebelkerzen ausstreuen konnte, bis dieses Echsengesicht die Geduld verlor und abdrückte. Andererseits sah er nicht aus wie ein kaltblütiger Killer. Und sie hatte seine Neugier geweckt.

Sie entschied sich für einen uralten Trick. Sie riss ihre Augen auf, formte mit den Lippen ein O und blickte knapp an dem Mann vorbei.

Es funktionierte. Das Narbengesicht wirbelte herum und richtete seine Waffe auf die Tür. Er war auf Livias billige Finte hereingefallen. Definitiv kein Killer. Nur ein Wichtigtuer. Aber die können besonders gefährlich sein.

Livia nutzte den Moment der Ablenkung und ging zu Punkt zwei ihrer Finte über. In diesem Fall brauchte sie keine acht Schritte, sondern nur drei. Und nach dem dritten hob sie ab, das rechte Bein vorgestreckt, die Fußkante angewinkelt. Das Narbengesicht wandte sich wieder zu ihr um, doch Livia hatte sich in ein dreiundfünfzig Kilogramm schweres Projektil verwandelt, das mit gut fünfundzwanzig Stundenkilometern auf ihn zuflog. Die Augen des Kerls weiteten sich panikartig, während er versuchte, die Glock auf Livia zu richten.

Es gelang ihm nicht. Bevor die Waffe in Position war, traf Livias Ferse das Knochendreieck unter seinem Brustkorb mit der Wucht einer Metallstanze. Der Brustkorb schob sich jäh zusammen, erreichte die Elastizitätsgrenze, presste die Luft aus seiner Lunge. Es klang wie eine Luftmatratze, deren Ventil plötzlich geöffnet wurde. Der Oberkörper des Echsengesichts bog sich zwischen den Schultern nach hinten, während sein Kopf, den Gesetzen der Trägheit folgend, nach vorne schnellte. Seine Beine gaben nach.

Ein perfekter Da Canh.

Kurz, bevor sein hagerer Körper auf dem Boden aufschlug, löste sich ein Schuss aus seiner Waffe. Die Kugel pfiff über die Labortische hinweg und zersplitterte einen Erlenmeyer-Kolben.

Livia bremste ihren Schwung, indem sie über das Narbengesicht hinwegrollte. Sie fing sich, kam auf die Füße, trat zu dem keuchenden Mann und stampfte auf sein Handgelenk. Seine Finger lösten sich von der Pistole. Livia kickte die Waffe weg. Ohne den Typen ein weiteres Mal anzusehen, spurtete sie zu dem halb geöffneten Fassadenfenster und blickte hinunter auf die Betonfläche vor dem Gebäude. Die Flammen des Motorboots tauchten noch immer alles in orangegelbes Licht.

Bis nach unten waren es gute drei Meter. Gefährlich hoch.

Aber da waren die Holzkisten. Sie stieg auf den Fenstersims, ließ ihre Füße hinunter, sprang auf eine der Kisten und von dort in einer fließenden Bewegung weiter auf den Betonboden, wo sie sich abrollte. Aus dem Augenwinkel sah Livia mehrere Wachleute in das Gebäude stürzen. Sie hatten wahrscheinlich den Schuss gehört.

Livia schlug sich einen ihrer Ellenbogen erneut blutig. Sie sprang auf die Beine und sprintete zu der Stelle unter der Stahltreppe, wo sie nach ihrem Ausbruch Unterschlupf gefunden hatte. Dort kauerte sie sich in den Schatten, zog das Satellitentelefon aus der Hosentasche und schob den Ärmel ihres T-Shirts hoch. Sie hielt den Unterarm ins Licht der Hafenlaterne und konzentrierte sich. Die Ziffern von Nuris Mobiltelefonnummer waren kaum mehr lesbar. All der Schweiß, der beim Ausbruch durch die Lüftungsanlage aus ihren Poren geströmt war, hatte die Ziffern verwischt. Zwei davon musste sie raten. Mit zitternden Fingern drückte sie die Tasten des Satellitentelefons.

Es tutete. Dreimal.

»Iswinitie?« Russisch. Falsche Nummer.

Sie änderte eine Ziffer. Ein Anrufbeantworter meldete sich. Damit hatte sie nicht gerechnet. War es Nuris Nummer? Sie hoffte es. Sie riss sich zusammen und erinnerte sich an die W-Regeln, die sie im Nachrichtenkurs auf der Journalistenschule gelernt hatte: Wer, was, wann, wo, wie. Sie packte so viele Fakten wie möglich in sechzig Sekunden. Dann war die Aufnahme zu Ende.

Und ihr Versteck flog auf.

Wachleute riefen aus dem Fenster des Labors im ersten Stock und deuteten in ihre Richtung. Andere stürmten aus dem Gebäude auf sie zu. Livia sprang unter der Stahltreppe hervor und rannte auf die Mole zu. Das Satellitentelefon polterte auf den Boden, die Antenne brach ab.

Die Mole bot keinen Ausweg. Die Stahltreppe nach oben

war ihre letzte Chance. Sie schlug einen Haken und rannte darauf zu. Ihre Augen suchten die Stufen ab. Von oben sah sie zwei Wachleute herabsteigen.

Der letzte Ausweg. Versperrt.

Sie stoppte, griff in ihre Hosentasche und schleuderte den USB-Stick in den Schatten unter dem Treppenabsatz. Dann hob sie die Arme und kniete sich unter dem Licht der Natriumdampflampe auf den Boden. In diesem Augenblick fiel ihr ein, wieso ihr das Gesicht des muskulösen Mannes in der Zelle mit dem Glasfenster bekannt vorgekommen war.

66

Airport Hotel,
Flughafen München, Deutschland

Der Klingelton riss Nuri aus dem Tiefschlaf. Er brauchte einige Sekunden, um sich zu erinnern, wo er war. Und dann weitere Sekunden, um zu verstehen, was da klingelte. Er hielt es für einen Weckton und glaubte kurz, er müsse aufstehen, um sich für den Flug fertig zu machen. Das Smartphone klingelte weitere zwei Male, dann verstummte es. Benommen tastete Nuri nach dem Gerät und fand es auf dem Nachttisch. Zu spät, um den Anruf entgegenzunehmen.

Die Anrufliste zeigte eine seltsame Nummer. Sie begann mit +8816. Ein Werbeanruf, sagte sich Nuri. Begannen nicht die gebührenfreien Vorwahlen in den USA mit mehreren Achten? Dann fiel ihm auf, dass es nur zwei Achten waren, nicht drei. War +88 eine exotische Länderkennung? Er tippte »+88« in Google ein, was lediglich Suchergebnisse lieferte, die mit der Zahl 88 und ihrem Gebrauch unter Rechtsradikalen zu tun hatten – ein Code für »Heil Hitler«, da H der achte Buchstabe im Alphabet war. Na toll, dachte Nuri, schon wieder Nazis. Er versuchte es mit »+8816«. Und diesmal zeigte ihm die Trefferliste, von was für einem Telefon er angerufen worden war. Ein Satellitentelefon des Iridium-Netzes.

Sein Handy gab einen Ping von sich. Der Hinweis auf eine Sprachnachricht. Nuri startete die Aufnahme, und als er die ersten Worte hörte, war er hellwach.

»Hier ist Livia. Ich wurde betäubt und entführt …«

Sie sprach deutlich, und doch lag Anspannung in ihrer Stimme. Nuri griff nach einem Abreißblock und einem Bleistift auf dem Nachtkasten und notierte die Fakten. Er versuchte, die Nummer zurückzurufen. Ohne Erfolg. Er hörte den Anruf ein zweites Mal ab. Und ein drittes Mal. Er sah auf die Uhr. Es war 4:11 Uhr deutscher Zeit. Europa lag im Bett. Er konnte um diese Uhrzeit nicht viel tun, außer seine Sachen zu packen und zu hoffen, dass die Maschine nach Sardinien pünktlich war. An Schlaf war nicht mehr zu denken.

67

Geheime Grotte,
Sardinien, Italien

Livia lag mit dem Rücken auf nacktem Beton und blickte auf die roten Striemen an ihren Handgelenken. Zwei schwarze Kabelbinder schnitten in die Haut. Sie waren eng gezogen und ineinander verschlungen. Sobald sie die Arme locker ließ, setzte brennender Schmerz ein, und ihre Hände liefen blau an. Mit ihren Füßen sah es nicht viel besser aus. Sie waren mit mehreren Kabelbindern an einen Metallring in der Betonwand fixiert. Lange würde sie in diesem Zustand nicht durchhalten.

Die Zelle, in der sie lag, glich derjenigen, aus der sie entkommen war. Nur war diese beleuchtet und die Anordnung spiegelverkehrt. Das Lüftungsgitter war, von der Stahltür aus gesehen, auf der linken, nicht der rechten Seite. Genauso, wie das Feldbett auf der anderen Seite stand. Wenigstens war es nicht so finster wie in einer Quecksilbermine. Außerdem war Livia nicht allein. Auf dem Feldbett saß Gritje van Keuken. Die Wissenschaftlerin wirkte apathisch.

Livia versuchte, sich zu erinnern, ob es einen solchen Metallring in ihrer ersten Zelle gegeben hatte. In diesem Augenblick drehte sich ein Schlüssel im Schloss. Die Stahltür schwang auf, und das Echsengesicht betrat den Raum. Er setzte ein überhebliches Grinsen auf. Van Keuken und Livia starrten ihn feindselig an.

»Die Schöne und das Biest«, sagte er und fand es als Einziger witzig.

»Lassen Sie uns sofort frei«, fauchte van Keuken.

Er trug einen frisch gewaschenen weißen Kittel, der sein Gesicht fast farbig schillern ließ. Um seinen Kopf war ein Verband gewickelt. Wie ein Stirnband bedeckte es den größten Teil des vernarbten Gewebes. Was unter dem Verband hervorlugte, sah noch dunkler und bunter aus als bei Livias erster Begegnung mit dem Mann. Die Echse schüttelte den Kopf, schnalzte mit der Zunge und ging auf Livia zu, ohne van Keuken zu beachten. Livia wandte das Gesicht ab.

»Tss, tss«, sagte der Hänfling.

Er beugte sich zu Livia hinab und prüfte ihre Fesseln. Sie nahm den Geruch seiner billigen Hautcreme wahr und spürte den Drang, den Kerl ein weiteres Mal zu attackieren. Diesmal vielleicht mit einem Dam Lao, einem Rundschlag mit den Knöcheln der Handoberseite. Aber sie fühlte sich zu schwach für einen Kampf, ganz abgesehen von ihren gefesselten Händen und Füßen.

Als er sich überzeugt hatte, dass Livia sich nicht befreien konnte, kniete sich das Echsengesicht neben ihr nieder und begann, mit den Fingern über ihre Schenkel zu streichen. Livia wand sich, schrie und versuchte nun doch reflexhaft, seine Hand mit ihren gefesselten Armen wegzuschlagen. Er kicherte wie ein Kind, das ein kleineres Geschwister ärgerte.

»Sie haben mir wehgetan«, säuselte er, lüftete Livias T-Shirt einige Zentimeter und schob seine Hand darunter. Seine Zunge mahlte wie die einer Kuh, die soeben den Inhalt ihres Pansens zweitverwertete. Sein Zeige- und Mittelfinger bildeten auf Livias Bauch ein Männlein, das spazieren ging.

»Ich hätte Sie töten sollen!«, brüllte Livia.

»Noch lebe ich. Und glauben Sie mir, Ihr Anblick macht mich noch viel lebendiger. Schade, dass ich wenig Zeit habe, mich auf angemessene Weise mit Ihnen zu befassen, meine Liebe.« Seine Finger krabbelten unter dem T-Shirt nach oben und näherten sich Livias Brüsten.

Mit einem Schrei ließ er plötzlich von ihr ab, sprang auf, taumelte zwei Schritte rückwärts und presste beide Hände auf seine Augen. Sandkörner rieselten auf Livia hinunter.

Nein, kein Sand. Was Chemisches. Katzenstreu. Gritje van Keuken hatte sich von hinten genähert und ihm eine Handvoll des nach Urin stinkenden Staubs in die Augen geschleudert.

»Ihr gottverdammten Schlampen!«, brüllte das Narbengesicht. Mit beiden Händen versuchte er, die ätzenden Körner aus seinen Augen zu wischen.

»Was ist hier los?«

Ein mächtiger Bariton ließ den Raum vibrieren. Der Texaner war in die Zelle getreten. Er packte den Wissenschaftler am Kragen seines weißen Kittels.

»Für so einen Mist haben wir nicht die geringste Zeit! Sie sollten sich um unseren Patienten kümmern. Waschen Sie Ihre Augen aus, und zwar sofort. Van Keuken, Sie gehen unserem Chefwissenschaftler zur Hand. Wir haben keine Zeit zu verlieren!«

Livia sah, wie van Keuken ihre Arme verschränkte, einen trotzigen Blick aufsetzte und keinerlei Anstalten machte, Gehorsam zu leisten.

Doch der Texaner zog ein überzeugendes Argument aus der Tasche. Eine Beretta M2, die er auf van Keuken richtete.

68

Flughafen München, Deutschland

Nuri Zamiro saß am Gate für den Abflug nach Olbia. Das Boarding würde erst in einer Stunde beginnen. Zum dritten Mal wählte er die Telefonnummer des römischen Büros der Zeitung *La Stampa*. Und zum dritten Mal meldete sich dieselbe männliche Stimme.

»La Stampa, *buongiorno.*«

»Brunella Bertini, per favore«, sagte Nuri zum dritten Mal.

»Subito.«

Nach einer halben Minute Wartemusik von Vivaldi wollte Nuri auflegen, wie die beiden Male zuvor. Doch dann meldete sich eine weibliche Stimme. Tief und rauchig.

»Pronto.«

»Spreche ich mit Brunella Bertini?«, fragte Nuri auf Englisch.

»Ja, wer ist da?« Die Frau sprach nun auch englisch mit starkem Akzent.

»Mein Name ist Nuri Zamiro. Ich bin ein Freund Ihrer amerikanischen Kollegin Livia Chang.«

»Livia? *Dio mio!* Ist alles in Ordnung mit ihr?«

»Leider nein. Ich habe eben einen Anruf von ihr erhalten. Sie wurde entführt.«

»Soll das ein Witz sein?«

»Ganz und gar nicht. Hören Sie, Signora Bertini, die Sache ist wirklich dringend. Ich kenne Livia und weiß, dass sie keine dummen Scherze mit mir macht. Und ich mache keine mit Ihnen. Wir hatten gemeinsam einen brisanten Fall recherchiert, und sie wurde entführt.«

»Woher weiß ich, dass Sie sie nicht entführt haben oder dies irgendein blödes Spiel ist?«

»Livia hat mich gebeten, Ihnen als Beweis für meine Echtheit zu sagen, was es bei ihrer letzten Einladung in Rom zu essen gab.«

»Und?«

»Ossobuco.«

»*Sí, sí.* Das stimmt.« Brunella Bertini wirkte bestürzt. Sie machte eine Pause. »Wo ist sie entführt worden?«

»In Deutschland. Aber sie ist jetzt vermutlich in Italien. Sie konnte mir eine Sprachnachricht hinterlassen. Sie denkt, dass sie irgendwo auf Sardinien ist. Es scheint dort eine verborgene Anlage zu geben. Eine schwer einsehbare Bucht mit Bootsanleger und einer Art militärischem Bunker in einer Grotte mit Kerkerzellen, Wachleuten und Laborräumen.«

»*Porco dio.*«

»Sie hat sich heute Nacht aus ihrer Zelle befreien und mich per Satellitentelefon anrufen können.«

»Sie hatte Ihre Nummer im Kopf?«

»Nein. Oder ja. Wir hatten unsere Nummern aufgeschrieben. Egal. Wie gesagt, wir arbeiteten gemeinsam an einem Fall.«

»Konnte sie beschreiben, wo diese Grotte ist?«

»Nur, was sie vor Ort sehen konnte. Das Betongebäude im Schatten der Grotte. Davor eine Art kleiner Hafen mit Mole. Jede Menge Braunalgen im Wasser. Am Himmel war die Venus, also Blick nach Westen. Und das vielleicht Wichtigste:

Am Horizont gegenüber, vermutlich einige Meilen entfernt, war eine Landzunge zu erkennen, deren Silhouette aussieht wie eine lang gestreckte liegende Mumie. Auf dem Kopf der Mumie steht ein Leuchtturm, der alle fünf Sekunden blinkt. Ein kurzer Blitz alle fünf Sekunden.«

»Das kann doch nicht wahr sein ...«

»Was?«

»Lassen Sie mich das eben checken.«

Nuri hörte das Klappern einer Tastatur.

»Alle fünf Sekunden ein Blitz?«

»Ja.«

Wieder klapperten Tasten. Nuri ärgerte sich, dass er nicht selbst auf die Idee gekommen war, in einem Leuchtturmverzeichnis nachzusehen.

»Gott im Himmel, das habe ich vermutet«, sagte die Italienerin, »es muss Capo Caccia sein. Im Nordwesten von Sardinien. Gegenüber von Alghero.«

»Holy fuck.«

»Das können Sie laut sagen. Es klingt nach einem Riesenskandal.«

»Wieso? Was für ein Skandal?«

»Irgendwelche Schweine scheinen Gladio wiederbelebt zu haben.«

»Gladio? Was ist das?«

»Das war das Codewort einer Verschwörung, die in den 1980er-Jahren ganz Italien erschütterte. Im Zentrum stand damals ein Geheimgefängnis auf Sardinien, wenige Kilometer südlich von Alghero. Als Militärbasis getarnt, war der Ort dafür vorgesehen, nach einem Umsturz unliebsame Politiker und Funktionäre einzukerkern.«

»Und diese Basis gibt es noch?«

»Ja, aber meines Wissens wurde sie in einen normalen Militärstützpunkt verwandelt. Oder in eine Außenstelle der Carabinieri. Das weiß ich nicht mehr ... Andererseits ...«

»Was?«

»… hat von uns Journalisten keiner genau verfolgt, was dort in den letzten Jahren vorgegangen ist. Gut möglich, dass sich dort wieder Umstürzler eingenistet haben.«

»Ich könnte meinen Kollegen Peronacci fragen. Er ist auf Verbrechen spezialisiert. Ich bin nur Wirtschaftsreporterin.«

»Gladio, sagten Sie? Und wo genau ist diese Grotte?«

»Wenige Kilometer südlich von Alghero. Eingebettet in einer kleinen, nicht einsehbaren Bucht zwischen Klippen und Karstfelsen. Ein idealer Ort für geheime Aktivitäten. Ich schicke Ihnen die GPS-Koordinaten.«

»Verdammter Mist.«

»Soll ich die Carabinieri informieren?«

»Lieber nicht. Wer weiß, wer alles an dieser Sache beteiligt ist. Ich werde mein Möglichstes tun, Livia dort rauszuholen. Aber es gibt noch ein anderes Problem. Womöglich ein Riesenproblem.«

»Welches Problem? O Gott, Sie meinen … Alghero … das Gipfeltreffen zwischen McIntyre und Li? Glauben Sie, es gibt einen Zusammenhang mit Livias Verschwinden? Wie ist sie bloß nach Sardinien gelangt? In eine Grotte? Sie hat sich vor einigen Tagen auf den Weg gemacht, um den Flugzeugabsturz von Atlanta zu recherchieren.«

»Ich werde es herausfinden. Und melde mich.«

»Signor Zamiro …«

»Was?«

»Bitte holen Sie Livia dort raus!«

»Wie gesagt, wir versuchen unser Möglichstes. Bis dahin sollten Sie striktes Stillschweigen bewahren. Kein Wort zu niemandem. Jede Veröffentlichung kann Livia in Gefahr bringen.«

Nuri beendete das Gespräch und schaltete sein Telefon auf Flugmodus. Seine Maschine nach Olbia war zum Einsteigen bereit.

69

Geheime Grotte,
Sardinien, Italien

Gritje van Keuken war kein ängstlicher Mensch. Aber der matte Stahl einer Neun-Millimeter-Pistole brach ihren Starrsinn. Der Lauf der Waffe drückte zwischen den Strähnen ihres Haars auf die rechte Schläfe. Sie hob die Hände und blickte zu Boden.

Die Zelle glich den bisherigen, war jedoch anders eingerichtet. Ein gepanzertes Fenster aus Drahtglas war in die Tür eingelassen. Diverse Geräte mit Schläuchen und Displays standen an der kurzen Wandseite. Auf einer Krankenhausliege war der groß gewachsene muskulöse Mann festgeschnallt. In seinem linken Arm steckten zwei Zugänge, sein Mund wurde von einer Beatmungsmaske bedeckt. Die Gerätschaften erzeugten Pumpgeräusche und ließen seine Herztöne erschallen.

Echsengesicht stand neben van Keuken. Er hielt die Pistole in der Hand. Und den Lauf an van Keukens Kopf.

»Ist ja gut. Nehmen Sie die Waffe runter. Ich helfe Ihnen, soweit ich kann. Sie wissen, dass ich keine Medizinerin bin.«

»Sie besitzen einen Abschluss in Humanmedizin.«

»Aber ich habe nie klinisch gearbeitet, sondern mich der Molekularbiologie gewidmet.«

»Das ist gut genug. Wie kriegen wir unseren Patienten wieder fit?«

»Haben Sie die Leukozyten geprüft?«

»Natürlich!«, brüllte der Mann und begann, vor Wut zu zittern. Das Echsengewebe auf seiner linken Stirnseite verfärbte sich dunkel. Van Keuken glaubte sogar, die Furchen seiner Narben pulsieren zu sehen. Er war mächtig in Rage.

»Sie halten mich offenbar noch immer für einen Anfänger?!«, schrie er.

Van Keuken war im Begriff, die Frage wahrheitsgetreu zu bejahen. Aber dann siegte ihre Vernunft, und sie unterdrückte den Drang, den Mann als das zu bezeichnen, was er war. Ein Wichtigtuer. Ein fleißiger, arbeitswütiger, durchaus brauchbarer Kollege. Aber nicht mehr als das. Ein Nerd. Ein Pizza fressender, Cola-Zerotrinkender Besserwisser. Einer, der sich immer in Details verheddern und nie das große Ganze sehen würde. Ganz gewiss kein großer Wissenschaftler. Auch wenn er sich für einen hielt. Aber all das verschwieg sie angesichts der Glock an ihrer Schläfe.

»Ich weiß, was Sie können«, sagte van Keuken. Ein Satz, der nichts aussagte, aber die Situation entspannte.

»Das klingt schon besser. Also, wie bekommen wir die Mykose in den Griff?«

»Lassen Sie mich raten. Sie haben Immunsuppressiva verabreicht, vermutlich Antithymozytenglobulin oder einen Interleukin-2-Rezeptor-Blocker. Oder beides.«

»Selbstverständlich. Es handelt sich schließlich um eine Transplantation.«

»Und Sie haben nicht überprüft, ob es überhaupt zu einer Immunreaktion gekommen ist, Sie …«

»Sie was?«

»Sie Trottel.«

Die Pistole wurde mit einem hörbaren Klicken entsichert. »Wie hast du mich eben genannt, du hässliche Kröte?«

»Sie können mich nicht beleidigen. Ich weiß seit geraumer Weile, dass das mein Spitzname ist. Ich habe kein Problem damit, Kröten sind wertvolle Tiere. Wenn Sie mich umlegen, kriegen Sie die Sache hier ganz sicher nicht in den Griff. Ich erkläre es Ihnen noch mal zum Mitschreiben: Das transplantierte zerebrale Gewebe der Oktopoden löst offensichtlich keine Immunreaktionen im menschlichen Gewebe aus. Ihr Patient hat schließlich kein Schweineherz implantiert bekommen, sondern ein Organoid von Oktopoden, das evolutionsbiologisch extrem distant ist. Weil Sie trotzdem Immunsuppressiva verabreicht haben, hat Ihr Patient jetzt mehr Pilze im Körper als die Wälder des Piemont.«

Der Mann mit der Echsenhaut biss sich auf die Lippe, blickte um sich und dann auf das Bett, auf dem der Patient lag. Er wandte sich wieder van Keuken zu. »Vielleicht haben Sie recht, aber wenn Sie mich noch einmal einen Trottel nennen, mach ich Sie kalt.«

»Trottel.«

Der Griff der Glock krachte auf van Keukens Hinterkopf. Sie fiel auf die Knie, mahlte mit den Kiefern und presste ihre Hände auf die Beule. Eine Stimme übertönte ihr Stöhnen. Ein Bariton wie ein Schiffshorn.

»Hören Sie sofort auf!«

Es war die Stimme des Texaners. Er trat in den Raum, als der Hänfling im Begriff stand, van Keuken ernsthaft zu verletzen. Seine Fäuste waren geballt, die Lippen zusammengepresst.

»Hören Sie mit diesem Unsinn auf, Sie Biohackergenie.« Seine Stimme war nun leiser, aber nicht weniger Respekt einflößend. Er ging auf van Keuken zu und half ihr auf die Beine. Sie rieb mit einer Handfläche auf der Beule an ihrem Hinterkopf herum.

»Bitte entschuldigen Sie den Ausbruch meines Kollegen. Das wird nicht mehr vorkommen. Wir müssen Sie allerdings tatsächlich bitten, den Zustand unseres Patienten zu stabilisieren.«

»Das geht mich überhaupt nichts an. Ich bin Biochemikerin, keine Ärztin.«

»Sie wissen, was zu tun ist. Uns ist bekannt, dass Sie auch einen Abschluss in Humanmedizin haben. Wenn Sie sich diesbezüglich als nützlich erweisen, behandeln wir Sie gut und lassen Sie in spätestens sechsunddreißig Stunden frei.«

Van Keuken dachte nach. Sie blickte an die Wand hinter dem Texaner und dann in sein Gesicht. »Nur, wenn Sie auch Ms. Chang freilassen«, sagte sie.

»Mir der habe ich noch viel vor«, entfuhr es dem Hänfling.

»Halten Sie den Mund!«, herrschte der Texaner ihn an und wandte sich wieder van Keuken zu. »Einverstanden. Sie bringen unseren Patienten auf die Beine, und wir lassen Sie beide gehen.«

Van Keuken nickte und rubbelte weiter an ihrer Beule.

70

Weißes Haus,

Washington, D. C., USA

An diesem Tag stand der Cabinet Room des Weißen Hauses leer. Aaron Swartz saß auf einem der roten Lederstühle, die üblicherweise dem Präsidenten und seinen Ministern vorbehalten waren. Swartz hatte den Kabinettssaal spontan aufgesucht, um in Ruhe einen Telefonanruf zu beantworten. Einen Anruf, der ihn wenige Minuten zuvor erreicht hatte, als er einer Besprechung mit dem Stabschef des Präsidenten beiwohnte.

Swartz hatte die Nummer des Anrufers erkannt. Es war jemand, den er dringend zurückrufen sollte. General Mick Cartwright rief nicht oft an. Und wenn, dann war meist die Kacke am Dampfen.

Es tutete nur einmal.

»Cartwright.«

»Mick, hier ist Aaron.«

»Danke, dass du zurückrufst. Dein Handy ist sicher?«

»Absolut. Deins auch, hoffe ich.«

»Ja. Ich schicke dir ein kurzes Video.«

»Was zeigt es?«

Aaron Swartz hatte die Frage noch nicht ausgesprochen,

als sein Telefon mit einem Ping den Eingang einer Nachricht meldete. Er öffnete sie. Es war ein kurzes Video, schwarzweiß, nur drei oder vier Sekunden lang. Eine Lobby mit Besuchersesseln und einer Empfangstheke war zu sehen. Zwei Frauen mit Sonnenbrillen und ein Mann im Sakko saßen in den Sesseln. Ein weiterer Mann stand an der Theke, groß, bärtig, mit festen Stiefeln und einer Baseballmütze. Der Bärtige drehte den Kopf, und als die Kamera sein Gesicht erfasste, hielt das Video an. Swartz starrte auf das Standbild. Er kannte keine der Personen.

»Wer sind die Leute?«, fragte er.

»Die drei auf den Sesseln kennen wir nicht. Aber der Bärtige ist ein alter Kunde von uns. Homeland Security hat ihn für uns identifiziert.«

»Er sieht aus wie ein Redneck.«

»Allerdings. Manchmal nennt er sich Norman Hammer, manchmal Bruce Arrows. Wir hatten ihn eine Weile lang aus den Augen verloren. Sein wahrer Name ist Mark Dutronc. Er ist Gründer der Action Boys, einer Miliz, die in Montana aktiv ist, aber ihre Mitglieder im gesamten Land rekrutiert. Ursprünglich stammt Dutronc aus Texas, aber in Montana konnte er die meisten Waffennarren und Liberalenhasser für seine Verschwörungstheorien begeistern. Seine Leute waren es, die bei den Unruhen in Portland den beiden Jugendlichen in den Rücken geschossen haben. Und am 6. Januar 2021 war er beim Sturm aufs Kapitol dabei, allerdings schlau genug, sich nicht mit Büffelhörnern ins Rampenlicht zu stellen. Zuletzt wohnte er in Sankt Petersburg in Russland, wo er Kontakte zu einer radikalen Gruppe namens Aktion Kesselring knüpfte. Der Name der Gruppe ist zweideutig. Auf Deutsch bedeutet es Einkesseln, gleichzeitig ist es der Name eines berüchtigten Wehrmachtsgenerals aus dem Zweiten Weltkrieg, üble Gesellen jedenfalls.«

»Und wo wurde diese Aufnahme von Dutronc gemacht?«

»Gestern in Salzburg, Österreich. Das ist die Lobby eines Privatjet-Vermieters. Unser Freund macht sich gerade auf die Reise. Zusammen mit den beiden Sonnenbrillen-Ladys und dem Anzugtypen. Seltsam finde ich, welchen Eindruck die beiden Frauen erwecken. Sie wirken alles andere als fit.«

»Tatsächlich. Ziemlich erschöpft. Merkwürdig. Sie scheinen fast zu schlafen. Aber warum schickst du mir das?«

»Weil unser Montana-Mann wenige Minuten nach dieser Aufzeichnung einen Privatjet bestiegen hat und ... jetzt halt dich fest ... nach Alghero geflogen ist.«

»Ach, du Scheiße. POTUS ist auf dem Weg dorthin. Der Secret Service braucht schnellstens diese Infos.«

»Schon passiert.«

»Gut. Die werden das Problem in den Griff kriegen. Vielleicht macht Dutronc auch nur Urlaub mit zwei besoffenen Milliardärstussis. Wie seid ihr auf die Idee gekommen, die Überwachungskamera eines Privatjet-Terminals in Salzburg abzugreifen?«

»Es gab einen Tipp.«

»Ein Undercoveragent?«

»Nein.«

»Wer also?«, schnaubte Aaron ungeduldig.

»Einer unserer eigenen Leute hat sich an die Fersen von Mr. Dutronc gehängt.«

»Wie bitte? Einer von euren Eierköpfen? Baut Dutronc neuerdings Laserwaffen?«

»Nein, das nicht.«

»Verfolgt euer Mann den Typen schon länger?«

Mick Cartwright nuschelte etwas Unverständliches. Aaron Swartz' Stimme ging drei Halbtöne in die Höhe.

»Hallo? Mick? Was verschweigst du mir? Ich habe keine Zeit, dir alles aus der Nase zu popeln!«

»Nichts, Aaron, es ist nicht so wichtig. Unser Mann war auf eigene Faust unterwegs. Er hatte einen vagen Verdacht und ist unserer Zentrale gehörig auf die Nerven gegangen mit lauter Verschwörungstheorien ...«

»Verschwörungstheorien, die ihn immerhin auf die Spur von Dutronc gebracht haben? Darauf, dass der Mann aus Montana verdammt real ist und auf verdammt reale Weise nach Alghero geflogen ist? Vielleicht verpennt ihr gerade den nächsten Una-Bomber ... oder den nächsten Mohammed Atta, nur, dass er diesmal Bruce Arrows heißt.«

»Na ja ...«

»Vielleicht hättet ihr mal auf euren eigenen Mann hören sollen. Was hatte er für Anhaltspunkte? Was war seine Theorie?«

»Er vermutete einen Zusammenhang zwischen dem Absturz der Delta-Maschine in Atlanta und einem zerstörten Geheimlabor auf einer Karibikinsel. Er glaubt an irgendwelche Pläne der Chinesen, Biowaffen zu bauen, lauter irres Zeug. Wissenschaftlertypen sind manchmal arg fantasievoll.«

»Großer Gott. Ich muss mit ihm sprechen.«

»Aaron ... es klingt nicht glaubwürdig, was er zu sagen hat. Außerdem sollten wir die Befehlskette einhalten. Er ist eine niedrige Gehaltsklasse ...«

»*Au-gen-blick-lich,* Mick! Hol mir den Typen an die Strippe, sonst reiße ich dir persönlich deine Sterne von der Schulter. Hast du das verstanden?«

Swartz' Gesprächspartner wurde schmallippig. »Aye, Sir. Sein Name ist Nuri Zamiro. Er wird sich bei dir melden.«

Aaron Swartz legte auf und verließ den Cabinet Room, spurtete zum Büro des Stabschefs, öffnete dessen Tür und rief in die laufende Besprechung: »Entschuldigt mich bitte, Notfall!«

Bevor der Stabschef eine Silbe formulieren konnte, schloss Swartz die Tür wieder und hastete durch die Flure des Weißen Hauses ein Stockwerk höher in sein Büro. Das Büro des

Stellvertretenden Sicherheitsberaters der Vereinigten Staaten von Amerika.

»Ich erwarte einen Anruf von einem gewissen … ich weiß gar nicht, wie er heißt … Zapato oder so«, keuchte er seiner Sekretärin über die Schulter zu, »bitte stellen Sie ihn sofort durch.« Dann setzte er sich vor seinen Schreibtisch und weckte den Computer aus dem Stand-by-Modus. Er öffnete das Intranet der Regierung, identifizierte sich mit Fingerabdruck sowie einem Passwort, das ihm aufs Handy geschickt wurde. Als er endlich die Suchmaske der Personalverwaltung geöffnet hatte, versuchte er, sich an den Namen des Mannes zu erinnern. Zatero? Zamaro?

Sein Telefon klingelte. »Ich verbinde«, sagte seine Assistentin.

71

Flughafen Alghero, Sardinien, Italien

Ein weitverbreiteter Irrtum besagt, dass jedes Flugzeug, mit dem der Präsident der Vereinigten Staaten von Amerika reist, automatisch die Rufkennung *Air Force One* erhält. Tatsächlich ist das nicht immer der Fall. Das Rufzeichen richtet sich danach, welcher Teil der amerikanischen Streitkräfte den Präsidenten transportiert. Fliegt er zum Beispiel in einem Hubschrauber des United States Marine Corps, so lautet die Kennung *Marine One*. Ist es ein Flugzeug der Army, heißt es *Army One*, Gleiches gilt für die Navy und *Navy One*. Geht der Commander in Chief an Bord eines zivilen Flugzeugs, bekommt es die Kennung *Executive One*. Letzteres ist in der Geschichte der USA allerdings erst einmal vorgekommen.

An diesem Tag war alles so, wie man es aus Film und Fernsehen kennt. Präsident John McIntyre saß mit einer Delegation von Wirtschaftsbossen an Bord des berühmten Jumbos der US Air Force, eine umgebaute, blau-weiße Boeing 747–200B mit der militärischen Bezeichnung VC–25B und der Aufschrift »UNITED STATES OF AMERICA«. Die Maschine befand sich im Anflug auf den Flughafen von Alghero. Der Tower funkte die Piloten mit der korrekten Kennung *Air Force*

One an und gab die Landebahn 20L frei. Die dreitausend Meter lange Piste des Inselflughafens war knapp bemessen für die schwere Boeing, aber ausreichend, zumal die Treibstofftanks fast leer waren und die Maschine entsprechend leicht. Den Vorschlag, für die Reise nach Sardinien auf der spanischen Air Force Base bei Morón zwischenzulanden und in eine kleinere Maschine umzusteigen, hatte Präsident McIntyre abgelehnt. Er hasste Zwischenstopps. Und Umsteigen noch mehr.

Als die Präsidentenmaschine über den Taxiway auf das Terminal von Alghero zurollte, stellte McIntyre fest, dass sein chinesischer Amtskollege bereits eingetroffen war. Verärgert merkte er, dass Li Huashengs 747-8I nicht nur moderner war als sein in die Jahre gekommener Jumbo, sondern auch einige Meter länger.

Immerhin würdigten die Gastgeber seine Ankunft angemessen. McIntyre schritt auf einem roten Teppich eine militärische Ehrengarde ab, eingerahmt vom Ministerpräsidenten Italiens und dem Bürgermeister von Alghero. Eine sardische Folkloretruppe gab eine Tanzvorführung auf dem Vorfeld. Eine Kolonne aus sechsundzwanzig schwarzen Fahrzeugen, darunter der berühmte schusssichere Cadillac mit dem Spitznamen *The Beast,* der zwei Tage zuvor mit einem Militärtransporter eingeflogen worden war, brachte McIntyre und seine Delegation auf abgesperrten Straßen zu einem Luxushotel mit Meerblick. Das Weiße Haus hatte das komplette Anwesen für die Dauer des Gipfels gemietet. Das historische Schlosshotel *Villa Las Tronas,* wo die Gespräche mit Li Huasheng und seiner Delegation stattfinden würden, lag nur wenige Hundert Meter entfernt auf einer kleinen Halbinsel.

Aus dem Fenster des gepanzerten Cadillac sah McIntyre die *USS Chesapeake* vor der Küste ankern. Eine halbe Meile entfernt lag eine chinesische Fregatte und daneben eine silbergraue Megajacht. Was für ein protziges Monstrum, dachte McIntyre und ärgerte sich zum wiederholten Mal, dass Li während der Tagung auf einer Jacht residieren würde. McIntyre würde zwar niemals auf ein Schiff steigen; Seekrankheit fürchtete er ungefähr so wie hämorrhagisches Dschungelfieber. Aber dass Li sich auf seiner protzigen Jacht von einer Fregatte bewachen ließ, war reines Machtgehabe. Das hatte eine Reaktion erfordert. Aus diesem Grund hatte McIntyre die *Chesapeake* vom Stützpunkt der sechsten Flotte in Gaeta in die Bucht von Alghero dirigiert. Der Anblick der amerikanischen Fregatte würde den Chinesen gehörig den Meerblick trüben. Die *Chesapeake* sah verdammt schnittig aus.

Ein alberner Schwanzvergleich, dachte McIntyre. Aber unvermeidlich.

72

Weißes Haus,
Washington, D. C., USA

Aaron Swartz drückte den blinkenden Knopf auf seinem Bürotelefon und nahm den Anruf an, bevor seine Assistentin im Vorzimmer zum Hörer gegriffen hatte. Er rechnete damit, den Mann in der Leitung zu haben, den General Cartwright für ihn finden sollte. Den Mann, der sich an die Fersen von Mark Dutronc geheftet hatte. Den Mann aus Cartwrights gottverdammter Riesenorganisation, dessen angebliche Verschwörungstheorien ihn brennend interessierten.

Aber Swartz hörte nur die Stimme von General Cartwright. Sie klang zerknirscht.

»Aaron, es tut mir leid. Unser Mann ist unerreichbar.«

»Willst du mich verarschen?«

»Nein. Sein Diensthandy ist inaktiv. Seine letzten Anrufe kamen von einem deutschen Prepaid-Gerät. Aber auch unter dieser Nummer ist er nicht erreichbar. Entweder ist das Handy im Flugmodus, oder er hat es weggeworfen.«

»Ihr seid nicht in der Lage, euren eigenen Mann zu orten?«

»Im Moment nicht.«

»Irgendwo muss er doch stecken. Was ist mit Hotelbuchungen, Kreditkarten, Fluggastlisten ...?«

»Das wurde alles in die Wege geleitet.«

»Ohne Ergebnis?«

»Nicht ganz, wir haben ihn auf einer Lufthansa-Maschine gefunden.«

»Na also, warum nicht gleich? Ihr müsst ihn abfangen, wenn er aussteigt.«

»Nun ...«

»Schluss jetzt mit dieser Hinhaltetaktik, Mick!«

»Der Lufthansa-Flug ist bereits gelandet. Wir haben ihn verpasst.«

»Wo?«

»In Olbia auf Sardinien.«

»Wie weit ist Olbia von Alghero entfernt?«

»Neunzig Minuten.«

»Und wann ist er gelandet?«

»Vor mehr als neunzig Minuten.«

Aaron Swartz stieß einen jener Flüche aus, die im amerikanischen TV mit einem Piepston kaschiert werden. »Ihr habt ihn nicht am Gate abgefangen?«

»Leider nein. Als wir ihn auf der Fluggastliste entdeckt haben, war der Flug schon gelandet.«

»Großer Gott. Und er hat sein Handy seither nicht wieder eingeschaltet? Dieser Zataro wird sich zweifellos auf den Weg nach Alghero gemacht haben.«

»Zamiro ist sein Name. Wir haben einen Agenten nach Olbia geschickt. Und zwei in Alghero positioniert. Aber er ist verschwunden.«

Kein Wunder, dachte Swartz. Ihr habt eure Leute in Sardinien erst in Gang gesetzt, als dieser Zapato, oder wie der Typ heißt, bereits in Alghero eingetroffen war. Oder wo auch immer er hinwollte.

»Wir haben seine Spur zurückverfolgt. Er hat vor fünf Tagen einen Linienflug nach Honduras bestiegen und ist von dort auf eine kleine Karibikinsel weitergereist. Dort hat sich seine Spur verloren. Ebenso wie die seiner Begleiterin.«

»Er war nicht allein?«

»Nein, eine Reporterin hat ihn begleitet.«

»Wie ist ihr Name?«

»Livia Chang. Sie arbeitet für ...«

Aaron Swartz glaubte, einen Stromschlag in seinem Ohr zu spüren. Livia Chang? War das tatsächlich möglich? »Livia Chang von der *New York Times!?*«

»Korrekt. Kennst du sie?«

»Allerdings.«

Aaron Swartz musste daran denken, wie Livia Chang vor anderthalb Jahren eine wahnwitzige Physikerin enttarnt hatte, die eine neuartige Waffe entwickelt hatte. Eine Waffe, die für die USA eine existenzielle Bedrohung gewesen war. Chang war eigensinnig, aber auch hartnäckig und unerschrocken. Es gab eine Menge Journalisten, die Swartz weniger respektierte als Livia Chang.

»Laut den letzten Informationen von Zamiro ist sie entführt worden. Irgendwo in Deutschland. Möglicherweise ist Zamiro ihr hinterhergereist, um sie zu finden.«

»Nach Sardinien?«

»Das wissen wir nicht. Changs Spur haben wir auf Honduras verloren. Sie war dort mit Zamiro in einer Hippielodge. Und dann plötzlich vom Erdboden verschwunden.«

»Verdammte Stümper. Was für ein Schlamassel. Wie finden wir die beiden jetzt?«

Mick Cartwright schwieg.

Aaron Swartz beendete den Anruf. Chang. Livia Chang. Vor eineinhalb Jahren hatte sie mit ihren Recherchen eine ungeheuerliche Verschwörung aufgedeckt. Und einen Journalistenpreis gewonnen. Ihre Beteiligung an dieser Sache war für Swartz der endgültige Beweis, dass es um etwas Ernstes ging. Chang jagte garantiert keinen Halluzinationen hinterher. Sie war ein Vollprofi. Er rief sich ihr Gesicht in Erinnerung.

In diesem Moment fiel ihm etwas ein. Er riss sein Mobiltelefon aus der Tasche, öffnete die Nachrichten und betrachtete ein weiteres Mal das kurze Video, das Cartwright ihm eine Viertelstunde zuvor geschickt hatte. Das Schwarz-Weiß-Video aus dem Privatjet-Terminal in Salzburg.

Swartz stoppte es in der Mitte und konzentrierte sich auf die drei Personen, die auf Loungesesseln saßen. Ein schmächtiger schwarzhaariger Mann mit Sakko und zwei Frauen. Die eine dicklich mit Wulstlippen und hellen, strähnigen Haaren. Die andere dunkelhaarig, nicht sehr groß, außerordentlich attraktiv, auch wenn die Sonnenbrille ihre Augen verdeckte. Swartz erinnerte sich an die Schönheit ihrer mandelbraunen, sanft geschwungenen Augen und ihrer wohlgeformten Lippen.

Swartz war zu neunzig Prozent sicher, dass sein Verdacht stimmte. Der Verdacht, dass Livia Chang hinter dieser Sonnenbrille steckte. In Begleitung eines notorischen Staatsfeinds. Und sie war entweder betrunken oder betäubt.

Oder die Gefangene Dutroncs.

Zusammen mit einer weiteren Frau, die vermutlich ebenso das Opfer einer Entführung war wie Chang.

Aaron Swartz legte sein Handy auf den Schreibtisch, ließ den Kopf nach vorne kippen und vergrub das Gesicht in den Händen.

73

Geheime Grotte,
Sardinien, Italien

Livia knabberte mit den Eckzähnen auf dem Kabelbinder an ihren Handgelenken herum. Ein paar Kerben hatte sie in das Plastik gebissen. Aber die Fesseln zu lösen, würde mindestens eine Stunde dauern. Bis dahin kämen die Wachen zurück. Oder das Echsengesicht. Oder der Texaner.

Kaum hatte sie diesen Gedanken zu Ende gedacht, rüttelte es an der Tür. Der Eingang ihrer Zelle öffnete sich, und jemand wurde gewaltsam hereingeschubst. Jemand, den sie sehr vermisst hatte.

Der Ärmel von Nuris Hemd war abgerissen, blaue Flecken auf seinem Oberarm zeugten von einem Kampf. Seine Handgelenke waren mit den gleichen Kabelbindern gefesselt wie ihre. Er blickte Livia mit traurigen Augen an.

»Nuri, wo, zur Hölle …«, stammelte sie.

»Ich hab's versaut«, sagte er. Seine Stimme war heiser.

»Was hast du versaut?«

»Ich bin gekommen, um dich zu finden, und habe mich schnappen lassen. Verdammter Anfängerfehler.«

»Woher wusstest du, wo ich bin? Was ist das hier für eine Anlage?«

»Lange Geschichte. Es ist ein ehemaliger Militärkomplex, den Tipp gab mir deine Kollegin Brunella Bertini …«

»Brunella? Um Himmels willen, ist sie auch …«

»Nein, ich habe ihr nur von deiner Sprachnachricht erzählt. Anhand der Beschreibung wusste sie, wo du vermutlich gefangen gehalten wirst. Ich bin sicher, dass die Leute hier eine Verschwörung planen. Vermutlich einen Anschlag. Alghero liegt nur wenige Kilometer nördlich von hier. Wir müssen damit rechnen, dass das Gipfeltreffen zwischen McIntyre und Li ihr Ziel ist. Auch wenn ich noch immer nicht weiß, was sie vorhaben.«

»Sie halten im oberen Stockwerk eine Versuchsperson gefangen, in einer Zelle wie dieser. Sie machen mit ihr das Gleiche wie mit den Probanden in Honduras.«

»Scheiße …«, entfuhr es Nuri.

»Wie haben sie dich geschnappt?«

»Ich habe am Lido von Alghero ein Schlauchboot gemietet und bin an der Küste entlang nach Süden gefahren. Ich wollte den naiven Touristen spielen und diese Bucht ausspionieren. Als ich der Bucht zu nahe kam, haben sie mich einkassiert. Jetzt bin ich hier.«

Es rumpelte erneut an der Tür. Sie öffnete sich, und Echsengesicht trat in den Raum und schloss die Tür hinter sich. Er hatte einen frischen weißen Kittel an und roch nach Gesichtscreme.

»Ich höre, wir haben einen weiteren Besucher …«, setzte er mit seinem überheblichen Grinsen an. Doch er brachte den Satz nicht zu Ende. Er starrte Nuri mit halb offenem Mund an. Nuri wirkte nicht weniger erstaunt.

»Was machst du hier?«, sagten beide fast gleichzeitig.

Livia wollte fragen, woher die beiden Männer sich kannten, als Schüsse fielen. Vom Flur hinter der Zellentür war Getrampel zu hören. Der Wissenschaftler regierte instinktiv, aber dumm. Er riss die Tür auf.

Das Trampeln schwerer Stiefel und gebrüllte Kommandos hallten über den Flur. Aus größerer Entfernung war der Schrei eines Verwundeten zu hören. Vermutlich kam er von der Mole. Weitere Schüsse fielen. Zwei Wachleute in Drillichzeug hasteten an der halb geöffneten Zellentür vorbei und steuerten die Treppe an, die ins Obergeschoss führte.

Ein weiterer Schuss fiel. Ein erstickter Schrei. Dann abermals Getrampel.

Das Echsengesicht streckte seinen Kopf aus der Tür, um einen Blick in den Korridor zu werfen, riss ihn jedoch sofort wieder zurück. Er stieß einen Fluch aus und versuchte, die Zellentür ins Schloss zu drücken. Vergeblich. Ein Fuß blockierte das Türblatt.

Der Nerd stemmte seinen Körper gegen die Tür, rammte seine Schulter dagegen, aber sie ließ sich nicht schließen. Ein Arm kam wie die Zunge eines Chamäleons durch den Spalt geschossen und packte den Wissenschaftler am Hals. Kräftige Finger umschlossen seine Kehle und drückten zu. Livia sah, wie das Echsengesicht einige Zentimeter in die Höhe gehoben wurde. Die Tür schwang auf. Ein Mann trat herein. Durch sein Gesicht zog sich der Strich einer scharlachroten Narbe von der Stirn bis zum Hals.

Shen Bao. Er hob den Wissenschaftler eine Handbreit in die Höhe und drückte ihn an die Wand. Das Echsengesicht strampelte hilflos und röchelte: »Nummer 147 … lassen Sie mich los!«

Shen blickte Livia und Nuri mit ausdruckslosen Augen an. Er stellte nur eine Frage. An Livia gerichtet. »Wo ist Fu?«

Das Narbengesicht röchelte etwas Ähnliches wie »Nicht hier«.

Shen blickte unverändert Livia an. »Sie wissen es! Er hat Ihnen dieses Teufelsding gegeben, das mich töten sollte.«

Livia schüttelte den Kopf und stammelte: »Fu hat mich erpresst. Ich wollte nicht …«

Shen öffnete seine rechte Hand. Das Echsengesicht fiel zu Boden wie eine abgeschnittene Marionette. Shen trat zu Livia und zerriss mit bloßen Händen die Kabelbinder an ihren Füßen. Er schlang einen Arm um ihre Hüfte und wuchtete sie über seine Schulter. Mit dem anderen Arm packte er den Hänfling am Genick, zog ihn auf die Beine und schob ihn vor sich her durch die Zellentür in den Flur.

Livia versuchte, sich aus der Umklammerung zu lösen. Aber Shens Arm fixierte sie wie der Schutzbügel eines Achterbahnsessels.

Im Flur ertönte die Stimme des Texaners. »Waffen runter! Niemand schießt. Wir brauchen unseren Biosuperhacker noch!«

Livia begriff, dass Shen den Wissenschaftler als menschlichen Schutzschild benutzte. Als Dreierpack gingen sie den Flur entlang zum Ausgang des Gebäudes. Davor hatten sich mindestens zwei Dutzend Männer mit Drillichzeug und Waffen im Anschlag versammelt. Doch niemand gab einen Schuss ab.

Mit dem Echsenhautmann dicht vor seinem Körper und Livia über der Schulter spazierte Shen Bao aus dem Schatten der Grotte auf die Betonfläche in die pralle Mittagssonne und steuerte die Mole an. Dort bog er ab und ging auf den Abhang mit den scharfkantigen Karstfelsen zu. Plötzlich ließ er das Echsengesicht auf den Beton fallen, packte Livia wie eine Reisetasche unter seinen Arm und sprang auf die ersten Felsvorsprünge.

Livia wurde durchgeschüttelt. Sie zog ihre Beine an, versuchte, ihren Kopf zwischen den Schultern zu stabilisieren, während ihr Körper dem Kräftespiel eines Rodeoritts ausgesetzt war. Hilflos hämmerte sie mit der Faust auf den Arm, der sie umklammerte. Es fühlte sich an, als würde sie auf einen Autoreifen einprügeln.

Ihre Gegenwehr blieb halbherzig. Die Wachen in der Bucht

waren vermutlich lebensbedrohlicher als dieser Höllenritt. Schüsse fielen, aber Shen Bao sprang, duckte sich, sprang erneut. Er tänzelte über die Spitzen des Gesteins und gewann an Höhe. Schneller als eine Bergziege.

Livia wurde immer heftiger durchgeschüttelt. Kurz, bevor sie das Bewusstsein verlor, erblickte sie das Gesicht Shen Baos. Er schien nicht einmal zu schwitzen.

74

Weißes Haus,
Washington, D. C., USA

Aaron Swartz saß noch immer mit verschränkten Armen an seinem Schreibtisch und blickte auf die Wiese vor seinem Fenster. Hinter der Grünfläche schloss sich ein Hochsicherheitszaun an, hinter dem die Pennsylvania Avenue verlief. Swartz ließ eine weitere Minute verstreichen, dachte nach und bat schließlich seine Assistentin, ihn mit Madeleine Gerhart zu verbinden.

Gerhart war seit einem knappen Jahr Chefin des US Secret Service, zu dessen Aufgaben es gehörte, den amtierenden Präsidenten und seine Familie zu beschützen.

Es dauerte zwei Minuten, bis seine Assistentin Gerhart an die Strippe bekam und das Gespräch an das Bürotelefon ihres Chefs vermittelte. Swartz hörte Fahrgeräusche, als er den Hörer ans Ohr presste.

»Madeleine?«

»Ja, hallo, Aaron, wie geht es dir? Ich bin leider etwas in Zeitnot. Muss zu einer unerfreulichen Sitzung im Hoover Building. Die Deppen vom FBI haben mal wieder ihre Kompetenzen überschritten. Falschgelddelikte sind eindeutig Sache des Secret Service …«

»Nur eine Minute, Madeleine.«

»Okay, was gibt es?«

Swartz wusste, dass Gerhart das Gespräch niemals angenommen hätte, wäre er nicht eine Schlüsselfigur im Weißen Haus. Hätte er nicht das Ohr des Präsidenten. Formal gesehen, hatte Swartz dem Secret Service keine Anweisungen zu erteilen. Er war nicht ihr Chef. Aber Madeleine Gerhart war zweifellos daran gelegen, mit ihm auf gutem Fuß zu stehen. Außerdem war Swartz, menschlich gesehen, eine der erträglicheren Figuren im Zentrum der Macht.

»Es klingt vielleicht nach einer Petitesse, Madeleine, aber es gibt da diesen Milizenführer aus Montana …«

»Marc Dutronc. Ich habe es schon gehört. Er ist nach Sardinien geflogen. Wir wissen davon.«

Typisch Gerhart. Nur die Fakten. Im Telegrammstil.

»Wer leitet den Einsatz beim Trip nach Sardinien?«

»Du weißt, ich darf das nicht …«

»Mir schon.«

»Popov.«

»Popov? Oberstleutnant Alex Popov?«

»Ja.«

Diese Nachricht freute Swartz. Popov war einer der fähigsten Männer, die der Secret Service aufbieten konnte. Ein ehemaliger Marine, ausgeschieden im Rang eines Oberstleutnants. Popov hatte im Laufe seiner Karriere auf viele Weisen gezeigt, wie kompetent er war. Unter anderem war er vier Jahre lang für die Bewachung der US-Botschaft in Teheran verantwortlich gewesen. Präsident McIntyre war auf Sardinien in guten Händen, wenn Popov auf ihn aufpasste.

»Ein ausgezeichneter Mann. Ist es okay, wenn ich ihn kurz anrufe?«

Die Frage war an sich unnötig. Als Stellvertretender Nationaler Sicherheitsberater der Vereinigten Staaten konnte Swartz zu jeder Tages- und Nachtzeit anrufen, wen er wollte.

Aber ihm war an einem guten Verhältnis zum Secret Service und zu Madeleine Gerhart im Besonderen gelegen. Daher hielt er sich an die Befehlskette. Oder tat zumindest so.

»Na ja ...« Gerhart zögerte.

»Verstehe. Er hat sicher gut zu tun.«

»Allerdings, Aaron. Außerdem weiß er bereits von Dutronc. Seine Leute halten ihre Augen sperrangelweit offen.«

»Kein Zweifel. Allerdings gibt es weitere Hinweise, die eine erhöhte Bedrohungslage vermuten lassen.«

Aaron Swartz wurde mulmig. Er begab sich auf dünnes Eis. In Wahrheit hatte er keinerlei Hinweise auf eine konkrete Bedrohung, sondern nur das vage Gefühl, dass dieser Zantaro, oder wie auch immer sein gottverdammter Name lautete, einer größeren Sache auf der Spur war.

Madeleine Gerhart reagierte professionell. »Okay, in diesem Fall ist es das Beste, du schickst mir sofort ein Memo, ich kümmere mich darum.«

Swartz war nicht überrascht. Er hätte an ihrer Stelle das Gleiche angeboten. Er hätte ebenfalls nicht gewollt, dass irgendein Wichtigtuer aus dem Weißen Haus einen Mitarbeiter direkt kontaktierte.

»Alles klar, Madeleine. Ihr habt das im Griff, kein Zweifel. Entschuldige bitte die Störung. Wir hören von uns.«

»Alles klar, bis bald, Aaron.«

Sie legten gleichzeitig auf.

75

Ehemaliger Bunker,
Poligna-Bucht, Sardinien, Italien

Der Schrei einer Möwe weckte Livia aus seltsamen Träumen. Sie hielt ihre Augen noch eine Weile geschlossen und lauschte dem Rollen der sanften Dünung. Dem Klickern der Steine, wenn sich eine Woge ins Meer zurückzog. Ein weiterer Schrei der Möwe brachte sie dazu, die Augen zu öffnen.

Durch eine schmale waagrechte Öffnung fiel ein Sonnenstrahl auf ihr Gesicht. Sie setzte sich auf und versuchte zu verstehen, wo sie war. Wie lange hatte sie geschlafen? Und wo? Um sie herum war nichts als Beton. Eine wenige Meter breite, halbkugelförmige Kaverne, die von drei schlitzförmigen Aussparungen unterbrochen wurde. Am Boden lagen eine Bastmatte und ein gefaltetes Handtuch, auf dem ihr Kopf gebettet war. Hinter ihr führten einige Stufen hinauf zu einer Metalltür. Livia fürchtete schon, in einem weiteren Verließ gefangen zu sein. Doch die Stahltür war nur angelehnt. Die Scharniere quietschten, als Livia sie öffnete.

Das Licht und die Wärme eines sonnigen Septembernachmittags fielen auf ihren Körper. Sie blickte an sich herab, musterte ihre verdreckte, an den Beinen zerrissene Kleidung. Ihre Hände waren schwielig, angetrocknete Hautfetzen standen ab. Sie ging um das seltsame Betongehäuse herum und verstand, was es war: ein alter Bunker mit Schießscharten, vermutlich aus dem Zweiten Weltkrieg. Er stand am Rand einer Bucht mit einem Sandstrand. Die rundliche Form erinnerte Livia vage an Entwürfe von Le Corbusier, nur in hässlich. Deutscher Beton. Unzerstörbar. Für die Ewigkeit gebaut. Aber schon im Weltkrieg nutzlos, weil die US-Streitkräfte die Invasion Italiens in Sizilien begannen. Sardinien blieb praktisch unberührt von Kriegshandlungen.

Eine Stimme ließ sie herumfahren.

»Gut geschlafen?«

Sie blickte Shen Bao ins Gesicht. Das leuchtende Rot seiner Narbe zog sich von der Stirn bis zum Hals. Er lächelte freundlich und wies mit einer Handbewegung auf ein sonnengebleichtes Stück Treibholz. Auf dem Brett lagen Brotstücke sowie Speck und Käse. Daneben stand eine geöffnete Milchtüte. Livia entschied sich, das Angebot anzunehmen, setzte sich in den Sand neben das Brett und packte zwei Scheiben Käse auf ein Panino.

Shen Bao setzte sich auf die andere Seite des Holzbretts und blickte aufs Meer. *»Wǒ jiào chén bǎo.«*

Livia kaute auf dem Brot herum, sah hinüber zu dem Mann und schüttelte den Kopf. Auf Englisch sagte sie: »Tut mir leid. Meine Mutter hat mir nur chinesische Schriftzeichen beigebracht. Nicht Ihre Sprache.«

»Mein Name ist Shen Bao.«

Livia kaute fertig und schluckte das Brot hinunter. »Das weiß ich. Ich kenne Ihre Lebensgeschichte. Mein Name ist Livia Chang.«

»Dann haben Sie mir etwas voraus«, sagte Shen, ohne seinen Blick vom Meer abzuwenden, »Ich habe nämlich keine Ahnung, wer Sie sind und was Sie mit all den Geschehnissen zu tun haben. Aber ich würde es gerne wissen.«

Livia erklärte ihm, dass sie Amerikanerin war. Dass sie als

Journalistin auf der Suche nach einem Wissenschaftler gewesen war, als sie in Fus Fänge geriet. Dass sie erpresst wurde, aber nicht zur Mörderin taugte.

Shen nickte bedächtig und blickte Livia von der Seite an. »Sie sind wunderschön.«

Livia stammelte: »Das tut jetzt wohl nichts zur Sache ...«

»Darf ich raten? Ein Teil Ihrer Vorfahren stammt aus Südchina, vielleicht Vietnam. Habe ich recht? Was ist mit dem anderen Teil?«

»Italienisch. Mein Vater ... Hören Sie ...«

»Erstaunlich«, sagte er.

Er streckte seinen Arm aus, berührte ihr Haar und schob eine Strähne mit seinen Fingerspitzen hinter ihr Ohr. Livia erschauderte, rührte sich nicht. Starrte auf das Meer. Er betrachtete sie schweigend.

»Hören Sie ...«, sagte sie.

»Shhh.« Er wandte den Kopf ab und blickte wieder aufs Meer. »Meine Frau war schön wie Sie. Sie hatte die gleichen Ohren. Ich habe sie sehr geliebt. Ich war sehr glücklich.«

Livia verstand. Der Mann hatte alles verloren. Nicht nur seine Karriere und seine Freiheit, sondern auch eine Familie.

»Warum hat Fu Ihnen das angetan?«, fragte Shen.

»Ich war zu neugierig.«

»Waren Sie auf dieser Insel?«

»Ja. Ich versuchte, die Spur eines Mannes zu finden. Eines Amerikaners. Er hieß Robert Keever. Als ich die Anlage durchsuchte, haben mich Fus Leute geschnappt. Zusammen mit Nuri.«

»War Nuri auch neugierig?«

»Ja, er ist Wissenschaftler. Wissenschaftler sind ebenso neugierig wie Journalisten.«

Shen blickte auf einen Strandkäfer, der sich vor seinen Füßen abmühte, aus einer Sandkuhle in die nächste zu krabbeln.

»Sie waren Gefangener in diesem Lager«, sagte Livia. »Man hat Menschenversuche mit Ihnen angestellt. Angeblich haben Sie eingewilligt, weil Ihnen sonst die Todesstrafe drohte.«

Shen starrte weiter auf den Käfer. »Ich hätte das ablehnen müssen. Ich hätte mich meinem Schicksal ergeben müssen.«

»Sie wären aufgehängt worden. Oder wie auch immer Menschen in Ihrem Land hingerichtet werden.«

Shen nickte. »Thiopental. Aber das wäre tausendmal besser gewesen als das, was nun aus mir geworden ist. Ein Mörder. Ein Monster. Süchtig nach einem Elixier, das irgendwann zur Neige gehen wird. Ein Elixier, ohne das ich mich in ein Ungeheuer verwandle. Es ist schlimmer, als tot zu sein.«

»Vielleicht gibt es eine Lösung. Vielleicht lassen sich die Eingriffe an Ihrem Körper rückgängig machen.«

Shen schüttelte kaum wahrnehmbar den Kopf. Er machte eine Pause, schließlich sagte er:

»Meine Tochter ist sogar noch schöner als Sie.«

Livia folgte einem Reflex. Sie blickte auf den Sand und summte. Erst leise, dann lauter. Schließlich sang sie. *»Xiǎo yàn zi, chuān huā yī …«*

Es war ein chinesisches Kinderlied. *Kleine Schwalbe* hieß es. Livias Mutter hatte es oft mit ihr gesungen. Einer der vielen Tricks, mit denen sie Livia vorgegaukelt hatte, Chinesin zu sein. Als Livia zur dritten Strophe ansetzte, sah sie zu Shen hinüber und erschrak. Seine Augen waren feucht, und die glitzernde Spur einer Träne lief an seiner Narbe hinab.

Sie verstummte. Aber das Lied ging weiter. Shen sang es zu Ende. Schließlich senkte er den Kopf und krallte seine Hände in den Sand.

»Meine Tochter war zwei Jahre alt, als sie erfuhr, dass ihr Vater als Verräter in ein Lager gesperrt worden war.«

Livia schwieg. Die aufrichtigste Form der Anteilnahme, fand sie.

»Ich will nur noch eins im Leben«, sagte Shen. »Ich will Rache nehmen an jenen, die mich zu dem gemacht haben, was ich jetzt bin. An denen, die mein Leben und das meiner Familie vernichtet haben.«

»Fu wird Sie töten. Mit einem Scanner wie der, den Sie mir in München abgenommen haben. Er aktiviert eine Giftkapsel in Ihrem Körper.«

Shen tat etwas für Livia Unerwartetes. Er lächelte und öffnete die drei oberen Knöpfe seines Hemds. Sie erschrak und schob sich einige Zentimeter rückwärts.

Er zog den Hemdkragen über die linke Schulter und entblößte eine unverheilte Wunde unter dem Schlüsselbein.

»Das mit der Kapsel war einmal«, sagte Shen und lächelte noch breiter.

Livia verstand. Der Mann hatte sich den implantierten Chip eigenhändig aus seinem Körper herausoperiert. Sie war beeindruckt.

Shen griff in eine Sporttasche und zog ein Gerät hervor. Es war der Scanner, den er ihr in Martinsried abgenommen hatte. Der Scanner, den Fu ihr mitgegeben hatte. Offenbar hatte Shen den Sinn des Geräts verstanden und die Gefahr gebannt. Sie nickte anerkennend.

»War es Fu, der Ihnen diesen Scanner mitgegeben hat?«, wollte Shen wissen. »Fu Wang?«

Livia nickte erneut und blickte auf den Strandkäfer, der die nächste Sandkuhle erreicht hatte und nun bergab kullerte.

»Seinen Bruder habe ich in diesem Höllenlabor in der Karibik umgebracht. Nun will ich auch ihn. Er ist vermutlich hier in der Gegend. Ich nehme an, er begleitet Li Huasheng zu diesem Gipfeltreffen. Sie könnten ihn anrufen, mit diesem Scanner. Rufen Sie ihn an. Erzählen Sie irgendwas von Neuigkeiten, und dass Sie ihn treffen wollen.«

Livia nickte. Und beschloss ein riskantes Spiel. »Okay. Ich

werde Ihnen helfen, Fu zu finden. Aber unter einer Bedingung.«

»Welche?«

»Sie befreien auch Nuri aus dieser Grotte. Er ist unschuldig. Er wird wie ich festgehalten in diesem Teufelsnest.«

Shen dachte nach. »Es gibt dort noch einen Gefangenen. Oder auch einen Freiwilligen. Jemanden wie mich. Jemanden mit diesen Neuronen. Mit diesen Transplantaten. Ich habe es gespürt, als ich Sie befreit habe. Wir Probanden spüren uns gegenseitig. Irgendein Pheromon, denke ich. Und wir werden sofort aggressiv. Eine Aggression aus sechshundert Millionen Jahren Evolution.«

»Mir ist egal, was dort noch alles passiert«, sagte Livia, »ich bin um Nuri besorgt.«

Shen nickte, stand auf, holte aus seiner Sporttasche eine Ampulle, trank sie in einem Zug und verschwand über die Karstfelsen hinter dem Bunker.

76

Weißes Haus, Washington, D. C., USA

»Popov.« Der Mann klang nicht so, als wäre er über Anrufe erfreut.

»Guten Tag, Oberstleutnant, hier ist Aaron Swartz.«

»Oha. Was verschafft mir die Ehre eines Anrufs aus dem Weißen Haus?«

»Ich weiß, dass Sie gut zu tun haben da drüben auf Sardinien.«

»Alles im Griff, Sir. Was kann ich für Sie tun?«

»Es mehren sich Indizien, dass sich etwas zusammenbraut, bei Ihnen in der Gegend.«

»Sie meinen Dutronc? Den haben wir schon auf der Liste ...«

»Und die NRO-Meldung, dass ...«

»Die Explosion gestern Nacht einige Kilometer südlich von Alghero? Auch davon weiß ich, die Satellitenfreaks vom Reconnaissance Office haben uns informiert. Sie sagen aber auch, dass es keine Waffe war. Und schon gar keine Rakete. Irgendwas ist hochgegangen. Ein Unfall, vermutlich. Hier kochen viele Leute mit Gasflaschen, das kann schon mal schiefgehen. Oder sie verbrennen ihren Müll. Das hier ist nicht die Upper Eastside.«

»Verstehe. Es ist nur …«

»Weiß Gerhart, dass Sie mich anrufen?«

Swartz zögerte. »Nein. Aber …«

»Ich werde es ihr nicht erzählen, Sir. Wir beide kennen uns schließlich aus Teheran. Sie haben damals die Atomverhandlungen begleitet. Daher nehme ich an, dass Sie sich erinnern, wie ich arbeite. Sie müssen schon darauf vertrauen, dass ich meinen Job mache.«

»Das tue ich, Popov. Mir ist klar, dass Sie verdammt gut sind.«

Popov sagte nichts. Dann sprach er doch. »Aber es würde Ihnen besser gehen, wenn ich mit ein paar Jungs von der *Chesapeake* einmal die Küste abfahre und nachsehe, richtig?«

»Darf ich ehrlich sein? Ja, das würde mich beruhigen.«

»Okay, dann mache ich das, Sir. Ist auch 'ne Abwechslung für mich.«

»Danke. Ich schicke Ihnen noch ein kurzes Memo über zwei Leute, die wir vermissen und möglicherweise irgendwo in Ihrer Gegend festsitzen. Vielleicht als Geiseln. Ein Wissenschaftler und eine Journalistin. Beide gehören zu den Guten. Sollten Sie zufällig auf die Journalistin stoßen, würde ich sie dringend sprechen wollen.«

»Verstanden. Verlassen Sie sich auf mich.«

Popov legte auf. Swartz atmete erleichtert aus und sendete eine verschlüsselte Mail an den Einsatzleiter des Secret Service.

77

Villa Las Tronas,
Alghero, Italien

»*Ma che fai, stronzo?*«

Maurizio Bottarga verlor selten die Fassung. Aber was dieser Idiot mit dem Zackenbarsch anstellte, grenzte an Schändung – aus einem stümperhaft ausgeführten Schnitt quoll das Gedärm. Bottarga riss dem Hilfskoch den Fisch aus den Händen, betrachtete ihn liebevoll, legte ihn auf ein frisches Brett und strich mit der Hand über die silberrote Haut.

»*Poveretto.*«

Bottarga schnappte sich ein Messer vom Magnethalter an der Wand, setzte es unterhalb der Kiemen an, presste die freie Hand auf die Oberseite und zog die Klinge flach über den Bauch bis zur Schwanzflosse. Das Ergebnis war ein sauberer Schnitt. Mit Zeige- und Mittelfinger wühlte Bottarga die Innereien des Fischs hervor, warf sie in einen Mülleimer und wusch den Barsch unter einer Spülbrause.

»So macht man das, *disgraziato.*«

Der Hilfskoch blickte zu Boden und schwieg. Bottarga betrachtete die Arme des Mannes. Sie waren von oben bis unten von Tätowierungen bedeckt, teils obszöne Symbole, teils bizarre politische Parolen. Tätowierungen waren in Italien alles andere als selten. Bottarga konnte sie dennoch nicht ausstehen. Dass der junge Mann außerdem knallrot gefärbte Haare trug, machte die Sache nicht besser.

»Wer bist du überhaupt? Wo ist Donato?«

»Krank geworden, ich bin eingesprungen.«

»Wieso hat Donato mir nicht Bescheid gesagt? Aus welcher Affenfettküche hat man dich geholt?«

Der Mann blickte erneut zu Boden. Es war nicht erkennbar, ob er sich schämte oder vor Wut schäumte. »Signor Ronzi hat mich aus Thiesi geholt«, nuschelte er, »aus der Trattoria *La Conchilia.*«

Bottarga hatte eine ungefähre Ahnung, wo Thiesi lag, und von einer Kaschemme namens *La Conchilia* hatte er noch nie gehört. Er wusste nur, dass in seiner Küche ein Dilettant am Werk war. Ein Volltrottel, den offenbar dieser Ronzi herangeschafft hatte, der schmierige Protokollchef des Ministerpräsidenten. Ronzi, der ihn vor einigen Wochen angeheuert hatte. Ihn, Maurizio Bottarga, Chef eines weltbekannten Dreisternerestaurants in Mantua. Damit er das Catering für ein politisches Gipfeltreffen übernahm.

Offenbar hatte Ronzi eigenmächtig einen Ersatzmann für seinen zuverlässigen Donato organisiert. Donato, den er für diesen Spezialeinsatz aus Mantua mitgebracht hatte, dazu seinen Souschef Taki Makimoto und vier weitere Linienköche. Ein Spezialeinsatz, bei dem er die Präsidenten der USA und Chinas sowie deren Delegationen verköstigen sollte. Die italienische Regierung hatte ihm ein Angebot gemacht, das er nicht ablehnen konnte. Bottarga wusste, dass die Presse über das Ereignis schreiben würde. Dabei bliebe nicht unerwähnt, wer die beiden mächtigsten Männer der Welt verköstigte. Den Job konnte er unmöglich anderen überlassen. Gewiss nicht dem arroganten Veganer-Schnösel Peruzzo aus Mailand und schon gar nicht dem sizilianischen Hochstapler Costantino.

Nun stand Bottarga mit seinen Leuten und einem Dutzend ihm unbekannter Hilfsköche und Spüler sowie einer Armee von Kellnerinnen und Kellnern im Untergeschoss eines Stadtschlösschens in Alghero in einer Küche, mit der er nicht vertraut war.

Für den kommenden Tag war das entscheidende Mittagessen geplant.

Nur sechs Gänge. Aber Dreisternegänge.

Er blickte den unfähigen Ersatzmann Donatos an. »Wie heißt du?«

»Giacomo, Signor Bottarga.«

»Giacomo, du hast einen neuen Job.« Bottarga deutete auf die Spülbecken, in denen die benutzten Pfannen landeten. »Und wenn dir das nicht passt, dann pack deine Sachen. Die Präparation der Fische übernimmt jedenfalls Luigi.«

Der Gescholtene nickte unterwürfig und machte ein Gesicht, als wäre er mit zehn Kilo Kokain von der Drogenpolizei erwischt worden. Bottarga rief den anderen Koch mit einem Fingerschnippen herbei und trug ihm das Filettieren des Zackenbarschs auf. Für eine perfekte Terrine brauchte man jemanden, der nicht versehentlich die Galle anstach.

Er wandte sich ab, klatschte in die Hände und rief so laut, dass seine Stimme aus der Küche durch das gesamte Untergeschoss der *Villa Las Tronas* hallte: »*Allora,* Leute, jeder an seinen Posten. Wir kochen heute und morgen für den Erhalt des Weltfriedens. Wenn wir versagen, fliegen die Atomraketen. Das will niemand, also kocht um euer Leben!«

Die Lacher des Personals wichen dem Klappern, Rühren und Rufen einer geschäftigen Dreisterneküche. In einer Küche wurde die Demokratie nicht erfunden, dachte Maurizio Bottarga. So viel war sicher.

78

Strand La Speranza, Sardinien, Italien

Die Farbe des Meeres verschmolz mit dem Schwarzblau der Abenddämmerung. Die ersten Sterne funkelten. Einige der Fischerboote am Horizont hatten die Strahler eingeschaltet, mit denen sie Calamari an die Oberfläche lockten. Lediglich in den obersten Wolkenschichten war noch ein Hauch von Abendrot zu erahnen.

Mit dem Sonnenlicht schwand auch Livias Hoffnung. Shen Bao war vor einigen Stunden aufgebrochen und nicht zurückgekehrt. Das Versprechen, Nuri aus der Basis der Verschwörer zu befreien, hatte er nicht eingelöst. Irgendetwas war schiefgelaufen. Im schlimmsten Fall hatten die Wachleute Shen getötet. Oder er war von der Felswand gestürzt, womöglich mit Nuri unter dem Arm. Livia griff einen Kiesel aus dem Sand, rannte an den Rand des Wassers und schleuderte den Stein mit einem Wutschrei in Richtung der untergegangenen Sonne. Sie beobachtete die Reflexion des Sternenlichts, dort, wo das Wasser aufspritzte, um die zwanzig Meter vor ihr. Werfen war nie ihre starke Disziplin gewesen.

Sie starrte auf die Blasen, die der Stein auf der Oberfläche hinterließ, und nahm dahinter etwas Seltsames wahr. Etwas

Schwarzes. Rundes. Wie eine Kugel. Sie tanzte im Wasser auf und ab.

Es war schwer zu sagen, wie weit das Objekt von ihr entfernt war. Vielleicht fünfzig Meter, vielleicht auch hundert. Eine Boje, dachte Livia. Die Markierung eines Fischernetzes. Oder einer Hummerreuse. Seltsam nur, dass sie bei Sonnenlicht keine Boje gesehen hatte.

Seitlich von dem Objekt hob sich etwas aus dem Wasser und tauchte wieder ab. Dann geschah das Gleiche auf der anderen Seite. Und Livia verstand, was sie sah.

Es war ein Mensch, der schwamm.

Sie presste ihre Handflächen neben die Mundwinkel und rief. Erneut hob sich ein Arm aus dem Wasser. Diesmal tauchte er nicht ab. Er schien zu winken. Ein Mensch in Not. Ein Ertrinkender.

Nuri.

Livia hatte nur noch diesen einen Gedanken.

Nuri.

Sie riss sich die Cargohose von den Beinen, warf sie in den Sand und zog ihr T-Shirt über den Kopf. Sie lief ins Wasser, stolperte über einen steinigen Abschnitt, schlug ihre Zehen an, ignorierte den Schmerz. Nach wenigen Metern reichte ihr das Wasser bis zur Hüfte. Sie machte einen Hechtsprung und kraulte los. Im Schwimmen war sie deutlich besser als im Werfen.

Sie zwang sich, mit langen Zügen zu kraulen und nicht in hektisches, kraftraubendes Planschen zu verfallen. Als sie etwa die halbe Strecke zu dem Ertrinkenden zurückgelegt hatte, stoppte sie und brüllte aus vollen Lungen.

»Halt durch. Ich bin gleich da! Halt durch, Nuri, ich bin's, Livia. Du schaffst das. Ich hole dich!«

Sie schwamm weiter, und als ihr Ziel nur noch wenige Meter entfernt war, sah sie, wie die Umrisse des Kopfes im Schwarzblau des Meeres versanken. Sie vergaß die wichtigste

Regel des Rettungsschwimmens – achte auf die eigenen Kräfte – und schwamm mit Maximaltempo auf die Position zu, wo sie den Kopf zuletzt gesehen hatte.

Als sie glaubte, die Stelle erreicht zu haben, machte sie halt, trat mit den Beinen im Wasser, blickte sich um.

Nichts war zu sehen.

Sie rief Nuris Namen. Laut. Noch lauter. Sie fluchte. Schrie seinen Namen erneut. Sie tauchte unter, riss die Augen auf. Das Salzwasser brannte auf ihren Augäpfeln. Kopfüber drehte sie sich einmal um sich selbst. Es war sinnlos. Sie sah nichts. Absolut nichts. Unter Wasser war es dunkel wie im Monte Amiata.

Sie tauchte zurück an die Oberfläche, holte mit einem lauten Keuchen Luft, rief erneut Nuris Namen, bis ihre Stimme in einem Kreischen erstickte. Sie schluckte Salzwasser, prustete, strampelte. Das Meer wirkte plötzlich bedrohlich. Undurchdringlich. Wie ein feindseliges Wesen.

Sie blickte in Richtung Bucht. Der Sandstrand zeichnete sich als gräulicher Streifen in der Dunkelheit ab. Ein Streifen, der plötzlich weit entfernt zu sein schien.

Verzweiflung ergriff sie. Wie lange würde sie im Wasser ausharren können? Reichten ihre Kräfte für den Rückweg? Sie wirbelte ihren Kopf hin und her. Paddelte mit den Händen, drehte ihren Körper um sich selbst, strampelte mit den Beinen in der Schwärze des nächtlichen Mittelmeers.

Ihr Fuß traf etwas.

Etwas Weiches.

Kein Stein.

Ein Lebewesen.

Urangst ergriff Besitz von ihr.

Etwas griff nach ihrem Knie und schlang sich zugleich um ihre Taille. Sie spürte Finger. Und Arme.

Finger. Ein Mensch. Livias Reflexe schalteten wieder in Rettungsmodus. Instinktiv suchten ihre Hände unter Wasser nach dem Kopf des Ertrinkenden. Er muss an die Oberfläche. Er braucht Luft, schrie ihr Großhirn. Luft. Luft. Luft.

War der Kopf über Wasser, würde sie den Ertrinkenden auf den Rücken drehen, ihre Arme unter seine Achseln hebeln und ihn, auf dem Rücken schwimmend, zum Strand ziehen.

Der Arm klammerte sich wie ein zu eng geschnürtes Korsett um ihre Taille. Knapp unter der Wasseroberfläche fand sie seinen Kopf. Und ihre Hände verfingen sich wie in einem Spinnennetz. Es fühlte sich an wie Seegras, das um den Kopf herumschwamm.

Nur war es kein Seegras. Es waren Haare. Lange Haare. Ein ganzes Büschel. Länger als Nuris Haare. Viel länger. Keine festen Locken, sondern feine Strähnen. Während sie versuchte, eine Hand aus dem Geflecht zu befreien, berührte sie mit der anderen die Stirn des Ertrinkenden. Es fühlte sich an wie die Oberfläche eines Basketballs. Gummiartig. Zerfurcht.

Vernarbtes Gewebe.

Das Echsengesicht. Sie hatte ihr Leben aufs Spiel gesetzt, um diesen Scheißkerl aus dem Labor zu retten. Der Typ, der sie erschießen wollte, kämpfte neben ihr um sein Leben. Mit einem Wutschrei stieß sie den Kopf wieder tiefer ins Wasser. Aber der Mann umklammerte ihre Taille. Livia versuchte, ihr Knie in seine Weichteile zu rammen, aber im Wasser verfehlte der Stoß seine Wirkung. Sie holte zu einem Rundschlag mit dem Ellenbogen aus.

Sein Gesicht durchbrach die Oberfläche. Er hustete einen Schwall Wasser aus dem Mund. »Ich weiß …«, keuchte er.

»Was weißt du, du hässlicher Ork?«, schrie sie ihn an.

»… wo Nuri ist …«

»Wo ist er?«

»Rette mich.«

Seine Stimme war nur noch ein Hauchen. Livia holte zu

einem Handkantenschlag aus, um sich aus der Umklammerung zu befreien.

»Lass mich los, sonst ertrinken wir beide!«

Die Spannung wich aus seinem Körper. Die Auftriebskraft drückte ihn an die Oberfläche. In Toter-Mann-Stellung dümpelte er rücklings auf dem Meer. Livia zögerte einige Sekunden lang. Dann traf sie eine Entscheidung. Sie näherte sich dem Mann, schob ihre Hände unter seine Schultern und begann, rückwärts in Richtung Strand zu schwimmen, indem sie ihre Beine wie ein Frosch bewegte. Sie brauchte unendlich viel länger für die Strecke als auf dem Hinweg. Aber es war weniger kräftezehrend.

Als sie festen Boden unter den Füßen spürte, zog sie den nun reglosen Mann wie einen Müllsack durch das Wasser. An der Wasserlinie ließ sie ihn liegen, den Oberkörper am Strand, die Beine in der sanften Brandung. Sein Körper rollte im Rhythmus der Wellen von einer Seite zur anderen. Sie fühlte seinen Puls und stellte fest, dass er lebte. Ihre Kräfte verließen sie. Livia schleppte sich zu der Holzplanke, auf der Shen Bao die Mahlzeit serviert hatte. Sie ließ sich in den Sand fallen und blickte in den Sternenhimmel. Die Milchstraße leuchtete wie eine Festtagsgirlande. Auf ihrer Haut kribbelte das verdunstende Meerwasser. Sie nahm kaum wahr, dass der Mond über den Hügeln des Hinterlands aufging. Sie sehnte sich nur noch nach Schlaf.

Sie schreckte auf. Wusste nicht, wie lange sie weggedämmert war. Der Mond stand nun hoch am Himmel. Aus dem Augenwinkel sah sie seinen Schatten. Die Silhouette des Echsengesichts. Er stand plötzlich neben ihr. Sein nasses Haar hing wie Spaghetti über Ohren und Schultern. Er blickte auf sie herab. Livia richtete sich auf. Plötzlich störte sie, was sie bisher nicht beachtet hatte: dass sie nichts am Leib trug außer ihrer nassen, sandverkrusteten Unterhose.

Zwischen ihr und dem Mann befand sich die Treibholzplanke, auf der Shen das Brot geschnitten hatte. Die Reflexion des Mondlichts verriet, was darauf lag. Metall. Das Brotmesser. Ein billiges Modell, vermutlich aus dem Supermarkt, in dem Shen die Lebensmittel besorgt hatte. Ein Plastikgriff mit scharfzahniger Klinge.

Livia erahnte die Gedanken des Mannes im gleichen Augenblick, in dem er merkte, was sie dachte. Innerhalb einer Millisekunde stürzten sich beide auf das Messer.

Das Echsengesicht war schneller. Er war dem Treibholz einen Viertelmeter näher gewesen. Weg, geteilt durch Geschwindigkeit, ergibt Zeit. Reine Physik. Er bekam das Messer am Plastikgriff zu fassen und warf sich auf Livia.

Sie hatte keine Kraft mehr für einen Kampf. Mit einer Hand presste er ihr das Messer unters Kinn, den anderen Arm schlang er um ihren Hals. Er drehte Livia auf den Bauch und setzte sich rittlings auf sie. Sie schnaubte, drehte den Kopf zur Seite, spuckte Sand aus.

»Ich habe Ihnen gerade das Leben gerettet«, grollte sie.

»Sehr richtig«, sagte er, »dafür möchte ich mich angemessen bedanken.«

Sie ahnte, wie seine Version von Dankbarkeit aussah. Sie roch seine billige Hautcreme, offenbar ein salzwasserbeständiges Produkt. Sie spürte das Messer und seine rauen Finger. Seine nasse Hose. Seine Schenkel, die ihren Unterleib in den Sand drückten.

Livia versuchte, ihn abzulenken. »Wieso sind Sie aus der Grotte bis hierher geschwommen?«

»Dieses Monster ist wiedergekommen. Proband Nummer 147. Jede Menge Wachleute hat er getötet. Auf mich hatte er es besonders abgesehen. Das liegt vermutlich an unserer gemeinsamen Zeit in Honduras. Ich war nicht besonders nett zu ihm. Aber ich bin ihm entkommen. Von der Mole bin ich ins Wasser gesprungen. Ins Meer konnte er mir nicht folgen. Sämtliche Tintenfische zwischen hier und

Mallorca hätten ihn als feindliches Wesen betrachtet und sich zur Aufgabe gemacht, ihn zu töten. Probanden wie er senden ein Pheromon aus, das die Tiere hochaggressiv werden lässt.«

»Ich habe in Honduras gesehen, was dann passiert«, sagte Livia. »Hören Sie, jetzt, wo Sie in Sicherheit sind: Wäre es nicht schöner, Sie würden das Messer weglegen, und wir stoßen in einer Trattoria auf den guten Ausgang Ihrer Flucht an?«

»Ich habe keine Lust auf Small Talk.«

»Wir müssen nicht reden. Aber Ihren Namen könnten Sie mir wenigstens verraten.«

»Auf Vorspiel habe ich auch keine Lust.«

»Alles Weitere geht nur über meine Leiche.«

»Nekrophil bin ich auch nicht.«

»Aber ein mieser Vergewaltiger?«

»Ein Mensch voller Dankbarkeit, würde ich sagen.«

Seine nassen Haare tropften auf Livias Rücken. Er klammerte den Arm noch fester um ihren Hals und beugte sich vor. Sie roch seine Hautcreme und spürte die Erektion in seiner Hose.

»Wie fühlt sich das an?«

»Was genau?«

Er legte sich auf sie, presste das Messer an ihre Kehle. »Das. Wie fühlt sich das an?«

»Was meinen Sie?«

»Das hier.« Er bewegte seine Hüfte.

»Oh, das? Eine Art Stummel, würde ich sagen, vielleicht das Ergebnis einer fehlgeschlagenen Geschlechtsumwandlung?«

Er schnaubte vor Wut. Die Zacken der Messerklinge ritzten in ihre Haut. Livia wand sich im Sand und schnappte nach Luft.

Von der Felsklippe bröckelte ein Stein ab, fiel über mehrere

Kaskaden herunter und löste weiteres Geröll aus der Wand, das hinter dem Bunker auf den Strand regnete.

Das Echsengesicht hob den Kopf. Livia nutzte den Augenblick und verpasste ihm einen Rundschlag mit angewinkeltem Ellenbogen. Der Schlag, der ihr im Meer misslungen war. Die Spitze ihres Ellenbogens traf das vernarbte Gewebe auf seiner Stirn. Er stöhnte auf, löste aber die Umklammerung nicht.

»Livia, bist du das?«

Die Stimme war nur wenige Meter entfernt. Nuris Stimme.

»Livia?«

»Hier!!!« Sie schrie aus vollem Leib.

»Keinen Schritt näher!«, brüllte das Echsengesicht.

Sie sah Nuris Silhouette vor dem mondbeschienenen Sand. Er war nicht allein. Shen Bao stand zwei Meter hinter ihm. Die beiden mussten über die Felsen gekommen sein. Der gleiche Weg, auf dem Livia hergekommen war. Vermutlich hatte Shen Nuri über den Karst getragen, so wie zuvor sie.

»Er hat ein Messer an meinem Hals«, rief Livia, »wo wart ihr so lange?«

»Ich musste den Einbruch der Dunkelheit abwarten«, antwortete Shen, »diesmal war alles voller Wachen. Ich konnte sie nicht überraschen.«

»Nummer 147«, sagte das Echsengesicht, »schon wieder Sie. Ich hatte schon in Honduras den Eindruck, dass Sie ein hartnäckiger Bursche sind.«

»Lassen Sie Livia los, wir finden eine Lösung, Robert!«, rief Nuri.

»Robert? Woher kennst du seinen Namen, Nuri? Wer ist dieses Arschloch?«

Das Echsengesicht lachte dreckig. »Sag's ihr ruhig, du beschissener N***. Dann weiß sie, was für ein schlauer Kerl ich bin. Vielleicht respektiert sie mich dann …«

»Livia, das ist Robert Keever.«

Was? Was? Livias Gedanken fuhren Karussell. Das war völlig unmöglich. Keever war in der Unglücksmaschine gestorben. Er hatte sie zum Absturz gebracht. Sie hatte seinen abgerissenen Arm aufgespürt, die Hautprobe entwendet, den DNA-Test veranlasst. Gentests lügen nicht.

»Keever ist tot!«, brüllte Livia.

»Keineswegs«, sagte der Mann, der ihr das Messer an die Kehle presste. »Keever ist nämlich schlauer als ihr alle.«

»Was ist in Honduras passiert, Robert?«, wollte Nuri wissen.

»Ich habe den Chinesen bei ihren Versuchen ein bisschen unter die Arme gegriffen. Diese Fu-Brüder hatten verdammt viel Ahnung von Xenotransplantation. Ganz erstaunlich, was sie mit den zerebralen Organoiden hinbekommen haben. Aber etwas fehlte ihnen: das Elixier, um transplantierte Probanden am Leben zu erhalten. Für die Nährlösung kannten sie die Formel nicht.«

»Du kennst sie auch nicht. Niemand außer van Keuken kennt die Formel für CerebXTI«, sagte Nuri.

»Das stimmt. Die Formel brauchte ich auch gar nicht.«

»Mein Gott. Jetzt verstehe ich. Du hast das Zeug aus dem Labor in Boston entwendet. Du warst es, der in unserer Arbeitsgruppe für die Buchhaltung und den ganzen Papierkram zuständig war.«

»Ganz genau. Van Keuken hat alles unterschrieben, was ich ihr hingelegt habe. Sie ist Wissenschaftlerin, keine Bilanzprüferin. So konnte ich über Monate hinweg kiloweise CerebXTI abzweigen.«

»... und den Chinesen verkaufen.«

»Eine kleine Geste der Völkerverständigung.«

»Du Schwein!«, brüllte Livia.

»Als Fu van Keuken bat, dich und Leclerc als Gastwissenschaftler auszuleihen, hatte er längst einen Deal mit dir abgeschlossen, stimmt's?«, fragte Nuri.

»Wer braucht schon van Keuken, wenn man mich haben kann?«

»Und dank deiner großartigen Fähigkeiten ist das Labor in einem Gemetzel untergegangen?«

»O nein, damit hatte ich nichts mehr zu tun.«

»Nichts mehr? Da warst du schon weg?«

»Über alle Berge. Und das Elixier mit mir.«

»Mein Gott. Du hast dich mit den CerebXTI-Vorräten davongemacht und das Labor mit all den Probanden ihrem Schicksal überlassen?«

»Es gab ein besseres Angebot.«

»Was für ein Angebot?«

»Gewisse Kreise, die mir für das Matrixgel noch viel mehr boten als Fu. Und für meine außerordentlichen Kenntnisse. Meine neuen Freunde, könnte man sagen. Zahlungskräftige Freunde. Freunde mit einer Mission. Ich habe ihnen ein Video aus unserem Labor zugespielt, das die Wirkungsweise der Organoid-Transplantationen sehr anschaulich präsentierte. Da haben sie angebissen.«

»Die Leute in der Grotte? Dieser Texaner? Ist er der Drahtzieher? Oder der Italiener?«

»Sie sind Teil einer weltumspannenden Gruppe …«

»… von totalen Spinnern!«, fuhr Livia dazwischen.

Keever drückte ihren Kopf in den Sand.

»Wenn du nicht in der Unglücksmaschine gesessen hast – wer war der Passagier, dessen Arm wir identifiziert haben? Wieso hat der DNA-Test deinen Namen ausgespuckt?«

»Kommst du nicht drauf? Nuri Zamiro war doch sonst immer der Schlaueste in unserer Arbeitsgruppe. Der Liebling unserer Kröte.«

»Du hast deine Gendaten in der Institutsdatenbank mit denen von Leclerc vertauscht. Er war es, der in dem Flieger saß, nachdem du dich den Verschwörern angeschlossen hattest.«

»Richtig. Sie haben mich sogar mit einer King Air aus Guanaja abgeholt und über Paraguay nach Europa gebracht. All inclusive. Aber jetzt habe ich keine Zeit mehr für euch. Die kleine Lady und ich, wir werden aufbrechen.«

Er stemmte seine Knie in den Sand und zog Livias Oberkörper hoch. Als er stand, stellte er auch Livia auf die Füße. Das Messer war noch immer so dicht an ihrem Hals, dass Bluttropfen über ihre Schulter rannen. Keever zog Livia rückwärtsgehend zum Strand. Sie passierten den Bunker. Ein leises Piepsen war plötzlich zu hören. Ein nerviger Alarmton. Wie ein Wecker.

Livia begriff es als Erste. »Telefon, Nuri. Das ist sicher für dich. Du solltest rangehen!«, rief sie laut.

»Was soll der Scheiß?«, brüllte Keever. Er wirkte verwirrt.

Auch Shen Bao verstand und ging zur Rückseite des Bunkers, öffnete die quietschende Stahltür und kam mit seinem Sportrucksack wieder heraus. Daraus zog er ein kleines Gerät. Es war der Scanner, den Fu Livia in Sichuan mitgegeben hatte. Der Scanner, den Shen Livia in Martinsried abgenommen hatte. Er piepste. Und das Piepsen wurde schneller, als Shen auf die Gruppe zuging.

»Sofort stehen bleiben!«, brüllte das Narbengesicht so laut, dass Livias Ohren klingelten.

Shen hob das Gerät in die Luft. Es piepste nun im Dauerton. »Ich muss nur diesen einen Anruf entgegennehmen, dauert nicht lang.« Seine Stimme klang leicht belustigt.

»Fallen lassen!« Livia spürte, wie Keever vor Zorn zitterte.

Aber Shen ließ sich nicht beirren. »Tatsächlich ist der Anruf für Sie, Keever!«, rief er dem verwirrten Echsengesicht zu. »Er kommt direkt aus der Hölle!«

Mit einer theatralischen Bewegung streckte Shen den Zeigefinger aus und drückte einen Knopf. Livia glaubte zu wissen, welcher Knopf es war.

Der rote.

Im gleichen Augenblick spürte Livia, wie Robert Keever verkrampfte. Er zuckte mit sämtlichen Gliedmaßen, aus seinem Mund drang ein schwaches Pfeifen, wie ein angestochener Fahrradschlauch. Nach wenigen Sekunden fühlte sich Keever wie eine Schaufensterpuppe an. Steinhart und leblos.

Livia löste sich mit einer Vierteldrehung aus der Umklammerung. Einige Augenblicke lang stand Keever im Sand wie ein deplatziertes Denkmal. Dann übernahm die Schwerkraft. Er begann zu kippen und prallte mit einem dumpfen Schlag in den Sand. Im Mondlicht wirkte das Narbengewebe auf seiner Stirn plötzlich bleich und blutleer.

»Was ist das? Was geht hier vor?«, rief Nuri.

»Er hatte einen Chip mit Giftkapsel implantiert«, erklärte Livia. »Die Fu-Brüder hatten in Honduras nicht nur ihren Probanden, sondern auch den Mitarbeitern solche Killerchips eingepflanzt.«

Nuri rannte zu Livia, bemerkte, dass sie so gut wie nackt war, und hielt inne.

Shens Stimme unterbrach den Moment der Unsicherheit. »Wir hatten einen Deal«, sagte er und klang völlig ungerührt.

»Das stimmt …«, erwiderte Livia.

»Welchen Deal?«, wollte Nuri wissen.

»Ich habe Shen versprochen, ihm zu sagen, wie er Fu finden kann, wenn er dich rettet.« Und an Shen gewandt, sagte sie: »Er hat eine Jacht. Sie heißt *Xiwangmu.*«

»Das ist alles? Alles, was du mir über seinen Aufenthaltsort sagen kannst?« Shen klang verärgert.

»Er betreibt ein unterirdisches Labor an einem Staudamm am Yalong-Fluss. Östlich des Weltraumbahnhofs bei Xichang. Wenn er nicht auf der Jacht oder in Peking ist, dann ist er dort.«

»Was soll ich damit anfangen? Ich vermute, er ist im Augenblick hier, ganz in der Nähe. Wahrscheinlich begleitet er Li Huasheng.«

»Die Jacht …«, hob Nuri an.

Shen fuhr zu ihm herum. »Was ist mit der Jacht?«

»Sie liegt nicht weit von hier. Ich habe sie erst heute Morgen gesehen. Sie ankert ein paar Meilen nördlich, vor Alghero.«

»Das silbergraue Monstrum? Ich habe es gesehen. Das soll Fus Jacht sein? Das Schiff trägt den Namen *Kunlun,* nicht *Xiwangmu!*«, rief Shen.

»Es muss ein Schwesterschiff sein. Es gleicht der *Xiwangmu,* auf der wir Fu begegnet sind, zu hundert Prozent«, sagte Nuri.

Shen klatschte in die Hände. »Vermutlich haben sich die Zwillinge identische Jachten bauen lassen. Das würde zu ihnen passen. Und ich habe schon geahnt, dass Fu am Gipfeltreffen teilnehmen wird. Nun ist auch klar, wo er nächtigt.«

»Wollen Sie ihn nicht verschonen?«, fragte Livia. »Es sind bereits zu viele Menschen gestorben …«

Shen schwieg. Seine Silhouette schien Livia und Nuri noch einige Sekunden lang anzublicken. Dann bückte er sich, packte Robert Keever am Fuß und warf sich seine Leiche über die Schulter. Er machte kehrt und lief über den Strand zu den dahinter anschließenden Dünen. Sein Schatten verschmolz mit der Dunkelheit.

79

Strand La Speranza, Alghero, Sardinien

Livia ließ sich in den Sand fallen. Sie fühlte sich schwer wie ein Ölfass. Es war ihr egal, dass sie aus kleinen Wunden am Hals blutete, dass ihr Körper mit Sand und Salz verklebt war, dass sie nichts am Leib trug als eine nasse Unterhose. Die Anspannung der letzten Stunden fiel von ihr ab. Das Verließ. Der Lüftungsschacht. Das Labor in der Grotte. Ihre Rettung. Ein Frösteln ließ sie erzittern.

Sie blickte zu Nuri, der sich in ihrer Nähe in den Sand gesetzt hatte. »Mir ist kalt«, hauchte sie.

Er sah zu ihr herüber. »Soll ich deine Kleider holen? Wo sind sie?«

»Komm lieber zu mir.«

Nuri zögerte. Dann sagte er: »Ohne Hängematte?«

Livia musste lachen. »Mirandas Hängematte war der Test, um herauszufinden, ob du ein Warmblüter bist. Test bestanden. Und jetzt ist mir kalt.«

Nuri stand auf und setzte sich zu Livia. Seine Bewegungen wirkten vorsichtig. Zurückhaltend. Doch Livia hatte keine Lust auf Zurückhaltung. Sie rollte sich an ihn, drückte ihren sandigen, halb nackten Körper an seinen. Er fühlte sich so warm an, wie sie gehofft hatte. Sie schob ihre Hände unter sein Hemd, fuhr über seinen Rücken und zog ihn fest an sich.

Seine Finger streiften durch ihr Haar, befreiten es von Sand. Sie schob ihre Arme tiefer unter sein Hemd. Die Knöpfe platzten ab. Livia griff nach dem Stoff und riss ihn in Fetzen. Sie umschlang Nuris Hals, zog ihn zu sich und küsste ihn.

»Es war ein grauenhafter Tag. Ich möchte, dass er gut endet«, wisperte sie in sein Ohr.

Seine Hand glitt über ihren Rücken, berührte die feuchte Unterhose. »Du erkältest dich noch.«

»Nicht, wenn du wirksame Gegenmaßnahmen ergreifst.«

Endlich lachte er, zog ihr den nassen Slip über die Beine und warf ihn in den Sand. Sie löste den Gürtel seiner Hose, öffnete den Reißverschluss und zog den Bund nach unten.

»Ui. Beschnitten.«

»Nicht gut?«

»Doch. Sehr.«

Sie schob seine Hose weiter bis zu den Kniekehlen, wo sie hängen blieb. Und flüsterte erneut in sein Ohr. »Da ist noch was abzulegen.«

Wieder lachte er, setzte sich auf und begann, den Lederadapter seiner Prothese vom Knie zu lösen. Er dauerte, weil Livias Hände ständig im Weg waren. Als Nuri das Metallteil und seine Hose los war, schwang Livia ein Bein über ihn und setzte sich auf seine Hüfte. Sie legte ihre Hände auf Nuris Schultern und drückte seinen Oberkörper in den Sand.

Er schloss die Augen und sah verdammt glücklich aus.

Sie beugte sich hinab und küsste ihn erneut. Erst forschend. Dann fordernd. Er ließ seine Hände über ihre Schultern zur Hüfte gleiten.

Sie erstarrte und setzte sich auf.

»Was ist?«, flüsterte Nuri.

Sie rutschte von seiner Hüfte in den Sand. Schob sich einen

halben Meter weg. Er versuchte, in ihrem Gesicht zu lesen. Aber das Mondlicht war zu schwach.

»Ist es …«

»Was?«, fragte Livia.

»… wegen meines Beins?«

»Quatsch, nein.«

Er zögerte. »Habe ich das eben nur geträumt?« Er klang zerknirscht.

»Mir ist nur etwas eingefallen.«

»Etwas, das wichtiger ist als …?«

Livia ging nicht darauf ein. »Dieser Keever …«

»Er ist tot, Livia. Bekommst du Skrupel? Shen war es, der den Knopf gedrückt hat.«

»Nein, nein. Ich bereue seinen Tod keine Sekunde lang. Ich hätte ihn schon im Wasser umbringen sollen, als ich die Chance dazu hatte.«

»Shen wird seine Leiche irgendwo beseitigen. Vergiss ihn.«

Er robbte zu ihr und strich mit der Hand über ihren Bauch. Sie griff nach seiner Hand und hielt sie fest.

»Nuri …«

»Schon gut. Wir müssen nicht …«

»Doch, ich …«

»Was?«

»… verstehe nur etwas nicht.«

»Was?«

»Am Flughafen in Tegucigalpa. Da haben wir Keever auf dem Überwachungsvideo gesehen. Oder wen auch immer ich für Keever hielt. Du hast diese Person doch auch gesehen. Du musst erkannt haben, dass es nicht Keever war.«

»Dieses unscharfe Video?«

»Es war scharf genug, um zu sehen, dass der Kerl auf dem Video kein Hänfling mit Pferdeschwanz war. Der Mann war groß und hatte helles, kurzes Haar.«

»Ich kann mich nicht erinnern, Livia.«

Sie stieß seine Hand weg und stand abrupt auf. »Was redest du für einen Scheiß, Nuri? Du musst erkannt haben, dass es nicht Keever war auf diesem Video. Aber du hast behauptet, er wäre es.«

Nuri zögerte. Seine Stimme wurde leise. »Tatsächlich habe ich das nicht behauptet, Livia. Ich habe nur nicht das Gegenteil behauptet.«

»Du hast mich in dem Glauben gelassen. Das ist das Gleiche. Gibt es eine vernünftige Erklärung dafür, Nuri?«

Wut stieg in ihr auf. Was verheimlichte Nuri? Plötzlich störte es sie, dass sie nackt war. Sie ging über den Sand, suchte die Kleidungsstücke zusammen und zog sich an.

»Leclerc!«, rief Nuri.

»Wie bitte?«

»Der Mann auf dem Video. Es war Adrien Leclerc.«

»Der Labortechniker? Der zweite Mann, den van Keuken an die Chinesen ausgeliehen hatte?«

»Ja.«

»Und du hast es die ganze Zeit gewusst?«

Nuri schwieg.

»Mein Gott. Wie ist das möglich? Ihr habt Keevers DNA identifiziert ...«

Sie dachte nach. »War es Keever, der die Gendatenbank des Broad Institute verwaltet hat?«

»Ja.« Nuris Stimme klang betrübt.

»Er hat Leclercs Gendaten mit seinen vertauscht. Daher spuckte der DNA-Test Keevers Namen aus. In Wahrheit gehörte der abgerissene Arm dem Labortechniker.«

»Ja. Und offenbar wurde auch Leclerc als Proband für die Experimente missbraucht. Oder Leclerc hat sich die zerebralen Organoide im Selbstversuch implantiert.«

»Großer Gott. Und als im Labor das Chaos ausbrach, hat er sich bis Tegucigalpa durchgeschlagen und die Maschine nach Atlanta bestiegen. An Bord ist er vollends durchgedreht.«

»Vermutlich hatte er sogar Keevers Reisepass bei sich. Der hatte schließlich Leclercs an sich genommen.«

»Nuri, wieso hast du mir das die ganze Zeit verschwiegen?«

»So, wie du mir die Existenz von Shen Bao verschwiegen hast?«

»Ich wurde erpresst.«

»Ich hatte auch meine Gründe.«

»Welche sind das?«

»Das ist eine lange Geschichte ...«

»Es ist eine laue Septembernacht an einem Strand auf Sardinien. Wir hatten eben Sex. Zumindest fast. Und jetzt haben wir alle Zeit der Welt.«

Nuri setzte sich auf, nahm Sand in die Hand und ließ die Körner aus seiner Faust auf den Strand rieseln.

»Mein Vater kam in den 1980er-Jahren aus dem Sudan nach Israel. Damals wurden fast fünfzehntausend jüdische Sudanesen im Zuge einer Geheimoperation namens Salomon nach Tel Aviv geflogen. Er war einer der Immigranten. Bald nach seiner Ankunft lernte mein Vater meine Mutter kennen, eine palästinensische Israelin. Gemeinsam zogen sie nach Kiryat Shimona an der Grenze zum Libanon, wo ich geboren wurde. 2004 wurde ich zum Wehrdienst eingezogen und bekam eine Ausbildung bei den Spezialkräften. 2006 musste ich am Krieg gegen den Libanon teilnehmen, dort verlor ich meinen Unterschenkel. Ich sattelte um und begann ein Biochemiestudium am Weizmann-Institut in Haifa. Für meine Promotion ging ich im Zuge einer Forschungskooperation in die USA. Dort wurde ich nach meiner Promotion eingebürgert. Und die DARPA sprach mich an.«

»Die Forschungsorganisation des Pentagon?«

»Ja. Ich wurde aufgrund meines Promotionsthemas für ein Forschungsprogramm mit dem Titel *Continuous Assisted Performance* angeworben. Das Ziel war, biotechnologische

Methoden zu finden, mit denen Soldaten tagelang wach bleiben können, ohne den Verstand zu verlieren. Wir experimentierten anfangs mit Amphetaminen, eine Fortentwicklung der Medikamente, die die Nazis ihren Soldaten gaben. Da Amphetamine auf Dauer den Körper schädigen, suchten wir nach Alternativen. Gute Ergebnisse erzielten wir mit einem Wirkstoff namens Modafinil. Es ist ein hochpotentes Psychostimulans, dessen Molekülstruktur sich deutlich von Amphetamin unterscheidet. Wir setzten eine Studie an, in der Probanden achtundzwanzig Stunden lang ohne Schlaf auskommen mussten. Mit Modafinil blieben sie geistig fitter als ohne.

Gleichzeitig erforschten wir genetische Methoden, um die Muskel- und Ausdauerkraft von Soldaten zu erhöhen. Das Projekt hieß *Metabolic Dominance and Engineered Tissue*. Irgendwann kam die Idee auf, mit künstlichen Organen und der Organoid-Technik zu experimentieren, um die Leistungsfähigkeit zu steigern und auch Verwundete schneller wieder einsatzfähig zu machen. Ich heuerte in van Keukens Labor an, um mich auf dem Stand des Wissens zu halten.«

»Und sie hatte keine Ahnung, dass du für das Militär spionierst?«

»Das ist keine Spionage. In Amerika sind DARPA-Leute in allen möglichen Laboren aktiv. Sogar am CERN in Europa, getarnt als amerikanische Elementarteilchenphysiker. Und bei den jährlichen Treffen der Amerikanischen Gesellschaft zur Förderung der Wissenschaft sitzen sie in jedem Hörsaal.«

»Irre. Ihr kennt gar keine Skrupel?«

»Es geht um Technologie, Livia. Fast jede Technologie ist für zivile Zwecke ebenso wie für militärische zu gebrauchen. Das ist wie mit Dynamit oder der Kernspaltung. Dual Use. Du kannst das Leben auf der Erde verbessern oder auslöschen. Es geht darum, wer das Potenzial zuerst erkennt. Wer einen Vorsprung herausholt. Weißt du, wer das Internet erfunden hat? Die DARPA. Das Gleiche gilt für Tausende von Alltagstechnologien.«

»Wie weit würdest du gehen, um die Ziele deines Arbeitgebers zu erfüllen?«

Nuri schwieg. Livia hielt inne. Sie dachte nach.

»Lass mich raten, du hast mir die Tonaufzeichnung geschickt. Die Cockpitgeräusche der Unglücksmaschine von Atlanta. Stimmt's?«

»Livia …«

»*Was*, Nuri?«

Er erwiderte nichts.

»Du warst das, stimmt's? Du wolltest mich zur Recherche anstacheln. Meinen Reporterinstinkt ausnutzen. Das Pentagon hat die Aufzeichnung aus dem NTSB-Computer geklaut, und du hast sie an mich weitergeleitet. Dann hast du neben mir in der Hotellobby gestanden und getan, als wüsstest du nicht, was mich so schockiert. Warum hast du das gemacht, statt deine Freunde vom Pentagon zu alarmieren? Warum hast du nicht die Kavallerie gerufen?«

Nuri sah geknickt aus. »Die wollten mir nicht glauben.«

»Stattdessen hast du mich mit in diese Scheiße gerissen?«

Plötzlich war Nuris Körper taghell. Er riss seinen Unterarm vor die Augen. Livia drehte ihr Gesicht zur Seite. Der Lichtkegel eines gewaltigen Suchscheinwerfers glitt über den Strand.

80

Hotel La Meraviglia, Alghero, Sardinien

Shen Bao parkte den gestohlenen Mietwagen in der Nähe eines schmucklosen vierstöckigen Zweckbaus in der Via Fratelli Kennedy. Es war nicht schwer gewesen herauszufinden, wo die Präsidentengarde von Li Huasheng logierte. Er kannte die Gewohnheiten der chinesischen Sicherheitskräfte. Er war schließlich einer von ihnen gewesen und wusste, wie sie im Ausland vorgingen: möglichst unauffällig.

Die Leibwächter des Präsidenten hatten ein einfaches Dreisternehotel in zweiter Reihe hinter der Küstenstraße gewählt. Je nach Aufgebot gab es noch ein oder zwei weitere Hotels in der Nähe, die von Chinas Sicherheitskräften bewohnt wurden. Nachdem ihr oberster Machthaber auf der Jacht des Magnaten Fu Wang nächtigte, waren Komfortfragen zweitrangig geworden, anders als bei der amerikanischen Delegation. Shen wusste, dass sich in solchen Fällen sogar ein Oberst der Leibgarde mit einem Standard-Doppelzimmer der landesüblichen Kategorie zufriedengeben musste. Es war die schizophrene Art und Weise, wie Li Huasheng versuchte, jeden Anschein von Korruption zu vermeiden, während er selbst auf einer Achtzig-Meter-Jacht logierte.

Einen Unterschied gab es jedoch unter den Dienstr];ängen der Leibwache. Die höheren Offiziere genossen besonderen Schutz. Sie wussten mehr über das Sicherheitskonzept und hatten beim Gipfeltreffen Zugang zum innersten Kreis der Macht. Shen wusste, dass die höheren Ränge der Präsidentengarde aus diesem Grund eine bestimmte Etage bewohnten. Es war nicht die oberste, wie man hätte vermuten können, sondern die zweitoberste. Der Grund dafür war einfach: Dieses Stockwerk war am schwierigsten anzugreifen. Von unten war es ein weiter Weg hinauf. Und bei einer Attacke aus der Luft diente das Dachgeschoss als Puffer.

Zwei Querstraßen vor dem Hotelgebäude bog Shen ab. Er war sicher, dass der Haupteingang bewacht wurde. Daher näherte er sich von der Rückseite. Als er die hintere Gebäudeecke erreicht hatte, begutachtete er die seitliche Fassade. Gelbliche Farbe blätterte an mehreren Stellen ab. Fenster gab es keine, ebenso wenig wie Vorsprünge oder Ornamente, an denen man sich hinaufhangeln konnte. Shen erkannte dennoch eine Möglichkeit. Eine Möglichkeit, die normalen Menschen verwehrt gewesen wäre, sogar dem Weltmeister im Speed-Climbing. Ein Kabel war an die Fassade geklammert. Vermutlich eine nachträglich angebrachte Internetleitung. Oder Kabelfernsehen. Für Shen war es ideal.

Er brauchte nur wenige Sekunden, um sich an dem Kabel nach oben zu hangeln. Die Klammern rissen aus dem Putz, aber das Kabel hielt wie eine Liane. Auf der Höhe des dritten Stocks musste Shen einen Seitwärtssprung wagen, um den Balkon des Eckzimmers an der Frontfassade zu erreichen. Er stieß sich mit den Füßen auf dem Putz der Fassade seitwärts, ließ seinen Körper zweimal hin- und herpendeln und dann los. Seine Arme agierten völlig von selbst, und seine Fingerspitzen bekamen die Kante der Balkonbrüstung zu fassen.

Dort blieb er einige Sekunden lang hängen wie ein Turner am Reck. Von oben sah er zwei Männer in Uniform vor dem

Eingang des Hotels. Aber sie waren in ein Gespräch vertieft und unaufmerksam. Kein Wunder – sie bewachten in diesem Augenblick nicht ihren Präsidenten, sondern nur ihre Kollegen.

Shen machte einen Klimmzug und schwang seinen Körper über die Brüstung. Im Schatten neben einer Glasschiebetür, die in das Zimmer führte, blieb er stehen. Mit dem Fingernagel tippte er einmal auf die Scheibe. Es klang, als hätte jemand ein Steinchen an die Tür geworfen. Aber nichts geschah. Er wagte einen Blick ins Innere des Zimmers. Eine Nachttischlampe erhellte den Raum. Niemand war zu sehen. Das war seltsam, denn er spürte die Anwesenheit eines Menschen.

Erst jetzt bemerkte Shen, dass die Balkontür einen Spalt weit geöffnet war. Er streckte seine Hand in die Öffnung und drückte die Tür auf. Ein metallisches Quietschen durchriss die Stille der Nacht. Shen ignorierte es, schob die Tür weiter auf und schlüpfte in das Zimmer. Nun verstand er, warum es leer war. Aus dem Badezimmer war das Plätschern der Dusche zu hören.

Shen blickte sich um. Ein klassisches Hotelzimmer mit Doppelbett, Nachtkästchen, Kleiderschrank, Steinboden, Kunstdruck an der Wand und Tür zum Badezimmer. Shen durchsuchte den Schrank. An den Kleiderbügeln hing eine Militäruniform mit vollem Ornat sowie ein dunkelblauer Anzug, wie ihn jeder Büroangestellte in Schanghai hätte tragen können. Lediglich ein kleiner Anstecker am Revers des Sakkos verriet Eingeweihten, dass es sich bei dem Träger des Anzugs um ein Mitglied der Präsidentengarde handelte. Laien hätten den Anstecker schlicht für die chinesische Flagge halten können. Aber Shen wusste, dass es auf die Details ankam: Statt der fünf gelben Sterne auf rotem Grund zeigte diese Flagge nur zwei. Und die Sterne waren von zwei schmalen Linien eingefasst. Das Rangabzeichen eines *shào xiào*. Ein Major in der Nomenklatur der NATO.

Das war perfekt, fand Shen. Der Rang war nicht so hoch, dass die niederen Dienstgrade sein Gesicht kennen mussten. Aber hoch genug, um Respekt einzuflößen. Er probierte das Sakko an. Die Ärmel waren etwas zu lang, aber akzeptabel. Auch die Hose war zu lang. Er schlug die Beine nach innen um. Zwischen weiterer Kleidung fand er noch zwei Dinge im Schrank: ein Taschenfunkgerät mit Spiralkabel und Ohrstöpsel sowie eine halb volle Flasche mit einer farblosen Flüssigkeit und der Aufschrift »Fil di Ferru«. Shen öffnete den Schraubverschluss. Der Geruch von hochprozentigem Tresterbrand betäubte seine Nase. Das war gegen die Vorschriften. Aber Alkohol war in der Armee genauso beliebt wie in der Bevölkerung.

In diesem Moment hörte das Plätschern der Dusche auf. Shen stellte sich hinter die Badtür. Nach wenigen Sekunden trat ein Mann mit einem Handtuch um die Hüfte ins Zimmer.

Shens Arm war schneller als der Schrei, den der Mann ausstoßen wollte. Mit einem Handkantenschlag setzte Shen ihn außer Gefecht. Den erschlaffenden Körper fing er auf und legte ihn aufs Bett.

Durch die geöffnete Balkontür war eine Stimme zu hören. »Noch wach, Major?«

Jemand sprach vom benachbarten Balkon. Eine Spur von Überheblichkeit im Ton verriet einen höheren Dienstgrad. Auch würde ein Untergebener wohl kaum nachts einen Vorgesetzten über den Balkon hinweg anquatschen.

Shen trat an die Balkontür und beschloss ein riskantes Spiel. Er flüsterte: »Ja, Herr Oberst ... war ich zu laut?«

Eine flüsternde Stimme war schwer zu identifizieren. Mit der Anrede »Oberst« schloss er die Möglichkeit eines Oberstleutnants ein. Ein General würde vermutlich mit Li an Bord von Fus Jacht nächtigen.

»Ich hörte Ihre Tür. Warum flüstern Sie, Major?«

Shen erhöhte den Einsatz. »Weil ich ein kleines Geheimnis hüte, Herr Oberst.«

»Welches Geheimnis, Kang, was reden Sie da?«

Dass der Mann vom Nachbarbalkon den Namen des Majors statt dessen Rang nannte, bestärkte Shen in der Annahme, dass es sich um einen höheren Dienstgrad handelte.

»Das kleine Geheimnis hat fünfundvierzig Prozent, Herr Oberst. Eine örtliche Delikatesse. Es würde mich freuen, wenn Sie das Geheimnis gemeinsam mit mir in Augenschein nehmen würden.«

Ein herzhaftes Lachen kam vom Nachbarbalkon. »Kang, Sie Teufel. Wo haben Sie das Zeug aufgetrieben? Ich fürchte, das muss ich persönlich inspizieren. Kein Wort mehr hier draußen. Ich komme auf eine kleine Durchsuchung zu Ihnen rüber.«

Die Balkontür nebenan schloss sich. Shen hastete zur Eingangstür des Zimmers. Es dauerte keine zehn Sekunden, bis es klopfte. Shen öffnete die Tür und blieb dahinter stehen. Der Besucher trat zwei Schritte ins Zimmer, bevor er merkte, dass es nicht Major Kang war, der ihm geöffnet hatte.

Der Oberst wehrte sich geschickt. Seine Reflexe waren gut, seine Schläge hart. Alte Shaolin-Schule, dachte Shen. Aber er war nicht mehr der Jüngste. Abgesehen davon hätte auch ein Karateausbilder keine Chance gehabt. Shens Arme federten die Attacken problemlos ab. Die Wucht seines Gegners ließ schnell nach. Shen setzte ihn mit einem harten Handkantenschlag genauso außer Gefecht wie den Major.

Nun hatte er ein Problem. Wenn er die beiden tötete, würden am nächsten Morgen, dem entscheidenden Tag des Gipfeltreffens, zwei Offiziere der Präsidentengarde fehlen. Vermutlich versammelte sich die Leibwache in den frühen Morgenstunden unten in der Hotellobby. Bereits nach wenigen Minuten würde ein Adjutant beauftragt werden, nach den beiden fehlenden Männern zu sehen. Er würde an ihre

Zimmertüren klopfen und, falls er keine Antwort bekam, die Klinken betätigen und so die Leichen entdecken. Ein Riesenwirbel wäre die Folge. Vermutlich würde Li sofort abreisen und das Gipfeltreffen platzen lassen.

Shen fasste einen Plan. Er entkleidete den Oberst, verstreute seine Sachen im Zimmer, legte ihn zu dem nackten Major in das Bett und verschränkte die Arme und Beine der beiden. Den sardischen Schnaps schüttete er über die Laken und die Gesichter der beiden Männer aus. Der Geruch scharfen Alkohols machte sich breit.

Shen schnappte sich das Anzugsakko von Major Kang, steckte das Taschenfunkgerät ein und trat auf den Balkon. Er blickte zu den beiden Wachposten hinunter und warf die leere Flasche Fil di Ferru über die Brüstung auf die Straße. Sie zersplitterte mit einem satten Klirren auf dem Dach eines geparkten Autos. Eilig verließ Shen das Zimmer mit den beiden Ohnmächtigen und ging durch den Korridor der Etage zum Aufzug. Dort wartete er, bis er die alarmierten Wachposten im Treppenhaus hörte. Schwer atmend, erreichten die Männer das dritte Stockwerk und erblickten Shen, der scheinbar auf den Aufzug wartete. Einer der beiden Soldaten trug die Rangabzeichen eines Feldwebels der Militärpolizei.

Die Männer nahmen Haltung an, als sie das Rangabzeichen an Shens Sakko erblickten. Gleichzeitig war Misstrauen in ihren Augen zu erkennen. Jemand hatte soeben eine Schnapsflasche auf die Straße geworfen.

»Guten Abend, Herr Major«, keuchte der Militärpolizist.

»Gut, dass Sie da sind, Feldwebel«, sagte Shen, »ich fürchte, es gibt ein Problem.«

Der Militärpolizist blickte ihn an und schnappte noch immer nach Luft.

Shen deutete in den Korridor. »Es betrifft einen hohen Offizier …«

»Doch nicht etwa den Herrn Oberst, Herr Major?«

»Ich fürchte, ja. Sie sollten im Zimmer 318 nachsehen. Es gab Geräusche. Eindeutige Geräusche.«

»Um Himmels willen.«

Shen presste die Lippen aufeinander und zog die Augenbrauen hoch.

»Danke für den Hinweis, Herr Major.«

Der Militärpolizist und der Wachposten machten sich auf den Weg durch den Flur. Shen wartete nicht auf den Aufzug, sondern stieg durch das Treppenhaus in die Lobby hinab. Dort war niemand anzutreffen, außer einem schläfrigen Nachtportier.

Shen verließ das Hotel, überquerte die Via Fratelli Kennedy und verschwand in einer Seitengasse. Er war sich sicher, was nun geschehen würde. Sobald der Militärpolizist die beiden Offiziere vorfand, nackt, alkoholisiert und besinnungslos, würde er seinen Vorgesetzten informieren. Die Situation war so eindeutig, dass die Militärpolizisten auf Beteuerungen der beiden Offiziere bezüglich eines unbekannten Eindringlings nicht eingehen würden. Der Oberst und Major Kang würden auf direktem Weg nach China ausgeflogen werden. Das Ende zweier glänzender Karrieren. Niemand würde die Frage stellen, wo der dunkelblaue Anzug von Major Kang abgeblieben war.

81

Strand La Speranza, Sardinien, Italien

Eine Lautsprecherstimme hallte über das Wasser. Livia und Nuri wurden angewiesen, mit erhobenen Händen in die Knie zu gehen. Der gleißende Lichtkegel suchte einmal den Strand ab und kehrte zu den beiden zurück. Aus dem Dunkel raste ein Kommandoboot heran, schwarz und geräuschlos. Der Bug knirschte auf den Sand. Vier Soldaten in Kampfmontur sprangen von Bord. Sie richteten kurzläufige Maschinenpistolen mit Leuchtstrahlern auf Livia und Nuri.

»Wer sind Sie?«, brüllte einer der Männer.

Hinter den Kommandosoldaten stieg ein weiterer Mann aus dem Boot. Er trug lediglich eine feste Arbeitshose und eine schusssichere Kevlarweste über einem schwarzen Rollkragenpullover. Er wies die Soldaten an, ihre Waffen zu senken.

»Ich bin Oberstleutnant Popov vom United States Secret Service. Diese Männer sind Navy Seals von der *USS Chesapeake.* Wir suchen einen gewissen Dr. Zamiro.«

»Das bin ich.«

Popov betrachtete Nuri, der mit erhobenen Händen nackt im Sand kniete und frontal vom Suchscheinwerfer angestrahlt wurde. Livia musste grinsen, weil er auch in dieser Beleuchtung durchaus attraktiv aussah. Schade eigentlich, dachte sie.

»Kleiden Sie sich bitte an, Dr. Zamiro. Es gibt einiges zu klären.« An Livia gewandt, sagte Popov: »Und Sie sind Livia Chang?«

»Ja, woher wissen Sie das?«

»Auch Sie dürfen aufstehen. Ich bin gebeten worden, Sie telefonisch mit jemandem zu verbinden.«

Er zückte ein Satellitentelefon, drückte eine Verbindungstaste und hielt Livia das Gerät hin. Sie nahm es ans Ohr und hörte eine Stimme, die sie seit mehr als einem Jahr nicht gehört hatte.

»Livia? Sind Sie das?«

»Aaron? Aaron Swartz? Wow, das ist aber eine ... na ja, vielleicht ist es auch keine Überraschung ... angesichts der Umstände ...«

»Was ist da los in Alghero?«

»Lange Geschichte. Ich bin entführt worden. Aber viel mehr dürfte Sie interessieren, dass ein paar irre Weltverschwörer einen Anschlag planen. Sie haben zu diesem Zweck einen Attentäter ge...« Livia suchte nach dem richtigen Verb – gezüchtet, gehackt, gebastelt? »... jedenfalls mit speziellen körperlichen Fähigkeiten ausgestattet. Sie sollten die Gefährlichkeit dieser Leute auf keinen Fall unterschätzen. Sie operieren von einer Militärbasis aus, nur eine Bucht von hier entfernt.«

»Sind Sie und Dr. Zataro wenigstens in Sicherheit?«

»Zamiro. Und ja, wir sind in Sicherheit, sofern man diesen Rambos von der Navy trauen kann.«

»Geben Sie mir Popov«, sagte Aaron Swartz.

»Was für Spezialfähigkeiten?«, fragte einer der Navy Seals.

»Das ist kompliziert«, sagte Nuri, der gerade seine Prothese anlegte. »Genetische Veränderungen. Erhöhte Kampfkraft.«

»Kann ich mir nicht vorstellen«, raunzte der Soldat.

»Könnte ich an Ihrer Stelle auch nicht. Aber glauben Sie mir: Seien Sie auf der Hut, wenn Sie dieser Person begegnen. Es ist der Typ, der letztes Jahr die MMA-Meisterschaft gewonnen hat, aber disqualifiziert wurde, weil er im Käfig rassistische Parolen verbreitete. Das reinste Muskelpaket. Und extrem gefährlich.«

»Der Typ mit diesem Spitznamen …?«

»Genau, Sledgehammer.«

»Der die üblen Witze machte nach dem Massaker von Baltimore? Wo ist der Kerl?«, fragte Popov. »Wir haben die gesamte Küste abgesucht. Ohne Ergebnis. In der Bucht nördlich von hier befindet sich sogar eine Militärbasis. Wie sollen Attentäter hier irgendwo unbemerkt ihr Unwesen treiben?«

»Die Militärbasis ist genau das Problem. Das sind die Verschwörer«, sagte Nuri. »Die Basis wird als Geheimlabor missbraucht. Der Anschlag wird dort vorbereitet. Die Leute gehören vermutlich zu einem weltweiten Netzwerk von Umstürzlern. Sie halten eine amerikanische Biochemieprofessorin gefangen.«

»Um aus diesem Sledgehammer eine menschliche Biowaffe zu machen?«, fragte Popov mit skeptischem Unterton. Sein Funkgerät knackte. Ein rotes Licht signalisierte einen Anruf. Popov hob eine Sprechmuschel mit Spiralkabel an seinen Mund, presste einen Finger ans Ohr und hörte eine Minute lang zu. Dann wandte er sich an die Navy Seals: »Neue Erkenntnisse aus Langley, Leute. Die Militärbasis könnte tatsächlich ein Fake sein. Ein ehemaliger Oberst der Carabinieri hat sie vor wenigen Monaten dem italienischen Staat abgekauft. Der Mann ist vor zwei Jahren wegen staatsfeindlicher Umtriebe aus dem Polizeidienst entlassen worden.«

Der Mann in dem azurblauen Sakko, dachte Livia.

»Wir haben Befehl, die Basis einzunehmen, sämtliche Verdächtige festzunehmen und eine gewisse Gritje van Keuken zu befreien. Angesichts der Gefährdungslage hat uns die italienische Regierung freie Hand gegeben. Wir stürmen also den Laden.«

Der Anführer der Kommandosoldaten nickte und besprach sich mit seinen Leuten.

Nuri meldete sich zu Wort: »Außerdem brauchen wir sämtliche Laborunterlagen, die Sie finden können. Sowie vorhandene Vorräte einer Substanz namens CerebXTI.«

Popov blickte ihn verständnislos an. »Ist das Zeug gefährlich?«

»Nein, aber von hohem Interesse für die nationale Sicherheit der Vereinigten Staaten.«

Der Anführer der Seals sprach Popov an: »Sir, wir haben zwei weitere Landungsboote von der *Chesapeake* angefordert. Sie treffen in zehn Minuten ein.«

Nuri ging erneut dazwischen. »Bitte auf keinen Fall blind herumschießen. Professor van Keuken wird in der Anlage gefangen gehalten. Sie verfügt über Kenntnisse von enormer Wichtigkeit. Wir brauchen sie unter allen Umständen lebend. Wenn Sie mir nicht glauben, rufen Sie General Cartwright im Pentagon an. Den Chef der DARPA.«

»Schon gut«, lenkte Popov ein, »wir passen auf.« An den Kommandeur der Seals gerichtet, sagte er: »Also wird es eine Geiselbefreiung. Das Ziel ist die Militäranlage eine Viertelmeile nördlich von hier. Eine Bucht weiter. Die Mole hatten wir vorhin mit den Nachtsichtgeräten gesehen.«

»Wir kommen mit«, sagte Nuri und versuchte, die Reste seines zerrissenen Hemds anzuziehen, »ich muss Beweismaterial sichern.«

Popov überlegte kurz. »Okay, aber Sie halten sich im Hintergrund. Und an Bord erklären Sie dem Captain der Seals, wie es im Inneren der Anlage aussieht.«

82

Geheime Grotte, Alghero, Sardinien

Einer der Soldaten postierte sich an dem Maschinengewehr am Bug, die anderen machten sich bereit für die Landung. Der Elektroantrieb des Sturmbootes erzeugte lediglich ein schwaches Pfeifen, leiser als das Plätschern der Bugwelle. Der Steuermann navigierte mit einer VR-Brille. Livia vermutete, dass er die nächtliche Bucht in taghellem Zustand vor Augen hatte.

»Bleiben Sie hinter der Panzerung!«

Oberstleutnant Popov deutete auf ein stählernes Halbrund, das den Steuerstand des Sturmbootes abschirmte. Livia und Nuri gingen dahinter in Deckung. Mit gut fünfundzwanzig Knoten raste das Festrumpf-Schlauchboot in die Bucht, aus der Livia vor wenigen Stunden entkommen war.

Rechts und links sah Livia je ein weiteres Sturmboot mit vermummten Soldaten. Auch sie rauschten lautlos über das Wasser. Das linke Boot passierte die Mole und fuhr, so weit es ging, in die Bucht hinein. Das Maschinengewehr am Bug ihres Bootes begann zu rattern. Livia merkte, wie Nuri unruhig wurde. Er war vermutlich um van Keukens Leben besorgt. Aber weder er noch sie konnten in das Geschehen eingreifen.

Das Sturmboot bremste mit vollem Rückwärtsschub und ging an der Mole längsseits. Innerhalb von Sekunden waren alle Soldaten bis auf den Steuermann an Land. Mit Maschinenpistolen im Anschlag stürmte das Kommando über die Betonfläche in Richtung der Grotte. Zwei der Männer bogen nach links ab und sicherten die Treppe. Die anderen stürmten weiter. In der Grotte waren Mündungsfeuer zu sehen, Schüsse fielen, eine Kugel prallte von der Stahlbewehrung ab, hinter der Livia und Nuri kauerten. Aber die Gegenwehr der Wachleute in der Grotte hielt nicht lange an.

Als keine Schüsse mehr zu hören waren, hob Livia den Kopf. Sie sah ein halbes Dutzend Seals, die die Betonfläche sicherten. Einer lag am Boden, schien aber nicht schwer verletzt zu sein. Vermutlich hatte er einen Treffer auf die Schutzweste kassiert. Popov trat an das Boot und gab Nuri und Livia das Zeichen, an Land zu kommen.

Das Gebäude sei in wenigen Minuten zur Inspektion bereit, erklärte er. Livia und Nuri gingen auf den Schlund der Grotte zu. Das Innere war von zahlreichen Leuchtstäben erhellt, die man hineingeworfen hatte. Rote Laserpunkte tanzten über die Betonfassade des Gebäudes. In unregelmäßigen Abständen waren Explosionen aus dem Inneren zu vernehmen.

»Sie brechen die Türen auf«, sagte Popov, als er Livias fragendes Gesicht sah. Wenige Minuten später gab der Anführer der Navy Seals die Einnahme der Anlage bekannt. Popov signalisierte Livia und Nuri, ihm zu folgen.

Auf dem Weg in das Betongebäude sahen sie zwei tote Wachmänner mit grünem Drillichzeug am Boden. Im Flur des Erdgeschosses lagen drei weitere Leichen. Sämtliche Zellentüren waren aufgesprengt worden. Auf der linken Seite erkannte Livia die Zelle, in der sie eingesperrt gewesen war. Das Lüftungsgitter hing noch immer von einer der Befestigungsschrauben herab. Ein Schaudern durchfuhr sie, als sie an ihre Flucht durch die Schächte dachte.

Popov ermunterte Livia und Nuri, die obere Etage zu inspizieren. Über die beiden Läufe des Treppenhauses stiegen sie nach oben und betraten den Flur. Auch im Obergeschoss waren die Türen aufgesprengt worden. Mehrere Wachmänner lagen auf ihren Bäuchen. Im Gegensatz zu ihren Kameraden im Erdgeschoss lebten sie und waren lediglich mit den Händen auf den Rücken gefesselt.

Livia blickte in das Zimmer mit der Panzerglasscheibe in der Tür. Die medizinischen Gerätschaften waren noch da, ebenso das Bett. Darin lag eine Frau. Sie war mollig und hatte fettiges Schnittlauchhaar. Gritje van Keuken sah mitgenommen aus. Ein Soldat der Navy Seals mit einem Sanitäterkreuz auf der Schulter setzte ihr soeben eine Spritze.

»Es geht ihr gut«, sagte der Mann, »die Spritze ist nur zur Stärkung.«

Livia trat an das Bett und blickte van Keuken an. Die Wissenschaftlerin wirkte erschöpft.

»Es ist vorbei«, sagte Livia.

»Sie schon wieder …«, grunzte van Keuken.

Livia lachte. »Einmal van Keuken, immer van Keuken. Ich werde Ihre menschliche Seite noch aus Ihnen herauskitzeln.«

»Ich musste …«, begann die Wissenschaftlerin, unterbrach sich aber hustend.

»Was mussten Sie?«

»Ich musste diesen Probanden von einer Pilzinfektion heilen.«

»Und? Haben Sie es geschafft?«

»Na klar, was denken Sie wohl?« Van Keuken fand zu alter Bissigkeit zurück. Dann trübte sich ihr Gesichtsausdruck. »Aber das war vermutlich keine gute Idee«, fuhr sie fort. »Die Person ist …«

»Ich weiß«, sagte Livia. »Sehr gefährlich.«

»Wo ist der Patient jetzt?«, wollte van Keuken wissen.

Livia schüttelte den Kopf. Nuri platzte dazwischen.

»Das wissen wir leider auch nicht«, sagte er und wandte sich zu Popov um. »Sledgehammer wurde in diesem Zimmer behandelt. Ich habe ihn selbst gesehen. Haben Sie ihn hier oder sonst irgendwo angetroffen? Kahler Kopf, ein einziges Muskelpaket?«

Popov blickte die Soldaten an, die die Gefangenen bewachten. Sie schüttelten die Köpfe. Er zuckte mit den Schultern.

»Keine Spur von dem Kerl. Allerdings haben wir, was wir gesucht haben«, grinste er und gab Livia und Nuri ein Zeichen, ihm zu folgen. Sie gingen zu einer aufgesprengten Zellentür auf der anderen Seite des Flurs. Davor standen zwei Navy Seals und bewachten eine der Zellen. Popov ging an ihnen vorbei und schob die Tür auf. Livia und Nuri blickten in die Zelle. Darin lag, an ein Feldbett gekettet, der Texaner. Seine Hände und Füße waren mit Kabelbindern fixiert. In seinem Mund steckte ein Knebel. Er hielt still, doch sein Blick strahlte Hass aus.

»Unser Hauptgewinn«, grinste Popov, »Marc Dutronc. Den Ex-Carabiniere, der diese Anlage in ein Verschwörungszentrum umfunktioniert hat, haben wir auch. Er sitzt eine Zelle weiter. Wir übergeben ihn den Italienern. Sie sollen ebenfalls ihren Spaß haben.«

»Der Wichtigste fehlt leider«, sagte Nuri.

»Sie meinen diesen ominösen Kickboxer?«

Nuri nickte.

»Ein einzelner Kerl? Was soll er schon anrichten? Früher oder später werden wir ihn finden.«

Livia schaltete sich ein. »Hören Sie, Popov, das alles hier hat nur wegen dieses Typen stattgefunden. Er war der Mittelpunkt der Verschwörung. Er ist zu einer lebenden Waffe mit übermenschlichen Fähigkeiten umfunktioniert worden.«

Popov kniff die Augen zusammen. Er wirkte skeptisch. Fast spöttisch. »Wir werden sie schon aufspüren. Jetzt muss erst mal das Gipfeltreffen glatt über die Bühne gehen.«

»Genau das ist das Problem«, sagte Nuri.

»Glauben Sie mir, mit einem Einzeltäter werden unsere Agenten fertig.«

Nuri ging den Flur entlang zur Fassadenseite des Gebäudes und erreichte rechter Hand das Labor, in dem Livia das Echsengesicht außer Gefecht gesetzt hatte. Sie folgte ihm und sah von der Tür aus zu, wie Nuri das Labor inspizierte. Die Seals hatten diese Tür nicht aufsprengen müssen, daher waren die meisten Gerätschaften intakt. Nuri streifte an den Laborbänken vorbei, hob einzelne Gegenstände auf, blickte sich um und machte sich schließlich an dem Schreibtisch an der Rückwand zu schaffen. Livia erwartete, dass er den Laptop, den sie dort gesehen hatte, an sich nehmen würde. Aber Nuri blickte nur um sich und schüttelte den Kopf.

»Sie haben alles mitgenommen«, sagte er und schaute Livia an. »Alle Beweise und Forschungsergebnisse sind beseitigt. Oder vernichtet. Keine Notizen, keine Computer.«

Er wirkte betrübt. Als wäre eine große Chance vertan.

»Tja«, sagte Livia von der Tür aus.

Er sah sie an. »Was?«

»Es gibt da womöglich noch etwas ...«

»Wovon sprichst du?«

Livia forderte ihn mit einer Handbewegung zum Mitkommen auf. Gemeinsam gingen sie durch den Flur und das Treppenhaus ins Erdgeschoss und verließen das Betongebäude. Im fahlen Licht der überall herumliegenden Knickstableuchten suchte Nuri erneut eine Antwort in Livias Gesicht. Sie bedeutete ihm ein weiteres Mal, ihr zu folgen.

Sie führte ihn aus dem Halbrund der Grotte hinaus auf die Betonfläche vor der Mole. Von den Booten der Navy Seals aus beleuchteten mehrere Scheinwerfer die Szenerie. Livia bat dennoch einen der Soldaten um eine Taschenlampe, drehte sich zu Nuri um und deutete auf die Stahltreppe, die an den Karstfelsen nach oben führte. Sie ging auf die Stufen zu, aber anstatt sie zu besteigen, machte sie einen Bogen um den Treppenabsatz und suchte mit der Lampe den Boden ab.

Es dauerte nicht lange, bis sie fand, was sie suchte. Sie hielt es hoch und zeigte es Nuri.

»Was ist das?«, fragte er.

»Das, was du vermutlich suchst. Laborzeug. Formeln. Es ist Keevers USB-Stick. Ich habe ihn bei meinem Ausbruchsversuch oben aus dem Labor geklaut, bevor ich erwischt wurde. Dann habe ich ihn hier versteckt. Keever hat ihn höchstwahrscheinlich aus dem Labor der Fus in Honduras entwendet. Es sind chinesische Schriftzeichen darauf. Sieh her, drei Symbole.« Sie zeigte ihm den Stick aus der Nähe. »Einmal die Zahl Acht, dann das Symbol für eine Kralle und einen Fisch. Wenn das mal nicht Oktopus bedeutet.«

»Wow, Livia, das ist großartig!«

»Was ist darauf gespeichert?«, fragte sie.

»Na, hoffentlich alles«, sagte Nuri, »die fehlenden Puzzleteile für die erfolgreiche Transplantation von zerebralen Organoiden. Für …«

»… die Erschaffung eines Monsters? Oder sollte ich lieber sagen: für die Erschaffung armseliger Kreaturen, die nichts anderes tun, als andere Lebewesen zu töten, wenn ihnen dieser verfluchte Nährstoff ausgeht?«

Nuri wirkte verdattert. Livia setzte nach.

»Ist es das, was du für deine Pentagon-Eierköpfe suchst – die Formel für Supersoldaten? Arme Tröpfe, die nichts als Todgeweihte sind?«

»Livia …«

»Mit welchen Menschen würde unsere Regierung solche Experimente anstellen? Auch mit zum Tode Verurteilten?

Davon gibt es in den *death rows* unserer überfüllten Gefängnisse genug.«

»Livia …«

»Du glaubst nicht ernsthaft, dass ich diesen Mist unterstützen werde, oder?«

»Livia, wir müssen den technologischen Vorsprung wahren …«

»Gar nichts müssen wir. Schon gar nicht, wenn du mit *wir* die USA meinst. Oder sonst eine waffennärrische Nation dieser Welt.«

»Livia, gib mir den verdammten Stick. Er darf nicht in die falschen Hände gelangen!«

Sie sah, wie Nuri sich zu den Soldaten umblickte. Vielleicht war es auch Popov, den er suchte.

»Welche Hände wären denn die richtigen?«, erhob Livia die Stimme.

»Gib das Ding her, Livia. Es gibt Wichtigeres als deine persönliche Meinung über Technologie.«

»Meine persönliche Haltung, lieber Nuri, ist in diesem Augenblick das Einzige, was zählt. Denn ich habe den Stick. Nicht du.«

Plötzlich schrie Nuri die Soldaten an. »Ich brauche den Stick, Leute! Nehmen Sie der Frau den USB-Stick ab! Darauf sind Unterlagen von nationaler Sicherheit …«

Er kam nicht dazu, den Satz zu beenden.

Livia umklammerte den Stick mit einer Faust und spurtete quer über die Betonfläche in Richtung Mole. Nuri reagierte blitzschnell. Auch er spurtete los. Und sein Weg zur Mole war einige Schritte kürzer. In spitzem Winkel näherte er sich Livias Laufweg. Sie sah ihn aus dem Augenwinkel heranrasen und rechnete damit, dass er sie rammen wollte. Doch einen Sekundenbruchteil, bevor Nuris rechte Schulter ihre linke Seite traf, schlug Livia einen Haken. Aber nicht nach rechts, weg von Nuri, wie es eine natürliche menschliche Ausweichbewegung gewesen wäre, sondern geradewegs in seine Laufrichtung.

Der Trick zeigte Wirkung. Der von Nuri geplante Bodycheck ging ins Leere. Seine Schulter streifte Livias rechte Seite, aber eine nennenswerte Impulsübertragung blieb aus. Von da an folgte Nuris Körper den Newton'schen Trägheitsgesetzen und setzte seinen Weg entlang seiner Laufrichtung fort, jedoch durch die Luft fliegend. Zugleich machte sich ein weiteres Gesetz Newtons bemerkbar, das der Gravitation. Mit einer Beschleunigung von 9,81 Metern pro Quadratsekunde näherte sich Nuri dem Erdmittelpunkt. Nur, dass sechstausend Kilometer oberhalb des Erdmittelpunkts eine Betonmole seinen Flug durch die Newton'sche Mechanik stoppte. Nuri schlug auf dem Beton auf und zog sich allerlei Schürfwunden zu.

Livia trat an die Kante der Mole und blickte in das schwarze Wasser des Mittelmeers. Sie dachte einige Sekunden lang nach, dann holte sie weit aus und schleuderte den USB-Stick ins Meer. Diesmal waren es mehr als zwanzig Meter, dachte sie. Ich mache Fortschritte.

83

Villa Las Tronas, Alghero, Sardinien

Shen Bao hatte die nächtlichen Morgenstunden in einem Park neben einer Kirche verbracht. An Schlaf war nicht zu denken gewesen. Es war der 18. September, der Tag des Gipfeltreffens zwischen Li Huasheng und John McIntyre.

Sein Tag der Rache.

Seine einzige Chance.

Kurz nach Tagesanbruch frühstückte Shen mit schwarzem Kaffee und einem *cornetto* in einer kleinen Bar. Die Einheimischen begafften seinen Anzug und den Anstecker mit der roten Flagge auf dem Revers. Kurz vor acht Uhr legte er auch das Funkgerät an und beschloss, den Tagungsort in Augenschein zu nehmen. Mehrere Straßenblocks vor der kleinen Halbinsel mit dem Schlosshotel patrouillierten bereits dutzendweise italienische Carabinieri in den Straßen. Wahllos wurden Einheimische angehalten, kontrolliert und angewiesen, das Areal rund um die *Villa Las Tronas* zu meiden. Hubschrauber kreisten wie lärmende Libellen über den Dächern und der Küste. Mit seinem Ohrstecker verfolgte Shen die Anweisungen und Bestätigungen der Leibgardisten. Mehrere Hundert Meter vor dem Tagungsort traf Shen an einer

Straßenecke auf den ersten Wachposten der chinesischen Sicherheitskräfte. Einige Meter entfernt standen zwei weitere Männer, von denen Shen vermutete, dass sie dem amerikanischen Secret Service angehörten. Das war ein bekanntes Problem bei internationalen Gipfeltreffen. Das Sicherheitspersonal beider Delegationen musste sich gegenseitig vertrauen. Die Chinesen konnten schlecht jeden Amerikaner durchsuchen – was andersrum genauso galt.

»Guten Morgen, Herr Major«, sagte der chinesische Sicherheitsmann und salutierte. Ein Obergefreiter, wie Shen an dessen Revers ablesen konnte.

»Morgen«, murmelte Shen und passierte den Mann, ohne ihm weitere Beachtung zu schenken.

Zwei Straßenecken weiter traf Shen auf einen brusthohen Sperrzaun aus tragbaren Gitterelementen. Er war in einem Radius von rund dreihundert Metern um den Tagungsort herum errichtet worden. Carabinieri patrouillierten wie Fliegenschwärme entlang der Außenseite des Zauns. An einer Öffnung waren je eine Handvoll seiner Landsleute sowie amerikanische Sicherheitsleute postiert.

An dem Durchgang wurde penibel kontrolliert, wer ein und aus ging. Anspannung lag in der Luft. Die Sicherheitskräfte beider Seiten sahen sich pausenlos in alle Richtungen um. Auf den Dächern der Umgebung entdeckte Shen mehrere Scharfschützen. Vermutlich gab es weitere, die er nicht sah. Gleichzeitig merkte Shen, dass er auf die Sicherheitskräfte wie unsichtbar wirkte. Ihre Blicke blieben keine Sekunde lang an ihm haften. Ein muskulöser Asiate in blauem Anzug mit rotem Anstecker. Er war einer von ihnen. Keine Gefahr.

Linker Hand wartete eine größere Gruppe Sicherheitsleute. Sie hatten vermutlich die Aufgabe, den Gitterzaun für die Fahrzeugkolonne des amerikanischen Präsidenten zu öffnen. Der Cadillac würde in einem gut achtzig Meter langen

Schlenker auf die kleine Halbinsel fahren, um den roten Teppich vor dem Schlosshotel zu erreichen. Rechts von der Auffahrt wand sich ein separater Zufahrtsweg zu einem Seiteneingang im Untergeschoss. Davor standen zwei Kühlwagen und mehrere Kisten, manche aus Kunststoff, andere aus Styropor.

Shen blieb einige Minuten lang in der Nähe des Checkpoints stehen und beobachtete die Situation. Eine Gruppe Frauen in Servicekraftkleidung passierte die Lücke im Zaun, nachdem ihre Ausweise umständlich geprüft und ihre Körper mit Metalldetektoren abgesucht worden waren. Ein junger Mann schob eine weiße Styroporkiste auf einer Sackkarre durch die Öffnung. Sowohl die Chinesen als auch die Amerikaner inspizierten den Inhalt und scannten die Kiste mit einem tragbaren Metalldetektor. Der Duft von frischem Fisch drang in Shens Nase. Er erhaschte einen Blick auf einen prächtigen Seeteufel und mindestens ein Dutzend leuchtend roter Langusten.

Shen ließ den Blick Richtung Meer wandern. In der Ferne sah er die *Kunlun* und zwei Fregatten. Neben der Jacht war ein Tenderboot festgemacht worden. Ein Fallreep wurde von der Steuerbordseite herabgelassen. Li Huasheng würde auf dem Seeweg eintreffen.

Der Funkverkehr in Shens Ohr wurde reger.

»Adler an Bussard, auf Position? ... Bussard bestätigt ... Falke an Adler, südliche Zufahrt absuchen ... Falke bestätigt ...«

Shen kannte die Codes. Die Scharfschützen gaben sich Raubvogelnamen. Weil sie angeblich so gute Augen besaßen.

»Adler an Habicht, Blick auf die Zufahrtsgasse, POTUS in zwanzig ... Habicht bestätigt ...«

Ein Adrenalinstoß fuhr durch Shens Körper. Hitze stieg ihm ins Gesicht. Die letzten beiden Worte, »Habicht bestätigt«, trafen ihn wie ein Faustschlag. Das konnte nicht sein, dachte er. Ein natürlicher Abwehrreflex zuckte durch sein Gehirn. Aber die Tatsache bahnte sich ihren Weg. Doch, es konnte sehr wohl sein. Er kannte die Stimme. Er kannte sie allzu gut. Habicht war die Stimme von Feldwebel Tao Yawen. Jener Scharfschützin, die das Kind von General Park ermordet, ihn angeschwärzt, ihm alles eingebrockt hatte. Hass kroch in seiner Kehle hoch.

Tao hatte offenbar Karriere gemacht. Von den Schneeleoparden zur Präsidentengarde. Als Scharfschützin war sie nun für das Leben von Li Huasheng verantwortlich. Und heute war sie hier. Irgendwo auf den Dächern Algheros.

Er folgte einem Impuls, hob das Ärmelmikrofon seines Sprechfunkgeräts an den Mund und sprach hinein. »Hallo, Tao.«

»Funkstille!«, brüllte es aus dem Gerät. Es war der Dispatcher, der sich Adler nannte.

Aber Shens Gruß hatte seine Wirkung getan. Er sah, wie einer der Scharfschützen auf den Dächern das Gewehr senkte und den Kopf hob.

Das war sie. Dort oben. Auf dem Flachdach eines blauen Wohnhauses neben einem Warmwasserbehälter. Shens Zorn wurde übermächtig. Er erwog, auf das Dach zu steigen und Feldwebel Tao, die vermutlich bereits Leutnant war, den Garaus zu machen. Er ballte die Fäuste. Atmete durch. Dann entschied er sich anders. Er lehnte sich unauffällig an eins der Sicherheitsgitter und sprach erneut in das Ärmelmikrofon.

»Auch Tao Yawen war gestern Abend bei Major Kang.«

»Funkstille!« Adler war richtig zornig.

Shen würde es nicht riskieren, ein weiteres Mal in das Mikrofon zu sprechen. Die Leibwachen um ihn herum wandten bereits aufgeregt ihre Köpfe, um den Mann zu identifizieren, der die Frequenz missbrauchte, um eine Kameradin zu denunzieren. Aber auch dieser Spruch Shens tat seine Wirkung. Mehrere Militärpolizisten hetzten zu dem blauen Wohnhaus. Gleichzeitig hörte er aus seinem Knopf im Ohr: »Adler an Habicht. Sofortiger Abbruch. Bestätigen.« Eine Pause entstand. »Habicht, hier Adler, sofortiger Abbruch. Bestätigen.« Nach einigen Sekunden war Taos Stimme zu hören »Hier Habicht. Abbruch bestätigt.« Sie klang nicht fröhlich.

Shen sah zu, wie Tao auf dem Dach von drei Militärpolizisten umringt und abgeführt wurde. Vermutlich würde sie sich bei einer Befragung aus der Sache herausreden können. Vielleicht aber auch nicht. Irgendwas blieb wahrscheinlich hängen. Hoffentlich, dachte Shen. Er zwang sich, seine Aufmerksamkeit wieder auf das Geschehen zu richten.

Nach einer Viertelstunde machte sich Unruhe unter den Wachleuten breit. Sie begannen, Gitter zur Seite zu schieben und eine Gasse zu bauen, die auf die *Villa Las Tronas* zuführte. Ein schwarzer SUV traf ein und parkte vor den Gittern. Drei Männer und eine Frau mit Knöpfen im Ohr stiegen aus. Sie gaben den anwesenden Sicherheitsleuten Anweisungen.

Eine knappe Minute später näherte sich eine Kolonne von Fahrzeugen. Ein Dutzend Motorräder mit Blinklichtern, drei schwarze SUVs, zwei gepanzerte Cadillacs, dann fünf weitere SUVs und wieder Motorräder. Ein ziemliches Aufgebot, dachte Shen. Die Motorräder blieben vor dem Zaun, die übrige Kolonne schlängelte sich mit hoher Geschwindigkeit durch die Gasse aus Gitterelementen und hielt vor der Villa. Der hintere Cadillac kam genau vor dem roten Teppich zum Stehen.

Shen blickte erneut auf das Meer. Das Tenderboot hatte von der Jacht losgemacht und fuhr auf die Halbinsel des Tagungshotels zu. Es wurde von zwei Sturmbooten begleitet, die zu der chinesischen Fregatte gehörten. Auch Präsident Li würde also sehr bald eintreffen.

Aus den SUVs vor und hinter den beiden Cadillacs stiegen zahlreiche Sicherheitsleute. Sie gruppierten sich als menschliche Schutzschilde beiderseits des roten Teppichs. Zwei Männer öffneten die Tür des hinteren Cadillac. Shen erhaschte einen kurzen Blick auf den weißen Haarschopf von Präsident McIntyre. Dann war er auch schon im Gebäude verschwunden. Aus dem vorderen Cadillac stiegen zwei weitere Männer und eine Frau. Einer der Männer trug eine schwarze Lederjacke über einem knallorangefarbenen Shirt. Zweifellos ein Versuch, unkonventionell zu wirken. Shen erkannte ihn. Es war ein IT-Pionier, der eins der großen sozialen Netzwerke gegründet hatte.

Das Tenderboot war nur noch wenige Hundert Meter vom Land entfernt. Shen kniff die Augen zusammen und versuchte, die Personen an Bord zu erkennen. Das gelang ihm nur bei einem der Passagiere, einem schmächtigen Mann mit hoher Stirn und ergrautem, fast weißem Ziegenbärtchen. Adrenalin schoss durch Shens Blutbahn. Dort war er. Fu Wang, der zweite seiner Peiniger. Der zweite der Männer, die ihn zu dem gemacht hatten, was er war. Sein Zorn verwandelte sich in einen vegetativen Zustand. Ein Hass, den er mit seinem Gehirn kaum mehr einhegen konnte. Seine Extremitäten begannen zu zittern. Doch er zwang sich zu warten.

84

Villa Las Tronas, Alghero, Sardinien

»Okay, Leute. *Showtime!*«

Maurizio Bottargas Stimme hallte durch das Untergeschoss. Zwölf Schälchen aus japanischer Keramik wurden auf dem Küchenpass angerichtet. Der Sternekoch und sein Souschef platzierten mithilfe von Löffelchen und Pinzetten kleine Kunstwerke auf dem Geschirr. Der erste Gang war Bottargas Version einer Pasta carbonara mit einem Tortellone aus karamellisiertem Parmesan, einem zu Schaum verwandelten Schinken von Zwergschweinen aus Zibello, die im Leben nichts als Kastanien und Eicheln verzehrt hatten, sowie einer cremigen Füllung aus Onsen-Eigelb mit einem Hauch Zeste von pontinischen Zitronen.

Bottarga hatte keine Zweifel, dass ihm ein Meisterwerk gelungen war. Die Besucher seines Restaurants in Mantua buchten Monate im Voraus einen Tisch, um Speisen wie diese zu genießen. Das würde auch den beiden VIPs schmecken, die er heute zu verköstigen hatte. Dennoch spürte er eine seltsame Anspannung in sich. Am gestrigen Abend hatte der italienische Ministerpräsident ihn persönlich in der Küche aufgesucht. Der Regierungschef hatte ihm und seinem Team

Erfolg gewünscht. Bottarga hatte den Eindruck gewonnen, dass der Erfolg des Gipfeltreffens dem Ministerpräsidenten ein enormes Anliegen war. Als sollte das Abkommen von Alghero ein Meilenstein für die Geschichtsbücher werden. Ein Abkommen, das die Weltwirtschaft in neue Bahnen lenkte.

Wenn das bedeutete, dass sich mehr Menschen Dreisternemenüs leisten könnten, hätte er nichts dagegen, dachte Bottarga. An ihm sollte es nicht scheitern.

Zwölf Schälchen wurden angerichtet. Vier mehr, als Gäste zu versorgen waren. Ein chinesischer Vorkoster trat herbei. Er wählte drei Schälchen willkürlich aus und probierte von jedem. Schließlich nickte er.

Zum Glück war der amerikanische Präsident weniger paranoid, dachte Bottarga. Mit einem knappen Befehl schickte er die Kellnerinnen mit den verbliebenen Schälchen hinauf in den Speisesaal. Je eine Portion war für McIntyre und Li vorgesehen, eine für den italienischen Ministerpräsidenten und fünf für die Wirtschaftsbosse, drei aus den USA, zwei aus China. Die Extraportionen dienten als Reserve für den Fall, dass beim Servieren etwas schiefging.

Während die Serviererinnen oben im Speisesaal den ersten Gang kredenzten, ließ Bottarga am Küchenpass den zweiten Gang vorbereiten. Diesmal kamen ovale Teller aus tschechischem Porzellan zum Einsatz. Bottargas Leute machten sich daran, je ein butterzartes, in durchsichtiges Papier mit Meerwasser- und Räuchernoten gehülltes Stück Seeteufel, ein Stück gerösteten wilden Spargel sowie eine Vinaigrette aus Verbenenöl und Pinienextrakt anzurichten.

Doch als der Chef-Saucier sich anschickte, die kleinen Kunstwerke mit den grünen Tupfern der Vinaigrette zu versehen, und ein Hilfskoch mit einer Pinzette je ein Blatt Brunnenkresse darauf drapierte, rauschte ein Luftzug durch die Küche. Die Kresse flog vom Seeteufel, und die Vinaigrette spritzte über das Porzellan.

85

Villa Las Tronas, Alghero, Sardinien

Shen Bao wusste aus Erfahrung, dass die Aufmerksamkeit von Sicherheitsleuten nachließ, wenn einige Stunden ereignislos vergangen waren. Er beschloss, bis zum Mittag zu warten. Bis sich die Präsidenten mit ihren Delegationen zu einem zweifellos vorzüglichen Mahl niederlassen würden.

Dank vieler Bilder im Internet hatte er eine recht genaue Vorstellung von der Architektur des Schlosshotels. Der Speisesaal befand sich im Untergeschoss auf der Meerseite. Die Küche lag eine Etage tiefer. Deren separater Eingang war von seiner Position aus deutlich zu sehen.

Im Kordon der Leibwächter gehörte Shen bereits zum gewohnten Anblick. Um die Aufmerksamkeit der Leibwachen nicht doch noch zu erregen, entfernte er sich von der Kontrollstelle am Sperrzaun vor dem Haupteingang und gab sich selbst die Aufgabe, die seitliche Zufahrt zum Kücheneingang zu inspizieren. Dort waren nur zwei niedere Dienstränge der Präsidentengarde sowie drei Amerikaner postiert. Als er sich mit dem Rangabzeichen eines Majors dazustellte, konnte er gewiss sein, keine dummen Fragen gestellt zu bekommen.

Kurz vor ein Uhr mittags hatte er einen Plan geschmiedet.

Shen beschloss, durch die Küche in das Gebäude einzudringen und sich durch das Untergeschoss hinauf in die Eingangshalle zum Speisesaal zu kämpfen. Einen der beiden Posten, die mit ihm an der Zufahrt standen, würde er unter einem Vorwand wegschicken. Dann stand es immer noch vier zu eins gegen ihn. Aber er war schnell. Und im Gebäude würde es vor Köchen und Kellnerinnen nur so wimmeln, kein freies Schussfeld für die Leibwachen.

Doch plötzlich überkam ihn ein seltsames Gefühl. Ein Kribbeln. Es begann wie ein Frösteln auf der Haut. Dann ein Brennen in den Extremitäten. Er spürte Aggression in sich aufsteigen.

Er blickte zum Hauptkontrollpunkt am Gitterzaun, und ihm wurde klar, was seine körperliche Reaktion hervorrief.

Ein Mann passierte soeben die Einlasskontrolle. Er trug die Arbeitskleidung eines Kochs, eine karierte Hose und eine weiße, schräg geknöpfte Jacke. Shen spürte, was es mit diesem Mann auf sich hatte. Dieser Mann war wie er. Ein Proband. Er fühlte das gleiche Kribbeln wie in dem Insellabor, als das Gemetzel losgegangen war. Die ungeheuerliche Aggression, die sich breitmachte, wenn er seinesgleichen begegnete. Menschen, denen das fremde neuronale Gewebe transplantiert worden war.

Dieser Koch war kein Koch, auch wenn die Zugangspapiere in Ordnung zu sein schienen und er in diesem Augenblick die Absperrung passieren durfte. Shen fragte sich, wieso die Posten am Zaun nicht argwöhnisch reagierten, wenn ein Koch auftauchte, jetzt, da es bereits Zeit für das Mittagessen war.

Shen sah zu, wie sich der vermeintliche Koch auf den Weg zum Kücheneingang begab. Plötzlich hielt er an. Etwas schien in ihm vorzugehen. Er blickte sich um. Fixierte Shen mit einem kalten, hasserfüllten Blick. Auch er hatte seine Anwesenheit gespürt. Die Anwesenheit eines Todfeinds.

Der falsche Koch begann zu rennen. Direkt auf den Kücheneingang zu. Mit übermenschlicher Geschwindigkeit. Leibwächter zückten ihre Waffen. Erste Schüsse fielen.

Dieser Kerl versucht, mir die Show zu stehlen, dachte Shen.

Zeit zum Handeln.

86

USS Chesapeake,

Bucht von Alghero, Sardinien

Der Texaner grinste nur. Wie er es seit Stunden tat. Und er sagte kein Wort. Wie seit Stunden.

»Was war der Plan?«, fragte der Verhörspezialist des Secret Service, ein Afroamerikaner mit der Statur eines Langstreckenläufers. Er stellte die Frage zum tausendsten Mal.

Der Texaner grinste. Wie seit Stunden.

Die beiden Männer saßen sich in einer kargen Mannschaftskabine der *USS Chesapeake* gegenüber, die zur Verhörzelle umfunktioniert worden war. Dutronc war in einen orangefarbenen Overall gesteckt worden. Er lümmelte auf einer schmalen Koje. An den Füßen und Händen war er mit einer Kette gefesselt, deren Ende um eine im Stahlboden verschraubte Stütze geschlungen war.

Der Verhörspezialist hatte eine Videokamera mit Mikrofon aufgebaut, um die Befragung in die Offiziersmesse zu übertragen. Dort saß der Kapitän der Fregatte mit Livia, Nuri sowie zwei weiteren Agenten des Secret Service. Popov und alle anderen Secret-Service-Leute waren an Land, um den Präsidenten zu bewachen.

»Ihr Plan ist fehlgeschlagen. Sie können uns also verraten,

was Sie Großartiges vorhatten. Vielleicht nötigt uns das sogar Respekt ab«, schallte es aus dem Lautsprecher in der Offiziersmesse.

Der Texaner grinste.

»Sie sind Marc Dutronc. Verhaftet unter dem Verdacht, einen Terrorakt geplant zu haben. Die von Ihnen und Ihren Mitverschwörern besetzte ehemalige Militäranlage ist ausgeräuchert, Ihre Kumpane sind eingebuchtet. Ihnen bleibt nun nur noch Kooperation, um möglicherweise Ihr Strafmaß zu verringern.«

In der Offiziersmesse blickte Livia zu Nuri hinüber. Sie hatte den gleichen Gedanken wie er. Den Gedanken, dass »die Kumpane« keineswegs alle eingebuchtet waren. Einer fehlte. Der Patient aus der Zelle mit dem Panzerglasfenster. Das Muskelmonster.

Die Stimme des Verhörspezialisten hallte weiter aus den Lautsprechern. »Noch mal von vorne: Wozu diente das Labor?«

Ein Handfunkgerät, das der Kapitän der *Chesapeake* vor sich abgelegt hatte, meldete sich mit einem Piepston.

87

Villa Las Tronas, Alghero, Sardinien

Maurizio Bottarga riss den Kopf herum und stieß einen Wutschrei aus. Er wollte nicht glauben, was er sah. Statt die Pfannen zu säubern, hatte dieser rothaarige, tätowierte Volltrottel die Tür des Lieferanteneingangs geöffnet. Jetzt wehte der Mistral durch seine Küche und brachte die aufgehängten Kupfertöpfe zum Klingeln. Noch viel schlimmer war, dass der zweite Gang soeben davongeweht war.

»*Che stronzo …*«, brüllte Bottarga.

Weiter kam er nicht.

Zusammen mit dem Mistral stürmte eine erstaunliche Erscheinung durch den Kücheneingang. Ein muskelbepackter Mann mit rasiertem Quadratschädel und kantigen Gesichtszügen. Der Mann besaß die Statur eines Zehnkämpfers und war mit dem klassischen Gewand eines Kochs bekleidet. Nur die Mütze fehlte. Der tätowierte Rotschopf riss den Deckel eines Tiefkühlschranks auf, zog einen mit Wachspapier eingewickelten Gegenstand aus dem Dampf der Truhe, wickelte ihn aus und reichte ihn dem Eindringling. Es war eine Maschinenpistole. Kurzer Lauf, langes Magazin.

Der Vorkoster schrie. Eine Handvoll Leibwächter tauchten

in der Küchentür auf, was, taktisch gesehen, keine Glanzleistung darstellte. Nicht nur, dass die Männer sich gegenseitig behinderten. Ein kurzer Feuerstoß aus der Maschinenpistole des Muskelmanns ließ zwei der Leibwächter über die Anrichte kippen. Sie rissen zu Boden, was noch vom Seeteufel übrig war.

Bottarga sah zu, wie der Rotschopf erneut in das Kühlfach griff und zwei weitere Gegenstände herauszog. Diesmal waren es Reservemagazine. Mit routinierten Bewegungen ließ der falsche Koch einen frischen Ladestreifen in die Waffe einschnappen und stürmte vorwärts durch die Küche. Am Ausgang packte er den chinesischen Vorkoster als Schutzschild. Zwei weitere Leibwächter versuchten, die Küche zu stürmen. Schüsse fielen, die MP ratterte. Beide gingen getroffen nieder. Bottarga kauerte unter dem Stahlgestell seiner Anrichte, in der Gewissheit, dass dies der letzte Gang gewesen war, den er je angerichtet hatte.

Aber es geschah etwas Unerwartetes. Eine weitere Gestalt kam durch den Seiteneingang in die Küche gestürmt. Ein Mann mit dunkelblauem Anzug und einer scharlachroten Narbe von der Stirn bis zum Hals.

Nicht noch einer, fluchte Bottarga innerlich.

88

Villa Las Tronas, Alghero, Sardinien

Im Speisesaal waren außer den Staats- und Regierungschefs sowie deren offiziellem Anhang nur Oberstleutnant Popov und ein General der chinesischen Präsidentengarde anwesend. So war es zwischen den Delegationen verabredet worden. Das übrige Sicherheitspersonal war im Gebäude und darum herum verteilt. Während der erste Gang verspeist wurde, erhielten die beiden Chefleibwächter über die winzigen Kopfhörer in ihren Ohren gleichzeitig Mitteilungen zum Stand der Dinge. In Popovs Fall sprachen so viele seiner Leute durcheinander, dass er zunächst nicht recht verstand, was vor sich ging. Er blickte zu seinem chinesischen Kollegen hinüber. Dieser hielt eine Hand über der Ohrmuschel, woraus Popov schloss, dass auch er Mühe hatte, den Funkverkehr seiner Leute zu entschlüsseln.

Popov hörte heraus, dass irgendetwas in der Küche gewaltig schieflief. Einen Augenblick später drangen zwei Geräusche in den Speisesaal. Das eine klang entfernt nach Kirchenglocken. Das andere hätten Laien für das Brummen eines Fischkutters oder einen Kühlschrankkompressor halten können. Tatsächlich war das eine das Scheppern von

Kochtöpfen, die auf einen steinernen Terrazzoboden fielen; bei dem anderen handelte es sich um das Rattern einer MP7 von Heckler & Koch. Beide Geräusche kamen aus dem Untergeschoss.

Popov blickte ein weiteres Mal zu seinem chinesischen Kollegen. Dieser hatte bereits drei Finger seiner rechten Hand an die linke Schulter gelegt. Ein Alarmsignal, wie Popov wusste. Das Zeichen für die höchste Alarmstufe. Das Signal für sofortige Evakuierung.

Obwohl die beiden Chefleibwächter unauffällig neben wandhohen Vorhängen im Hintergrund postiert waren, bemerkte Li die drei Finger innerhalb von Sekunden. Seine Augen zuckten zu Fu. Auch dieser hatte das Signal verstanden und nickte.

Fu packte Li am Arm, was unter anderen Umständen eine Ungehörigkeit gewesen wäre. Aber in diesem Fall schien Li es nicht einmal zu bemerken. Der amerikanische Internetmilliardär schwafelte noch über das Geschäftsmodell seines sozialen Netzes, als Li aufsprang und sein Weinglas verschüttete. McIntyre blickte erschrocken hoch und sah zu Popov, der kaum merklich nickte und ebenfalls Alarm signalisierte. Der chinesische Luftfahrtmagnat Guo wollte die Aufregung mit einer humorvollen Bemerkung entschärfen, aber Li wurde bereits von Fu und dem General der Leibgarde durch eine verglaste Flügeltür auf die Terrasse vor dem Speisezimmer bugsiert.

Ein halbes Dutzend Secret-Service-Agenten strömte in den Speisesaal, gefolgt von mindestens ebenso vielen Männern mit blauen Anzügen und roten Flaggen auf den Revers. Dem italienischen Ministerpräsidenten entfuhr ein deutlich vernehmbarer Fluch. *»Porca miseria!«*

Fu schob seinen Präsidenten, von einem Kordon aus Leibwächtern abgeschirmt, über die Steinstufen hinunter zum Tenderboot der *Kunlun.* Als Li an Bord Platz genommen hatte, gab Fu den Befehl zum sofortigen Aufbruch. Dass Guo noch nicht an Bord war, war ihm nur recht. Er würde es später mit der allgemeinen Hektik der Lage entschuldigen. Das Tenderboot bäumte sich auf und raste mit einer gewaltigen Heckwelle hinaus in die Bucht von Alghero. Es nahm Kurs auf Fus Jacht.

Die Männer des US Secret Service umrahmten ihren Präsidenten wie Bienen ihre Königin und schoben ihn durch das Eingangsportal des Schlosshotels in den gepanzerten Cadillac.

89

Villa Las Tronas, Alghero, Italien

Der zweite Eindringling zögerte keine Sekunde lang, riss eine dampfende Kasserolle vom Gasherd und schleuderte sie durch die Küche. Der Muskelmann wich aus, ohne sich umzusehen. Eine Ladung geschmolzener Parmesan traf ihn jedoch an der Schulter. Der chinesische Vorkoster schrie. Der Muskelmann schwenkte seine Waffe und feuerte das frische Magazin auf den Neuankömmling ab. Der Mann mit dem Anzug und der schmalen Narbe ging hinter einem Stahlherd in Deckung. Die Kugeln der Maschinenpistole trafen den Tätowierten. Er brach zusammen.

Maurizio Bottarga dachte in den folgenden Wochen oft über das nach, was er nun zu sehen bekam. Aber es war ihm nicht möglich, das Gesehene angemessen zu beschreiben. Es ähnelte einer Kampfszene aus Filmen wie *Matrix*, bei der zum einen beide Kombattanten genau zu wissen schienen, was der jeweils andere als Nächstes tat, und zum anderen alles im Zeitraffer ablief.

Sicher war nur, dass zwischen dem Muskelmann mit dem Kochgewand und dem Anzugträger mit der Narbe ein Zweikampf entbrannte, der nicht allzu lange dauerte, aber mit einer Heftigkeit geführt wurde, die alles übertraf, was Menschen oder Raubtiere in freier Wildbahn einander üblicherweise antaten.

Gemessen daran, was alles zu Bruch ging, schien es im Nachhinein ein langer Kampf gewesen zu sein. Ein Showdown zweier Titanen. Sämtliche Töpfe, über die die Küche verfügte, waren nicht mehr an ihren vorgesehen Plätzen, das Gleiche galt für Pfannen, Kellen, Messer und die vorbereiteten Esswaren. Ein Untersuchungsteam des Secret Service fand später sogar am Treppenaufgang zur Eingangshalle zwei zerquetschte Langusten, die aus der Küche bis dorthin geflogen sein mussten.

Präzise in Erinnerung blieb Bottarga nur noch das Schlussbild, bei dem der Chinese mit der feuerroten Narbe keuchend über dem Muskelmann mit der Kochjacke kniete. Der Kopf des Unterlegenen knickte in einem unnatürlichen Winkel vom Oberkörper ab. Bottarga schwor jedoch, dass sich seine Gliedmaßen noch bewegten, als seine Augen längst tot und starr waren. Aber je öfter er darüber nachdachte, umso mehr verschwammen diese Erinnerungsbilder. Es war jedenfalls ein epischer, unerbittlicher Kampf gewesen. Und die grausame Vernichtung des besten Menüs, das er je zubereitet hatte.

90

USS Chesapeake, Bucht von Alghero, Italien

Der Kapitän der *Chesapeake* drückte die Sprechtaste seines Funkgeräts, bestätigte seine Empfangsbereitschaft und stellte den Lautsprecher an. Die Stimme von Oberstleutnant Popov hallte durch die Offiziersmesse, wo auch Livia und Nuri das Verhör des Texaners verfolgt hatten. Popov schien aus einem Auto zu sprechen.

»Es gab einen Anschlag am Tagungsort«, erklärte der Einsatzleiter ohne Umschweife. Livia erschrak und presste ihre Hände auf die Wangen. Nuri sprang von seinem Sitz auf. Popov fuhr fort. »Präsident Li und POTUS sind wohlauf. Es gab Verluste unter den Leibwächtern. Zwei auf chinesischer Seite, und einer meiner Leute ist tot.«

Li sei bereits auf die Jacht des Magnaten Fu Wang zurückgekehrt, erklärte Popov weiter. Er selbst sei mit Präsident McIntyre unterwegs zur *Air Force One*, die auf dem Rollfeld des Flughafens von Alghero warte. Die Maschine sei abflugbereit für die Heimreise nach Washington.

»Verstanden«, funkte der Kapitän zurück. »Konnte der Attentäter …?«

»Der Attentäter wurde überwältigt und getötet. Männlich,

sehr sportlich. Die Untersuchungen laufen. Ich habe zu diesem Zweck vier meiner Leute am Tatort belassen. Den chinesischen Kollegen haben wir versprochen, alle Erkenntnisse zu übermitteln. Daraufhin sind sie abgezogen. Noch ist Li auf der *Kunlun*, aber ich denke, er wird sich in Kürze abholen lassen und ebenfalls zum Flughafen aufbrechen. Fazit: Die Gefahr ist gebannt, aber der Gipfel gescheitert. Ach ja, Gruß vom Commander in Chief: Sie haben Erlaubnis, um fünfzehn-einhundert Ortszeit nach Gaeta zurückzukehren. *Over.*«

»Bestätigt. *Over*«, antwortete der Kapitän. Das Funkgerät knackte und verstummte.

Die Tür zur Offiziersmesse öffnete sich. Ein Maat in weißer Marineuniform trat herein. In seinen Händen hielt er eine Pappkiste mit abnehmbarem Deckel.

»Entschuldigen Sie bitte, Sir«, sagte er und blickte zunächst seinen Kapitän an und dann die beiden Secret-Service-Leute. In seiner Pappkiste piepste etwas. »Ich sollte diese Gegenstände für die Spurensicherung archivieren. Es sind Gegenstände, die bei dem Kommandounternehmen an Land sichergestellt wurden. Ich habe ungefähr zwanzig solcher Kisten angelegt. Aber in dieser hat es eben angefangen zu klingeln. Hören Sie selbst.«

Ein hochfrequentes Piepsen erfüllte den Raum.

»Machen Sie auf«, sagte der Kapitän genervt.

Der Matrose gehorchte, stellte die Kiste auf einen Tisch und hob den Deckel ab. Die Anwesenden blickten neugierig hinein. Zu sehen waren ein angeschnittener Brotlaib, etwas Käse, eine Bastmatte, zwei Handtücher und eine sandverkrustete Unterhose, die Livia als ihre eigene wiedererkannte. Der Secret Service hatte offenbar alles, was an Land herumlag, als mögliches Beweismittel gesichert.

Ebenfalls in der Kiste lag ein Gerät, das wie eine Fernbedienung aussah. Livia erkannte es und stieß einen Laut des

Erstaunens aus. Es war der Scanner, der Keever am Strand getötet hatte.

Das Ding piepste. Aber nicht im Transpondermodus. Es klingelte wie ein Telefon. Bevor die anderen reagierten, nahm Livia das Gerät in die Hand und drückte die grüne Taste.

»Da sind Sie ja endlich«, sagte Fu Wangs Stimme.

Livia atmete durch. Dann erwiderte sie: »Es ist reiner Zufall, dass ich hier in der Nähe des Scanners war, Fu.«

»Einen Versuch war es wert«, sagte der Milliardär. »Hören Sie, Ms. Chang …«

»Wo ist meine Familie, Sie Mistkerl?«, fauchte Livia.

»Nur ein wenig Geduld. Sie wissen sicher, was bei dem Gipfeltreffen geschehen ist. Alles sehr bedauerlich. Die wirtschaftlichen Vereinbarungen hätten unseren beiden Ländern und der gesamten Welt gutgetan …«

»Und Ihnen ganz besonders«, ätzte Livia.

Fu ging nicht darauf ein. »Nun ist es, wie es ist. Ich bin natürlich erleichtert, dass der Attentäter tot ist. Ich möchte mich daher für Ihre Unterstützung bedanken.«

»Ich habe dazu nichts beigetragen.«

»Ende gut, alles gut.«

»Wo sind meine Schwester und mein Vater, Fu?« Ihre Stimme klang eisig.

»Genau deshalb melde ich mich. Beide sind wohlauf und in meiner Obhut.«

»Wo?«

»Hier bei mir.«

»Bei Ihnen auf der Jacht?«

»Ja. Allerdings muss diese Tatsache geheim bleiben, solange Präsident Li an Bord ist. Womit ich zur zweiten guten Nachricht komme: Präsident Li ist bereit, Ihnen ein kurzes Exklusivinterview zu gewähren. Danach dürfen Sie über alles berichten, was Sie in Sichuan gesehen haben.«

»Warum das plötzlich?«

»Präsident Li hat beschlossen, dass wir unsere Innovationen auf dem Gebiet der humanen Xenotransplantate weltweit bekannt machen. Auch wenn das Gipfeltreffen gescheitert ist. Damit erhoffen wir, potenzielle Kundenkreise im Ausland zu erschließen. In Europa, den Golfstaaten ...«

»Sie meinen Menschen, die Spenderorgane brauchen und haufenweise Geld haben?«

»Angebot und Nachfrage.«

»Zuerst will ich mit meiner Familie sprechen.«

»Leider muss dieser Teil unserer Vereinbarung ein Geheimnis zwischen uns bleiben. Daher werden Sie Ihre Verwandten in die Arme schließen können, sobald das Interview gelaufen und Präsident Li auf dem Weg nach Peking ist. Den Grund dafür kennen Sie.«

Livia dachte nach. Fu würde keinen anderen Vorschlag akzeptieren. Wenn Li herausfand, dass sie von Fu erpresst wurde, würde er wissen wollen, was Fu gegen sie in der Hand hatte, und auf die Spur der Menschenversuche auf Guanaja kommen. Was wiederum für Fu übel enden würde.

Eine Sache war jedoch interessant, dachte Livia: Fu schien keine Angst mehr vor Shen Bao zu haben.

»Wie haben Sie erfahren, dass der Attentäter überwältigt wurde?«, fragte sie.

»Das haben uns die Amerikaner mitgeteilt. Ist das nicht eine wunderbare Nachricht?«

Fu klang euphorisiert. Livia wurde klar: Er war überzeugt, dass es nur einen Attentäter gab. Dass Shen es gewesen sein musste. Und Shen somit nicht mehr am Leben war.

»Es gibt das Gerücht, dass ein Major unserer Präsidentengarde das Attentat verhindert hat. Dafür wäre natürlich ein großer Orden fällig. Wie auch immer, glauben Sie mir: Ein riesiger Stein ist mir vom Herzen gefallen. Daher bin ich selbstverständlich bereit, meinen Teil unserer Vereinbarung ...«

»… Ihrer miesen Erpressung!«

»… unserer Vereinbarung einzuhalten. Kommen Sie an Bord der *Kunlun.* Das Happy End wartet. Erst das Interview, dann die Familie. Beides wird für Sie höchst erfreulich ausfallen. Beruf und Karriere, wie man so sagt. Ein Hubschrauber unserer Fregatte wird Sie abholen. Von der nördlichen Mole im Hafen von Alghero. In zwanzig Minuten. Lassen Sie sich von der *Chesapeake* dort mit einem Tender absetzen.«

»Wieso kann ich nicht direkt zu Ihnen rüberkommen?«, fragte Livia und sah dabei den Kapitän der *Chesapeake* an.

»Weil das Sicherheitsprotokoll nur unseren eigenen Streitkräften erlaubt, sich der Jacht zu nähern, solange der *Zuigao Lingdaoren* an Bord ist. Außerdem wird Präsident Li den Hubschrauber unmittelbar nach dem Interview nutzen, um zum Flughafen zu fliegen. Seien Sie also in zwanzig Minuten an der Nordmole. Alles wird gut.«

Fu beendete das Gespräch.

91

Hafen von Alghero, Sardinien, Italien

Livia blickte dem Tenderboot hinterher, das sie im Hafen von Alghero abgesetzt hatte und nun zur *Chesapeake* zurückfuhr. Der Abschied von Nuri war kurz und emotional gewesen. Beide hatten ein paar Tränen vergossen.

Er hatte sie ausgenutzt, um seine beruflichen Ziele zu verfolgen. Und sie hatte ihm verschwiegen, dass Fu sie erpresste. Beides war kein guter Start in eine unbeschwerte Zukunft. Hinzu kamen Livias Beziehung mit Nicola und ihr Leben in Italien. Doch auch daran dachte sie in diesem Moment nicht. Der Gedanke, in Kürze ihre Familie kennenzulernen, ließ ihren Bauch kribbeln. Sie war aufgeregt wie ein Kind, das auf das Christkind wartete. Abgesehen davon, dass sie vorher noch den Dreckskerl Fu und seinen Präsidenten abfertigen musste. Sie beschloss, Fu zu ignorieren und das Interview mit Li als professionelle Herausforderung anzusehen. Er war nicht der erste Präsident, den sie interviewte. Sie musste lachen bei der Erinnerung an Baschar al-Assad und ihre damalige Naivität.

Sie sah sich um und ließ den Blick zu den Schiffen in der Bucht vor Alghero schweifen. Die *Chesapeake,* von der sie eben gekommen war. Die *Kunlun,* Fus pompöse Jacht, zu der sie gleich aufbrechen würde. Und die chinesische Fregatte, von der soeben ein Helikopter aufstieg und wie ein aggressives Insekt über das Meer flog. Dunkelgrau und bedrohlich. Mit erstaunlicher Geschwindigkeit näherte sich der Hubschrauber. Je näher er kam, desto intensiver regte sich Livias Widerwillen, Fu gegenüberzutreten.

Das Schlagen des fünfblättrigen Rotors wurde ohrenbetäubend. Der Bug des Hubschraubers bäumte sich über der Mole von Alghero auf. Von der Hafenpromenade blickten Touristen fasziniert zu, wie der Pilot den Rumpf der Maschine um hundertachtzig Grad drehte, sodass der Bug in Richtung Meer zeigte, und das Fluggerät schließlich mit militärischer Präzision aufsetzte. Livia wartete am Rand des gelb markierten Landeplatzes mit einem »H« in der Mitte.

Ihre Haare flogen wild durch die Gegend. Der Co-Pilot öffnete die Tür auf der Steuerbordseite, sprang heraus und lief in gebückter Haltung auf sie zu. Auf dem Kopf trug er einen Helm mit verspiegeltem Sichtschutz.

»Livia Chang?«, brüllte er gegen den Rotorenlärm an.

Livia nickte. Der Mann signalisierte ihr zu folgen und öffnete eine seitliche Schiebetür. Livia stieg ein, setzte sich auf eine leinenbespannte Sitzbank und schnallte sich an. Der Co-Pilot schob die Tür wieder zu und ging nach vorne, um seinen Platz einzunehmen

Doch plötzlich verschwand er aus Livias Blickfeld. Sie beugte sich zur Seite und sah durch ein Fenster in der Schiebetür, dass der Mann auf dem Beton des Landeplatzes lag. Sie schaute wieder zum Cockpit und sah einen Mann, der an der Tür des Co-Piloten hereinsprang und sich über den Piloten auf dem linksseitigen Sitz hermachte. Der Eindringling riss dessen Sprechfunkgerät vom Kinnschutz des Helms ab, versetzte dem Piloten zwei kraftvolle Schläge, öffnete den Schnellverschluss des Sitzgurts und stieß die Backbordtür auf. Eine Sekunde später kippte der Pilot kopfüber aus dem Hubschrauber und prallte auf den Landeplatz.

Livia schrie und schnallte sich ab. Sie versuchte, die Schiebetür von innen zu öffnen. Vergeblich. Der Mann, der die Piloten überwältigt hatte, nahm vorne links im Cockpit Platz. Er hielt sich nicht mit den Anschnallgurten auf, sondern schaltete die Rotorturbine auf volle Leistung, drückte drei Schalter über seinem Kopf und zog an dem Steuerknüppel zwischen seinen Knien.

Der Hubschrauber gehorchte, hob ab und flog mit maximaler Beschleunigung aufs Meer hinaus. Von ihrem Sitzplatz aus konnte Livia die scharlachrote Narbe an der Wange des Mannes im Cockpit erkennen.

»Shen, tun Sie das nicht! Shen!«, brüllte sie von hinten. Aber den Lärm des Rotors konnte sie nicht übertönen. Der Hubschrauber raste über die Gischt, schlingerte im Mistral und hielt Kurs auf die *Kunlun.*

Livia taumelte ins Cockpit. Sie packte Shen am Ärmel seines blauen Anzugs.

»Fassen Sie nichts an«, brüllte er, »oder wir stürzen gemeinsam ins Meer!«

»Tun Sie das nicht!«, brüllte sie zurück. »Es ist genug Leid geschehen.«

»Nicht den Leuten, die es verdient haben!«, schrie Shen.

»Rache ist keine Befriedigung.«

»Ich brauche keine Befriedigung. Nur Gerechtigkeit. Ich habe meine Mission und Sie Ihre. Heute gehen beide in Erfüllung. Sie werden Ihre Familie zurückbekommen, und ich werde weiteres Leid verhindern.«

Livia setzte sich in den Sitz des Co-Piloten und überlegte, wie sie Shen von seinem Vorhaben abbringen könnte. Gleichzeitig war sie beeindruckt von seiner Kombinationsgabe. Er hatte vermutlich gesehen, wie der Hubschrauber von der chinesischen Fregatte auf den Hafen zuflog, und eine schnelle Entscheidung getroffen. Dieser Hubschrauber war seine letzte Chance, Fu und Li jemals nahe zu kommen.

»Ein Helm!«, brüllte Shen.

Livia legte eine Hand ans Ohr. »Wie bitte?«

»Hinten. Ist dort ein überzähliger Helm? Ich brauche einen, wenn dieser Stunt gelingen soll!«

Livia zögerte. Wenn sie ihm keinen Helm verschaffte, würden die Soldaten der Leibgarde auf Fus Jacht sofort erkennen, dass etwas nicht stimmte. Noch bevor sie gelandet waren. Shen brauchte den Helm, um wertvolle Sekunden zu gewinnen.

Sie hangelte sich erneut durch den schlingernden Hubschrauber und sah sich in der Kabine um. Links über dem Einstieg hing tatsächlich ein Helm. Vermutlich gehörte er dem Mann, der üblicherweise die Lastenwinde an der Schiebetür betätigte. Oder das Maschinengewehr.

Sie schnappte sich den Helm und brachte ihn Shen. Er nickte und setzte das Ding auf. Den verspiegelten Sonnenschutz zog er so tief wie möglich runter. Er sah nun ziemlich authentisch aus, fand Livia.

Fus Jacht lag nun direkt vor ihnen. Das »H« auf dem Bug leuchtete in der Sonne des frühen Nachmittags. Shen bremste den Vorwärtsflug und drehte einen Halbkreis über dem Bug. Dann setzte er auf.

Livia begann vor Angst zu zittern. Mehrere Sicherheitsleute näherten sich, während die Rotorblätter ihre letzten Umdrehungen beendeten. Shen forderte Livia zum Aussteigen auf. Er nahm ein Klemmbrett in die Hand und tat so, als würde er eine Checkliste abarbeiten.

Livia stieg aus, wurde von zwei Männern der Präsidentengarde in die Mitte genommen, nach Waffen abgesucht und über die Gangbord auf der Steuerbordseite in Richtung Heck geführt. Sie erkannte den Loungebereich wieder, in dem sie vor einer Woche zum ersten Mal mit Fu zusammengetroffen war. Dieselbe Stewardess reichte Getränke. Aber diesmal saß nicht nur Fu in einem der Loungesessel am Heck, sondern auch der Mann, den sie bisher nur von Fernsehbildern und Pressefotos kannte: Chinas Staatspräsident Li Huasheng.

Im Hintergrund hatten sich gut und gern zehn Leibwächter postiert. Li und Fu erhoben sich und schüttelten Livia mit einem freundlichen Lächeln die Hand. Das Lächeln erwiderte Livia nur Li gegenüber. Man bot ihr einen Stuhl an. Sie bildeten nun ein Dreieck. Ein groß gewachsener Mann, den Livia als Fus persönlichen Leibwächter wiedererkannte, reichte ihr einen Schreibblock und zwei Bleistifte. Sie hatten an alles gedacht, ging es Livia durch den Kopf. Das Interview war den Chinesen mindestens so wichtig wie ihr.

Doch bereits Livias erste Frage blieb unbeantwortet. Vom Bug her erklangen Schüsse. Rufe. Kommandos. Mindestens zwei Männer fielen über Bord. Die Leibwächter am Heck reagierten prompt und professionell. Zwei von ihnen schirmten Li mit ihren Körpern ab, die anderen zogen Pistolen aus Schulterhalftern und versuchten, die Gefahr einzuschätzen. Vom Heck aus war der Bug nicht zu sehen.

Die in der Nähe liegende Fregatte hatte den Tumult auf der *Kunlun* offenbar bemerkt. Das Kriegsschiff ließ eine Alarmsirene erschallen und schwenkte ein doppelläufiges Einhundertzwanzig-Millimeter-Geschütz in Richtung von Fus Jacht. Aber das war reines Gehabe. Mit Li an Bord würde die Fregatte niemals auf die *Kunlun* feuern.

Weitere Schüsse fielen. Noch immer war den Sicherheitsleuten am Heck unklar, was am Bug vor sich ging, als plötzlich ein Mann mit beeindruckender Geschwindigkeit über das Geländer der Flybridge turnte und mit zwei abenteuerlichen Sprüngen das Hauptdeck erreichte. Livia erkannte Shen Bao. Er war unversehrt aus dem Helikopter gestiegen und den Wachleuten am Bug entkommen.

Die Leibgardisten am Heck eröffneten das Feuer. Doch der

ehemalige Schneeleopard bewegte sich schneller, als die Männer zielen konnten. In einem unaufhaltsamen Slalom näherte er sich den Loungesesseln. Fu schrie seinen persönlichen Leibwächter an. Li Huasheng bewahrte eine beeindruckende Ruhe.

Mit beiden Beinen krachte Shen auf einen Abstelltisch unmittelbar vor Li. Von dort sprang er den linken der beiden Männer an, die Li abschirmten, schlang einen Arm um ihn und schleuderte ihn über die Heckreling, wo er ein Deck tiefer in den kleineren der beiden Swimmingpools fiel.

Die übrigen Leibwächter hielten noch ihre Handfeuerwaffen im Anschlag, aber gaben keine Schüsse mehr ab. Shen war Li Huasheng zu nahe gekommen. Sie liefen Gefahr, ihren eigenen Präsidenten zu erschießen. Livia sah, wie Shen einen brutalen Schlag des zweiten Bodyguards parierte und mit der anderen Hand Li am Hals packte. Er wirkte rücksichtslos und wild entschlossen. Wie ein rasendes Raubtier.

Die Leibwächter erstarrten. Ihnen wurde klar, dass Lis Leben nun buchstäblich in der Hand des Angreifers lag. Eines Mannes, der den Hubschrauber auf der Jacht gelandet und soeben die Leibwache des Präsidenten überwältigt hatte.

»Wer ist dieser Mann?«, krächzte Li, an Fu gewandt.

Shen antwortete selbst. »Ein Niemand bin ich, Herr Präsident. Betrachten Sie mich als Krebsgeschwür Ihrer Politik. Ihrer Besessenheit von technologischem Fortschritt. Ihrer Blindheit gegenüber den Machenschaften Ihrer Magnaten. Sie sollten sich erkundigen, was Ihr Wunderknabe Fu Wang und sein nicht weniger wunderbarer Bruder in Honduras getrieben haben. Wenn Sie das herausgefunden haben, dann werden Sie verstehen, warum ich nun tun muss, was zu tun ist.«

Livia schloss die Augen. Sie fürchtete, Shen werde den zweitmächtigsten Mann der Welt erwürgen.

Doch Shen ging, Lis Hals fest mit der Hand umklammernd,

auf Fu Wang zu. Fu lehnte mit dem Rücken an der seitlichen Reling, abgeschirmt von seinem hünenhaften Leibwächter. Der Bodyguard versuchte, Shen anzugreifen, aber der brauchte nur einen Arm, um ihn zur Seite zu schleudern. Mit dem anderen hielt er weiter Li fest.

Shen sah Fu in die Augen. »Weißt du noch, was ich dir in München sagte, als wir über diese Fernbedienung telefonierten, Fu?«

Der Milliardär legte eine Hand auf die Reling, als müsse er sich festhalten, um nicht das Gleichgewicht zu verlieren. »Sie, Sie …«, stammelte er.

»Ja?«, sagte Shen.

»Sie haben nur noch ein Ziel im Leben.«

Plötzlich tat Fu etwas, das Shen ebenso zu überraschen schien wie alle anderen an Bord. Er wuchtete seine Beine über die Reling und sprang mehrere Meter tief in das dunkelblaue Wasser des Mittelmeers. Livia rannte an die Reling und blickte hinab. Es schäumte, Blasen stiegen auf, dann kam Fu wieder an die Oberfläche. Er warf den Kopf hin und her, prustete. Und schrie: »Hierher kannst du mir nicht folgen, Häftling Nummer 147! Du weißt, dass sämtliche Tintenfische des Mittelmeers sich über dich hermachen würden!«

»Was redet er da?«, keuchte Li, dessen Hals noch immer im Schraubstock von Shens Hand steckte.

»Wo ist meine Familie, du Dreckskerl?«, schrie Livia zu Fu hinunter.

Shen schleuderte Li mit einer Halbkreisdrehung auf die lauernden Leibwächter zu und sprang ebenfalls über die Reling ins Meer.

»Nein! Shen!«, schrie Livia.

Mit zwei kräftigen Zügen war Shen bei Fu und schlang einen Arm um den Hals des Milliardärs. Die Leibwächter stürmten an die Reling, aber Li verbot ihnen mit einer Handbewegung, Schüsse abzugeben. Fu stieß zwei erstickte Schreie aus und ruderte panisch mit den Armen. Shen drückte seinen Kopf unerbittlich unter Wasser.

Um die beiden herum begann das Meer zu schäumen. Livia sah den rundlichen Kopf eines großen Kraken, dann die lang gestreckten Körper von Kalmaren. Erst vereinzelt, dann Dutzende. Ein Teppich von Weichtieren zischte unter der Wasseroberfläche auf die beiden Kämpfenden zu. Blasen stiegen aus dem Dunkelblau an die Oberfläche. Bald sah das Wasser aus, als würde es kochen. Tentakel, Saugnäpfe, geringelte Arme schlangen sich um Shens Körper. Um seinen Kopf, seine Arme, seine Schultern. Aber Shen entließ Fu Wang nicht aus der Umklammerung. Erst langsam, dann schneller sanken ihre Körper wie zu einem Knäuel verwoben in die Tiefe.

Li blickte Livia entsetzt an. Leibwächter fuchtelten noch immer mit ihren Waffen herum. Weil sie nicht wussten, was sie tun sollten, packten zwei von ihnen Livia an den Armen. Einer der Anführer bellte Befehle, die über das Achterdeck hallten. Li hob die Hand, signalisierte seinen Bodyguards, die Frau loszulassen. Mit einer weiteren Handbewegung zitierte er einen seiner Anzugträger herbei und gab ihm eine Anweisung. Der Mann nickte beflissen, sah Livia an und begann, die Worte seines Präsidenten zu übersetzen.

»Ich bin nicht sicher, wie knapp ich eben einem Attentat entronnen bin. Aber ich vermute, der Angriff galt nicht mir, sondern Fu Wang.«

Livia nickte und sagte: »Das denke ich auch.«

»Die Frage ist: Was haben Sie damit zu tun?«

»Das ist eine lange Geschichte, Herr Präsident. Fu Wang hat in Honduras geheime Experimente durchgeführt. Es ging um die Modifikation des menschlichen Körpers. Soldaten mit besonderen Fähigkeiten sollten entstehen. Eine Kostprobe dieser Fähigkeiten konnten Sie soeben erleben.«

»Der Attentäter … er war ein Geschöpf Fus?«

Livia nickte erneut.

»Und welche Rolle spielen Sie dabei?«

»Ich bin in Fus Fänge geraten.«

»Sind Sie ihm als Journalistin auf die Spur gekommen?«

Wieder nickte sie.

»Und Sie haben alles gesehen? Dieses Labor am Yalong-Fluss?«

»Alles. Mit eigenen Augen.«

»Auch das in Honduras?«

»Nachdem bereits alles zerstört war.«

»Dort unternahm er die Menschenversuche?«

»Ja, er überschritt Grenzen.«

»Was hatte Fu gegen Sie in der Hand?«

Livia blickte Li in die Augen und wunderte sich, dass der mächtigste Mann Chinas den Hintergrund ihrer Familiengeschichte nicht kannte. Die Sache mit ihrer Schwester und ihrem Vater. All die Dinge, von denen Fu gewusst hatte. Der Magnat hatte offenbar exklusive Kontakte zu Geheimdienstkreisen gepflegt.

Plötzlich meldete sich Fus persönlicher Leibwächter zu Wort. Mit gepresster Stimme sprach er einige Sätze auf Chinesisch. Livia merkte, dass sie ihn noch nie zuvor sprechen gehört hatte. Der Arm des Zweimetermanns schien gebrochen zu sein. Er presste seine linke Hand auf den rechten Oberarm.

Lis Übersetzer wollte dem Mann Einhalt gebieten, aber der Präsident hob seinen Finger. Er wollte die Erklärung von Fus Leibwächter hören. Als dieser geendet hatte, blickte Li zu Livia. Sie hatte keine Ahnung, ob Fus Bodyguard soeben Lügen über sie verbreitet hatte. Aber sie vermutete, dass der Mann Fus Erpressung enthüllt hatte. Jetzt, da sein Chef tot war, war es vermutlich besser, ein guter Untertan zu sein, als Fus übles Spiel fortzusetzen.

»Er hat Sie mit Ihrer Familie erpresst? Interessant. Ja, das ist ein starkes Druckmittel«, sagte Li halb zu sich selbst. Er dachte einige Sekunden lang nach. Dann sprach er Livia in einem Tonfall an, der sie an einen Richter erinnerte, welcher die Angeklagte tadelt, aber das Strafmaß zur Bewährung aussetzt.

»Wir machen es folgendermaßen, Ms. Chang. Der Tumult auf diesem Schiff hat nie stattgefunden. Sie sind mir nie begegnet. Von mir aus berichten Sie, was Sie über das Labor in Sichuan wissen. Die Xenotransplantate. Aber kein Wort über die Menschenversuche in Honduras.«

Livia wog kurz ab, wie ihre Chancen lagen. Dann erwiderte sie: »Leider kann ich das nicht zusagen, Herr Präsident. Ich bin Journalistin. Wir lassen uns nicht vorschreiben, was wir berichten und nicht berichten dürfen.«

Lis Augenbrauen schoben sich zusammen. »Verschonen Sie mich mit diesem moralischen Mist.«

Livia war überzeugt, dass der Übersetzer Lis Ausdrucksweise abgemildert hatte.

»Es liegt in Ihrem Interesse, dass die Xenotransplantate aus Sichuan weltweit bekannt werden, Herr Präsident, jetzt, nachdem die Verhandlungen mit Präsident McIntyre geplatzt sind. Sehen Sie es als Chance. Sie werden jemanden finden, der die Arbeit der Fu-Brüder am Yalong-Fluss fortsetzt.«

»Menschenversuche sind mit den moralischen Prinzipien meines Landes nicht vereinbar. Sie haben nie stattgefunden, verstehen Sie?«

Jetzt blickte Li drein wie ein Richter, der ein Todesurteil verlas. »Sie sind vielleicht Journalistin. Aber auch Tochter und Schwester«, knurrte er.

Es stimmte also, dachte Livia, Fus Leibwächter hatte ihre Geschichte verraten.

»Ja, richtig, Herr Präsident. Ich glaube sogar, dass meine Familie sich in diesem Augenblick auf diesem Schiff befindet.«

Li nickte kaum merklich. »Ihre Familie gegen das kleine Geheimnis von Honduras, Ms. Chang. Deal nennt man das in Ihrem Land.«

Nun hatte Livia Mühe, ihren Zorn zu unterdrücken. Zum zweiten Mal wurde sie mit ihrer Familie erpresst. Zum zweiten Mal sollte sie gegen ihren Willen handeln.

»Ich weiß, dass die Experimente auf Guanaja ohne Ihr Wissen stattfanden, Herr Präsident. Das werde ich bei meiner Berichterstattung berücksichtigen. Aber ich werde Honduras nicht verschweigen.«

Li dachte nach.

Livia merkte, dass ihre forsche Gegenrede den Übersetzer in Panik versetzte.

Li blickte ihr unverändert tief in die Augen. »Wir werden alles dementieren.«

»Ihre Entscheidung.«

»Der einzige Beweis für die Menschenversuche in Honduras ist soeben auf den Meeresgrund gesunken.«

»Leider nein, Herr Präsident. Das Broad Institute in Boston hat eindeutige Analysen einer Gewebeprobe aus Honduras erstellt ...«

»Lächerlich.«

»Ganz und gar nicht. Genauso wenig wie der USB-Stick.«

»Welcher USB-Stick?«

»Der Stick mit sämtlichen Laborprotokollen aus Honduras. Alle Daten. Alle Formeln. Jeder Schritt, bei dem tierische zerebrale Organoide in das menschliche Nervensystem übertragen wurden.«

»Wo ist der Stick?«

»An einem sicheren Ort.«

Livia hasste es, bluffen zu müssen. Ja, der Stick war an einem sicheren Ort. Aber an einem unerreichbaren Ort. Am Grund des Mittelmeers.

Li schnaubte durch die Nase. Dann blickte er seinen Übersetzer an. Dieser schien zu verstehen und sprach, ohne dass Li etwas gesagt hatte.

»Letztes Angebot, Ms. Chang. Sie berichten keine Silbe über die Versuche von Honduras. Dafür bekommen Sie Ihre Familie zurück. Falls Sie gegen diesen Deal verstoßen, werden wir Sie finden. Überall auf der Welt.«

Lis Mund formte das Lächeln der Gioconda. Livia bemühte sich, es ihm gleichzutun, und sagte nichts. Schließlich nickte der Präsident und hob ein weiteres Mal seinen Finger. Seinen Leuten gab er einen knappen Befehl, den Livia nicht verstand. Aber die Männer wurden emsig. Einige rannten in das Innere der Jacht und holten Gepäckstücke. Andere sicherten die Gangway. Einer sprach unablässig in ein Handfunkgerät.

Von der Fregatte legten zwei Sturmboote ab und näherten sich mit Höchstgeschwindigkeit. Livia sah von der Reling aus zu, wie die seitliche Gangway hinabgelassen wurde. Li und seine Leibwächter stiegen hinunter und nahmen, gefolgt von Stewardessen und Köchen, in den Sturmbooten Platz. Als der Übersetzer die Stufen des Fallreeps besteigen wollte, rief ihm Livia *»Guòlái!«* zu. Dieser Begriff gehörte zu dem äußerst spärlichen chinesischen Sprachschatz, den sie von ihrer Mutter in Erinnerung hatte. »Komm her!«

Der Mann blickte sie mit aufgerissenen Augen an. Sie hielt ein winziges rundes Ding zwischen den Fingern in die Luft. Der Mann blickte nervös zu dem Sturmboot hinunter, in dem Li soeben Platz nahm. Dann war er mit drei schnellen Schritten bei Livia und betrachtete das Ding in ihrer Hand. Es war klein wie eine Zehn-Cent-Münze und hatte eine gewölbte, schwarz verspiegelte Oberfläche. Sie drehte es um. Die Rückseite war ein winziger, aber gestochen scharfer Bildschirm. Er zeigte den Übersetzer, wie er neben Li stand und die unverhohlene Drohung gegen Livia aussprach.

»Eine Bodycam«, erklärte sie, »Militärversion. Damit werden Kommandoeinsätze dokumentiert.«

Die Augen des Übersetzers schienen fast aus den Höhlen zu fallen.

»Und nein, Sie könnten mir das Ding zwar wegnehmen, aber dieses Video wurde vor wenigen Minuten an ein halbes Dutzend sehr zuverlässiger Kolleginnen und Kollegen bei unterschiedlichen Medien weltweit gesendet. Meine Lebensversicherung für den Fall, dass mir oder meiner Familie etwas zustößt.«

Der Mann starrte auf den kleinen Bildschirm, als blickte er in den Schlund der Hölle. Er packte Livias Handgelenk und riss ihr die Knopfkamera aus den Fingern.

»Das Ding kann vielleicht Aufnahmen machen«, sagte der Übersetzer, »aber senden kann es nicht. Dafür ist es zu klein. Einen Sender haben Sie nicht bei sich. Wir haben Sie durchsucht, als Sie auf dieses Schiff kamen.«

Livia spannte ihre Gesichtsmuskeln an, um den Bluff zu Ende zu bringen. Sie hob den linken Arm und deutete mit der rechten Hand auf ihre Uhr. Auf die Vostok.

»Dort ist mein Sender verborgen.«

Der Übersetzer blickte skeptisch, dann argwöhnisch. Vom Sturmboot erschallten Befehle. Zweifellos wurde der Mann aufgefordert, die *Kunlun* zu verlassen. Der Präsident wartete ungern. Plötzlich räusperte der Übersetzer sich und spuckte auf Livias Handgelenk. Sein Speichel lief über das Uhrglas der Vostok und Livias Finger. Sie gab sich alle Mühe, gelassen zu bleiben. Er wandte sich ohne ein Wort ab und trampelte über das Fallreep hinab zum Sturmboot.

Livia atmete schwer, war jedoch überzeugt, dass der Bluff funktioniert hatte. Die Knopfkamera war tatsächlich echt, sie hatte sie vor einigen Jahren von einem Mitglied der Navy Seals geschenkt bekommen. Seither hatte ihr das Ding gute Dienste geleistet. Und als Knopf an ihrer Cargohose war es noch nie jemandem aufgefallen.

Die Sache mit dem Sender in ihrer Armbanduhr war allerdings gelogen. Tatsächlich war das kompromittierende Video mit Lis Drohung nun nicht mehr in ihrer Hand. Aber der Übersetzer hatte die Geschichte mit dem Sender geglaubt. Das war das Wichtigste. Li Huasheng und seine Hintersassen mussten fürchten, dass das Video, in dem er Livia unverhohlen drohte, an die Öffentlichkeit gelangen würde. Ihre Berichte über die Menschenversuche in Honduras würden Li und sein Machtapparat ertragen müssen. Ja, sie würden es dementieren, aber ihre Beweise waren überzeugend.

Livia suchte Fus persönlichen Leibwächter am Heck auf. »Sie können jetzt ein wenig Menschlichkeit beweisen«, sagte sie.

Der Mann nickte, stand auf und deutete mit dem Zeigefinger. Er lotste Livia über die Steuerbord-Gangway des Hauptdecks zum Bug. Dort öffnete er eine Luke und stieg, den gebrochenen Arm eng an seinen Körper gepresst, durch einen steilen Niedergang ins Innere. Livia folgte ihm und bemerkte, dass dieser Bereich der Jacht deutlich weniger luxuriös ausgestattet war als die Salons und Kabinen des Eigners und seiner Gäste. Es war der Bereich mit den Unterkünften der Crew – Stewards, Köchinnen, Matrosen. Der Leibwächter musste sich bücken, um einen niedrigen Korridor zu passieren. Er öffnete die letzte Kabine unter dem Vorschiff mit einem Schlüssel. Darin saßen zwei Menschen – ein gut aussehender, grau melierter Herr und eine Livia in vielerlei Hinsicht ähnelnde junge Frau mit dunklem Haar. Beide wirkten erschöpft, aber unversehrt.

Livia blickte ihre Schwester und ihren Vater an. Und brach in Tränen aus.

92

Motorjacht Kunlun,

Bucht von Alghero, Sardinien

Zu dritt saßen sie lange aneinandergekauert auf der Crewkoje. Als die Tränen getrocknet waren, führte Livia ihre kleine Familie über den steilen Niedergang hinauf auf das Teakdeck der Jacht. Sie umarmten sich unablässig, blinzelten in die Sonne, ließen ihre Haare im Mistral wehen und lachten das Meer an.

Der Kapitän der *Kunlun* und die Besatzungsmitglieder, die nicht zu Lis Entourage gehörten, waren noch an Bord. Sogar Dr. Shenfei war zu sehen. Er kümmerte sich an einer Liege am Heck um den gebrochenen Arm von Fus Leibwächter.

Als der Kapitän Livia erblickte, bat er sie auf die Brücke. Dort tippte er auf einem digitalen Funkgerät herum und drückte Livia einen altmodischen schwarzen Telefonhörer in die Hand. Sie hob ihn ans Ohr.

»Livia? Hier spricht Aaron Swartz. Ich hatte den Kapitän der *Kunlun* um Ihren Rückruf gebeten.«

»Aaron. Einerseits freue ich mich, Sie zu hören. Andererseits hoffe ich, dass dieses Abenteuer nun ein Ende findet …«

»Keine Sorge, Livia. Alles vorbei, leider auch das Gipfeltreffen. POTUS ist bereits über dem Atlantik.«

»Dann wollten Sie nur mit mir plaudern? Wissen Sie, ich habe gerade …«

»Ich weiß. Ihre Schwester und Ihr Vater.«

»Woher wissen Sie das?«

»Das spielt jetzt keine Rolle, Livia. Ich wollte Ihnen nur eine kleine Freude bereiten.«

»Inwiefern?«

»Das Hotel, das unsere Delegation gemietet hat. Es ist frei geworden. Sämtliche hundertvierundvierzig Zimmer.«

»Dieser Luxusschuppen? Was ist damit?«

»Na ja, Uncle Sam hat den Kasten bis übermorgen gemietet und bezahlt. Inklusive Essen, Bar, alles. Sogar die Präsidentensuite wird im Moment frisch hergerichtet. Ich dachte, das könnte genau das Richtige sein, um mit der neuen Familie zwei schöne Tage …«

»Wow. Das klingt einfach irre, Aaron.«

»Ich habe dem Hoteldirektor angekündigt, dass eventuell noch Gäste kommen.«

»Bleiben Sie kurz dran.«

Livia legte die Hand auf die Sprechmuschel und sprach den Kapitän der *Kunlun* an. Sein Englisch war ausgezeichnet.

»Sagen Sie, Captain, wie lautet der Plan für die *Kunlun?*«

Der Mann zuckte mit den Schultern und erklärte: »Mein Präsident wies mich an, Sie an einem Ort Ihrer Wahl abzusetzen und dann zu einer Werft nach La Spezia aufzubrechen. Vermutlich geht die Jacht demnächst in Staatseigentum über. Aber solche Formalitäten dauern.«

»Ich bin mir noch nicht so sicher, was der Ort meiner Wahl wäre«, scherzte Livia.

Der Kapitän verstand. »Nun ja, der Präsident hat nicht spezifiziert, wie schnell wir nach La Spezia fahren sollen. Treibstofftanks und Bordkasse sind jedenfalls gut gefüllt. Wir könnten bei der Wahl Ihres Ziels ein bisschen improvisieren, denke ich.«

»Stromboli, Neapel, Salerno … vielleicht. Wäre das im Bereich des Möglichen?«

Der Kapitän dachte nach. »Tja, warum nicht? Ich denke, auch unsere Besatzung wird sich über ein bisschen Abwechslung freuen.«

Livia strahlte über beide Wangen. »Tausend Dank, Captain. Das ist wirklich …« Sie nahm die Hand von der Sprechmuschel. »Aaron, Ihr Angebot ist unglaublich großzügig. Aber ich habe vor, mit meiner Familie die schönen Seiten Italiens zu bewundern. Wir haben uns so viel zu erzählen.« Und jede Menge Entspannung verdient, fand sie.

»Alles gut, Livia. Ihre Entscheidung. Ich freue mich, Sie irgendwann wieder in Washington zu sehen.«

»Kommen Sie lieber in Rom vorbei, Aaron, ich kenne eine wunderbare Osteria in Trastevere.«

Sie hörte Aaron Swartz lachen, zögerte kurz und folgte einem Reflex.

»Sagen Sie …«

»Ja?«

»Ist Dr. Zamiro noch an Bord der *Chesapeake?*«

»Ich habe fast vermutet, dass Sie fragen würden. Ja, ist er, aber das Schiff lichtet gerade den Anker und fährt zum Stützpunkt nach Gaeta. Wir brauchen von Dr. Zamiro noch jede Menge Informationen über …«

»Ich ahne es«, entfuhr es Livia.

»Er muss vor allem diesen USB-Stick entschlüsseln.«

Livia erschrak. Sie wollte nicht glauben, was sie soeben gehört hatte. »Welchen USB-Stick?«, fragte sie, obwohl sie die Antwort bereits ahnte.

»Das Ding wurde im Wasser in der Nähe der Mole an der Militärbasis gefunden. Dr. Zamiro ist uns damit gehörig auf die Nerven gegangen. Also haben die Spezialisten von der *Chesapeake* es mit Metalldetektoren gesucht und herausgefischt.«

»Scheiße.«

»Wieso Scheiße? Was wissen Sie über den Stick, Livia?«

»Richten Sie Präsident McIntyre bitte aus, er solle alle darauf gespeicherten Daten vernichten lassen.«

»Wie bitte? Jetzt klingt die Sache erst richtig interessant.«

»Kann ich mir vorstellen. Lassen Sie es gut sein, Aaron. Eines Tages werden Sie wünschen, diesen Stick nie gefunden zu haben. Jedenfalls danke ich für Ihren Anruf. Wir hören uns. Ach, Aaron ...«

»Ja?«

»Könnten Sie meinen Chef in New York anrufen und ihm ankündigen, dass er in ... sagen wir ... drei Tagen eine Hammerstory auf den Tisch bekommt? Von seiner Lieblingsreporterin? Verwenden Sie diese Worte: Hammerstory und Lieblingsreporterin.«

»Klar, in Ordnung. Geht es um Dinge, von denen ich vielleicht wissen sollte?«

»Zeitung lesen, dabei gewesen.«

Aaron Swartz lachte. »Na gut. Zamiro wird uns so oder so alles berichten.«

Das meiste, dachte Livia, aber nicht alles. Sie reichte den Hörer an den Kapitän der *Kunlun* zurück. Sie hatte keine Lust, mit Tom Bell zu sprechen. Keine Lust auf langwierige Erklärungen. Womöglich Entschuldigungen. Und sie versuchte, sich Nuri aus dem Kopf zu schlagen. Sie hatte genug zu tun mit den Reportagen, die sie in den kommenden Stunden und Tagen schreiben würde. Eigentlich war es längst Zeit, dass sie sich bei Nicola in seinem Physiklabor unter dem Gran Sasso meldete. Mal sehen.

Livia bedankte sich beim Kapitän und stellte ihm eine letzte Frage. »Könnten Sie meinen Vater vielleicht in der Eignersuite unterbringen?«

Der Kapitän dachte kurz nach und nickte. »Klar. Nichts spricht dagegen.«

Sie bedankte sich ein weiteres Mal und ging zum Heck, wo ihre Familie soeben einen Teller frischer Früchte verzehrte.

»Deine Kabine steht in Kürze bereit, *babbo*«, sagte Livia in perfektem Italienisch und strahlte ihren Vater mit ihrem unvergleichlichen Lächeln an.

ENDE

Nachwort

Zwei Erlebnisse haben mich motiviert, »Cortex« zu verfassen. Das eine war ein Besuch bei einem Max-Planck-Institut, in dem ich zum ersten Mal zerebrale Organoide zu sehen bekam. Ich staunte genauso wie Livia, als Nuri ihr diese Forschung vorführte. Das zweite Erlebnis war die Lektüre des Buches »Other Minds« von Peter Godfrey-Smith, das mir die verblüffenden Fähigkeiten von Tintenfischen plastischer denn je vor Augen führte. Fu Wangs Wissen über Oktopoden stammt teils aus Godfrey-Smiths großartigem Werk.

Doch nein, soweit bekannt, ist es bisher nicht gelungen, das menschliche Nervensystem mit tierischem Gehirngewebe anzureichern. Das ist, so wie die Handlung von »Cortex«, der fiktive Teil. Hey, es ist ein Thriller.

Tatsächlich jedoch werden derzeit an vielen Orten der Welt Experimente durchgeführt, bei denen tierisches Gewebe mit menschlichem zusammengeführt wird. 2022 wurde einem Mann ein Schweineherz implantiert. Er überlebte einige Monate lang damit. Zugleich wurden menschliche Neuronen, auch die genannten zerebralen Organoide, in Affen und Nagetiere verpflanzt. Mitunter verknüpften sich die Nervengewebe beider Spezies, wobei neuartige Fähigkeiten zutage traten. Ich halte es nicht für ausgeschlossen, dass irgendwann neuronales Gewebe von Tieren in Menschen verpflanzt wird. Ethische Grenzen werden in der Wissenschaft immer wieder überschritten, so zum Beispiel, als der chinesische Biochemiker He Jiankui 2018 mutwillig eine Genmutation in menschliche Embryonen einbaute.

Dass ausgerechnet Nervenzellen von Tintenfischen dem Menschen ganz neue Fähigkeiten verleihen könnten, ist unwahrscheinlich, vielleicht ähnlich fantastisch wie die Dinosaurier aus Jurassic Park. Und doch: Das kognitive System der Achtbeiner ist im Grunde viel schlauer strukturiert als das des Menschen. Mal sehen, was von Oktopoden noch alles zu lernen ist.

Neben vielen wissenschaftlichen Fakten sind die Orte in »Cortex« real: Das Broad Institute ist eine der ersten Adressen der modernen Biotechnik, ebenso wie der Forschungscampus Martinsried bei München. Die Karibikinsel Guanaja liegt unberührt vom Massentourismus und Kommerz vor der Küste von Honduras. Der Staudamm am Yalong-Fluss in Sichuan ist eines der beeindruckendsten Bauwerke, die ich je besichtigen durfte. Tatsächlich gibt es in den dortigen Bergstollen ein Physik-Labor. Platz für ein geheimes Biozentrum wäre allemal.

Dank gilt meinem Agenten Alfio Furnari, dessen Unterstützung immer Mut macht, sowie dem Piper Verlag und meinen Lektorinnen Katrin Andres und Greta Frank, die dem Projekt »Cortex« Vertrauen schenkten und mich zur Sorgfalt anhielten. Alle verbleibenden Fehler sind meine eigenen. Herzlich gedankt sei auch meinen Erstlesern Sanjay und Sabine, die schon in der Konzeptphase unendlich viel Hilfe boten.

Mein größter Dank gilt meiner Frau Caroline und meinen beiden Töchtern, die mich jeden Tag mit ihrem Mut und ihrer Klugheit bereichern. Livia Chang konnte viel von ihnen lernen.